COLEÇÃO AUTORES CÉLEBRES
DA
LITERATURA ESTRANGEIRA

DIMITRI MEREJKOVSKY

1. O NASCIMENTO DOS DEUSES - Romance de Tutankhâmon
2. A MORTE DOS DEUSES - Romance de Juliano, o Apóstata
3. O RENASCIMENTO DOS DEUSES - Romance de Leonardo da Vinci
4. NAPOLEÃO - O Homem e sua Vida
5. JESUS DESCONHECIDO - O Evangelho Desconhecido e a Vida de Jesus Desconhecido

NAPOLEÃO

COLEÇÃO AUTORES CÉLEBRES
DA
LITERATURA ESTRANGEIRA

VOL. 4

Tradução de
Agripino Grieco

EDITORA GARNIER
BELO HORIZONTE
Rua São Geraldo, 53 - Floresta, Cep. 30150-070
Tel.: (31)3212-4600 - Fax: (31)3224-5151
e-mail: vilaricaeditora@uol.com.br / Home page: www.villarica.com.br

DIMITRI MEREJKOVSKY

NAPOLEÃO

EDITORA GARNIER
Belo Horizonte

2006

Direitos de Propriedade Literária adquiridos pela
EDITORA GARNIER
Belo Horizonte

Impresso no Brasil
Printed in Brazil

ÍNDICE

PRIMEIRA PARTE

NAPOLEÃO, O HOMEM

I — Os Juízes	9
II — O Domador do Caos	24
III — O Senhor do Mundo	31
IV — O Homem da Atlântida	43
V — Mau ou Bom?	56
VI — O Trabalhador	78
VII — O Chefe	89
VIII — "Comediante"	107
IX — O Destino	114

SEGUNDA PARTE

A SUA VIDA E A SUA HISTÓRIA

A Aurora

I — A Infância (1769-1779)	128
II — A Escola (1779-1785)	137
III — Tenente da Artilharia (1785-1792)	146
IV — Toulon (1793-1794)	159
V — Vindimiário (1795-1799)	165

O Sol- Levante

I — A Itália (1796-1797)	173
II — O Egito (1798-1799)	183
III — O 18 Brumário (1799)	194

Meio-Dia

I — O Cônsul (1799-1804)	213
II — O Imperador (1804)	221
III — As Vitórias (1805-1807)	229

A Tarde

I — O Duelo com a Inglaterra (1808)   237
II — O Levante dos Povos   243
III — A Dinastia (1810-1811)   251
IV — Moscou (1812)   257

O Poente

I — Leipzig (1813)   270
II — A Abdicação (1814)   275
III — Elba — Os Cem Dias (1814-1815)   287
IV — Waterloo (1815)   295

A Noite

I — Segunda Abdicação (1815)   314
II — O "Belerofonte" (1815)   325
III — Santa-Helena (1815-1821)   333
IV — A Morte (1821)   343

PRIMEIRA PARTE

NAPOLEÃO, O HOMEM

I

OS JUÍZES

Mostrar a fisionomia do homem, permitir olhá-lo na alma, tal é o fim de toda biografia, de toda "vida de homem ilustre" à maneira de Plutarco.

Napoleão, sob esse ponto de vista, não foi feliz. Não que escrevessem pouco sobre ele; ao contrário: nenhum homem de nossa época foi objeto de tantas obras. Parece que escreveram sobre ele quarenta mil volumes, e escrever-se-ão muitos outros. Nem se dirá que isso foi sem proveito. Sabemos muitas coisas a propósito de suas guerras, sua política, sua diplomacia, sua legislação, sua administração, seus ministros, seus marechais, seus irmãos, suas irmãs, suas mulheres, suas amantes; somos até elucidados um pouco sobre ele próprio. Mas o estranho é isto: mais se fala dele e menos o conhecemos.

"Esse grande homem se torna mais e mais desconhecido", diz Stendhal, seu contemporâneo[1]. "A história de Napoleão é certamente a mais ignorada de todas as histórias", declara Léon Bloy, nosso contemporâneo[2].

O que equivale a dizer que há mais de um século a sombra se adensa em torno de Napoleão. Sim, por estranho que pareça, Napoleão, com toda sua glória, é desconhecido. Quarenta mil volumes — quarenta mil pedras tumulares e, por baixo, o "Soldado desconhecido".

Isso resulta talvez de que, como assegurou Heráclito, "a alma é tão profunda que, por mais que a percorram toda, não lhe chegam jamais ao fundo". Nós não conhecemos a alma das pessoas mais próximas — nem mesmo a nossa.

Talvez não se possa atingir por métodos históricos a alma de Napoleão: ela passa através, como a água através dos dedos. Seu mistério, debaixo do olhar investigador da história, se aprofunda mais e mais, como as grandes águas transparentes sob os raios do projetor.

1. Stendhal, *Vie de Napoléon, Fragments*, Paris, Calmann-Lévy, p. 2.
2. Léon Bloy, *L'Âme de Napoléon*, Paris, Mercure de France, 1920, p. 7.

Sim, a ignorância em que permanecemos de Napoleão vem daí também. Mas não só daí. Identificar-se com a alma de outrem é impossível, embora se possa penetrar nela ou passar-lhe de lado. Ora, parece que passamos sempre ao lado da alma de Napoleão.

Conhecer a alma de outrem é avaliá-la, pesá-la nas balanças de nossa própria alma. Que alma possui balanças para pesar Napoleão?

"Aproximei-me dos maiores soberanos da Europa e nenhum deles produziu em mim um efeito que possa comparar ao que experimentava ao ser conduzido diante dessa criatura colossal", escreve um contemporâneo que, longe de admirá-lo, estava antes inclinado a denegri-lo[3].

Tal a impressão de todos os que — amigos ou inimigos — se abeiravam dele. Não seria a grandeza, mas certamente a enormidade, a incomensurabilidade dessa alma em relação às outras almas humanas. Ele estará entre nós como Gulliver entre os liliputianos.

Não podemos sentir-nos na alma de Napoleão. Ora, isso é que se faria mister para conhecê-lo: quem não vê o interior da alma alheia não a conhece.

Parece que um único homem podia julgar Napoleão de igual para igual — é Goethe. O que Bonaparte é em ação, Goethe o é em contemplação: todos dois são ordenadores do caos revolucionário. Eis porque, no sólio que separa a Idade Média de nossa época, ambos se conservam um em face do outro, como duas gigantescas cariátides.

"Na vida de Goethe não houve acontecimento maior que esse ser real entre todos, chamado Napoleão", diz Nietzsche[4].

"Napoleão é um resumo do mundo. Sua vida foi a vida de um semideus. Pode dizer-se que para ele a luz que ilumina o espírito não se apagou um só instante; eis porque seu destino teve esse esplendor que o mundo não vira antes dele e talvez não veja mais depois dele"[5].

Tal é o julgamento de Goethe, o igual de Napoleão. Nós que não somos seus iguais, sentimo-nos ainda menos à vontade com eles que os liliputianos com Gulliver. Aqui a diferença de alma não é somente na dimensão, na estatura, na quantidade, mas também na qualidade. Napoleão tem uma alma diversa da dos outros homens, uma alma de outra natureza, de outra qualidade.

Daí inspirar aos homens um medo de tal forma incompreensível, um medo de além-túmulo.

"O temor que ele inspirava não era causado unicamente pelo singular efeito de sua pessoa sobre quantos se lhe avizinhavam", depõe Madame de Stäel. "Eu vira homens bastante dignos de respeitos e vira também homens ferozes: não havia na impressão que Bonaparte produzia em mim nada que

3. Thiébault, Mémoires, Paris, Plon, 1893, t. IV, p. 259.
4. *Er hatte kein grosseres Erlebniss, alls jenes ens realissimum.*
5. Goethe.

pudesse recordar nem uns, nem outros. Compreendi logo que seu caráter não conseguia ser definido pelas palavras de que costumamos servir-nos; ele não era nem bom nem violento, nem doce nem cruel à maneira de tantos indivíduos. Uma tal criatura não tinha semelhante nem podia experimentar ou fazer experimentar qualquer gênero de simpatia; era mais ou era menos que um homem. Sua feitura, seu espírito, sua linguagem estavam impregnados de uma natureza estranha[6]".

"Era um estranho no mundo. Tudo nele é mistério", diz o poeta russo Lermontov. Napoleão foi compreendido por esse jovem russo de dezessete anos que jamais o vira. "O ser real entre todos", o mais real dos seres, foi "estranho ao mundo". "Meu reino não é deste mundo", poderia Napoleão repetir em outro sentido, já se vê, que não o da primitiva inspiração cristã.

Essa alma "outra" que existe nele, ele próprio a sente. "Sempre só no meio dos homens": é assim que um pequeno alferes desconhecido predisse aos dezessete anos toda a vida que viveria[7].

E mais tarde ele redirá, no fastígio da grandeza: "Sinto-me um homem à parte e não aceito as condições de ninguém [8]". E definindo o homem de Estado, isto é, definindo-se a si mesmo: "Sempre só de um lado com o mundo do outro[9]".

Essa alma "outra" não somente assusta, afasta os homens, mas também os atrai; inspira-lhes alternativamente amor e ódio: "Todos me adoravam e detestavam", confessa o próprio Napoleão[10].

Enviado de Deus, mártir pela humanidade, novo Prometeu encadeado no rochedo de Santa-Helena, novo Messias; bandido fora da lei, ogre da Córsega, besta apocalíptica saída do abismo, anticristo. Parece que nunca amor e ódio lutaram tanto por qualquer criatura.

"Milhares de séculos decorrerão antes que as circunstâncias acumuladas sobre mim possam arrancar um outro da turba para reproduzir o mesmo espetáculo[11]". É sem orgulho que ele fala assim ou então seu orgulho se assemelha de tal forma à humildade que é difícil distingui-los.

"Se eu tivesse vencido, teria morrido com a reputação do maior homem que jamais existiu. No estado em que se encontram as coisas, ainda mesmo por baixo, serei considerado um homem extraordinário[12]".

Será muita humildade; todavia ainda há mais: "Bem cedo estarei esquecido e os historiadores pouco terão a dizer a meu respeito[13]".

6. Mme. de Stäel, *Révolution Française*, t. III, cap. XXVI; t. IV, cap. XVIII.
7. Napoleão *Manuscrites inédits*, 1786 — 1791.
8. Madame de Rémusat, *Mémoires*, t. II, p. 112.
9. Madame de Rémusat, *Mémoires*, t. I.. p. 335.
10. *Mémorial*, t. III, p. 341.
11. *Mémorial*, t. II, p. 35.
12. O'Meara, *Napoléon en exil*, Paris, Garnier, t. II, p. 6.
13. Gourgaud, t. II, p. 13.

Disse ele isso em Santa-Helena, metido vivo no túmulo: fala de si tranqüilamente, impassivelmente, como de uma terceira pessoa, como um vivo falaria de um morto, ou, mais tranqüilamente ainda, como um morto falaria de um vivo. "Estranho ao mundo", ele o é também a si próprio. Olha-se de lado: "Eu" não é mais para ele "eu", mas "ele".

Parece às vezes ignorar-se tanto quanto nós o ignoramos. Sabe unicamente que a terra custa a carregar um homem qual ele: "Quando eu morrer o universo soltará um grande ufa[14]".

"O futuro nos dirá se não fora melhor para o repouso da terra que nem Rousseau nem eu houvéssemos existido[15]". É essa uma das suas faces; mas a outra: "Quantos com o tempo lamentarão meus desastres e minha queda[16]!" "Muito cedo derramareis lágrimas de sangue[17]".

Manzoni indagava se ele fora "verdadeira glória" e deixava aos pósteros a "árdua sentença"[18]. Mas a posteridade não foi melhor juiz que os contemporâneos.

"Monstruosa mescla de herói e charlatão". — "Falso como um boletim de batalha, tornou-se um provérbio no tempo de Napoleão". — "Sua natureza italiana, decidida, forte, ingênua, dissolveu-se na turva atmosfera da fanfarrice francesa". — "Afastando-se uma vez da realidade, cambalhotou no vácuo". — "Pobre Napoleão! Nosso último herói!" Tal o julgamento de Carlyle no célebre livro "O Culto dos Heróis". Se esse julgamento é exato, quase não se compreende como se possa meter no número dos heróis esse charlatão cambalhotando no vácuo. De resto a imagem de Napoleão é traçada aqui tão chatamente, tão grosseiramente, que nem vale a pena insistir.

Taine é mais profundo que Carlyle. Seu livro sobre Napoleão é o último, parece, que tenha produzido na alma dos leitores uma impressão difícil de apagar-se[19]. Esse influxo nas inteligências e nos corações, deve-o tal estudo talvez menos ao talento e à erudição do autor que à sua concordância com o espírito do tempo: Taine diz de Napoleão o que todo mundo pensa.

"Desmesurado em tudo e mais ainda estranho, não há como pô-lo em fileira ou sujeitá-lo a uma dada moldura; por seu temperamento, seus instintos, suas faculdades, sua imaginação, suas paixões, sua moral, parece ele fundido num molde à parte, composto de outro metal que não o dos seus concidadãos e contemporâneos". Nele a profundeza e a amplitude dos in-

14. Madame de Rémusat, I, p. 125.
15. Chuquet, *La jeunesse de Napoléon*, Paris, Armand Colin, t. II.
16. *Mémorial*, I, p. 308
17. *Discours de Napoléon à la Chambre pendant les Cent Jours*, H. Houssaye, 1815, Paris, Perrin, t. III, p.73.
18. Manzoni.
19. Taine, *Les Origines, IX, Le Régime moderne*, t. I, Paris, Hachette.

tentos geniais, a força heróica do espírito, da inteligência, e da vontade são tais "que seria necessário remontar até César", para descobrir semelhantes.

É o começo do julgamento de Taine, e o fim é este: "Tal é a obra política de Napoleão, obra de egoísmo, servido pelo gênio; na sua construção européia como na sua construção francesa, o egoísmo soberano introduziu um vício de arquitetura". Napoleão é em meio aos homens "uma soberba fera subitamente solta num rebanho domesticado que rumina". — "Ele mostra a imensidade e a ferocidade de seu implacável amor-próprio" quando em 1813, em Dresde, diz a Meternich: "Um homem como eu se está ninando para a vida de um milhão de homens". — "É o egoísmo desenvolvido até se tornar um monstro, até levantar no centro da sociedade um eu colossal que incessantemente alonga em círculo as garras rapaces, que toda resistência fere, que toda independência incomoda e, no domínio ilimitado que se incorpora, não pode suportar vida alguma, a menos que não seja um apêndice ou um instrumento da sua [20]".

Em outros termos, é uma aranha gigantesca que agarrou entre os palpos um mundo e o suga como uma mosca; ou ainda uma máquina inventada pelo diabo, a fim de destruir o mundo; ou a besta apocalíptica saindo do abismo; Napoleão é *Apollion*, o destruidor, como diziam, interpretando-lhe o nome, os contemporâneos, os familiares do Apocalipse. "Minha mãe, corra aqui, venha ver o selvagem, o homem-tigre, o devorador do gênero humano; venha admirar o fruto de suas entranhas", clamava ele próprio, quando lhe liam tais libelos[21].

Em 1814, depois da primeira abdicação, enquanto os comissários dos aliados o conduziam à ilha de Elba, os realistas de Orgon, pequena cidade da Provença, ergueram um cadafalso e o enforcaram em efígie, aos gritos de: "Abaixo o corso! Abaixo o bandido!" O "maire" de Orgon, que quase se pusera de joelhos diante de Bonaparte recém-vindo do Egito, berrava: "É um grande patife, um celerado; quero enforcá-lo com as minhas mãos, quero vingar-me agora das honrarias que lhe conferi [22]".

É mais ou menos o que acontece com Taine: no começo do livro prosterna-se diante do herói e, no fim, enforca-o em efígie.

"O hábito dos fatos mais violentos gastam menos o coração que as abstrações: os militares valem mais que os advogados", gostava de dizer Napoleão, como se pressentisse o que fariam dele os "advogados", os "ideólogos" [23].

---

20. Taine, ps. 5, 49,142,141,129,76.
21. *Mémorial*, III, p. 265.
22. Bourrienne, t. V, p.435.
23. J. Bertaut, *Napoléon Bonaparte, Virilités*, Paris, E. Sansot, p. 169.

É um sinal dos tempos que ninguém tenha respondido ao livro de Taine, porque não se pode considerar uma resposta à obra conscienciosa em que Arthur-Lévy se esforça em provar que Napoleão não passou de um burguês até a medula [24].

Outro sinal ainda: para condenar Napoleão, o Oriente está de acordo com o Ocidente, Taine o ateu com Tolstoi o cristão. O julgamento de Napoleão feito pelo lacaio bêbado Lavrouchka na "Guerra e a Paz" coincide com o julgamento do próprio Tolstoi: Napoleão foi um criminoso de "crimes felizes". Não passou de "uma mediocridade brilhante e presunçosa". "Sua temeridade pueril e sua petulância asseguram-lhe uma grande glória". "Há em tudo isso "uma estupidez e uma covardia sem exemplo". "Último degrau de covardia de que uma criança teria vergonha[25]".

Tal qual ao sábio europeu, ninguém respondeu ao profeta russo. E o rebanho humano precipitou-se avidamente para onde o chamavam os pastores. "A turba em sua poltroneria compraz-se no rebaixamento do grande e rejubila ao constatar certas fraquezas do forte: ele é pequeno como nós, abjeto como nós! — Vós mentis, canalhas: ele é pequeno e abjeto, mas não como vós, e sim de outra forma!" — escreve Pouchkine, o maior poeta russo, admirador de Napoleão.

Léon Bloy é o oposto de Taine e de Tolstoi. Seu livro "A Alma de Napoleão", obra estranha, confusa, desmesurada, às vezes quase insensata, mas de uma profundeza genial, é um dos mais notáveis trabalhos escritos sobre Napoleão.

A acuidade e a novidade consistem aí em que o autor faz do mito o método do conhecimento histórico — mito aparente — real experiência religiosa, a sua própria e a do povo. Léon Bloy sabe, como o sabiam os iniciados nos mistérios de Eleusis, que o mito não é uma fábula mentirosa, mas um símbolo verídico, uma prefiguração da verdade oculta, um véu lançado sobre o mistério, e que sem erguer esse véu não se penetra no mistério. Através de sua alma para o mistério, tal o caminho que seguiu Bloy.

"Napoleão é inexplicável" e, sem dúvida, o mais inexplicável dos homens, porque é antes de tudo e sobretudo a Prefiguração daquele que deve vir e talvez não esteja longe, uma prefiguração e um precursor bem perto de nós... — "... qual de nós, franceses e mesmo estrangeiros do fim do século XIX, não sentiu a enorme tristeza do desfecho da Epopéia incomparável? Com um átomo de alma era penoso pensar na queda verdadeiramente muito brusca do Grande Império e de seu Chefe; recordar que ainda ontem, parece, se estivera no mais alto cimo dos Alpes da Humanidade; que

---

24. Arthur-Lévy. *Napoléon intime*, Paris, Nelson, p. 562.
25. Tolstoi, *Articles sur la campagne de 1812*, Suplemento à *Guerra e Paz*.

pela só existência de um Prodigioso, de um Bem-amado, o primeiro casal em seu paraíso, senhor absoluto do que Deus botou debaixo do céu, e que, logo depois, fora obrigatório recair na velha lamaceira dos Bourbons [26]".

O Paraíso perdido e reencontrado, — eis o véu do mito napoleônico atirado em seu mistério. É ali que a alma do povo confina com a alma do herói.

"Divagação de um louco ou rude imagem populaceira", teria talvez dito Taine do livro de Bloy, e andaria errado. A "Fisiologia das Massas" não se assemelha tantas vezes, de 1793 a 1815, às divagações de um louco, e uma rude imagem populaceira não é também documento precioso para o historiador? Bloy é útil justamente porque continua em sua alma a fisiologia napoleônica das massas, porque ressuscita o mito napoleônico. Quando ele fala de "seu Imperador", brilham-lhe nos olhos as mesmas lágrimas dos velhos servidores bigodudos do Grande Exército. É útil justamente porque prova que Napoleão vive sempre na alma dos franceses, na alma da França e agora talvez mais do que nunca; que debaixo de quarenta mil volumes — quarenta mil pedras tumulares — se levanta sempre o "Soldado desconhecido".

E isso importa que não só os franceses mas todos os europeus o saibam, por isso que talvez tenham necessidade de um Herói: "Muito cedo derramareis lágrimas de sangue!"

Bloy se considera "bom católico", enquanto os "bons católicos" o têm pelo pior dos heréticos. Fora de dúvida é um cristão, ou quer ser um cristão. Mas não raro um cristão mesmo custará a decidir se ele reza ou blasfema. Em todo o caso Bloy afirma com muita leviandade e com muita audácia que Napoleão é o "precursor daquele que deve vir". De quem é ele precursor? Trata-se, ao que tudo faz crer, do Paracleto, do novo Adão, que restituirá ao velho Adão, à humanidade, o paraíso perdido. Bloy avança com muita facilidade: "Não compreendo o paraíso sem meu Imperador[27]". Napoleão no paraíso, ao lado de Joana d´Arc, é coisa não provada aos olhos dos "bons católicos". Aí reside justamente toda a dificuldade: como unir no paraíso cristão Joana d´Arc e Bonaparte?

Não é mais fácil concluir se Bloy reza ou blasfema quando diz que Deus ama Napoleão "como sua própria imagem", querendo tão bem "a esse violento como quer a seus Apóstolos, seus Mártires, seus Confessores os mais brandos[28]".

De qualquer modo não se pode, como o faz Taine, tornar Napoleão o único responsável pelos dois milhões de homens que pereceram em suas

26. L. Bloy, ps. 8-10
27. L. Bloy p. 98.
28. L. Bloy. p. 24.

campanhas[29]. A Revolução legara-lhe a guerra da França contra a Europa legitimista, e Napoleão não poderia interrompê-la, ainda mesmo que o quisesse. Quando ele declara: "Se eu fosse vencido em Marengo, vós teríeis desde logo 1814 e 1815[30]", tem razão; ele curou a chaga da guerra civil não somente no corpo da França, mas talvez no da Europa inteira. Ora, sabemos agora por experiência quanto a guerra civil é mais terrível que a guerra entre nações. As guerras napoleônicas são, uma brincadeira de criança, se comparadas com a grande guerra internacional e com a guerra civil russa que mataram quinze milhões de homens e fizeram perecer trinta milhões pelas epidemias e cinco milhões pela fome. E o fato de não haver entre nós um Napoleão não impediu de modo algum essas hecatombes, mas talvez as tenha ajudado.

Como quer que seja, Bloy tem num ponto indiscutivelmente razão: ou a história de Bonaparte permanecerá para sempre "a mais ignorada de todas as histórias", ou então será aclarada à luz do cristianismo, porque o mito napoleônico continua unido na alma do povo ao mito cristão; ora, não se pode atingir a alma do herói senão através da alma do povo. Quer dizer que o último julgamento sobre Napoleão será pronunciado não pelos "advogados", pelos "ideólogos", autores de quarenta mil volumes, — não pelos que falam, mas pelo que se cala, — pelo povo.

E que pensa o povo de Napoleão? É difícil sabê-lo não só porque o povo silencia mas porque seus pensamentos estão muito distantes dos nossos.

O povo chama a Napoleão simplesmente o "Homem", como se quisesse dizer com isso que ele, mais que os outros homens, encheu a medida da humanidade; chama-lhe ainda o "Pequeno Caporal", atestando ser ele, aos olhos dos simples, uma espécie de irmão. E o próprio herói o reconhece: "O caso é que eu passava por um homem terrível em vossos salões, entre os oficiais e mesmo generais, mas não entre os soldados; tinham estes o instinto da verdade e da simpatia; sabiam-me o protetor e, se necessário, o vingador de todos eles[31]". — "A fibra popular corresponde à minha; saí das camadas do povo e minha voz age sobre ele. Vêde estes conscritos, estes filhos de campônios; eu não os lisonjeio, tratando-os ao contrário duramente; nem por isso me cercam menos e deixam de gritar: "Viva o Imperador!" É que entre nós existe a mesma natureza[32]".

Sim, os homens seguiam atrás dele como jamais tinham seguido atrás de qualquer outro homem, fazia dois mil anos; seguiam-no para além dos mares e dos rios, por montes e vales, das Pirâmides a Moscou; marchariam

29. Taine, p.141.
30. *Mémorial*, III, p. 370.
31. *Mémorial*, II, p. 451.
32. *Mémorial*, III, p. 42.

Fig. 1. Bonaparte Aluno da Escola de Brienne (*Estatua de Rochet*)

para mais longe ainda, até os confins da terra, se ele quisesse conduzi-los; marchavam suportando indizíveis sofrimentos — a sede, a fome, o frio, o calor, as doenças, as feridas, a morte — e sentiam-se felizes. E ele o sabia: "Se minha força material era grande", dizia ele, "minha força de opinião era ainda maior estendendo-se até à magia[33]".

Quando ele grita, no fogo do combate: "Soldados! Tenho necessidade de vossa vida e vós ma deveis", os homens sabem que lhe "devem"[34]. "Nunca um homem foi servido mais fielmente por suas tropas. A última gota de sangue saía-lhes das veias com o grito de "Viva o Imperador!"[35].

Em memória de homem não há horror comparável à destruição do Grande Exército, forte de seiscentos mil guerreiros, na campanha da Rússia em 1812. Napoleão sabia, todo o Exército sabia que essa perda não era devida ao incêndio de Moscou, nem ao frio, nem à traição dos aliados, mas a ele, a ele só, a Napoleão. Pois bem, indignavam-se eles, murmuravam eles? Não. Apenas os velhos bigodudos resmungavam um pouco, mas iam seguindo sempre, não já atrás dele, mas ao lado dele, porque ele caminhava a pé entre os demais, na neve, de bastão em punho. "Na Berezina, só restava a sombra de um exército, mas era a sombra do Grande Exército!... Se este se sentia vencido pela natureza, a vista do Imperador o tranqüilizava... Permanecia ele no meio de seus soldados como a esperança no coração do homem. Assim, entre tantos seres que podiam responsabilizá-lo por suas desgraças, marchava ele sem temor, falando a uns e a outros sem afetação, certo de ser respeitado. Voltariam antes as armas contra si mesmos... Alguns vinham cair e morrer a seus pés e, ainda que num delírio espantosos, convertiam a dor em prece e não em censura[36]".

A França estremeceu de horror ao receber o boletim que anunciou a perda do Grande Exército. No fim do comunicado dizia-se que a saúde de Sua Majestade nunca fora melhor. "Famílias, secai vossas lágrimas: Napoleão passa bem!" — zombeteava amargamente Chateaubriand[37]. Mas as criaturas simples choravam quando Napoleão, de volta a Paris, lhes dizia na véspera de uma nova Constituição: "Vós me elegestes; sou um produto vosso e deveis defender-me[38]".

Durante a campanha de 1812, 300.000 homens pereceram e um novo engajamento de cento e quarenta mil foi prescrito. Só apareceram rapazolas: os mais velhos há muito que haviam sido utilizados. "Estes bravos meninos

33. *Memorial*, III, p. 357.
34. Taine, p.105.
35. O'Meara. I, p. 200.
36. Ségur, *Histoire et Mémoires*, Paris, Firmin Didot, t.V., ps. 310.
37. Lacour -Gayet, *Napoléon*, Paris, Hachette, p. 478.
38. Lacour-Gayet, p.503;*Mémorial*, IV, p. 163.

Fig. 2. Bonaparte Durante o Consulado (*Quadro de I. L. Isabey*)

querem glória; não olham à direita ou à esquerda, mas sempre para a frente", comentava com admiração o marechal Ney. Napoleão também se extasiava: "A honra e a coragem saem-lhes por todos os poros"[39].

Quando estes também pereceram em Leipzig, foi preciso aproveitar em 1814 uns criançolas ainda imberbes, que tinham ar de meninas, os "Maria Luiza". Muitos deles nem sequer sabiam carregar um fuzil. Mas em alguns dias atingiram a altura dos velhos soldados de 96, conquistadores do mundo.

O que um dos contemporâneos diz da volta triunfal de Napoleão da ilha de Elba a Paris, poder-se-ia dizer de sua vida inteira, isto é, que o longo rastro de tropas que ele deixava após si era comparável à passagem de um flamejante meteoro[40]. O povo conservou-se-lhe fiel até o fim e o teria seguido mesmo depois de Waterloo. Na estrada que leva de Malmaison a Rochefort, — rumo de Santa-Helena — as multidões corriam-lhe atrás e gritavam entre lágrimas: "Viva o Imperador! Ficai, ficai conosco!"[41].

Os membros das Câmaras, os ministros, os marechais, seus irmãos, suas irmãs, suas mulheres, suas amantes, todo o atraiçoavam, mas o povo se lhe manteve fiel. Mais as criaturas se elevam e menos o enxergam, menos o amam; mais humildes de condição e mais distanciados da sua intimidade, melhor o vêem e mais o amam. Assim disse o Senhor: "Tu ocultaste teus mistérios aos sábios e os revelaste às criancinhas".

Em 1815, durante o Terror Branco, os realistas de Marselha queriam obrigar uma velha preta egípcia a gritar: "Viva o Rei" Ela resistia e gritava: "Viva o Imperador!" Prostraram-na com um golpe de baioneta no ventre. Ela se levantou e, segurando com as duas mãos os intestinos que fugiam, gritava ainda: "Viva o Imperador!" Atiraram-na na água fétida do velho porto, mas a preta sobrenadou uma última vez a rugir: "Viva o Imperador!"[42].

Sim, depois de dois mil anos, nunca os homens haviam amado tanto um homem, morrido assim por um homem.

É horrível ouvir-se Napoleão dizer: "Um homem como eu está se ninando para a vida de um milhão de homens!" — mas talvez seja ainda mais horrível ouvir o milhão de homens responder-lhe: "Nós nos ninamos para a nossa vida em se tratando de um homem como você!"

Que amam eles nele? Por quem morrem eles? Pela Pátria, pelo Homem, pelo Irmão? Sim, mas também por qualquer coisa de maior.

Parece que o poeta adivinhou por quem morria a Velha Guarda em Waterloo, compreendendo que os soldados de Friedland e de Rivoli morriam como numa festa, "a saudar o seu Deus, de pé como na tempestade".

---

39. Lacour-Gayet, p. 481. *Mémorial*, IV, p. 415.
40. Thiébault, V, p.277.
41. Houssaye, *1815*, III, p.356.
42. Houssaye, *1815*, III, p. 165.

Mas se dissessem aos dois granadeiros que em São João d´Acre o cobriam com seus corpos, para protegê-lo da explosão de uma bomba, que ele era o deus de ambos, eles não teriam compreendido e talvez mesmo rissem, porque, como autênticos "sans-culotes", não acreditavam em Deus algum.

Na véspera de Austerlitz, quando ao anoitecer, o Imperador percorria as linhas, os soldados, lembrando-se de que era o primeiro aniversário da coroação, amarraram às baionetas brandões de palha inflamada e tições retirados do fogo dos bivaques, e o saudaram com oitenta mil fachos[43]. Já ele sabia, e com ele todo o exército sabia por uma presciência fatídica, pelo gênio de Napoleão, que o sol do dia seguinte, o sol de Austerlitz, se levantaria radioso. É bem assim que reza o comunicado: "O sol se levantou radioso"[44]. Mas qual era o sol que eles adoravam nessas vésperas de fogo? Os homens não o sabiam direito. Se tivessem vivido, não já no século dezenove depois de Cristo, mas no segundo ou terceiro século, eles o saberiam: esse sol era o deus Mithra, o sol invencível, *Sol Invictus*.

Foi necessário que o pobre "ideólogo" Nietzsche perdesse a razão para sabê-lo: "Napoleão é a última encarnação do deus Sol, de Apolo". O ponderado Goethe, parece, também o sabia ao dizê-lo: "Para ele a luz que ilumina o espírito não se apagou uma só instante: eis porque seu destino foi tão radioso" — tão solar. Em Berezina bastava sua vizinhança para aquecer um granadeiro enregelado[45].

"Em verdade, lê-se num velho texto egípcio, saíste do sol, como a criança sai do ventre materno".

O mito solar do deus-homem sofredor — Osiris, Tamouz, Dionisos, Adonis, Attis, Mithra — o mito imemorial de toda a humanidade — não é senão um véu lançado sobre o mistério cristão.

O sol levantou-se radioso e deitou-se no sangue da vítima imolada; o sol de Austerlitz deitava-se em Santa-Helena, e Santa-Helena tem mais grandeza que todo o resto da vida de Napoleão; todas suas vitórias, todas suas glórias, toda sua grandeza são feitas para ela somente, para Santa-Helena; não se lhe pode compreender a vida sem vê-la através dessa ilha.

Pouco importa que ele acreditasse ser Santa-Helena não um sacrifício, mas um castigo. O castigo foi um sacrifício e a perda converteu-se em salvação. Nada de igual podia haver no destino de Alexandre e César, enquanto Napoleão sem isso não seria o herói cristão da França, malgrado tudo cristã, — o herói da humanidade, malgrado tudo cristã.

---

43. Ségur, II, p. ; Constant, *Mémoires*, Paris, Garnier, t. II, p. 22.
44. Lacour-Gayet, p. 248.
45. Lacour-Gayet, p. 207.

É assim que o povo o compreendeu; o mito napoleônico é o véu atirado no mistério cristão. "Não compreendo o paraíso sem meu Imperador": o povo poderia dizer o mesmo.

Quando Napoleão estava na ilha de Elba, três soldados entraram um dia num botequim de Paris e pediram quatro copos. "Mas os senhores são só três, objetou o botequineiro surpreso. — Pouco importa, traga os quatro copos, porque o quarto vai chegar. A sua saúde, camaradas!" O quarto era Napoleão.

Quando dois homens que acreditavam nele se encontravam na rua, um perguntava: "Credes em Jesus Cristo? — Sim, e em sua ressurreição", respondia o outro[46].

A 20 de março de 1815, quando Napoleão voltou da ilha de Elba, a multidão, em Paris, o carregou nos braços até as Tulherias. "Os que o tinham carregado ficavam como doidos e mil outros se gabavam de ter-lhe beijado ou unicamente tocado as roupas. Acreditei assistir à ressurreição Cristo"[47].

Um poeta alemão falou de "dois granadeiros que caminhavam para a França, de volta do cativeiro russo". Talvez fossem os mesmos que em São João d´Acre o haviam protegido com seus corpos contra uma bomba. Um pede ao camarada que o sepulte na terra da França: "Ficarei em meu túmulo, como uma sentinela, até que ouça rugir o canhão e galoparem os cavalos relinchantes. É que então meu Imperador passará sobre minha cova entre os tinidos e os relâmpagos das espadas. Sairei então de meu esquife para ir defender o Imperador, meu Imperador!"[48]

O que quer dizer que Napoleão ressuscitará ele próprio e ressuscitará os mortos.

"Conheci em minha infância velhos mutilados incapazes de distingui-lo do Filho de Deus", conta Bloy[49].

Se é uma blasfêmia, não se pode atirar a culpa em Napoleão. "Não permito que me comparem a Deus" disse ele a um cortesão imprudente, o ministro da Guerra Decrès[50].

Não era ateu, mas também não seria um cristão. "Morro na religião apostólica e romana, no seio da qual nasci", escreve em seu testamento[51]. Mas, se nasceu e morreu no cristianismo, viveu fora dele, e mesmo como se o cristianismo não houvesse nunca existido. "Prefiro a religião de Maomé, menos ridícula que a nossa[52]". Isso também foi dito em Santa-Helena, e não são vãs palavras.

46. Lacour-Gayet, p. 57.
47. Thiébault, V, ps. 294-295.
48. Heine, *Os dois granadeiros*.
49. L. Bloy, p. 42.
50. Arthur-Lévy, p. 399.
51. *Mémorial*, IV, p. 640.
52. Gourgaud, II, p. 272.

Goethe não tem de todo razão quando afirma que Bonaparte é "um resumo do mundo". Não do mundo inteiro, mas de uma das metades, daquela que chamamos "pagã"; a outra, a que chamamos de "cristã", permanece-lhe oculta, como para os antigos o obscuro Hades, o reino das Sombras, o hemisfério noturno dos céus. E o que ele não sabe é que as metades noturna e diurna se unem.

Crer que Napoleão é o precursor do Cristo futuro é tão absurdo e ímpio quanto ver nele o precursor do Anti-Cristo. Que ele próprio ignorasse ser um precursor, é justamente toda a sua tragédia, e não só a sua como também a nossa, — porque não é em vão que Bonaparte é nosso último herói. Nesse ponto essencial, não é ele nem afirmação, nem negação, mas apenas uma pergunta sem resposta. "Um homem como eu é um deus ou um diabo", diz ele com o riso que talvez seja um riso de medo[53].

Com efeito, é intimidante para ele e para nós saber por quem foi enviado esse último herói da humanidade cristã, se por Deus ou pelo Diabo.

"Napoleão é um ser demoníaco", assevera Goethe, empregando a palavra demônio em sua antiga acepção pagã: "daimon", nem deus, nem diabo, mas algo de intermediário.

Herói do Ocidente, Napoleão assemelha-se ao Ocidente, tarde do mundo.

Ele se assemelha a uma tarde clara, nem dia, nem noite, nem treva, nem luz", diz Lermontov de seu herói, o demônio.

Eis porque ele é tão "ignorado", tão misterioso.

Parece que o que diz dele Pouchkine é o que se possa dizer de mais profundo: "Executor fatal de uma vontade ignorada".

Eis porque os homens são de tal modo impotentes para julgá-lo.

53. O'Meara, II, p. 246.

II

O DOMADOR DO CAOS

Que é que atrai os homens para Napoleão? Por que atrás dele há essa corrida impetuosa de multidões humanas, essa corrida comparável ao imenso clarão que marca a passagem dos meteoros?

O conde de Ségur, que tomou parte na campanha da Rússia, descreve assim a entrada da cavalaria de Murat, a 14 de setembro de 1812, em Moscou ainda intacta, mas já sinistramente deserta: "Esses guerreiros ouviam com um secreto tremor o passo dos cavalos ressoar em meio aos palácios desertos — único ruído no silêncio da imensa cidade abandonada — e espantavam-se de não ouvir senão isso em meio de habitações tão numerosas[54]".

Reencontra-se nesse espanto, nesse "secreto tremor", o mesmo sentimento apocalíptico de todo o Mistério napoleônico; mas esse sentimento já nascera da Revolução, onde às vezes atingia uma tal acuidade que tocava quase inconscientemente, não há dúvida, a escatologia dos primeiros séculos, ao sentimento do fim do mundo: "Muito breve será o fim de tudo; haverá um novo céu e uma nova terra". Nesse sentimento unem-se o fim e o começo dos tempos: uma antigüidade imemorial — "do alto dessas Pirâmides quarenta séculos vos contemplam" — e uma novidade infinita, sensações inauditas, únicas, um espetáculo que olhos humanos ainda não tinham visto e talvez jamais tornassem a ver.

"Deixavam-se para trás todos os conquistadores da Antigüidade", diz ainda Ségur. "Vivia-se exaltado pela glória. Depois vinha a melancolia: seja esgotamento, conseqüência de tantas sensações, seja efeito de um isolamento produzido por uma elevação sem medida, e do vago no qual errávamos, sobre essa iminência de que percebíamos a imensidade, o infinito"[55].

E no livro de Léon Bloy é o mesmo sentimento escatológico.

Sim, o que atrai os homens para Napoleão é o antigo sonho do Paraíso perdido, do Reino de Deus na terra como no céu, e um novo sonho — o sonho do Reino humano da liberdade, da fraternidade e da igualdade. Isto significa que a alma de Bonaparte é a alma da Revolução: ele é o relâmpago deste temporal, o monstro atirado à praia por este abismo.

54. Ségur, V, p. 36.
55. Ségur, V. p. 37.

A revolução nutriu-o como a loba nutriu Rômulo. Por mais que a maldiga, domando-a, matando-a, ele retorna sempre a ela e apega-se a suas tetas de bronze: o sangue de suas veias é o leite da loba revolucionária.

Ela encarnou-se nele. "Sou a Revolução francesa", dizia ele depois da execução do duque d´Enghien, ação cruel e terrível entre todas, mas de modo algum insensata: essa execução consolida o laço que une Napoleão ao regicídio de 1793, ao Terror, à alma da Revolução[56]. O fosso de Vincennes, onde foi fuzilado o rebento inocente dos Bourbons, separa a antiga e a nova ordem; corta o cordão umbilical que unia o César recém-nascido ao antigo poder. O cadáver de d´Enghien é para Bonaparte o primeiro degrau do trono imperial; o sangue de d´Enghien é para ele a púrpura imperial.

"Só comprometendo sucessivamente todas as autoridades é que garantirei a minha, isto é, a da Revolução", declara ele ao Conselho de Estado à hora de sua coroação[57]. E depois de ter lido o discurso ambíguo de Chateaubriand na Academia sobre Joseph Chénier, o regicida de 93, ele observava: "Como a Academia ousa falar de regicidas quando eu, que sou coroado e devo odiá-los mais que ela, janto com eles e sento-me ao lado de Cambacérès"?[58]

A verdadeira sagração do novo César, não é o óleo santo, mas a vontade revolucionária do povo. "Não usurpei a coroa; apanhei-a na sarjeta; o povo a colocou em minha cabeça; que respeitem seus atos"[59]!

"Sou a Revolução francesa", diz ele no começo do Império e, no fim, repete: "O império é a Revolução"[60].

A Revolução é a alma do Império, sua dinâmica. Este é movido por aquela como o corpo pela alma. Desde que o Império começa a estalar, é a lava fervente da Revolução que lhe sai das fendas.

"É preciso retomar as botas de 93", escreve Napoleão em 1814, durante a invasão dos Aliados em França[61]. E em 1815, na véspera de Waterloo, diz ainda "Imperador, cônsul, soldado, recebi tudo do povo... Minha vontade é a do povo, meus direitos são os seus"[62]. E após Waterloo, antes da partida para Rochefort, suprema etapa em direção a Santa-Helena: "Não é a mim precisamente que as Potências européias fazem guerra, é à Revolução"[63].

---

56. Madame de Rémusat, I, p. 338.
57. Lacourt-Gayet, p. 177.
58. Lacourt-Gayet, p. 393.
59. *Memorial*, I. p. 148.
60. Houssaye, *1815*, I, p. 512.
61. Lacour-Gayet, p. 505.
62. Houssaye, I, p. 605.
63. Houssaye, III, p. 194.

Eis porque o velho e honesto jacobino Carnot, membro do Comitê de Salvação Pública, o Dom Quixote e o filantropo de 93, lhe ficou fiel até o fim. "A honra e o bem da França não me permitem duvidar que a obra de Napoleão é de qualquer forma a obra da Revolução", dirá um outro jacobino para explicar sua fidelidade[64].

"É preciso separá-lo dos jacobinos!" — repetia com um terror supersticioso Alexandre I no congresso de Viena, quando soube que Napoleão se evadira da ilha de Elba; parece que Alexandre foi único a compreender que Napoleão ia de novo tornar-se o que fora já uma vez — a Revolução encarnada, o "Robespierre a cavalo"[65].

O supremo horror da Revolução, sua face infernal, — essa face de Medusa, que petrifica tudo o que vive — Napoleão o conhecia melhor que ninguém. "Uma revolução é um dos maiores males de que o céu possa afligir a terra"[66]. A "vil canalha" revolucionária inspira-lhe uma repulsão ao mesmo tempo física e metafísica. A 20 de junho de 1792, vendo da praça do Carrousel a turba invadir as Tulherias, murmurou entre dentes, empalidecendo: "*Che coglione*! Como puderam deixar entrar essa canalha? Bastaria varrer quatrocentos ou quinhentos com o canhão e o resto ainda estaria correndo"[67].

Todo o temor humano lhe era estranho, mas ele empalideceu "ouvindo narrar os excessos a que o povo revoltado pode deixar-se arrastar. Se, em percorrendo a cavalo as ruas de Paris, um obreiro vinha atirar-se diante dele para implorar algum favor, seu primeiro movimento era estremecer e recuar"[68].

"Era um mau homem, um homem perverso, dizia ele junto ao túmulo de Rousseau em Ermenonville. Sem ele não haveria Revolução francesa... É verdade que também eu não seria nada... Mas talvez a França fosse mais feliz com isso"[69]. "É um maluco, o vosso Rousseau: foi ele quem nos pôs onde estamos", declarava ele ainda[70]. "O futuro dirá se não valeria mais para o repouso da terra que nem Rousseau nem eu houvéssemos existido[71]".

Mas ele sabe que a Revolução não poderia deixar de ter existido, que havia nela a mesma fatalidade que nele. "Nossa Revolução, acentuava ele, foi irresistível, porque era uma erupção moral tão inevitável quanto as erupções físicas. Era um verdadeiro vulcão"[72].

64. Thibaudeau, *Mémoires*, Plon, Paris, 1913, p. 376.
65. *Mémorial*, II, p. 34.;IV, p.376.
66. *Mémorial*, III, p. 395.
67. Arthur-Lévy, p. 5; Bourrienne, I, p.33.
68. Madame de Rémusat, III, p.356.
69. H. R. Holland, *Souvenirs des Cours de France, d'Espagne, de Prusse et de Russie*, Paris, Firmin-Didot, 1862, ps.193-194.
70. Roederer, *Journal*, Paris, Daragon, 1909, p.20.
71. Chuquet, II, p. Roederer, p. 20.
72. *Mémorial*, III, p. 395.

A Revolução é o caos; suas forças infinitamente destruidoras; se a deixassem agir ela destruiria o cosmos humano até os fundamentos, até essa "tábua rasa" que canta a Internacional. Para salvar o cosmos, é preciso domar o caos. Foi o que fez Napoleão e, qualquer que seja nosso julgamento sobre suas outras obras, devemos reconhecer que aquela foi boa e mesmo santa, ou como diriam os antigos, "divina", porque os deuses são, por excelência, os domadores e ordenadores de caos.

"Eu tapei a voragem anárquica, desenovelei o caos, limpei a Revolução"[73].

O cosmos nutre-se de caos; o mais belo cosmos não passa de caos organizado; isso os deuses o sabem e ele também o sabe, ele, o falso assassino da Revolução, seu verdadeiro deus Musagete.

"A Revolução, a despeito de todos os horrores, não deixava de ser a verdadeira causa da regeneração de nossos costumes, como o esterco mais infecto provoca a mais nobre vegetação... Poder-se-á bem deter, comprimir o movimento ascendente, mas não destruí-lo"[74]. — "Nada conseguirá agora destruir ou apagar os grandes princípios de nossa Revolução. Estas grandes e belas verdades devem perdurar para sempre, tanto nós as entrelaçamos de honrarias, monumentos, prodígios!... Elas são já agora imortais... Vivem na Grã-Bretanha, aclaram a América, são nacionalizados em França: eis a trípode de onde irromperá a luz do mundo... Serão a fé, a religião, a moral de todos os povos; e essa era memorável prenderá, queiram ou não, a minha pessoa; porque, seja como for, fiz brilhar o facho, consagrei os princípios de que a perseguição de hoje vem consagrar-me o Messias. Amigos e inimigos, todos me dirão o primeiro soldado, o maior representante dessa fase. Assim, mesmo quando já não existir, permanecerei ainda para os povos a estrela dos seus direitos e meu nome será o grito de guerra dos esforços, a divisa das esperanças de todos eles"[75].

Puchkine disse que "das trevas do exílio ele legou ao mundo a liberdade eterna".

Mas foi assim? Que legou ele ao mundo? A liberdade ou a escravidão?

O caos revolucionário, aniquilando o cosmos interior, toca em seu ponto de partida no cosmos superior: por momentos, acima da face meio bestial, meio divina da Revolução, surgiu uma língua de fogo — "a língua três vezes luminosa" — Liberdade, Igualdade e Fraternidade — o Filho, o Pai e o Espírito. Mas a visão passou, a luz extinguiu-se, e o terceiro membro, a Fraternidade, síntese da Liberdade e da Fraternidade é o fratricídio, o choque da lâmina da guilhotina: "A Fraternidade, ou a morte!" Restam a tese e

---

73. *Mémorial*, II, p. 244.
74. *Mémorial*, IV, p. 43.
75. *Mémorial*, II, p. 107.

a antítese — a Liberdade e a Igualdade — opondo-se numa antinomia insolúvel: a liberdade na anarquia ou a igualdade na escravidão, o poder de um sobre todos ou de todos sobre um só; o aniquilamento da sociedade no caos ou o aniquilamento da personalidade no cosmos maldito.

Napoleão talvez sentisse profundamente essa antinomia, mas não a resolveu; afastou-a unicamente, sacrificando a Liberdade à Igualdade.

"Mais vale contrariar a liberdade que a igualdade. Esta é a paixão do século e eu quero conservar-me filho do século"[76] — "Minha máxima foi: carreira franqueada aos talentos, sem distinção de nascimento ou de fortuna, e esse sistema igualitário é a razão pela qual vossa oligarquia inglesa me detesta tanto"[77]. — "A liberdade é necessária a uma classe pouco numerosa e privilegiada. Logo pode ser constrangida impunemente. A igualdade, ao contrário, agrada à multidão"[78].

Ele se enganava: contrariou a liberdade, mas não foi impunemente; ela se vingou dele pela prisão eterna — por Santa-Helena. Não foram só os "pouco numerosos", os "privilegiados" que se afastaram dele, se levantaram contra ele pela liberdade, mas povos inteiros. Essa Inglaterra que ele tratava de "mercantil" fez-se o campeão da liberdade do mundo.

Resultou para ele uma situação fatal: um combate de morte entre a Inglaterra, o mar, a liberdade, de uma banda; e Napoleão, o continente, a igualdade, de outra; um combate entre a tese e a antítese, e a síntese foi aniquilada: a Fraternidade universal dos povos — toda a terra firme, cercada dos mares, a "nova Atlântida", o "Paraíso perdido e reencontrado" — não foi realizada.

Parece que ele próprio teve consciência de seu "crime" para com a liberdade, se se pode empregar falando dele a insuficiente linguagem humana.

"Juro que se não dou à França mais liberdade, é que não a creio útil para ela"[79]. — "Meu despotismo? Mas o historiador demonstrará que a ditadura era de toda necessidade... mas ele, provará que a licença, a anarquia, as grandes desordens estavam ainda na soleira da porta"[80]. — "Por mim, eu não podia ser um Washington coroado. Mas só podia sê-lo dominando os reis, através da ditadura universal. E foi isso que pretendi. Far-me-ão disso um crime"[81]? E dois dias antes da morte, quase no delírio da agonia, num instante em que não se mente, ele dirá: "Sancionei todos os princípios, infundi-os nas minhas leis, nos meus atos, e não há um só que não tenha

76. *Memorial*, IV, p. 243.
77. O'Meara, II, p. 6.
78. Madame de Rémusat, III, p. 153.
79. Roederer, p. 240.
80. *Mémorial*, II, p. 245.
81. *Mémorial*, I, p. 308.

consagrado. Infelizmente as circunstâncias eram severas... chegou a adversidade... e a França ficou privada das instituições que lhe destinava"[82].

Que Napoleão, quaisquer que fossem as circunstâncias, acabasse um Washington, é pouco provável. Mas talvez seu crime para com a liberdade fosse menor do que supunham.

A Liberdade e a Igualdade são duas manifestações de uma mesma força, a luz e o calor do mesmo sol. Não há verdadeira igualdade sem uma parcela ao menos de liberdade. Ora, a "carreira franqueada aos talentos" — fundamento da democracia moderna — é uma verdadeira igualdade. Em geral, a turba é incapaz de suportar uma liberdade excessiva, mas não perdoará nunca aos que lhe roubarem de todo. O Código Napoleão concede-lhe uma parte minguada de liberdade, mas esta é concedida com tanta segurança e solidez que toda a civilização européia se esboroará para que ela seja retirada dos homens.

A democracia é um paraíso bem pobre; mas aquele que esteve no inferno sabe que um paraíso, mesmo bem pobre, vale mais que o inferno, e que o pouco de liberdade da democracia, comparado com a escravidão absoluta, é como a frescura de uma manhã primaveril comparada com o círculo gelado do inferno dantesco ou com o frio dos espaços interplanetários.

Talvez os russos que já estiveram no inferno do comunismo saibam sobre Napoleão o que os europeus ignoram ainda e não se pode aprender em quarenta mil obras escritas sobre ele.

"Devia ter vencido em Moscou"[83]! — "Sem o incêndio de Moscou eu teria triunfado"[84].

1812-1917: o que começou naquele ano terminou neste; sem um, talvez não houvesse o outro. "Teria proclamado a liberdade de todos os escravos na Rússia"[85]. Se ele o houvesse feito, talvez evitasse a revolução russa, o inferno russo.

Quem incendiou Moscou? Os "filhos da pátria"? Não. Ladrões, assassinos, e bandidos desembaraçados das grades[86]. "Todos viram homens de uma figura atroz errar nas flamas e completar uma apavorante imagem do inferno", diz Ségur em suas memórias[87].

"Que homens, que homens! São verdadeiros citas!" — Repetia Napoleão presa de um terror profético[88]. Como que ele adivinhava que, apagado o sol de Austerlitz, iria acender-se a Grande Moscou. Moscou incendiou-se e as profecias se cumpriram.

---

82. Antommarchi, II, p. 107.
83. *Mémorial*, I, p. 308.
84. O'Meara, I, p. 178.
85. O'Meara, I, p. 178.
86. Ségur, V. p. 46; *Mémorial*, III, p. 295.
87. Ségur, V, p. 46.
88. Ségur, V, p. 47.

"Que desgraça a minha queda!... Eu poderia marchar tranqüilamente para a regeneração universal; ela não se executará agora senão através de tempestades"[89]. — "Basta uma fagulha para provocar uma conflagração universal"[90]. É o reflexo desse incêndio que ele viu em Moscou.

"Os russos são bárbaros que não têm pátria e aos quais todos os países parecem melhores que aquele em que nasceram"[91].

"Respeitarão minha memória quando os bárbaros possuírem a Europa, o que não aconteceria sem vós, senhores ingleses"[92]! Diremos hoje: "Sem vós, senhores europeus!"

"A França precisava mais de mim que eu dela"[93]. Estas palavras de Napoleão, sempre enigmáticas para a França, não o são mais para a Rússia.

Não foi ele de todo justo com os russos. Nem todos são "bárbaros". Há entre eles os que amam a Europa e a conhecem melhor talvez que os próprios europeus.

Neste momento os russos vêem já o que não vêem ainda os europeus: terrivelmente alto — é graças a essas alturas que podemos julgar em que pantanal tombamos, em que precipício escorregamos, — terrivelmente alto, acima de nós, nas montanhas do Ocidente, passa, negro, sobre o fundo vermelho do céu abrasado, um cavalheiro. Quem é? Como não reconhecê-lo? "Vai de tricórnio e de redingote cinzento"[94]. Passa devagar, olhando ao longe, para o Oriente, e tendo na mão uma espada nua. Está vigiando. O quê? Se os europeus o ignoram, os russos o sabem. Vela pela Santa Europa, protegendo-a contra o Diabo Vermelho.

89. *Mémorial*, II, p. 118.
90. *Mémorial*, II, p. 39.
91. O'Meara, I, p. 358.
92. O'Meara I, p. 358.
93. *Mémorial*, III, p. 370.
94. Zedlitz, *La revue nocturne.*

III

O SENHOR DO MUNDO

"A idéia da união universal dos homens é uma idéia da humanidade européia; é por ela só que a Europa vive", diz Dostoiewsky no "Jornal do Escritor". E pela boca do grande inquisidor, falando das três tentações de Jesus Cristo no deserto — pelo pão, o milagre e o poder — ele se exprime assim: "A necessidade da união universal é o supremo tormento dos homens. Em todos os tempos a humanidade inteira pendeu para uma organização universal. Muitos povos tiveram uma grande história, mas tanto mais esses povos se elevaram e tanto mais eram infelizes, porque experimentavam mais fortemente que os outros a necessidade desta união". Dostoiewsky diz a verdade: o eterno e o mais cruel tormento dos homens é essa sede inextinguível de universalidade. Se à primeira vista parece que os únicos seres reais da história sejam seres nacionais — povos, tribos, línguas, — constata-se, olhando mais profundamente, que todos lutam contentemente contra si mesmos e uns contra os outros, que triunfam de si mesmos e dos outros para formar um ser superior, supernacional, universal; que todos sentem, mais ou menos, serem, uns e outros, os membros dispersos, "membra disjecta", desse corpo passado e futuro; todos se movem na história e se agitam como pedaços de uma serpente retalhada, mas ainda viva, a fim de unir-se de novo e de reconstituir-se. Depois do Rei babilônio Sarganissar, Sargon o Antigo, que, há quase dois mil e oitocentos anos, fundou a monarquia universal, até a Terceira Internacional, a história do mundo só é feita da agitação desses pedaços de serpente, que faz pensar no rumor dos ossos de mortos na visão de Ezequiel.

A humanidade, tão longe quanto remontem suas lembranças, sofreu desse tormento, dessa sede inextinguível. As antigas monarquias universais — Egito, Babilônia, Assíria, Média, Pérsia, Macedônia — são uma série de tentativas a fim de acalmar essa sede para "se organizar universalmente". É ainda a mesma idéia que une as duas metades da humanidade, a pagã e a cristã. Só na universalidade heleno-romana podia realizar-se o Cristianismo: não foi por acaso que o Filho do Homem nasceu na terra universal de Roma, sob o domínio universal do César romano.

A obra cosmopolita iniciada pela Roma pagã, continuou-a a Roma cristã até nossos dias, até a Revolução. A Revolução renega o Cristianismo em tudo, salvo nisto: "A Revolução francesa não foi, no fundo, senão o último aspecto e a reencarnação dessa antiga fórmula romana de união universal", diz Dostoiewsky, mas não vai ao fim: a última encarnação da universalidade não foi a própria Revolução, o caos, mas aquele que domou o caos — Napoleão.

Essa obra de universalidade é a obra principal e, pode dizer-se, única, de toda a sua vida. Quem não a compreende não compreenderá nada dessa vida. Todas suas ações, todos seus pensamentos, todos seus sentimentos vêm de lá e vão lá.

"A aspiração ao domínio universal está em sua natureza; pode ser modificada, contida, mas não conseguirão asfixiá-la", observou muito justamente Metternich[95]. E escreve alhures: "Minha apreciação sobre o fundo dos projetos de Bonaparte não variou nunca. Esse objetivo monstruoso que consiste na escravização do continente sob o domínio de um só foi e é ainda o seu"[96].

Mas por que esse objetivo é monstruoso? Por que o domínio universal de Bonaparte é uma escravização? Por que é ele um ambicioso, um déspota, como nunca o mundo vira igual?

Censurar em Napoleão o amor do poder é censurar no escultor o amor do mármore ou no músico o amor dos sons. A questão não é saber se ele ama o poder, mas porque o ama e o que faz dele.

O amor do poder é uma paixão poderosa, mas não a mais poderosa. De todas as paixões humanas, a mais forte, a mais ardente, a que abrasa a alma com um fogo transcendental, é o pensamento; e de todos os pensamentos o mais apaixonado é o que Napoleão se via possuído, "o supremo tormento dos homens" — a universalidade. Talvez não fosse apenas paixão e sim qualquer coisa de maior, inexprimível em palavras, porque, como sensatamente observou madame de Stäel, o "caráter de Napoleão não pode ser definido pelos vocábulos".

"Quis o império do mundo, "confessa ele próprio", mas quem não o quereria em meu lugar? O mundo me convidava a regê-lo; soberanos e súditos se precipitavam em competição sob meu cetro"[97]. Poderia dizer do mundo o que disse da França: "O mundo precisa de mim mais que eu dele."

Se é o "amor do poder", a "ambição", são de uma ordem particular, que não é a nossa e nossas palavras não sabem definir. Ele mesmo ignora que é ambicioso: "Não tenho ambição, ou, se a tenho, é tão natural, de tal forma inata em mim, tão bem adaptada à minha existência, que é como o sangue

95. Taine, p. 120; Metternich, *Mémoires*, II, p. 378.
96. Taine, p.124; Metternich, II, p. 304.
97. *Mémorial*, II, p. 43.

que me corre nas veias, como o ar que respiro"[98]. — "Minha ambição? Ah! Sem dúvida, o historiador dirá que a tive, e muita, mas da maior e da mais alta que jamais existiu, a de estabelecer, consagrar enfim o império da razão e o pleno exercício, o inteiro gozo de todas as faculdades humanas"[99].

"O império da razão" é o império universal. Por que caminho vai ele atingi-lo?

"Um de meus grandes pensamentos foi a aglomeração, a concentração dos mesmos povos geográficos, dissolvidos, esfacelados pelas revoluções e a política... Quis fazer de cada um desses povos um só e mesmo corpo de nação"[100]. Esse o começo, e o fim a reunião dos corpos nacionais num corpo universal — a "Associação Européia"[101].

"É com um tal cortejo que seria belo marchar para a posteridade e para a benção dos séculos! Após essa simplificação sumária, seria possível abandonar-se à quimera do nobre ideal da civilização: nesse estado de coisas é que se encontrariam mais possibilidades de ultimar por toda a parte a unidade dos códigos, a dos princípios, das opiniões, dos sentimentos, das vistas e dos interesses"[102]. "Um código europeu, uma corte de cassação européia... a mesma moeda... os mesmos pesos... as mesmas medidas, as mesmas leis". — "Todas as ribeiras navegáveis para todos; a comunidade dos mares[103]. — O desarmamento geral, o fim das guerras, a paz do mundo. "Dessa forma teríamos realmente composta na Europa uma única família. Cada qual, viajando, não deixaria de estar em casa"[104].

"Então, talvez, graças a luzes universalmente espalhadas, seria permitido sonhar para a grande família européia a aplicação do Congresso americano ou dos anfitriões da Grécia, e quantas perspectivas de força, de grandeza, de possança, de prosperidade!"[105]

Tudo isso esteve próximo, mais próximo que nunca; bastava estender a mão. E duas vezes ele a estendeu; duas tentativas de regeneração universal foram feitas por ele: a primeira debaixo das cores republicanas, do sul ao norte, através da Inglaterra: a segunda, sob as formas monárquicas, do norte ao sul, através da Rússia. "Esses dois sistemas podiam ser igualmente bons, porque visavam ambos o mesmo fim e ambos se executaram com firmeza, moderação, e boa fé. Quantos males que nos são conhecidos, quantos males que não conhecemos ainda seriam poupados a esta pobre Europa! Nunca um projeto mais vasto nos interesses da civilização foi con-

98. *Roederer*, p. 174.
99. *Mémorial*, II, p. 245.
100. *Mémorial*, IV, p. 152.
101. *Mémorial*, III, p. 297.
102. *Mémorial*, IV, p. 153.
103. *Mémorial*, III ps. 297-298.
104. *Mémorial*, IV, p. 211.
105. *Mémorial*, IV, p. 153.

cebido com intenções mais generosas e esteve prestes a ser executado. E, coisa bem notável, os obstáculos que me fizeram fracassar não partiram dos homens: partiram todos dos elementos: no Sul foi o mar que me perdeu e foram o incêndio de Moscou, os gelos do inverno, que me perderam no Norte; a água, o ar e o fogo, toda a natureza, e nada senão a natureza, eis os inimigos de uma regeneração universal, ordenada pela própria natureza. Os problemas da Providência são insolúveis"[106]. — "Como quer que seja, essa aglomeração chegará cedo ou tarde pela força das coisas: o impulso está dado e penso que, depois da minha queda e da desaparição de meu sistema, não haverá na Europa nenhum grande equilíbrio possível sem a aglomeração e a confederação dos grandes povos"[107]. "Talvez, meu caro, estejais tentando dizer-me como o ministro de Pyrro a seu senhor: e, afinal, para que? Respondo: para fundar uma nova sociedade e evitar imensas desgraças. A Europa espera, solicita esse benefício; o velho sistema entrou em agonia, e o novo não se fixou ainda e não se fixará sem longas e furiosas convulsões"[108].

Nunca estas palavras de Napoleão tiveram um som tão profético quanto nos nossos dias. 1814-1914: este ano respondeu aquele; o primeiro viu desmoronar-se o império de Napoleão, começo da universalidade, e o segundo viu acender-se a guerra universal. Uma "furiosa convulsão" veio abalar o gênero humano e talvez estejamos nas vésperas de uma convulsão mais furiosa ainda, como ele o predisse: "Basta uma fagulha para provocar uma conflagração geral". E nossa única defesa é a sombra lamentável da universalidade vagando em meio aos limbos, o aborto mesquinho — a Sociedade das Nações.

A fim de compreender plenamente o que significa para Napoleão a universalidade, é preciso compreender que para ele Cristo não era uma noção abstrata, mas um ser de carne e de sangue, que a seu ver "não será", mas "já é"; é preciso compreender que Napoleão não é um homem com a idéia da universalidade, mas já é o homem universal. "Nisto, é um ser que não tem semelhante", segundo a profunda expressão de madame de Stäel.

Ele é contemporâneo não de seu tempo e sim desse passado imemorial em que "toda a terra tinha senão uma língua, ou bem desse futuro infinitamente distante em que haverá um só rebanho e um só pastor". É o homem de uma outra humanidade, muito antigo ou muito novo, "pré-histórico" ou "apocalíptico".

Não tem pátria, não por insuficiência, mas por excesso. Jovem, amou seu país natal, a Córsega, e quis ser um "patriota", a exemplo do herói corso, Paoli, ou dos heróis clássicos de Plutarco. Mas saiu-se mal e logo os compatriotas o expulsaram, apodando-o de "traidor".

---

106. *Mémorial*, I, ps. 530-531.
107. *Mémorial*, IV, ps. 157.
108. *Mémorial*, IV, ps. 115-116.

Até o fim da vida, não saberá o que é: "Sou italiano ou toscano mais do que corso"[109]. — "Quis absolutamente ser francês... de todas as injúrias divulgadas contra mim em tantos libelos, a que mais me sensibilizava era ouvir chamar-me de corso"[110]. — "Em Lião, certa vez, um "maire", acreditando fazer-me um cumprimento, disse-me: É espantoso, sire, que não sendo francês ameis tanto a França e façais tanto por ela! Foi como se ele me desse uma cacetada"[111].

"Qualquer que fosse a língua que falasse, não parecia nunca ser-lhe familiar: carecia de esforço para exprimir seu pensamento"[112] — "O que estraga Napoleão é o vício habitual da sua pronúncia. Ordinariamente fazia ele redigir o discurso que queria pronúnciar..." Lia-o sempre, em última instância, preferindo os caracteres muito vistosos; ensaiava as palavras, mas não raro se atrapalhava, e o seu sotaque, mais "estranho" que "estrangeiro", feria desagradavelmente os ouvidos e as idéias do público"[113].

Era bem isso: o homem sem língua, sem povo, sem pátria.

Amava ele a França? Certo que sim! Mas mesmo um homem tão perspicaz quanto Stendhal se engana ao pensar que Napoleão a ama como se ama a pátria. Aliás ele se engana a si próprio: "Juro que não faço nada senão pela França"[114]. — "Na prosperidade, na adversidade, no campo de batalha, no conselho, no trono, no exílio, a França foi o objeto constante de meus pensamentos e de minhas ações"[115]. — "Tudo pelo povo francês", escreve ao filho no testamento. Mas ele próprio ter-lhe-ia sacrificado tudo?

Que é a Pátria? A terra natal, separada das outras terras por fronteiras. Mas todo o fim das guerras napoleônicas é alargar indefinidamente e enfim apagar as fronteiras da França. "Quando a França for a Europa, não haverá mais França", predisse ele[116]. Mas era precisamente o que ele queria; não haveria mais França — haveria o mundo.

Assistindo, em 1807, a uma parada do exército francês em Berlim recentemente conquistado, o marechal prussiano Mollenforff extasiava-se: "Eis aí tropas às quais nada falta no mundo, dizia ele. — Sim, replicou Napoleão, se lhes pudessem fazer esquecer que têm uma pátria"[117]!

"Ele conseguiu perfeitamente desnaturar seu exército, de maneira a perder todo sentimento nacional", observa um contemporâneo[118].

109. Gourgaud, II, p. 345.
110. Gourgaud, II, p. 170.
112. Madame de Rémusat, I, p. 104.
113. Madame de Rémusat, III, p. 204.
114. Roederer, p. 240.
115. Houssaye, *1815*, I, p. 605.
116. Ségur, IV, p. 70.
117. Thiébault, III, p. 395.
118. Madame de Rémusat, III, p. 200.

O "pequeno-caporal" para seus soldados é mais que a França; lá onde ele está, está a pátria; o exército de Napoleão, como ele mesmo, é já um ser Universal.

De resto, nem sempre ele se engana sobre a natureza do seu amor pela França: "Só tenho uma paixão, uma amante, é a França; deito-me com ela. Ela não me engana nunca, prodigalizando-me seu sangue e seus tesouros"[119]. Os homens não falam assim da pátria. Ela é para eles mãe e não amante; não é ela quem lhes sacrifica tudo: são eles que lhe sacrificam tudo.

No melhor caso a França é para ele uma amante, e no pior um cavalo de batalha, a maravilhosa égua de que fala o poeta e que seu cavaleiro furioso meteu num galope de morte, fazendo com que ela, ao cair sobre ele num "leito de metralha", lhe quebrasse irremediavelmente as costelas[120].

Mas o espantoso é que, se perguntassem à França agonizante se ela preferia passar sem esse cavaleiro furioso, ela respondesse: "Não!" E está aí a grandeza da França.

Nem corso, nem italiano, nem francês, e talvez mesmo nem europeu. A Europa não é para ele senão o caminho da Ásia. "A Europa é uma casa de toupeiras; só tem havido grandes impérios e grandes revoluções no Oriente, onde vivem seiscentos milhões de homens"[121].

Essa atração pelo Oriente, satura-lhe a vida.

No Egito, nas vésperas da campanha da Síria, o jovem general Bonaparte, deitado horas inteiras por terra, sobre enormes mapas desenrolados, se põe a marchar até a Índia, através da Mesopotâmia, seguindo as pegadas de Alexandre o Grande. Se o seu sonho se realizasse, o último fundador de uma monarquia universal ter-se-ia encontrado, após quarenta e cinco séculos, com o primeiro — o rei babilônio Sarganissar: ambos seguem o mesmo caminho, mas um vai do Oriente para o Ocidente e outro do Ocidente para o Oriente.

"Chego a Constantinopla com um formidável exército. Derrubo o império turco. Fundo no Oriente um novo e grande império que fixará meu lugar na posteridade". Assim sonha ele passeando à borda do mar perto de São João d´Acre[122]. "Tomado São João d´Acre, o exército francês voaria a Damasco e a Alepo; estaria num abrir e fechar de olhos no Eufrates; os cristãos da Síria, os Drusos, os cristãos da Armênia se reuniriam a ele e as populações seriam sacudidas de seu torpor". Um de nós falou no reforço de cem mil homens. "Diga de seiscentos mil, interrompeu o Imperador; quem pode calcular o que seria? Atingidas Constantinopla e as Índias, ter-se-ia mudado a face do mundo", dizia ele em Santa-Helena[123].

119. Roederer, p. 240.
120. A. Baibier, *Jambes, La Cavale.*
121. Bourrienne, I, p. 230.
122. Bourrienne, I, p. 364.
123. *Mémorial*, II, ps. 84-85.

Mal viera ele assenhorear-se do poder, depois do 18 Brumário, e já propunha ao Imperador Paulo I marchar sobre a Índia; mais tarde, no fastígio da grandeza, depois de Tilsitt, faz ele a Alexandre I a mesma proposta.

Alguns meses antes de partir para a antiga capital da Rússia, o Imperador dizia: "De qualquer modo, esta longa estrada é o caminho da Índia. Alexandre partira de tão longe quanto Moscou para atingir o Ganges... É de uma extremidade da Europa que devo apoderar-me da Ásia para ferir a Inglaterra. É uma expedição gigantesca, convenho, mas exeqüível no século XIX"[124].

Na fila de viaturas que estavam a seu serviço na campanha da Rússia, um caminhão transportava as insígnias imperiais: a espada da sagração, o diadema, o manto de púrpura. Dir-se-ia que era em Delhi mesmo, às margens do Ganges, que Napoleão ia fazer-se coroar pela segunda vez Imperador do Oriente e do Ocidente.

Horas antes da memorável batalha da Moskowa, Napoleão recebeu o retrato do filho. O real infante aparecia meio deitado em seu berço com um brinquedo cuja bola sugeria o globo terrestre e o cabo um cetro.

Em 1811, o Imperador envia ao ministro da Marinha Decrès um projeto de construção em três anos de duas frotas, a do Oceano e a do Mediterrâneo; a primeira devia ter por base a Irlanda, a segunda o Egito e a Sicília. Pensava-se numa expedição ao cabo da Boa Esperança, a Suriname, a Martinica e outros países de além-mar; as frotas seriam repartidas pelos dois hemisférios, a fim de estabelecer a dominação universal não só na Europa e na Ásia, mas em todo o planeta.

"Em cinco anos serei senhor do mundo!" diz ele, no mesmo ano[125]. "O Imperador está maluco, completamente maluco!" — Grita Decrès apavorado[126]. Isso parece efetivamente maluquice. Nunca homem algum, nem Sargon, nem Alexandre, nem César, teve a visão tão terrivelmente clara, tão horrivelmente próxima, do Império universal.

Como que às vezes ele próprio tem medo dessas visões, ainda que a palavra "medo" seja humana demais para ele. Em todo caso sentiu-lhes o peso "fatal".

Tudo o que faz é feito com essa intenção, mas não fala jamais nisso. Estando já em Santa-Helena e sabendo tudo irremediavelmente perdido, ele diz: "Calculava então achar um auxílio bem maior no segredo; vagava em torno de mim, como uma auréola, essa luz imprecisa que atrai a multidão e a fascina; acreditava ser beneficiado pelo mistério que obceca os

---

124. Lacour-Gayet, p. 458.
125. Abbé de Pradt, *Histoire de l'Ambassade dans le Grand-Duché de Varsovie.*
126. Marmont, *Mémoires*, III, p. 337.

espíritos; gostava dos desfechos súbitos e brilhantes recebidos sempre com aplausos e que tanto dilatam o prestígio de um chefe. Foi esse mesmo princípio que me fez correr desgraçadamente tão depressa para Moscou; com maior lentidão teria pensado em tudo; mas pusera-me na obrigação de não deixar tempo para comentários. Com minha carreira já percorrida, e com minhas idéias para o futuro, era preciso que minhas investidas e meus sucessos possuíssem qualquer coisa de sobrenatural"[127].

Ele tem necessidade de "segredo", de "sobrenatural", o que quer dizer necessidade de religião. Chegado a esse ponto extremo de seus pensamentos sobre o domínio universal, compreende de repente que não pode passar sem religião, que não pode haver uma organização universal de homens sem um centro que os una interiormente, sem a Unidade absoluta, sem Deus.

"Eu criava uma religião, via-me a caminho da Ásia, trepado num elefante, o turbante na cabeça e em punho o novo Alcorão que compusera a meu sabor"[128]. Isto é dito evidentemente a sorrir. Ele é inteligente demais para não compreender que livros como o Alcorão não se "compõem", que as religiões não se fabricam.

Em geral, não convém esquecer que ele fala da religião quase sempre negligentemente ou canhestramente, porque fala "do lado de fora", não superficialmente — ao contrário, é às vezes profundíssimo em suas idéias religiosas — mas estas lhe vem de fora; trata do assunto com esse ligeiro sorriso que recorda o ríctus de Voltaire, pelo qual, de resto, não tem ele nem simpatia, nem estima. "Era um mau homem, um homem perverso, foi ele que nos pôs onde estamos", teria dito dele mais facilmente que de Rousseau. Mas não pode libertar-se do sorriso de Voltaire em matéria de religião. Sente-se, todavia, mesmo através desse sorriso, que a religião não é para ele coisa vã e vulgar, mas uma coisa grave, pesada e mesmo, para empregar um vocábulo humano que, ainda uma vez, não lhe serve, uma causa assustadora.

Seja como for, tendo compreendido que para estabelecer o domínio universal não se pode prescindir de religião, ele compreendeu também que religiosamente esse domínio se constrói como uma pirâmide, diminuindo progressivamente para o cimo e afilando-se numa única ponta, num só ponto matemático, onde a terra toca o céu e o homem Deus. Em outros termos, o homem, no topo do domínio universal, deve bom grado, mau grado, pronunciar estas palavras temíveis ou absurdas: "Sou Deus — *Divus Caesur Impe-*

127. *Mémorial*, IV, ps. 157-158.
128. Madame de Rémusat, I, p. 274.

rator". Os Césares romanos o diziam, não por demência, — houve entre eles homens cheios de inteligência, como Júlio César, — nem por "orgulho satânico" — houve entre eles santos, como Antônio e Marco Aurélio, mas porque eram forçados a isso pela lógica interior do poder universal: chegado a esse ponto, o homem deve fazer-se Deus, senão toda a pirâmide se esboroa debaixo dele.

Com a clareza geométrica própria de seu espírito, Napoleão compreendeu: "Desde que um homem é rei está à parte de todos, e sempre encontra o instinto da verdadeira política na idéia que teve Alexandre de se fazer descendente de um Deus"[129]. Mais que todas as vitórias de Alexandre, ele acha de uma "grande política" essa visita ao templo de Amon, onde o oráculo lhe disse ao ouvido: "Tu és o Filho de Deus"[130].

Alexandre e César podiam fazê-lo antes do nascimento de Jesus Cristo, mas, depois, é ainda possível? Isto Napoleão não o sabe muito bem. Às vezes parece-lhe que sim. "Se eu voltasse vitorioso de Moscou, o mundo todo voltaria a mim, admirando-me, abençoando-me. Só me restaria desaparecer no seio do mistério, e o vulgo renovaria para mim a fábula de Rômulo, dizendo que eu fora arrebatado ao céu para tomar meu lugar entre os deuses"[131].

Mas outras vezes parece-lhe que isso não é mais possível.

"Cheguei muito tarde e nada mais se pode fazer de grande", disse ele, no dia da sagração, a Decrès, o mesmo que pensava que o Imperador enlouquecera. "Sim, minha carreira é bela, convenho; mas que diferença com a Antigüidade! Vede a Alexandre: depois de ter conquistado a Ásia e de se ter anunciado ao povo como filho de Júpiter, com exceção de Olímpias, que sabia o que pensar, com exceção de Aristóteles e de alguns pedantes de Atenas, todo o Oriente acreditou nele. Pois bem, eu, se me declarasse hoje filho do Padre Eterno, não haveria moleque que não me apupasse. Os povos estão agora muito esclarecidos; nada mais de grande resta a fazer"[132].

Ora é possível, ora não é. Nesse ponto a clareza geométrica de seu espírito o atraiçoa. Lá começa o "hemisfério noturno" onde se apaga subitamente a luz de que fala Goethe, essa "luz que ilumina o espírito de Napoleão e não se extinguiu um instante". Desde então deve ele andar às apalpadelas, para não cair no ridículo: "Do sublime ao ridículo só há um passo"[133]. O assobio de um garoto bastaria para derrubar o senhor do mundo.

---

129. Madame de Rémusat, II, p. 332.
130. Gourgaud, II, p. 435.
131. *Mémorial*, IV, p. 50.
132. Marmont, II, p. 242.
133. Abbé de Pradt, p. 219.

Ele vê ou sente confusamente que, em qualquer parte, muito perto dele, se constrói a pirâmide de um outro "Império Universal"; se tivesse visto melhor compreenderia que ela é construída não ao lado dele, mas acima dele, e que essas duas pirâmides se opõem uma à outra: a sua, a Roma pagã, "Imperium Romanum", levanta-se da terra para o céu; a outra, cristã, a Cidade de Deus, desce do céu para a terra, de sorte que suas pontas se tocam num ponto onde, segundo o sentido da pirâmide inferior, o homem se torna Deus e, segundo o da pirâmide superior, Deus se torna Homem. Àquele se imola o mundo; este se imola ao mundo. Que Napoleão compreende ou ao menos sente de modo confuso esta oposição, percebemo-lo nas palavras que ele pronuncia, não mais sorrindo, mas com uma gravidade impressionante, quando ele próprio é sacrificado no rochedo de Santa-Helena: "Jesus Cristo não seria Deus se não tivesse morrido na cruz".

Forçoso lhe foi escolher entre as duas pirâmides. Mas não o fez, teve medo. Parece-lhe que aqui esse vocábulo humano lhe convém, também a ele; quer reunir as duas pirâmides, a Concordata é uma tentativa para realizar essa união.

"Era a mais brilhante vitória que fosse possível obter sobre o gênio revolucionário e todas as que vieram depois não foram, sem excetuar nenhuma, senão a conseqüência daquela..." Acentuava-se que Bonaparte, mais que ninguém, fora ao fundo dos corações, segundo o testemunho dos contemporâneos[134].

Sim, compreendendo que as religiões não se fabricam e que o Alcorão não é obra de qualquer, ele não quis ser a "mescla monstruosa de charlatão e profeta" a que alude Carlyle com uma grosseira leviandade.

Ao invés de fantasiar uma religião, restaurou a católica, que sentia no interior de todas as almas e poderia "remover-lhe muitos obstáculos"[135].

Mas que o principal obstáculo se encontra na própria religião, ele bem o sabe há muito. Aos dezessete anos, Bonaparte escreve em seus cadernos de colegial que o cristianismo é incompatível com o Estado, que seu reino não é deste mundo. Substitui o poder supremo de Deus ao poder supremo do povo e, poderia acrescentá-lo, ao do soberano. "Ele destrói a unidade do Estado[136]".

Para reunir as duas pirâmides do império universal, o Estado e a Igreja, é preciso imprimir no cristianismo uma mudança essencial. Que mudança? "Meu primeiro cuidado foi não tocar no dogma", diz Napoleão com a ingenuidade de um militar que fala de coisas religiosas[137]. Mas era difícil

---

134. Pasquier, *Mémoires*, Paris, Plon, 1914, t. I, p. 160.
135. Pasquier, t. I. p. 161.
136. Napoleão, *Manuscrits inédits*, ps. 7-10
137. *Mémorial*, III, p. 250.

não tocar no dogma, mais difícil do que ele pensava, porque era a essência mesma do dogma saber qual é o verdadeiro Senhor do mundo, o Deus-Homem ou o Homem-Deus.

De qualquer forma ele tentou essa obra difícil: declarou que não havia dois vigários de Cristo, Papa e César — mas um só: César. Segundo o "Catecismo" de Napoleão, "Deus tornou o Imperador ministro de sua possança e sua imagem na terra[138]." Somente a imagem? O Arcebispo de Ruão, dando à palavra "Cristo", "ungido", uma interpretação sacrílega, denomina o Imperador "o Cristo da Providência[139]".

"Eu não desesperava de acabar avocando a mim a direção do papa, e desde então que influência! Que alavanca de opinião para o resto do mundo", diz Napoleão, revelando ainda um de seus segredos, em Santa-Helena, quando já sabe que tudo está perdido[140]. "Governaria então o mundo religioso com a mesma facilidade com que governava o mundo político"[141].

Mas seria tão fácil? Nem sempre ele está seguro disso. "Essa libertação da corte de Roma, essa união legal da direção religiosa na mão do soberano, foram sempre objeto de minhas reflexões e de meus desejos... Mas era bem difícil; a cada tentativa via-lhes o perigo. Acreditava que, uma vez embarcado nessa aventura, a nação me abandonaria"[142]. Era como se já a ensaiassem os apupos da garotada.

O pior é que ele não sabe direito o que deve fazer do papa. Luta com um gládio de ferro contra um fantasma. Ora lisonjeia o pontífice, ora o fere. "Pio VII é verdadeiramente um cordeiro, um bom homem, um verdadeiro homem de bem que estimo e amo bastante", diz ele no começo[143], e no fim declara que o papa é um demente e urge trancafiá-lo. E trancafiá-lo primeiro em Savona, depois em Fontainebleau.

O papa não quer tornar-se "um ídolo"; o cordeiro é na realidade um leão, a cera mole uma pedra dura, aquela mesma de que se disse: "Sobre esta pedra edificarei minha igreja".

"Fizemos tudo", declara o papa em 1807, antes da ruptura, para que existisse boa correspondência e concórdia. Estamos dispostos a fazê-lo ainda para o futuro, logo que se mantenha a integridade de princípios em relação aos quais somos inamovíveis. Nossa consciência está em jogo, e nesse particular nada obterão de nós, ainda mesmo que nos escorchem"[144].

138. Lacourt-Gayet, p. 447.
139. Lacour-Gayet, p. 219.
140. *Memorial*, III, p. 248.
141. *Mémorial*, III, p. 248.
142. *Mémorial*, III, p. 258.
143. *Mémorial*, III, p. 254.
144. L. Bloy, p. 150.

Não se pode imaginar como terminaria essa guerra, a maior talvez de todas as guerras napoleônicas, se o fim não viesse tão bruscamente, se toda a pirâmide do império universal não se tivesse desmoronado ou dissipado como um sonho, e se Napoleão não acordasse de repente, nu sobre o rochedo nu de Santa-Helena.

Deus abençoa Napoleão pela boca do Santo Padre: "devemos lembrarnos que, depois de Deus, é a ele principalmente que se deve o restabelecimento da religião... A Concordata foi um ato cristão e heroicamente salvador"[145]. Mas Bonaparte não conseguiu unir as duas pirâmides: sucumbiu sob o peso de ambas; mas o que faz sua grandeza é que só ele, durante os dois mil anos da história dos cristianismo, tentou agüentar-lhes o peso.

Como na tentação do deserto, Napoleão não se prosternou diante do diabo, e os reinos do mundo se distanciaram dele.

Que foi que o perdeu? Ele crê que o Destino; mas não foi o Destino, foi ele próprio que se traiu; súbito, ele o forte tornou-se fraco diante de um mais forte, e talvez essa fraqueza seja de todas as suas grandezas a maior.

Morreu sem saber quem o vencera e não podia mesmo dizer em morrendo, como o antigo Apóstata: "Venceste, Galileu!" Inclinou somente a cabeça em silêncio quando uma Mão Invisível se estendeu para ela, tiroulhe a coroa real e pousou sobre ela a coroa de espinhos.

145. Lacour-Gayet, p. 455.

IV

O HOMEM DA ATLÂNTIDA

A mãe de Napoleão, Maria Letícia Bonaparte, pusera o filho, antes de nascido, debaixo da proteção da Santíssima Virgem, como se adivinhasse que ele teria grande necessidade disso. Foi a 15 de agosto, dia da Assunção, que Napoleão nasceu.

Recordou-se ele, ao menos uma vez na vida, desse voto materno? É pouco provável, mas se o recordasse ficaria tão surpreso quanto nós.

Entretanto esse voto não foi inútil, não certamente no sentido em que o entendem os bons católicos, mas naquele em que o teriam compreendido os adoradores pré-cristãos da Grande Mãe dos deuses, *Magna Mater deorum*, que, muito antes do cristianismo, reinava já na ilha da Córsega, como em todas as ilhas e praias do Mediterrâneo. Nesse berço da humanidade européia, ela o embalava com o canto das vagas, desde uma Antigüidade imemorial. Isis egípcia, Istar-Mami babilônia, Astartéa de Canaã, *Virgo Coelestis* cartaginesa, Rhéa Cibele da Ásia Menor, Demeter grega, a Terra Mãe, e Urânia, a Mãe Celeste, — sob toda essa multidão de nomes, através de toda essa multidão de formas, é sempre Ela, a única, a Santa Virgem Mãe. E Napoleão a procurou, amou-a com violência, quis abraçá-la toda — não só a pequena Córsega, a pequena França, a pequena Europa, mas a grande Terra mãe toda inteira.

Que ela é também a Mãe Celeste, ele o ignorava ou tinha esquecido. E, entanto, durante a vida toda, ouviu ressoar acima dele seu misterioso chamado.

"Sempre amei o som dos sinos de aldeia", recordava ele em Santa-Helena[146]. Bourrienne, condiscípulo de Napoleão, dá testemunho disso: "Quando estávamos na Malmaison e passeávamos na alameda que conduz à planura de Rueil, quantas vezes o som do sino desse vilarejo não interrompeu nossas conversações as mais sérias: ele se detinha para que o movimento de nossos passos não o fizesse perder nada daquele bimbalhar que o encantava. Zangava-se quase comigo por não experimentar as mesmas impressões

---

146. *Mémorial*, III, p. 173.

que ele; a ação produzida em seus sentidos era tão forte que ele tinha a voz sufocada quando me dizia então: Isto me lembra os primeiros anos passados em Brinne. Então era feliz!"[147]. Mais que todas as outras sonoridades da terra, ele amou essas duas, tão opostas: o estrondo do canhão e o toque dos sinos de aldeia.

Os peregrinos encantados das legendas cristãs erram no deserto e ouvem algures o som de um sino, orientando-se por ele. Napoleão não vai a parte alguma e não percebe mesmo o apelo dos bronzes sagrados; ele ignora, quanto a si mesmo, o que sua mãe sabia antes dele nascer.

"Napoleão, inimigo de todo ideal, passou a vida inteira atrás de um cuja realidade negava", escreveu mais ou menos Goethe numa síntese felicíssima[148].

Como é estranho! Napoleão, um dos homens mais inteligentes e, mesmo, se se mede a inteligência segundo a profundeza com que ele penetra na realidade, o homem mais inteligente que houve, ao menos de dois mil anos para cá, Napoleão não via, não conhecia, não percebia sua própria idéia, tão vasta no entanto que lhe absorveu a vida toda.

Uma alma diurna e uma alma noturna. Os pensamentos da alma noturna se apagam na diurna, como as estrelas na luz do sol. O sol deve deitar-se para que as estrelas apareçam. Mas o sol de Napoleão não se deita nunca. Eis porque Napoleão não vê seus pensamentos noturnos — as estrelas. Mas talvez sejam elas que lhe recordem os sinos. Quando, depois de Wagram, prenderam um rapaz de dezoito anos, quase uma criança, de traços afeminados, Friedrich Staps, que queria matá-lo, Napoleão viu no singular heroísmo desse fanático, que morreu como um mártir cristão, qualquer coisa que o feriu até o espanto. Não seria a semelhança com o jovem Bonaparte, o jacobino de 93, que achava um crime desprezível ninharia, colocava acima de tudo os direitos do Homem e afirmava que apunhalaria o próprio pai, se ele aspirasse a fazer-se tirano[149]? Sim, isso o impressionou, mas não foi somente isso. Ele sentiu-se estupefato porque se compreendeu de súbito impotente diante de uma força desconhecida. Dir-se-ia que um relâmpago iluminara para ele sua própria alma noturna — o outro hemisfério, onde devia mais tarde erguer-se para ele, acima de Santa-Helena, a constelação do Cruzeiro, invisível em nosso hemisfério diurno.

Goethe, o pagão, ficaria espantado e incrédulo se lhe dissessem que essa imensa "idéia em que Napoleão vivia todo inteiro", ainda que não pudesse apreendê-la pela consciência, era um pensamento metade ao menos cristão.

147. Bourrienne, II, p. 142.
148. Napoléon, der ganz in der Idee lebte, konnte sie doch im Bewustsein nicht erfassen; er leugnet alles Ideelle durchaus und spricht ihm jede Wirklichkeit ab, indessen er eifrig es zu verwiklichen trachtet.
149. Taine, p. 18.

O próprio Imperador se mostraria ainda mais espantado e incrédulo. Não obstante todas as bênçãos do papa, que lhe importava, com efeito, o Cristianismo?

"A humilhação monacal destrói toda virtude, toda energia, todo governo. Diga o legislador ao homem que todas suas ações devem ter por fim a felicidade neste mundo". — "Não ensinais ao povo o catecismo? Pois bem, se em lugar disso lhe ensinásseis um bocado de geometria, não seria mais útil?" Assim fala o alferes de artilharia Bonaparte, o jacobino de 93 [150].

E eis o que cinco anos mais tarde diz ou pensa o general em chefe do exército do Egito: "Paris vale bem uma missa!" Isso significa que a conquista da Ásia vale o Cristianismo. Bonaparte no Egito esteve prestes a fazer-se muçulmano. "Se ficasse no Oriente, teria provavelmente fundado um império como Alexandre, indo em peregrinação a Meca.[151]"

"Desde que o mundo é mundo, estava escrito que, após as cruzes, eu viria do fundo do Ocidente desoprimir-me da tarefa que me coube", dizia ele na proclamação aos sheiks muçulmanos. — "Tirei partido da estupidez muçulmana, divertindo-me com ela". Também assim o divertiam os católicos da Itália: "Combati contra os turcos, sou quase um cruzado", dizia-lhes[152]. — "Era charlatanismo, mas do mais alto[153]", confessa, como para irritar Carlyle com "essa mescla monstruosa de profeta e charlatão".

Perguntou ele a Mustafá-Pachá prisioneiro por que viera guerreá-lo: "É aos russos, a esses idólatras que adoram três deuses que convinha atacar. Eu sou como o Profeta, só creio num Deus. — Tudo isto é bom se o tens no coração", replicou Mustafá, sagaz e cáustico, porque toda a desgraça de Bonaparte é precisamente não saber ele próprio o que traz no coração [154].

E se mais tarde ele aceita o Cristianismo ou mais exatamente Catolicismo, só é exteriormente, como instrumento de poder. "Não é que nós outros nobres tenhamos muita religião, mas a crença é necessária ao povo[155]". — "Como ter ordem num Estado sem religião? A Sociedade não pode existir sem a desigualdade das fortunas sem religião. Quando um homem morre de fome ao lado de outro que arrota de fartura, é-lhe impossível aceitar essa diferença se não há lá uma autoridade que lhe diga: devem existir pobres e ricos neste mundo, mas em seguida e por toda a eternidade a partilha se fará de outra forma[156]".

---

150. *Manuscrits inédits*, ps. 556, 562, 566.
151. Gourgaud, II, p. 435.
152. Antommarchi, I, ps. 134, 135.
153. *Mémorial*, III, p. 154.
154. Ségur, I, ps. 453-454.
155. Vandal *L'avènement de Bonaparte*, Paris. Plon, II, p. 13.
156. Roederer, p. 19.

Ateísmo? De modo algum. Com uma clarividência genial, ele vê o que nós não vemos ainda, malgrado tantas experiências terríveis: "Não é o fanatismo o inimigo a temer agora mas o ateísmo[157]".

"Restabeleci a religião; é um serviço de que não se podem calcular as conseqüências; se os homens não a tivessem, degolar-se-iam pela melhor pêra e pela mais linda rapariga[158]".

Mas aceitando exteriormente o Cristianismo, Napoleão nem sequer luta contra ele interiormente: contenta-se em passar adiante.

Na mocidade, escrevera, segundo a Enciclopédia, um paralelo entre Jesus Cristo e Apolônio de Tiane, confessando preferir o último; mas quando, no Consulado, Luciano lhe falou nessa tese: "Esqueça-se! Gritou Napoleão. Existe aí o bastante para me malquistar com Roma, a não ser que me retratasse publicamente. Veja que complicação! Minha concordata não passaria de obra de Belzebu[159]!"

"O papa acredita em Jesus", constata com assombro. "Jesus existiu ou não? Creio que nenhum historiador o menciona, nem mesmo José. Quanto a mim, tenho opinião firmada, não creio que Jesus existisse nunca". Aliás, o que o põe sobretudo perplexo é não tanto saber se Cristo existiu como se é necessário que Ele tenha existido.

Mas, súbito, um relâmpago irrompe: "Creio-me entendido em homens e digo-vos, eu, que Jesus Cristo não era um homem"[160] !— "Tudo isso é bom se o tens no coração".

Em todo caso, no coração tem ele uma dúvida infinita, e talvez também um tormento infinito: "De onde vim? Que sou? Para onde vou? Cri, mas a minha crença se viu abalada, insegura, desde que raciocinei e isto me aconteceu muito cedo, aos treze anos. Talvez volte a crer cegamente. Deus o queira! Não resistirei de modo algum, e nem peço outra coisa; penso que deve ser uma grande e real felicidade[161]." Impressões, inspirações — quem o sabe? — do chamado do sino misterioso.

"Pois bem, creio em tudo o que a Igreja crê... Mas há tantas religiões diferentes que é difícil saber qual escolher... Se uma religião existisse desde o começo do mundo, eu a acreditaria verdadeira[162]".

Ele a procurou e não a encontrou. Quem o impediu?

Um dia em Santa-Helena ele cuidava de uma plantação de feijões e pôsse a discorrer sobre os fenômenos da vida vegetal, concluindo existir um

---

157. J. Bertaut, p. 158.
158. Antommarchi, II, p. 91.
159. Chuquet, II, p. 32.
160. Gourgaud, I, ps. 441, 409; II, p. 270 ; I, p. 408.
161. *Mémorial*, III, p. 246.
162. O'Meara, I, p. 182.

Ser superior que preside às maravilhas da natureza[163]. "A idéia de um Deus é a mais simples. Quem então fez tudo isso"[164]?

Por uma noite estrelada, no convés da fragata "Oriente" que o transportava ao Egito, Bonaparte, cercado de sábios, que procuravam provar a não existência de Deus, ergueu a mão para o céu e, mostrando os astros, indagou: "Podeis falar à vontade, senhores, mas quem fez isso"[164]? E era do fundo do coração que ele o dizia. Há palavras mais profundas ainda: "A verdade é que tudo é maravilha em derredor de nós"[166]. — "Que é o futuro, que é o passado, que somos nós? Que fluido mágico nos cerca e nos oculta as coisas que mais nos importa conhecer? Nascemos, vivemos, morremos em meio ao maravilhoso"[167].

Um dia, em Santa-Helena, Napoleão lia no banho o Novo Testamento, "Ando longe de ser ateu, exclama ele. O homem tem necessidade de que sua imaginação seja ferida por qualquer coisa de maravilhoso. Ninguém pode dizer o que fará de seus últimos instantes"[168].

Nos derradeiros transes pediu um padre católico, "para não morrer como um cão". E, como o doutor Antommarchi sorrisse ouvindo-o dizer ao confessor que queria morrer "como bom cristão", expulsou-o do quarto[169].

"Morro na religião apostólica e romana, no seio da qual nasci", diz o testamento de Napoleão. É ou não verdade? Nem ele próprio o sabe. Mas, sem dúvida, é em torno "disso" — não em torno do Cristianismo, mas Cristo (por que, a Ele, a fim de tornar-se "o maior homem que já existiu", o senhor do mundo?), é em torno a Cristo que se move toda sua alma noturna, essa imensa idéia em que ele "vive todo inteiro".

"Sempre só em meio dos homens", registrava ele desde adolescente, simples alferes de artilharia, sentindo a vontade de destruir-se que já o excitava, constatando a irremediável baixeza dos homens, de costumes tão diversos dos seus quanto "a claridade da lua difere da do sol"[170]

Quem é esse pequeno alferes para desprezar assim os homens? Que pretende ele significar em dizendo que todos os homens são "a claridade da lua" e ele só a "claridade do sol"? Não o sabemos, mas Nietzsche o sabe: "Napoleão foi a última encarnação do deus-Sol, de Apolo". E Goethe também o sabe: "A vida de Napoleão foi a vida de um semideus. Ela é toda

---

163. Antommarchi, I, p. 217.
164. Gourgaud, I, p. 440.
165. Bourrienne II, p. 148.
166. *Mémorial*, III, p. 76.
167. Bertaut, p. 76.
168. O'Meara, II, p. 139.
169. F. Masson, *Napoléon à Sainte-Hélène*, Paris, Albin Michel, ps. 434-478.
170. *Manuscrits inédits*, ps. 5-6.

radiosa" — solar. Mais ainda melhor que qualquer outro o sabe talvez esse velho granadeiro que, por vinte graus de frio marchava ao lado do Imperador, na Berezina: "Tens frio? — Eu, meu Imperador? Basta ver-vos para que isso me aqueça!" Ele sabe, sente com todo seu corpo que se enregela, sermos todos os homens frios, "lunares", e só o Imperador quente, "solar".

O dia de Borodino, 7 de setembro, quando se decidiu a sorte da campanha da Rússia e provavelmente de todo o império napoleônico, coincidiu com a entrada do equinócio de outono, quando o sol se inclina para o inverno. Nesse dia, Napoleão estava doente. "Os primeiros dias do equinócio tinham-lhe abalado o temperamento enfraquecido", explica Ségur[171]. Ele sentira sempre o laço misterioso que unia sua carne ao sol, como no Ofício Matinal do rei do Egito, Akhenaton, filho do Sol, celebrado três mil e quinhentos anos antes das vésperas de fogo em que os homens adoravam outro "filho do Sol" — o "Sol de Austerlitz" — o Imperador.

Alguns anos depois de ter escrito as linhas sobre os homens "lunares e solares", compôs ele uma estranha novela, que tem o ar de uma divagação do delírio, se não o é propriamente, porque nessa época ele sofria da febre palustre que davam os pântanos de Auxonne.

Esta novela diz respeito à "vendeta" exercida pela Córsega contra todo o povo francês. Bonaparte odiava então a França, censurando-lhe o ter oprimido a Córsega, e amava aqueles que deviam tornar-se mais tarde seus piores inimigos: os ingleses, porque ajudavam os corsos na guerra libertadora.

Um inglês, que conta a história, embarca em Livorno para ir à Espanha, e é forçado a descer numa ilha inabitada não distante da Córsega, um rochedo abrupto, continuamente batido pelas vagas em furor. Muitos navios aí naufragaram e por isso a ilha recebeu o nome sinistro de "Gorgona". Mas o inglês, de caráter melancólico, é seduzido pela selvagem beleza do lugar. "Jamais criatura humana habitara um sítio tão estéril... Por que não viveria eu aí, senão feliz, ao menos ponderado e tranqüilo?..."À noite, na sua tenda, adormece ele nessas idéias, quando é despertado pelo clarão de um facho e por estes gritos: "Desgraçado! Vais perecer..."A tenda incendeia-se. Consegue ele a custo livrar-se do fogo e vem a saber que é a filha do único habitante de Gorgona que quis reduzi-lo a cinzas. O ancião, cientificado de que ele é inglês, acolhe-o como hóspede bem-vindo e conta-lhe sua história.

É corso: durante longos anos, bateu-se contra os opressores de sua pátria, genoveses, austríacos, franceses. Quando estes últimos submeteram definitivamente a ilha, matando-lhe o pai, a mãe, a esposa e todos os filhos, com exceção de uma filha, que desaparecera, ele abandonou a Córsega e

171. Ségur, IV, p. 386.

veio habitar na Gorgona, onde, depois de várias peripécias, reencontrara a filha. Viviam ali, como selvagens, nas ruínas de um antigo mosteiro, nutrin-do-se de bolotas e peixes." Os infortúnios que me envenenaram os dias tornaram-me a claridade do sol importuna. Ele não brilha nunca para mim. Só respiro o ar da noite e meus lamentos não são renovados pelo aspecto das montanhas em que meus ancestrais viveram livres... jurei sobre o altar (sem dúvida o altar da capela do convento em cujas ruínas ele viviam) não mais perdoar a nenhum francês. Quando os navios destes se despedaçam de encontro aos rochedos da ilha, depois de havê-los socorrido como ho-mens, nós os matamos por que são franceses.

"O ano passado, uma das embarcações que fazem a correspondência da ilha da Córsega com a França veio perder-se aqui. Os gritos apavorantes desses desgraçados me enterneceram... acendi então, um grande fogo em direção ao sítio onde eles podiam abordar e, por esse meio, os salvei... Eles me reconheceram como corso e pretenderam levar-me consigo... Fizeram mais: acorrentaram-me... ia eu expiar pelo suplício a minha deplorável con-descendência... Meus avós irritados se vingavam dessa traição à vingança devida a seus manes. Entretanto, o céu, que conhecia meu arrependimento, salvou-me. A embarcação demorara-se sete dias. No fim desse tempo fal-tou-lhes água. Era preciso saber onde encontrá-la. Tiveram de prometer-me a liberdade. Desacorrentaram-me. Aproveitei esse momento e enterrei o estilete da vingança no coração de dois desses pérfidos. Vi então pela primeira vez o astro da natureza. Como seu esplendor me pareceu brilhante! Todavia, minha filha estava a bordo, amarrada... Enverguei o uniforme de um dos sol-dados que matara. Armei-me de duas pistolas que encontrei com ele, de seu sabre, de meus quatro estiletes e cheguei a bordo. O patrão e um grumete foram os primeiros a sentir os golpes da minha indignação. Os outros caíram igualmente sob a investida do meu furor... Arrastamos esses corpos ao pé de nosso altar e lá os consumimos no fogo. Esse novo incenso pareceu ser grato à divindade"[172].

Novo incenso? Não, muito antigo. Só os rochedos primitivos da Gorgona se lembram inda desses tempos em que se faziam sacrifícios humanos a Moloch, a Baal, a Samas e a outros deuses Sóis, mais antigos ainda — de uma antigüidade talvez antediluviana.

"Se tivesse de escolher uma religião, adoraria o sol, porque é ele que fecunda tudo; é o verdadeiro deus da terra", diz Napoleão em Santa-Hele-na, como se essas palavras lhe caíssem negligentemente da ponta dos lábios, quando na realidade lhe vêm do mais profundo do coração[173].

172. *Manuscrits inédits*, ps. 381-389.
173. Gourgaud, I, p. 434.

Esse deus "lunar", a Razão, à qual Marat e Robespierre ofereceram também sacrifícios humanos, como é pálida e exangue ao pé do deus Sol de Bonaparte! "Um homem como eu está se ninando para a vida de um milhão de homens!" Ele já sacrificou um milhão de vítimas humanas e sacrificaria outras tantas, se se tornasse senhor do mundo.

É evidente que um homem cujos pensamentos, como blocos inflamados, atravessam a alma à semelhança de meteoros na noite, não é nem corso, nem italiano, nem francês, nem europeu, nem mesmo um homem de nossa história, nem talvez de nosso íon cósmico. Rebento de outros séculos "solares", ele se sente sufocado neste século "lunar", onde o sol, envelhecendo, faz-se pálido como a lua. Ele nos esmaga involuntariamente com a sua pesada enormidade, tal um monstro antediluviano.

"Nossa civilização é sempre um pouco sua inimiga pessoal", diz Talleyrand falando de Napoleão [174]. Exteriormente ela só o é "um pouco", mas interiormente o é bastante.

Toda civilização, e sobretudo a européia não passa de "conveniências" e "etiquetas", "boa educação". "É pena que um tão grande homem seja tão mal educado", diz um dia Talleyrand, após uma cena de injúrias e, bem entendido, fora da presença do Imperador[175].

"Faltam a Bonaparte educação e compostura, depõe madame de Rémusat, a confidente de Talleyrand. Não sabe ele entrar nem sair de um salão... Seus gestos são curtos e quebradiços, tal qual sua maneira de dizer e de pronunciar... Aliás, qualquer regra contínua se lhe torna insuportável; qualquer violência às formulas lhe agrada como uma vitória e jamais quis ele ceder diante de nada, mesmo da gramática"[176]. Não sabe vestir-se sozinho; o criado de quarto é que o prepara como a uma criança; quando se despe à noite, arranca impacientemente as roupas e joga-as por terra, como um peso incômodo e inútil; o estado natural de seu corpo é o casto impudor da antiga nudez.

A civilização é o "bom gosto". "Ah! o bom-gosto, eis ainda uma dessas palavras clássicas que não adoto"[177]. — "O bom-gosto é vosso inimigo pessoal. Se pudésseis destruí-lo a tiros de canhão, há muito que não existiria", declara-lhe Talleyrand[178]. Este acreditava Napoleão incapaz de civilizar-se; mas talvez nem o quisesse. "Não passais de esterco em meias de seda!" disse ele um dia a Talleyrand[179]. E talvez toda a "civilização". "É de um vôo livre

174. Madame de Rémusat, I, p. 112.
175. Lacour-Gayet, p. 209.
176. Madame de Rémusat, I, ps. 103-104.
177. Lacour-Gayet, p. 368.
178. Madame de Rémusat, I, ps. 278.
179. Lacour-Gayet, p. 209.

no espaço que carecem semelhantes asas. Ele morrerá aqui e é preciso que parta", observa um contemporâneo, nas proximidades da viagem do Egito. Ele próprio compreende que é preciso fugir: "Esse Paris me pesa como se eu carregasse um manto de chumbo"[180]. Não somente Paris, mas toda a civilização européia.

É daí que vem sua atração pelo Oriente. "No Egito encontrei-me desembaraçado do freio de uma civilização incômoda... O tempo que passei no Egito foi o mais belo de minha vida, porque foi o mais ideal, mas a sorte decidiu diversamente... Reentrei no positivo do estado social"[181] — na civilização, na "meia de seda cheia de esterco". Eis porque ele ama a guerra. "A guerra é um estado natural"[182], que nos despoja, nos liberta do "manto de chumbo" da civilização.

Eis porque também ama a Revolução; ele a odeia, a assassina, mas de qualquer modo a ama. "Marat... eu o amo porque é sincero. Diz sempre o que pensa. É um caráter. Sozinho, luta contra todos[183]."

Domador, coordenador de caos revolucionários, sente-se mesmo num caos desencadeado, mais terrível talvez que o da Revolução, e sua façanha mais alta é ter domado não só o caos exterior, mas igualmente seu próprio caos interior, "o horror da Gorgona". De resto, não pode libertar-se sozinho. A Terra Mãe o salvou, e talvez também a Mãe Celeste.

Que significa, portanto, seu ódio da civilização? Onde se quer refugiar? No "estado natural", acreditava em moço, quando se entusiasmava com Rousseau. Mas, muito inteligente e muito sensato para tais engodos, curouse bem cedo. "Enjoei-me de Rousseau especialmente depois que vi o Oriente: O homem selvagem é um cão"[184].

Mas, se não é na "selvageria" que ele se vai refugiar, então onde é? Numa outra civilização ou, mais exatamente, num outro histórico, sendo mesmo cósmico; foge de nosso "século lunar" para o "século solar". Qual é este século?

Havia nele duas almas. Talvez continuemos a não compreender como convém a significação trágica para nós dessas "duas almas".

Duas almas — duas consciências: uma diurna, desperta, superficial; outra noturna, adormecida, profunda. A primeira move-se segundo a lei da identidade, nos silogismos, nas induções e, levada ao extremo, dá a toda a estrutura da civilização este aspecto morto, "mecânico", que nos é tão familiar; a segunda move-se segundo as leis de uma lógica ignorada por nós, nos

180. Duchesse d'Abrantès, *Mémoires*, Paris, Albin Michel, I, p. 15.
181. Lacour-Gayet, p. 72; Madame de Rémusat, I, p. 274.
182. Bertaut, p. 170.
183. Gourgaud, I, p. 346.
184. Roederer, p. 165.

pressentimentos, nas visões, nas intuições, e dá à civilização um aspecto vivo, orgânico, ou, como diriam os antigos, "mágico".

A "magia", a "teurgia", são palavras que há muito perderam para nós todo o senso direto. Para lembrá-lo não podemos indicar senão uma analogia tão fraca e tão grosseira como o "instinto animal". As formigas à beira da água sabem onde devem construir o formigueiro para que ele não seja submergido pela enchente; as andorinhas sabem que direção seguir para reencontrar a mil e quinhentos quilômetros o ninho do ano passado. E esse conhecimento, não menos seguro que o obtido por nós com a ajuda de indicações e silogismos, parece-nos "miraculoso", "mágico". Podemos indicar também como analogias menos grosseiras, se bem que mais fracas, as previsões geniais, as intuições científicas e artísticas que, também elas, se movem, não sobre a escala dos silogismos e das induções, mas por súbitos arrebatamentos, "miraculosos", sendo essa aparência de "milagre" que dá ao gênio sua particularidade, sua incomensurabilidade com esta nossa "mecânica" ordinária. Mas são apenas frágeis indícios de uma realidade enorme, desaparecida para nós, os fragmentos íntimos de um enorme todo, ignorado por nós.

Observando nesse ponto de vista a série de grandes civilizações que vão de nosso século para a profundeza da Antigüidade, notamos que quanto mais se pesquisa mais a "mecânica" da consciência diurna diminui e mais se engrandece a "orgânica", a consciência noturna — essa região obscura para nós que os antigos chamavam de "magia", de "teurgia". E se acompanhar a série até o fim, chega-se ao extremo antípoda, ao nosso "outro eu" contrário e idêntico — contrário nos meios, idêntico no fim, que é a força titânica sobre a natureza: chega-se a essa civilização perfeitamente orgânica, "mágica", que o mito de Platão intitulava "Atlântida".

"Houve outrora uma ilha situada em frente às Colunas de Hércules, uma terra maior em suas dimensões que a Lívia e a Ásia Menor reunidas. — Essa ilha era a Atlântida — diz, no "Timeu" de Platão, o velho sacerdote de Sais, contando ao ateniense Solon uma das mais antigas lendas do Egito. — Houve grandes tremores de terra, dilúvios e, uma noite, a ilha da Atlântida foi engolida pelos abismos do mar".

O mito sobre o fim da Atlântida poderia ter sido contado a Bonaparte por seus sábios companheiros, membros do Instituto, no dia em que, na fragata "Muiron", de volta do Egito, em 1799, ele se entretinha com eles, depois de ter lido a Bíblia, a propósito da destruição provável da terra, seja por um novo dilúvio, seja por uma conflagração universal. Ou então, antes disso, na terra dos faraós eles teriam falado dos Atlantes, "cujo domínio se estendera até às fronteiras do Egito".

Que experimentaria Napoleão ouvindo esse mito? O sopro da antiga pátria lhe passaria pela alma?

O primeiro império universal foi fundado pelos Atlantes; Napoleão quer fundar o último.

Os Atlantes são filhos do Oceano, e Napoleão também o é. Os Atlantes são insulares, e Napoleão também nasceu na ilha da Córsega, morreu na ilha de Santa-Helena, e toda a vida combateu contra a ilha da Inglaterra, a pequena Atlântida de nossos dias, pela grande Atlântida futura — toda a terra firme cercada de mares.

Mas a semelhança interior é talvez mais profunda ainda que as semelhanças exteriores.

A Terra é a Mãe, o Sol — o Pai, o Homem — o Filho: tal a religião dos Atlantes, a dar crédito aos fragmentos que nos conservaram os avoengos babilônios e sumero-acadianos de nossa história.

"Se tivesse de escolher uma religião, adoraria o Sol... é o verdadeiro deus da terra." A Terra-Mãe, o Sol-Pai, o Homem-Filho, talvez seja esta a religião "sempre a mesma desde o começo do mundo" que ele procurava.

Os Atlantes são "orgânicos", e Napoleão também. Em sua legislação, ele substitui o esquema abstrato dos "ideólogos" pela viva experiência histórica; em sua estratégia, substitui todas as teorias mecânicas por duas noções orgânicas — a penetração na alma viva dos soldados e na natureza viva do lugar onde decorre o combate.

É assim nas grandes coisas como nas pequenas. Não crê mais nos médicos, esses mecânicos do corpo, que nos "ideólogos", esses mecânicos do espírito. Não pensa por silogismos e não se trata com remédios; pensa por previsões, por intuições; trata-se pela "magia", pela "auto-sugestão".

Aceita a parte de mecânica existente na civilização européia, mas não quer mais. Quando em 1803 preparava a descida na Inglaterra, o americano Fulton propôs-lhe seu invento, o navio a vapor; ele o repeliu e evidentemente andou errado; esse navio poderia assegurar-lhe a vitória sobre os veleiros dos ingleses, dando-lhe a chave do domínio do mundo. Mas basta esse fato para mostrar sua aversão pela mecânica.

A julgar pela arquitetura ciclópica dos Atlantes de que fala Platão, igualavam eles ou mesmo superavam a nossa mecânica; a julgar pela nossa religião — o Cristianismo, — nossa intuição dos Atlantes. Em que diferimos deles? Na vontade, na consciência; nós subordinamos nossa intuição à mecânica, velamos nossa consciência noturna sob nossa consciência diurna. Os Atlantes, ao contrário, velam a consciência diurna sob a noturna, subordinam a mecânica à intuição.

Bonaparte nesse sentido é um Atlante — nosso antípoda. A mecânica para nós é uma asa; para ele é um peso que ele levanta com a asa da intuição.

A "Magia" é a alma da Atlântida e é igualmente a alma de Napoleão.

"Se minha força material era grande, minha força de opinião era ainda maior, estendendo-se até à magia". — "Era preciso que minha investida e meus triunfos tivessem qualquer coisa de sobrenatural". Depois de Waterloo, "o maravilhoso de minha carreira se encontrava diminuído[185]".

Ele tinha "uma espécie de previsão magnética sobre seus futuros destinos", relata Bourrienne[186]. "Sentia em mim o instinto de um infeliz desfecho", declara o próprio Napoleão[187]. Pode dizer-se que todo seu gênio reside nesse sentimento interior, nessa "previsão magnética"; é ela que lhe concede poder infinito sobre os homens e as coisas.

"Sire, vós fazeis sempre milagres!", diz-lhe, ingênua e profundamente, o adjunto de "Maire" de Mâcon, testemunha do "milagre" da ilha de Elba — da marcha triunfal para o Sena em 1815 [188].

"Ei-lo saltando nos ares!" Exclama complacentemente alguém, ao saber da explosão da máquina infernal debaixo da carruagem do Primeiro Cônsul na rua Saint-Nicaise, em 1801. "Ele saltar! Objeta um velho militar austríaco que vira os "milagres" da campanha da Itália" — Ah! Vós conheceis bem pouco vosso homem e eu aposto que a esta hora ele passa melhor que nós todos. Conheço-o há muito com todas as suas brincadeiras[189]!" Essas "brincadeiras" são sinônimos de "magia".

A força da "magia" é a força da "sugestão". "Desde que ele queria seduzir, tinha na palestra uma espécie de encanto de que era impossível defender-se... Algo como uma força magnética", depõe Ségur [190].

O poeta russo Tutchev apelidava-o de "Mago" e os mamelucos egípcios o apelidavam de "Feiticeiro"[191].

"Esse diabo de homem exerce sobre mim uma fascinação inexplicável, confessa a um amigo o general Vandame. A tal ponto que eu, que não creio nem em Deus nem no diabo, quando ele se aproxima começo a tremer como uma criança; ele me faria passar pelo fundo de uma agulha para ir arremessar-me no fogo"[192].

"Onde quer que estive, comandei... Nasci para isso", diz ele próprio [193]. E os homens o sabiam também, imantados pelo seu olhar maravilhoso[194], pelo seu olhar de "feiticeiro", desses que lêem nos cérebros[195] e transmitem com efeito sugestões de magia.

185. *Mémorial*, IV, p. 160.
186. Bourrienne, IV, p. 389.
187. *Mémorial*, IV, p. 160.
188. Houssaye, *1815*, I, p. 302.
189. *Memorial*, IV, p. 140.
190. Ségur, IV, p. 76.
191. Lacroix, *Histoire de Napoléon*, Paris, Garnier, p. 250.
192. Taine, p. 21.
193. Taine, p. 25; Roederer, p. 235.
194. Tutchev.
195. Taine, p. 83.

Sim, ele é um "mago", criando sua própria vida e a vida dos homens, fazendo da História um milagre constante.

Estamos ameaçados de perecer pelo abuso da "mecânica"; os Atlantes perderam-se pelo abuso da magia. Nosso caminho é outro, mas o objetivo é o mesmo; o poder titânico sobre a natureza e, no ponto supremo, o homem tornando-se deus. Os Atlantes são, segundo o mito platônico, "filhos de Deus". Mas, "quando a natureza divina se lhes foi progressivamente esgotando, mesclada à natureza humana, e enfim o humano sobrepujou neles o divino, eles se perverteram... Os sábios viam que os homens se haviam tornado perversos, e os tolos criam haver atingido o cimo da virtude e da ventura, quando apenas entregues à louca sede de riqueza e de força... Então Zeus resolveu punir a raça corrompida dos homens". E a Atlântida pereceu no abismo marinho.

O titanismo que perdeu os Atlantes também perdeu Napoleão. Este possuía como ninguém o sentimento da medida divina, mas, chegando ao ápice do poder, perdeu-o ou sacrificou-o à enormidade titânica.

Que é a Atlântida? Lenda ou profecia? Já foi ou virá a ser? Porque hoje sentimos mais que nunca através desse "mito" não sabemos que realidade inelutável?

"O homem se orgulhará com um orgulho divino, titânico, e o Deus-Homem aparecerá", diz Ivan Karamazov. De quem é dito isto? Dos Atlantes ou de nós? Não somos nós os mesmos "filhos de Deus" possuídos de um orgulho alucinado, entregues à sede da força e insurgida contra Deus? E o mesmo fim não nos espera?

"O que aconteceu nos dias de Noé acontecerá também no advento do Filho do Homem: nos dias que precederam o dilúvio, comia-se e bebia-se, casava-se e estimulava-se a casar, até a hora em que Noé entrou na arca; e os homens não deram por nada até o momento em que veio o dilúvio e os arrebatou a todos. O mesmo acontecerá no advento do Filho do Homem". A Atlântida é o fim da primeira humanidade, o Apocalipse — o da segunda. Eis porque Napoleão é a um tempo o "homem da Atlântida" e o "cavaleiro do Apocalipse".

E eis porque ele foi enviado ao mundo — para dizer aos homens: talvez seja breve o fim.

V

MAU OU BOM?

Dizer que Napoleão é o homem da Atlântida talvez não seja muito exato; talvez seja mais justo dizer que o homem da Atlântida está nele.

Que um ser "sem igual, mais e menos que um homem", segundo a profunda impressão de madame de Stäel, um ser divino ou diabólico, se tenha realmente incorporado, incrustado no ser humano de Napoleão, temos dificuldade em compreendê-lo, mas os antigos facilmente o compreenderiam.

"Napoleão é a última encarnação do Deus-Sol, Apolo", eis aí para nós, senão vocábulos vazios, ao menos uma imagem poética ou uma idéia abstrata; mas para os antigos, Alexandre, "última encarnação do deus Dionisos", é uma força viva, que anima a História, o fundamento de uma realidade tão possante quanto uma universalidade helênica, assim como o *Divus Caesar Imperator* é o fundamento da universalidade romana.

Para nosso idealismo filosófico, para nossa imaterialidade espiritual, falsamente "cristã", Deus transcende o homem, não se pode encarnar nele, enquanto que, para o realismo religioso dos antigos, está ele encarnado num homem, estado imanente. Nesse sentido, o que se chama de "paganismo", a humanidade pré-cristã, em suas supremas aspirações — nos mistérios do Deus-Filho sofredor — está mais perto que nós da essência do Cristianismo, porque em que consiste ela senão na afirmação da imanência divina, da "encarnabilidade" de Deus: "O Verbo fez-se carne"?

"Os deuses são da estatura dos homens." Isto os antigos o sabiam, sobretudo os gregos, que sentiam melhor que ninguém a divindade do corpo humano. Os gigantes não são deuses, mas Titãs; neles a enormidade não passa de fraqueza; a força dos deuses está na "medida" humana.

Os profetas de Israel também o sabiam: "Que é o homem para que Tu te lembres dele? E o filho do homem para que Tu te ocupes com ele? Tu o creste apenas inferior a um anjo." — Eu o disse: Sois deuses, sois todos filhos do Altíssimo, e, não obstante, morrereis como os homens". Que são, portanto, esses deuses mortais, senão homens semelhantes aos deuses, heróis que os antigos denominavam "filhos de Deus"?

E o anjo do Apocalipse mede também ele as muralhas da Nova Jerusalém com "um caniço de ouro, medida do homem que é também a do anjo".

Isto equivale a dizer — ainda que a experiência religiosa decorra numa outra categoria, — que "os deuses são da estatura dos homens".

Parece que certos contemporâneos de Napoleão viram nele essa "incrustação" divina ou titânica, sentiram "o homem da Atlântida", ainda que essa expressão não tenha ocorrido a ninguém. Alguns o viram tão nitidamente quanto à brancura do marfim incrustado no ébano; farejaram o que havia nele de "dissemelhante do homem", tão longe quanto os cães farejam o lobo. Mas para nós esse caráter fisicamente visível na face de Napoleão está para sempre perdido. Os melhores retratos não o transmitem em absoluto.

Parece aliás que os retratos são para esse rosto o que a cinza é para a flama; a flama é inexprimível em pintura, em escultura: o mesmo acontece com a fisionomia de Napoleão. A palavra poderia apreendê-lo se Dionísio se fizesse acompanhar de Orfeu.

Eis um dos melhores retratos traçados por uma mulher que, depois de quase se haver apaixonado por ele, teve medo e entrou bruscamente a odiá-lo: "Bonaparte é de pequena estatura, muito mal proporcionado, porque seu busto demasiado longo lhe encurta o resto do corpo. Tem cabelos ralos e castanhos, olhos de um cinzento azulado; sua cútis, amarela enquanto ele foi magro, tornou-se mais tarde de um branco mate e sem brilho nenhum. A linha da testa, a inserção do olho, a curva do nariz, tudo isso é belo e lembra bastante as medalhas antigas. A boca, um tanto vulgar, torna-se agradável quando ele ri; o queixo é um pouco curto e o maxilar pesado e quadrado; tem o pé e a mão lindos; constato-o porque isso o enchia de pretensão. Os olhos, habitualmente mortiços, dão-lhe ao rosto, quando em repouso, uma expressão melancólica e meditativa; se a cólera o anima, seu olhar torna-se facilmente ameaçador e intimidante. O riso vai-lhe bem, desarmando-o e rejuvenescendo-o todo. Era difícil escapar-lhe à sedução, tanto esse riso lhe embelezava e lhe mudava a fisionomia"[196].

Mas mesmo esse retrato, o melhor de todos, não é senão cinza em lugar de flama; falta aí o essencial, aquilo que fazia o intrépido general Vandame tremer como uma criança sempre que se aproximava do Imperador.

Isto ainda é dito melhor pelas palavras ingênuas de um campônio belga que serviu de guia a Napoleão em Waterloo. Quando lhe perguntaram que tal achara o Imperador, ele respondeu por estes termos breves e estranhos: "Seu rosto era um quadrante de relógio em que não se tinha coragem de olhar a hora[197]".

196. Madame de Rémusat, I, ps. 100-101.
197. Houssaye, *1815*, II, p. 322.

E há qualquer coisa de mais estranho ainda.

Os antigos meditaram bastante sobre a natureza andrógina dos deuses: mesmo num deus tão viril quanto Apolo pítio transparece a feminilidade, e em Dionisos, o deus-filho sofredor dos Mistérios, ela atinge o apogeu. Para domar a violência titânica dos primeiros homens andróginos, os deuses, segundo o mito de Platão, dividiram cada um deles numa mulher e num homem, "da mesma forma que se cortam com um cabelo os ovos para salgá-los"[198]. E, ainda que o mito o não diga, chega-se involuntariamente a perguntar se o titanismo dos Atlantes não se lhes prende à natureza andrógina.

Napoleão "apresenta uma certa gordura que não é do nosso sexo", observa La Cases, que anda longe de suspeitar em que profundezas misteriosas ele desce aqui a propósito de Bonaparte[199]. Por vezes a feminilidade desse homem viril entre todos se mostra subitamente não só no corpo, mas também no espírito. "Ele é mais fraco e mais sensível do que se crê", observa a imperatriz Josefina, que conhecia muito bem esses traços femininos[200].

Gabaram muito a força de meu caráter, dizia Napoleão em Santa-Helena; não fui senão um tímido, especialmente para os meus; e eles bem o sabiam. Passado o primeiro rompante, a perseverança, a obstinação da parentela venciam tudo; e a vencer-me pelo cansaço, fizeram de mim tudo o que quiseram[201]." Chora muito e facilmente, como uma mulher; tem bruscas perturbações de que se refaz com água de flor de laranjeira, como uma verdadeira marquesa do século XVII[202].

"Vós o vedes, doutor, disse ele um dia, em Santa-Helena, ao médico Antommarchi, depois de se ter friccionado com água de Colônia, — belos braços, seios arredondados, pele branca e macia, nem um pêlo... Mais de uma bela dama faria alarde deste peito"[203]!

Se lhe dissessem que o maior e o mais terrível de todos os seus pensamentos — o de tornar-se, como Alexandre o Grande, um "segundo Dionisos", o conquistador da Índia, o mais feminino de todos os deuses, se ligava misticamente nele à sua "gordura que não é do nosso sexo", ele certamente não teria compreendido nada, e riria. Mas talvez esse velho austríaco que conhecia tão bem todas as suas "brincadeiras", toda a sua "magia", tivesse vontade de rir ouvindo a anedota seguinte: "Que achas da nova imperatriz?" perguntavam ao lacaio chegado da província, que acabara de assistir à entrada solene da imperatriz Maria Luiza, na sua carruagem dourada. "É uma bela princesa, muito bela, respondeu ele com enterneci-

198. Platão, *O Banquete.*
199. *Mémorial*, II, p. 88.
200. Arthur-Lévy, p. 339.
201. *Mémorial*, III, p. 513.
202. Madame de Rémusat, III, p. 61.
203. Antommarchi, I, p. 2125.

Fig. 3. Bonaparte Primeiro Cônsul (*Busto de Corbet*)

mento. E depois é tão emocionante vê-la no carro com sua velha governanta". Quem fosse essa governanta só o compreenderam quando ele explicou que tinha a cara larga, era bastante pálida e carregava uma carapuça de veludo framboesa, com grandes penas brancas — o chapéu de gala do Imperador, porque era ele [204]. Recorde-se essa "velha governanta", com seus olhos de feiticeiro, esses olhos que varejam os crânios brilhando numa face tal que "se fosse um quadrante de relógio ninguém lhe ousaria ver a hora", para compreender o susto do pobre austríaco: "Mais uma das suas brincadeiras. O maldito feiticeiro, o lobisomem, fez-se mulher!"

Afinal de contas, que é isso? Maravilha ou monstruosidade? Que é em Napoleão esse ser "que não tem semelhante?" É ele divino ou diabólico, mau ou bom?

Nietzsche poderia responder como madame de Stäel: "Nem mau nem bom, mas além do bem e do mal". Uma tal resposta seria demasiado evasiva; porque, além do bem e do mal humanos, há um outro bem e um outro mal "sobre-humanos", divinos; além de nossas pobres medidas morais, de nossos metros de madeira, há o "caniço de ouro" com que o Anjo do Apocalipse mede as muralhas da cidade de Deus, "medida do homem que é também a do Anjo". Que é Napoleão senão essa medida? É bem importante para nós sabê-lo, porque se ele, nosso "último herói" como quer que seja, é um "monstro", que somos então nós mesmos? Porque tal herói, tal humanidade.

"Há em Bonaparte uma certa ruim natureza inata que tem particularmente o gosto do mal, nas grandes coisas como nas pequenas". — "Toda coragem generosa parece ser-lhe estranha". — "Esse homem foi um derrubador da virtude". Assim fala essa mesma madame de Remusat que o ama e o odeia.[205]

"Longe de ser perverso, Napoleão era naturalmente bom", diz um homem, ele próprio excelente, muito simples e que amou Napoleão com toda a simplicidade, seu último secretário, o barão Fain[206]. O primeiro secretário, seu condiscípulo Bourrienne, homem malévolo e pessoalmente azedado contra Napoleão, também o afirma: "Creio ter-lhe indicado os erros com sinceridade bastante para inspirar fé; pois bem, posso assegurar que Bonaparte, fora do campo da política, era sensível, bom, acessível à piedade"[207]. Em 1810 o Imperador Alexandre, antigo amigo, futuro inimigo de Napoleão, igualmente o confirma: "Não conhecem o Imperador e julgam-no mais que severamente, mesmo injustamente. Eu lhe encontrei, conhecendo-o melhor, as maneiras de um homem bom"[208].

204. Charles de Clary, *Trois mois à Paris,* p. 83.
205. Madame de Rémusat, III, p. 333; I, p.106; III, p.9.
206. Fain, *Mémoires*, Paris, Plon, 1909, p.291.
207. Bourrienne, II, p. 150.
208. Vandal, *Napoléon et Alexandre* Ier., Paris, Plon, II, p.256.

Fig. 4. O Imperador (*Quadro de F. Gérard*)

"Ó Napoleão, nada tens de moderno e pertences verdadeiramente a Plutarco!" Exclamou um dia, olhando Bonaparte que tinha então dezenove anos, o velho herói corso, Paoli [209], "Verdadeiramente a Plutarco", isto é: todo em bronze ou em mármore antigos — herói perfeito, homem de perfeita virtude. E o mesmo Paoli grita alguns anos mais tarde, quando o leãozinho mostrou as garras: "Vedes este homenzinho? Há nele dois Marios e um Sila", o que quer dizer: dois bandidos e um usurpador.

Sim, dentro das palavras e dos sentimentos, expressados ou não, dos homens, é difícil julgar o bem e o mal em Napoleão. "Todo o mundo me adorou e me odiou", diz ele próprio. Os raios do amor e do ódio se cruzaram em seu rosto com muito brilho para que possamos distingui-los.

Mas eis sua própria confissão, uma espécie de confidência involuntária feita ao seu gênio mau, a seu tentador, Talleyrand, numa conversa a sós, logo depois do horrível desastre de Leipzig, em 1814. Trata-se do rei de Espanha, Fernando VII, que ambos atraíram à emboscada de Baiona, para despojá-lo, como "verdadeiros salteadores de estrada", e forçá-lo a abdicar em favor do Imperador francês, o que fez nascer essa demorada guerra de Espanha, sem esperança e sem saída, uma das causas da perda de Bonaparte. Talleyrand, o principal instigador dessa má ação, aconselha o Imperador, quando já é tarde demais, a repará-la, restituindo a liberdade a Fernando e retirando as tropas da Espanha.

"Sois ainda muito forte para que esse recuo seja tomado por uma covardia", conclui ele em termos ambíguos. — "Uma covardia? interrompeu Bonaparte. E que me importa? Sabei que não receio de modo algum praticar uma, se me for útil. Ouvi: no fundo, não há nada de nobre nem de baixo neste planeta; tenho em meu caráter tudo o que pode contribuir para consolidar o poder, enganando os que pretendem conhecer-me. Francamente, sou um covarde, essencialmente covarde; dou-vos minha palavra de que não experimentarei nenhuma repugnância em cometer o que eles chamam no mundo uma ação desonrosa. Meus pendores secretos, que são afinal os da própria natureza, opõem-se a certas afetações de superioridade com as quais sou obrigado a ornar-me e me dão recursos infinitos para engazopar as crenças de toda gente. Hoje trata-se, portanto, unicamente de saber se o que me aconselhais está de acordo com a minha política e de procurar ainda — acrescenta ele com um sorriso de Satã — se não tendes interesse oculto em arrastar-me nesse empresa"[210].

Para compreender essa estranha confissão, convém primeiro compreender o confessor. Talleyrand, também ele, é em seu gênero um ser extraordi-

---

209. *Memorial*, II, p. 361.
210. Madame de Rémusat, I, ps.106-108.

nário. É um homem de inteligência vasta, mas absolutamente vazia, morta, porque toda inteligência viva mergulha as raízes no coração, enquanto ele tem, em lugar de coração, um bocado de cinza funerária ou dessa poeira na qual se transmudam os licopódios. E ele o sabe; tem consciência do seu próprio vácuo interior, de sua inexistência; sofre de uma inveja odienta por quantos vivem, existem, e particularmente por Napoleão, que é o ser real entre todos, *ens realissimum.*

Por que estão eles unidos? Pelo que Napoleão crê achar em Talleyrand: o realismo dos negócios, a genial falta de nojo pela mais repugnante das cozinhas humanas — a política? Sim, por isso mas também por outras coisas mais profunda, mais transcendente. Parece que eles estão unidos como Fausto e Mefistófeles, como o homem e sua sombra: o mais inexistente se prendeu ao mais existente.

É espantoso que Napoleão, ao menos durante um momento, pareça amar ou talvez — o que é ainda mais espantoso — lamentar Talleyrand. Por uma espécie de polidez e de prudência transcendente, ele trata esse "demônio" como anjo da guarda. Nem se explicará de outro modo a cena seguinte. Em 1806, oito anos antes da estranha confidência, partindo para ir em linha reta à frente de batalha, Napoleão fez à última hora seus adeuses a Josefina e a Talleyrand; abraçou-os a ambos, apertou-os contra o coração ternamente, fortemente, e disse chorando: "É bem doloroso deixar as duas criaturas mais adoradas!" Chora com tanta força que se sente mal e, como de costume, tem de beber água de flor de laranjeira.[211]

Sem dúvida, passado esse momento, ele sabe com quem tem de lidar, mas mesmo quando o sabe, não pode prescindir de tal companhia, como o Fausto da de Mefistófeles, com a diferença apenas de que a "magia" é aqui obra não mais do diabo e sim do homem.

A famosa comparação "esterco em meia de seda" não é senão um dos inumeráveis pontapés dados ao de leve no cão fraldiqueiro. Mas há pior: sangrentas chicotadas e em pleno rosto do cortesão.

A cena passa-se nas Tulherias, na sala do Trono, diante de muitos oficiais e de quase todos os ministros, em 1809, quando o Imperador, cientificado da trama urdida contra ele por Talleyrand, se viu obrigado a voltar precipitadamente da Espanha.

Napoleão, abandonando-se — o que lhe acontece rarissimamente — a um furor não simulado, fulmina contra Talleyrand, o qual, em sua atitude costumeira, encostado a um consolo, por causa da perna claudicante — é coxo como o diabo Asmodeu — ouve impassível e, sem pestanejar, recebe na cara as chicotadas.

211. Madame de Rémusat, III,61.

— Sois um ladrão, um covarde, um homem sem fé... não credes em Deus, faltastes toda a vida aos vossos deveres, enganastes, traístes todo mundo; não há para vós nada de sagrado e venderíeis vosso pai. Comulei-vos de bens e de tudo sereis capaz contra mim. Assim, há dez meses, tende o despudor, porque supondes que meus negócios na Espanha vão mal, de dizer a quem queira ouvi-lo que sempre censurastes minhas tentativas nesse reino, enquanto que de vós partiu a primeira idéia disto... Quais são vossos projetos? Que desejais? Que esperais? Ousais dizê-lo? Mereceríeis que eu vos quebrasse como vidro; poderia fazê-lo, mas o meu desprezo acha que não vale a pena.

Não valeu, de fato, a pena: Talleyrand foi poupado e mesmo não tardou a ser "chamado de novo ao Conselho numa ocasião da mais alta importância[212]". Disso estava ele seguro ao ouvir as injúrias de Napoleão: todos os golpes passavam não ao lado dele, mas através dele, como através do corpo de um fantasma. É difícil dizer qual dos dois nessa cena horrível é o mais espantoso, o mais forte e, em seu gênero, o mais "imortal", se Napoleão ou Talleyrand — se aquele que é ou aquele que não é.

E Napoleão faria uma "tal" confissão a um "tal" confessor? É crível? Sim. Talleyrand é muito fino para mentir grosseiramente; sabe demais que a mentira grosseira logo se descobre, e tem necessidade de que a mentira não se descubra nunca e o grande homem entre na posteridade com essa marca inapagável de poltrão que ele mesmo se lançou em rosto. Talleyrand mente com a mais sutil das mentiras, numa dessas mentiras "satânicas" que são quase verdades, dessas verdades que um fio tênue separa apenas da inteira verdade. É provável que ele transmita as palavras de Bonaparte com toda a exatidão possível; mas lhe faz desviar o sentido, mudar o tom — a música; nesses contrapontos da mentira Talleyrand é genial.

Napoleão podia dizer: "Sou covarde, essencialmente covarde"? Ainda que pudesse, não seria certamente com a intenção que Talleyrand deixa entrever: para gabar-se cinicamente de sua "covardia", olhando sua alma num tal espelho. Pois que haverá no mundo um covarde que diga de si mesmo: "Sou covarde"? Qual é aquele que não terá espírito para guardar um ar de nobreza, esforçando-se mesmo em parecer tanto mais nobre quanto é mais covarde?

Oh, certo, o julgamento moral de Talleyrand e de seus semelhantes em "civilização", Napoleão o despreza. "Meus pendores secretos são afinal os da própria natureza"; essas palavras, Talleyrand, malgrado seu gênio da mentira, seria incapaz de inventá-las; ouve-se aí a voz de Napoleão — o

---

212. Pasquier, I, ps. 357-358.

rugido do "monstro antediluviano". E estas palavras são também provavelmente verdadeiras: "No fundo não há nada de nobre nem de baixo neste planeta". Fora apenas necessário acrescentar: "No "vosso" mundo, senhor de Talleyrand". Não é para o próprio Talleyrand uma verdade absoluta? Qual é então o rosto que se reflete nessa verdade como num espelho — o de Napoleão ou o de Talleyrand?

Não, parece que esta vez o gênio do ludíbrio foi ele próprio ludibriado e pressentiu mesmo que seria assim: "Esse diabo de homem engana sob todos os aspectos, segreda ele à sua confidente, Madame de Rémusat; até suas paixões escapam, porque ele acha meios de fingi-las ainda quando existiam realmente"[213]. Que paixões? Parece fácil defini-lo: a ambição, o amor do poder? Não; Talleyrand sabe ou adivinha confusamente que o objeto das paixões reais de Napoleão, ou mais exatamente de sua única paixão, é qualquer coisa de mais profundo, de mais essencial. Que é então? Isso ele não o sabe. Nós também não o sabemos, ou ao menos ignoramos como defini-lo; não podemos ir além ou ao menos onde sai e para onde volta toda vida — o ser no seu supremo limite; o "essencial" que faz de Napoleão o ser real ignoramos como defini-lo; não podemos ir além da sugestão: é a "plenitude do ser", não a vida, mas aquilo de onde sai e para onde volta toda vida — o ser no seu supremo limite; o "essencial" que faz de Napoleão o ser real entre todos, *ens realissimum*, segundo a expressão de Nietzsche, e que é menos que tudo acessível ao inexistente Talleyrand, — eis o objeto da paixão real, única de Napoleão, e eis por que o ódio invejoso de Talleyrand por ele não se acalma nunca e é sempre impotente.

Mas, então, se mesmo seu "gênio mau", seu "caluniador" por excelência, não encontra em Napoleão esse mal absoluto que faz o homem merecer o nome de "feroz", onde estará essa "ferocidade"?

"É verdade que meu destino se mostra o contrário dos demais; a queda ordinariamente nos rebaixa e a mim reergue infinitamente. Cada dia me despoja da minha pele de tirano, de matador, de homem feroz[214]". Como essa pele pode envolvê-lo? Há em sua vida alguma ação absolutamente feroz — um crime?

Ele mesmo parece crer que não. "Minha organização é estranha ao crime; não existe em toda a minha administração um ato privado de que não possa falar diante de um tribunal, já não quero sem embaraço, mas até com alguma vantagem[215]." — "Jamais pratiquei crimes em toda a minha carreira

213. Madame de Rémusat, ps. 117-118.
214. *Mémorial*, IV, p. 82.
215. *Mémorial*, IV, p. 255.

política, posso afirmá-lo à hora da agonia. Não estaria aqui (em Santa-Helena) se tivesse sabido cometer crimes"[216]. — "Para que me serviria o crime? Sou bastante fatalista e sempre desprezei demais o gênero humano para socorrer-me de um crime"[217].

É o caso do duque d'Enghien? Ele o esqueceu, ou então, recordando-o, se considera inocente?

Eis o que se passou. Em começos de 1804, prenderam quarenta conspiradores que se propunham atentar contra a vida do Primeiro Cônsul; estavam na maior parte a soldo do Governo inglês. Entre eles se achava Georges Cadoudal, um "chouan" bretão, e dois generais, Pichegru e Moreau, o ilustre vencedor de Hohenlinden, o antigo rival de Bonaparte. Durante os três últimos anos, após o atentado da rua Nicaise, o Primeiro Cônsul andava realmente cercado de assassinos. "O ar está cheio de punhais", dizia, para pô-lo em guarda, o antigo ministro da polícia, Fouché[218]. O próprio Bonaparte o sentia: "Sou então um cachorro que se possa liquidar na rua?"[219]. — "Se não tivesse por mim as leis do país, restar-me-iam os direitos da lei natural, os da legítima defesa", dizia ele em Santa-Helena. "Era atacado por todas as bandas e a cada momento: fuzis, máquinas infernais, conspiratas, emboscadas de toda espécie. Isso acabou fatigando-me e aproveitei o ensejo de devolver o terror até Londres... Guerra por guerra... o sangue atrai o sangue... Meu sangue, afinal, não é lama... Minha grande máxima foi sempre que, em guerra como em política, todo mal deve ser escusado na proporção de sua necessidade; o que vai além disso é que é crime".

Acreditava-se — sem razão, como depois ficou incontestavelmente provado — que o duque d'Enghien, Louis de Bourbon-Condé, um dos últimos rebentos da velha casa reinante de França, participara da conjuração e estivera mesmo um momento em Paris. Era um homem de trinta anos, de aspecto doentio, a face doce e triste de "cavaleiro pobre". Vivia retirado em Etenheim, cidadezinha do margraviado de Baden, não longe do Reno e da fronteira francesa, ocupando-se pouco de política, distraindo-se na caça e dando-se a sonhos de amor.

"Estava sozinho um dia, prossegue Napoleão. Vejo-me ainda meio sentado na mesa em que jantara, acabando de tomar o café: correram a instruir-me de uma nova trama, a demonstrar-me que isso só acabará quando correr o sangue de algum deles; e que o duque d'Enghien devia ser essa vítima, porque podia ser preso em flagrante, fazendo parte da conspiração

---

216. O'Meara, I, p. 313.
217. O'Meara, II, p. 6.
218. Lacour-Gayet, p. 160.
219. Ségur, II, p. 252.

atual... Ora, eu nem sabia sequer, de modo preciso, quem fosse o duque d'Enghien... Tudo fora antecipadamente calculado"[220].

Talleyrand é que previra tudo. Foi ele também quem insistiu para a prisão do duque, contrariamente ao direito internacional, em território estrangeiro.

A 15 de maio, um destacamento de soldados franceses passou a fronteira, penetrou em Ettenheim, cercou silenciosamente a casa do duque e, fazendo irrupção, de sabre desembainhado e pistola em punho, prendeu o fidalgo, pondo-o na carruagem e transportando-o escoltado, primeiro a Strasburgo, depois a Paris, no Castelo de Vincennes.

O Primeiro Cônsul quis encarregar desse negócio o general Murat, então governador de Paris, mas este recusou peremptorariamente: "Quererá ele manchar minha farda? Não é possível"[221]! Bonaparte avocou tudo a si, mas é óbvio que seu "anjo da guarda", Talleyrand, está constantemente atrás dele. O ministro da Polícia, Savary, não foi senão um instrumento cego entre as mãos de ambos.

Para julgar o duque d'Enghien uma Comissão militar foi designada. "Cientificai os membros da comissão, dizia-se na ordem assinada por Bonaparte, que urge terminar durante a noite, e ordenai que a sentença, se, como não posso duvidar, for de condenação à morte, seja logo executada e o corpo enterrado num dos pátios do forte".

O primeiro interrogatório demonstra a completa inocência do duque. "Antes de assinar a presente declaração, escreve ele em tal documento, peço insistentemente uma audiência particular do Primeiro Cônsul. Meu nome, minha posição, meu modo de pensar e o horror da minha situação me fazem esperar que ele não se recuse a atender-me".

Esse desejo nem foi transmitido: Talleyrand interceptou-o.

Em 21 de março, às duas da manhã, o duque foi conduzido diante da Comissão. O segundo interrogatório nada ajuntou ao primeiro. O acusado respondeu com dignidade; não dissimulou — o que aliás todo mundo sabia — estar pronto a colocar-se debaixo da bandeira das potências que fariam guerra ao governo usurpador de Bonaparte, porque era um dever que lhe impunham sua posição e o sangue que lhe corria nas veias; mas repeliu com indignação a idéia mesma de um atentado contra a vida do Primeiro Cônsul.

Desde que levaram o acusado, os juízes pronunciaram a condenação à morte, mas, não conhecendo nem a lei nem o artigo que diziam aplicar, os deixaram em branco no texto. A inocência do duque era para eles tão evidente que decidiram por unanimidade enviar ao Primeiro Cônsul o pedido

---

220. *Mémorial*, IV, ps. 266.
221. Pasquier, I, p. 192.

feito pelo príncipe de ser conduzido à sua presença e de implorar-lhe ao mesmo tempo a eqüidade. Mas não puderam fazê-lo. Às duas e meia — o julgamento durara menos de meia hora — os soldados entraram no quarto do duque. Descendo a escada que leva ao poço, perguntou ele aonde o conduziam. Nada de resposta. Sentindo o frio que vinha de baixo, tomou o braço de um dos que o acompanhavam e disse-lhe: "Vão atirar-me numa masmorra?" Súbito o infeliz compreendeu: chegara diante de um pelotão de execução. Cortou um cacho de cabelos, embrulhou-o com um anel de ouro e pediu que entregassem essa lembrança à princesa de Rohan-Rochefort. "Não me darão um padre?" indagou. Do alto, uma voz irônica — dizem que do general Savary — responde: "Quer ele morrer como um beato?" D'Enghien ajoelhou-se, concentrou-se um instante e tornou a levantar-se. "É horrível! Exclamou ele. Perecer assim em mãos de franceses!" Quiseram vendar-lhe os olhos, mas ele pediu que o não fizessem. Os soldados atiraram e o duque d'Enghien caiu morto[222].

O Primeiro Cônsul passou o dia que precedeu à execução fechado em seu gabinete. Josefina, tendo conseguido forçar-lhe a porta, atirou-se, banhada em lágrimas, a seus pés e suplicou-lhe perdoasse o duque. Ele a repeliu duramente: "Tratai de ir embora! Sois uma criança e nada entendeis dos deveres da política".

No dia seguinte, às cinco da manhã, deitado ao lado dela, ele a acordou e disse: "A esta hora o duque d'Enghien cessou de viver". Ela gritou, chorou. "Então, é tratar de dormir", fez ele secamente, repetindo a observação de que ela não passava de uma criança[223].

Que é isso? Insensibilidade? Não é provável; na antevéspera da execução, Chateaubriand viu o Primeiro Cônsul nas Tulherias com uma figura tão alarmante que, voltando para casa, disse aos amigos: "É fatal que haja alguma coisa de estranho ignorado por nós, porque Bonaparte não pode estar mudado a esse ponto, a menos que esteja doente"[224].

"Ah, meu amigo, que fizeste?" exclamou Josefina, chorando, no dia mesmo da execução. "Os desgraçados agiram muito depressa", pronunciou ele, pensativamente, depois ajuntou que "só lhe restava agora suportar a responsabilidade do caso", uma vez que atirá-la para os outros pareceria uma torpeza"[225].

O conde de Ségur viu-o, três ou quatro dias depois, durante a missa na capela das Tulherias. "Examinei-o com atenção redobrada. Lá, diante de

---

222. Pasquier, I, ps. 184-187; Lacour-Gayet, p. 187.
223. Pasquier, I, p. 194.
224. Lacour-Gayet, p. 165.
225. Ségur, II, p. 269.

Deus, em presença de sua vítima, que me parecia ver refugiada, ainda em sangue, nessa tribuna suprema, esperei que num remorso, um desgosto ao menos se lhe manifestasse nos traços... Mas nele nada variou; absoluta calma". Depois da missa, o Primeiro Cônsul percorreu as filas de dignitários e falou-lhes do caso de d'Enghien, querendo sem dúvida receber impressões, mas só obteve em resposta baixas lisonjas ou um silêncio carrancudo. E súbito ele próprio se entenebreceu, silenciou e saiu às pressas[226]. Aos olhos de muitos e talvez de Ségur, perdia terreno o grande homem de que se orgulhavam e o "herói completo" descia a um simples criminoso[227].

Mas, pouco depois, Bonaparte recebia a recompensa do assassínio: três milhões e meio de votos corresponderam à proposta feita pelo Senado de proclamá-lo Imperador: para subir ao trono, passou ele por cima do cadáver ainda quente do duque d'Enghien.

"Esses sujeitos queriam matar a Revolução em minha pessoa, diz o Imperador aos íntimos, e tive de defender-me. Mostrei-lhes de que ela é capaz." — "Dentro de um ano, acharão essa morte uma grande ação política." — "Assim impus silêncio para sempre aos realistas e aos jacobinos".

"Por favor, Sire, não falemos mais nisso, porque me faríeis chorar", diz-lhe Madame de Rémusat, um dia em que se falava do duque d'Enghiem. — "Ah, as lágrimas! As mulheres só têm esse recurso!" Objetou ele a rir[228].

O mais inquietante é que ele parece realmente não compreender de que se trata; uma criança o teria compreendido e ele, o mais sensato dos homens, não o compreende.

"Que, ainda se lembram dessa velha história?... Que criancice!" Diz ele, em 1807, bastante surpreso de saber que em Petersburgo não se haviam esquecido do duque d'Enghien[229].

Entanto ele se recorda, ele também, e tanto melhor quanto o tempo passa. Que de sangue derramou ele na guerra, e o esqueceu, mas desse não se esquecerá nunca.

Não se poderá dizer que ele não se arrependesse das más ações ou que, ao menos, não as reconhecesse. A propósito da usurpação do trono da Espanha, causa da interminável guerra onde ele se afundou como num pântano e de onde jamais se pôde desprender, falava ele em imoralidade e cinismo, se bem que as suas intenções fossem nobres, concluindo que é impossível meter-se na cama dos reis sem acabar maluco[230].

Ele confessa as más ações, mas permanece incapaz de arrepender-se exatamente da pior de todas.

226. Ségur, II, p. 274.
227. Ségur, II, p. 265.
228. Madame de Rémusat, I, ps. 337, 389, 390.
229. Madame de Rémusat, III, p. 273.
230. Lacour-Gayet, p. 441.

Em Santa-Helena, Las Cases não ousa pronunciar o nome do duque d'Enghien e fica vermelho de atrapalhação quando Bonaparte se refere ao morto, tranqüilamente, com sua "lógica cerrada, luminosa, irresistível". — "Quando ele acabou de falar, fiquei surpreso, absorto... Se aquele que Napoleão lamentava estivesse neste momento em seu poder, estou certo de que lhe teria perdoado". É assim nas palestras íntimas, mas, diante de testemunhas, "era coisa diferente... esse negócio pudera causar-lhe alguma lástima, dizia ele, mas não criar-lhe remorsos, nem mesmo inspirar-lhe escrúpulos,"[231]! E, entanto, há em seus pensamentos alguma ambigüidade "Esse celerado de Talleyrand só me deu conhecimento disso dois dias depois da morte do príncipe", acrescentava ele, reportando-se à carta do duque d'Enghien. — "Se ele a trouxesse em tempo, certamente que lhe haveria perdoado"[232]. Mas outra vez, como se ele se dirigisse à posteridade, afirmou que, "se fosse coisa a refazer, ele a refaria[233]." Sem dúvida, nem ele sabe direito o que faria: punir ou perdoar.

Três dias antes da morte, já atormentado pelos primeiros sofrimentos da agonia, pediu o envelope selado que lhe continha o testamento e ajuntou qualquer coisa às ocultas, em que declarava que o que fizera com o duque d'Enghien fora "necessário à segurança, ao interesse e à honra do povo francês, quando o conde de Artois mantinha confessamente sessenta assassinos em Paris".

Desejo de inocentar-se? O certo é que o chanceler Pasquier lhe acreditou nos remorsos e acha ter sido ainda "uma recordação lancinante que lhe ditou essa frase testamentária", convindo acentuar que o chanceler conhecia bem Napoleão e assistira de perto ao desenrolar do caso[234].

Também lord Holland, um verdadeiro amigo de Napoleão, admitia "que ele fosse culpado desse crime", achando que nada explica o sacrifício de um homem inocente e que a morte do duque d'Enghien seria sempre "uma nódoa em sua memória"[235]. Mas se lhe perguntassem: — Bonaparte cometeu uma ação má, logo é criminoso? — lord Holland — teria respondido como responde todo seu livro sobre o Imperador: — Não, é um bom homem.

Um homem bom pode cometer crimes? Antes de responder, procure cada um de nós ver se não tem na vida um "duque d'Enghien". Não serão os piores, mas os melhores que responderão: Sim.

"Todo mundo me adorou e me odiou". Mas nunca ninguém o lamentou. Ora, era disso talvez que ele tinha mais necessidade, porque, estranho

---

231. *Mémorial*, IV, ps. 260-262.
232. O'Meara, I, p. 314.
233. *Memorial*, IV, ps. 267.
234. Pasquier, I, p. 196.
235. Holland, p. 169.

que pareça, ele era, malgrado toda a pompa, digno de piedade. Para compreendê-lo, basta dizer que o último dos homens pode rezar, e ele não podia.

Não obstante, era um bom homem. Isso o pobre Tobias, um velho escravo malaio, jardineiro em Santa-Helena, o sabia direito. Napoleão tinha um grande desejo de resgatá-lo. Mas Hudson Lowe, governador da ilha, não o permitiu. Talvez Napoleão lamentasse o infeliz Tobias, porque parecia ver na sorte de ambos qualquer coisa de comum: todos dois eram vítimas da civilização européia. Tobias nascera livre, selvagem, e os europeus o tinham "civilizado", enganado, arrastado longe da pátria e vendido como escravo. Tobias também se pôs a amar Napoleão. Só o chamava "the good gentleman", ou melhor ainda, "the good man"[236].

Os pestosos de Jafa também o sabiam. A 11 de março de 1799, durante a campanha da Síria, o jovem general Bonaparte, para envergonhar os médicos assustados e tranqüilizar os militares em lhes provando que a peste não é tão terrível quanto pensavam, visitou o hospital dos pestosos, vagou longamente em meio aos enfermos, reconfortando-os, tomando-lhes a mão ajudando mesmo a transportar um deles[237].

Sabiam-no também os feridos aos quais, por ocasião da retirada de São João d'Acre, no horrível deserto da Síria onde os homens morriam de calor, o general Bonaparte mandou dar todos os cavalos, mulas e camelos, inclusive sua própria montaria; e quando a ordenança, não querendo acreditar, lhe perguntou que cavalo se reservava, Bonaparte, furioso, aplicou-lhe na cara uma forte chicotada, gritando: "Que todo mundo vá a pé, e eu em primeiro lugar"[238]!

Também o sabiam os campônios franceses que, no caminho de Niort a Rochefort, suprema etapa em direção a Santa-Helena, lhe corriam atrás, gritando entre soluços: "Viva o Imperador! Ficai, ficai conosco!" Acabava-se a sega do feno; as altas medas que se elevavam em torno relembravam aos camponeses os grandes trabalhos de drenagem ordenados pelo Imperador em 1807 e graças aos quais essa região de paludes, infértil e malsã, se transformava em vasta pradaria. "Vede, diz ele a Baker, as populações me agradecem o bem que lhes fiz"[239]! Sim, tudo passa, tudo se esquece, mas isso perdura — o pântano convertido em pradarias férteis, o "caos desenovelado".

Sabiam-no também os milhares de homens que morriam por ele nos campos de batalha com este grito de êxtase delirante: "Viva o Imperador!" Sabiam ou sentiam que ele "queria o bem", porque, em verdade, seu principal objetivo — a união universal dos homens — é um dos maiores bens.

---

236. O'Meara, I, p.17; *Mémorial*, I, p.305; Abell E. Balcome, *Souvenirs*, Plon, 1898, p. 62.
237. Bourrienne, I, p. 373; O'Meara II, p. 210.
238. Bourrienne, I, p. 369.
239. Housaye, *1815*, III, p. 356.

Nele, pensamentos e palavras podiam ser maus, mas a vontade era boa. Ele é melhor do que pensa ou do que diz: o mal está no exterior, o bem no interior.

É por isso que vale mais não crer em excesso na sua face imóvel, implacável, como esculpida no bronze ou no mármore. "Poderia receber a notícia da morte de minha mulher, de meu filho e de toda a'minha família, sem mudar de cara. Não me perceberiam nos traços nem emoção nem alteração: tudo aí pareceria calmo e indiferente. Mas é quando estou só no quarto e me entrego à mim mesmo que sofro, e minhas sensações voltam a ser as de um homem que suporta a custo os seus males"[240]. Tem ele no mais alto grau o pudor do sofrimento e o pudor da bondade que vão quase sempre juntos.

"Há em mim dois homens distintos: o homem da cabeça e o homem do coração"[241]. — "Não acrediteis que não tenha, também eu, um coração sensível como os outros; sou um homem perfeitamente bom. Mas desde a mais tenra infância habituei-me a abafar essa corda e ela agora está muda"[242]. Não foi ele que a fez silenciar, mas a vida; seu rude labor tornou-lhe a alma calosa, como as mãos; ela perdeu um tanto a vibração, mas não morreu de todo.

"Os primeiros cuidados do Imperador, depois de um rencontro, eram pelos feridos, relata o barão Fain. Percorria ele próprio a planura, fazia-os levantar, amigos e inimigos, fazia pensar os que ainda não o tinham sido e velava para que todos, até o último, fossem transportados às ambulâncias e aos hospitais vizinhos". — "O Imperador confiava aos cuidados dos seus melhores cirurgiões os feridos que podiam ser tratados separadamente; procurava informar-se com o interesse mais ativo do progresso das respectivas curas; Yvan era interrogado nos mínimos detalhes: a natureza da ferida, esperanças, temores, queria que lhe dissessem tudo. Graças a essas informações fiéis, sabia ocorrer a muitas necessidades secretas. Só Deus sabe o bem que ele fez!" — "Sua bolsa de viagem era como se fosse cheia de furos", tanto as esmolas caíam generosamente dela[243].

No campo de batalha de Borodino, um ferido foi pisado por um dos cavalos do séqüito de Napoleão; o infeliz soltou um grito de dor. O Imperador irritado explodiu contra os oficiais do Estado-Maior censurando-lhes com indignação não dar mais atenção aos feridos. Alguém para acalmá-lo observou que era um russo; mas ele recomeçou observando, mais vivamente ainda, que "não havia mais inimigos depois da vitória e sim unicamente homens[244]".

Percorrendo, dois dias antes de Warteloo, o campo de batalha de Ligny, o Imperador percebeu um oficial prusiano gravemente ferido: chamou um campônio e perguntou-lhe: "Você crê no inferno? — Sim. — Pois bem, se não

240. O'Meara, II, p. 363.
241. Roederer, p. 246.
242. Fournier, III, p. 233.
243. Fain, ps. 253, 254, 257.
244. Ségur, IV, p. 403; Constant, IV, p. 350.

quer ir para o inferno, trate desse ferido. Muito cuidado, porque Deus quer que sejamos caridosos"[245]. Não é uma prece, mas talvez valha muitas preces.

Lembrou-se ele um dia em Santa-Helena de que, vinte anos antes, por ocasião da primeira campanha da Itália, em seguida a um caso importante, — não se lembrava mais qual fosse exatamente — percorria com alguns companheiros por uma calma noite enluarada, o campo de batalha de onde não haviam ainda retirado os mortos, e encontrou um cão uivando sobre o cadáver do dono. Como se aproximassem, o cão se atirou sobre eles; depois voltou ao cadáver e começou a lamber o rosto do dono; voltou em seguida a investir contra os intrusos, e assim várias vezes, sem cessar de uivar. "Era a um tempo pedido de socorro e desejo de vingança... Nada, em qualquer dos meus combates, me causou impressão semelhante... Este homem, dizia-me eu, jaz aqui abandonado de todos, exceto de seu cão... Que lição nos dava a natureza por intermédio de um animal! Que é o homem e que mistério há nas suas impressões? Eu ordenara sem emocionar-me dezenas de batalhas, vira de olhos enxutos a perda de um grande número dos nossos, e aqui me sentia comovido, conturbado pelos gritos e a dor de um cão[246]!" Ele próprio uiva como um cão, como Aquiles sobre o corpo de Patroclo, sobre o marechal Lannes, o bravo dos bravos, quando este teve em Essling as pernas fraturadas por uma granada. E à noite, só, no quartel-general, diante do repasto, ele se esforça em comer; chora e as lágrimas caem-lhe no prato[247]. Percorrendo o campo de Eylau, ouviram-no gritar que "era um espetáculo horroroso", feito "para inspirar aos príncipes o amor da paz e para lhes infundir o horror da guerra"[248]. Mentira? Frases destinadas à posteridade? É fácil também enganar-se.

Ora, deixando as palavras, vejamos um ato. Em 1815, nas proximidades da segunda abdicação, sabia ele que lhe bastaria dizer somente uma palavra, fazer um sinal, para que se acendesse a guerra civil e para que, senão a França, ao menos ele se salvasse; entanto, ele não o quis, dizendo: "A vida de um homem não vale tanto" — e assinou a abdicação[249].

Se pusessem isto num prato da balança, e no outro as palavras terríveis: "estou me ninando para a vida de um milhão de homens", qual dos dois pratos desceria?

Ele ama pronunciar palavras terríveis que recaem sobre sua própria cabeça; duas aranhas, Talleyrand e Metternich, escutam-no avidamente, como

---

245. Houssaye, *1815*, II, p. 229.
246. *Mémorial*, I, p. 312.
247. Marbot, *Mémoires*, II, ps. 203-210; Ségur, III, ps. 358-360; *Mémorial*, III, p. 222; Constant, III, p. 388.
248. Ségur, III, p. 169.
249. Houssaye, *1815*, III, p. 41.

se espreitassem uma mosca presa em suas teias; e o inteligente Taine, e o bom Tolstoi, e os quarenta mil juízes escutam-no também.

"Admito que ele haja proclamado: "Ai de quem escorregar debaixo das rodas de meu grande carro político, quando ele se houver lançado com força!" São palavras de teatro, observa o barão Fain; Ouve-se aí o grande ator; mas reconheço bem melhor Napoleão quando lhe fazem dizer: "Deixemos a noite deslizar sobre a injúria da véspera", ou então: "Os homens não são fundamentalmente ingratos". Notai que era em Santa-Helena que ele conservava essa indulgência[250]. "Ele fazia barulho e não desfechava o golpe, contra o abade de Pradt. Ouvi-o dizer depois de uma borrasca da maior violência contra um de seus familiares: "O desgraçado! Ele me obriga a dizer o que não penso e o que nunca pensaria em dizer-lhe!" Passado o mau quarto de hora, chamava aqueles que repelira e voltava aos que ofendera: tenho experiência disso"[251].

"Sabei que um homem verdadeiramente homem não odeia, declarava ele a Las Cases. Sua cólera e seu mau humor não vão além de um instante; o choque elétrico... O homem feito para os negócios e a autoridade não vê pessoas; só vê as coisas, o peso e a conseqüência das coisas"[252]. — "Sente-se que ele poderia tornar-se o aliado dos seus mais cruéis inimigos, como viver com aquele que lhe houvesse feito o maior mal", constata Las Cases, com espanto[253].

O próprio Napoleão acredita que, se se perdoa tão facilmente às criaturas, é por desprezo, mas talvez não seja unicamente por isso.

"Vós não conheceis os homens, dizia ele a seus companheiros de cativeiro em Santa-Helena, quando estes se indignavam contra os inumeráveis traidores. É difícil compreendê-los com justeza. Conhecem-se eles mesmos?... E, depois, antes abandonado que traído; houve em torno de mim mais fraqueza que perfídia; é a negação de São Pedro, o arrependimento e as lágrimas podem estar perto". E termina por uma palavra que é talvez a melhor e a mais sensata de todas as suas palavras: "A natureza humana podia mostrar-se mais repulsiva"[254]!

Em nossa civilização "cristã" não há vocábulo para designar o que os antigos chamavam de "virtus". Não é a nossa "virtude", mas antes o arrojo, a coragem e, ao mesmo tempo, a bondade enquanto força e firmeza supremas. É essa bondade que possui Napoleão. É nessa "Pietra Santa", nome de uma das suas avós corsas, que ele repousa totalmente.

---

250. Fain, p. 291.
251. Fain, p. 301.
252. *Memorial*, IV, ps. 243, 244.
253. *Memorial*, I, p. 272.
254. *Mémorial*, I, p. 274.

A gratidão — memória imperecível do bem, fidelidade inabalável ao bem — é uma virtude viril por excelência: por isso é tão forte em Bonaparte.

"Desprezo a ingratidão como sendo a mais vil fraqueza da alma[255]," diz ele do fundo do coração. A gratidão é a bondade secreta, o calor das águas profundas. Eis por que ele a oculta tão castamente: "Não sou bom, nunca o fui, mas sou *firme*"[256]:

O testamento de Napoleão é um dos mais belos momentos dessa firmeza "humana".

Nele são recordados todos os que lhe fizeram bem na vida; agonizante, ele ressuscita na memória os que morreram há muito, agradece-lhes os benefícios através dos filhos e dos netos e teme sempre esquecer alguém. Dez dias antes da morte, presa dos horríveis sofrimentos finais, escreve, e de seu próprio punho, um quarto codicilo, "porque, pelas disposições tomadas, nem todas as obrigações foram satisfeitas". Seguem-se treze artigos novos. "Ao filho ou neto do general Dugmmier, que comandou em chefe o exército de Toulon, a soma de cem mil francos. É um testemunho de lembrança pelas provas de estima, afeição e amizade que nos deu esse bravo e intrépido general. — Cem mil francos ao filho ou neto do deputado da Convenção Gasparin, representante do povo no exército de Toulon, por ter protegido e sancionado com sua autoridade o plano que apresentamos. — Cem mil francos à viúva, filho ou neto de nosso ajudante de campo Muiron, morto a nosso lado em Arcole, ao defender-nos com seu corpo".

E num dos primeiros artigos, lega cem mil francos ao cirurgião-mór Larrey, por ser "o homem mais virtuoso que conheci"[257]. O homem bom reconhece seu semelhante.

Que ele cubra de favores sua velha ama Camila Ilari, mulher de um pobre pescador corso, nada de admirável; o que é surpreendente é que institua em segredo uma pensão do seu próprio bolsinho à nutriz de Luiz XVI e às duas pobres velhas irmãs de Robespierre[258]. Com que simplicidade maravilhosa concilia em seu coração o carrasco e a vítima!

Surpreende-se e conhece-se mais facilmente o coração nas pequenas coisas que nas grandes; às vezes não se vê tão bem o herói através de um arco de triunfo quanto pelo buraco da fechadura.

"Só não posso falar do herói em mangas de camisa; então era ele quase ininterruptamente bom", declara Constant, o criado de quarto de Napoleão[259].

---

255. Bertaut, p. 49.
256. Holland, p. 198.
257. *Mémorial*, IV, ps. 658-659, 642.
258. Fain, p. 95.
259. Constant, I, p. 7.

Numa das campanhas além do Reno, Constant, após diversas noites sem sono, adormeceu profundamente, ao esperar o Imperador, numa poltrona, junto à mesa de trabalho, a cabeça apoiada no braço e o braço apoiado na mesa. O Imperador entra enfim, acompanhado do marechal Berthier e seguido de Roustan. O príncipe de Neufchâtel quis despertar Constant, mas o Imperador o deteve... Então, como não houvesse outra cadeira no aposento, o Imperador sentou-se à beira da cama e se pôs a conversar com o marechal. Tendo necessidade de um dos mapas sobre o qual o cotovelo de Constant repousava, Napoleão, ainda que procurasse fazê-lo sutilmente, despertou Constant. Este se levantou todo confuso, balbuciando desculpas. "Senhor Constant, disse-lhe então o Imperador com um sorriso cheio de bondade, estou triste por tê-lo incomodado: queira desculpar-me"[260].

Essa polidez real merece que perdoem a Napoleão muito de suas brincadeiras de tarimba: o tinteiro derramado sobre o vestido cor-de-rosa de Josefina, porque não lhe agradava, e mesmo o pontapé famoso, ainda que discutível, que ele teria dado na barriga do filósofo Volney em seguida a uma blasfêmia estúpida[261].

Um jovem pajem galopava junto à carruagem do Imperador por uma chuva violenta. Ao descer da viatura, Napoleão, vendo o rapaz molhado até os ossos, ordenou-lhe que ficasse na primeira muda e mais tarde informou-se muitas vezes da sua saúde. O pajem contou-o numa carta à progenitora, e esta, lendo-a, aprendeu talvez sobre Napoleão qualquer coisa que ignoram seus quarenta mil juízes.

Um dia, em Santa-Helena, o doutor O'Meara se sentiu mal e caiu desmaiado aos pés de Napoleão; quando voltou a si, viu o Imperador que, inclinado sobre seu rosto, lhe banhava as têmporas com água de Colônia, olhando-o "com a expressão do maior interesse e ansiedade"[262].

O que há de melhor no homem é o que há de mais simples de mais infantil. "Ele amava bastante as meninas e os meninos, e raramente um homem perverso tem inclinação pela infância", assinala Bourriene. Sentado no chão, o Primeiro Cônsul brinca, como uma criança, com o pequeno Napoleão, seu sobrinho, e nesse momento tem a sua verdadeira expressão, mas, um minuto depois, indo receber o embaixador da Inglaterra, lord Withworth, para invectivá-lo e ameaçá-lo com a ruptura de relações diplomáticas, afivela uma máscara aterrorizante[263].

"Passei este dois dias com o marechal Bessiere; brincamos como garotos de quinze anos", escreve ele em 1806, entre Austrerlitz e Iena[264].

260. Constant, IV, p. 201.
261. Constant, I, p. 708; Taine, p. 65.
262. O'Meara, I, p. 217.
263. Madame de Rémusat, I, p. 119; Taine, p.55.
264. Arthur-Lévy, p.320.

A pequena Betsy Balcome, de quatorze anos, filha do proprietário da vila de Briars, em Santa-Helena, onde Napoleão passou os primeiros meses de cativeiro, ouvira, desde a infância, falar de Napoleão como de um ogre devorador, particularmente guloso de meninotas, e teve medo de vê-lo; mas, tendo-o visto, prendeu-se a ele em breves dias, brincando com ele como um amiguinho de sua idade. E, muitos anos depois, sendo já matrona, ela só se recordava dele como de um rapazola, companheiro de jogos infantis[265].

O general Gourgaud, um dos que o seguiram voluntariamente no exílio, projetava deixar o Imperador, mas não ousava dizer-lhe. Um dia, passeando no jardim, Napoleão viu por terra, na alameda, um alfinete, apanhou-o e estendeu-o a Gourgand com um sorriso de criança: "Tomai, Gorgô, Gorgoto, é um presente", disse-lhe ele. Fazer presente de um objeto pontudo é sinal de zanga. Mas é justamente o que Gourgaud procura. "O que tu queres, faze-o logo", parece dizer-lhe Napoleão. Tristeza, censura, carícia, ironia, perdão — tudo aí está e tudo é infantil. Mas Gourgaud não compreende nada disso, da mesma forma que nada compreendem dessa ingenuidade napoleônica nem Taine, desesperadamente adulto, nem Tolstoi, que desesperadamente suspira atrás da infância.

"Se vós não vos converterdes e não vos tornardes como as crianças..." Isto significa: o infantil é divino. Eis porque no herói, no Homem, se unem Deus e a criança.

Tais são o mal e o bem em Bonaparte. Mas ele próprio é mau ou bom; dizer que ele é inteiramente bom, que é "santo", é tão grosseiramente inexato quanto dizer que é um "criminoso". O mal e o bem lutam nele. E nessa luta, como em muitas outras coisas, ele é um ser de outra natureza que não a nossa, uma criatura de outra criação — um "homem da Atlântida". Seu coração é taça de líquidos estranhos: uma gota de sangue sacrifical que não é ainda o do Gólgota escorre num néctar que não é mais o do Olimpo, e a mistura — a fermentação terrível — se põe a ferver. É o que não chamamos o "gênio de Napoleão". Mas para dizer dele simplesmente: "É um criminoso", é preciso que sejamos o que somos, isto é, os filhos do mais ateu de todos os séculos.

Maldizer do herói, do Homem, é maldizer da humanidade. Faz cem anos que maldizemos de Napoleão. Já não é tempo de dizer enfim: ele é o mais caluniado de todos os heróis?

Sua face morta é uma das mais belas faces humanas. Ele é sereno e puro como o céu. Vê-se que, senão na vida, ao menos na morte, ele venceu o mal pelo bem, realizou "a medida do homem que é a do anjo". Um semideus adormecido e um anjo — querubim de força e de luz, — caído do céu na terra. E nós não o reconhecemos e eis o que fizemos dele!

---

265. Abell, ps. 13, 108.

VI

O TRABALHADOR

A união dos contrários: é assim que se pode definir o gênio de Napoleão, e foi assim que ele próprio o definiu.

"Raro e difícil, dizia ele, era reunir todas as qualidades necessárias a um grande general. O mais desejável e que punha logo alguém em evidência era que nele o espírito e o talento se equilibrassem com caráter ou coragem[266]".

"Em Bonaparte o elemento intelectual contrabalança a vontade", diz profundamente o abade Sieyès[267].

É este equilíbrio do espírito e da vontade que constitui o "quadrado do gênio".

Nós outros, filhos da moderna civilização européia, sofremos todos mais ou menos da doença de Hamlet, do desequilíbrio entre o espírito e a vontade, a contemplação e a ação; só, entre os doentes, Napoleão passa bem de saúde. Em nós todos, as duas almas, diurna e noturna, estão separadas; nele só, estão unidas. Provamos todos da árvore da Sabedoria, — e morremos; só ele provou da árvore da Sabedoria e da Vida, — e vive. Todos aumentamos o espírito à custa da vontade; só ele uniu um espírito à custa da vontade; só ele uniu um espírito infinito a uma vontade infinita.

Da mesma forma que todo seu ser une esses dois princípios opostos da mesma forma cada um deles tomado em particular — a vontade e o espírito — unem em si as qualidades contrárias.

Memória e imaginação — tal o primeiro consórcio de contrários intelectuais: a dinâmica da imaginação voltada para o futuro, e a estática da memória, voltada para o passado.

"Uma coisa bem singular em mim é a memória. Moço conhecia os logarístimos de mais de trinta a quarenta números; sabia em França, não só nomes dos oficiais de todos os regimentos, mas os lugares onde os corpos eram recrutados, e isto distintamente; não ignorava sequer o espírito de cada zona"[268].

---

266. *Mémorial*, I, p. 315.
267. Vandal, *L'Avènement de Bonaparte*, I, p. 261.
268. Gourgaud, II, p. 109.

Mais tarde, sendo já imperador, quando verificava a localização de centenas de milhares de homens, disseminados de Dantzig a Gibraltar, descobria imediatamente as menores inexatidões. "Por que quinze gendarmes ficam sem armas na ilha de Walcheren?" — "Por que se esqueceram de mencionar dois canhões existentes em Ostende"[269]? Em 1813, recordava-se de que três anos antes enviara à Espanha dois esquadrões do vigésimo Regimento de caçadores a cavalo. Sabia quase de cor tudo isso, de modo a poder indicar aos soldados transviados a sede dos respectivos corpos à simples vista do número do regimento[270].

Mas sua memória não é senão a pedreira inesgotável de onde sua imaginação extrai a pedra necessária a uma construção gigantesca.

"O Imperador é todo imaginação", frisa o abade de Pradt[271]. Poder-se-á juntar: "E todo memória", assim como em geral é ele "todo" esta ou aquela qualidade de intelectual de que careça em dado momento — qualidade por vezes oposta àquela que um minuto antes fora igualmente "tudo" nele. Seu espírito é um Proteu multiforme.

"Uma imaginação prodigiosa animava esse político tão frio, diz Chateaubriand. Ele não seria o que foi se a Musa não estivesse lá: a razão executava as idéias do poeta"[272].

"Não sei, mas algumas vezes essa convicção ridícula me contagia a ponto de fazer-me crer possível tudo o que esse homem singular mete na cabeça fazer, e, com sua imaginação, quem pode calcular o que ele empreenderá?" diz Josefina no começo das relações de ambos[273].

A imaginação o torna tão grande poeta na ação quanto Ésquilo, Dante e Goethe na contemplação; faz dele o músico da sinfonia da História, o novo Orfeu cujo canto ordena às pedras construírem as muralhas da Cidade.

"Amo o poder, mas é como artista que o amo... Amo-o como um músico ama o seu violino. Amo-o para extrair dele sons, acordes, harmonia[274]", — a maior de todas as harmonias: a união universal dos homens.

O conhecimento, como ação criadora, e o conhecimento, como contemplação pura — tal é, em seu espírito, o segundo consórcio dos contrários. Ele sabe melhor que ninguém achar na vontade, na ação, o ponto em que se apoiará a alavanca do conhecimento. E ao mesmo tempo, ele compreende tão bem a alegria da contemplação pura que se pergunta não raro se não nascera para ser um grande sábio e se não traíra seu verdadeiro destino abandonando a contemplação pela ação.

269. Arthur-Lévy, p. 494; Ségur, II, p. 25.
270. Taine, p. 41. (nota)
271. Abbade de Pradt, p.94; Taine, p. 92 (nota).
272. Lacour-Gayet, p.117.
273. Lacour-Gayet, p. 340.
274. Roederer, p. 246.

"É para mim uma nova ocasião de afligir-me com a força das circunstâncias que me dirigiram a uma outra carreira, onde me encontro tão longe da das ciências", escreve ele a Laplace aceitando a dedicatória da "Mecânica Celeste" e admirando a "clareza perfeita da obra". Em meio dos horrores iniciais de 1812, ele agradecia de Vitebsk, a esse mesmo Laplace, o ter-lhe remetido seu "Tratado das Probabilidades", "uma das obras que aperfeiçoam as matemáticas, a primeira das ciências[275]".

Sente como Pitágoras a música misteriosa dos números. Nos momentos difíceis da vida, lê, para acalmar-se, a tábua de logarítimos, como leria um livro de rezas[276].

Voltando da campanha do Egito, na fragata "Muiron", enquanto os companheiros mortalmente ansiosos esperavam, de um momento para outro, a aparição da esquadra inglesa, que os perseguia há muito, o general Bonaparte absorvia-se calmamente na química, na física, nas matemáticas com os membros do Instituto Berthollet e Monge.

Em 1815, após a segunda abdicação, o Imperador, na Malmaison, diz a Monge: "A ociosidade seria para mim a mais cruel das torturas. Já agora, sem exército e sem império, não vejo senão as ciências que se me imponham à alma. Vou abrir uma nova carreira, deixar trabalhos, descobertas dignas de mim... Percorreremos o Novo Continente desde o Canadá ao cabo Horn, e nessa imensa viagem estudaremos os grandes fenômenos da física do globo"[277]. Jamais o cientista Monge achara Napoleão tão grande. Mas ouve-se o barulho diante do canhão; corre logo às cartas militares e as perfura com alfinetes; novamente sonha a guerra — a ação. Assim, ele não saberá nunca o que lhe é mais familiar, se a contemplação, se a ação.

Esquecendo todas as desgraças e todos os sofrimentos, ele observa durante longas horas, numa das salas abandonadas da casa de Longwood, em Santa-Helena, a vida das formigas; admira com que tenacidade elas encontram o açúcar escondido: "Não é instinto, é bem mais: sagacidade, inteligência, ideal da associação civil... Se nós tivéssemos essa unanimidade de vistas"[278]! Essa sagacidade das formigas, exatamente como o uivo do cão junto ao cadáver do dono, lhe faz sentir que o irracional pode estar algumas vezes mais perto do Criador que o homem.

Enfermo, quase agonizante, ele estuda curiosamente a vida dos peixes no viveiro de Longwoord, interessando-se em seus amores, em suas guerras; e quando, por uma causa desconhecida epidemia ou veneno, — eles

275. Chuquet, I, p. 228.
276. Holland, p. 200.
277. Houssaye, 1815, III, p. 215.
278. Antommarchi, I, p. 263.

perecem, Napoleão sofre seriamente, vendo nisso um mal presságio: "Bem vedes que pesa uma fatalidade sobre mim"[279]!

Antes disso, quando ainda se sentia bem, examinava longamente o planisfério do Atlas de Las Cases, interrogando este sobre as novas hipóteses geológicas, sobre as causas ignoradas dos ciclones e dos furacões[280] — sopros possantes da Terra que, para ele, como para os antigos filósofos da Jônica, não é um bloco inerte de matéria, mas um ser vivo — o grande ANIMAL *Zôôn*. Sim, depois dos antigos, Goethe e da Vinci foram talvez os únicos nos quais se sente, tanto quanto em Napoleão, o coração humano estar tão próximo do coração da Terra-Mãe. "Com a natureza ele respirava a própria vida; ouvia os balbucios do regato, compreendia a linguagem das folhas e sentia as ervas crescerem; o livro das estrelas estava aberto e a vaga marinha lhe falava", escreveu um poeta sobre a morte de Goethe.

Síntese e análise, tal é nele o terceiro consórcio dos contrários intelectuais. A maior síntese, a mais sublime harmonia do alaúde de Orfeu do poder é a união universal dos homens. A amplitude dessa síntese corresponde à profundeza da análise.

"Sempre amei a analise e, se me tornasse seriamente amoroso, decomporia meu amor peça a peça. *Porque* e *como* são indagações tão úteis que não cansam nunca". — "Os hábitos geométricos de seu espírito levaramno a analisar até as suas emoções, diz Madame de Rémusat. Bonaparte é o homem que meditou mais os *porque* que regem as ações humanas. Incessantemente distendido nas menores ações da vida, descobrindo sempre um secreto motivo para cada um de seus movimentos, ele nunca explicou nem concebeu essa despreocupação natural que às vezes nos faz agir sem objetivo e sem cálculo"[281]. Esta última indicação não é exata: certo a despreocupação borboleteante das mulheres do mundo, do gênero de Madame de Rémusat, é estranha a Napoleão; mas isso não quer dizer que ele ignora a espontaneidade irrefletida da "consciência noturna" — da intuição.

A medida e o excesso, eis, em Bonaparte, o quarto consórcio de contrários.

O gênio solar de todas as raças mediterrâneas, de Pitágoras a Pascal — clareza, precisão, simplicidade geométricas, medida de Apolo — é também o gênio de Napoleão. "Seu estilo recorda o de Pascal, — observa Sainte-Beuve (deveria ajuntar: e também o de Pitágoras), — a palavra de ambos se grava a ponta de compasso"[282].

279. Antommarchi, I, ps. 301-302.
280. *Mémorial*, IV, p. 107.
281. Madame de Rémusat, ps. 268, 103.
282. Arthur-Lévy, p. 447.

É dirão, com uma ordem matemática que ele ordena o caos, com uma medida geométrica que ele o modera. "Introduzi em tudo a mesma simplicidade. O que é bom, o que é belo é sempre o resultado de um sistema simples e uniforme"[283]. Esta simplicidade que é a beleza perfeita é como o círculo solar divino inscrito no quadrado humano do gênio.

E ao lado da medida apolínea, eis o excesso dionisíaco. O grande, o belo, luta nele com o excessivo, o monstruoso. "Os limites humanos tinham sido ultrapassados, diz Ségur da campanha de 1812. O gênio de Napoleão, querendo elevar-se acima do tempo, do clima e das distâncias, estava como perdido no espaço. Por maior que fosse a medida, ele a excedera"[284].

É esta enormidade que faz pensar na arquitetura dos Atlantes: o titanismo nas concepções que apavorava o pobre Decrès. Ou então, como o diz o próprio Bonaparte: "O impossível é o fantasma dos tímidos e o refúgio dos poltrões"[285]. Seu excesso em verdade se assemelha à demência; sua geometria de três dimensões não é senão o caminho para a quarta: o quadrado do gênio humano torna-se a base da pirâmide divina que se afila para um único ponto: "Sou Deus".

De resto, essa enormidade titânica, ele acaba por vencê-la graças à medida divina, mas é já numa outra ordem — no sacrifício.

Em sua vontade, como em seu espírito, encontra-se a mesma união dos contrários, o mesmo quadrado do gênio.

A guerra e a paz, o trabalhador e o chefe, tais são as duas faces, contrárias e concordantes, dessa vontade. Na guerra — descargas de vontade subitâneas como relâmpagos; na paz — um esforço lento, tal a gota que fura a pedra.

É difícil decidir qual dessas duas palavras lhe exprime melhor a vontade, a do guerreiro: "É preciso arriscar o todo pelo todo", ou a do trabalhador: "Preferia o repouso, mas o boi está atrelado, e deve trabalhar"[286]. É difícil decidir onde o herói se mostra mais — na grandeza das vitórias ou na humildade do trabalho; no fogo das batalhas, quando ele voa, semelhante às águias das suas bandeiras, ou então na calma do trabalho, quando labuta como um boi lento.

"O trabalho é meu elemento; nasci e construí pelo trabalho. Conheci o limite de minhas pernas, conheci o limite de meus olhos; não conheci nunca o de meu trabalho"[287]. — "Trabalho sempre, comendo ou no teatro;

283. Antommarchi, I, p. 335.
284. Ségur, I, p. 198.
285. Houssaye, *1815*, I, p. 616.
286. Bourrienne, II, p. 287; Arthur-Lévy, p.488.
287. *Mémorial*, III, p. 523.

sentei-me numa espreguiçadeira diante do fogo, para examinar papéis que me trouxera o ministro da Guerra; encontrei vinte erros, dos quais enviei esta manhã as notas ao ministro que está agora ocupado em retificá-los"[288].

Três vezes por mês, levam-lhe dados minuciosos sobre o ministério das Finanças, verdadeiros volumes *in folio*, entulhados de cifras, e ele os verifica tão cuidadosamente que encontra enganos em alguns cêntimos. E assim também em relação aos negócios da guerra, que lhe são expostos em opúsculos, por ordem numérica, explicando-se tudo quanto diga respeito à artilharia, à engenharia, ao recrutamento de tropas, aos exércitos estrangeiros[289]. Ele os lê avidamente: "Sentia mais prazer nessa leitura que uma rapariga ao ler um romance[290]. Às vezes entusiasma: "Este relatório está tão bem feito que se lê como um belo trecho de poesia"[291].

E tudo se lhe mete em ordem no crânio por compartimentos, como o mel nos alvéolos ou, para falar mais prosaicamente, — ele ama a prosa — "como num armário". — "Quando quero interromper um negócio, fecho sua gaveta e abro a de uma outra. Elas não se misturam nunca, não me incomodam nem me fatigam com qualquer gênero de confusão. Quero dormir? Fecho as gavetas e entrego-me ao sono"[292].

Os homens são fracos porque distraídos; o gênio é a atenção, e a atenção é a vontade de espírito. Essa vontade de espírito Napoleão a possui no mais alto grau.

"O que caracteriza o espírito de Bonaparte é a força e a constância de sua atenção, observa o conselheiro de Estado Roederer. Ele pode passar dezoito horas consecutivas no trabalho, num mesmo trabalho, em trabalhos diversos. Nunca lhe vi o espírito cansado, mesmo na fadiga do corpo, no exercício mais violento, na cólera. Nunca o vi distrair-se de um negócio para outro sobretudo daquele que ele discute, para pensar no que vem de discutir ou naquele em que vai trabalhar...Jamais homem algum se dedicou tanto ao que fazia[293]". — "Sua flexibilidade é maravilhosa para desenvolver de pronto todas as faculdades, todas as forças, e para levá-las ao objeto somente de que está ocupado, seja um inseto, seja um elefante, um indivíduo isolado ou um exército inimigo. Quando absorvido por um objeto, o resto não existe para ele: é uma espécie de caça de que nada o desvia"[294].

Os homens se fatigam, mas não os deuses nem as forças eternas da natureza; assim é ele infatigável.

---

288. Roederer, ps. 250-251.
289. Fain, ps. 77-78.
290. Lacour-Gayet, p. 375.
291. Arthur-Lévy, p. 494.
292. *Mémorial*, III, p. 549.
293. Roederer, ps. 95-96.
294. Pradt, p. X, p. 5; Taine, p.31.

"Seus colaboradores fraquejam e desfalecem sob a carga que ele lhes impõe e que ele transporta sem lhe sentir o peso"[295]. Sendo Cônsul, "preside algumas vezes a reuniões particulares da seção do Interior das 10 da noite às 5 da manhã... Não raro, em Saint-Cloud, retém os conselheiros de Estado das nove da manhã às cinco da tarde, com uma suspensão de quarto de hora, e não parece mais fatigado no fim da sessão que no começo"[296]. — "Podia discutir durante oito horas sobre uma questão e no fim desse tempo entrar a discutir outra, com o espírito tão lépido quanto em começo. Ainda hoje (em Santa-Helena) posso ditar doze horas consecutivas"[297]. Trabalha "quinze horas por dia, sem um momento de interrupção, sem alimentar-se"[298].

Um dia, às duas da manhã, num conselho de administração o ministro da Guerra adormeceu; vários membros caíam de lassidão; ele gritou: "Olá cidadão, acordai; só são duas horas e é preciso ganhar o dinheiro que nos dá o povo francês"[299]!

Durante os setenta e dois dias da última campanha de França, ninguém sabia quando ele achava tempo para comer e dormir.

Depois do desastre de Leipzig, a 2 de novembro de 1813, ele fez sua entrada em Mogúncia e, na tarde seguinte, pôs o pé na corte das Tulherias, tendo rumado sem detença de Mogúncia a Paris. Descendo da carruagem, suas pernas entorpecidas não podiam sustentá-lo e os traços alterados revelavam-lhe o esgotamento e a fadiga. Entretanto, só tem tempo para abraçar a mulher e o filho e o resto da noite leva-o a interrogar os ministros reunidos em torno dele, a ditar notas, a redigir ordens. Só às seis da manhã o Imperador os despede, recomendando ao ministro das Finanças que volte ao meio-dia: "Traga-me informações minuciosas sobre o Tesouro, Gaudim, diz ele, porque temos um trabalho aprofundado a conduzir juntos". É nesses dias que seu secretário, o barão Fain, declara ao conde Lavalete: "O Imperador deita-se às onze horas, mas levanta-se às três da manhã e até à noite não tem um momento que não seja para o trabalho. É tempo que isto acabe, porque ele sucumbirá, e eu antes dele"[300].

"Ele governou em três anos mais que os reis num século", diz Roederer[301]. "O que eu fiz é imenso, mas fica ainda aquém do que eu projetava", assegura Napoleão[302]. E esse trabalho enraivado, inimaginável, sobre-humano, dura sem interrupção, sem repouso, o prazo de trinta anos.

295. Taine, p. 32.
296. Pelet de Lozère, *Opinions de Napoléon au Conseil*, p. 8; Taine, p.32.
297. Gourgaud, II, p. 450.
298. O'Meara, I, p. 292.
299. Roederer, I, p. 96.
300. Arthur-Lévy, ps.511-512.
301. Taine, p. 32.
302. *Mémorial*, III, p. 145.

"Não é um corpo, é bronze que têm tais homens", diz Raskolnikow de Napoleão. Não, ele tem um corpo, e muito fraco, talvez mesmo mais fraco que o dos homens ordinários.

"O Primeiro Cônsul tem tão má cara que não lhe parecem restar oito dias de vida"[303]. Mais tarde, ainda que com a idade se tornasse mais robusto, a menor corrente de ar o endefluxa; a mínima luz o impede de dormir; um bocado de comida a mais o faz vomitar; não suporta o cheiro da pintura fresca nem o calçado muito justo; chora e sente-se mal, facilmente, como uma mulher. "Possuo, diz ele, nervos muito irritáveis e, nessa disposição, se meu sangue não batesse com uma lentidão contínua, correria o risco de tornar-me doido"[304].

Mas pela força do espírito ele domina a fraqueza do corpo. "Sempre fiz do meu corpo o que quis"[305]. "Há um corpo "animal" e um corpo "espiritual", ou, segundo o apóstolo Paulo, um corpo "físico" e um corpo "pneumático". Napoleão é um dos maiores "pneumáticos", ainda que este vocábulo não deva ser tomado em nosso sentido cristão. Dir-se-ia que nele o corpo espiritual transparece através do corpo animal e que essa transparência é precisamente a fonte de sua "magia".

Nos lúgubres aposentos das Tulherias, ele vive com a austeridade de um monge. É de nascença sóbrio, frugal. Come pouco: "Um pouco de comida é sempre demais"[306]. Só bebe vinho com muita água. Come depressa: oito minutos bastam-lhe para almoçar, quinze para jantar; às vezes esquece que não jantou; acaricia as mulheres com a mesma pressa. "Há bem uns cinco ou seis dias no ano nos quais as mulheres podem exercer alguma influência nele", observa melancolicamente Josefina[307]. Não tem outro luxo senão as pitadas de rapé, as pastilhas de alcaçuz para refrigerar a boca e as fricções de água de Colônia.

É desinteressado: ainda que o soberano mais rico da Europa, nada possuiu pessoalmente; a própria Malmaison foi comprada no nome de Josefina. "Cada qual tem suas idéias: eu tinha o gosto das dádivas e não da propriedade", dizia ele[308]. Tendo saído da França quase sem nada, foi em Santa-Helena obrigado a vender sua prataria e acabou enterrado às expensas dos ingleses, seus carcereiros.

O corpo é a imobilidade; o espírito o movimento. Ele é todo espírito, todo movimento, como um relâmpago encerrado em corpo humano.

---

303. Vandal, II, p. 387.
304. Madame de Rémusat, I. p. 124.
304. Antommarchi, I, p. 216.
306. Fain, p. 192.
307. Constant, I, p. 309.
308. Fain, p. 115.

"Dir-se-ia, escreve o comissário inglês da ilha de Elba, que Napoleão quer realizar o eterno movimento. Compraz-se em fatigar todos os que o acompanham em suas excursões. Não creio que lhe seja possível sentar-se para escrever, enquanto a saúde lhe permitir os exercícios corporais... Ontem, depois de um passeio a pé por um sol ardente, das cinco da manhã às três da tarde, e depois de ter visitado as fragatas e os transportes, ele andou a cavalo durante três horas ainda, "para se desfatigar", disse-me em seguida"[309].

Em 1809, durante a guerra da Espanha, fez em cinco horas as trinta e cinco léguas de Valladolid a Burgos; partira com um numeroso séqüito, mas, a cada passo, deixava gente pelo caminho, de modo a chegar quase só em Burgos[310]. Fazia constantemente caças de trinta e seis léguas. Em Castiglione, por ocasião da primeira campanha da Itália, cinco cavalos, em três dias, pereceram de fadiga debaixo dele[311].

É tão infatigável a pé quanto a cavalo. "Marchava às vezes cinco ou seis horas seguidas sem dar por isso"[312]. Gosta de falar andando. "Teria, creio, caminhado o dia todo a conversar", diz Bourrienne[313].

O movimento interior corresponde ao movimento exterior. "As nuvens, impelidas pelo vento, não atravessavam o horizonte com tanta rapidez quanto as idéias e as sensações diversas de Napoleão se lhe sucediam no espírito"[314]. É por isso que ele não pode escrever: a mão não chega a seguir-lhe o pensamento e ele dita tão depressa que "seu ditado parece uma conversação em voz alta na qual se dirigisse ao correspondente como se ele estivesse ali para ouvi-lo. Quem ouvisse às portas poderia acreditar que os dois se achavam frente à frente... Não havia meio de fazê-lo repetir: interrompê-lo era intervir como um importuno no diálogo em que sua imaginação o isolava". Essa impossibilidade de repetir o pensamento vinha-lhe de que este era perfeitamente "orgânico", vivente. Dita quase sempre andando. "A freqüência em suas idas e vindas marcava-lhe o ritmo mais ou menos rápido das idéias"[315]. Trinta e cinco volumes publicados não passam de pequena parte da sua correspondência.

Parece que foi o homem que se moveu mais na terra e é a semelhante criatura que se inflige Santa-Helena, o "suplício do repouso": Satã não teria inventado para ele inferno mais terrível.

309. Houssaye, 1815, I, p. 153.
310. *Mémorial*, I, p. 296; Ségur, III, p.308; Fain, p. 290.
311. Ségur, I, p. 255.
312. Fain, p. 290.
313. Bourrienne, III, p. 438.
314. Bourrienne, III, p. 438.
315. Fain, p. 57.

"O que fiz é imenso, mas fica muito aquém do que projetava". Quem diz isso? Napoleão senhor do mundo? Não, o construtor de esgotos: "É preciso ter feito o que fiz para conhecer toda a dificuldade de fazer o bem... Assim é que empreguei trinta milhões em esgotos dos quais ninguém jamais dará conta"[316].

Todo o mundo vê o sol de Austerlitz, mas ninguém viu os esgotos — nem os esgotos subterrâneos, nem os que, em política, sanearam a lama sangrenta da Revolução. Mas onde a face de herói é mais divina — no sol de Austerlitz ou nas trevas dos esgotos?

Eis ainda outro aspecto de Napoleão "desconhecido", humilde. Dir-se-ia que o touro assírio, o gigante alado, deus do Sol, atrelado à charrua, trabalha infatigavelmente: "Eu preferiria o repouso; mas o boi está atrelado e deve trabalhar".

A precisão do trabalho é talvez mais prodigiosa ainda que sua imensidade. Uma precisão, uma exatidão escrupulosa, que não é a dos homens, mas a dos deuses ou das forças eternas da natureza; só as estrelas se levantam no céu, só os deuses recompensam e punem os homens com a mesma exatidão matemática, absoluta.

Ele se alegra como uma criança quando, nas contas que se cifram por milhões, descobre um erro de vinte cêntimos. Um dia viu entre as mãos de uma dama de honor da Imperatriz um rol de lavadeira; tomou-o, examinou-o e achou a conta exagerada; pôs-se a regatear peça por peça e obteve o que lhe parecia justo[317].

Às magníficas tapeçarias que vinham de colocar nas janelas das Tulherias, ele corta uma glande de ouro e a mete na algibeira. Alguns dias mais tarde, restitui a glande ao encarregado do mobiliário: "Aí tendes, meu caro. Deus me livre de pensar que vós me roubais, mas o certo é que vos roubam, porque pagastes isso um terço acima de seu valor"[318].

O mesmo Demiurgo, o deus Operário, está nos sóis e nos átomos. "Fosteme fiel nas pequenas coisas e eu te encarregarei das grandes". Se ele não houvesse arquejado tanto por vinte cêntimos, o milagre não se teria cumprido: não veriam, por uma metamorfose quase súbita, em três ou quatro anos de Consulado, a miserável França tornar-se a rainha mais rica da terra.

Três semanas antes de morrer de um câncer no estômago, entre dois vômitos, "negros como borra de café", sentado na cama, tendo nos joelhos uma folha de papel e molhando a pena no inteiro que segura para ele um

316. *Mémorial*, III, p.145.
317. Arthur-Lévy, p. 418.
318. Lacour-Gayet, p. 367; *Mémorial*, II, p. 147.

criado de quarto, ele ajunta um codicilo testamentário onde enumera o que omitira nos artigos precedentes: "Minhas duas camas de ferro, meus colchões e meus cobertores.... 6 camisas, 6 lenços, 6 gravatas, 6 pares de meias, 2 roupões, 2 calções, um par de suspensórios, 4 cuecas, uma caixinha cheia de meu rapé". Deixa tudo isso ao filho[319].

"Que burguês! Faria melhor em pensar na alma nesse momento!" Será assim para nós, "cristãos", mas não para ele, "pagão". Porque toda sua alma é o amor da Terra: igual amor reside no sonho do domínio universal e no cuidado de uma pitada de rapé.

"Carreguei o mundo nas costas[320]". Se a nossa velha Europa bem ou mal se vai agüentando, deve ser porque esse Atlas, esse Burguês gigantesco, apocalíptico, continua a carregá-las nas costas.

319. *Mémorial*, IV, ps. 649-650.
320. *Mémorial*, III, p. 514.

VII

O CHEFE

Para ver bem a face de Napoleão Chefe, é preciso levar em conta que a guerra não é para ele o essencial. "Ser real entre todos", ele bem sabe que a guerra é em sua época historicamente inelutável, permanecendo ainda " o estado natural" do homem. Mas nisso, como em tudo, ele vai, através do que os homens acham "natural", ao que lhe parece "sobrenatural", através da necessidade da guerra para o milagre da paz.

"Para ser eqüitativo com o Imperador, é preciso pôr na balança as grandes ações de que o privaram"[321]. Só lhes deixar cumprir grandes ações na guerra e não na paz. Ora, por mais estranhamente que essa palavra ressoe, Napoleão é um *pacificador*: faz sempre a guerra e aspira paz; pela guerra tem mais que ódio — desprezo, ao menos em seus momentos o mais clarividentes.

Não foi em vão que ele compreendeu e recordou toda a vida o cão uivando, depois de uma batalha sobre o corpo do dono: ele sentiu que essa humilde criatura estava mais alta no amor que ele, o herói, no ódio — na guerra.

"Que é a guerra? Um mister de bárbaro"[322]. — "A guerra vai tornar-se um anacronismo... Quem deve triunfar? O futuro, não é?... As vitórias obter-se-ão um dia sem canhões e sem baionetas"[323]. Estas palavras poderiam parecer levianas na boca de um ideólogo pacifista tal como Tolstoi, mas na boca de Napoleão elas assumem um peso singular.

A vontade da paz e a vontade da guerra; tal é nele a mais profunda união dos contrários, invisível para todos, talvez para ele próprio.

"O general é o mais sensato dos bravos", é assim que ele define o gênio do Chefe[324]. Para concluir seu pensamento, cumpriria dizer: "O general é o mais bravo dos bravos e o mais sensato dos sábios". Há poucos homens perfeitamente bravos e ainda menos perfeitamente sensatos, e raro é encontrar os que reúnam as duas qualidades. Napoleão tem consciência de que é um tal homem: "Milhares de séculos decorrerão antes que as circuns-

---

321. *Mémorial*, I, p. 273.
322. Lacourt-Gayet, p. 471; Ségur, IV, p. 371.
323. J. Bertaut, p. 182.
324. Bertaut, p. 45.

tâncias acumuladas sobre minha cabeça procurem um outro na turba para reproduzir igual espetáculo."

Segundo ele, a ciência da guerra consiste em pensar primeiro as probabilidades e em seguida calcular com uma exatidão quase matemática quantas probabilidades se devem deixar ao Acaso. Mas essa relação entre a ciência e o acaso só pode existir numa cabeça genial. O Acaso permanece sempre um mistério para os espíritos medíocres e só se torna uma realidade para os espíritos superiores.

O mistério do acaso, o mistério do Destino, é por excelência o mistério de Napoleão, porque ele é o "homem do Destino".

A Eternidade é uma criança jogando dados", diz Heráclito. O acaso, o destino, "a estrela", é o dado da Eternidade. E a guerra também é "o jogo de azar" do Chefe com o Destino. "Arriscar o todo pelo todo", é a regra desse jogo. Nunca ninguém jogara com uma clarividência tão geométrica: "Meu grande talento, o que mais me distingue, é ver claro em tudo... É a perpendicular mais curta que a oblíqua", — nem com uma visão tão profética[325]. A união do acaso com a matemática, da absoluta cegueira com a absoluta clarividência — tal é o "quadrado" espiritual de seu gênio militar.

Antes de cada campanha ou cada batalha, ele passa dias inteiros deitado por terra sobre um enorme mapa desenrolado, perfurado de alfinetes com cabeça de cera de diferentes cores que marcam as posições reais ou supostas de suas próprias tropas e as do inimigo; medita a ordem maravilhosa com que os exércitos serão atirados a centenas, a milhares de quilômetros — das bordas da Mancha, do campo de Boulogne, às bordas do Reno, ou então da Serra Morena às estepes russas; marchas concêntricas, ofensivas prolongadas, golpes fulminantes — todo um plano estratégico, simples e belo como uma obra de arte ou um teorema. Seu objetivo principal é pôr o adversário, antes do começo das operações, na impossibilidade de reunir-se à sua base: Marengo, Iéna, Austerlitz são diferentes aplicações desse método. Tudo aí é matemático, mecânico. "A força de um exército, como a quantidade dos movimentos na mecânica, avalia-se pela massa multiplicada pela velocidade. Uma marcha rápida aumenta o moral do exército e acresce-lhe os meios de vitória"[326].

A prudência infinita, o que se poderia quase chamar a "pusilanimidade" do Chefe, vale mais aqui que a audácia. "Não há homem mais pusilânime que eu quando traço um plano militar; avolumo todos os perigos... fico numa agitação verdadeiramente dolorosa. Isso não me impede de parecer muito sereno diante das pessoas que me cercam; sou uma rapariga dando à luz. E quando a resolução está tomada, tudo esqueço, exceto o que pode fazê-la vencer[327]".

325. Gourgaud, II, p. 460.
326. Bertaut, p. 166.
327. Roederer, p. 4.

Tudo esquecer no último minuto é tão difícil quanto lembrar tudo até esse último minuto. Primeiro, a lenta mecânica, a claridade geométrica da visão; depois a súbita clarividência, o relâmpago profético.

"Ai do general que vem ao campo de batalha com um sistema"[328]. Libertar-se bruscamente do sistema, da ciência, da razão, repeli-los como um fardo inútil, é ainda mais difícil que carregá-los.

"A guerra é uma arte singular; asseguro-lhes que travei sessenta batalhas e nada aprendi que não soubesse desde a primeira.[329]" Ele pressentira sempre o que o esperava. Esse sentimento interior, esse conhecimento original, antecipando toda experiência, é precisamente a "previsão magnética" de que fala Bourrienne, o "conhecimento-lembrança" inato, *anamnesis* de Platão. Parece realmente que há milhares de anos, nenhum homem o possuíra no mesmo grau que Napoleão.

"Dir-se-ia que tracei o plano de campanha de Mack. As Forcas Caudinas estão em Ulm", predisse Bonaparte, e tudo se passou segundo essa predição: dia por dia, quase hora por hora, Ulm capitulou[330].

O plano de Austerlitz foi executado quase com tanta precisão: o sol da vitória espalhou os primeiros raios na hora, no instante mesmo que Napoleão lhe ordenara. À manhã da batalha de Friedland, antes de ter vencido, ele almoça tranqüilamente debaixo dos obuses que lhe sibilam em derredor, e seu rosto resplandece de uma tal alegria que se vê que ele sabe, "recorda" que já vencera. Sim, recorda o futuro, como se fosse o passado.

"A grande arte da batalha é mudar, durante a ação, a linha de operações, e isto é uma idéia minha, absolutamente nova[331]." Isto só é possível se o plano nada possuir de mecânico, sendo perfeitamente orgânico e permanecendo até o fim modificável, maleável no cérebro do chefe, como ferro em fusão no fogo. Nas maiores batalhas, um profundo silêncio reinava em torno de Napoleão. "Exceto o barulho do canhão mais ou menos próximo, ouvir-se-ia voar uma mosca no sítio em que ele estava; ninguém tinha coragem de tossir[332]". Nesse silêncio ele ouve a voz interior do seu "demônio-conselheiro", segundo a expressão de Socrates — sua "previsão magnética".

Mas chega enfim o supremo instante em que é preciso "arriscar o todo pelo todo".

A sorte de uma batalha é o resultado de um instante, de um pensamento, de uma fagulha moral[333]. "Uma batalha é sempre uma coisa séria, mas a vitória depende quase sempre de pouca coisa"[334]. Essa "pouca coisa", é a

328. Bertaut, p. 163.
329. Gourgaud, II, p. 424.
330. Lacour-Gayet, p. 242.
331. Gourgaud, II, p. 460.
332. Stendhal, p. 194.
333. *Memorial*, I, p. 314.
334. Gourgaud, II, p. 467.

humilde máscara do destino, "da Eternidade jogando dados como uma criança." A batalha da Moskowa perdeu-a Napoleão porque estava endefluxado; a de Waterloo, porque a chuva não parou a tempo.

É nesse supremo instante que tem lugar a descarga elétrica da vontade pela qual o Chefe decide tudo: "Nada de mais difícil e entanto de mais precioso que saber decidir-se"[335].

"Olho-me como o homem mais audacioso em guerra que talvez existisse jamais", dizia ele simplesmente, sem sombra de fanfarrice, ao acaso de uma conversação[336].

Nele o que excele não é a bravura militar, e bem o sentimos quando, em Napoleão, termina o meio-dia da vontade, da ação, e vai começando a meia-noite do sacrifício, do sofrimento. Sente-se então que o sol da coragem é o mesmo nos dois hemisférios.

Para negar que Napoleão seja bravo na guerra, é preciso ser cego. Assim aconteceu com Taine e Tolstoi. Mede-se-lhes o ódio pela cegueira. Taine procura mesmo provar que Napoleão é "poltrão". E muito "juízes" o acreditaram e alegraram-se: "Ele era poltrão como nós!"

É difícil dizer quando Napoleão foi mais bravo. Parece que de Toulon a Waterloo, e mais longe, até Santa-Helena, até seu último suspiro, ele o foi igualmente. Para ele "essa luz que ilumina o espírito", de que fala Goethe, não se extinguiu um instante. Mas foi em Arcole que a França viu pela primeira vez o rosto do jovem herói, rosto tão belo que depois dos tempos dos Epaminondas e dos Leônidas não se tinha visto semelhante.

Em novembro de 1796, a situação do general Bonaparte, comandante em chefe do exército da Itália, era quase desesperada. Seu pequeno exército fundia-se em combates desiguais: vinte mil homens extenuados lutavam contra sessenta mil homens bem dispostos. Os socorros esperados da França não chegavam. A flor do exército, soldados e oficiais, faltava às fileiras. Os hospitais estavam entulhados de feridos e de doentes atingidos pela febre pútrida dos pantanais de Mântua. Bonaparte também adoecera. Mas o pior é que o exército se mostrava desencorajado pelo insucesso do ataque contra as alturas de Caldieiro, de onde o marechal austríaco Alvinzi, ocupando uma posição inexpugnável, ameaçava Verona que Bonaparte, recuando pela primeira vez na vida, tivera de evacuar em condições quase humilhantes.

"Cidadãos Diretores, escrevia ele então, talvez estejamos em vésperas de perder a Itália. Nenhum dos socorros esperados chegou. Cumpri com o meu dever, o exército cumpriu com o seu. Tenho a alma lacerada, mas a

335. *Mémorial*, I, p. 316.
336. *Memorial*, IV, p. 144.

consciência em repouso. Socorro! Enviai-me socorro!" Sabia que não lhe enviariam: os Jacobinos, os Realistas e mesmo os Diretores só esperavam uma ocasião para comê-lo vivo. "Não há mais esperança, escrevia ele a Josefina, tudo está perdido... Só me resta a coragem"[337].

"Qualquer outro general em seu lugar não pensaria senão em transpor de novo o Mincio, e a Itália estaria perdida", diz Stendal, que tomou parte na campanha[338].

Mas Bonaparte não recuou; concebeu uma manobra loucamente audaciosa: avizinhar-se da retaguarda dos austríacos, pelo lado dos pântanos do Adige, quase inacessíveis, e, surpreendendo o inimigo, obrigá-lo a combater em três pontos estreitos, onde a superioridade do número não teria importância e a bravura pessoal dos soldados decidiria de tudo. Para executar essa manobra, era preciso apoderar-se por um brusco assalto, de um pequeno trecho arborizado, ao fim de um dos diques, na pequena ribeira paludosa de Alpone, perto do vilarejo de Arcole — a única comunicação da retaguarda inimiga com os pântanos.

À noite, no meio de um profundo silêncio, o exército francês saiu de Verona. A audaz manobra de Bonaparte foi tão apreciada que os feridos vieram reunir-se ao exército. Insinuando-se na obscuridade pelos diques do Adige, as colunas da vanguarda francesa, sob o comando do general Augereau, aproximaram-se, antes que fosse dia, da ponte de Arcole. Contrariamente à expectativa de Bonaparte, a ponte estava bem defendida: dois batalhões de croatas com a artilharia podiam cobri-lo de um fogo de flanco mortífero. Mas era tarde demais para recuar e, aliás, a retirada estava impedida. Estava-se preso numa ratoeira e cumpria perecer.

A primeira coluna atacou, e a metralha varreu quase inteiramente; foi o mesmo com a segunda, a terceira, a quarta. Logo que os homens apareciam na ponte, a metralha os varria. Esses bravos morriam inutilmente. Eram todos rapazes ainda imberbes, "sans-culotes" de noventa e três, que em seu gênero eram, também eles, "homens de Plutarco". Mas mesmo esses bravos não gostavam de morrer por coisa alguma. Não se podia tomar a ponte mais facilmente que escalar o céu. Quase todos os chefes mortos ou feridos, e os homens recusavam-se a marchar para o fogo. Então Augereau atirou-se para frente, a bandeira na mão e, esperando arrastar consigo os soldados, gritou furioso: "Covardes, temeis então a morte?" Mas ninguém o seguiu[339].

Bonaparte acorreu e compreendeu no primeiro olhar que, se a ponte não fosse tomada, tudo estaria perdido; não seria ele quem surpreenderia

337. Ségur, I, ps. 292, 291.
338. Stendal, p. 219.
339. Lacroix, p. 194.

Alvinzi, e sim o contrário: ouvindo o barulho dos canhões, os austríacos iam romper fogo do alto das colinas de Caldiero e esmagar, afogar nos pântanos todo o exército francês. Mas, no mesmo instante, Bonaparte viu o que lhe restava fazer. Desceu do cavalo e apoderou-se da bandeira dos granadeiros. Os homens não compreendiam ou não ousavam compreender o que ele ia fazer: olhavam-no sem mexer-se, em silêncio.

Vestido de um curto redingote azul, muito simples, quase sem bordados, com um largo cinto de seda tricolor e uns calções de camurça branca, calçado de pequenas botas forradas de marroquim, era ele magro, esguio, malgrado seus vinte e sete anos, como uma rapariga de dezesseis; longas mechas lisas, mal polvilhadas, caíam-lhe pelas faces cavadas; no rosto uma calma estranha, um ar de meditação profunda, mas nos olhos imensos um insuportável brilho de metal em fusão; era o rosto de "criança doente" que lhe valera o amor — a "piedade" dos seus soldados.

Não compreendia de todo o que ia fazer. Brandindo com uma das mãos o trapo sagrado da bandeira e com a outra a espada, voltou-se, gritando: "Soldados! Deixastes de ser os vencedores de Lodi?" e precipitou-se para a ponte[340].

Todos se precipitaram atrás dele com um único pensamento: mais vale morrer que ver morrer a "criança doente". Os chefes o cercam, cobrem-no com seus corpos. O general Lannes, já ferido duas vezes, protege-o contra a primeira descarga e tomba atingido pela terceira vez. O Coronel Muiron protege-o contra a última descarga e é morto de encontro ao peito de Bonaparte, manchando-lhe de sangue o rosto.

O furacão da metralha ceifava os homens; apesar disto ele avançaram e chegaram quase à extremidade da ponte, mas chegados lá, não puderam suportar o fogo à queima-roupa, deram uma reviravolta e fugiram. Os croatas os perseguiam, liquidando a golpes de baioneta os que a metralha poupara.

Bonaparte se conservava sempre na ponte. Granadeiros que fugiam arrebataram-no nos braços e quiseram arrastá-lo para longe do alcance do fogo, mas na confusão deixaram-no cair, sem dar pela coisa. Ele caiu no pântano, chafurdando na vasa até à cintura; debatia-se e só conseguia afundar-se cada vez mais. Era belo ficar de pé na ponte como um herói, mas horrível permanecer na lama como um sapo. Talvez não ouvisse ele, malgrado o tumulto do combate, senão o doce murmúrio dos caniços acima de sua cabeça e não visse senão o céu calmo e cinzento; ele também se conservava calmo, esperando seu fim: iria ser engolido pelo pântano, golpeado ou feito prisioneiro pelos austríacos? Ou então sabia, "recordava" que seria salvo?

340. Ségur, p.300.

Os austríacos já o tinham ultrapassado uns quarenta passos, mas ainda não o haviam percebido ou reconhecido, com o rosto coberto de lama e do sangue de Muiron. Foi assim que o céu calmo o protegeu. Na ponte ele pereceria fatalmente, enquanto no pântano foi salvo: mais se afundava e mais estava abrigado.

Os granadeiros só se acalmaram ao chegar à margem. Perceberam então que Bonaparte desaparecera. "Onde está ele? Onde está Bonaparte? gritaram eles apavorados. Voltemos, salvemo-lo!" Atiraram-se de novo à ponte, varrendo os croatas numa arrancada furiosa, viram Bonaparte chafurdado no pântano quase até os ombros, chegaram a custo até ele, agarraram-no, suspenderam-no, levaram-no à margem e puseram-no a cavalo. Estava salvo.

É difícil compreender o que se passou depois, como aliás é difícil compreender sempre o caos das batalhas. Mesmo os que participam delas são às vezes incapazes de narrá-las. Uma coisa é certa: a manobra de Bonaparte falhou. A ponte não foi tomada nesse dia, nem no seguinte; só no terceiro dia o general Masséna a atravessou, quase sem combate, porque os austríacos a tinham abandonado, deslocado que fora o centro da ação para um outro ponto.

Foi então inútil o heroísmo de Bonaparte? Não, foi útil no mais alto grau. "Asseguro-vos que era necessário tudo isso para vencer", escreveu ele a Carnot, falando, de resto, não da sua própria façanha, — parecia tê-la esquecido — mas da de Lannes [341]. Sim, era preciso tudo isso para levantar o espírito dos soldados, acender essa "centelha moral" que decide da sorte de uma batalha. À descarga de vontade na alma do chefe corresponderiam inúmeras descargas na alma dos soldados. Dir-se-ia que uma fagulha tombada num paiol de pólvora o fizera saltar.

Nos três dias que se seguiram a Arcole, houve tais prodígios que o bravo, firme e sensato Alvinzi perdeu a cabeça, não compreendendo o que se passava e perguntando-se como os soldados de Bonaparte, tornados bruscamente tão furiosos, conseguiam o impossível. E, tendo perdido a cabeça, fez tolices: deixou as alturas inexpugnáveis de Caldiero, abandonou Verona, Mântua, toda a Itália: eis o que obteve Bonaparte metido no pântano. Arcole, as Pirâmides, Marengo, Austerlitz, Iena, Friedland são pérolas do mesmo colar. Se o fio se tivesse rompido ali, perto de Arcole, todo o colar se dispersaria.

Alguns momentos antes da morte, Napoleão sonhava com um combate numa ponte — talvez fosse a de Arcole [342]. Nesse instante devia ele passar uma outra ponte, mais terrível. Atravessou-a ou caiu de novo no palude? Mesmo que tombasse, pouco importa: salvar-se-ia de novo.

341. Segur, I, p. 308.
342. Antommarchi, II, p. 110.

"O inimigo foi batido junto de Arcole... Estou um pouco cansado", escrevia ele a Josefina, não falando mais de seu próprio heroísmo que na missiva a Carnot[343]. De resto, não pode fazer ostentação de sua bravura talvez porque essa bravura não seja inteiramente aquela que os homens rotulam assim. Se um homem soubesse antecipadamente tudo o que lhe acontecerá até a última hora, nem nosso medo humano nem nossa bravura humana existiriam para ele. Ora, era exatamente assim que Napoleão conhecia, e "recordava", seu futuro. Certo não o sabia ele sempre, mas só em raros momentos, que eram aterrorizantes, mas não de um temor humano, e para sobrepujá-lo carecia ele de outra coragem que não a nossa — também não humana.

Em tais instantes tinha ele consciência de sua invulnerabilidade miraculosa. Travou sessenta grandes batalhas e um número incalculável de pequenas; teve dezenove cavalos mortos debaixo de si e só foi ferido duas vezes: gravissimamente no cerco de Toulon, em 1793, e levemente em Ratisbona, em 1809 [344].

Cada batalha é uma espécie de jogo de cunho ou coroa do homem com a morte; se se multiplicam as entradas, a probabilidade de ganhar diminui numa progressão geométrica; quando se ganha constantemente, a semelhança do que chamamos "acaso" ou que chamamos "milagre" cresce na mesma progressão. A invulnerabilidade de Napoleão nos combates parece um milagre. Era-lhe necessário esse sentimento de invulnerabilidade para poder jogar, como ele o fazia, com a morte. O marechal Berthier, que estava a seu lado, na linha de fogo, em Essling, gritou, depois de longa impaciência: "Sire, se Vossa Majestade não se retira, devo fazê-lo arrebatar pelos meus granadeiros[345]!"

Em Arcis-sur-Aube o Imperador alinhava ele próprio à guarda em batalha, num terreno que escarvavam os obuses; um destes caiu exatamente na vanguarda de uma companhia e alguns soldados tiveram o movimento de recuo logo dominado; Bonaparte quis dar-lhes uma lição: atirando o cavalo para cima do projétil fumegante, manteve-o aí imóvel. O obus rebentou, o cavalo desventurado abateu-se arrastando o cavaleiro e este desapareceu na poeira e na fumaça; mas logo se levantou indene, montou um outro cavalo e foi indicar posições novas aos outros batalhões[346].

A bravura é tão contagiosa quanto a pusilanimidade. A coragem acende-se na coragem como um círio no outro. Mas para que o exército inteiro pudesse, como

343. Masson, Madame Bonaparte, p.91; Bourrienne, I, p.72.
344. O'Meara, II, p. 304.
345. Constant, III, p. 167.
346. Houssaye, 1814, p. 302.

uma floresta de madeira seca, inflamar-se numa única "centelha moral", num relâmpago que decidisse da sorte da batalha, urgia preparar os homens — secar a floresta. Foi o que ele fez: por um trabalho lento, difícil e longo, predispôs os soldados ao contágio da coragem, ensinou os homens a morrer.

Para bem adestrá-los, cabia-lhe viver com eles coração contra coração. É assim que ele vive com os soldados e isso lhe é fácil; o que há nele de infantil, de simples, aproxima-o dos humildes: "Tu o ocultaste aos sábios e o revelaste às crianças". Os "sábios", os "ideólogos", odeiam Napoleão, enquanto os simples o amam. Ele é para eles o maior dos homens e o Pequeno Caporal; eles veneram o grande e lamentam o pequeno.

"Em minhas campanhas tinha o costume de ir às linhas dos bivaques; colocava-me perto dos simples soldado, conversava, ria e brincava com eles. Sempre me ufanei de ser homem do povo"[347].

Na ilha de Elba, passava às vezes seis horas seguidas no quartel, mexendo nas camas, provando a sopa, o vinho, conversando familiarmente com os homens, mostrando-se sempre, segundo seu hábito, "severo com os oficiais e benevolente com os inferiores"[348].

No dia mais amargo e humilhante de sua vida, 7 de junho de 1815, quando renunciou ao poder — a si mesmo, diante de uma câmara vil, — esqueceu tudo para pensar nos sapatos dos soldados. Escreveu ao marechal Davoust, ministro da Guerra: "Vi com pesar que os dois regimentos partidos esta manhã tinham só uma parte de sapatos. Há tantos no depósito. É preciso pôr-lhes dois na mochila e um nos pés"[349].

Reconhece ou aparenta reconhecer cada soldado; antes da revista, decora as listas de nomes.

A igualdade revolucionária talvez só fosse realizada, aí, no exército napoleônico: "Nunca esses velhos bigodudos ousariam falar ao último de seus alferes como falavam ao chefe temido do exército"[350].

No horrível calor do deserto egípcio, perto das ruínas de Peluse, os soldados cedem-lhe a única sombra estreita de uma muralha desmoronada, e ele compreende que lhe fazem "uma imensa concessão[351]". Paga essa dívida no deserto da Síria, quando dá para os feridos e os doentes todos os cavalos, inclusive o seu. Pagão, não esquece o imperativo cristão: "Um general deve agir com seus soldados como desejaria que agissem para com ele próprio"[352]. Talvez

347. O'Meara, II, p.328.
348. Houssaye, *1815*, I, p. 153.
349. Houssaye, *1815*, I, p. 618.
350. Arthur-Lévy, p. 279.
351. *Mémorial*, I, p. 171.
352. O'Meara, I, p.311.

haja aí mais que igualdade revolucionária, quase fraternidade religiosa. Voltando de Elba e aproximando-se de Grenoble, numa alta, bebe vinho do mesmo balde e com o mesmo copo onde vinham de beber os velhos bigodudos[353]. Bebem juntos, no mesmo vaso, o vinho e sangue.

Quando, em Ratisbona, o Imperador, ferido no pé e pensado às pressas, voltou ao cavalo e se arremessou ao combate, os homens choravam de enternecimento[354]. "O sangue é a alma": os antigos o sabiam e o povo o sabe ainda. Com o sangue, "a alma do chefe passara à de todos os soldados"[355]. O exército inteiro, desde o último dos soldados até o marechal, não é senão uma única alma, num só corpo.

Compreende-se porque "nunca um homem foi servido mais fielmente por suas tropas. A última gota de sangue lhes saiu das veias com o grito de Viva o Imperador!" Compreende-se porque dois granadeiros o protegem com o corpo, junto a São João d'Acre, contra a explosão de uma bomba; porque o general Lannes, duas vezes ferido, se precipita de novo no fogo, na ponte de Arcole, e recebe uma terceira ferida, enquanto o coronel Muiron é morto de encontro ao peito de Bonaparte. Compreende-se porque o general Vandame esteja pronto a "passar pelo fundo de uma agulha para ir atirar-se no fogo" pelo Imperador, e que em Lansberg o general de d'Hautpoul, quando Napoleão o abraça em presença de toda a divisão, grite: "Para mostrar-me digno de uma tal honra, é preciso que eu me faça matar por Vossa Majestade" e morra no dia seguinte no campo de batalha de Eylau[356]. Em Genappe, o coronel Sourd dita, enquanto lhe amputam o braço direito, esta carta para o Imperador, que vem de nomeá-lo general: "O maior favor que podeis fazer-me é deixar-me coronel de meu regimento de lanceiros que espero conduzir à vitória. Recuso o posto de general. Que o grande Napoleão me perdoe! O posto de coronel é tudo para mim". Depois, mal colocado o aparelho em seu coto sangrento, ele se põe a cavalo e galopa ao longo da coluna para voltar ao regimento[357]. Compreende-se porque o conde de Ségur, durante uma operação cirúrgica, pode vencer a dor e o medo da morte pelo só pensamento de seu chefe: "Bem morrer é ser digno dele[358]!". E também porque um soldado de três divisas, um velho de Marengo, sentado, as pernas esmigalhadas por um obus, contra um aterro da estrada, repita em voz alta e firme: "Não é nada, camaradas, para frente e viva o Imperador[359]!"

353. Houssaye, *1815*, I, p. 244.
354. Ségur, III, p. 326; Constant, III, p.99.
355. *Mémorial*, III, p. 222.
356. Marbot, II, p. 16.
357. Houssaye, *1815*, II, p.
358. Ségur, III, p.285.
359. Houssaye, *1815*, II,p. 402.

Mas é na batalha de Essling que esse contágio da coragem parece mais maravilhoso.

Quando chega a notícia inesperada de que as pontes do Danúbio, que ligam o exército francês à ilha Lobau, sua base de operação, estão inutilizadas, e as reservas do marechal Davoust isoladas, a situação do exército numa vasta planura, sem ponto de apoio, sem munições nem reservas, é tão desesperada que no conselho militar todos os marechais são de opinião que se abandone a ilha e se opere a retirada para a margem direita. O Imperador ouve-os com paciência, mas decide não recuar. "É verdadeiro! É justo!" Exclama o marechal Masséna, general revolucionário, neto de um curtidor de peles, antigo contrabandista, antigo lojista, ladrão incorrigível, depredador, larápio de seus próprios soldados, e salvador da França, vencedor de Souvarov, "filho querido da Vitória". "É verdade! É justo" repete ele, entusiasmado, e os olhos mortiços desse homenzinho magro inflamaram-se de um brilho prodigioso. Ah, eis o homem de coragem, o gênio digno de nos comandar!" Então Napoleão, tomando-o pelo braço, leva-o a um canto e sussurra-lhe ao ouvido em voz cariciosa: "Masséna, deves defender a ilha de Lobau e concluir o que tão gloriosamente começaste. Só tu podes dominar o arquiduque Carlos e retê-lo imóvel em frente a ilha". Sim, ele o fará: a alma de Napoleão passará à de Massena; o bravo se acenderá no bravo, como um círio em outro.

Algumas horas mais tarde, quando a situação é mais desesperada ainda, e chega a última, a terrível notícia de que o marechal Lannes está mortalmente ferido, Napoleão sente-se desamparado; pela primeira vez na vida chora no campo de batalha, parece perder toda a coragem; mas, reanimando-se ainda, manda o general Monthyon dizer a Masséna que faça tudo para defender quatro horas ainda o villarejo de Aspern, o desaguadouro mais importante de Lobua. "Ide dizer ao Imperador, responde Masséna, agarrando o braço de Monthyon e apertando-o com um ardor tão forte que o sinal dos dedos aí fica longo tempo, vá dizer ao Imperador que nenhuma força no mundo me fará recuar daqui e aqui ficarei quatro horas! Vinte e quatro horas! Sempre". E ficou. A defesa de Aspern fora tão heróica que o inimigo não lhe ousou penetrar nas ruínas senão no dias seguinte, muito depois de as vanguardas francesas terem abandonado o vilarejo[360].

"Sem mim ele não era nada e, perto de mim, era meu braço direito", dizia Napoleão de Murat[361], e poderia dizê-lo de todos os seus marechais: todos são membros do Chefe. Sim, o exército inteiro, é um só corpo, uma

---

360. Ségur, III, ps. 351-359; Marbot, III, p. 200.
361. O'Meara, II, p. 180.

única alma. Os mamelucos egípcios de Murad-Bey diziam de Napoleão: O sultão francês é um feiticeiro que conserva os soldados ligados por uma grossa corda branca e, segundo ele puxa de um lado ou de outro, vão eles para a direita ou para a esquerda, movendo-se todos em bloco"[362]. Essa "corda branca" é a "magia", a vontade fulgurante do Chefe. "Sire, vós fazeis sempre milagres", dizia ingênua e profundamente o adjunto do "maire" de Mâcon. "Quando ele queria seduzir havia no seu trato uma espécie de encantamento de que era impossível defender-se... Algo como uma possança magnética. Assim aqueles que ele queria reter se sentiam arrastados, como fora de si mesmos", diz diz Ségur em suas memórias[363]. Nos minutos de suprema força, ele não comandava como um homem, mas seduzia como uma mulher. Eis o que significa nele essa "gordura que não é de nosso sexo", essa estranha semelhança com uma "jovem beleza" que ele próprio notava, ou então a "velha governanta" da imperatriz Maria Luiza, que enganou o lacaio provinciano. Era uma dessas "brincadeiras" diabólicas que assustavam tanto o supersticioso austríaco: "Maldito feiticeiro e lobisomem feito mulher!"

O deus Dionisos é também um lobisomem. Nas "Bacantes" de Eurípedes ele é semelhante a uma mulher, *thelymorfos*, e no "licurgo" de Ésquilo é um verdadeiro andrógino. Nos mistérios de Eleusis, Dionisos-Iachos é chamado "natureza dupla", *disphyês*: há nele duas naturezas, masculina e feminina. Isto significa que a plenitude divina da personalidade humana reside na união, num ser único, das duas metades separadas, dos dois sexos, dos dois contrários. Virilidade e heroísmo no alto e na base feminilidade, sacrifício. Ou seguindo a expressão de Kant: "*Erst Mann und Weib zusammen machen den Menschen aus*, o Homem completo é a união do homem e da mulher". A centelha divina da personalidade humana só se inflama ao contato de dois pêlos — o catódio feminino e o anódio masculino.

Napoleão está mais perto do que supunha de seu precursor, Alexandre o Grande: este queria ser um segundo Dionisos; ora Dionisos significa "filho de Deus" *dio*-deus; *nisos*-filho. Eis por que o velho mutilado do grande Exército, que Léon Bloy conhecera em sua infância, era "incapaz de distinguir Napoleão do Filho de Deus".

O Grande Exército se move todo com uma tal espontaneidade, com uma ordem tão maravilhosa, quando em 1815 o Imperador o atira com um sinal da mão para as bordas da Mancha ou as margens do Reno, que quem pudesse observar do alto esses movimentos acreditaria ver a dança harmoniosa do coro de Dionisos, conduzido pelo próprio deus.

362. Lacroix, p. 250.
363. Ségur, IV, p. 76.

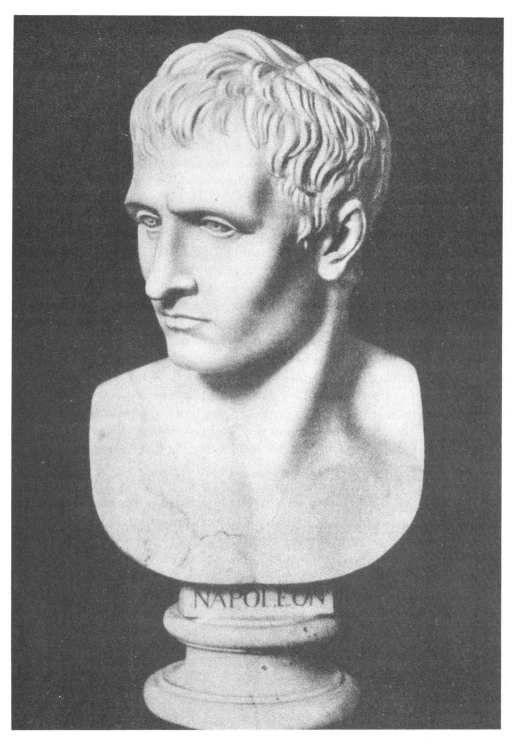

Fig. 5. Napoleão (*Busto de Canova*)

Esses olhares — esses olhos " de um brilho insuportável de metal em fusão" — são os olhos de Dionisos.

"Quero que minhas bandeiras sejam reverenciadas com sentimentos religiosos"[364]. De que religião se trata?

"De onde vem ele, de onde vem esse clamor? Evoé!" Gritam as Bacantes de Eurípedes, reconhecendo a voz do deus invisível. O mesmo clamor ressoa nas palavras de Napoleão: "Quando no forte da batalha, percorrendo as linhas, eu gritava: "Soldados, desenrolai as bandeiras, porque o momento chegou!" Era preciso ver os nossos Franceses: eles sapateavam de alegria. Eu os via centuplicarem-se. Nada então me parecia impossível"[365].

Como as Bacantes, os homens sapateavam, frenéticos, possuídos do deus. "Seus soldados estão malucos", dizia uma testemunha ocular na véspera de Waterloo[366]. Esse "frenesi" — *katokhê* — é nos mistérios dionisíacos o sinal da presença do deus, evasão do "eu" humano, ilusório, parcial, mortal, para entrar no "eu" divino, real, completo, imortal.

Dionisos é o senhor do êxtase; também Napoleão. Dionisos filho de Semele, mulher mortal, é um homem que se tornou deus; Napoleão também. Dionisos é um conquistador-pacificador, e Napoleão, quer unir o Ocidente com o Oriente para fundar um Império universal: — o reino da paz eterna. Dionisos é o deus-homem sofredor, e Napoleão em Santa-Helena, Prometeu encadeado, é ainda Dionisos.

"O universo nos contempla... Permaneceremos mártires de uma causa imortal... lutamos aqui contra a opressão dos deuses, e os votos das nações são por nós", diz ele como poderia dizê-lo Prometeu[367].

Talvez seja lá, em Santa-Helena, que sua coragem seja maior, porque não mais passageira e sim constante.

"Em minha carreira encontrarão, sem duvida, erros: mas Arcole, Rivoli, as Pirâmides, Marengo, Austerlitz, Iéna, Friedland, é granito; o dente da inveja não o danificará"[368]. Não, isso não é mais granito, não é senão fumaça e fantasmagoria, mas, atrás disso, há o granito eterno — Santa-Helena, Pietra Santa — a coragem eterna.

"Tinham-me enganado dizendo que Napoleão estava velho; mas não está: o patife tem ainda no mínimo umas sessenta campanhas no corpo" declarava um velho soldado inglês, vendo o Imperador em Santa-Helena[369]. — "Ainda não conto cinqüenta anos, diz ele próprio em 1817, e passo bem; restam-me ainda uns trinta anos de vida[370]." Voltando de Mos-

364. Lacour-Gayet, p. 200.
365. Lacour-Gayet, p. 201; *Mémorial*, IV, p. 244.
366. Houssaye, *1815*, t. II, p. 82.
367. *Mémorial*, I, p. 309.
368. Lacour-Gayet, p. 575.
369. *Mémorial*, II, p. 140.
370. Gourgaud, II, p. 346.

Fig. 6. Maria Letícia, Ramolino, Mãe de Napoleão (*Quadro de F. Gérard*)

cou e de Leipzig, ele observa: "Espalharam em Paris que meus cabelos embranqueceram, mas estás vendo que não é assim e espero que saberei suportar muito bem outras desgraças"[371]. — "Talvez custem a crer, mas não lamento as minhas grandezas; nada sinto do que perdi"[372]: — "Creio que a natureza me preparou para os grandes reveses; este me encontraram com uma alma de mármore, em que o raio não mordeu, limitando-se a escorregar"[373]. — "A adversidade faltava à minha carreira. Se eu morresse no trono, nas nuvens da onipotência, permaneceria um problema para muita gente; hoje, graças à desventura, poderão julgar-me a nu"[374].

Sua nudez é Santa-Helena; Pietra Santa é sua coragem inabalável. "Estou firme num rochedo", diz ele no cimo da grandeza e poderia repeti-lo no abismo da queda[375]. Quem, entre os homens, subiu e caiu como ele? Mas tanto mais profunda é sua queda e tanto mais alta a sua coragem. Todas as glórias podem apagar-se, exceto esta: ele é *senhor da coragem* [376].

Nisto é ele sempre igual a si mesmo: na generosidade com que dá a vida em Arcole e na avareza com que treme a um erro de vinte cêntimos, constatado no relatório do ministro das Finanças, como quando se lembra de uma pitada de tabaco esquecida na tabaqueira que lega ao filho, há a mesma coragem furiosa e *extática*. Napoleão é o senhor do êxtase e da coragem, porque essas duas forças são inseparáveis: o homem deve sair do seu "eu" mortal e entrar no seu "eu" imortal para atingir essa suprema coragem que vence o medo da morte. "Goza-se bem no perigo", diz Napoleão[377]. Goza-se embebedando-se com o vinho inebriante de Dionisos — o seu "eu" divino, imortal na morte.

Eis porque o nome secreto de Dionisos é *Liceu*, o *Libertador*: ele liberta as almas da maior das escravidões — do medo da morte. Aliás, nisso como em tudo, Dionisos não é senão a sombra daquele que deve vir: "Quem crê em mim não vê nunca a morte".

Os homens são gratos ao que lhes ensina a viver; mas talvez mais gratos ao que lhes ensina a morrer. Eis porque os soldados de Napoleão lhe guardam tanto reconhecimento e porque "a última gota de sangue lhes sai das veias com o grito de: Viva o Imperador!" Ele é realmente aquele que conduz as almas humanas para a vitória sobre o supremo inimigo — a Morte.

371. *Mémorial*, I, p. 297.
372. *Mémorial*, III, p. 267.
373. *Mémorial*, IV, p. 243.
374. *Mémorial*, I, p. 310.
375. Roederer, p. 212.
376. Bertaut, p. 170.
377. Segur, II, p. 457.

"É preciso querer viver e saber morrer", afirma Napoleão [378]. E ainda: "É preciso que o soldado saiba morrer"[379]. Todo homem é um soldado que deve combater e vencer o supremo inimigo — a Morte. É impossível? "O Impossível não passa do fantasma dos tímidos e do refúgio dos poltrões", responde Bonaparte. Cada homem, para morrer e ressuscitar, deve ser um Napoleão.

Nós todos, pervertidos pelo falso "cristianismo", pensamos mais ou menos, como esse pobre Nietzsche, que ser bom é ser fraco e ser forte é ser mau. Napoleão sabe que não é assim: "Na coragem, na força, consiste a virtude... o homem forte é bom; só o fraco é mau"[380]. Ele o diz no começo da vida e no fim o repete. "Sede sempre bravos e bons", é o testamento que deixa à Velha Guarda, fazendo-lhe seus adeuses em Fontainebleau, depois da abdicação, e é o que poderia legar a toda a Humanidade[381].

"Mostrei à França o que ela pode; que ela o execute"[382]. Ele mostrou à Humanidade o que ela pode; que ela o execute.

O êxtase — vinho dionisíaco — baixa atualmente em nossos corações como a água no poço durante a seca. O "regimen seco" americano reina em toda a Humanidade "cristã". "Sou a verdadeira vinha, e meu Pai o vinhateiro", isto nós o esquecemos e não bebemos mais de nenhuma vinha. Somos, de resto, "secos" quanto ao vinho, mas não quanto ao sangue: vimos de ensangüentar o mundo e talvez estejamos "secando" agora para nos "molharmos" de novo.

Napoleão também derramou sangue, mas não era "seco" como nós: foi o último que provou da vinha de Deus, o último que embebeda e se embebeda.

Dionisos não passa de sombra; o Filho do Homem é o corpo. O corpo não vale mais que a sombra? Sim, mas quando o corpo desaparece, só resta a sombra. O mundo não pode viver sem o Filho e, se não é de seu corpo, é de sua sombra que ele vive. A sombra do Filho é Napoleão Dionisos.

A primeira sombra desse mesmo corpo — do Filho — é, dentro da memória humana, o antigo herói babilônio, Gilgamés: os nômades de Senaar o cantavam mil anos antes de Abraão. Percorrendo toda a terra a procura da Planta da Vida, da Imortalidade, Gilgamés, herói solar, vence o caminho do sol que vai do Oriente para o Ocidente e, mergulhando como o sol no Oceano — o mesmo, parece, onde se enfolgou a Atlântida, — ele acha a Planta da Vida. Ele "se assemelha ao espinho e à rosa"; ao espinho do sofrimento, à rosa do amor. Tal é a sabedoria de Dionisos; através do espinho lacerante do amor, para a Rosa inebriante da imortalidade.

378. Thiébault, IV, p. 250
379. Napoleão, *Manuscrits inédits*, p. 541.
380. Bourrienne, V, p.428.
381. Bourrienne, V, 428.
382. Bertaut, 193.

Napoleão, último herói solar, último homem da Atlântida, venceu também ele o caminho do sol que leva do hemisfério diurno ao hemisfério noturno. Também ele, como o sol, mergulhou no Oceano e aí encontrou a mesma Planta da Vida — o espinho lacerante e a Rosa inebriante de Dionisos.

Gilgamés é o primeiro Dionisos. Pode dizer-se do último o que se disse do primeiro, que "viu tudo até os confins do mundo, tudo penetrando e tudo conhecendo, erguendo todos os véus, revelando o que existiu antes do dilúvio, percorrendo, no esforço e na dor, uma longa estrada, e gravando em pedra a narração da viagem, tendo dois terços de Deus e um terço de homem[383]".

383. Merejkovsky, *Les mystères de l'Orient*, Paris, 1927, ps. 309-311.

VIII

"COMEDIANTE"

As nuvens passam tão baixo por cima dos rochedos de Santa-Helena que as extremidades aderem a eles como véus brancos de fantasmas. "A principal ocupação de Bonaparte consistia em seguir com o olhar a marcha das nuvens para além dos cimos dessas montanhas gigantescas, vendo-lhes os desenhos estranhos e os contornos transformando-se em panejamentos flutuantes em torno aos cumes, a espalhar obscuridade, ou desenrolando-se ao longe sobre o mar; dir-se-ia que ele procurava ler o futuro nessas formas fugitivas e vaporosas"[384].

Não, o futuro, mas o passado: e ele já sabe que para ele não há mais futuro; Santa-Helena é o túmulo onde o enterraram vivo, e essas nuvens fugitivas — esses fantasmas — não são para ele senão as visões do passado, os sonhos de toda sua vida.

"Que romance a minha vida!" Diz ele aos companheiros de Santa-Helena[385]. Que romance! Que sonho! Que fantasma! Que nuvem fugitiva!

"Parece-me algumas vezes que estou morta e só me resta uma faculdade vaga de sentir que o não estou", repetia Josefina antes de morrer[386]. Napoleão em Santa-Helena também poderia dizê-lo.

"Contanto que isto dure, contanto que isto dure!" Resmungou como uma Parca fatídica, em sua mau francês, a mãe de Napoleão, matrona doce e humilde, mãe dos reis, mãe de todas as dores", ao que ela própria se chamava[387].

Não, isso não durou, passou como uma nuvem. "Letícia tinha a crença sincera de que todos os andaimes levantados pelo filho desabariam"[388].

"Todas as nações tinham necessidade de paz e de repouso, particularmente a França, após tantos anos de agitação, de sacrifício e de sangue derramado, que só lhe davam em resultado uma imensa glória", dizia aos

---

384. Abell, p.112.
385. Mémorial, III, p. 649.
386. Lacour-Gayet, p. 360.
387. Lacour-Gayet, p. 287.
388. Stendhal, p. 5.

marechais de Napoleão o Imperador russo em 1814, no Paris ocupado pelos Aliados[389]. Apenas uma "imensa glória" — um fantasma, um sonho, uma nuvem fugitiva!

É assim? Toda a obra de Napoleão desapareceu como um sonho? Não, alguma coisa ficou: a ossatura que pôs no corpo da Europa o Código Napoleão, a primeira legislação universal depois da de Roma; ficou a afirmação jurídica da personalidade. E se a Europa contemporânea chega a resistir à arrancada da impersonalidade comunista, será talvez porque essa espinha dorsal napoleônica aí se encontra sólida.

O tataraneto não se lembra mais de seu tataravô, mas ele o recorda ainda pelos traços, fisionômicos. Assim a Europa de hoje não se lembra mais de Napoleão, mas guarda ainda o perfil napoleônico. É pouco ou muito? Muito, em comparação do que fizeram os outros homens, pouco em comparação do que ele queria e poderia fazer — tampouco isso lhe parece "quase nada". Ele mesmo previra o seu declínio na história: "Não serei quase nada"[390].

Sim, ele, o "ser real entre todos", não cessa nunca de sentir confusamente que toda sua realidade é ilusão, e que é ele que cria sua vida como o adormecido cria os sonhos, o artista — as imagens, o músico — os sons.

Só tem necessidade de dominar o mundo porque isso é mais um sonho.

"Amo o poder, mas o amo como artista: como um músico ama o violino. Amo-o para arrancar os sons, os acordes, harmonia."

"O mundo como representação, *die Wielt als Vorstellung*". Napoleão teria talvez penetrado o verdadeiro sentido dessas palavras quando, acima dos rochedos de Santa-Helena, subia o velário das nuvens. O mundo é apenas uma "representação", um jogo dionisíaco. E ele, Napoleão, é há um tempo o poeta, o ator e o herói: cria, representa e morre.

Se é um "monstro", é de natureza e de envergadura dissemelhante da de Nero; mas, como este, poderia, no momento da morte, clamar: *Qualis artifex pereo!*

Ele cria o sonho do mundo como o deus Demiurgo; o sonho desaparece, o deus morre "em meio à criação iniciada"[391].

Comediante! Teria gritado, em 1813, o papa Pio VII, o cativo de Fontainebleau, vítima do "novo Nero Anti-Cristo", discutindo com o Imperador a segunda Concordata. Parece que é uma simples lenda. Mas o termo, mesmo não sendo autêntico, é profundo: sim, Napoleão é o comediante da Divina Comédia ou da Comédia Humana.

389. Macdonald. *Souvenirs*, ed.1910, p. 280.
390. Gourgaud, II, p. 163.
391. Maikov, *Trois morts*.

No momento dos preparativos da sagração, o pintor Isabey e o arquiteto Fontaine levaram-lhe um esboço representando o interior da Notre-Dame, onde devia ter lugar a cerimônia, com uma multidão de bonecos vestidos e numerados. Encantado por esse brinquedo, ele fez logo chamar Josefina, os ministros, os marechais, os dignitários e começou o ensaio da comédia da coroação[392].

Durante a retirada da Rússia, sabendo que o general Malet, meio doido, tentara derrubar-lhe a dinastia, ele exclamou: "Eis o que é o meu poder!... Basta um só homem para comprometê-lo!.... Minha coroa está bem pouco segura em minha cabeça para que, na própria capital, um golpe audacioso de três aventureiros possa fazê-la vacilar"[393].

Sim, na sua cabeça a coroa parece-se com a coroa de papelão de um imperador de bonecos e em seu poder não há mais a consciência de um sonho.

Alguns meses antes, contemplando, do alto do monte da Salvação, Moscou desenrolada em frente, consola-se, depois e antes de terríveis desastres, nesse espetáculo feérico, de uma decoração de teatro. "Nesse imenso e imponente teatro acreditávamos marchar cercados das aclamações de todos os povos"[394]. Da antiga Tebas a Moscou, que de imensidades de espaço e de tempo abraça esse sonho gigantesco! Mas para que tudo se dissipe, se volatilize como uma miragem, basta um ligeiro sopro — esta notícia: "Moscou está deserta"[395]. Deserta, vazia como um sonho. E a decoração muda: Moscou reduz-se a um "fantasma que ele vê desvanecer-se nos ares em turbilhões de fumaça e de flamas"[396]. — "Era o espetáculo mais sublime e mais terrificante que vi na vida", recordava ele em Santa-Helena[397]. Lá, entre as ruínas de Moscou incendiada, organiza um Teatro Francês[398] — espetáculo no espetáculo, sonho no sonho — segundo grau do mundo como representação, não mais o número, mas o logaritmo do número.

"O general Bonaparte viu uma Espanha imaginária, uma Polônia imaginária e vê agora uma Santa-Helena imaginária", dizia Hudson Lowe[399]. Quer dizer: sua vontade de vida, do começo ao fim, só é vontade de sonho. "Toda nossa vida está cercada de sonhos e nós próprios somos feitos da sua vã substância." Ele teria compreendido essas palavras de Próspero; construiu seus sonhos com a substância do mundo e seu mundo com a substância dos sonhos. O mais real dos seres e o mais ideal: tais são duas faces e como decidir qual a verdadeira?

---

392. Constant, IV, p. 326; Lacour-Gayet, p. 186.
393. Lacour-Gayet, p. 471; Masson, *Napoléon et son fils*, p. 238; Masson, *Josephine*, p.296.
394. Ségur, V. p. 30.
395. Ségur, V, p. 34.
396. Ségur, V, p. 47.
397. O'Meara, I, p. 181.
398. Ségur, V, p. 71.
399. Gourgaud, I, p. 182.; *Mémorial*, II, p. 319.

Assim, nas pequenas coisas como nas grandes.

"Ele amava bastante tudo o que conduz ao devaneio: Ossian, a penumbra, a música melancólica. Vi-o apaixonar-se com o murmúrio do vento, falar com entusiasmo dos mugidos do mar, ser tentado algumas vezes a não crer de todo inverossímeis as aparições noturnas, enfim a ter pendor por certas superstições. Quando, saindo de seu gabinete, entrava ao anoitecer no salão de madame Bonaparte, acontecia-lhe às vezes mandar cobrir as velas com uma gaze branca; prescrevia-nos um profundo silêncio e comprazia-se em contar-nos histórias de fantasmas, ou então ouvia trechos de música lentos e doces. Cria-se então vê-lo mergulhado num devaneio que cada qual respeitava, sem ousar fazer um movimento nem mudar de lugar"[400]. Essas velas, envoltas em gaze, insinuando uma luz de sonho, não anunciam a luz do sol que as nuvens-fantasmas deixam filtrar acima de Santa-Helena?

Um dia ele improvisou e gesticulou a história fantástica de dois amantes infelizes, Tereza e Júlio, na qual se vê entre outras personalidades um ser misterioso, um andrógino-sibila, que se assemelha ao próprio Napoleão ou a um Dionisos multifome[401].

"E Júlio enterrou-lhe um punhal no seio!" Acabando assim a história, ele se aproximou de Josefina, fazendo menção de sacar de um punhal. "A ilusão foi tão forte que as damas do séquito se interpuseram entre ele e a esposa, soltando gritos de terror. Bonaparte, como um ator consumado, prosseguia em sua arenga sem se turbar e sem parecer notar o efeito que produzira." — "Quando ele se abandonava assim à fuga da imaginação era de tal forma arrastado que tudo o que o cercava desaparecia inteiramente". Assegurava-se ter ele tomado lições com o grande ator Talma; mas "talvez ele lhe pudesse dar"[402].

"Quando Bonaparte ditava as proclamações, sua cabeça se esquentava como a dos improvisadores italianos: estava por assim dizer sobre a trípode"[403].

Logo, também lá, nos campos de batalha, ele representa a comédia, improvisa a História, como no salão de madame Bonaparte improvisa "histórias de fantasmas"; e a fumaça da pólvora turbilhona como os vapores de abismo da Pítia ou as nuvens-fantasmas de Santa-Helena. Ele é um mago, evocador de aparições, ou, como diriam hoje, um encenador de filmes gigantescos, um grande mestre de pitorescos contrastes.

---

400. Madame de Rémusat, I, p. 102.
401. Bourrienne, III, p. 499.
402. Bourrienne, III, ps. 513, 509.
403. Bourrienne, IV, p. 181.

O general Bonaparte, comandante em chefe do exército do Egito, dando aos monges do monte Sinai uma salvaguarda "em respeito a Moisés e à nação judaica, dona de uma cosmogonia que nos relembra as épocas mais recuadas", inscreve seu nome no registro dos visitantes distintos, em seguida ao nome de Abraão[404]. "Comédia", "charlatanismo" anúncio luminoso nas nuvens ou sinal apocalíptico? Talvez tudo isso a um tempo; talvez se veja ele realmente passar do tempo para a eternidade, da história para a cosmogonia e o Apocalipse.

E eis ainda outras máscaras da mesma "comédia". Ele sonha consagrar os lazeres dos velhos dias, em companhia de Maria-Luiza, "a visitar lentamente e como um verdadeiro casal de campônios, com cavalos próprios, todos os recantos do Império, recebendo queixas, reparando erros, semeando por todos os cantos monumentos e benefícios"[405]. É vestir o leão com a pele de um cordeiro: ele sabe bem que isso não acontecerá nunca, mas talvez quisesse sinceramente crê-lo; talvez esse idílio burguês fosse verdadeiramente um dos seus sonhos. Nele o burguês é mais profundo do que parece.

Em recordação dessas palavras memoráveis pronunciadas no campo de batalha de Eylau: "Terrível espetáculo feito para inspirar aos príncipes o amor da paz e o horror da guerra", Napoleão encomenda ao pintor Gros o quadro dessa batalha, onde ele é representado de pé no meio dos mortos e dos moribundos, erguendo ao céu os olhos cheios de lágrimas[406].

Andara melhor não encomendando esse quadro, não representando a "comédia", ao menos nessa circunstância, mas isso não quer dizer que não sentisse um horror sincero pela guerra.

Detendo o séquito à vista de um comboio de feridos austríacos, gritou descobrindo-se: "Honra e respeito à coragem infeliz"[407]! Talma poderia invejar esse gesto, mas isso não quer dizer que em tal gesto nada houvesse de sincero.

Consola em vãs palavras um pobre rapaz russo, o conde Apraxine, que, feito prisioneiro em Austerlitz, chora como uma criança: "Acalmai-vos, mocinho, e sabei que não há nunca vergonha em ser vencido por franceses"[408]! Faria melhor em não tentar consolá-lo; mas, se Tolstoi ficou indignado com essa "comédia", é porque participava às vezes ele próprio de uma comédia mais sutil que chamam de "sinceridade".

Sabendo que Josefina era estéril e não querendo por piedade divorciar-se, propôs-lhe simular uma gravidez, a fim de declarar herdeiro o filho que ele teria de outra mulher. Josefina aceita e o projeto apenas fracassa por que

404. Bourrienne, I, p. 326.
405. *Mémorial*, III, p. 298.
406. Madame de Remusat, III, p. 115.
407. *Mémorial*, IV, p. 197.
408. Ségur, II, p. 471.

Corvisard recusa terminantemente meter-se nesse embuste[409]. Aqui, tudo é surpreendente: piedade sincera pela esposa envelhecida, vã puerilidade do artifício, sonho, estranho num tal realista, de fundar sua dinastia com um fantasma; é o extremo limite de "comédia", do "charlatanismo", que nada pode justificar, nem mesmo explicar, senão isto: se o mundo não passa de sonho, de "representação", e tudo é ilusório e enganador, que importa uma burla a mais, sobretudo quando o fim é louvável?

Josefina se queixa de que, "durante todos os anos que passou com ele, não lhe viu nunca um só momento de abandono"[410]. É verdade? Talvez seja ele sincero a sua maneira, mas sua sinceridade não é a de Josefina: "Bonaparte é divertido!" declarou ela ao conhecê-lo[411] É preciso ser um pássaro das ilhas como Josefina para não sentir que ele não é "divertido", mas terrível. Madame Rémusat o sente e, como uma criança, chora de medo.

"Comediante", àtor" mas não hipócrita; desempenha perpetuamente um papel, mas é o seu próprio e não de outrem: Napoleão desempenha o papel de Napoleão. Nesse sentido, é a sinceridade mesma. Mas esta difere tanto da dos outros que ninguém o crê. "Meus pendores secretos, que são afinal os da natureza dão-me recursos infinitos para despistar as crenças de todo mundo?. São justamente esses "pendores naturais" que fazem dele uma criatura de outro mundo, um homem de outro íon cósmico, não de 1800 anos depois e Jesus Cristo, mas de 18.000 anos antes ou depois de Jesus Cristo, — um homem da Atlântida ou do Apocalipse. Para que todo o mundo se engane sobre ele, basta-lhe ser perfeitamente sincero, ser ele próprio. No fundo, não engana ninguém, contenta-se em furtar-se ao olhar de todos a fim de que o que nele há de maravilhoso, de monstruoso, não espante os homens. É para isso que ele traz uma máscara e cobre o rosto quando das nuvens do Sinai desce para o povo.

Não engana ninguém; a ele é que todo mundo engana. É provável que nenhum soberano fosse tanto quanto ele enganado e traído por seus ministros, seus marechais, suas mulheres, suas amantes, seus irmãos, suas irmãs, seus inimigos, seus amigos. Por estranho que pareça, ele é simples, ingênuo, é mesmo sincero demais — sincero até o cinismo, como no assassínio de duque d'Enghiem ou nessa feia história com o rei de Espanha. Singela, ingenuamente, ele se abandona primeiro ao imperador Alexandre, esse "grego do Baixo Império", depois ao sogro, o Imperador da Áustria, e enfim aos ingleses. Só compreende tudo em Santa-Helena: "Paguei bem caro a opinião romanesca e cavalheiresca que formara de vós, senhores ingleses"[412]!

409. Madame de Rémusat, II, p. 59; Lacour-Gayet, p. 353.
410. Constant, I, p. 280.
411. Lacour-Gayet, p. 344.
412. O'Meara, I, p. 363.

"Essa gente não quer negociar, diz ele a Caulaincourt, em 1814, durante o congresso de Chatillon. Os papéis aqui estão mudados... Esquecem-se eles de minha conduta em Tilsitt... Minha clemência foi patetice... Um colegial seria mais hábil que eu"[413]. Talvez perecesse ele por ser demasiado "ingênuo".

A flexibilidade de espinha, "a arte de mudar a manobra"[414], que possuem com tanta perfeição Talleyrand e Fouché, esses dois répteis, falta-lhe totalmente. "A coragem não se macaqueia, é uma virtude que escapa a hipocrisia"[415]. Ora, é sua virtude por excelência, sua Pietra Santa, sua inflexível coluna vertebral.

"Podemos entender-nos", escreve o Imperador Paulo a Bonaparte Primeiro Cônsul[416]. Podem eles entender-se porque são ambos "romanescos", "cavalheiros", e, ainda que isto pareça discutível, êmulos de dom Quixote. "Napoleão possuía no mais alto grau a lealdade do campo de batalha e esse político artificioso era um soldado irreprochável", diz Vandal, um dos raros que julgaram eqüitativamente Napoleão[417].

Como isto lembra pouco o "condottiere" de Taine, o "Príncipe" de Maquiavel, "mescla de leão e de raposa!" Ele é, sim, um misto de leão e de dragão, uma força leonina carregada nas asas do sonho.

Para ele tudo é ilusão, mas isto não quer dizer que tudo seja apenas o "véu de Maya" cobrindo o nada. Napoleão, à maneira de Goethe, é o extremo oposto da sabedoria búdica — da vontade do nada e da impersonalidade. Goethe e Napoleão são um eterno "sim" contra um eterno "não". "Tudo o que passa não é senão um símbolo", diz Goethe, exprimindo o que sente Napoleão; o temporal é unicamente o símbolo do eternal. Quem dorme sonha com o que lhe aconteceu desperto; quem vive no sonho sonha com o que lhe aconteceu e lhe acontecerá na eternidade. O "mundo como representação" desaparece; fica o "mundo como vontade". Essa Vontade, Schopenhauer e Buda a negam, Napoleão e Goethe a afirmam.

Nuvens, sonhos, fantasmas, e acima deles — Santa-Helena, Pietra Santa — o granito eterno. Seu nome visível, diurno, é "coragem"; seu nome misterioso, noturno, é "Destino".

413. Arthur-Lévy, p. 341.
414. Thibaudeau, p. 455.
415. J. Bertaut, p. 181.
416. Memorial, IV, p. 149.
417. Vandal, Napoleón et Alexandre ler, II, p. 164.

IX

O DESTINO

T oda a vida sacrifiquei tudo, tranqüilidade, interesse, ventura, ao meu *destino*"[418]. Eis a face de Napoleão, sem máscara — sua sinceridade infinita. Quando ele diz "meu destino", dá-nos a chave da porta fechada, de seu mistério; umas a chave é pesada demais para nós: a porta permanece fechada e Napoleão continua "desconhecido".

Que é o destino? "O acaso que governa o mundo", como ele próprio o crê por vezes[419]? O acaso é um demônio cego? Napoleão, senhor do mundo, será seu escravo? Ou então é qualquer coisa de superior, de clarividente e de concordante, com a vontade de herói? Talvez ele não tenha refletido nisto, mas parece que seus pensamentos gravitaram sempre *em torno* desse problema, jamais cessando de perscrutar o abismo onde se firma para os homens o enigma do Destino. Não contempla a Esfinge rosto a rosto, mas sente a Esfinge olhá-lo e sabe que, se ele não decifrar o enigma, o monstro o devorará. O rosto de Édipo diante da Esfinge é grave e o de Napoleão também. O traço principal dessa fisionomia, o que a distingue de todas as outras fisionomias humanas, parece ser a meditação infinita. Mais o estudamos e mais parece que ele medita não somente sobre si, mas sobre nós todos, sobre toda a Humanidade "cristã" que, tendo em sua grande apostasia repelido o jugo clemente do Filho, caiu sob o jugo de ferro do Destino.

À noite que precedeu a batalha de Iena, o Imperador foi sozinho aos postos avançados a fim de examinar os trabalhos de um caminho que urgia abrir no rochedo para o transporte da artilharia. A noite era negra; não se via a dez passos. No momento em que ele se aproximava da linha das sentinelas, uma destas, sentindo andar, gritou: "Quem vem lá?" O Imperador estava mergulhado numa meditação tão profunda que não ouviu e continuou a andar. A sentinela atirou. A bala sibilou aos ouvidos do Imperador. Ele se atirou por terra, e fez bem: outras balas passaram-lhe acima da cabeça: toda a linha atirou nele. Passado esse primeiro fogo, ele se levantou, dirigindo-se ao posto mais próximo e fazendo-se reconhecer[420].

418. Masson, *Le Sacre de Napoléon*, p. V.
419. *Memorial*, IV, p. 254.
420. Constant, II, p. 56.

Napoleão cai de rosto para terra, como se se prosternasse ele, o senhor do mundo, diante de um Senhor maior. Quem adora ele assim? É o demônio tenebroso, o Acaso, ou sua radiosa estrela? "Estrela", o sol noturno, o Destino? Não era certamente sobre isso que ele meditava tão profundamente um minuto antes e entretanto era em torno disto, muito perto disto que iam seus pensamentos, da mesma forma que ele se encontrara muito perto da morte.

Alguns dias antes da abdicação e da tentativa de suicídio em Fontainebleau, o Imperador mergulhara em tal meditação que "muitas vezes não percebia que as pessoas que fizera chamar estavam perto dele; olhava-as por assim dizer sem vê-las e ficava quase meia hora sem lhes dirigir a palavra. Então, como despertando a custo desse estado de torpor, dirigia-lhes uma pergunta da qual nem parecia ouvir a resposta". Nada podia romper "esse estado de preocupação por assim dizer letárgico"[421].

Em 1810, logo depois da celebração de seu casamento com Maria Luiza, dando uma noite, no palácio de Compiègne, uma grande recepção à qual assistiam as primeiras personalidades da Europa, ministros, marechais, embaixadores, príncipes, reis, arquiduques, — Napoleão sai da sala de jogo para o salão. Todo o imenso cortejo se precipita sobre seus passos. "Ele chega ao centro do salão, conta uma testemunha, o general Thiébault, detém-se, cruza os braços no peito, fixa o soalho a seis pés diante dele e não se mexe mais... Apertando-se aos poucos, forma-se em torno do Imperador um grandiosíssimo círculo, do qual ele ocupa o centro numa imobilidade que cada qual imita, num silêncio que ninguém interrompe. Começaram evitando olhá-lo; pouco a pouco ergueram os olhos a inspecionar em derredor. Todos pareciam perguntar-se que jogo de cena se preparava... Depois de cinco, seis, sete, oito minutos, ninguém estava ainda em condições de achar uma saída... Enfim, o marechal Masséna, que estava na primeira fila, avançou a passos lentos. Mal algumas palavras foram proferidas em voz baixa pelo marechal e, sem levantar nem desviar os olhos, sem fazer um movimento, o Imperador articulou em voz trovejante: "Que tendes a ver com isto?" Intimidado, o marechal, o patriarca da glória, o vencedor de Souvarov, "o filho querido da Vitória", voltou a seu lugar sem responder e às recuadas. O Imperador continuou imóvel. "Depois, como saindo de um sonho, ergueu a cabeça, descruzou os braços, atirou um olhar para o que o cercava, voltou-se sem dizer nada a ninguém e reentrou na sala de jogo". Passando diante de Maria Luiza disse-lhe em tom seco: "Vamos, senhora", e dirigiu-se, seguido da esposa, para seus aposentos.

421. Constant, II, p. 245.

"Tal é o quadro que tenho sem cessar diante dos olhos e do qual procuro embalde a significação", conclui Thiébault. Esta cena parece-lhe uma indigna "charlatanice". "Nunca me senti mais mortificado; nunca o déspota me apareceu em Napoleão com tanta arrogância e impudência"[422].

O pobre Thiébault está tão mortificado que esquece uma outra das suas impressões sobre Napoleão: "Abeirei-me dos maiores soberanos da Europa e nenhum deles produziu em mim um efeito que se possa comparar ao que experimentei quando cheguei diante desse ser colossal". Se ele se lembrasse, talvez compreendesse que, na cena de Compiègne, Napoleão não foi nem um "charlatão" nem um "déspota". De onde vem, pois, essa mortificação? Da parte do Imperador ela é de qualquer modo involuntária; ele não quer mortificar ninguém, mesmo nos instantes em que não vê ninguém e para ele os homens cessam de existir, desaparecem como sombras. Mas não é exatamente isso que os mortifica?

O espanto de Thiébault é também o nosso: que é na realidade essa "preocupação letárgica", essa espécie de sono? Ele vê, ouve, age, mas tudo isso exteriormente, enquanto por dentro ele dorme, eterno sonhador, lunático de seu sol noturno, o Destino; marcha como um sonâmbulo à borda do precipício; se acordar, cairá; mas não acorda senão no último passo para o abismo.

Dorme e o seu coração apenas bate, como num sono letárgico. "Creio que meu coração não bate, nunca o ouvi "[423]. — "Dir-se-ia que não tenho coração"[424], observava ele.

Dorme acordado. Nele o sono e a vigília se misturam, se penetram, não só metafisicamente, interiormente, mas ainda fisicamente, exteriormente.

A 24 de dezembro de 1800, indo à Ópera, adormece na carruagem e sonha que se está afogando no Tagliamento, pequena ribeira da Itália; a explosão da máquina infernal o desperta, a uma polegada da morte [425].

Dorme também, nos campos de batalha, "até durante o combate e ao alcance dos obuses"[426]. Isto é hábito nele[427]. Dorme, embalado pelo barulho do canhão, como uma criança no berço. Nos instantes mais decisivos, adormece subitamente, como se fosse para outras bandas, para um rumo desconhecido.

Na véspera de Austerlitz cai num sono tão profundo que custam a acordá-lo[428]. No mais forte da batalha de Wagram, no momento em que tudo se

---

422. Thiébault, IV, ps. 390-393.
423. O'Meara, I, p.152; Constant, I, p. 340.
424. Gourgaud.
425. Lacour-Gayet, p. 145.
426. *Mémorial*, II, p. 60.
427. Bertaut, p. 181; Ségur, II, p.72.
428. Segur, II, p. 460.

decide, ele faz estender no chão uma pele de urso, deita-se em cima e adormece profundamente durante uns vinte minutos; uma vez desperto, continua a dar ordens, como se não tivesse nunca dormido[429]. Durante a terrível evacuação de Leipzig, quando toda a vanguarda de combate desaba, dorme tranqüilamente duas horas numa poltrona e só é trazido à realidade pela explosão da ponte no Elster, que cortava a retirada ao exército para sempre perdido.

Assim na guerra, assim também na paz. Trabalha com prazer entre dois sonos. Um istmo de vigília entre duas voragens de sono: tal parece ser o gênio de Napoleão — sua clarividência profética.

"Que pensar do sonho napoleônico que durou vinte anos, do Vindimiário a Waterloo?" pergunta Léon Bloy. "Só acordou ele no momento de aparecer diante de Deus". — "Os maiores desastres e mesmo a queda espantosa não conseguiram despertá-lo de todo. Em Santa-Helena, ele continuou seu sonho"[430]. E morre dormindo ou acorda morrendo.

"Ele me perguntou qual era, na minha opinião, o meio mais fácil de morrer, e observou que a morte pelo frio era a mais cômoda de todas, porque se morre dormindo", conta o doutor O'Meara, relatando uma conversação que teve com o Imperador em Santa-Helena.

Foi assim que ele morreu dormindo, entorpecido pelo hálito glacial do Destino. "E seu sonho pairava acima do caos..."

É o "sonho do mar", nas *grandes águas*. "As águas que viste são os povos, as tribos e as nações", diz o anjo do Apocalipse. As "grandes águas" do Ocidente são o Atlântico, onde se deitou o sol da primeira humanidade e o do último "homem da Atlântida", de Napoleão.

Como uma luz mais viva que a nossa resplandece o céu com um verdor mais delicado que o nosso — como na juventude do primeiro mundo verdeja a terra.

"Labirintos, jardins, palácios, colunatas..."Arquitetura titânica dos Atlantes. "Ouvi o rumor das turbas inumeráveis e reconheci fisionomias olvidadas..." Faces de uma outra humanidade. "Contemplei criaturas fabulosas..." Criaturas de uma outra criação.

"A feitiçaria", a "magia", é a essência da Atlântida, e de Napoleão também: ele próprio evoca as visões de seu sonho, que é o da humanidade inteira, do começo ao fim da História, da Atlântida ao Apocalipse. Eis porque ele o cria como um mago.

Suas guerras, suas vitórias, sua grandeza, sua queda, precipitam-se em seu sonho, em leves flocos de espuma. Sonho profético: "Ele tinha uma

---

429. Ségur, III, p. 380.
430. L. Bloy, ps. 95, 97, 232.

espécie de previsão magnética dos seus futuros destinos"[431]. Pressentira sempre o que o esperava. Os homens não vêem o futuro, — ele o via, o conhecia. Recordava-o como se fosse passado. "Os olhos são meios proporcionais entre as mãos e os pressentimentos, — diz ele, definindo assim seus pressentimentos confusos, com a claridade matemática própria de seu espírito. — A mão diz ao olho: Como podes ver a duas léguas? Eu não posso alcançar dois pés. O olho diz ao pressentimento: Como podes ver no futuro? Eu não posso distinguir além de duas léguas"[432].

No momento mais feliz de sua vida, em 1800, depois de Marengo, ele declara: "Nada me aconteceu ainda que eu não previsse e sou o único que não se surpreende como o que fiz. Adivinho sempre a seqüência e chegarei de qualquer modo onde pretendo chegar"[433]. Se seu fim era o Império universal, ele não o atingiu. Sua estrada é clara, seu fim obscuro; ele sabe o que fará e como o fará, mas ignora por que. "Sinto-me impelido para um objetivo que não conheço"[434]. — "Não se pode crer numa espécie de *predestinação* quando se observa que muitas vezes os resultados mais favoráveis são conseqüência necessária de acontecimentos que de início o contrariam e parecem afastá-lo? Não oferece ele o espetáculo de um homem submetido a uma possança irresistível, conduzido pela mão como um cego[435]?" Um cego clarividente, "executor fatal de uma vontade desconhecida".

Antes de Waterloo, o Imperador, nas bordas do Sambre, manhã cedo e por um tempo fresco, aproxima-se do fogo de um bivaque, em companhia de seu ajudante-de-campo. Uma marmita fervia: eram batatas. Ele pediu uma e começou a comê-la meditativamente. Acabando, proferiu, não sem alguma tristeza, palavras entrecortadas: "Afinal é bom, é suportável... Com isto poder-se-ia viver bem em qualquer parte... Talvez o instante não esteja longe... *Temístocles!*" E recomeçou a andar. "O general ajudante-de-campo, da boca do qual recebi essa informação depois da minha volta à Europa, refere Las Cases, ajuntava que, se o Imperador tivesse vencido, essas palavras lhe atravessariam o pensamento sem deixar traço, como tantas outras; mas após a sua catástrofe, e depois da leitura da palavra *Temístocles* na famosa carta ao príncipe regente, fora ele ferido pela lembrança do bivaque do Sambre e a expressão, a atitude, o acento de Napoleão, nessa circunstância secundária, o haviam mais que atormentado durante longo tempo e não lhe podiam sair do espírito"[436].

431. Bourrienne, IV, p. 389.
432. Gourgaud, II, p. 362.
433. Miot de Melito, *Mémoires*, 1880, I, p. 289.
434. Ségur, IV, p. 74.
435. Marmont, II, p. 42.
436. *Mémorial*, IV, p. 162.

"Alteza Real, às voltas com as facções que dividem meu país e com a inimizade das maiores potências da Europa, terminei minha carreira política, e venho como *Temístocles* assentar-me à lareira do povo britânico. Ponho-me sob a proteção de suas leis e a reclamo de Vossa Alteza Real, como do mais forte, do mais constante e do mais generoso dos meus inimigos", escrevia Napoleão de Rochefort, ao Príncipe Regente da Inglaterra[437].

Logo, na véspera de Waterloo, ele sabia o que faria em Rochefort.

Mais admirável é que já o soubesse vinte e oito anos antes. Lá por 1787, Bonaparte, com a idade de dezoito anos, começa, em seu caderno de colegial, uma novela epistolar onde se trata do Barão de Neuhoff, aventureiro austríaco que se fez proclamar rei da Córsega sob o nome de Theodoro I. Preso pelos ingleses, foi metido na Torre de Londres e, muitos anos mais tarde, libertado por lord Walpole. "Homens injustos! Quis contribuir para a felicidade de uma nação. Se triunfasse um momento, vós me admiraríeis. A sorte mudou. Estou num cubículo e vós me desprezais", escreve ele a lord Walpole, e este respondeu-lhe: "Sofreis e sois infeliz. São dois títulos para obter a piedade de um inglês"[438]. — "Paguei bem caro a opinião romanesca e cavalheiresca que fizera de vós, senhores ingleses". É assim que em Santa-Helena Napoleão parece terminar sua novela inacabada sobre um usurpador da Córsega, prisioneiro dos ingleses[439].

Nesses mesmos cadernos de colegial, copiando na "Geografia Moderna", do abade Lacroix passagens sobre as possessões inglesas na África, ele escreveu com caligrafia leve, quase feminina, que tinha então, estas quatro palavras:

Santa-Helena, pequena ilha...

Segue-se uma página em branco; começou a escrever e não acabou, "como se alguém lhe prendesse a mão".

O'Meara perguntou-lhe um dia se era fatalista. "*Sicuro*, tanto quanto os turcos. Sempre o fui. Deve-se obedecer às ordens do Destino", respondeu ele[440].

E morrendo, recusa-se a tomar remédios. "O que está escrito está escrito... Nossos dias estão contados", disse ele levantando os olhos para o céu[441].

"O sinal fatídico do céu se repetia na terra, o sinal fatídico da terra se repetia no céu".

Ele teria compreendido essa antiga sabedoria babilônica.

437. Houssaye, 1815, p.; *Mémorial*, I, p. 20.
438. Napoleão, *Manuscrits inédits*, p. 33.
439. O'Meara, I,p. 363.
440. O'Meara, I, p. 185.
441. O'Meara, II, p.334.

O fatalismo, religião do Destino, o Oriente dos nossos dias o recebeu do antigo Oriente — da Babilônia que talvez ela própria o recebera dessa antigüidade insondável que o mito de Platão chama de Atlântida, e o livro da Gênese chama de primeira humanidade, a anterior ao Dilúvio. A religião do Destino, a "sabedoria das estrelas", uniu Napoleão a essa antigüidade. Poder-se-ia dizer dele, último herói da humanidade, o que se disse do primeiro — de Gilgamés. "Ele nos transmitiu a mensagem dos dias antigos".

Homem do Destino, cognominou-o, depois de Marengo, o marechal austríaco Mélas. É um desses profundos lugares comuns que se tornam sabedoria comum.

"Ele traz um tricórnio e um redingote cinzento" e este nome": "O Homem do Destino".

O Destino não é para ele uma idéia abstrata, mas um ser vivo que influi em cada um de seus sentimentos, em cada um de seus pensamentos, de suas palavras, em cada um de seus atos, em cada pancada de seu coração. Ele vive no Destino como nós vivemos no espaço e no tempo.

Logo depois da explosão da máquina infernal da rua Saint-Nicaise, o Primeiro Cônsul entra na Ópera e, aclamado por dois mil espectadores que ignoram ainda o atentado, saúda-os com um sorriso tão calmo que ninguém lhe adivinha na face que alguns momentos antes ele contornara a morte[442]. Não é intrepidez no sentido humano da palavra, não é uma vitória ganha sobre o medo, é a impossibilidade de ter medo. Ele sabe que o destino o carrega nos braços, como uma mãe carrega o filho.

Toda a sua vida é um vôo miraculoso enquanto os anjos do destino ou os demônios do acaso o carregam. "Como fui feliz então!" exclama ele, evocando a primeira campanha da Itália. "Desde então previ o que poderia tornar-me. Via o mundo fugir debaixo de mim como se eu fosse arrebatado nos ares"[443]!

Esse vôo miraculoso continua até a campanha da Rússia: "Quem quiser matar-me, matará no máximo meu ajudante de campo. Sinto-me impelido para o objetivo que desconheço. Quando o houver atingido e não for mais útil, então um átomo bastará para abater-me; mas até lá todos os esforços humanos nada poderão contra mim. Paris ou exército é portanto a mesma coisa. Quando minha hora chegar, uma febre, uma queda de cavalo na caça, me liquidarão tão bem quanto um obus: os dias estão contados"[444].

Nessa mesma época, ao aproximar-se a campanha da Rússia, seu tio o cardeal Fesch, discutindo ardentemente com ele os negócios da Igreja e

442. Abrantes, II, p. 53.
443. Gourgaud, II, p. 54.
444. Ségur, I, p. 74.

advertindo-o a não se meter com Deus — os homens deviam bastar-lhe, — Napoleão ouviu em silêncio, depois tomou-o bruscamente pela mão, abriu a janela e levou-o a ver o terraço. Era num meio-dia de inverno; através das árvores despojadas do parque de Fontainebleau, o céu de dezembro mostrava-se de um azul pálido. "Olhai lá para cima, disse-lhe ele; vedes alguma coisa? — Não, não vejo nada, respondeu Fesch. — Olhai bem. — Não, não vejo nada. — Pois bem, procurai então calar-vos; eu vejo a minha Estrela: ela é que me guia"[445].

Fesch não compreendeu nunca que a grande Estrela de Napoleão era o Sol.

Se houve um momento na vida em que ele sentiu de súbito as mãos que o transportavam abandoná-lo, foi em seu zênite, no ponto culminante de seu vôo. Na véspera de Austerlitz, quando já sabia que o sol no dia seguinte se ia levantar "radioso", disse ele, falando da antiga tragédia grega: "Hoje, que o prestígio da religião pagã não mais existe, é mister que a cena trágica encontre um outro modelo. É a política que deve ser a grande mola da tragédia moderna... É ela que deve substituir em nosso teatro a fatalidade antiga"[446]. Para substituir a fatalidade pela vontade humana, pela política, o homem deve revoltar-se contra a fatalidade. Desde que Napoleão pensou nisso, sua queda começou; submisso, a fatalidade o elevou; revoltado, ela o derrubou.

Parece que foi no início da campanha da Rússia que ele sentiu claramente pela primeira vez não mais estar voando, e sim caindo. Freqüentemente o vêem estirado num sofá onde fica muitas horas mergulhado numa meditação profunda; depois sai dela de repente, como num sobressalto, em exclamações convulsivas: "Quem me chama?" Então, levanta-se e marcha com agitação: "Não, sem dúvida, reconhece ele enfim, nada está solidificado em torno a mim, mesmo dentro de mim, para uma guerra tão distante. É preciso retardá-la três anos"[447]... Mas sabia que não conseguiria retardá-la, que a começaria, arrastado pelo Destino.

"Falhei contra os russos; mas qual a causa disso? Foram os esforços dos russos que me aniquilaram? Não, a coisa foi devida a verdadeiras fatalidades... Não tinha eu desejo de bater-me, Alexandre igualmente, mas uma vez em presença as circunstâncias nos impeliram um para o outro; a fatalidade fez o resto". Diz isso em Santa-Helena e, "depois de alguns momentos de um silêncio profundo e como despertando", põe-se a falar de bagatelas — da traição de Bernadotte que teria sido a causa principal da sua perda, dele Napoleão[448]. Vidente quando dorme, ele é cego quando acordado.

---

445. Ségur, IV, p. 81; Marmont, III, p. 340.
446. Ségur, II, p. 457.
447. Ségur, IV, p. 87.
448. *Mémorial*, IV, ps. 158-159.

De Moscou a Leipzig, sente mais e mais nitidamente que a sorte o atraiçoa. "O que aumentava meu suplício era ver claramente avançar a hora decisiva. A estrela empalidecia, as rédeas fugiam-me das mãos e eu nada podia fazer"[449]. Como num sono letárgico, ele ouve, vê, sabe tudo e não pode despertar.

Em Leipzig está de tal modo gasto e fatigado que só a explosão da ponte do Elster pode tirá-lo do torpor[450]. Talvez não esteja ele tão "gasto"; talvez pense em outra coisa; talvez o sobrecarregue outro fardo, talvez escute a voz do destino: "Quem me chama?" Só vinte e sete anos depois acabou ele de escrever a página que começara por estas palavras:

Santa-Helena, pequena ilha...

"O maravilhoso da minha carreira se achava comprometido... Não era mais a fortuna apegada a meus passos que se comprazia em cumular-me, era o Destino severo ao qual eu arrancava ainda, como à força, alguns favores, mas dos quais ele se vingava logo. Atravessei a França, fui levado até a capital pelo impulso dos cidadãos e no meio de aclamações universais; mas apenas cheguei a Paris e, como por uma espécie de magia, subitamente recuaram, tornaram-se frios em redor de mim". A magia estava esgotada — o imã desimantado.

"Enfim triunfo no próprio Waterloo, e caio no mesmo instante no abismo; e todos esses golpes, devo dizê-lo, feriram-me mais do que me surpreenderam. Tinha em mim o instinto de um desfecho infeliz, não que isto influísse em nada nas minhas determinações"[451].

"Devia morrer em Waterloo, disse ele em Santa-Helena, com uma perfeita serenidade e mesmo uma espécie de alegria. Mas a desgraça quer que quem procure morte não a encontre. Houve homens mortos em torno a mim, na frente, atrás, por todos os lados, e nem um obus para mim"[452]!

Essa invulnerabilidade outrora bendita, é agora maldita.

"Penso que devo à minha estrela ter sido tão maltratado pelos ingleses e em seguida caído debaixo da tirania do governador cuja conduta é tão infame"[453]. Eis para onde o conduziu o Guardião invisível.

"Quando meu grande carro político vai em disparada, forçoso é que passe. Ai de quem lhe ficar debaixo das rodas"[454]! Foi ele quem ficou.

Contemplando o céu estrelado, onde resplandece o Cruzeiro do Sul, compreendeu-o em que carro se arremessara contra o mundo?

449. *Mémorial*, III, p. 355.
450. Ségur, VI, p.181.
451. *Mémorial*, IV, ps. 160-161.
452. O'Meara, II, p. 191.
453. O'Meara, p. 350.
454. Madame de Rémusat, III, p. 390

Para levar ao sacrifício a vítima, coroam-na e amarram-na. Compreendeu ele que o Destino o coroara e amarrara como uma vítima?

"Nunca fui realmente senhor de meus movimentos: nunca fui realmente senhor de mim... fui sempre governado pelas circunstâncias; tanto assim que no começo de minha elevação, no Consulado, amigos verdadeiros, meus partidários ardorosos, me perguntavam às vezes, com as melhores intenções, onde pretendia eu chegar; e eu respondia sempre que não sabia... Mais tarde, no Império, muitos olhares pareciam fazer-me ainda a mesma pergunta, e eu poderia dar-lhes a mesma resposta. É que não era senhor de meus atos, porque não cometia a loucura de querer submeter os acontecimentos ao meu sistema; ao contrário, ajustei meu sistema à contextura imprevista dos acontecimentos e foi isso que me deu muitas vezes a aparência de mobilidade, de inconseqüência; mas era isso justo"[455]?

"Não sabia onde pretendia chegar". Eis uma estranha confissão na boca de Bonaparte, o mais sensato dos homens. Crê-se ouvi-lo repetir a frase imortal de Goethe: "Napoleão vivia todo concentrado numa idéia, mas não conseguia apreendê-la pela consciência."

Mais eis uma confissão mais estranha ainda: "Não tenho vontade. Mais se é poderoso e menos se deve ter vontade; tudo depende dos acontecimentos e da circunstâncias"[456]. — Napoleão, homem de uma vontade infinita, não tem vontade. A grandeza de um herói — sua grandeza — ele a mede pela renúncia à vontade. Senhor do mundo na aparência, ele é na realidade seu escravo. "Declaro-me o mais escravo dos homens; meu senhor não tem entranhas, é a natureza das coisas"[457]. Simplesmente, humildemente, ele diz: "A natureza das coisas", "as circunstâncias", para não empregar levianamente o nome santo e terrível do Destino.

Renúncia, humildade, submissão, sacrifício — tudo o que deveria parecer-lhe estranho, é-lhe, na realidade, familiaríssimo. "Que tua vontade e não a minha seja feita", ele não pode dizê-lo, como um filho falando ao Pai, porque não conhece nem o Pai, nem o filho; mas parece que, em sua humildade diante do Condutor da face velada, a sombra do Filho desceu sobre ele.

"Homem bêbado de Deus", disseram de Spinoza; poder-se-ia dizer de Napoleão: "Homem bêbado do Destino".

"Deus me concedeu, ai de quem a toque!" Exclamou ele, colocando na cabeça, em Milão, a coroa de ferro dos reis lombardos[458]. Invocava Deus para os outros, mas em si mesmo poderia dizer: "O Destino me concedeu".

---

455. *Mémorial*, IV, ps. 152
456. Masson, Le Sacre, p. V.
457. Arthur-Lévy, p.491.
458. Bourrienne, III, p. 448; Lacourt-Gayet, p.199.

Eis porque seu rosto está coberto de tal melancolia, ou, o que é mais profundo que toda tristeza humana, de uma meditação não humana: é o selo do Destino.

"A primeira vez que vi Bonaparte nas Tulherias, conta Roederer, disse-lhe, considerando as velhas e escuras tapeçarias e a obscuridade dos aposentos: "Isto é triste, general! — Sim, respondeu ele, como o poder[459]". – "Bonaparte na guerra, em suas proclamações, tem sempre qualquer coisa de melancólico"[460]. Até no fogo da ação, guarda uma tristeza, uma preocupação que nada consegue dissipar.

"Não fui feito para o prazer", reconhecia ele num tom melancólico. "Aborrece-me a natureza humana. Tenho necessidade de solidão. As grandezas entediam-me. A glória é insípida. Aos vinte e nove anos esgotei tudo", exclama ele no momento mais feliz da sua vida, durante a campanha do Egito[461]. Já é "Sofrimento universal". Dir-se-ia que, ele o primeiro, entreabriu essa porta da noite eterna, por onde o frio dos espaços infinitos invade nossa morada.

"Napoleão ria raramente; quando ria, era aos arrancos", diz Fain[462]. "Aquele que lançou um olhar no antro profético de Trofonius, não rirá nunca mais", pensavam os antigos.

"Sempre só no meio dos homens, fecho-me para sonhar comigo mesmo e abandonar-me a toda vivacidade da minha melancolia. Para que lado se voltou ela hoje? Para o lado da morte", escreve em seu jornal, aos dezessete anos, o alferes Bonaparte, no miserável quarto de Valença. E, no cimo da grandeza, o Imperador Napoleão carrega no peito um saquitel com veneno. O pensamento do suicídio acompanha-o a vida toda, ainda que ele soubesse, recordasse, que não se mataria nunca. Esse pensamento do suicídio não lhe é inspirado pelas desgraças interiores, mas porque, cansado de dormir o "sono letárgico" da vida, ele quer enfim acordar, seja mesmo na morte.

"Seu espírito inquieto procura sempre a agitação, dizia-lhe Josefina. Forte para desejar, fraco para gozar, só a ti próprio não pudeste vencer"[463].

"Por que condenaste Gilgamés a não ter jamais repouso? Por que lhe deste um coração sempre inquieto?" Pergunta a Deus a mãe do herói. Como Gilgamés, Napoleão é o amigo da tristeza.

Não é sua própria vontade que o impele; alguém o atirou, como se atira uma pedra. "Sou uma parcela de rochedo atirado no espaço"[464]. Em nosso

459. Roederer, p. 84.
460. Roederer, p. 85.
461. Masson, *Madame Bonaparte*, p. 140.
462. Fain, p. 287.
463. Ségur, IV, p. 79.
464. *Mémorial*, III, p. 266.

mundo, ele não faz senão continuar a parábola infinita começada num outro, lá de onde ele foi atirado, e atravessa nossa esfera terrestre como um meteoro.

A 8 de agosto de 1769, sete dias antes do nascimento de Napoleão, apareceu um cometa que o astrônomo Missier entrevira no observatório de Paris; sua cauda, que brilhava com fulgor magnífico, atingiu no mês de setembro sessenta graus de comprimento, e ele se aproximava progressivamente do sol, até que enfim desapareceu em seus raios como se se tornasse também sol — fundindo-se na grande Estrela de Napoleão.

Em 1821, nos primeiros dias de fevereiro, três meses antes de sua morte, outro cometa apareceu por cima de Santa-Helena. "Este cometa de 1821, escreve o astrônomo Faye, foi descoberto em Paris, a 11 de janeiro, e tornou-se visível, a olho nu, em fevereiro, com uma cauda de sete graus de comprimento. Foi observado na Europa e mesmo, de 21 de abril a 3 de maio, em Valparaiso", isto é, nos dois hemisférios, em todo o Atlântico — estrada suprema de Napoleão.

"Os criados contam que observaram um cometa para o lado do Oriente", nota em seu jornal o doutor Antommarchi, a 12 de abril de 1821. "Cheguei no meio da perturbação que essa notícia produziu em Bonaparte. "Um cometa! Exclamou o Imperador emocionado. Foi o sinal precursor da morte de César... Tudo me anuncia que estou no fim". — "A 5 de maio, dia da morte de Napoleão, declara o mesmo astrônomo Faye, o cometa devia ser ainda visível com uma luneta, na ilha de Santa-Helena, afastando-se mais e mais da terra"[465].

"Deploro esse infeliz! — escreveu em 1791 Bonaparte, jovem alferes ainda desconhecido, falando do homem de gênio, de si mesmo. — Será a admiração e a inveja de seus semelhantes e o mais miserável de todos. Os homens de gênio são meteoros destinados a arder para iluminar seu século"[466].

Arder, morrer, ser uma vítima, tal é sua parte — isto ele o sabe desde o começo da vida e o sabe melhor ainda no fim, em Santa-Helena, sob a constelação do Cruzeiro: "Jesus Cristo não seria Deus se não tivesse morrido na cruz." Mas esse conhecimento é obscuro para ele, como o sol para os cegos: eles não lhe vêem a luz e só lhe sentem o calor — o mesmo acontece com Bonaparte.

Na ilha da Gorgona ele sacrificava ao deus Sol; em Santa-Helena ele próprio é que é sacrificado. A quem? Ele não o sabe, mas crê que é ao Destino.

O Sol faz empalidecer sua Estrela. Mas o que é esse Sol ele não o sabe melhor e crê também que é o Destino.

---

465. Antommarchi, II, p. 54.
466. *Manuscrits inédits*, p. 567.

Os antigos chamavam "Destino" o que nós chamamos de "leis da nature-za", de "necessidade". A essência de ambos é a morte, o aniquilamento da personalidade, porque a natureza é tão impessoal quanto a fatalidade. Era preciso escolher entre a vida e a morte, entre o jugo clemente do Filho e o jugo de ferro do Destino. Escolhemos o último e somos vítimas dele, como o foi Napoleão, nosso último herói, o maior de nós todos e "o mais miserável".

Dir-se-ia que seu sonho profético é comparável ao de Jacob: "Jacob ficou sozinho, e alguém lutou com ele, até o nascer da aurora. E vendo que Ele não podia vencê-lo, disse-lhe: Deixa-me ir, porque a aurora nasce. Mas Jacob respondeu: Não Te deixarei ir sem que me abençoes".

O cristianismo venceu? É uma pergunta ímpia. Deve-se perguntar: nossa humanidade cristã, européia venceu? Será ela salva com o Cristo ou, tal uma segunda Atlântida, perecerá sem ele? Essa pergunta nos foi feita por Napoleão, "o homem da Atlântida".

Ele é o último herói do Ocidente.

"Chegados ao ocidente do sol, e percebendo a luz da tarde, nós celebramos o Pai, o Filho e o Espírito — Deus!" cantavam os cristãos dos primeiros séculos; nós não celebramos mais ninguém ao contemplar a luz vesperal do Ocidente que aureola de um nimbo de glória nosso último herói. A luz da tarde está atrás dele: eis porque sua face é tão enigmática, tão invisível, tão desconhecida para nós, e porque á medida que a luz se extingue, ela se torna mais e mais enigmática, mais e mais desconhecida. Mas talvez não foi em vão que ele se voltou para o Oriente; o sol nascente do Filho o iluminará com o seu primeiro raio, e então nós o veremos e o conheceremos.

Sim, só depois de ter aprendido o que é o Filho do Homem, é que saberemos o que é Napoleão, o Homem.

SEGUNDA PARTE

A SUA VIDA E A SUA HISTÓRIA

A vida de Napoleão é semelhante ao curso do sol:

1769-1795. Do nascimento ao Vindimiário. — A AURORA.
1795-1799. Do Vindimiário ao 18 Brumário. — O SOL-LEVANTE.
1799-1807. Do 18 Brumário a Tilsitt. — MEIO-DIA.
1807-1812. De Tilsitt a Moscou. — A TARDE.
1812-1815. De Moscou a Waterloo. — O POENTE.
1815-1821. De Waterloo até a morte. — A NOITE.

A AURORA

I

A INFÂNCIA

(1769-1779)

"Eis uma genealogia tão ridícula quanto banal. As pesquisas são pueris; bem fácil é a resposta aos que perguntem de que época data a casa dos Bonaparte: data do 18 Brumário. E não seria talvez impertinente e uma falta de respeito para com o Imperador dar importância a indagações sobre o que foram seus ancestrais? Soldado, magistrado e soberano, ele deve tudo a sua espada e ao amor do seu povo". Esta nota, inspirada provavelmente pelo próprio Napoleão, apareceu no "Monitor" de 25 Messidor ano XIII (14 de julho de 1805), seis meses depois da coroação do Imperador. "Isto é que é falar como um grande homem", exclama a esse propósito uma mulher de espírito[1].

"Não vi nunca um só dos meus pergaminhos. Ficaram eles sempre nas mãos de meu irmão José, o genealogista da família", dizia rindo o soberano[2]. "Sou desses homens que são tudo por si mesmos e nada por seus avós[3]".

Os Buona-Parte são uma nobre e antiqüíssima família toscana de Treviso e de Florença, da qual os genealogistas, talvez muito zelosos, fazem remontar a origem ao começo do décimo século. Um dos Buona-Parte teria participado da primeira cruzada. Na segunda metade do século XIII, o patrício florentino Guilherme Buonaparte teria mesclado à luta dos Guelfos e Gibelinos, sendo declarado rebelde e expulso para sempre de Florença. Veio habitar em Sarzana, pequena cidade da República de Gênova, onde a família exilada arrastou, durante dois séculos e meio, uma existência medíocre, ocupando empregos de tabeliães, síndicos e membros do Conselho

1. Thibaudeau, *Mémoires*, Paris, Plon, 1913, p. 168.
2. *Le Mémorial de Sante-Hélene*, pelo conde de Las Cases, Paris, Garnier, I, p. 83.
3. A. Chuquet, *La jeunesse de Napoléon*, Paris, Armand Colin, I, p. 40.

dos Anciãos. Enfim, em 1529, o último rebento do galho sarzanez, Francisco, estabeleceu-se na Córsega, em Ajaccio.

Foi lá que, conservando o nobre título de patrícios florentinos, mas definitivamente decaídos, os descendentes dessa família, como é tradição entre os gentis-homens, viviam, numa digna e chocha ociosidade, das magras rendas de alguns retalhos de terra, bosques de oliveiras, vinhas, e de rebanhos de carneiros e cabras.

Napoleão é, por sua hereditariedade, um condottiere do século XVI retardado, um homem da raça dos Malatesta, dos Sforza, dos Colleone, "um bandido de gênio": esta hipótese de Taine é ainda hoje comumente aceita[4]. Ora, não houve um único condottiere na família de Napoleão, havendo inversamente, o "bem-aventurado" Boaventura[5]. Basta lembrá-lo para que a hipótese de Taine se esboroe: porque, com efeito, o sangue de um "bandido" inexistente sobrepujaria, nas veias de Napoleão, o sangue de um santo que realmente existiu?

Carlos Bonaparte, o caçula da família, pai de Napoleão, era belo, vistoso, de estatura desenvolta — "homem belo e alto como Murat", declarava mais tarde a viúva[6]. Perfeito cavaleiro, galante com as damas, cheio de ardor, verboso como um advogado italiano, amigo de Voltaire, autor de versos ímpios e de madrigais, defensor hábil, pedinte dotado de uma infatigável perseverança para requestar a benignidade dos magnatas em destaque, não lhe faltava inteligência, mas era leviano, frívolo e, segundo conceito de Napoleão, "muito amigo do prazer para ocupar-se dos filhos"[7]. Meio criança ele próprio, mimava-os demais e defendia-os quando a progenitora, mais severa, os repreendia.

Formou-se na Universidade de Pisa, e foi nomeado assessor na jurisdição real francesa de Ajaccio.

Parece que, além de seu nome, Napoleão não herdou do pai senão o belo oval do rosto, os olhos azuis e cinzentos e uma terrível moléstia — o câncer no estômago. É esse um novo golpe desferido na hipótese de Taine: para Napoleão a hereditariedade do lado dos Bonaparte é quase sem importância; muito mais recebeu o filho do lado materno que do paterno.

Em 1764, Carlos Bonaparte desposou a filha do inspetor geral de pontes e calçadas de Ajacio, Maria Letícia Ramolino, que pertencia à família de Pietra Santa, igualmente em declínio, mas bastante antiga, saída, diziam, dos condes soberanos da Lombardia. O marido tinha dezoito anos e a mu-

---

4. H. Taine, *Les origines de la France contemporaine*, IX, *Le régime moderne*, Paris, Hachette, I, p. 26.

5. Antommarchi, Les derniers moments de Napoléon, Paris, Ganier, I. p. 120. *Mémorial*, I. p. 82.

6. Chuquet, I. p. 44

7. Antomarchi, I, p. 273; Taine, p. 9.

lher quatorze: na Córsega os gentis-homens pobres sentiam pressa de desembaraçar-se das filhas para aliviar os encargos domésticos.

A "signora" Letícia era famosa pela beleza, mesmo numa região onde há tantas mulheres formosas. Um retrato que fizeram dela na juventude chegou até nós[8]. O encanto desse rosto de misterioso sorriso, há um tempo meigo e severo, recorda Mona Lisa Gioconda, ou então essas deusas etruscas cujas estátuas, encontradas nos túmulos antigos da Toscana, possuem a mesma expressão. Dir-se-ia que dessa antigüidade imemorial é que tivera para nós o sorriso da segunda Gioconda, da Sibila etrusca, mãe de Bonaparte.

"A espécie humana conta com duas grandes virtudes que nunca se respeitarão demais: a coragem no homem, e o pudor na mulher", afirma Napoleão, pensando evidentemente em sua mãe[9]. Bem sabe ele que o homem corajoso nasce da mulher pudica.

"Uma Cornélia rústica", é assim que o herói corso Paoli define Letícia. Até o fim da vida, a mãe do Imperador, como todas as mulheres corsas, mesmo de nobre origem, pouco se distinguia de uma camponesa. Ler, escrever, contar um bocado, tal a sua ciência. Não aprendeu sequer a falar francês corretamente: estropiava as palavras com rudeza cômica, à maneira italiana. Sua toilete, quando ela assistia as magníficas recepções das Tulherias, era simples, quase pobre; seu gosto da economia confinava com a avareza. "Dizem que sou uma grosseirona, mas deixo dizer... Basta que eu tenha sempre cem mil francos à disposição de um dos meus rapazes. Quem sabe lá? Talvez algum dia fiquem eles bem contentes com esse pecúlio". Ela entesourava, acumulava para os maus dias, e, quando estes chegaram, prontificou-se a vender tudo, até a última camisa, por Napoleão[10].

"Minha excelente mãe é uma mulher de alma e de muito talento, assegurava este. Tem um caráter másculo, altivo, saturado de honra. É à minha mãe que devo minha fortuna e tudo o que tenho feito de bom: penso que a boa ou má conduta futura de um filho dependem inteiramente da progenitora"[11].

Letícia sabia quem era o filho. Pronunciando as palavras a sua maneira, costumava dizer-lhe: "Sois uma maravilha, um fenômeno, qualquer coisa de extraordinário, de indefinível". Ante o ingênuo entusiasmo daquela que o pusera no mundo, Napoleão retorquia: "Senhora Letícia, também a senhora me vem lisonjear?" — Lisonjear-vos, eu? Vós não fazeis justiça a vossa mãe. As mães não lisonjeiam os filhos. É bom que o conheçais, se-

8. Lacour-Gayet, *Napoléon, sa vie, son ceuvre, son temps*, Paris, Hachette, p. 283.
9. J. Bertaut, Napoléon Bonaparte, Virilités, Paris, e Sansot, p. 52.
10. Lacour-Gayet, ps. 285-286; O'Meara, *Napoléon en exil*, Paris, Garnier, II, p. 184.
11. O'Meara, II, p. 184; Lacour-Gayet, p. 271.

Fig. 7. Josefina Beauharnais, A Primeira Esposa de Napoleão
(*Quadro de P. Proud´Hon*)

nhor; em público, eu vos trato com todo respeito possível, porque figuro entre os vossos súditos, mas em particular sou vossa mãe e sois meu filho, e assim quando dizeis: Eu quero, não tenho dúvida em responder-vos: mas eu não quero. Tenho caráter e orgulho"[12].

Em Santa-Helena, ele se recordava ainda "das lições de altivez que recebera na infância e que tinham agido nele a vida toda"[13]. Como, em 1793, durante o Terror na Córsega, propusessem a Letícia abandonar os amigos vencidos a fim de salvar sua fortuna, senão mesmo sua vida e a dos filhos, ela respondeu, num tom de verdadeira Cornélia, que não conhecia duas leis, que ela, os filhos, a família, não conheciam senão a lei do dever e da honra[14].

"Muito dedicado me tendes sido, dizia Napoleão, pouco tempo antes de morrer, ao doutor Antommarchi. Nada vos fatiga quando é necessário aliviar-me, mas tudo isso não é a solicitude materna. Ah, mamã Letícia, mamã Letícia!" E cobriu a cabeça com as mãos[15].

Um ano antes do nascimento de Napoleão, houve na Córsega um levante contra os franceses, aos quais a ilha vinha de ser vendida pelos genovezes, seus opressores seculares. O velho "babbo" Pascale Paoli, meteu-se à frente dos sediciosos e Carlos Bonaparte ligou-se a eles. Letícia, apenas com dezoito anos e grávida de seis meses do segundo filho, Napoleão — o primeiro fora José, — acompanhou o marido nessa guerra difícil e perigosa. "As perdas, as privações, as fadigas, ela tudo suportou, afrontou tudo. Era uma cabeça de homem num corpo de mulher[16]".

Nas montanhas selvagens e nas espessas florestas, ora a cavalo, ora a pé, trepando pelos rochedos abruptos, abrindo caminho através de charnecas e matagais espinhentos, atravessando as ribeiras no vau, ouvindo sempre as balas sibilarem-lhe em torno, carregava uma criança nos braços e outra no ventre, e nada temia.

Uma vez, quase se afogou no Liamone. O vau era profundo; seu cavalo perdeu pé e foi arrastado pela corrente rápida. Os companheiros de Letícia, tomados de medo, atiraram-se a nado para correr-lhe em socorro, gritandolhe que se jogasse também na água e que iriam salvá-la. Mas a amazona intrépida se fixou melhor na sela e manobrou tão bem o cavalo que atingiu lepidamente a outra margem. Foi talvez desde então que ela transmitiu ao futuro Imperador sua maravilhosa coragem, a firmeza da Pedra Sagrada — Pietra Santa.

12. Chuquet, I, p. 47; Id., p. 286.
13. *Mémorial*, II, p. 335.
14. *Mémorial*, II, p. 362.
15. Antommarchi, I, p. 269.
16. Id., I, p. 213.

Fig. 8. A Imperatriz Josefina Beauharnais (*Quadro de F. Gérard*)

Nada temia por si. Ela carregava o filho em formação com a mesma serenidade com que carregava o outro que lhe vagia nos braços. Votara-o à Virgem Santa e estava segura de que esta o protegeria.

No dia da suprema derrota dos patriotas corsos em Ponte-Novo, "signora" Letícia sentiu o rebento agitar-se-lhe com impaciência, saltar-lhe no ventre "como se aspirasse, antes de nascer, às lutas da guerra"[17].

A guerra era bastante desigual. Os franceses tinham levado à Córsega inumeráveis tropas. Depois da derrota definitiva de Ponte-Novo e da fuga de Paoli, Carlos Bonaparte compreendeu que era "a luta do pote de barro contra o pote de ferro", e resolveu submeter-se aos franceses, obtendo deles um salvo-conduto e voltando com a mulher a Ajácio[18].

Em 15 de agosto de 1769, dia da Assunção, Letícia, dirigindo-se à igreja, sentiu dores tão violentas que teve de regressar à casa, mas sem poder chegar ao seu quarto; deixou-se cair num canapé duro e incomodo, de encosto rígido, e pós facilmente no mundo o segundo filho, Napoleão.

A mãe não tinha leite, e deram o menino a uma nutriz, Camilla Ilari, mulher de um marinheiro de Ajacio, a qual desandou a amar Napoleão mais que a seus próprios filhos. De seu lado, ele conservou por ela, durante a vida toda, a afeição mais terna.

Em Santa-Helena, pouco antes da morte, evocava ele os dias da infância na Córsega: "Via-se em meio aos precipícios, galgando cimos elevados, descendo vales profundos, transpondo gargantas estreitas, recebendo as horas e os prazeres da hospitalidade, visitando parentes cujas brigas e vinganças se estendiam até um grau longínquo. Tudo aí era delicioso. O próprio cheiro da terra faria com que a reconhecessem de olhos fechados. Não reencontrou isso em parte alguma [19]".

O "espírito da Terra" entrou nele com esse aroma e só saiu com o último suspiro; o que nós chamamos o "gênio de Napoleão", é esse espírito da Terra.

Que é a Córsega? "Um mundo ainda no caos, uma tempestade de montanhas que separaram ravinas estreitas onde rolam torrentes; nem uma planície, mas imensas vagas de granitos e gigantescas ondulações de terra cobertas de "maquis" ou de altas florestas de castanheiros e pinheiros. É um solo virgem, inculto, deserto, ainda que às vezes se perceba um vilarejo, semelhante a uma aglomeração de rochedos no alto de um monte. Nada de cultura, nenhuma indústria, nenhuma arte. Não se encontra nunca um pedaço de pau trabalhado, um bloco de pedra esculpido. Nenhuma lembran-

17. Chuquet, I, p. 51.
18. Chuquet, I. p. 55.
19. *Mémorial*, II, p. 360.

ça do gosto infantil ou requintado dos avoengos pelas coisas graciosas e belas. É isso mesmo que fere mais forte nesse país soberbo e rude: a indiferença hereditária por essa pesquisa de formas sedutoras que chamam arte"[20].

"Os insulares — dizia Napoleão — têm sempre qualquer coisa de original, pelo isolamento que os preserva das irrupções e da perpétua mescla que o continente suporta"[21].

"Ilha" significa "isolamento" e "isolamento" significa "força". Isto Napoleão o sabia melhor que ninguém.

Dir-se-ia que por uma dupla defesa — a altura das montanhas e a amplitude das águas — a própria Virgem Santa defendeu a Ilha bem-amada contra nossa impureza, contra o "progresso", a "civilização". Tudo aí é selvagem, virgem, deserto, inocente, intacto, não maculado pelo homem; tudo tal qual saiu das mãos do Criador. Os sentimentos dos homens são puros e frescos como as fontes que irrompem diretamente da espessura dos rochedos. É a antigüidade imemorial, — a juventude do mundo. As cabras soltam balidos, as abelhas zumbem, como nos dias idênticos em que a cabra Amaltéa aleitava o deus menino, em que as abelhas o nutriam do mel que tinham recolhido nas montanhas. O mesmo sol, o mesmo mar, os mesmos rochedos: tudo é exatamente como no primeiro dia da criação e assim ficará até o último dia do mundo.

Eis a principal, a única educadora de Napoleão: a Terra Mãe. A montanha ensinou-lhe o orgulho — o sol, a ternura — o mar, a frescura. E mamã Letícia não fez senão repetir e explicar a lição.

"Eu era brigão, buliçoso, não temia a ninguém, contava ele. Batia neste, arranhava aquele, tornava-me detestável para todos. Meu irmão José era aquele com quem eu implicava mais. Batia-lhe, mordia-o, azucrinava-o... É bem verdade que mamã Letícia reprimia meus instintos belicosos... Sua ternura era severa; ela punia e recompensava indistintamente; tudo ela sabia julgar; o mal e o bem[22]".

Um dia ele recusou obstinadamente ir à missa, e só depois que a mãe lhe deu um tabefe compreendeu que os meninos bem-educados devem freqüentar a igreja. De outra feita, quis acompanhá-la numa visita; ela recusou. Estando já muito longe de casa, num atalho difícil, ela voltou-se e viu que o menino a seguia; correu a ele e esbofeteou-o com tanto vigor que ele caiu por terra e rolou pela rampa; conseguiu levantar-se, a chorar e a esfregar os olhos com as duas mãos; mamã Letícia, sem dar-lhe maior importância, continuou o caminho[23]. Ela sabia o que fazia: toda a severidade era pouca para domar o pequeno bandido.

---

20. G. de Maupassant, *Boule de Suif*, Paris, Ollendorff, ps. 211-212. (Novela intitulada *Le Bonheur*.)
21. *Mémorial*, II, p. 360.
22. Antommarchi, I, p. 273; *Mémorial*, I, p. 94; Lacour-Gayet, p. 94.
23. Chuquet, I, p. 50; Lacour-Gayet, p. 271.

"Sempre fui uma criança obstinada e curiosa", confidenciava Napoleão[24]. Curiosa e meditativa.

"Na primeira mocidade, um ar extremamente pensativo e uma grande palidez deram ao pai a impressão de que ele não viveria", escreve Stendhal, falando de seu herói Julien Sorel, o sósia de Napoleão[25].

Truculento, rumoroso e, subitamente, calmo e pensativo. Já bem mais velho que sua idade. "Li a "Nova-Heloísa" aos nove anos. Ela me pôs tonto[26]". Aos oito anos enamorou-se de uma das pequenas camaradas de escola, Giacominetta, que tinha sete. Recordou-se toda a vida desse primeiro amor, talvez o mais doce de todos; tinha então duas paixões: Giacominetta e a aritmética. Revolvia os números com tal ardor que tinham pena de perturbá-lo. Construíram-lhe, nos fundos da casa, uma espécie de pequena cabana onde ele se metia o dia todo para não ser interrompido em seus cálculos. À tarde saía e vagabundeava pelas ruas, distraído, esquecendo-se de endireitar as meias que lhe caíam pelos calcanhares. Os colegas cantarolavam para aborrecê-lo um dístico em que falavam da sua pouca elegância e da sua paixão por Giacominetta.

De modo geral, ele não dava atenção, mas às vezes detinha-se, como quem desperta de um profundo sono, ameaçava-os com um bastão ou atirava-se sobre eles de punho cerrado, sem nunca se preocupar com o número dos adversários[27].

Foi desde então que começou a mergulhar "em sua preocupação letárgica", em seu "sono letárgico[28]".

Em 1777, Carlos Bonaparte, graças à proteção do conde Marbeuf, governador da Córsega, foi eleito deputado da nobreza corsa aos Estados Gerais da França, o que o ajudou a obter as bolsas do rei para seus dois filhos José e Napoleão — o primeiro no colégio eclesiástico de Autun, o segundo na Escola Militar de Brienne.

Em 15 de dezembro de 1779, Bonaparte embarcou com os filhos em Ajácio, rumo de Marselha e, após alguns dias de navegação feliz, Napoleão, com a idade de dez anos, punha pela primeira vez o pé em terras de França. A 1º de janeiro, entrou com José no colégio de Autun, onde passou mais de três meses a aprender francês, de que não sabia ainda uma só palavra. Seu pai partira para a Corte, em Versalhes, e foram estranhos que conduziram, em meados de maio, Napoleão a Brienne.

---

24. Stendhal, *Vie de Napoléon, Fragments*, Paris Calmann-Lévy, p 11
25. Id. *Le Rouge et le Noir*.
26. Roederer, *Journal*, Paris, Daragon, 1909, p. 165.
27. Chuquet, I, ps. 77-78; Antommarchi, I, p. 136.
28. Constant, *Mémoires*, Paris, Garnier, IV, p. 245. "Preocupação por assim dizer letárgica"; Bourrienne, *Mémoires*, Paris, Garnier, V, p. 387; "Então, como se tivesse saído de um sono letárgico..."

II

A ESCOLA

(1779-1785)

Depois do róseo ensolarado das montanhas da Córsega, e do fogo violeta das suas enseadas deslumbrantes, a campina chata, incolor, caliginosa, pareceu-lhe o fim do mundo, o reino tenebroso dos cimerianos.

Os colegas agruparam-se em torno do calouro:

— Como te chamas?

— Napolione, respondeu ele, pronunciando seu nome à italiana.

— Como?

— Napolione.

— Mas esse nome não vem no calendário!

— Se não vem no de você vem no nosso.

— Talvez no calendário turco...

Entraram a divertir-se a custa do recém-vindo, fazendo-lhe trocadilhos com o nome, e pondo-lhe apelidos que perduraram mais ou menos tempo.

Quando amolavam muito, tinha ele vontade de atirar-se, de punhos cerrados, um só contra todos, como antigamente contra os garotos de Ajácio, mas não o fazia, por desprezo; afastava-se em silêncio rilhando os dentes e, de emboscada num canto, olhava os camaradas com os olhos ardentes de um pequeno lobo acuado. A expressão desse rosto cor de azeitona, de lábios finos, fortemente contraídos, e de enormes olhos tristes, inspirava aos moleques os mais intrépidos um medo involuntário: talvez fosse perigoso atormentá-lo; o lobinho podia estar danado.

Ele desprezava e odiava os franceses, — os carrascos, os opressores da Córsega. Talvez não compreendesse ainda o que isso significava, mas já o sentia confusamente. "Recebi a vida na Córsega e com ela um violento amor por minha infortunada pátria e por sua independência", dirá mais tarde seu herói insensato, o habitante da pequena ilha Gorgona, vizinha da Córsega, que executou a vingança sanguinária, a "vendeta", contra todo um povo, a França, e ofereceu a Deus vítimas humanas — os corpos de franceses assassinados.

Os colegiais caceteavam Napoleão:

— Os corsos são uns covardes que nos abandonaram a Córsega!

As mais das vezes ele permanecia silencioso, acumulando no coração tesouros de ódio. Mas um dia, o braço direito distendido num gesto majestoso de orador antigo, respondeu com uma calma dignidade:

— Se os franceses fossem quatro contra um, não tomariam nunca a Córsega, mas eram dez contra um.

Todos se calaram, compreendendo que ele dizia a verdade[29].

— Farei aos teus franceses todo o mal que puder, dizia ele a Bourrienne, o único dos colegas com que se ligou um pouco. E quando este procurava acalmá-lo, ajuntou: "Mas tu não te divertes a minha custa, tu me queres bem[30]".

Ele não dizia: "Eu te amo". Já era preciso e avaro de palavras.

Um dia, gritou com ar profético:

— Paoli voltará e, se ele não puder romper nossas cadeias, irei ajudá-lo, e talvez nós dois salvemos a Córsega do jugo odioso que está suportando[31]!

A Escola era dirigida pelos Mínimos, que pertenciam à ordem franciscana. "Educado entre os monges, tive ocasião de conhecer os vícios e as desordens dos conventos", acentuará mais tarde Napoleão. Não convém dar-lhe muito crédito nesse particular; essas acusações contra os costumes dos monges eram então um lugar-comum agradável aos livres-pensadores. Os religiosos de Brienne não seriam tão maus quanto ele pretendia e os fedelhos não eram martirizados por eles. Andavam bem vestidos, bem nutridos, e eram tratados com bondade. Mas o ensino era medíocre e a educação pior ainda. Lá, como nas outras escolas militares da França, implantara-se um vício grosseiro e senil e os meninos bonitos eram chamados de "ninfas". No entanto, Napoleão ficou indene desse mal: seu temperamento insociável preservou-o de cair nele. Saiu da escola tão puro quanto entrara e conservou, parece, sua pudicicia até a idade, tardia para a época, de dezoito anos.

Mas não pôde escapar a um outro mal. O espírito de incredulidade infiltrara-se através das paredes da escola. Os ritos exteriores da piedade, as lições do catecismo, as preces, os jejuns, a freqüência da igreja, as confissões e as comunhões mensais, não o preservaram dele. Napoleão recordava-se de ter perdido a fé aos treze anos[32]. Mas, mesmo depois de a ter perdido, continuou a ouvir ao crepúsculo, debaixo das tílias do parque, o sino da tarde soar a Ave-Maria, e toda a vida lembrou-o com amor: talvez esse som lhe recordasse a felicidade desaparecida da fé infantil.

---

29. Chuquet, I, p. 79.
30. Bourrienne, *Mémoires*, Paris, Garnier, I, p. 117.
31. Chuquet, I. p. 117.
32. *Memórial*, III, p. 247.

"Eu vivia afastado de meus colegas. Escolhera nos redutos da escola um recanto onde ia assentar-me para sonhar à vontade, porque sempre amei um pouco de devaneio. Quanto meus companheiros queriam usurpar-me a propriedade desse recanto, eu a defendia com todas as forças. Já me dominava o instinto de que minha vontade devia sobrepujar a dos outros e de que aquilo que me agradava devia pertencer-me. Quase não gostavam de mim na escola; é preciso muito tempo para requestar a amizade dos demais e, mesmo quando não tinha nada a fazer, cria vagamente que não devia perder nisso meu tempo [33]".

Ele nada fazia ainda, mas já se preparava para qualquer coisa, prontificava-se para qualquer coisa, aguardava qualquer coisa, esperava qualquer coisa e sonhava, sonhava como quem vai ficar maluco. No casulo cinzento fremia uma borboleta feérica. "Era então feliz!" reconhecia ele[34]. A despeito de todos esses sofrimentos que nada tinham de infantil — nostalgia, solidão, humilhação, ultrajes, — era feliz como se pressentisse seu prodigioso destino.

O diretor da Escola partilhara entre os alunos uma grande extensão de terreno que eles podiam cultivar a seu sabor. Napoleão, tendo reunido três partes — a sua e duas outras que lhe haviam cedido os vizinhos — cercou esses lotes de uma paliçada e aí plantou pequenas árvores. Tão bem cuidou delas que ao fim de dois anos começaram a dar sombra e formaram um gabinete de verdura ou, como se dizia então, um eremitério. Era lá seu "cantinho". Lá se metia, como dantes na cabana, atrás da casa de Ajácio, para sonhar e calcular, porque já então construía com exatidão matemática sua louca quimera, já o fogo da imaginação se lhe refletia, num prisma maravilhoso, nos cristais congelados da geometria.

"Ai daqueles que, por curiosidade, malignidade, ou brincadeira, ousassem perturbá-lo nesse repouso, narra um dos seus camaradas. Ele atirava-se furioso do seu refúgio para repeli-los, sem se assustar com o número de assaltantes"[35].

Nessa tebaida, ele voltava ao "estado natural", segundo o preceito de Rousseau, fugindo dos homens para reverter à Natureza. Lá ele experimentava o mesmo que experimenta, na novela que escreveu, o viajante arremessado pelo temporal na ilhota deserta de Gorgona: "Eu era rei em minha ilha. Quem poderia impedir-me de aí viver, senão feliz, ao menos sensato e tranqüilo?...[36] Ou então o que sentia Julien Sorel em sua gruta: "Oculto

33. Madame de Rémusat, I, p. 267; Taine, p. 76.
34. Bourrienne, II, p. 142.
35. Chuquet, I. p. 118.
36. Napoleão, *Manuscrits inédits*, 1786-1791. Publicados por F. Masson e G. Biagi, Paris, Olendorff, 1912, p. 382.

como uma ave de rapina em meio às rochas desnudas, ele podia avistar de bem longe todo o homem que se quisesse aproximar dele... Aqui, disse ele com os olhos brilhantes de alegria, os homens não conseguirão fazer-me mal. Sou livre! Ao som dessa grande palavra, sua alma se exaltou"[37].

Essa primeira parcela de terreno conquistada, é o começo do império napoleônico — da dominação universal. Lá, está ele tão só quanto o estaria mais tarde no àpice da grandeza, e em Santa-Helena.

Não era muito bom aluno: só as matemáticas continuavam a apaixoná-lo. "É um sujeito que só dá para a geometria", asseveravam eles [38]. Seus progressos espantavam os professores: as coisas mais àrduas das matemáticas ele as compreendia com tanta facilidade quanto se já as houvesse conhecido, por esse conhecimento-lembrança que Platão chamou de "anamnesis": parecia nada aprender de novo, mas recordar unicamente coisas esquecidas.

Estudava pouco, lia muito, devorando com avidez insaciável a "História Universal" de Políbio, a "Expedição de Alexandre", as "Vidas" de Plutarco. Sonhava com os Leônidas, os Catões e os Brutus que "maravilharam o mundo[39]. "Não se cansava nunca de reler o seu amigo Jean-Jacques.

Os camaradas, detestando-o mais e mais, resolveram enfim dar uma boa lição ao lobinho corso.

O diretor, querendo organizar sua escola militarmente, formara com os alunos um batalhão de diversas companhias e designara para cada uma delas um capitão. Napoleão foi do número destes. Mas um conselho de guerra reuniu-se, decretando que Bonaparte devia ser excluído dentre os capitães porque não tinha para seus camaradas senão repulsa e desdém. Leram-lhe logo a sentença, despojaram-no das insígnias e ele foi devolvido à última categoria do batalhão. Tudo ele aceitou, mas suportou essa afronta com uma dignidade tão altiva que os garotos, a princípio espantados, refletiram e afinal se arrependeram, como se houvessem compreendido com quem estavam lidando. Houve um súbito reviramento de opinião em favor de Bonaparte: o menino batizado pelo calendário turco tornou-se um "espartano" generoso. Todos se apressaram em testemunhar-lhe simpatia, fazendo-lhe esquecer o passado, consolando-o. Ele fez-lhes sentir de pronto que não carecia de consolação, mas, ainda que o ocultasse, isso o tocou e, a partir desse dia, começou a aproximar-se dos camaradas, a mostrar-se mais sociável e a vencer corações, sem todavia deixar-se abordar de muito perto e conservando para qualquer eventualidade o seu "cantinho".

37. Stendal, *Le Rouge et le Noir*, p. 72.
38. Madame de Rémusat, I, p. 267; Chuquet, I, p. 128.
39. Chuquet, I, p. 129.

Durante o rigoroso inverno de 1783, o pátio da Escola branquejou e os rapazes empreenderam alegremente guerrear-se com as bolas de neve. Trabalhando debaixo da direção de Bonaparte, eles ergueram, seguindo os princípios da arte militar, uma esplêndida fortaleza com quatro bastiões. Um exército a atacava, outro a defendia. Napoleão, inesgotável em concepções estratégicas, comandava-os alternativamente, estimulando-os e animando todo mundo. Só então os meninos compreenderam que maravilhoso e divertido camarada era ele e quanto eles poderiam estimá-lo se ele o permitisse. Mas Napoleão nem o permitia, nem se opunha: parecia não se preocupar com eles; e é isso que os homens, mesmo crianças, não perdoam nunca.

Era ele também a alma de todas as rebeliões contra as autoridades, das pequenas revoluções da Escola. Amava pronunciar diante da turba revolucionária discursos inflamados, como um verdadeiro tribuno do povo, e falar, inspirando-se em Jean-Jacques, da liberdade e da igualdade e dos Direitos do Homem. Esses incidentes terminavam em geral pela defecção dos colegiais; tomados de medo, no último instante, abandonavam eles o chefe, que devia responder sozinho por todos; mas o chefe, metido no cubículo ou entrando na palmatória, silencioso, altivo, não tinha uma queixa ou uma lágrima; não denunciou nunca os camaradas e, quando voltava até eles, não lhes dirigia uma única censura, vendo-se-lhe, porém, pelo rosto que ele os desprezava e os tinha na conta de pobres diabos nascidos para tremer. "Sempre isolado no meio dos homens, diria ele bem cedo. Como eles são covardes, vis, rastejantes! A vida me pesa porque os homens com que vivo e viverei provavelmente sempre têm costumes tão diversos dos meus quanto a claridade da lua difere da do sol[40].

Censurado, a certa altura, por um dos professores, respondeu-lhe sensatamente, polidamente, mas com uma tal sobranceria que o mestre o encarou, surpreso, perguntando-lhe: "Quem é o senhor para me responder assim? — Um homem, respondeu Bonaparte[41]".

Jean-Jacques ficaria contente de um tal discípulo. Essa resposta de Bonaparte na idade de treze anos, é já o começo da Revolução. Ele escreverá, pelas alturas de 1789, que o Criador, em caracteres eternos, gravou em nossos corações os Direitos do Homem[42].

Napoleão viveu cinco anos em Brienne como numa prisão, sem sair nunca, sem receber uma visita de sua família. Uma única vez seu pai veio

---

40. Napoleão, *Manuscrits inédits*, p. 5.
41. Chuquet, I, p. 123.
42. Napoleão, *Manuscrits inédits*, p. 569.

vê-lo, acompanhado da filha Mariana, que ele conduzia a Saint-Cyr, e do terceiro filho, Luciano, que ele deixou na Escola na classe preparatória.

Carlos Bonaparte passou apenas uma noite em Brienne e partiu no dia seguinte. Foi o último encontro do filho com o pai. Dois ou três dias mais tarde, Napoleão, provavelmente a pedido do progenitor, escreveu a um dos tios — sem dúvida ao futuro cardeal Fesch, — uma carta bastante curiosa onde o rapaz está pintado ao vivo.

Trata-se de seu irmão José, que resolvera nessa época renunciar à carreira eclesiástica pela militar. Ponto por ponto, Napoleão demonstra que José perpetrou uma tolice prejudicial não só a ele mas a toda a família.

"Primeiro: como observa meu querido pai, ele não tem audácia suficiente para afrontar os perigos da ação. A saúde frágil não lhe permite sustentar as fadigas de uma campanha e meu irmão não encara a vida militar senão do lado das guarnições; sim, meu bom irmão será um excelente oficial de caserna, petulante, leviano e, conseqüentemente, próprio aos cumprimentos frívolos, sabendo, com esses talentos, agir muito bem na sociedade. Mas na hora de combater?... Segundo: recebeu ele uma educação para a carreira eclesiástica e será mal desviá-lo. O sr. bispo de Autun dar-lhe-ia uma polpuda sinecura e ele acabaria também obtendo um bispado. Quantas vantagens para a família! Monsenhor de Autun fez todo o possível para convencê-lo de que persistisse, prometendo-lhe que não se arrependeria. Nada. O homem mudou de idéia. Eu o louvo se é uma questão de gosto decidido pelo manejo das armas e se o grande motor das coisas humanas lhe deu, ao formá-lo, como a mim, uma inclinação irresistível pelas artes militares."

No terceiro parágrafo, ele passa em revista todas as armas — marinha, engenharia, artilharia, infantaria — e prova que nenhuma delas convém a José. "Ele quer entrar sem dúvida na infantaria. Bem! Eu o compreendo. Quer passar o dia todo sem fazer nada e rodando pelas calçadas o dia todo; aliás, que é um minguado oficial de infantaria? Um mau tipo quase sempre, e é o que o meu querido pai, minha mãe e meu caro tio o Arquidiácono não querem, porque ele já mostrou o que vale em pequenas partidas de leviandade e prodigalidade. Por conseguinte, far-se-á um último esforço para retê-lo na vida eclesiástica, sob pena de ser levado para a Córsega e aí ficar bem vigiadinho, havendo ainda a possibilidade de fazê-lo entrar no foro"[43].

Custa-se a crer que essa carta tenha sido escrita por uma pessoa de quatorze anos, tais a sua sequidão, nitidez e frieza. Mas o coração intervém: há em cada palavra um calor secreto, amor da família, da raça, do laço sagrado do sangue que une a Terra-Mãe a seus filhos. "Eu o louvo se o

43. F. Masson, Napoléon dans sa jeunesse, Paris, Ollendorff, ps. 83-86.

grande motor das coisas humanas lhe deu, ao formá-lo, como a mim, uma inclinação irresistível pelas artes militares". E essas palavras são como um relâmpago iluminando bruscamente um céu tempestuoso. Qual é esse grande motor? É o Deus do deísta Robespierre, o pálido cadáver, ou o Sol-Nascente — o Destino de Napoleão? Destino ou Deus, o rapazola crê que é dele que lhe veio a inclinação para a guerra. Todo o seu destino lá está, como o carvalho possante na glande.

"Signor" de Bonaparte (Napoleão), quatro pés, dez polegadas e dez linhas de altura, de boa constituição, saúde excelente, caráter dócil, honesto reconhecido, conduta bastante regular; distinguiu-se sempre pela aplicação às matemáticas. Sabe razoavelmente sua história e sua geografia. É muito fraco nos exercícios de estilo e de latim. Será um excelente marinheiro. Merece passar à Escola Militar de Paris". Tal foi a nota do inspetor geral das escolas militares de Kéralio, em 1784 [44].

Mas Napoleão não estava destinado a tornar-se marinheiro; as vagas na frota eram raras e aí só se entrava com bastante proteção. De resto, "signora" Letícia temia por seu filho o duplo perigo que a marinha apresentava — o perigo do fogo e o da água ao mesmo tempo. O coração contraído, decidiu-se ele a entrar na artilharia. Não foi sem pesar que abandonou o sonho marítimo, como se já pressentisse que toda a vida combateria em terra para conquistar o mar. "Se eu tivesse sido senhor do mar!" Disse ele em Santa-Helena[45].

"Partido para a Escola de Paris, a 30 de outubro de 1774", lê-se nas notas lacônicas do jovem Bonaparte intituladas "Épocas da minha vida"[46].

Conduzido pelos irmãos Mínimos, Napoleão, com outros alunos da Escola de Brienne, viajou em diligência até Paris, onde o jovem corso "tinha bem o ar de um desembarcado de fresco, olhando para todos os lados, e o jeito simplório dos que os vigaristas roubam facilmente[47].

A Escola Real Militar dos cadetes gentis-homens era um magnífico edifício, construído no reinado de Luiz XV, no Campo de Marte, um verdadeiro palácio de colunas coríntias e grades douradas.

"Éramos alimentados, servidos magnificamente, tratados em tudo como oficiais que desfrutassem de grande fartura, superior certamente à da maior parte de nossas famílias e bem acima daquela de que muitos de nós devíamos gozar um dia", relata Napoleão[48].

44. Bourrienne, I, p. 24. Masson, *Napoléon dans sa jeunesse*, p. 88.
45. Lacour-Gayet, p. 240
46. F. Masson, *Napoléon dans sa jeunesse*, p. 89.
47. Arthur-Lévy, *Napoléon intime*, Paris, Nelson, p. 33.
48. Chuquet, I. p. 210.

Sua vida em Paris difere pouco da de Brienne: a mesma disciplina militar e a mesma piedade exterior, os mesmos estudos medíocres e a mesma avidez de devorar os livros, o mesmos ódio pelos franceses e a mesma nostalgia da pátria.

Só havia de novo um sentimento exasperado de desigualdade: os jovens descendentes das velhas famílias, os príncipes de Rohan-Guéménée, os duques de Laval-Montmorency, olhavam do alto de sua grandeza esse filho de burguesotes corsos. Mas ele não se deixava insultar; respondia as zombarias a murraças.

Lá também tentou ele conquistar o seu "cantinho". Uma vez, enquanto o companheiro, doente, estava na enfermaria, Napoleão, dizendo-se igualmente indisposto, obteve a permissão de ficar no quarto, muniu-se de provisões, fechou a porta à chave, cerrou a janela e viveu assim dois ou três dias na mais completa solidão, na obscuridade e no silêncio, sonhando, lendo em pleno dia, à luz de uma lâmpada. Esse quarto escuro de Paris é a mesma coisa que a cabana de Ajácio ou o eremitério de Brienne, é o isolamento metafísico, a "gruta", a "ilha", a muralha sagrada da personalidade.

"Sempre só de um lado, com o mundo do outro", dirá ele mais tarde, falando dos grandes homens — de si mesmo[49].

Um de seus camaradas fez-lhe a caricatura, um mau desenho infantil, mas curioso: Napoleão, um gigante com cara de monstro, veste a longa casaca dos cadetes, coberto por um pequeno tricórnio, com um pequeno rabicho amarrado por uma fita. Um professor da altura de um anão tenta retê-lo pela peruca. Mas o gigante marcha, as duas mãos apoiadas num bastão, com um passo tão firme e pesado que a terra parece tremer debaixo dele. Na parte inferior estas palavras "Bonaparte corre, voa ao socorro de Paoli, para tirá-lo das mãos dos inimigos"[50]!

Temos também o retrato de Napoleão moço[51]. Contrariamente à asserção de Kéralio, sua aparência é doentia: faces cavadas, enormes olhos com uma expressão de mobilidade lunática — um rosto de homem devorado pelo fogo interior. Longos cabelos lisos caem-lhe pelos ombros; um grande nariz aquilino; os lábios finos, severamente apertados, não sorriem nunca, mas se eles sorrissem, seria, parece, com o delicioso sorriso da "signora" Letícia — sorriso da Gioconda ou da Sibila etrusca. Mas o que impressiona sobretudo nesse rosto é a voluntariedade que dele ressalta: "Faço sempre o que digo, ou morro"[52].

49. Madame de Rémusat, *Mémoires*, III, p. 335; Taine, p. 103.
50. Chuquet, I, p. 262.
51. Lacour-Gayet, p. 6.
52. Miot de Mélito, *Mémoires*, Paris, Calman-Lévy, t. II, p. 274.

A 24 de fevereiro de 1785, Carlos Bonaparte morria em Montpellier de uma úlcera no estômago.

"Console-se minha querida mãe, porque as circunstâncias o exigem, escreve Napoleão a Letícia. Nós redobraremos de cuidados e de gratidão, e felizes seremos se pudermos por nossa obediência compensá-la um pouco da inestimável perda de um esposo querido".

Quase a mesma frieza da carta a propósito do irmão José — um envoltório de gelo recobrindo uma fonte fervente, o amor dos seus. "Só vivo para a minha gente", dirá ele num dos momentos mais amargos da vida[53]. Quando são palavras vãs. À primeira notícia da morte do pai ele se sente chefe da família. Corajosamente carrega as espáduas infantis com esse pesado fardo. Lembra-se da santa lição da Terra-Mater: carregar fardos. "Carregarei o mundo nos ombros", dirá ele um dia[54]. Era apenas um rapaz de quinze anos quando começou a carregar o fardo do mundo.

A 23 de outubro de 1875, Napoleão saía da Escola Militar, como segundo-tenente no regimento de La Fère.

53. Masson, *Napoléon et sa famile*, Paris, Olendorff, t. I, p. 114.
54. *Mémorial*, III, p. 514; Lacour-Gayet, p. 336.

III

TENENTE DA ARTILHARIA

(1785-1792)

A guarnição do regimento era em Valença, pequena cidade perdida no Delfinado, perto da Savóia.

Então começaram para Napoleão jornadas mais duras que as anteriormente vencidas. Tinha de aprender tudo: os cadetes-gentis-homens saíam da Escola Militar sem nenhum conhecimento prático: não sabiam carregar um canhão, nem mesmo um fuzil.

Dentro do regimento militar, a Escola de Artilharia começava pela instrução dos graus mais baixos — simples artilheiro, sargento, e assim se ficava enquanto o comandante do regimento o julgasse necessário, de acordo com a inteligência e o zelo do aluno.

Três meses bastaram a Bonaparte para saber tudo. Passava seus dias a estudar, no polígono de Valença, a construção das baterias, a manobra, o artifício e o tiro dos morteiros, dos obuseiros, do canhão de batalha. Seguia na escola de teoria os cursos de matemáticas superiores, de trigonometria, de cálculo integral e diferencial, de física aplicada, de química, de fortificação, de tática. Almoçava às pressas num medíocre hotel dos Três Pombos, ou comia simplesmente numa pastelaria dois pequenos pastéis quentes, bebia um copo de água, atirava sem dizer palavra seis soldos no balcão e voltava para o estudo. Trabalhava dezesseis horas por dia.

Alojara-se na casa da senhorinha Bou, uma solteirona, proprietária de um café; ocupava aí um cubículo do primeiro andar, ao lado de uma sala de bilhares, de onde vinha o rumor do choque interrupto das bolas e os gritos dos jogadores.

"Sabem como eu vivia? — indagará ele mais tarde — era não pondo nunca os pés nem nos botequins, nem nos salões, comendo pão seco, escovando eu próprio as minhas roupas, afim de que durassem mais tempo, para não envergonhar-me entre os camaradas; vivia como um urso, sempre só, na minha cela, com meus livros, meus únicos amigos de então. E esses livros? Com quantas duras economias, feitas sobre o necessário, comprava eu esse prazer! Quando, à força de abstinência, juntara dois escudos sobre

Fig. 9. A Imperatriz Maria Luiza e o Rei de Roma (*Quadro de F. Gérard*)

seis libras, encaminhava-me com uma alegria de criança para a loja de um livreiro estabelecido perto do bispado. Freqüentes vezes ia ver-lhe as vitrinas, movido pelo pecado da cobiça: ambicionava longo tempo antes que a minha bolsa me permitisse comprar. Tais foram as alegrias e as orgias da minha mocidade"[55].

"Não tenho outra distração aqui senão trabalhar, escrevia ele à mãe. Só me visto de oito em oito dias e durmo muito pouco. Deito-me às dez horas e levanto-me às quatro da manhã. Como apenas uma vez por dia. Isso faz muito bem à saúde"[56].

"Sei o que é a miséria, dirá um dia o Imperador com orgulho. Quando tinha a honra de ser tenente almoçava pão seco, mas aferrolhava minha porta sobre minha pobreza"[57].

Pobre, tímido e selvagem, ele era continuamente humilhado e ferido, por isso que pouco amado pelos chefes e pelos camaradas; afirmava-se que possuía um caráter "insusceptível de inspirar qualquer sociabilidade[58]".

Vivia como um monge ou um "espartano" e desprezava o amor das mulheres. "Eu o creio perigoso para a sociedade, para a felicidade individual dos homens, e seria benefício de uma divindade protetora livrar-nos dele e, assim, libertar o mundo."

Mas seus dezessete anos acabaram tirando a desforra. Na casa de Madame Colombier, a leoa de Valença, viu ele sua filha Carolina, que tinha então dezesseis anos, e ei-lo ingenuamente apaixonado. "Ninguém podia ser mais inocente que nós; eram pequenos encontros sem conseqüências; lembra-me ainda de um, em pleno verão, ao nascer do dia; creiam ou não creiam, toda a nossa ventura se reduziu a comer cerejas juntos"[59].

Esse amor infantil passou como a sombra de uma nuvem de estio, e a solidão retornou. Não mais tem ele necessidade de recolher-se ao seu "cantinho"; onde quer que esteja, está só no mundo, como numa ilha deserta. "Sempre só no meio dos homens, escreve ele à noite em seu diário. Reentro para sonhar comigo mesmo e abandonar-me a toda vivacidade da minha melancolia. Para que lado se voltou ela hoje? Para o lado da morte. À aurora de meus dias pude ainda esperar viver muitos anos. Pelas ternas sensações que me faz experimentar a lembrança dos prazeres de minha infância, não posso concluir que minha felicidade era completa? Que furor me conduz então a querer destruir-me? Mas que fazer neste mundo? Como os

55. Lacour-Gayet, p. 17
56. Arthur-Lévy, p. 43.
57. Id., p. 45.
58. Duquesa da Abrantes, *Mémoires — Les coulisses du Consulat*, Paris, A. Michel, p. 15.
59. *Mémorial*, I, p. 102.

Fig. 10. O Casamento de Napoleão com Maria Luiza (*Quadro de Rouget*)

homens estão afastados da natureza! Quantos são covardes, vis, rastejantes! Que espetáculo verei no meu país? Meu compatriotas carregados de cadeias e que beijam, tremendo, a mão que os oprime... Quando a pátria não existe mais, um bom patriota deve morrer"[60].

Não era senão uma fraqueza passageira, efeito da "sensibilidade". O primeiro sopro, talvez, da primavera romanesca. Ele lerá cinco vezes os "Sofrimentos do jovem Werther" e esse livro lhe deixará na alma vestígios inapagáveis. Mas, em esperando, o antigo "espartano" vence o jovem Werther; a primeira voluptuosidade da primavera dissipa-se nos ventos frescos da tempestade — da Revolução. O discípulo de Paoli e de Plutarco lembra-se do que se deve fazer quando a pátria está morta.

"Os povos andam sempre mal em se revoltar contra seus soberanos. As leis divinas o proíbem... Mas não é absurda essa proibição? Não há leis anteriores que o povo não possa ab-rogar... Pela natureza mesma do contrato social, os corsos puderam sacudir o jugo dos genoveses, e podem fazer outro tanto ao dos franceses. Amén"[61]. O "Contrato Social": eis para ele o "abre-te Sésamo", o sortilégio que rompe as portas do inferno. No polígono, à luz do sol, os superiores ensinavam-lhe a guerra, e, no seu pequeno quarto, à luz de uma vela, Jean-Jacques lhe ensinava a Revolução; os dois ensinamentos aproveitaram-lhe.

No outono de 1786, obteve ele uma primeira licença para ir aos sítios natais, licença que se prolongou por dois anos, contrariamente a todas as regras, graças à particular benevolência de seus superiores. Continuando a considerar-se, depois da morte do pai, como o chefe da família, empregou ele todas as forças a pôr em ordem os negócios meio embrulhados da "signora" Letícia.

Da Córsega, não retornou a Valença, mas a Auxonne, cidadezinha solitária do sul da França, para onde fora mandado o regimento de La Fère.

Bonaparte compreendeu que grande dia chegara para ele quando, a 16 de agosto de 1789, explodiu em Auxonne uma sedição militar? Os soldados saíram das casernas cantando estribilhos revolucionários, cercaram a casa do coronel e exigiram a caixa do regimento. Bêbedos de cair, queriam abraçar os oficiais, forçá-los a beber com eles em honra à liberdade e a dançar com eles em farândola.

Bonaparte olhava o motim com esse nojo que lhe inspiravam sempre as populaças revolucionárias.

60. Napoleão, *Manuscrits inédits*, ps. 5-6.
61. Id. p. 1-2.

"Se tivesse recebido ordem para voltar meus canhões contra o povo, o hábito, o preconceito, a educação, o nome do Rei, me teriam determinado a obedecer sem hesitar"[62].

Mas este é apenas um dos sentimentos que lhe inspirava a Revolução, e aqui vai o outro: "A Revolução me convinha e a igualdade que devia elevar-me me seduzia"[63].

Cedo compreendeu ele também o que a Revolução poderia fazer por sua pátria.

"Num instante tudo mudou, escreve ele da Córsega. Do seio da nação que nossos tiranos governavam saiu a faísca elétrica; o país libertou-se e quer que sejamos livres como ele"[64].

"Viva a França! Viva o Rei!" Gritava a turba nas ruas de Ajácio, ao som dos sinos, ao crepitar dos tiros festivos, quando se recebeu o decreto da Assembléia Nacional admitindo a Córsega na união fraterna do povo francês, com província independente, tendo os mesmo direitos que as outras províncias francesas.

"Nação generosa, berço da liberdade, a França!" Gritou, chorando de alegria, o velho "babbo" Paoli. Ele, que detestara os franceses como senhores, abençoava-os como libertadores e como irmãos, e protestava que os corsos não mais teriam a intenção de separar-se do mais afortunado dos governos "da questo ora fortunatissimo governo"[65].

"Ditosa Revolução!" Exclamavam com igual enternecimento os letrados e os ignorantes[66]. O rosto infantil do monstro recém-nascido parecia-lhes angélico. Só Napoleão não se deixava engodar. "Não creio em nada disso", escrevia ele à margem da digressão de Jean-Jacques sobre a desigualdade das condições sociais[67]. Mas, enquanto seu coração sussurra uma coisa, seus lábios murmuram outra: "Homem, Homem, quanto és desprezível na escravidão e grande quando o calor da liberdade te inflama! Regenerado, és verdadeiramente Rei da Natureza!" regista ele em delírio, embebedado, ou fingindo que o está pelo vinho da Revolução[68].

Entretanto, o "Rei da Natureza" continua vivendo num miserável cubículo das casernas de Auxonne, como se não tivesse havido Revolução. Só existia aí uma janela e escasso mobiliário: uma cama estreita, sem cortinas, uma mesa coberta de livros e de papéis, uma mala cheia também de livros, uma velha poltrona desengonçada e seis cadeiras de palha. Ao lado, em re-

---

62. Lacroix, *Histoire de Napoléon*, Paris, Garnier, 1902, p. 75; *Mémorial*, III, p. 136; Chuquet, I, p. 358.
63. Chuquet, II, p. 22.
64. Napoleão, *Manuscrits inédits*, p. 394.
65. Chuquet, II, ps. 92-96.
66. Id., p. 97.
67. Napoleão, *Manuscrits inédits*, p. 531.
68. Id., p. 394.

cinto ainda mais pobre, deitava-se num colchão por terra seu irmão Luiz, de doze anos de idade, que ele educava a sua custa, para não sobrecarregar muito a mamã Letícia. O irmão mais velho mostrava pelo mais novo uma ternura paternal e gastava com ele seus últimos soldos; viviam ambos com três francos e cinco cêntimos por dia; Napoleão punha-lhe mesmo a panela no fogo e às vezes tinham os dois que se contentar com pão e leite. Ele ensinava ao irmão história, geografia, francês e catecismo. Leva-o todos os dias a rezar na igreja e o vai preparando para a primeira comunhão, ainda que ele próprio não acreditasse mais em Deus.

Orgulha-se dos triunfos de Luiz. "Será o melhor de nós quatro. É verdade que nenhum de nós recebeu educação tão bonita... É um bom tipo, trabalhador, por vocação tanto quanto por amor próprio e, depois, saturado de nobres sentimentos", escrevia ele ao irmão José[69].

Deitado semanas inteiras, sofrendo da febre intermitente dos pântanos de Auxonne, lê e sonha como dantes, até sentir-se extenuado. Atormenta-lhe o coração, voluptuosa e dolorosamente, a mesma quimera gigantesca que o devorava na infância. E é em si que ele pensa quando menciona em suas notas históricas: "Sesostris (1490 anos antes de J. C.) submeteu a Àsia inteira e chegou às Índias por terra e por mar"[70].

Ou então quando nota do lado dos logaritmos para o cálculo da trajetória de uma bala de canhão: "As pedrarias que brilhavam na pessoa do rei durante uma guerra montavam a trinta e seis milhões"[71]. À frouxa luz de uma vela, essas pedrarias irradiavam um fulgor feérico no qual Scherazade se unia aos logaritmos.

Tratar-se-ia também dele quando escreveu a propósito de Cromwell: "Corajoso, hábil, manhoso, dissimulado, suas primeiras convicções juvenis, de uma exaltação republicana, cederam ao fogo devorante da ambição e, depois de haver saboreado as doçuras do comando, aspirou ao prazer de reinar sozinho"[72].

Mas é certamente em seus pendores que ele pensa quando diz do grande homem: "Lamento esse infeliz; ele será a admiração e a inveja de seus semelhantes e o mais miserável de todos... Os homens de gênio são meteoros destinados a arder para iluminar seu século"[73].

E será talvez "uma espécie de previsão magnética, segundo a expressão de Bourrienne[74], que lhe deterá a mão quando, a enumerar as possessões inglesas na África, ele escreve estas quatro palavras:

69. F. Masson, *Napoléon et sa famille*, I, p. 46.
70. Napoleão, *Manuscrits inédits*, p. 127.
71. Id., p. 141.
72. Napoleão, *Manuscrits inédits*, p. 213.
73. Id., p. 141.
72. Napoleão, *Manuscrits inédits*, p. 213.
73. Id., p. 567.
74. Bourrienne, IV, p. 389.

Santa-Helena, pequena ilha...

seguidas de uma página vazia, muda — o Destino[75].

Nessa época, 1791-1793, a situação na Córsega era a mesma que em toda a França: a velha ordem se esboroava, a nova não existia ainda, a anarquia reinava. "A feliz Revolução" terminara: a face angélica da recém-nascida transmuda-se na face diabólica do Terror. Fogo e sangue no universo.

Napoleão volta, de licença, à Córsega, e atira-se como um louco nos clubes revolucionários, nos comitês, nas conspiratas. Não é mais nos livros, e sim nos fatos, que ele aprende a guerra e a Revolução.

Eleito tenente-coronel no batalhão dos guardas-nacionais de Ajácio, durante a semana de Páscoa de 1792, faz de uma fagulha um incêndio, transforma em guerra civil uma disputa de ruas nascida entre soldados e habitantes por uma questão de nonada. Fechando-se nas casernas, os voluntários, comandados, segundo dizem, por dois coronéis, Quenza e Bonaparte, atiram pelas janelas sobre os passantes, matam crianças e mulheres, fazem sortidas, depredam as casas, apoderam-se de todo um quarteirão, excitam à revolta os campônios e os pastores das vizinhanças, que sitiam a cidade e cessam de aprovisioná-la em víveres. O objetivo de Bonaparte era assenhorear-se da fortaleza de Ajácio. Não pôde ele atingi-lo, mas durante três dias submeteu a cidade a todos os horrores de uma invasão: fome, pilhagem, morte, terror. Os concidadãos lembraram-se disso longo tempo e nunca lhe perdoaram as Páscoas sangrentas de 1792. Pozzo declarava que Napoleão era a causa de tudo, "Napoleone Buonaparte è causa di tutto", que as provas abundavam contra ele e havia razões para condená-lo trinta vezes, que urgia vingar a humanidade e a lei ultrajadas, que não deviam deixar os tigres sanguinários regalar-se em sua barbárie"[76]. "Estão vendo este homenzinho? Há nele dois Marios e uma Sila", isto é, dois bandidos e um usurpador, assegurava Paoli[77]. Quando a calma se restabeleceu com a chegada de dois representantes do Diretório do departamento, Bonaparte entregou-lhes uma memória justificativa em que demonstrava ter sido obrigado a defender a liberdade dos ataques da contra-Revolução.

"Na crise terrível em que nos achávamos, eram necessárias energia e audácia. Indispensável um homem que, se lhe exigissem, após a missão cumprida, o juramento de não haver transgredido nenhuma lei, estivesse no caso de responder como Cícero ou Mirabeau: — Juro que salvei a

---

75. Napoleão, *Manuscrits inédits*, p. 367.
76. Chuquet, II, ps. 293-294.
77. Chuquet, III, p. 91; Pasquier, *Mémoires*, II, p. 73.

República!" Esse homem era evidentemente o próprio Bonaparte. Mas "as almas são muito mesquinhas para altear-se ao nível das grandes causas"[78], concluía ele, para justificar-se.

Quais seriam essas "grandes causas"? Talvez ele mesmo não o soubesse direito, mas esperaria confusamente, em se apoderando da cidadela de Ajácio, conquistar toda a Córsega, restabelecer aí a ordem e daí começar a obra essencial de sua vida — domar o caos revolucionário. Já as mãos de Hércules no berço tinham comprimido a serpente escorregadia, mas não puderam asfixiar o réptil, que escapou aos braços infantis.

"Parece-me, escrevia-lhe o irmão José, já ser tempo de voltares à França"[79]. Napoleão segue-lhe o conselho: no começo de maio, ei-lo em Paris.

Um relatório contra Bonaparte por motivo das Páscoas de Ajacio fora enviado ao ministério da Guerra. Ameaçavam-no de passar diante de uma corte marcial. Mas o negócio, reenviado ao ministério da Justiça, acabou sendo posto de parte. Riscado das listas do regimento por haver excedido sua licença, foi-lhe necessário dar alguns passos para ver-se reintegrado. Graças à proteção de compatriotas, os deputados corsos, acabou vencendo; não só se viu reintegrado em seu corpo, mas foi mesmo até nomeado capitão de artilharia com percepção completa do soldo durante os meses de ausência.

Entretanto, todas essas vitórias não o consolavam da tentativa de Ajácio. Ele acompanhava a Revolução com ares desencantados. "Os que estão à frente do movimento são uns pobres-diabos, escreveu ele ao irmão José. Tu conheces a história de Ajacio; a de Paris é exatamente a mesma; talvez os homens sejam ainda menores, mais perversos, mais caluniadores e mais pedantes. Cada qual procura seu interesse e quer vencer à força de horrores... Tudo isto destrói a ambição... Viver tranqüilo, desfrutar as afeições de famílias e de si mesmo, eis, meu caro, quando se possuam quatro ou cinco mil francos de renda, o partido que se deve tomar".

A 20 de junho de 1792, do terraço à beira d´água, ele ouve o rumor sinistro dos gritos de alarme e vê marcharem ao assalto das Tulherias sete ou oito mil homens armados de chuços, machados, sabres, fuzis, espetos e lanças; é, a avaliar-lhes pelos palavrões e pela carantonha, tudo o que a plebe tem "de mais vil e de mais abjeto". Quando a turba fez irrupção no palácio, ele percebeu, pelo vão de uma janela, o rei Luiz XVI, cercado da população e encimado por um boné vermelho.

"Che coglione!", murmurou ele, empalidecendo. "Como diabo deixaram entrar essa canalha? Deviam varrer quatrocentos ou quinhentos com o canhão e o resto ainda estaria correndo"[80].

---

78. Id., II, ps. 290-291.
79. Id., II, p. 294.
80. Chuquet, IIII, p. 10; Arthur-Lévy, p. 51; Bourrienne, I, ps. 32-33.

A 10 de agosto, dirigindo-se ao Carrossel, encontrou um grupo de sujeitos horrendos passeando uma cabeça na ponta de um chuço. Achando, pelas roupas, que ele tinha o ar de um "Monsieur", vieram a ele para forçá-lo a gritar: "Viva a Nação!" — "O castelo se via atacado pela mais vil canalha". Quando o palácio foi tomado e o rei conduzido diante da Assembléia, Bonaparte entrou no jardim obstruído pelos cadáveres dos suíços da Guarda-Real.

"Nunca depois nenhum dos meus campos de batalha me deu idéia de tantos cadáveres, seja que a pequenez do local lhes fizesse ressaltado o número, seja que fosse esse o resultado da primeira impressão que experimentei nesse gênero. Vi mulheres bem vestidas descerem às últimas indecências sobre os cadáveres dos suíços". Faz a volta dos cafés nas vizinhanças da Assembléia. "A fúria estava em todos os corações, aparecia em todas as faces". Sua aparência muito calma excitava a desconfiança: olhavam-no de través[81].

"Os acontecimentos precipitam-se, escreve Napoleão a um dos tios, na Córsega, e seus sobrinhos saberão tomar lugar"[82]. Eis o que ele queria dizer quando declarava: "A Revolução me convinha e a igualdade que devia elevar-me me seduzia". "Homem, foste escravo e pudeste resolver-te a viver?... Levanta-te, porque é agora ou nunca. O galo cantou, o sinal foi dado; forja com tuas cadeias o ferro vingador", gritou ele, partilhando, ele tão sóbrio, o delírio das pessoas bêbedas[83]. "Não creio em nada disso", poderia acrescentar, como fizera à margem da digressão de Jean-Jacques...

Não crê na Revolução, detesta-a e, entanto, novo Rômulo, busca avidamente as tetas da loba: lobinho enraivado, há de mordê-las até o sangue, mas se encherá de seu leite até a saciedade.

Não considera como perdidos seus arremessos da Córsega. Reaparece por lá no outono de 1792. Dois partidos principais lutam na ilha; um é pela separação, outro pela união com a França. Ao primeiro pertence Paoli, que mascara ainda seus sentimentos; ao segundo, Bonaparte e seus irmãos, Luciano e José. Depois da execução de Luiz XVI, Bonaparte diz ao comissário da Convenção na Córsega: "Refleti bastante sobre nossa situação. Querem fazer aqui maluquices. A Convenção praticou sem dúvida um grande crime e eu o deploro mais que ninguém; mas a Córsega, aconteça o que acontecer, deve sempre estar unida à França"[84]. Quer dizer: "unida à Revolução".

Foi assim que Bonaparte e Paoli se reencontraram num atalho estreito: era forçoso que um dos dois tombasse.

81. Chuquet, III, p. 19; F. Masson, *Napoléon dans sa jeunesse*, ps. 313-314; *Mémorial*, III, p. 138.
82. Chuquet, III, p. 20.
83. Napoleão, *Manuscrits inédits*, p. 569.
84. Lacour-Gayet, p. 18.

O jovem Luciano Bonaparte, nos seus dezoito anos, brincando com o fogo, fez saltar o paiol da pólvora. Sem que os irmãos o soubessem, enviou à Convenção, por intermédio do clube republicano de Touloun, uma denúncia contra Paoli, acusando-o de manobras contra-revolucionárias e de relações secretas com a Inglaterra, a fim de separar a Córsega da França para tornar-se o ditador da ilha. "À guilhotina!" — uivou Marat e a Convenção decretou a prisão de Paoli.

O delator exultou: "Dei o golpe fatal em nossos inimigos. Vocês não esperavam isso", escreveu ele aos irmãos [85]. A carta foi interceptada e mostrada a Paoli. "Quel bricconcello!" ("Que pequeno biltre!"), exclamou ele com desprezo[86]. Para ele tudo isso era obra de Napoleão. Entanto, este último fora ele próprio colhido de improviso; não previra um desfecho tão brusco e não tinha tempo para preparar-se. Redigiu para o clube dos patriotas de Ajácio uma mensagem destinada à Convenção e em que se justificava Paoli da calunia infamante. Talvez quisesse adoçá-lo. Mas o velho conspirador tinha por Napoleão tanto desprezo quanto por Luciano, o "bricconcello": "Pouco me importa a sua amizade!" rugiu ele [87]. Já o leãozinho mostrara as garras e Paoli acreditava ainda brincar com um cachorrinho fraldiqueiro.

Napoleão, de seu lado, não mais poupava o antigo ídolo; enviou a Paris uma denúncia, repetindo as "calúnias" de Luciano, e ampliando-as: "Que fatal ambição desvaira um velho de sessenta e oito anos? É que Paoli tem na fisionomia a bondade e a doçura, e o ódio, a vingança no coração. Tem a unção do sentimento nos olhos e o fel na alma"[88].

Não era fácil agarrar Paoli na Córsega; a ilha inteira se levantaria como um só homem por seu velho "babbo".

Tinham caído as máscaras: Paoli proclama-se "generalíssimo", ditador da Córsega, e convoca em sua corte a grande assembléia nacional. Lá, os irmãos Bonaparte foram declarados "traidores", "inimigos da pátria", e votados "a uma perpétua execração e infâmia"[89].

Napoleão compreendeu que não tinha mais nada a fazer na Córsega; fugiu de Ajácio para ir a Bastia reunir-se aos comissários da Convenção, depois de ter prevenido sua mãe: "Prepare-se para partir; esse país não é para nós"[90].

85. F. Masson, *Napoléon et sa famile*, I, p. 66.
86. Chuquet, III, p. 115.
87. Chuquet, III, p. 126.
88. Id., III, p. 144.
89. Id., III, ps. 140, 143.
90. Chuquet, III, p. 145.

"Signora" Letícia, com seus filhos, procurou saída pelas montanhas como o fizera vinte e quatro anos antes, quando levava Napoleão no ventre. Fugitivos, deixaram a cidade à noite e, ao romper da manhã, chegaram às primeiras alturas de onde ainda a avistavam. Alguém, voltando-se, percebeu turbilhões de fumaça e indicou-os à "signora" Letícia: "Sua casa que arde!" — "Não faz mal! Nós a reconstruiremos mais bela", teria respondido a "mãe dos Gracos"[91].

Com efeito, eles a reconstruíram mais bela.

A 11 de junho de 1793, Napoleão e sua família embarcaram num navio mercante e dois dias depois chegaram a Toulon.

Desde esse dia, não teve mais pátria: a Córsega deixou de sê-lo e a França não o será jamais. Como que nasceu da pátria para o mundo. Mamã Letícia e os filhos se localizaram de início na Villete, perto de Toulon, depois em Marselha, onde viveram numa miséria negra; as irmãs de Napoleão, que deviam tornar-se um dia duquesa de Toscana e rainha de Nápoles, iam, segundo se diz, lavar roupa no tanque.

Napoleão voltou ao seu regimento em Nice, onde lhe confiaram em começo o serviço das baterias da costa. Depois o enviaram a Avinhão para aí organizar comboios de pólvora, mas em caminho caiu em cheio na batalha travada entre os soldados da Convenção e os marselheses insurretos que ocupavam a antiga cidade papalina. Tendo ajudado o general Carteaux a retomar Avinhão, quis ir reintegrar-se em seu regimento; passando por Marselha aguardava-o o Destino — a Estrela d'Alva.

Rumo de Marselha, escreveu ele uma brochura política, publicada primeiro à custa do autor, depois à custa da nação. "A ceia de Beaucaire", diálogo entre diversas personagens reunidas acidentalmente num albergue — quatro civis e um militar, que não é outro senão Bonaparte. Este último demonstra que os marselheses, em se insurgindo contra a Convenção e entregando-se à Inglaterra, tinham traído a Revolução; exorta-os a reentar no seio materno; assegura que os montanheses não são "homens sequiosos de sangue", mas, "puros e constantes amigos do povo, eles vos tratarão como crianças transviadas"[92].

"Não creio em nada disso", podia ele acrescentar ainda. Mas é preciso uivar com os lobos, ou, como ele dizia então: "Mais vale ser comedor que comido"[93].

A Loba solta os seus uivos, mas nutre o Lobinho, ao qual vão saindo os dentes que talvez lhe sejam úteis para devorar aquela que o nutre.

91. Lacour-Gayet, p. 272; Lacroix, p. 105.
92. Chuquet, III, p. 172.
93. Id., p. 166.

A 26 de setembro de 1792, um amigo de Bonaparte, Saliceti, deputado da Córsega à Convenção, que se encontrava com o exército em frente a Toulon, escreveu ao comitê de Salvação Pública:

"O capitão Dommartin, ferido, nos deixou sem chefe de artilharia; o acaso nos serviu maravilhosamente bem; detivemos o cidadão Bonaparte, instruído, que se dirigia ao exército da Itália, e ordenamos-lhe que substituísse Dommartin"[94].

Foi assim que Bonaparte se encontrou junto às muralhas de Toulon sitiada.

"Lá a história o toma, para não mais deixá-lo", diz Las Cases no "Memorial". "Lá começa sua imortalidade[95]".

94. Chuquet, III, p. 172.
95. *Mémorial*, III, p. 111.

IV

TOULON

(1793-1794)

"A guerra é uma arte singular. Asseguro-vos que travei sessenta batalhas: pois bem, nada aprendi que não soubesse desde a primeira"[96], dizia Napoleão em Santa-Helena.

Essa ciência miraculosa, inata, antecipando-se a toda experiência, esse "conhecimento-lembrança", a "anamnesis" de Platão — ele o manifestou desde a primeira operação militar, no cerco de Toulon. "Quem lhe ensinou isso? Como sabe ele isto?" murmuravam os velhos militares no campo de Toulon, tão surpresos quanto o seu professor de matemáticas da Escola de Brienne. Parecia-lhes que ele não aprendia nada de novo, mas recordava-se unicamente do que já soubesse.

Quando esse franzino e delgado capitão de artilharia de vinte e três anos que, com os seus longos cabelos, se assemelhava a uma rapariga de dezesseis, mas tinha a atitude grave e o olhar calmo e autoritário, surgiu no campo, todos sentiram de súbito, que o comando lhe pertencia.

Para apreciar como convém o que fez Bonaparte no cerco de Toulon, é preciso compreender as dificuldades que teve a sobrepujar.

O campo entrincheirado, com seus fortes imponentes e seus dois magníficos ancoradouros, passava por uma das posições mais temerosas do mundo. A presença de uma possante frota anglo-espanhola e da artilharia inglesa aumentava-lhe ainda a força.

Toulon, como Marselha, impelida do desespero pelo Terror, se levantara contra a Convenção e se abandonara aos ingleses; ter-se-ia entregue ao diabo em pessoa, para escapar à bocarra feroz de Marat. A cidade defendia-se heroicamente. As tropas da Convenção compunham-se de um quarto de amontoados de homens turbulentos e sempre bêbados que contaminavam os três quartos restantes. O exército não tinha nem moral, nem disciplina. "Tudo então era desordem, anarquia", dirá mais tarde Napoleão. Duzentos

---

96. Gourgaud, *Jornal inédit*, Paris, Flammarion, II, p. 434.

"representantes do povo", vindo dos clubes jacobinos das vizinhanças, duzentos palradores ignorantes, procuravam impor seus planos militares e, vendo por tudo a contra-revolução, acabavam de corromper as tropas.

Mas o pior era talvez seu chefe, o general Carteaux, um homem inconcebivelmente ignorante da arte militar e dotado dessa estupidez típica que se apodera das criaturas durante as revoluções, quando a imbecilidade de cada um se sublima na imbecilidade geral. O general "sans-culotte", "homem arrogante, dourado dos pés à cabeça", inflado de vaidade revolucionária, se exibia entre a turba dos deputados, como um galo no galinheiro.

— "Em que posso ser-lhe útil, cidadão? Perguntou ele a Bonaparte, com gravidade.

"Este lhe apresentou a patente de nomeação.

"— É inútil, disse Carteaux afagando o bigode; não temos necessidade de mais nada para retomar Toulon. Entretanto, seja bem-vindo. Partilhará da glória de ver a cidade arder amanhã, sem que o amigo se esforce muito para isso."[97]

Com essa clarividência que era a riqueza do seu gênio militar, Napoleão compreendeu imediatamente que a única chave de Toulon era o forte de l'Èguillette, erguido no promontório do Cairo, na junção da pequena e das grandes enseadas.

"Tomai l'Éguillete e antes de oito dias entrareis em Toulon, repetiu ele durante três meses a quem quisesse ouvi-lo. Mas não era fácil fazer compreender isso ao general Carteaux.

— Toulon está aqui! Exclamou um dia Bonaparte, designando l'Éguillette no mapa.

— Eis aí um camarada que não é muito forte em geografia, sussurrou o general para o vizinho, tocando-o com o cotovelo[98].

E quando, enfim, a instâncias dos deputados da Convenção, o ataque contra l'Éguillette foi decidido, Carteaux, suspeitando uma traição, não cessava de repetir inquietamente que Toulon não estava em absoluto para aquelas bandas. Felizmente a mulher era mais inteligente que o marido:

— Mas deixe o moço agir à vontade; ele sabe mais que você e não vem perguntar-lhe nada; não está certo disso? A glória pertence a você e, se ele fizer bobagens, a responsabilidade será dele[99].

Bonaparte encantara os dois deputados da Convenção, representantes do povo junto ao exército de Toulon, Gasparin e seu compatriota, o corso Saliceti, — como sabia encantar todos aqueles que quisesse seduzir. Com o

97. *Mémorial*, I, p. 114.
98. Chuquet, III, p. 193.
99. *Memorial*, I, p. 115.

apoio de ambos, afastou pouco a pouco o renitente Carteaux e tomou a direção do exército. No cerco de Toulon o verdadeiro comandante em chefe foi Bonaparte.

Quando o comitê de Salvação Pública se decidiu a reunir todas as forças do Sul contra Toulon e substituiu Carteaux por Dugommier, velho general experimentado, Bonaparte respirou mais livremente. Dugommier, seduzido por ele, como os dois deputados, aceitou-lhe o plano, malgrado o aviso do comitê.

O pequeno comandante de artilharia executava no exército prodígios tais que chegavam a parecer incríveis: organizava o caos, convertia as forças tumultuosas da Revolução nas forças harmoniosas da guerra, transformava os "sans-culottes" arrogantes, verdadeiras cabeças-de-vento, em honestos e bravos soldados; submetia-os com um olhar brando, uma palavra inteligente, uma brincadeira, uma carícia, ou pela severidade.

O seguro instinto dos soldados fazia-os adivinhar nele o Chefe e o Homem, como eles deveriam chamá-lo mais tarde com uma simplicidade maravilhosa. Quando uma sortida inesperada do inimigo os surpreendia, todos os pequenos chefes clamavam numa só voz: "Corra ao comandante de artilharia; ele sabe o que é preciso fazer[100]." Ele sabia tudo, conhecia-os todos; do primeiro golpe de vista julgava cada homem e o punha em seu lugar; distinguia os melhores e aproximava-os de si: foi assim que vieram a ele o capitão Muiron, o futuro herói de Arcole, e o sargento Junto, futuro duque de Abrantes, e Marmont, Duroc, futuros marechais. O Estado-Maior do Grande Exército havia nascido.

Ele os abrasava a todos com o seu fogo, comunicava-lhes sua bravura e sua atividade devorante; era tudo para todo o mundo; infante, cavalariano, sapador, artilheiro. Não se poupava: depois de ter comandado como general, marchava para o combate como soldado; partilhava de todas as privações da tropa, comia pão negro, dormia na palha, junto dos canhões, realizando, não em palavras, mas em ação, a fraternidade e a igualdade revolucionárias.

Nunca mostrou mais intrepidez do que durante o cerco de Toulon. Teve três cavalos mortos debaixo de si. Impassível ao meio dos obuses, sem tremer, sem mudar de cara, gritava unicamente: "Cuidado, olha uma bomba que vem aí!" Como se ainda brincasse com as bolas de neve do pátio da Escola de Brienne. Um dia, o vento de um petardo o derrubou e o magoou, mas ele nem por isso deixou a linha de fogo.

De outra feita, na bateria dos "sans-culottes", um artilheiro foi morto ao seu lado. Ele substituiu-o junto do canhão, e, tomando o soquete da peça, pôs-se a carregá-la. O artilheiro estava atacado de uma sarna maligna e

---

100. *Mémorial*, I, ps. 117, 118.

Bonaparte a apanhou. Absorvido por outros cuidados, negligenciou de tratar-se convenientemente, o mal recolheu e quase lhe custou a vida. Sua magreza excessiva, sua debilidade, esse aspecto de homem mortalmente atingido que ele conservou durante vários anos, até o Consulado, vinham dessa doença [101]. Mas a força do espírito triunfava da fraqueza do corpo: "Fiz sempre de meu corpo o que quis fazer" [102]. A bateria do Pequeno-Gibraltar estava exposta a um bombardeio tão mortífero que os homens recusavam lá permanecer. Bonaparte fez colocar ali, bem em evidência, um cartaz com estas palavras: "Bateria dos Homens sem Medo" e os soldados disputavam como uma honra especial o baterem-se nesse reduto. Ainda aí, não foi a palavra mas a ação que decidiu de tudo: o comandante ficou debaixo do fogo, à frente de todos.

Os soldados amavam e deploravam esse mocinho magro, parecido com uma meninota, e que sofria da doença dos "sans-culottes"; a sarna. Quando lhe viam a fina silhueta recortar-se em negro, ao alto do parapeito, na fumarada ou na flama vermelha do arrebentar das bombas, não podiam conter-se e atiravam-se em seguida a ele com este único pensamento: "Antes morrermos nós outros que deixarmos morrer o menino doente".

A 11 de dezembro, o general Dugommier propôs e fez adotar no Conselho de guerra o plano de Bonaparte: apoderar-se do forte de l'Èguillette, bombardear do alto das colinas do Cairo a esquadra inglesa e obrigá-la a evacuar as duas enseadas. As guarnições, não podendo mais esperar o auxílio da frota, abandonariam os forte, e a cidade capitularia.

Depois de três dias de preparação da artilharia, o ataque do recesso inglês, a chave do forte d'Èguillette, tornou-se possível. Em 17 de dezembro, à uma hora da manhã, por um tempo borrascoso, debaixo de chuva torrencial, o exército da República subiu ao assalto em três colunas. Na obscuridade, como tantas vezes acontece, os dispositivos foram mal executados. As duas colunas de ataque investiram direito contra o reduto britânico, mas unicamente uma pequena fração chegou até lá e o resto dispersou-se. Súbito, na meia penumbra, ouviram-se gritos: "Salve-se quem puder! Traição!" E foi a debandada. Mas os melhores homens, sem se preocupar com a inferioridade numérica, fiados em si mesmos e encorajando-se uns aos outros, venceram a base do promontório, superaram-lhe o escarpamento, repeliram a vanguarda inglesa, depois de uma outra espanhola, e, debaixo de uma saraivada de balas e obuses, ao estrondo do trovão que se unia ao canhoneio, como se o céu quisesse mesclar-se à guerra terrestre, avançaram, avançaram sempre. Chegam diante do forte, trans-

101. *Mémorial*, I, p. 118.
102. Antomarchi, I, p. 216.

põem os fossos, escalam os parapeitos, matam os artilheiros e penetram no recesso inimigo aos gritos de: "Vitória! À baioneta!" Todavia, uma cerca defensiva os detém e, debaixo de um fogo mortífero, eles recuam, fogem do forte pela mesma estrada em que o tinham invadido. Mas voltam logo a carga, entram de novo pelo reduto e, saudados segunda vez por uma violenta descarga de mosquetes, recuam segunda vez. O general Dugommier vôa à coluna de reserva de Bonaparte. Já o capitão Muiron a conduzia ao ataque e, aproveitando-se das sinuosidades de um atalho conhecido dele, atinge o cimo sem quase experimentar perdas.

Às três da manhã, os republicanos, num terceiro e último arremesso, ocupavam definitivamente o sítio cobiçado. Muiron entra na frente no baluarte disputado ao ingleses, seguido por Duommier e Bonaparte.

O sargento Petout, ferido no ombro e na perna, cai no fosso, mas logo se reergue, trepa pela escarpa e atira-se novamente ao fogo, gritando aos artilheiros: "Coragem, coragem, camaradas que carregais o nome glorioso dos Homens sem Medo!"

No reduto, não atiravam mais; os homens batiam-se silenciosamente peito contra peito, baioneta contra baioneta. Os artilheiros ingleses faziam-se despedaçar sobre suas peças. Mas a fúria dos assaltantes acabou dominando-lhes a tenacidade. Os carmanholas tornam-se afinal senhores da temível posição e de seus peitos ofegantes escapa-se um clamor de triunfo: "O reduto é nosso!"[103].

Bonaparte deu nesse dia prova da maior bravura. Teve um cavalo morto debaixo de si e foi ferido com um golpe de baioneta na coxa. Tão gravemente que pensaram um instante em amputar-lhe a perna. Custa a crer que, no mesmo dia, ele dirigisse ainda a localização de uma bateria no Pequeno-Gibraltar.

Às cinco da manhã, os carmanholas marcharam alegremente ao ataque do forte de l'Èguillette. Após a queda do reduto, era impossível defender mais tempo a fortaleza; bem cedo os ingleses a abandonaram.

"Amanhã ou o mais tardar depois de amanhã, cearemos em Toulon", disse Bonaparte depois da rendição de l'Éguillette[104]. O exército não ousava esperá-lo e, quando a predição se realizou, os homens não se refaziam da surpresa; Bonaparte dava-lhes a impressão de um feiticeiro.

No dia 18, de manhã, os republicanos viram que as guarnições evacuavam quase todos os fortes do campo de Toulon. Para a tarde, subiu da cidade um rumor que anunciava desordenada fuga. Às nove horas, duas horríveis explosões abalaram a cidade até os fundamentos; a segunda, compará-

---

103. Chuquet, III, ps. 216-218.
104. Chuquet, III, p. 221.

vel a um tremor de terra, foi sentida a duas léguas de distância; eram duas fragatas espanholas carregadas de pólvora que tinham explodido na enseada.

Ao mesmo tempo, o comodoro Sidney-Smith, bombardeado pelas alturas do Cairo, abandonava as duas enseadas. Na cidade, incêndios irrompiam de todos os cantos; o arsenal, o armazém geral, o armazém da mastreação, o hangar dos tonéis e doze unidades da frota inglesa arderam.

Os carmanholas, que se aproximavam das muralhas de Toulon com gritos de alegria e cantos revolucionários, calaram-se de súbito, tomados de estupor, como fulminados pelo raio. As carcassas dos navios em chamas assemelhavam-se a fogos de artifício. O arsenal, em meio aos turbilhões de fumaça e de labaredas, tinha o ar de um vulcão em atividade. O céu abrasava-se numa infinita resplandecência; via-se dentro da noite como em pleno dia.

A silhueta esbelta e virginal do menino enfermiço destacava-se em negro nessa resplandecência — aurora de um século. Napoleão entrava no mundo.

V

VINDIMIÁRIO

(1795-1799)

Ele entrava no mundo, mas o mundo não o conhecia ainda; talvez ele próprio se conhecesse mal.

Seu sucesso, se o alegrou, "não o espantou muito [105]." Um obscuro "conhecimento-lembrança" fazia-lhe sentir que esse êxito não era senão a primeira etapa de um caminho tão longo, tão difícil que até então nenhum homem percorrera outro semelhante.

Todo o exército sabia que fora Bonaparte quem tomara Toulon; mas Paris não o sabia, ou não o queria saber. "É preciso recompensá-lo e promovê-lo. Se forem ingratos com ele, esse oficial se promoverá sozinho", escreveu Dugomier ao ministro da Guerra[106].

A 6 de fevereiro de 1794, a Convenção ratificou a nomeação de Bonaparte para o posto de general de brigada. Confiaram-lhe logo em seguida uma missão há um tempo insignificante e cheia de responsabilidades: a inspeção do exército da Itália. Mas não foi tudo.

O representante do povo junto às tropas, Robespierre-o-novo, fascinado por Bonaparte, como todos os do campo de Toulon, incitava-o a vir a Paris, prometendo-lhe, da parte do irmão, o comando das forças armadas do Interior. A tentação era grande. Mas Bonaparte sabe — recorda-se que sua hora não chegou ainda, que "o fruto não está maduro". O adolescente cheio de fogo conduz-se como um velho enregelado pela experiência. "Que irei fazer nessa maldita galera, isto é, no Terror?" Responde ele a Robespierre, e recusa categoricamente [107]. Essa recusa, é Napoleão, todo inteiro, com o que ele devia chamar mais tarde o "quadrado do gênio", e o que se poderia chamar, segundo Heráclito, a "união dos contrários" — a união do cálculo glacial e da paixão inflamada, de Apolo e de Dionisos. Ele construíra sua

---

105. *Mémorial*, I, p. 120.
106. Chuquet, III, p. 230.
107. Lacroix, p. 130.

doida quimera com uma precisão geométrica. Vem o 9 Termidor, Maximiliano Robespierre e seu irmão são guilhotinados. "Entristeceu-me um pouco a catástrofe de Robespierre-o-novo, que eu estimava e acreditei puro, escreveu Bonaparte. Mas fosse meu pai, e eu o apunhalaria se ele aspirasse ao lugar de Tirano[108]." Esse bilhete devia bem cedo ser-lhe útil.

Tombara o governo que Bonaparte servia. Houve uma recrudescência de Terror; os jacobinos delatavam-se uns aos outros para salvar a própria cabeça. Saliceti, que fora amigo de Bonaparte, denuncia-o à Convenção, acusando-o de ter sido cúmplice dos dois Robespierres, de ter elaborado planos para entregar a República aos inimigos, aos genoveses, e de ter querido reerguer os fortes desmantelados de Marelha, esse ninhos da contra-Revolução.

A Convenção aceita o libelo contra Bonaparte. A 6 de agosto prendem-no e conduzem-no ao forte de Antibes. Ele sabia que de lá à guilhotina não havia senão um passo. Poderia evadir-se, mas "recordava-se" de que não devia fazê-lo.

"Desde a origem da Revolução, não estive sempre ligado a seus preceitos? escreveu ele à Convenção para justificar-se. Sacrifiquei-lhe o direito de estado em meu departamento. Tudo perdi pela República. Não me podem contestar o título de patriota..."

"Ouvi-me, destruí a opressão que nos cerca... Uma hora depois, se os perversos quiserem minha vida, estimo-a tão pouco, eu que sempre a desprezei! Sim, a única idéia de que ela pode ser ainda útil à pátria é que me faz suster todo este fardo com coragem [109]".

Quinze dias depois, foi ele posto em liberdade, mas não reintegrado em seu antigo posto. Deram-lhe o comando de uma brigada de infantaria do exército do Oeste, na distante e sanguinária Vendéa. Era o desprestígio; ele recusou, o que lhe valeu ser riscado da lista dos generais aproveitáveis. É assim que o recompensaram de ter tomado Toulon.

Rompera-se-lhe o fio da vida; tudo estava para recomeçar.

No fim do mês de maio de 1795, veio a Paris. No exército, ele já era Bonaparte, enquanto em Paris não era ninguém, ou pior — um personagem obscuro, um general repelido pela Convenção. Achava-se sem recursos, tendo despendido em operações malogradas os últimos dinheiros que trouxera do exército.

Ocioso, flanava pelas ruas. Às vezes tomava-se de desespero e sentia-se "a ponto de ceder a um instinto animal que o arrastava para o suicídio". Não raro, tinha vontade de diminuir o passo quando as carruagens apressadas vinham para cima dele.

108. Lacroix, p. 133.
109. Stendhal, ps. 61-63.

"Foi o sujeito de maior magreza que encontrei em minha vida, diz dele uma mulher de espírito. — Segundo a moda do tempo, deixava que os cabelos lhe descessem até os ombros. O olhar sombrio era de um homem que não seria agradável encontrar á noite junto a um bosque... A indumentária do general Bonaparte não era feita para tranqüilizar-nos. O redingote que usava estava de tal modo sovado, tinha um ar tão lamentável que custava a crer fosse esse homem um general. Mas verifiquei logo que se tratava de um homem de espírito, ou, ao menos, bastante singular... Se não fosse tão magro, chegando a ponto de ter um aspecto doentio e de inspirar pena, notar-lhe-iam traços cheios de finura. Sua boca, especialmente, possuía um contorno dos mais graciosos... Ele falava pouco e animava-se falando; mas eram freqüentes os dias em que se trancava num silêncio meio hostil... Parece-me hoje que estava bem visível, nos contornos dessa boca tão fina, tão delicada e tão bem acabada, que ele desprezava o perigo e o perigo estava longe de encolerizá-lo[110]".

Acabou por obter um pequeno emprego no gabinete topográfico do comitê de Salvação Pública — essa boca de leão do Terror — e apresentou ao general em chefe Scherer o plano da campanha da Itália, aquele mesmo que devia executar, um ano mais tarde, a concepção estratégica a mais grandiosa que houve depois de Alexandre e César. Scherer não viu nesse plano senão "elucubrações insensatas, saídas do cérebro de um doente [111]". Então Bonaparte resolveu ir ser, em Constantinopla, junto ao Sultão, instrutor de artilharia: fugir pra o diabo, contanto que fosse longe de Paris!

Depois do 9 Termidor, a Convenção se encontrava num beco sem saída. Os realistas e jacobinos se haviam unido, uns para estrangular a Revolução, os outros para restabelecer o Terror.

No 12 Vindimiário (4 de outubro) trinta das quarenta e oito seções de Paris, formando cada uma o seu batalhão guarda-nacional, insurgiram-se e sitiaram a Convenção. Trinta mil baionetas a ameaçavam.

O general Menou, comandante em chefe das tropas da Convenção, não ousando atirar no "povo soberano", parlamentou com os rebeldes; daí ser decretado traidor e detido. Em seu lugar nomearam outro representante, Barras. Este, que não possuía nenhum talento militar, tinha necessidade de um ajudante. Foi então que se lembrou do herói de Toulon, Bonaparte.

À uma hora da manhã, Barras mandou chamá-lo e propôs-lhe o segundo lugar no comando das tropas.

— Deixe-me refletir, objetou Bonaparte.

110. Stendhal, ps. 73-75.
111. Arthur-Lévy, p. 457.

— Reflita, mas não mais de três minutos, respondeu Barras, e, de pé, diante dele, esperou.

Nesses três minutos, a sorte de Napoleão decidiu-se.

"Ser o bode expiatório de tantos crimes aos quais se foi estranho? Engrossar o número desses nomes que só se pronunciam com terror[112]?" Salvar a Convenção, era salvar a horda sinistra. A Loba-Revolução já por um triz que o não devorara; iria ele sugar ainda em suas tetas de bronze? Mas talvez nem pensasse nisso; ele apurava unicamente o ouvido para o sussurro do seu Destino, às voltas com o obscuro conhecimento-lembrança.

— Aceito, respondeu ele, ao fim de três minutos.

"Bonaparte, quem diabo será?" Perguntavam-se nas tropas da Convenção. "Tive necessidade de olhar-lhe bem o físico bizarro, a figura de monumento, para reconhecer o homenzinho que, na aléa dos "Feuillants", só me aparecera como uma vítima", diz na suas "Memórias" o general Thibault, não compreendendo talvez ele próprio toda a profundeza dessas três palavras misteriosas "Como uma vítima". "A desordem de sua toalete, seus longos cabelos pendentes e a velhice de sua roupa revelavam-lhe ainda a grande pobreza... Ele espantou de início pela atividade. Parecia estar simultaneamente em toda parte, ou antes, não o perdíamos de vista em dado ponto senão para vê-lo reaparecer logo. Surpreendia ainda mais pelo laconismo, nitidez e rapidez das suas ordens, imperativas como as de ninguém... Enfim, a força de seus desígnios impressionou todo mundo e conduziu da admiração à confiança e da confiança ao entusiasmo[113]".

Durante a noite, em cinco horas, "destrinçou o caos".

Às trinta mil baionetas da guarda-nacional, a Convenção só tinha a opor sete ou oito mil homens não muito seguros. Para reforçar essas tropas, abriram-se as prisões e libertaram-se os terroristas mais perigosos.

Enquanto os tagarelas peroravam na Convenção, os soldados confraternizavam nas ruas com os rebeldes. Bonaparte pôs fim a esse estado de coisas: armou os próprios representantes — oitocentos homens — e os paroladores, intimidados, silenciaram, como se houvessem bruscamente compreendido que o reino da retórica terminara.

Os seccionários enviaram um batalhão ao campo dos Sablons em busca de artilharia. Mas Bonaparte pensara nisso antes deles e já fizera agir seu ajudante-de-campo Murat; este antecipou-se aos seccionários e levou a artilharia para a ponte Luiz XV, o que decidiu de tudo. "Um momento mais tarde e não seria mais tempo[114]".

112. *Mémorial*, I. p. 452.
113. Thiébault, *Mémoires*, I, p. 533.
114. *Mémorial*, I, p. 453.

De manhã, os batalhões da Convenção ocuparam toda a rua Saint-Honoré, e instalaram-se nos degraus da igreja Saint-Roch. Em caso de insucesso, a retirada sobre Meudon estava garantida por um verdadeiro dispositivo militar, como num campo de batalha.

A primeira escaramuça teve lugar no beco do Delfim e em redor da igreja. Bonaparte deu ordem de romper um fogo de metralha com duas peças situadas no extremo sul do beco. Os obuses que sibilavam pela rua Neuve-Saint-Roch limparam-na dos rebeldes. Mas, perto da igreja, travou-se um furioso combate à baioneta. Bonaparte instalou uma bateria de seis peças, três à direita, três à esquerda da entrada do beco, e o fogo de metralha pôs em debandada os sediciosos, que se safaram para as bandas do Palais Royal, da praça Vendôme e da praça do Carrousel, onde foram igualmente dispersados pela metralha. Foi assim que se cumpriu o que Bonaparte sonhara a 20 de junho de 1792, nesse mesmo lugar: "Che coglione!" Deviam varrer quatrocentos ou quinhentos com o canhão, e o resto ainda estaria correndo!"

Duas horas bastaram para dispersar trinta mil homens com seis mil. Às seis horas da manhã tudo estava acabado[115].

Bonaparte nesse dia fez prova da mesma bravura que no cerco de Toulon. Teve um cavalo morto debaixo de si. "Enfim, tudo acabou... escrevia ele a seu irmão José, no 14 Vindimiário... — Liquidamos muita gente... desarmamos as seções e tudo está calmo. Como de costume, não recebi nenhum ferimento. A felicidade é por mim[116]".

Apressou-se em remeter 60.000 francos a Marselha, para mamã Letícia que não tinha na bolsa senão um bônus de cinco francos.

No mesmo dia foi nomeado comandante das tropas do Interior. Agora ninguém perguntava mais: "Bonaparte? Quem diabo será?" Acima de Paris, acima da França, crescia em toda a altura o homem de "físico bizarro", "figura de monumento".

"Julgam eles que tenho necessidade de proteção para vencer? indagava ele sem nenhum orgulho. — Eles serão bem felizes no dia em que eu quiser conceder-lhes a minha. Tenho a espada ao lado, e com ela irei longe[117]".

Bruscamente mudou de todo, transfigurou-se. O almirante Decrès narra assim seu encontro, depois do Vindimiário, com esse Bonaparte que ele acreditava poder tratar como amigo: "Corri, cheio de pressa e alegria; o salão abriu-se, vou atirar-me quando a atitude, o olhar, o som da voz, bastaram para deter-me. Não havia entanto, nele, nada de injurioso, mas foi o bastante. A partir daí, não tentei nunca transpor a distância que me fora imposta[118]".

---

115. Thiébault, I, ps. 534-537; Pasquier, I, p. 123; Stendhal, ps. 96-98; Marmont, I, p. 84; Ségur, I, ps. 163-167; Bourrienne, I, ps. 61-63.

116 — Masson, *Napoléon et sa famille*, I. p. 126; Arthur-Levy, p. 90.

117. Lacour-Gayet, p. 340.

118. Stendhal, p. 112; *Mémorial*, I, p. 131.

Essa distância só o separa de seus iguais, e não de seus inferiores: ele é sempre simples com os simples.

Depois do Vindimiário, houve fome em Paris. As distribuições de pão foram suspensas. O povo amontoava-se em torno das padarias. Zelando pela tranqüilidade da urbe, Bonaparte percorria uma vez as ruas, a cavalo, seguido de parte de seu Estado-Maior. A turba esfomeada cercou-o, comprimiu-o, reclamando pão em grandes gritos; engrossava cada vez mais, tornando-se mais e mais ameaçadora. Uma mulher monstruosamente gorda avançou com maior fúria que os outros, sacudindo os punhos e clamando: "Todos esses carregadores de dragonas se divertem conosco; contanto que eles comam e engordem, pouco se lhes dá que o povo morra de fome! — Mas olhe bem para mim, minha querida, e veja qual de nós dois é mais gordo!" respondeu Napoleão; a patuléa gargalhou e seu furor extinguiu-se [119]. É assim que um único sorriso do Deus-Sol faz expirar Piton.

Veio a época festiva do Diretório; o ar rescendia a primavera; o gelo do Terror fundira ao sol da Reação. É então que Bonaparte encontra a viscondessa Josefina de Beauharnais, de uma família Tascher, da Martinica. Seu marido, presidente da Constituinte, comandante em chefe das forças do Reno, abandonara-a na miséria, com dois filhos nos braços. Ela vivia como calhava, fazendo dívidas, ocupando-se de especulações arriscadas e não se distinguindo muito pela austeridade dos costumes. Durante o Terror, o visconde de Beauharnais foi gilhotinado. A cidadã Tascher viu-se detida por sua vez, ainda que se desse por uma boa "sans-culotte" e fosse amiga de Carlota Robespierre. Tendo por milagre escapado ao cadafalso, foi, quando menos esperava, transportada das prisões sangrentas da Conciergerie para os salões brilhantes dos antigos aristocratas e dos novos especuladores. E lá é que encontrou Bonaparte.

Josefina não estava mais na primeira juventude, e ocultava a idade — trinta e dois anos. Era morena como uma verdadeira ilhoa da América, mas pintava-se com arte, e sorria prudentemente para não mostrar os dentes avariados. Tinha belos olhos langorosos e uma voz tão doce, tão melodiosa, que os criados paravam nos corredores para ouvi-la. Mas seu maior encanto estava nos gestos harmoniosos, flexíveis como a ondulação das algas sob a vaga que transborda. "Josefina era a graça personificada, "la grazia in persona", diz Napoleão em Santa-Helena[120].

Em seus dias de miséria, ela possuía dezesseis saias e seis camisas; mudava mais freqüentemente a roupa de cima que a de baixo.

---

119. *Mémorial*, I, p. 129.
120. Ó Meara *Napoléon en exil*, I, p. 210.

"Era exatamente como uma criança de dez anos; tudo a sensibiliza; chora e consola-se no mesmo instante"; — uma criança ou antes um alegre pássaro das florestas da Martinica. "Poder-se-ia dizer de seu espírito o que Moliére dizia da probidade de um homem, que tinha justamente o bastante para não ser enforcado[121]". Mas distinguiu-se bastante pelo bom-senso e sutileza feminina. Certo, não conseguia enganar Napoleão, o mais inteligente dos homens, mas sabia defender-se. "Qualquer pergunta que lhe fizessem, seu primeiro movimento era a negativa, sua primeira palavra: "Não", e o não, sem ser precisamente uma mentira, era uma precaução, uma simples defensiva[122]".

Parece que o primeiro passo foi dado por Josefina. Ela sonhara sempre desposar um fornecedor dos exércitos, mas, não tendo podido encontrá-lo, contentava-se com um general. Poucos dias depois do primeiro encontro, ela concedeu-lhe uma entrevista galante no confortável palacete da rua Chantereine, que viera de comprar com o dinheiro de seu amante Barras. E alguns dias mais tarde estavam noivos.

"Você o ama? irás perguntar-me, escrevia ela a uma amiga. — Mas... não. Acho-me num estado de torpor que me desagrada, e que os devotos reputam o mais enfadonho de todos, em matéria de religião[123]."

Ele se exalta. Josefina é a primeira mulher que ele ama ou acredita amar. Não se pode amar sem paixão, mas pode estar-se apaixonado sem amor. Parece bem que era assim a paixão de Bonaparte.

Nas suas declarações havia um pouco de ruim retórica, reminiscências da "Nova-Heloísa" e "dos sofrimentos dos jovens Werther". Josefina bem que o sentiu. "É engraçado este Bonaparte!" Diz ela, rindo, quando ele a ameaça com o "punhal de Otelo"[124]. Mas sua perpétua exaltação acabou por fatigá-la, e no horizonte apareceu o senhor Carlos, ajudante-de-campo do general Leclerc, um homúnculo robusto e frisado, com uma fisionomia de caixeiro viajante, verdadeiro don Juan de mesa de hotel. Josefina achou-o mais divertido que Bonaparte. Aliás, era indulgente para este: "Amo Bonaparte, malgrado seus pequenos defeitos", escreve ela a seu antigo amante Barras[125].

Talvez Bonaparte não fosse muito longe nesse engodo. Bem sabe ele que a tomou ainda quente da cama de Barras. Mas não lhe sobra tempo para pensar nisso: ele ama como come apressando-se, entulhando-se, engolindo quase sem mastigar. E mais tarde, durante a vida toda, quase não terá tempo.

121. Constant, I, p. 279.
122. *Mémorial*, II, p. 326.
123. Lacour-Gayet, p. 340; Arthur-Lévy, p. 340; Arthur-Lévy, p. 98.
124. F. Masson, *Napoléon et les femmes*, ps. 44-45; Lacour-Gayet, p. 344.
125. Id. *Madame Bonaparte*, p. 132.

"Nunca amei de amor, salvo talvez Josefina, um pouco, e ainda assim porque eu tinha vinte e sete anos[126]". — "Não amo muito as mulheres, nem o jogo, enfim, não amo coisa alguma; sou um ser essencialmente político [127]".

O contrato de casamento foi assinado na "mairie" em 19 Ventôse (9 de março) de 1796. Talvez estivessem ambos tacitamente de acordo para preferir ao casamento religioso, muito sólido, um casamento civil, mais frágil.

— Mas o que, dizia a Josefina, alguns dias antes dos esponsais, "maitre" Raguideau, seu tabelião, — casar-se com um general que só tem a capa e a espada[128]?

Josefina, porém, não se atemorizou; recordava-se das palavras de Bonaparte: "Tenho a espada ao lado, e com ela irei longe!"

Barras foi uma das testemunhas do casamento. Josefina recebeu dele um dote magnífico — a nomeação de Bonaparte para o comando em chefe do exército da Itália. Dois dias depois do consórcio, já ele estava em caminho para a Península.

O sol não se levantara ainda, mas já a aurora avermelhava o céu, e parecia-lhe que ele se elevava da terra, como sobre asas possantes, a tomar o seu impulso para o sol.

---

126. Gourgaud, II, p. 8.
127. Lord Holland, Souvenirs, Paris, Firmin-Didot, 1862, p. 200.
128. Arthur-Lévy, p. 102.

O Sol-Levante

I

A ITÁLIA

(1796-1797)

Talvez depois das minhas vitórias da Itália é que eu gozasse mais! Que entusiasmo! Quantos gritos de "Viva o libertador da Itália!" E isto aos vinte e cinco anos! Desde então, previ o que poderia tornar-me. Via o mundo fugir debaixo de mim, como se eu tivesse sido arrebatado nos ares[129]".

Um vôo prodigioso, uma celeridade, uma desenvoltura miraculosa, tal é bem a impressão que se depreende da campanha da Itália. Mas, se a celeridade é real, a desenvoltura só é aparente: basta olhar de um pouco mais perto para compreender que trabalho, que fardo se oculta debaixo dessa ilusão de leveza.

"Onde o Imperador foi o maior de todos, foi na guerra da Itália, diz o general Lassalle em 1809, quando Napoleão já estava em declínio. — Lá se mostrou um herói; atualmente é um Imperador. Na Itália só dispunha de poucos homens, quase sem armas, sem pão, sem calçado, sem dinheiro, sem administração. Nenhum socorro de ninguém e a anarquia no governo. Um aspecto nada imponente, uma reputação de matemático e sonhador. Nenhuma ação ainda para ele e, sem amigos, era olhado como um urso, porque vivia sempre sozinho, a pensar. Forçoso lhe era criar tudo, e ele tudo criou. Aí, sim, é que ele foi de todo admirável!"[130].

Talvez no cerco de Toulon as dificuldades não fossem menores, mas tratava-se de um simples retalho de terra; na Itália, Bonaparte encontrava-se numa região vasta, em presença de toda a Europa.

Recebeu ele do Diretório, para fazer a conquista da Itália, dois mil luízes de ouro e alguns títulos incertos. Mandou distribuir a cada um de seus generais quatro luízes, o que era muito, porque há longo tempo não se viam no exército senão bônus duvidosos[131].

129. Gourgaud, II, p. 54.
130. Roederer, p. 278.
131. *Mémorial*, I, p. 129.

No estado-maior de Masséna faltava papel para redigir ordens. Dois tenentes, narra Stendhal, utilizavam-se alternativamente das mesmas pantalonas; um outro, indo visitar uma marquesa, de Milão, prendia aos pés com barbantes as botinas sem sola[132]. Os soldados, em molambos, famintos, bêbedos, violentos, não sonhavam senão com depredações e pilhagens. "Toda a sovinice da Provença e do Languedoc, conduzida por um capitão indigente". É assim que Alfieri define essas tropas de "sans-culottes"[133].

"O soldado sem pão é levado a excessos de furor que nos envergonham de ser homens, escreveu Bonaparte ao Diretório. Vou conduzir-me com rudeza. Ou trarei esse pessoal à ordem, ou cessarei de comandar semelhantes bandidos[134]". Miserável exército orientado por um general doente: a sarna de Toulon voltava a fazer das suas. O homem sofria da bexiga, e a febre dos pântanos de Mântua extenuava-o de tal forma que ele se assemelhava ao seu próprio espectro. Cria-se que estava envenenado. "Dá prazer vê-lo tão amarelo", diziam os monarquista, bebendo-lhe à morte próxima[135].

Só os olhos, nesse rosto macilento, brilham como uma flama terrível, "com o fulgor inafrontável do metal em fusão". É com esses olhos que ele doma a Besta.

"Este badaméco de general me fez medo; não posso compreender o ascendente de que me senti esmagado ao seu primeiro olhar", confessa o general Augereau[136].

"Divertem-se conosco, mandando-nos um garoto para comandar-nos", resmungavam os velhos bigodudos; mas não tardaram a compreender quem era esse fedelho. Sentiram primeiro medo e, depois, puseram-se a amá-lo. "No exército da Itália adoravam até o ar doentio do general em chefe [137]". Não só o idolatravam como também o "lamentavam". No mais forte dos combates, ele não comandava mais e apenas com um olhar, um sorriso, permitia-lhes seguir para a morte, como uma mulher permite ao amante multiplicar-se em loucuras.

Tal foi o milagre de Bonaparte; em quinze dias os sovinas, os aladroados "sans-culottes" igualaram-se às falanges macedônias de Alexandre, às legiões romanas de César, transformaram-se em tropas tais que não se viam semelhantes há dois mil anos.

A campanha começa a 10 de abril; a 26, Bonaparte pode dizer numa proclamação ao exército; "Soldados, em quinze dias alcançastes seis vitóri-

---

132. Stendhal, p. 127.
133. Lacour-Gayet, p. 31.
134. Lacroix, p. 248.
136. Ségur, I, p. 194.
137. Stendhal, p. 195.

as, tomastes vinte e uma bandeiras, cinqüenta e cinco peças de canhão, muitas praças fortes, conquistastes a parte mais rica do Piemonte... Desprovidos de tudo, vós tudo supristes; ganhastes batalhas sem canhões, transpusestes ribeiras sem pontes, fizestes marchas forçadas sem sapatos, bivaqueastes sem aguardente e muitas vezes sem pão. As falanges republicanas, os soldados da liberdade, eram os únicos capazes de sofrer o que sofrestes. Graças vos sejam rendidas, soldados!... Mas, soldados, nada fizestes ainda, pelo que ainda vos resta a fazer[138]".

Quando, das alturas de Monte-Zemolo, ele lhes mostrava, no brilho da manhã e da primavera, as planuras imensas e férteis da Lombardia — a terra prometida — todos clamavam, batendo alegremente as mãos: "A Itália! A Itália!" Dir-se-ia que o exército inteiro voava com seu chefe. "Eu vi o mundo fugir debaixo de mim, como se tivesse sido arrebatado nos ares".

O mês das flores, abril-floreal, reina por tudo: por toda a parte a matinal juventude, a alegria primaveril. "Nada iguala a intrepidez, senão a alegria", escreveu Bonaparte ao Diretório[139]. "Nada igualava a miséria do exército senão sua extrema bravura e sua alegria", diz Stendal que tomou parte na campanha[140]. "Esses soldados franceses riam e cantavam o dia todo". Talvez morram amanhã, mas hoje cantam e riem como outrora, debaixo deste mesmo céu da Itália, o céu azul carregado da Úmbria, — ria e cantava o santo "sansculotte" Francisco de Assis.

Toda esta guerra jovial é como uma tempestade em começos de maio.

Taça repleta do mais inebriante dos vinhos — o vinho da liberdade: "Povo da Itália! O exército francês vem para romper vossas cadeias; o povo francês é amigo de todos os povos; vinde confiados para ele... Nós só detestamos os tiranos que vos subjugam[141]." — "Somos amigos de todos os povos e mais particularmente dos descendentes dos Brutus, dos Scipiões e dos grandes homens que tomamos por modelos. Restabelecer o Capitólio, colocar aí com honra as estátuas dos heróis, despertar o povo romano entorpecido por tanto séculos de escravidão, tal será o fruto das nossas vitórias[142]."

Foi nessa mesma Itália que a Antigüidade clássica conheceu sua primeira renascença — na contemplação, nas criações da arte; é lá ainda que uma nova renascença se realiza em ação, em criaturas vivas. Todos esses jovens bravos — os Lannes, os Muiron, os Desaix e tantos outros desconhecidos, puros, límpidos, retos como espadas — têm o ar de heróis antigos reapare-

138. Lacroix, p. 170; *Mémorial*, I, p. 472.
139. Ségur, I, p. 232.
140. Stendal, p. 127.
141. Lacroix, p. 170; *Mémorial*, p. 480.
142. Id., p. 180; Lacour-Gayet, p. 33.

cidos no mundo. E entre eles, Bonaparte é o mais valoroso. "Eu desprezava então tudo o que não fosse glória". Mas parece às vezes que ele despreza a própria glória; mal se abaixa para colher os louros, e mal se inclina para ela de uma altura maior que a glória — de uma altura que talvez ele mesmo ainda ignore.

Defende generosamente o inimigo vencido, o valoroso marechal austríaco Wurmser, sobrecarregado pela velhice. Escreve ao arquiduque Carlos, a oferecer-lhe a paz: "Matamos muita gente e praticamos inúmeros males... Quanto a mim, se as propostas que tenho a honra de fazer-vos podem salvar a vida a um só homem, terei mais orgulho da coroa cívica que merecer que da triste glória que me possa resultar dos sucessos militares [143]. — "Um homem como eu está se ninando com a vida de um milhão de homens", dirá ele mais tarde[144]. "Comediante", o Papa o marcará com essa palavra. Mas os homens não são tão parvos; ninguém os engana com a simples "comédia"; especialmente na guerra, quando as almas humanas são postas a nu como as espadas, e quando é preciso ter coragem; ora, "a coragem, segundo a frase maravilhosa de Bonaparte, não se falsifica; é uma virtude que escapa à hipocrisia[145]".

Não, basta olhá-lo para compreender que ele possui uma certeza. De onde lhe vem essa melancolia quase sobre-humana? O general Thiébault teria profeticamente razão: "Na aléa dos "Feuillants" ele só me aparecera como uma vítima".

E aos primeiros clarões da glória — do sol-levante, — Bonaparte pressentirá — recordar-se-á da noite estrelada de "Santa-Helena, pequena ilha"?

Todas as descrições de batalhas, mesmo as de Napoleão, são tediosas para os profanos. Um combate é um relâmpago: como representar, fixar um relâmpago? Só se podem marcar os pontos geométricos de seu vôo a fim de fazer sentir a força do temporal. Montenotte — a 12 de abril; Milésimo — a 14; Dego — a 15; Mondovi — a 22; Cherasco — a 25; Lodi — a 10 de maio: vitória sobre vitória, relâmpago sobre relâmpago. Em 15 dias o Piemonte é ocupado, as portas da Itália são arrombadas. Em seguida, com uma rapidez quase tão fulminante, sucedem-se Lonato, Castiglione, Roveredo, Bassano, Arcole, Rivoli, Favorita, Tagliamento. Em dezenove meses, a Itália e o Tirol são conquistados, e Bonaparte está às portas de Viena.

Nesse diadema de vitórias figuram três diamantes: Lodi, Arcole, Rivoli.

Lodi parece uma brincadeira de crianças; dir-se-ia que Bonaparte adivinhara que os soldados tinham vontade de brincar. Ou foi uma feliz partida de

143. Lacour-Gayet, p. 40.
144. Metternich, I, p. 147; Taine, *Les origines de la France contemporaine*, IX, p. 141.
145. J. Bertaut, p. 181.

jogo. O jogo é sempre vão, como são vãs a glória e a beleza, esses jogos dos deuses, e quanto mais são vãos, tanto mais são divinos.

Bonaparte marchava sobre Milão; para lá chegar era inútil atravessar o Adda, em Lodi, e, de qualquer modo, parece que não se poderia fazer isso brincando: a ponte era guardada por dez mil baionetas austríacas e trinta peças de canhão. Mas Bonaparte sabia o que fazia. Dispôs de seus granadeiros em duas colunas: ocultou uma em jeitosa emboscada e lançou a outra sobre a ponte. Chegando-lhe à metade, sob um terrível fogo de metralha, a vanguarda da coluna se deteve, parecendo recuar. O coração de Bonaparte também se imobilizou, como no caso de um jogador que apostou muito numa carta. Mas não foi senão um instante entre duas palpitações: o coração recomeçou a bater, e desta vez de alegria. A vanguarda da coluna, se bem que cruelmente posta à prova, não recuou; soldados escorregaram pelos pilares da ponte na ribeira, acharam um vão, alcançaram a outra margem e desenvolveram-se em tiroteio através da planura. Nesse momento a segunda coluna, deixando a emboscada, correu para ponte em passo de carga e, antes que os austríacos tivessem tempo de reajustar-se, os franceses os abordaram a baioneta e apoderaram-se da bateria: a ponte estava tomada.

Tudo isto é tão simples que está ao alcance de qualquer criança, e assim todo mundo logo o compreendeu.

Inúmeras estampas representando "A passagem da ponte de "Lodi" espalharam-se não só na França mas também na Alemanha e na Inglaterra. Ainda não sabiam pronunciar convenientemente o nome de Bonaparte e já a glória se apodera desse nome, transportando-o e clarinando-o por mil trombetas. Deitara-se ele herói francês e acordara herói europeu. "Vindimiário e mesmo Montenotte, diria ele mais tarde, não me tinham ainda levado a crer-me um homem superior; só depois de Lodi é que me veio a idéia de que poderia tornar-me, em última instância, um ator decisivo em nossa cena política. Então é que nasceu a primeira fagulha da minha alta ambição [146]."

A façanha é simples, mas só Bonaparte era capaz dessa simplicidade. Para que Lodi não falhasse, cumpria saber o que faria na ponte a vanguarda da primeira coluna com a mesma precisão com que um homem sabe o que irá fazer ele próprio; cumpria que o chefe sentisse a alma e o corpo de todo o exército; e esse dom ninguém o tinha tido depois de Alexandre e César.

O "pequeno caporal": foi assim que o apelidaram, depois de Lodi, os soldados definitivamente amorosos dele; esses humildes tinham sentido que ele era do número deles — que era o Homem.

---

146. *Mémorial*, I, p. 120.

Melhor que todos os relatórios militares, a gravura de Raffet nos explica a batalha de Lodi. Bonaparte, as costas voltadas para o fogo do bivaque, trata de aquecer-se, as pernas ligeiramente afastadas e as mãos atrás das costas, como se aquecerá mais tarde, sendo Imperador, nas lareiras das Tulherias. Os granadeiros cercam-no; uns montam guarda; outros dormem a seus pés ou então fumam cachimbo, bebem aguardente, na barafunda da igualdade revolucionária; mas todos, exceto os que dormem, contemplam, como se estivessem em prece, o Homem-Deus.

Arcole não é mais uma brincadeira. Lá Bonaparte, com todo o seu exército, esteve quase a perder-se. Para salvar-se, lançou mão de um plano desesperado: atirar-se através dos pântanos quase impraticáveis do Adige sobre a retaguarda do marechal austríaco Alvinzi. Para isso, era necessário apoderar-se da ponte de Arcole, tão bem defendida por duas peças de canhão, e os fogos cruzados da metralha não deixariam passar um único homem e nem mesmo um rato. Depois de vários ataques infrutuosos que cobrem a ponte de cadáveres, os homens recusam-se a marchar para uma morte certa. Então Napoleão agarra numa bandeira e atira-se para frente, primeiro só e pouco depois seguido de todos. O general Lannes, duas vezes ferido na véspera, cobre-o com seu corpo e cai-lhe desfalecido aos pés, abatido por um terceiro ferimento; o coronel Muiron, por sua vez o protege, é morto de encontro ao peito de Bonaparte, cujo rosto é salpicado do sangue do herói. Ainda um minuto e Bonaparte vai também ser morto; cai da ponte no pântano, de onde os granadeiros só o retiram por milagre.

A ponte não foi tomada. Logo a façanha resultara inútil? Não, das mais úteis, ao contrário: ela elevou o moral dos soldados a um nível inaudito; o chefe derramou neles sua coragem como se passa água de um vaso para outro; acendeu-lhes os corações no seu, como se acende um círio em outro. "Eu me encaro como o homem mais audacioso em guerra que talvez já tenha existido", diz ele um dia com toda simplicidade, unicamente porque vinha à pêlo dizer isso [147]. Depois de Arcole, podiam afirmar: "O exército francês é o mais audacioso da terra". O feld-marechal austríaco Alvinzi teve consciência disso; abandonou as alturas inexpugnáveis de Caldiero, abandonou Mântua, abandonou toda a Itália. A primeira metade da campanha estava terminada [148].

Rivoli é o último grande combate, e o mais duro, na campanha da Itália. Bonaparte tratou-o como um problema matemático, onde a coragem não tem parte alguma. Esforçou-se para resolvê-lo ainda que o sabendo tão insolúvel quanto uma equação de numerosas incógnitas.

147. *Mémorial*, IV, p. 144.
148. D. Merejkovsky, *Napoléon, l'Homme*, cap. VII.

Havia ao menos cinco: — cinco colunas austríacas desembocando uma após outra no platô, pelos desfiladeiros dos Alpes, de sorte que era impossível adivinhar quando e de onde sairia cada uma delas e em que direção. Os austríacos, formando tropas frescas, batiam-se mais valentemente que nunca, enquanto os franceses estavam extenuados por combates ininterruptos e marchas forçadas.

A batalha começou às quatro da manhã e lá para as onze horas os negócios dos franceses estavam o pior possível: o flanco esquerdo achava-se atropelado e quase esmagado, o centro em que se encontrava Bonaparte resistia ainda, mas ia ser perfurado de um instante a outro. Nesse momento surgiu, como saída das entranhas da terra, a quinta coluna austríaca, a mais temível; desembocando do estreito desfiladeiro de Incanale, — um verdadeiro abismo — ela galgou a rude encosta e atirou-se na pugna, sobre a ala direita, pondo tudo de pernas para o ar diante de si.

Então Napoleão compreendeu que estava acuado e que sua perda era quase inevitável. Quarenta e cinco mil austríacos cercavam-lhe os dois flancos, a comprimir como um torno de ferro os dezessete mil franceses. Se nesse instante qualquer linha de seu rosto mudasse, fremisse, tudo teria fremido também no campo de batalha, tudo teria fugido, mas seu rosto permanecia calmo, como o de um homem que procura a solução de um problema de matemática. Ainda que o sabendo insolúvel, procurava-lhe a solução, tendo fé no absurdo como no racional, crendo em milagre nessa matemática que exclui o milagre. E fitando-lhe o rosto, os soldados também acreditaram no milagre, e o milagre se consumou. A quinta coluna austríaca é arremessada no precipício de Incanale, e para à tarde tudo estava acabado, o inimigo fora batido. Mas Bonaparte não poderia nem mesmo lembrar-se o que essa vitória custara e como quase ficou doido nessa terrível jornada.

Súbito, ao fim do combate, chega uma nova ainda mais terrível: o general austríaco, Provera marcha sobre Mântua; Mântua vai ser retomada, Mântua a chave de toda a Itália; Arcole não vale mais nada, o sangue sagrado de Muiron derramado em pura perda, o milagre de Rivoli não é mais um milagre e sim um simples absurdo; a matemática tomou a sua desforra!

E Bonaparte? Não mudou de cara? Sim, mudou, gritou como um doido: "Para Mântua, soldados! Para Mântua!" Talvez fingisse estar doido e continuasse sempre, com uma loucura calma, a resolver a equação monstruosa que já agora possui não apenas cinco incógnitas mas um número infinito de incógnitas.

"Para Mântua!" Gritava ele a essa mesma 32ª meia-brigada que viera em marcha batida de Verona, durante a noite, atirando-se no combate sem tomar respiração, que pelejara com tal ardor que durante o dia tudo dependera dela — a essa mesma legião cujos granadeiros lhe declaravam estar dispostos a ir buscar a glória em companhia dele, onde quer que fosse.

"Para Mântua! Para Mântua!" Respondeu a 32ª como uma doida, ela também.

De Rivoli a Mântua há trinta milhas.

Para chegar a tempo, era preciso marchar, correr, toda uma noite e um dia, e de novo, sem respirar, precipitar-se no combate, baterem-se seis mil contra dezesseis mil, e vencer. E eles chegaram, bateram-se e venceram na Favorita.

"As legiões romanas faziam, dizem, vinte e quatro milhas por dia, escreveu Bonaparte ao Diretório; nossas meias brigadas fazem trinta, e batem-se no intervalo[149]".

Qual foi o resultado da Favorita? Ei-lo: vinte e dois mil prisioneiros, toda a artilharia, todas as bagagens caíram nas mãos do vencedor; os austríacos abandonaram Mântua, todo o Tirol, toda a Itália; o feld-marechal Wumser, com os seus setenta anos, a bravura em carne e osso, a alma do exército austríaco, está aos pés de Bonaparte; terminou a campanha da Itália e a Favorita brilha no céu da sorte de Napoleão como um diamante eterno.

Quer nos importa a Favorita? Todavia não se pode pensar nela sem chorar de entusiasmo.

A campanha da Itália terminara, mas esse fim não é senão um começo! "Soldados, nada fizestes, pelo que vos resta ainda fazer". — "Pois bem, partamos, temos ainda marchas forçadas, inimigos a submeter, louros a colher, injúrias a desagravar"[150].

Onde e quando se deterá ele? Jamais, em parte alguma. Ele os conduzirá até o fim da terra, até os confins do mundo, até o infinito. Todos se elevarão com ele como as sombras de Ossian, essas nuvens-fantasmas que, impelidas pelo vento, passam diante da lua; todos deitarão os ossos na areias ardentes das Pirâmides ou nas neves da Berezina; todos serão vítimas, como ele: "Lamento esse infeliz; ele será a admiração e a inveja de seus semelhantes e o mais miserável de todos... Os homens de gênio são meteoros destinados a arder para iluminar seu século"[151].

"Aqui portanto acabam os tempos heróicos de Napoleão"; é por estas palavras que Stendhal conclui a narração da campanha da Itália[152]. Não, eles não acabaram; na vida de Napoleão o heróico não terminará senão com a própria vida, mas será diferente. Não mais se reencontrará esse milagre ininterrupto do vôo, esse frescor matinal, essa juventude, essa taça onde referviam os temporais de primavera, essa melancolia ossianesca, quase supraterrestre, essa pureza de sacrifício; o vôo será mais alto mais resplandecente o meio-dia, mais temerosa a tempestade, mais imperial a púrpura

---

149. Ségur, I, p. 323.
150. Lacroix, p. 179; Lacour-Gayet, p.33.
151. Napoleão, *Manuscrits inédits*, p. 567.
152. Stendhal, p. 279.

do poente, mais santo o mistério estrelado das noites, mais completo o sacrifício, mas não haverá mais "aquilo".

O tratado de Campo-Formio foi assinado em 17 de outubro de 1797, e a 5 de dezembro Bonaparte estava de volta a Paris. O Diretório acolheu-o com uma admiração aparente e um ciúme secreto: os pequenos sentiam-se ainda mais diminuídos pelo grande. "Eles vão envenená-lo", dizia-se em Paris, onde se lembravam da morte brusca do general Hoche[153].

Jantando com os membros do Diretório, no palácio do Luxemburgo, Bonaparte antes de tocar nos vinhos e nos manjares, esperava que os hospedeiros tocassem enquanto estes se diziam ironicamente: "Ele não tem medo das granadas e tem medo do veneno". Já um ligeiro sorriso esvoaça por cima de Paris, embaciando a glória do herói.

"Crêm vocês que seja pela grandeza dos advogados do Diretório que estou triunfando na Itália? Creem também que seja para fundar uma República? Indagava ele, ainda na Península. — Que idéia... Do que a Nação precisa é de um chefe e não de discurso de ideólogos... Mas o momento não chegou ainda, o fruto não está maduro[154]."

Esperando, sentia-se ele sufocar em Paris. "Este Paris me pesa como se eu carregasse um manto de chumbo". "É de um vôo livre no espaço que carecem semelhantes asas: ele morrerá aqui: é preciso que parta"[155]. Para quê? Ele o sabe, — recorda-se.

Desde os primeiros dias da Revolução, começou a luta entre a Inglaterra e a França, o duelo da ordem antiga e da nova, para a dominação universal. "O gênio da liberdade que tornou a República, desde o nascimento o árbitro da Europa, quer que ela o seja dos mares e das regiões mais distantes", dirá Bonaparte em sua proclamação dirigida ao exército do Oriente[156].

O plano de uma descida militar na Inglaterra parece ter sido discutido pelo comitê de Salvação Pública; o Diretório recebeu essa herança.

"Concentremos toda nossa atividade do lado da marinha, e destruamos a Inglaterra. Isto feito, a Europa estará a nossos pés", escrevia Bonaparte, no mesmo dia da paz de Campo-Formio[157]. Mas, no momento em que foi nomeado comandante em chefe do exército da Inglaterra, já ele pensava em outra coisa.

"Quero primeiro dar uma volta pelo litoral. Se o êxito de uma descida na Inglaterra me parecer duvidoso, o exército da Inglaterra tornar-se-á exército do Oriente"[158]. — "A Europa é uma casa de toupeiras; só tem havido

---

153. Stendhal, p. 280.
154. Miot de Melito, I, ps. 154-156; Lacour-Gayet, p. 46.
155. Duqueza de Abrantes, p. 85.
156. Lacour-Gayet, p. 56.
157. Id., p. 51.
158. Bourrienne, I, p. 221.

grandes impérios e grandes revoluções no Oriente, onde vivem seiscentos milhões de homens[159]. Atingir as Índias pelo Egito, a fim de aí desferir um golpe de morte na dominação universal da Inglaterra, tal é o plano gigantesco de Napoleão, "elucubração insensata saída do cérebro de um doente". Mas tanto mais o projeto é insensato e mais o Diretório se felicita: "Que ele vá para o Oriente e aí será feito em frangalhos."

A 19 de março de 1798, Bonaparte deixou Toulon a bordo da "Oriente", fragata de cento e vinte canhões, à frente de uma frota de quarenta e oito vasos de guerra e de duzentas e oitenta unidades transportando um exército de trinta e oito mil homens, e se dirigiu, através de Malta, para o Egito.

Ele sabia — recordava-se — que lhe era necessário, como ao sol, levantar-se no Oriente.

159. Id., I, p. 230.

II

O EGITO

(1798-1799)

Todas as probabilidades eram contra nós, e não havia um só prognóstico favorável sobre cem; assim íamos de coração alegre a uma perda quase certa. Forçoso é convir que era jogar um jogo extravagante, insusceptível de ser justificado pelo próprio sucesso", diz em suas "Memórias" o general Marmont, que tomou parte na campanha do Egito[160].

A esquadra inglesa do almirante Nelson montava guarda. Uma frota não é um alfinete; ainda que a frota francesa conseguisse por milagre sair do porto, Nelson não poderia deixar de perceber em alto mar, durante as seis semanas que devia durar a viagem de Toulon a Alexandria, essa cidade flutuante, extensa de sete quilômetros. Ora, bastar-lhe-ia descobri-la para destruí-la.

E eis que milhares de homens, confiantes na feliz estrela de Bonaparte, apostavam, nesse jogo extravagante, destino, vida, honra, — tudo o que possuíam, e não eram apenas homens de raciocínio abstrato, como os membros do Instituto, o químico Berthollet, o físico Monge, o arqueólogo Denon, que já conheciam talvez em parte a nova teoria das probabilidades do colega Laplace, mas também homens de senso comum, que em geral não são levados a extravagar.

"Estás vendo este homem? dizia a Junot, durante a travessia, o banqueiro Gollot, a mostrar-lhe Bonaparte. Se isso lhe fosse necessário, não haveria um de nós que ele não fizesse ir pelos ares, mas, para servi-lo, nós o faríamos antes de ele o dizer"[161].

Imediatamente, desde a saída do ancoradouro, o "Jogo extravagante" começa: cartada sobre cartada, ganho sobre ganho, numa progressão geométrica de prodígios. Se não fosse história universal, ninguém o acreditaria, porque parece conto de fadas.

No dia aprazado, na hora, no minuto oportuno, o mistral de nordeste, verdadeira tempestade, expulsa a esquadra inglesa para longe da costa, dis-

160. Marmont, I, p. 356.
161. Vandal, *Lávenement de Bonaparte*, I, p. 283.

persa-a no mar, e avaria tantas unidades que as reparações indispensáveis duram mais de oito dias. E quando ela reaparece diante de Toulon, Bonaparte já partira há doze dias. Compreendendo que ele abriria caminho através da ilha de Malta, Nelson perseguiu-o, alcançou-o, e passou diante da frota sem vê-la. Dir-se-ia que as Nereidas, cúmplices da Estrela de Napoleão, tinham obscurecido com os nevoeiros marinhos os telescópios ingleses.

Malta rendeu-se aos franceses em nove dias, quase sem resistência. Durante esse tempo Nelson, percebendo de novo o roteiro de Bonaparte, dirigiu-se para Alexandria, mas, não o tendo encontrado, continuou em direção à Síria; se permanecesse diante de Alexandria vinte e quatro horas mais, teria pela certa aprisionado toda a esquadra francesa; do alto dos mastros da fragata de vanguarda enviada por Napoleão, via-se a frota inglesa fazer vela para o alto mar. Durante todo um mês, Nelson percorreu o Mediterrâneo em perseguição à esquadra fantasma e, durante esse mês, os franceses ocuparam o Egito.

Em 2 de julho, à uma hora da manhã Bonaparte desembarcava no Egito. No mesmo dia, apoderava-se, quase em um tiro, de Alexandria, outrora a capital do Oriente, tornada uma miserável cidadezinha de seis mil almas, e, cinco dias mais tarde, o exército francês marchava contra o Cairo, seguindo o Nilo, onde poderia ser esperado pela flotilha inimiga — mas cortando através do deserto de Demenhur.

É preciso saber o que é o deserto egípcio, distante do Nilo, no mês de julho, para avaliar o que sofreu o exército durante essa marcha de seis dias. Os homens acreditavam-se na fornalha no inferno, morriam, enlouqueciam, menos de calor, mais de fome e de sede que de temor. Houve deserções, murmúrios, quase atos de levante manifesto. Mas bastava que Bonaparte aparecesse para que todos se calassem e os homens prosseguissem no inferno abrasado, com a docilidade de sombras seguindo Hermes, o Condutor de almas.

A 12 de julho, viram o Nilo, em plena enchente, tão amplo quanto um mar; precipitaram-se, banharam-se nele, e esqueceram todos os sofrimentos, como os esquecem as sombras nas águas do Lethes. O exército continuou em marcha, mas desta vez costeando o Nilo, durante nove dias ainda; subitamente, na madrugada de 21 de julho, surgiu diante dele, como uma miragem das "Mil e uma Noites", o Cairo com os seus quatrocentos minaretes e a gigantesca mesquita de Jemil-Azar, a cidade bem-amada do Profeta, a herdeira de Memfis e de Heliópolis. E ao lado, no deserto amarelo de Gizeh, sobre o longínquo cinzento malva das montanhas, se levantava, na bruma de um rosa ensolarado, a palidez fundente de gigantescos fantasmas.

"Que é aquilo?" perguntavam os soldados, quando lhes respondiam: "São as Pirâmides, os túmulos dos reis antigos", eles não queriam crer que essas montanhas fossem obra de mãos humanas.

Sob as muralhas do Cairo, no campo de Embabah, esperava-os uma cavalaria de dez mil mamelucos, famosa em todo o Oriente, coruscante de aço, de ouro e de pedrarias — uma visão de Scheherazade, também ela. À frente caracolava, num cavalo esbelto como um cisne, o dono do Egito, o velho pachá Murad-Bey, de turbante verde ornado de diamantes.

"Vou cortar-lhes as cabeças como melancias no campo", gritava ele em sabendo que os franceses não tinham cavalaria[162].

Os mamelucos, audazes filhos do deserto, ignoravam a disciplina, não acreditavam nos canhões, — cada um se fiava em si próprio, em seu punhal de Damasco, em seu cavalo e no Profeta.

"Soldados, do alto destas Pirâmides quarenta séculos vos contemplam", diz Bonaparte, e forma as cinco divisões em cinco quadrados, os quatro canhões nos ângulos, — cinco cidadelas viventes, eriçadas do aço das baionetas.

Numa primeira carga furiosa, a cavalaria dos mamelucos esteve prestes a esmagar o quadrado do general Desaix, disposta na extrema ala direita, mas se refez logo. E com uma lentidão implacável, os quadrados introduziram suas extremidades de aço na carne viva da cavalaria. Os cavalarianos revoluteavam em torno deles, despedaçando-se como vagas de encontro aos rochedos; arremessavam-se e recuavam como o cão se afasta de um porco-espinho de cerdas eriçadas.

Bem cedo a batalha degenerou em carnificina. Os mamelucos, quando compreenderam que estavam sendo chacinados, enfureceram-se; tendo descarregado as pistolas e desferido um último golpe de cimitarra, atiraram as armas à face dos vencedores, precipitaram-se sobre as baionetas, agarraram-nas com as mãos nuas, morderam-nas e, caindo e morrendo aos pés dos soldados, tentavam ainda dilacerá-los. Era assim que a liberdade selvagem da Àsia expirava aos pés da Europa civilizada.

Todo o campo de Embabah caiu em poder dos franceses. Os soldados vitoriosos organizaram logo um mercado em que vendiam os despojos preciosos, arrancados aos cadáveres ainda quentes, cavalos, arreios, chales, tapetes, mantos, objetos de prata, de porcelana, vinhos e guloseimas do Oriente; comia-se, bebia-se, dançava-se, cantavam-se estribilhos revolucionários. Outros, um pouco mais longe, sentados à borda do Nilo, pescavam, com o auxílio de baionetas recurvadas em anzol e presas a uma longa corda, peixes de ouro — os corpos dos mamelucos cobertos de jóias.

E também isto quarenta séculos "o contemplavam do alto das Pirâmides".

Em 25 de julho, o exército francês fez sua entrada no Cairo. Lá, Bonaparte pôde crer durante treze dias que a tentativa estava metade triunfante: abrira-se-lhe o caminho das Índias. Mas a 7 de agosto chegou uma terrível

162. Marmont, I, p. 367.

185

nova: Nelson apanhou enfim a presa, a frota da França, no porto de Aboukir, perto de Alexandria; lançou-se sobre ela como um milhafre sobre um frango e aniquilou-a. O almirante francês Brueys foi morto em combate.

A sorte da campanha do Egito estava decidida: Bonaparte, desligado da França, estava preso na sua própria conquista, como um rato na ratoeira.

— Pois bem, morreremos aqui ou sairemos grandes como os Antigos, dizia Bonaparte em público, mas, só consigo, repetia, tomando a cabeça entre as mãos:

— Desgraçado Brueys, que fizeste[163]?

Ele sabia — recordava-se — que significa Aboukir: o mar venceu o continente; o caminho das Índias fechou-se e abriu-se um outro caminho. Onde levará este? Isto Bonaparte o ignorava ainda ou já o "esquecera"; mas o silencioso destino recordava a página vazia do caderno de colegial com estas quatro palavras:

"Santa-Helena, pequena ilha..."

Aboukir é pai de Trafalgar, o avô de Waterloo.

Foi nesse instante talvez que Bonaparte compreendeu a vez primeira que "do sublime ao ridículo não há senão um passo". A quimera gigantesca desfez-se como uma bola de sabão; a montanha pariu um rato.

Houve de novo murmúrio no exército: "Os soldados estavam indignados com a região; os generais eram os primeiros descontentes, dirá Napoleão em Santa-Helena, — e, coisa horrível de confessar, creio ter sido bom que a esquadra fosse destruída em Aboukir, porque sem isso o exército teria reembarcado"[164].

Uma conspirata foi urdida no Estado-Maior: tratava-se de raptar Bonaparte, arrastá-lo para Alexandria e, lá, constrangê-lo a negociar com a Inglaterra, a fim de obter dela, pelo abandono do Egito, a autorização de reentrar em França. A trama só não surtiu efeito porque descoberta em tempo.

Uma quimera falhara, outra nasceria em seguida, mais gigantesca ainda: com um exército de trinta mil homens, seccionado de sua base, abrir caminho através da Síria e da Mesopotâmia, rumo das Índias, seguindo as pegadas de Alexandre o Grande, levantando toda a Ásia e vindo por Constantinopla, à frente de um exército inumerável, tomar a Europa de surpresa, para fundar a dominação universal a um tempo sobre o Oriente e o Ocidente.

163. Ségur, I, p. 420.
164. Gourgaud, I, p. 62.

Dias inteiros, deitado por terra, sobre os mapas abertos, Napoleão media com o compasso o caminho das Índias. Recordar-se-ia ele então dos sonhos que, tenente de artilharia, alimentava no seu cubículo das casernas de Auxonne, à luz mortiça de uma vela: "Sesostris submeteu a Ásia inteira e chegou às Índias por terra e por mar"[165]?

"No Egito, encontrei-me desembaraçado do freio de uma civilização incômoda, escreverá ele quando no fastígio da grandeza. — Criei uma religião, vendo-me no caminho da Àsia, montado num elefante, de turbante na cabeça e nas mãos um novo Alcorão que compusera a meu sabor. Esse tempo que passei no Egito foi o mais ideal"[166].

Seus sonhos são tão insensatos quanto parecem? O general Marmont, que conhecia bem a situação dos negócios no Oriente e que anda longe de ser um admirador de Bonaparte, afirma que, graças à ausência de técnica militar na Àsia, a preponderância da qualidade sobre a quantidade podia dar a um pequeníssimo exército europeu vantagens quase ilimitadas: ele poderia penetrar na carne do velho continente como uma ponta de ferro em cera mole[167].

"Eu sonhava tudo e via os meios de executar tudo o que sonhava", assegura o próprio Bonaparte[168].

Ele sonhava um levante de flechas e de indígenas negros da Àfrica. Já enviara uma embaixada a Meca e uma carta a um dos sultões vizinhos da Índia.

As dificuldades espirituais eram ainda maiores que as materiais; com efeito, para desembaraçar-se do freio da civilização européia, cristã, era preciso desembaraçar-se do próprio cristianismo. Estava ele pronto a ir até lá ou apenas o simulava? De qualquer modo, ele repete imprudentemente a frívola brincadeira do rei frívolo: "Paris vale bem uma missa"[169]! Ou em outras palavras: "A dominação universal vale bem o cristianismo".

"Passei o fim do dia a fazer teologia com os beis, a dizer-lhes que só havia o Deus de Maomé, que era absurdo crer que três fazem um. Tinha sempre no fogo sete cafeteiras. E não me faltava açúcar. Um turco não vinha jamais a mim sem tomar o seu café bem adocicado"[170].

Talvez os filhos do Profeta tivessem compreendido Bonaparte quando eles o apelidaram "o Sultão do fogo"; mas é pouco provável que o tomassem por "enviado de Deus", por uma "segunda encarnação do Profeta", mesmo quando liam sua proclamação aos sheiks e aos ulemas muçulmanos: "Desde que o mundo é mundo, estava escrito que depois de ter destruído

165. Napoleão, *Manuscrits inédits*, p. 127.
166. Madame de Rémusat, I, p. 274.
167. Marmont, II, p. 11.
168. Madame de Rémusat, I, p. 274.
169. *Mémorial*, I, p. 155.
170. Roederer, p. 10.

todos os inimigos do islamismo, fazendo abater as cruzes, eu viria do fundo do Ocidente cumprir a tarefa que me estava imposta". — "Eu me divertia", ajuntará ele mais tarde, lembrando-se disso[171]. — "Era charlatanismo, mas do mais alto". E assegura: "O exército, disposto como estava, aderiria à partida, não vendo nisso senão riso e brincadeira"[172].

Mas, ainda mesmo que o exército de "sans-culottes" ateus fosse capaz de semelhante pilhéria, talvez Bonaparte acabasse tão mal quanto o "voltaireano" Menou, que, fazendo-se muçulmano, provocou hilaridade geral.

A 10 de fevereiro de 1799, Napoleão partiu para a campanha da Síria. A despeito de todas as quimeras gigantescas, ele via claramente que o exército só o seguiria na esperança de fugir ao cativeiro egípcio.

Esse terrível deserto da Síria onde Israel errara quarenta anos, os franceses o atravessaram em quinze dias; a 25 de fevereiro estavam em Gaza, primeira cidade da Palestina; a 6 de março, tomaram Jaffa, onde foi necessário fuzilar dois mil prisioneiros. "Jamais a guerra me pareceu tão horrenda", escreveu Bonaparte ao Diretório[173]. Depois de ter contornado o monte Carmelo, chegaram, a 17 de março, diante das muralhas de São João d'Acre, a antiga Ptolemais. Num mês e alguns dias, tinham percorrido os setecentos quilômetros que separam o Cairo de São João d'Acre, e sempre dando combate e sitiando cidades.

Uma miserável cidadela, "um cochicolo", como Bonaparte chamara a São João d'Acre, parecia presa fácil. Mas a sorte decidiu de outro modo. O sítio de trincheira durou dois meses; metade do exército pereceu, e a cidade nada de render-se. E quando o comodoro inglês Sidney-Smith, depois de ter capturado no mar a artilharia de Bonaparte, localizou em terra sua própria artilharia e reforçou a guarnição com mais de vinte mil baionetas, Bonaparte compreendeu que Acre era o fim da campanha da Síria, como Aboukir o fora da campanha do Egito: novamente o mar vencera a terra.

"Um grão de areia deteve minha fortuna, dirá Napoleão em Santa-Helena. — Transposto São João d'Acre, o exército francês voaria a Damasco e Alepo, e num abrir e fechar de olhos estaria no Eufrates. Seiscentos mil drusos cristãos se juntariam a ele e quem pode calcular o que aconteceria? Constantinopla e as Índias seriam atingidas e eu mudaria a face do mundo"[174]!

O pior é que ele pareceu tornar-se subitamente cego, esquecendo para onde o chamava o Destino.

171. Antommarchi, p. 134.
172. Lacour-Gayer, p. 65; *Mémorial*, II, p. 155.
173. Ségur, I, p. 433.
174. *Mémorial*, II, ps. 84-85; Lacroix, p. 266; Bourrienne, I, p. 363.

Impossível permanecer mais tempo em São João d'Acre. A 20 de maio, Bonaparte levantou o cerco e retomou o caminho do Egito. Teve de refazer os mesmos setecentos quilômetros, mas com o exército derrotado. Na vinda os homens estavam cheios de esperança, e retornavam desesperados: dir-se-iam enterrados vivos que, procurando em vão sair do esquife, recaíssem nele.

Nesse ano o verão foi particularmente quente: 36° Réaumur à sombra. Os pés afundavam-se na areia móvel e o sol derramava nas cabeças chumbo derretido. Como um ano antes, no deserto de Demenhur, os homens morriam de calor, de sede, de fome, de fadiga, enlouqueciam, suicidavam-se.

Bonaparte caminhava a pé no meio dos doentes e dos feridos: dera-lhes todos os cavalos. Havia também pestosos nesse préstito fúnebre. Já ele os visitara duas vezes no hospital de Jafa; conversara longamente com eles, consolara-os, e mesmo ajudara a transportá-los de um leito para outro, para demonstrar aos soldados que a peste não era tão terrível quanto se acreditava.

Marchava em meio aos sofredores, repelindo ataques de beduínos depredadores, cujos bandos volteavam em torno das tropas como tavões em torno de animais de carga. Sofria com todo mundo, consolava e encorajava todo mundo. Sozinho salvou o exército inteiro desse inferno, como uma mãe salva o filho de um incêndio.

Não, "os dias heróicos" de Napoleão não acabaram ainda: Lodi, Arcole, Rivoli, — toda a campanha da Itália não passa de brincadeira de criança, comparada com essa terrível expedição. O sacrifício transparece-lhe na face mais claramente que nunca. O deserto de fogo da Síria é o presságio do deserto gelado de Berezina. E talvez na derrota é ele maior que nas vitórias.

A 15 de junho, o exército francês está de volta ao Cairo. As duas campanhas, a do Egito e a da Síria, tinham fracassado. Esse fracasso, a brilhante vitória de Aboukir, em 25 de julho, onde um exército turco forte de setenta mil homens foi atirado ao mar, não pôde repará-lo.

Há seis meses estava-se sem notícias da França; ouvia-se unicamente falar de modo vago de uma guerra infeliz. Súbito, as gazetas que lhe caíram por acaso nas mãos cientificaram Bonaparte de que a França estava à borda da ruína: dentro a insurreição, fora a guerra; o exército do Reno batido, o da França também; a Itália, "sua" Itália, estava perdida!

Como que uma luz brusca iluminou Bonaparte; ele viu claro: compreendeu — lembrou-se do lugar para onde o chamava o Destino.

A 19 de agosto, sem que os demais soubessem, partiu do Cairo para Alexandria; lá, ordenou ao contra-almirante Gantheaume que preparasse, igualmente em segredo, as duas fragatas restantes do desastre de Aboukir, a "Muiron" e a "Carrère".

A 23 de agosto apareceu uma ordem do dia: "Soldados! Notícias da Europa decidiram-me a partir para a França. Deixo o comando das tropas ao general Kléber. O exército terá bem cedo notícias minhas. Não posso dizer mais. Custa-me abandonar os soldados a que mais me afeiçoei; mas só será momentaneamente"[175].

Que é um general abandonando o exército, fugindo do campo de batalha? Um desertor. Mas urgia escolher: trair o exército ou a França. Ele ia para onde o chamava o Destino.

Na noite de 24 de agosto, Bonaparte embarcou na fragata "Muiron", e no dia seguinte de manhã perdia de vista a costa do Egito.

Começa de novo "o jogo extravagante": cartada sobre cartada, ganho sobre ganho, na progressão geométrica dos prodígios.

Sidney-Smith, tal qual Nelson há pouco, persegue o navio-fantasma, e as mesmas Nereidas embaciam-lhe os vidros dos telescópios com os nevoeiros marinhos.

O primeiro sopro do vento sudoeste conduz as unidades de Bonaparte a 400 quilômetros a oeste de Alexandria, para as costas desoladas da Grande-Cirenaica; depois, voltando-se para nordeste, o vento constante as impele lentamente ao longo do litoral da África absolutamente deserto, onde os ingleses não podiam pensar em procurar Bonaparte.

Essa navegação, desesperadoramente vagarosa, durou vinte dias — vinte dias de luta contra o vento e as correntes. Cada manhã, fazendo o cálculo, reencontravam-se no mesmo ponto da véspera, algumas vezes para trás. Enfim, a 19 de setembro, chegou-se ao golfo Sirte, onde sobreveio calmaria podre; a seguir um fortíssimo vento sudoeste elevou-se e impeliu as fragatas no estreito entre o cabo Bom e a Sicília, que estava guardada por um cruzador inglês. Mas os franceses penetraram no estreito ao cair do dia, exatamente no instante propício: mais cedo teriam sido vistos pelo inimigo; mais tarde, não se veriam eles próprios na obscuridade para passar diante de uma costa perigosa. À noite perceberam-se os fogos do cruzador inglês; no dia seguinte, ao nascer do sol, já o haviam perdido de vista.

O mesmo vento favorável de sudoeste conduziu-os rumo da Córsega; fosse um pouco maior o bafejo, e eles seriam arremessados em meio à frota da Inglaterra; mas, mudando bruscamente a noroeste e tornando-se em aparência contrário aos navios, o vento caiu de súbito, como se houvesse concluído sua tarefa: restituir Bonaparte ao seu berço de Ajácio.

A 7 de outubro, o vento mostrou-se de novo favorável e a "Muiron" navegou em linha reta para o litoral da Provença, dirigindo-se ao porto de Toulon. Quarenta quilômetros unicamente separavam os navegantes da terra quando, à vista das ilhas de Hyères, apareceram vinte e duas velas — toda a frota inglesa. Ela viu as fragatas francesas e logo se pôs a caçá-las[176].

175. Lacroix, p. 272; Bourrienne, I, p. 408.
176. Ségur, I, ps. 463-469.

Fig. 11. Maria Carolina, Rainha de Nápoles (*Quadro de Le Brun*)

"Era na hora do sol poente. O inimigo estava colocado na luz, conta o general Marmont que se encontrava na "Muiron", — podíamos vê-lo distintamente enquanto nós, ao contrário, colocados a leste, no meio da bruma, só lhe apresentávamos a imagem confusa. Não pôde ele julgar da maneira pela qual nossas velas estavam orientadas, e essa circunstância salvou-nos. A situação era grave e crítica. Gantheaume propôs a Bonaparte retornar à Córsega. Mas Bonaparte, após um momento de reflexão, repeliu a proposta; calculou que valia mais abandonar-se à fortuna e modificar apenas a direção, procurando outro ponto de desembarque. Deu, portanto, ordem ao almirante de se dirigir para Fréjus. Efetivamente os ingleses, julgando nossas duas fragatas saídas de Toulon, deram-nos caça ao largo enquanto corríamos para a terra[177]".

No dia seguinte de manhã, 9 de outubro, Bonaparte desceu em Fréjus e, ao entardecer, partiu para Paris.

"Não tentarei pintar os transportes de alegria de toda a França, diz Marmont; — essa faísca, partida de Fréjus, comunicara-se ao país inteiro[178]" — e era a faísca do sol-levante.

177. Marmont, V, p. 48.
178. Id., II, p. 52.

Fig. 12. Marechal Murat, Rei de Nápoles (*Quadro de F. Gèrard*)

III

O 18 BRUMÁRIO

1799

Querer matar a Revolução seria um ato de louco ou de celerado"[179], dirá Bonaparte depois do 18 Brumário, e o repetirá em Santa-Helena: "Discutiu-se metafisicamente e discutir-se-á muito tempo ainda se não violamos as leis, se não fomos criminosos; mas são abstrações boas no máximo para os livros e as tribunas, e que deviam desaparecer diante da imperiosa necessidade; seria o mesmo que acusar o marinheiro que corta os mastros para não afundar. O fato é que a pátria sem nós estava perdida e nós a salvamos. Assim os autores desse memorável golpe de Estado, em lugar de negações e de justificações, devem a exemplo de certo romano, contentar-se em responder com altivez aos acusadores: Protestamos ter salvo nosso país e vinde conosco dar graças aos deuses"[180].

Assim, até o fim da vida, Bonaparte acredita ou quer acreditar que, matando a ruim metade da Revolução, o Terror, ele salvou a boa metade, enquanto os Jacobinos estavam convencidos de que ele a matara de todo. Quem, no caso, engana o outro, ou se engana a si mesmo?

"A chegada do general Bonaparte era o sol-levante; todos os olhares se voltavam para ele", diz nas "Memórias" o general Marmont[181]. Todos os olhares se voltavam para ele, porque viam nele o sol da paz, erguendo-se após uma noite de guerra que durara sete anos.

— Viva Bonaparte! A Paz! A Paz! — gritava a turba que se exprima à sua passagem, por toda a França, de Fréjus a Paris [182].

"É a paz que queremos conquistar. É o que devem anunciar em todos os teatros, publicar em todos os jornais repetir em prosa, em verso e mesmo em canções", dirá ele na tarde do 18 Brumário; e, falando assim, é sincero, ao menos em parte[183]. O que é a guerra, esse grande conquistador o sabe

179. Vandal, II, p. 40.
180. *Mémorial*, III, ps. 5-6.
181. Marmont, II, p. 88.
182. Vandal, I, p. 293.
183. Id., I, p. 276; Lacour-Gayet, p.88.

melhor que ninguém; ele se recorda, e recordar-se-á a vida toda, do que experimentara em Jaffa: "Jamais a guerra lhe apareceu tão horrenda". Sim, por estranho que isso pareça, quer a paz tão fortemente quanto quer a guerra. Todas as suas guerras tendem à dominação Universal, à reunião dos povos numa sociedade fraterna — à paz do mundo.

Não engana ninguém, mas todos se enganam a seu respeito. Bonaparte é o deus, não da guerra, mas da paz. Eis um desses enormes qüiproquós em que às vezes se compraz o Destino irônico.

Não engana ninguém ou, se isso acontece, é sem ser de propósito. Talvez mesmo seja ele demasiado franco para um homem político. "Nada de facções; não as quero, não suportarei nenhuma. Não sou de nenhum grupelho, sou do grande grupo do povo francês", dizia o general na véspera do 18 Brumário, no mais aceso da barafunda dos partidos, ao cimo dessa vaga que devia levá-lo ao poder [184]". "Nada de facções", isto é, acabe-se a guerra civil e reine a paz interior.

Contam que um antigo convencional, Boudim, das Ardenes, então membro do conselho dos Anciãos, republicano e patriota ardente, morreu de alegria em sabendo que Bonaparte regressara, que o sol da paz se tinha levantado e que a República — a Revolução — estava salva. Pode dizer-se que esse pobre homem morreu de um mal-entendido de que muitos outros deveriam viver.

Bonaparte "deixou-se levar ao poder [185]" por esse bafejo de mal-entendidos, oferecendo-lhe as velas como a fragata "Muiron" as voltava não há muito para o vento favorável; deixava-se envolver pelas ilusões da França como pelo nevoeiro marinho que lhe envolvia o navio fugitivo diante de Sidney-Smith.

Entanto alguns já pressentiam a verdade. "O deus tutelar que invoco para minha pátria é o déspota, logo que seja homem de gênio", escreveu profeticamente o panfletário Suleau em 1792, quando ninguém ainda conhecia Bonaparte [186]. E na mesma época Luciano Bonaparte, com a idade de dezoito anos, diz de Napoleão não menos profeticamente: "Ele me parece bem inclinado a ser tirano, e creio que ele o seria se fosse rei e seu nome se tornaria para a posteridade e para os patriotas sensíveis um objeto de horror [187]".

"Verás, meu amigo, que à sua volta ele tomará a coroa", predizia o general Marmont ao general Junot no momento da partida para Egito[188].

184. Vandal, I, p. 343.
185. Id., I, p. 274.
186. Vandal, I, p. 216.
187. Chuquet, III, p. 2.
188. Marmont, II, p. 88.

Em Fréjus, um orador de clube arengou nestes termos Bonaparte, que acabava de desembarcar: "Ide, general, ide derrotar e expulsar o inimigo, e em seguida vos faremos rei se o quiserdes"[189].

A luz do sol-levante se espalhava por toda a França, mas, chegando até Paris, ela se extingue no nevoeiro de novembro.

"Ele chega, escreve um contemporâneo, sem que ninguém o espere ou pense nele, e afronta os inconvenientes de um regresso que se assemelha a uma fuga... A expedição do Egito, que depois falou tanto às imaginações, quase só se apresentava então como uma tentativa louca... Os relatos que nos tinham vindo pela Inglaterra haviam sensivelmente atenuado o efeito dos boletins do exército do Oriente, nos quais se via mais fanfarrice que sinceridade: o aventureiro parecia exceder o general"[190].

Nos meios militares, acusavam-no de deserção. Com efeito, atendo-se ao ponto de vista militar, a atitude de Bonaparte era indesculpável e Sieyès tinha razão quando, a propósito de uma involuntária falta de atenção de que se queixava do lado de Bonaparte, o chamou de "pequeno insolente para com uma autoridade que deveria mandá-lo fuzilar[191].

"Bernadotte propôs ao Diretório submeter o general Bonaparte a um conselho de guerra. "Não estamos muito fortes", respondeu Barras[192].

"Não havia alternativa para ele, se não entre um trono e o patíbulo", assegura o general Thiébault[193]. É exagero, mas muitos o desejavam talvez, e esperavam que seria assim.

Enquanto isto, nos salões parisienses, falava-se de Bonaparte como de uma curiosidade, como falavam do novo penteado "à grega" que substituíra o penteado "à Tito".

O próprio aspecto do "herói africano" excita a curiosidade; a maior parte do tempo anda ele vestido de um traje bastante singular, que lhe dá o aspecto de Robinson ou de um personagem das "Mil e uma Noites": chapéu alto de feltro em forma cilíndrica, longo redingote esverdeado, a cimitarra turca ornada de diamantes e presa a um largo cinturão feito de um chale oriental.

Tem um ar de tamanho cansaço que parece não lhe restarem uns oito dias a viver[194].

O peito côncavo, as faces cavadas, a pele azeitonada; só os olhos imensos brilham com um fulgor insustentável.

---

189. Id., II, p. 51.
190. Pasquier, Mémoires, I, p. 141.
191. Thiébault, III, p. 59.
192. F. Masson, Madame Bonaparte, p. 170.
193. Thiébault, III, p. 60.
194. Vandal, II, p. 357.

Curiosos correm atrás dele, mas não é fácil vê-lo sempre, quase não se mostra em parte alguma, exceto no Instituto. Lá, ele se faz consagrar ateu por seus inimigos passados e futuros, os ideólogos, os últimos enciclopedistas, os Volney e os Cabanis.

Pode-se encontrá-lo também no palacete de Josefina, na calma rua Chantereine que há dois anos se chama, em sua honra, rua da Vitória.

Passeia no jardim: este sussurro das folhas mortas sob seus pés como se assemelha pouco ao estalido das areia da Síria; este sol lunar do Brumário, mal aclarando a ferrugem doirada da folhagem e o palor espectral dos vasos antigos, como se assemelha pouco ao sol feroz do deserto; e lá dentro, atrás das janelas da casa, no salão, em meio círculo, com pinturas pompeanas, como estas carnes de mulheres, transparentes debaixo do leve tecido dos peplos antigos, se assemelham pouco aos horríveis corpos dos pestosos de Jafa; e estas esfinges de bronze no espaldar das poltronas como estão longe de assemelhar-se à verdadeira Esfinge, ao primeiro rosto humano esculpido na pedra, e que havia contemplado o rosto de um Homem, do último talvez.

Josefina, facilmente reconciliada com o marido, depois de uma disputa melodramática a propósito do sr. Carlos e de outros amantes, trabalhou com zelo: à maneira de Circe, enleou numa rede de intrigas complicadas os piores inimigos de Bonaparte e transformou-os em animais bem ensinados. Foi assim que ela domesticou o Diretor Sieyès, ligando-lhe definitivamente a sorte à do "pequeno insolente" que ele quisera dantes mandar fuzilar.

Nessa mesma rua da Vitória foi concebido o plano do golpe de Estado. Plano bastante simples: matar a Constituição pela Constituição; a pretexto de um suposto golpe terrorista, fazer transferir a sede das duas Câmaras — o conselho dos Anciãos e o conselho dos Quinhentos — de Paris para uma comuna campestre, em Saint-Cloud, dando a Bonaparte, a fim de assegurar a execução da medida, o comando das tropas da região de Paris e de toda a zona constitucional.

Tudo se passará à moda corsa, em família. A cavilha-mestra do golpe de Estado será Luciano Bonaparte, que preside aos vinte e quatro anos os Quinhentos; esse "bricconcello" que outrora fizera saltar tão habilmente o paiol de pólvora debaixo do velho "babbo" Paoli, o fará agora saltar debaixo da França toda. Há também o general Leclerc, marido de Paulina Bonaparte, e o general Murat, noivo de Carolina; comandante de cavalaria em Saint-Cloud, ele cercará o palácio em que se reunirão as duas Câmaras. Todos os outros conjurados são também gente de casa, filhotes do ninho de Bonaparte: Berthier, chefe de estado-maior, Lannes, comandante de infantaria, Marmont, comandante de artilharia, o corso Sebastiani, comandante dos esquadrões de dragões; devia este último, no primeiro golpe de Estado, começar por sitiar o Conselho dos Quinhentos reunidos no Palácio Bourdon.

Nada a recear do Diretório, composto unicamente de "apodrecidos", como lhes chamavam então no governo. O mais "apodrecido" era Barras, que "tinha os vícios dos novos tempos e dos tempos antigos" [195]. Barras é "a corrupção personificada" e Sieyès, padre que largara o hábito, é "a ideologia personificada", isto é, a impotência: é o Homúnculo num bocal, pai de inúmeras constituições natimortas. Bonaparte poderia deixar de tomar a dianteira?

O golpe de Estado, primitivamente fixado para 16 Brumário, foi transferido para sexta-feira 17 e depois, a instâncias de Bonaparte, que era supersticioso, transferido de novo para 18 Brumário — 9 de novembro.

Isso parecia loucura; poder-se-ia exigir de cento e cinqüenta conspiradores um segredo de quarenta e oito horas? Todavia, foi o que aconteceu: ninguém traiu o segredo, tanto "a necessidade de uma mudança era universalmente sentida"[196]; tanto "o fruto estava maduro".

A 18 Brumário, por uma aborrecida manhã de outono, o conselho dos Anciãos, diante de convocações trazidas à noite, reuniu-se, entre sete e oito horas, no sítio ordinário das sessões, no lúgubre palácio das Tulherias. Depois de ouvir, de pé, o relatório apressadamente redigido por uma comissão especial sobre a pretensa conspirata terrorista contra a pátria e a liberdade, o Conselho votou, quase sem discussão, o decreto ordenando a mudança, para o dia seguinte, às doze horas, da sede das duas assembléias para Saint-Cloud e nomeando o general Bonaparte comandante em chefe da região de Paris, com o encargo de assegurar a execução do decreto.

Só a primeira parte desse decreto era legal; a segunda violava a Constituição: o Conselho dos Anciãos não tinha o direito de nomear um comandante em chefe; era já o começo do golpe de Estado: o eixo mudara quase invisivelmente.

Lá para as dez horas Bonaparte chegou ao palácio, acompanhado do esquadrão de dragões comandado por Sebastiani, e entrou na sala do Conselho seguido de um brilhante estado-maior.

Era a primeira vez que Bonaparte devia discorrer diante de uma assembléia parlamentar. Fulgurante nas suas proclamações ao exército, ou em conversa íntima, ele não sabia falar em público; era estranho ver esse homem, impassível debaixo dos obuses, ficar atrapalhado, intimidado, debaixo do olhar do rábulas e dos tagarelas. — "O que prejudicava Bonaparte era o vício habitual da sua pronúncia, nota um dos contemporâneos. —

---

195. Marmont, II, p. 91.
196. Marmont, II, p. 93.

Ordinariamente ele fazia redigir o discurso que queria pronunciar. Decidia-se sempre em definitivo a ler aquilo que tinham o cuidado de copiar para ele em grandes caracteres. Em seguida ensaiava a pronúncia das palavras, mas esquecia, em falando, a lição que recebera e, com um som de voz meio surdo, boca mal aberta, lia as frases com um sotaque ainda mais estranho que estrangeiro. Ouvi muitas vezes dizer a um grande número de pessoas que elas não podiam vencer uma impressão penosa ao escutá-lo falar em público. Esse testemunho irrecusável da sua "estrangeirice" em relação ao país, feria desagradavelmente o ouvido e o pensamento[197]". Nem francês, nem mesmo corso, — um homem sem pátria.

— A República perecia, declarou Bonaparte. Vós o reconhecestes, vós lavrastes um decreto que vai salvá-la... Nada na história se assemelha ao fim do século XVIII; nada no fim do século XVIII se assemelha ao momento atual... Ajudado por todos os amigos da liberdade, por todos os que a fundaram, por todos os que a defenderam, eu a sustentarei... Queremos uma República baseada na liberdade, na igualdade, nos princípios sagrados da representação nacional. E a teremos. Eu o juro!

— Nós o juramos! Responderam-lhe em uníssono os generais de seu séqüito, enquanto partia das tribunas uma tempestade de aplausos [198].

"Ele jurava ser fiel a essa Constituição contra a qual viera de armar-se e que iria destruir", escreve o general Marmont.

Bonaparte deixando a sala do Conselho, desceu ao jardim para mostrar-se às tropas. Uma turba pouco numerosa estava atrás delas; rostos calmos, e mesmo indiferentes. Saindo do palácio, Bonaparte percebeu um enviado de Barras, seu secretário Bottot, homenzinho mirrado que tentava abrir caminho até ele; escolheu-o logo para fazer as despesas da festa, pagando os pecados do Diretório. Aproximou-se de Bottot e, depois de ouvir-lhe um instante os balbucios indistintos, pegou-o pelo braço, afastou-o um pouco e, dirigindo-se às tropas e à multidão, gritou:

— O exército reuniu-se a mim, eu me reuni ao corpo legislativo!

Um frêmito percorreu as tropas e comunicou-se à turba plácida.

— Que fizestes dessa França que vos deixei tão brilhante? Continuou Bonaparte voltando-se para Bottot e fulminando-o com um olhar; ele não falava mais de papel em punho, mas de todo o coração, como se estivessem a sós. — Deixei-vos a paz e reencontro a guerra! Deixei-vos as vitórias e reencontro por tudo as leis espoliadoras e a miséria. Que fizestes de cem mil franceses, meus companheiros de glória? Eles estão mortos. Esse esta-

---

197. Madame de Rémusat, III, p. 204.
198. Vandal, I, p. 314; Lacour-Gayet, p.87.

do de coisas não pode durar; antes de três anos ele nos conduziria ao despotismo... Segundo alguns facciosos, seremos bem cedo inimigos da República, nós que a robustecemos pelos nossos trabalhos e nossa coragem; nós não queremos cidadãos mais patriotas que os bravos mutilados a serviço da República!

— Viva a República! Viva Bonaparte! Gritaram os militares entusiasmados, e a multidão lhes fez eco[199].

Tudo corria como sobre rodinhas. No decurso desse dia, dos cinco Diretores, Barras enviara sua demissão, Sieyès e Ducos se tinham ligado a Bonaparte, Gothier estava guardado à vista no Luxemburgo e o general Moulin, que ficara sem tropas, nada podia fazer.

Ao mesmo tempo, o conselho dos Quinhentos reunia-se no palácio Bourbon. Ouvindo falar de uma suposta maquinação terrorista, de que eles haveriam sido os autores, e pressentindo a iminência de uma revolução, os jacobinos — que formavam a maioria dos Quinhentos, mostravam uma raiva lamentável e impotente. Os esquadrões do general Sebastiani vieram alinhar-se diante do palácio. Vendo os capacetes de metal e os sabres nus dos dragões, os advogados palradores lembraram-se do 13 Vindimiário; aquilo com que eles tinham sido então ameaçados realizava-se agora; chegara o fim do reino da parolagem. Os mais animosos queriam amotinar os subúrbios de Paris. Mas os tempos não eram os mesmos: um golpe de Estado quase se concluíra, estava concluído, e ninguém se apercebera disto; tudo permanecera absolutamente tranqüilo; nem um sopro de vento, nem uma folha se movera: foi a mais calma das revoluções.

A parte do castelo de Saint-Cloud aonde deveria reunir-se, a 19 Brumário, o conselho dos Quinhentos, era uma longa e estreita galeria, cujas doze janelas ocupavam toda uma parede, abrindo para o jardim; esse trecho de palácio fazia pensar, malgrado as colunas corintianas e as decorações esculpidas no estilo majestoso de Luiz XVI, num galpão vazio. Desde manhã cedo, os tapeceiros aí trepavam por escada e martelavam com força; para ornar as paredes nuas, colocavam-se aqui e ali algumas tapeçarias, e ajustavam-se no chão alguns tapetes.

Estava aí tão úmido, tão frio que saía fumaça das bocas. Num canto um fogareiro aceso, e deputados aqueciam-se nele. Bonaparte entrou na sala para ver se tudo se achava adiantando e apressar os operários. Os martelos batiam, o fogareiro roncava. De repente, de um grupo de deputados irrompeu um grito tão distinto que Bonaparte não podia deixar de ouvi-lo: "Ah, bandido! Ah, celerado"[200]!

199. Vandal, I, ps. 315-402.
200. Vandal, I, p. 357.

No pátio do castelo e no jardim empapado pela chuva da véspera, grupos de deputados se tinham reunido também: os membros do conselho dos Quinhentos tomavam contacto e se punham de acordo em deliberar com os membros do conselho dos Anciãos. Toda demora seria prejudicial. Vendo o castelo cercado pelas tropas e lembrando os ademanes ditatoriais de Bonaparte na véspera, um grande número de deputados, não só dos extremistas, mas também dos moderados, sentia-se inquieto: temiam ficar presos na própria armadilha que tinham preparado. "Ah, ele quer ser um César, um Cromwell, e é preciso decidir-se", diziam os mais resolutos[201].

Deu meio-dia, meio-dia e trinta, uma hora. Enfim a sala do Quinhentos estava pronta.

Vestidos de longas togas romanas de um tecido escarlate, calçados de altos coturnos, encarapuçados de estranhos bonés cúbicos, ornados de penas de galo tricolores, os fabricantes de leis davam entrada no galpão deserto e frio.

O presidente, Luciano Bonaparte, abriu a sessão, e quase imediatamente ressoaram gritos:

— Nada de ditadura! Abaixo os ditadores! Aqui somos livres e as baionetas não nos amedrontam!

Alguém propôs nomear uma comissão para proceder a um inquérito sobre a conspirata — uma comissão, remédio sonífero dos parlamentos. Mas os jacobinos nem queriam ouvir falar nisso e se desmandavam como energúmenos. Luciano sacode a campainha e é apupado, ameaçado e injuriado. Uma turba de pais da pátria cerca-lhe a tribuna, ululando:

— A Constituição ou a morte!

Enfim, decidiram-se a prestar juramento à Constituição, em chamada nominal. Luciano estava encantado: os inimigos de Bonaparte iam perder um tempo precioso que seria ganho por seus amigos.

O ritual do juramento era lento e complicado. Durante os primeiros cinco minutos só puderam ser prestados três juramentos; nesse andar o dia todo não bastaria para o quinhentos legisladores.

O conselho dos Anciãos, reunido numa das salas vizinhas, mostrava mais dignidade. Mas não era menos impotente. Os deputados convidaram os membros da comissão especial eleita na véspera para proceder a inquérito sobre a trama criminosa, explicando em que consistia ao certo, e de que perigo ameaçava a liberdade e a pátria. Mas a comissão, nada podendo explicar porque ela própria nada sabia, respondia em termos vagos. Deba-

201. Id., I, p. 357.

tes intermináveis sucederam-se. Nesse instante em que com a sorte da Revolução se decidia a sorte de todos, no momento em que a espada de César já lhes estava suspensa sobre as cabeças, os ideólogos berradores continuavam a parolar, desmanchando-se em metáforas, não chegando a tomar uma decisão e resolvendo afinal adiar tudo e suspender a sessão para ver até onde iam os acontecimentos.

Durante esse tempo, numa das salas de baixo — devido à desigualdade do terreno, as salas se achavam em níveis diferentes — no futuro gabinete do Imperador, vasto compartimento, magnificamente dourado, mas só tendo por mobiliário duas poltronas, Sieyès, a cara esverdinhada pelo frio e mais que nunca parecido com um homúnculo, estava sentado numa poltrona perto da lareira. A lareira aquecia mal por falta de atiçador, e Sieyès avivava o fogo com uma acha de lenha. Mas nenhuma labareda, nem mesmo o sol, chegaria a aquecer o corpo exangue do homúnculo.

Bonaparte passeava de extremo a extremo "com bastante agitação". De dez em dez minutos o ajudante de campo Lavalete trazia novidades do conselho dos Quinhentos. As notícias eram más; deputados jacobinos teriam partido para Paris a fim de amotinar os subúrbios, o que aliás não era muito inquietante, ainda que em tal momento ninguém pudesse prever o que se iria passar pouco depois. O mais perigoso era que os generais jacobinos Jordan e Augereau, os piores inimigos de Bonaparte, vinham de chegar a Saint-Cloud; também aí esperavam Bernadote, que só sonhava arrastar, na primeira ocasião, Bonaparte diante de um tribunal, não mais como "desertor" e sim como "criminoso de Estado".

Bonaparte sente que é necessário agir, que não se pode perder mais um minuto. Através da sucessão de salas vazias, ele se dirige, sem séquito, acompanhado unicamente de dois ajudantes de campo, para o conselho dos Anciãos. Violando a lei constitucional que proíbe a um estranho penetrar no recinto administrativo sem ser convidado, ele entra precipitadamente, quase correndo, na sala, detém-se ao centro, em frente do tablado presidencial, e começa a falar.

Não fala bem, perturbando-se como sempre que se encontra diante de uma assembléia; esquece o que queria dizer, atrapalha-se, afundando em frases enfáticas; ora as palavras lhe morrem na garganta, ora lhe afluem num ímpeto incoerente:

— Vós sois um vulcão, cidadãos! Permiti-me falar-vos com a franqueza de um soldado... Já me cobrem de calúnias, falando de César, falando de Cromwell, falando de governo militar... Se eu quisesse o governo militar, teria corrido a prestar meu apoio à representação do país?... Urge decidir... A República não tem mais governo... Só resta o conselho dos Anciãos. Que ele tome medidas, que ele fale; eis-me aqui para executar, salvemos a liberdade! Salvemos a igualdade!

— E a Constituição? interrompe uma voz.

— A Constituição? Vós mesmos a aniquilastes, recomeçou Bonaparte, depois de um instante de silêncio embaraçado. — Ela não merece mais o respeito de ninguém. Direi tudo!...

"Ele vai enfim revelar a conspirata!" Disseram-se seus amigos, com uma satisfação sincera, mas de duração efêmera: ele não revelou nada, exprimindo-se nos mesmo termos vagos da comissão.

— Não, cidadãos, não sou um intrigante, concluiu bruscamente. Creio ter dado bastantes provas do meu devotamento à pátria... Se sou um pérfido, sede todos Brutus...

Ele sentiu que se engasgava, e perdeu toda a calma, como um ator noviço na cena ou uma colegial em exame.

Sala em tumulto. Gritos elevam-se:

— Nomes! Cite os nomes!

Entanto ele não cita o nome de ninguém e continua a falar obscura e molemente, sem tocar o objetivo, indo longe demais. Põe-se bruscamente a querer fazer medo. Recorda-se de uma frase pronunciada um dia diante dos sheiks do Cairo:

"Lembrem-se de que ando acompanhado pelo deus da vitória e pelo deus da guerra". Essa frase pôs a seus pés os sheiks de longas barbas e os doutores do Islã, mas não produziu nenhum efeito nos legisladores franceses. Um murmúrio de reprovação se fez ouvir.

— E vós, meus camaradas, que me acompanhais, vós, bravos granadeiros, grita Bonaparte às sentinelas postadas junto à entrada, — se algum orador pago pelo estrangeiro ousar proferir contra vosso general as palavras: "Fora da lei", que o raio da guerra o fulmine no mesmo instante!

O presidente o detém, acalma-o, convida-o a voltar ao assunto da conspirata, mas em vão: ele permanece nas generalidades; dir-se-ia que sem querer também ele se tornou num advogado palrador.

— Se a liberdade perece, vós sereis responsáveis diante do universo, da posteridade, da França e de vossas famílias! Grita ele, como se rolasse num precipício, e sai correndo da sala, como um ator vaiado ou um colegial mal sucedido no exame. — Augereau, lembra-te de Arcole! Disse ele passando diante do general jacobino.

Este sorriu em silêncio, ironicamente; a este sorriso, Bonaparte sentiu que com efeito a hora de Arcole chegara e, da mesma forma que ele se atirara sobre a ponte, sozinho, com uma bandeira na mão, sob o fogo da metralha, assim também atira-se agora na fornalha jacobina, no conselho dos Quinhentos.

Na estreita passagem que leva do castelo ao sítio denominado Orangerie, o amontoamento é tal que Bonaparte e seu séqüito, reunido a ele em caminho, dificilmente avançam. A escolta permanece no sólio. Bonaparte entra sozinho na sala. Aqui a tempestade parlamentar continua desencadeada. Abre caminho a custo através dos deputados e aproxima-se da tribuna. De início não o enxergam, mas, súbito, um espantoso tumulto ressoa em gritos e vociferações:

— Abaixo o ditador! Abaixo o tirano! Fora da lei!

Os jacobinos cercam Bonaparte, abalroam-no, atiram-se sobre ele de punhos erguidos, agarram-no pela gola. Ao peso de tantos corpos, e ao respiro febril de tantas bocas que cospem injúrias, ele empalidece, vacila, está na iminência de desfalecer. "Punhais luziram-lhe acima da cabeça", afirmaram mais tarde os amigos de Bonaparte, enquanto seus inimigos o negavam. Mas, com ou sem punhais, a situação era pouco respirável.

Os granadeiros que montavam guarda perto da porta, vendo o general em perigo, atiraram-se para socorrê-lo e com seus oficiais dispersaram a turba de deputados a socos. Nos lugares reservados ao público, homens e mulheres assustados se atropelavam e obstruíam a saída; outros, que se tinham conservado junto às janelas, abriam-nas e saltavam no jardim. Pandemônio, gritos, uivos, cacarejos de mulheres em delíquio.

— Viva Bonaparte! Urra uma delas, como se a estrangulassem, e vozes responderam-lhe da multidão.

Soldados e oficiais batem-se com os deputados; um destes, prendendo o pé no tapete, se despenha ao comprido no soalho. Um granadeiro tem a manga da túnica dilacerada de alto a baixo. Bonaparte torna-se a presa do jacobino Destrem, um homem de estatura gigantesca e força hercúlea:

— Foi então para isso que tu venceste? grita-lhe Destrem cara a cara; ao mesmo tempo a mão dos jacobino cai pesadamente no ombro de Bonaparte.

Enfim os granadeiros conseguem chegar até Bonaparte, arrancando-o das mãos desses doidos furiosos e protegendo-o com o próprio corpo. O colosso de Destrem continua a mimosear os soldados com boas murraças destinadas ao general. Dois granadeiros arrastam, carregam quase Bonaparte nos braços. Tem este o rosto mortalmente pálido; seus traços decompõem-se e os olhos cerram-se-lhe metade; a cabeça, pendendo para a espádua, balança-se como a de um boneco. É este "o deus da guerra, o deus da vitória"?

— Fora da lei! Fora da lei! Continuam a clamar os energúmenos da sala.

Outrora, nos dias do Terror, esse grito matava; era imediatamente seguido da intervenção da guilhotina; agora perdeu bastante da força antiga, mas é ainda assim temível.

Os deputados trepam no estrado, esmurram a mesa com tanta violência que parecem querer fazê-la em pedaços e intimam o presidente a pôr imediatamente em votação a proposta que priva Bonaparte dos benefícios da lei.

Mas Luciano mostra-se à altura da situação; só, conserva-se calmo, inabalável em seu posto, como um rochedo em meio às vagas desencadeadas. Ele realiza um milagre: doma a tempestade e, no silêncio restabelecido, pronuncia algumas palavras pacificadoras em defesa do irmão.

Mas logo os gritos sobem:

— Hoje Bonaparte maculou sua glória!

— Bonaparte conduziu-se como um rei!

— Então, presidente, põe em votos as propostas! gritam, os jacobinos, passando, segundo o velho costume do Terror, do "vós" ao "tu".

Vota-se, mas, no meio de uma balbúrdia tal, é impossível saber quem votou e por quem. Como na véspera, no palácio Bourbon, a assembléia impotente se desvaira do modo estúpido, sem nada fazer de proveitoso.

Bonaparte fora ter à sala de baixo. No primeiro instante sente-se tão desconcertado que balbucia palavras incoerentes e não reconhece ninguém.

— "General", diz ele a Sieyès, querem pôr-me fora da lei!

Sieyès continua sentado perto da lareira tiritando e não conseguindo aquecer-se. Levanta para Bonaparte os olhos calmos, como se não se surpreendesse com essa nomeação de general. Sem um movimento na face exangue — a face do homúnculo — pronuncia com uma gravidade constitucional palavras proféticas:

— Foram eles que se puseram fora dela.

E, após alguns instantes de reflexão, ajuntou com firmeza:

— Chegou o momento de meter o chanfalho!

Mas, para começar a meter o chanfalho, era preciso, quando mais não fosse, um pequeno farrapo de legalidade.

— Fora da lei! Bonaparte é declarado fora da lei! Gritam, correndo para a sala, dois enviados de Talleyrand.

Bonaparte desembainha a espada, aproxima-se da janela, abre-a e comanda, como num campo de batalha, às tropas que se encontram no pátio:

— Às armas! Às armas!

Este grito é repetido de batalhão em batalhão. Por muito tempo não cessará ele: o eco múltiplo da História o repetirá e o levará mais e mais, até o fim do mundo.

Bonaparte, com seu séqüito, desce ao pátio, monta a cavalo e passa a galope ante a vanguarda dos granadeiros do Corpo legislativo alinhados em frente ao castelo:

— Soldados, posso contar convosco?

Os granadeiros calam-se; talvez pensem: "Que os chefes se escangalhem entre si, isso não nos interessa em absoluto!" Sieyès, que olha pela janela, crê mesmo perceber em suas filas um movimento suspeito, como se quisessem precipitar-se sobre Bonaparte.

Mas já este galopa para seus fiéis dragões e outras valentes reservas. Lá, aco-lhem-no com uma tempestade de aclamações. A um sinal seu, faz-se silêncio e ele fala aos oficiais e aos soldados; queixa-se dos Quinhentos, "miseráveis, trai-dores, sustentáculos do estrangeiro, estipendiados da Inglaterra".

— Fui indicar-lhes os meios de salvar a República, e eles quiseram assasinar-me!

Seu aspecto é sinistro; traz o rosto ensangüentado; ainda há pouco, du-rante os primeiros momentos de desespero e de raiva, ele se coçara, e seus dedos lhe haviam ferido os lugares mais irritados pela sarna adquirida em Toulon. Vendo sangue, os soldados acreditaram que os jacobinos tivessem realmente querido assassiná-lo.

— Soldados, posso contar convosco?

— Sim! Sim! Viva Bonaparte! Viva a República!

Mas os granadeiros das portas do castelo continuavam a calar-se. O tempo passava; eram quase cinco horas; no entardecer prematuro de no-vembro as sombras se adensavam debaixo das árvores desnudas do parque; no interior do castelo estava completamente escuro. Ainda um pouco o dia fatal vai afundar numa noite talvez mais fatal ainda. "Se emitissem de pron-to o decreto pondo-o fora da lei, Deus sabe o que aconteceria", relata uma testemunha ocular[202].

O general Fregeville, saindo da Orangerie, corre para Bonaparte e se-greda-lhe as palavras do presidente Luciano: "Antes de dez minutos, é pre-ciso interromper a sessão ou não responderei por nada!" Súbito, Bonaparte transfigurou-se; ardeu-lhe um clarão nos olhos; é ele de novo "o deus da guerra, o deus da vitória". Ele compreendeu — recordou-se o que lhe cumpria fazer: arrancar Luciano da fornalha jacobina.

Dito e feito. Dez minutos não haviam ainda decorrido e um destaca-mento de granadeiros do 79° de linha, devotados a Bonaparte, tomando o presidente nos braços como uma relíquia sagrada, transportou-o da Orangerie para o pátio. Luciano montou a cavalo e galopou para o irmão. Os dois reuni-ram-se, o presidente da assembléia ao comandante em chefe do exército, o po-der legislativo ao poder executivo: enfim a baioneta conseguiu prender-se a um farrapo de legalidade: o exército salvará a República.

— O presidente do conselho dos Quinhentos vos declara, grita Luciano em voz rouca, que a imensa maioria deste conselho está no momento sob o terror de alguns representantes facinorosos... Declaro-vos que esses auda-zes bandidos, sem dúvida comprados pela Inglaterra, se rebelaram contra o conselho dos Anciãos e ousaram falar em pôr fora da lei o general encarre-

---

202. Marmont, II, p. 98.

gado de executar-lhe o decreto... Generais, e vós, soldados, e vós todos, cidadãos, não reconheçais por legisladores em França senão aqueles que me acompanharem. Quanto àqueles que persistem em ficar na Orangerie, que a força os expulse! Esses bandidos não são mais representantes do povo, mas representantes do punhal!

Indicou o rosto ensangüentado de Bonaparte, depois tomou uma espada nua de que dirigiu a ponta para o peito do irmão, e nessa atitude trágica, digno do ator Talma, proclamou:

— Juro matar eu mesmo a meu irmão se este alguma vez atentar contra a liberdade dos franceses!

Nesse momento, o "briconcello" esquecera sua própria profecia quanto às ambições tirânicas do outro.

Enfim, o entusiasmo geral arrastou também os granadeiros do corpo legislativo. Os enraivados dragões e os soldados do 79º os impeliram por trás. Ei-los já abalados e prestes e marchar para onde lhes ordene Bonaparte. Pode ele dar a ordem.

Os oficiais levantam os sabres, os tambores rufam sonoramente. Murat forma uma coluna e a conduz contra o castelo. No pesado tropel das forças em marcha, ao crepúsculo que aumenta, o rufo do tambor alarga-se em estranhas ressonâncias.

A multidão afasta-se com medo, mas aclama em transporte o César libertador:

— Bravo! Abaixo os jacobinos! Abaixo o 93! É a passagem do Rubicon!

Surdamente através das espessas paredes do castelo, vem repercutir o rumor fatídico; aproxima-se, mais e mais se aproxima, entra pelos corredores e pelas escadarias, e ei-lo agora pertinho. Abre-se a porta e brilham as baionetas.

A assembléia continua a debater-se com os rugidos de um animal expirante; mas a coluna de granadeiros entra lentamente; a princípio miúda, engrossa pouco a pouco e ocupa toda a parte anterior da galeria. Togas vermelhas fogem em debandada; outras, ao fundo da galeria, se estreitam, se aglomeram num monte escarlate.

— Soldados! Vós manchais vossos louros! Ruge alguém da tribuna; mas as pancadas do tambor abafam o rugido.

— Cidadãos, está dissolvida a assembléia! grita Murat.

Uma segunda coluna, sob o comando do general Leclerc, penetra na sala.

— Granadeiros, para frente!

Mas o ex-postilhão Murat sabe comandar melhor!

— Ponham-me todos esses desgraçados fora daqui!

A tropa cruza as baionetas, avança e, diante desse eriçamento de aço, a massa vermelha se funde como cera ao fogo.

Em cinco minutos a sala está limpa, só os últimos recalcitrantes se imobilizam nas respectivas poltronas, sem pestanejar, como os senadores romanos diante dos gauleses. Mas os granadeiros tomam-nos tranqüilamente pela cintura, como a crianças indolentes, e vão depositá-los lá fora.

A noite. A penumbra, o vazio. E o som do tambor a espalhar-se, ininterrupto, em surdas trepidações.

Alguns deputados fugiram vergonhosamente, saltando pelas janelas; mas a maior parte recuou diante da força bruta com dignidade, como convém aos legisladores. Mas no pátio tudo mudou subitamente. Os soldados acolheram "os senhores advogados", os "assassinos" de seu general, os "estipendiados pela Inglaterra", com injúrias, risos, assobios, escárneos. Os homens vermelhos não sabiam onde meter-se; tropeçando nas longas vestes, safavam-se pelo pátios, pelos terraços, pelos jardins, em direção às aléas do parque, ao bosque, às trevas; fugiam como se um inimigo invisível os perseguisse; acabam atirando para longe os bonés cor de sangue, dilacerando-se nas moitas de espinho. Farrapos vermelhos jazem por terra, como vestígios de um animal ferido que foge — a Loba Revolução acuada, dilacerada por seu próprio Lobinho

Ça ira! Ça ira!

cantavam alegremente os soldados à noite, na estrada larga de Versalhes, voltando de Saint-Cloud para Paris. Tinham a consciência tranqüila quanto ao dever que lhes incumbira: haviam salvado a República — a Revolução.

"Está representada a farça", disse alguém a um dos Quinhentos, quando o encontrou essa mesma noite no parque de Saint-Cloud, e o disse entre frouxos de riso.

— Sim, a farça da Revolução estava representada.

Horas depois, Talleyrand ceava, cercado de convivas alegres, no casinholo calmo de uma amiga, em Sèvres. Falou-se dos acontecimentos do dia. Alguém levantou o copo e, admirando as centelhas líquidas do vinho, piscou o olho, sorriu e disse:

— General Bonaparte, general Bonaparte, isto não é sério[203]! — Em outros termos: "Vós tivestes medo".

Com efeito, que se passara nele enquanto os granadeiros o carregavam nos braços para fora da fogueira jacobina? "O homem mais audaciosos que talvez tenha existido" tremeria de medo diante dos rábulas retóricos?

Sim, um temor como ele nunca experimentara e não mais viria a experimentar, atravessou-lhe a alma. Mas que temor? O do predestinado que

203. Vandal I, ps. 358-402.

Fig. 13. Maria Paulina, Princesa Borghese (*Quadro de R. Lefèvre*)

sente chegarem os tempos anunciados pela Sibila, quando, de acordo com a sentença virgiliana, vai "enfim renascer a grande ordem dos séculos".

Bonaparte tem razão: nada na história se assemelha à Revolução Francesa, nada na Revolução se assemelha a este minuto — a este 18 Brumário, cimo dos cimos, ponto extremo onde realmente "freme o eixo do mundo" e o centro de atração universal se desloca.

"Uma nova era começou — a autoridade de um único homem", é assim que uma contemporâneo define com exatidão esse deslocamento[204]. E outro dirá: "O governo consistia nele só"[205]. Bonaparte e a Revolução, o homem e a humanidade. Todos e Um, eis aí o século dos íons deslocados.

O barulho é o sinal das pequenas revoluções; a calma, das grandes. "Reentrando em Paris, encontrei a cidade tão calma como se nada houvesse ocorrido, ou como se ela estivesse a cem léguas de Saint-Cloud"[206].

Tudo fora derrubado, posto de pernas para o ar — e nem um sopro de vento, nem uma folha se movera: era bem a mais calma das revoluções. Ninguém deu pela coisa e só Bonaparte a sentiu ante o esforço sobre-humano que lhe gelara o sangue nas veias. No momento em que seu rosto empalidecera, havia nele o ar de um covarde, mas na realidade permanecia "o homem mais audacioso que talvez já tenha existido". Talvez em toda a sua vida não houvesse minuto mais heróico, porque qualquer outro que não ele seria esmagado como um verme por esse peso, triturado como um fio de palha entre duas mós, enquanto ele sobreviveu: morreu Bonaparte — Napoleão ressuscitou.

Grande susto mesmo para o mais valente dos homens.

"Querer matar a Revolução seria ato de um louco ou de um celerado". Ela sabia que não a podiam matar, porque ela contém em si uma verdade eterna; sim, ele o sabia melhor que ninguém, ele, o imortal Lobinho da Loba Imortal; todo o sangue de suas veias não era o leite das suas maminhas de bronze? "Eu sou a Revolução", dirá Napoleão César, como o dizia Bonaparte. E basta olhá-lo atentamente para reconhecê-la nele. Não, ele não a matou; fez pior: amou-a de um amor terrível, misturou seu sangue ao de sua mãe; como Edipo, desonrou a mãe. Mas Edipo ignorava o que fazia enquanto Bonaparte o sabia "quase" — o "recordava", e insistiu em fazê-lo. Aliás não podia deixar de ser assim porque ele fora mandado ao mundo para isto; sabia igualmente — recordava-se — que isso não lhe seria perdoado nunca. Eis porque ele empalidecera tanto ao ouvir o "Fora da lei!" Não foi o punhal dos jacobinos, mas o eterno punhal de Nemesis, do Destino,

204. Pasquier, I, p. 145.
205. Marmont, II, p. 104.
206. Thibaudeau, p. 7.

Fig. 14. Elisa Baciocchi, Princesa de Piombino (*Quadro de F. Tofanelli*)

que ele viu brilhar ante os olhos. Para vencer o deus-animal, a Esfinge que devora os homens, Édipo decifra seu enigma: o Homem. Napoleão fez o mesmo, não mais em palavras e sim em atos. De sua mãe, a Revolução, ele se engendrou a si próprio, do tempo na eternidade; Bonaparte engendrou Napoleão, um homem engendrou o Homem.

Eis o sol que se levanta do seio materno da antiga noite, do antigo caos — da Revolução: Napoleão-Homem.

MEIO-DIA

I

O CÔNSUL

(1799-1804)

Quando, depois de 18 Brumário, um Consulado, composto de três pessoas, Sieyès, Roger-Ducos e Bonaparte, substituiu o Diretório, o poder pertencia na realidade ao Primeiro Cônsul, Bonaparte.

O poder pela paz, tal era o pacto tacitamente concluído entre ele e a França.

Mas, para obter a paz, era primeiro indispensável vencer, reconquistar a Itália: fora para isso que ele retornara à França, abandonando as tropas do Egito como um "desertor". Uma longa guerra era impossível, tanto pelo estado desesperado das finanças quanto pelo grande desejo de paz que o país manifestava; era preciso desfechar no inimigo um golpe brusco, caindo-lhe em cima como o raio.

Em março de 1800 o exército austríaco do general Mélas, enfurnando-se, segundo a expressão de Bonaparte, na Riviera liguriana, onde sitiara Gênova, tinha evacuado o Piemonte, a Lombardia, toda a alta Itália, desguarnecendo as passagens dos Alpes helvéticos. Bonaparte resolveu aproveitar-se disso para atirar-se na Lombardia, contornando Mélas pela retaguarda, surpreendendo-o, desligando-o da base de operações e aniquilando-o. Mas para tanto era preciso refazer a fabulosa façanha de Anibal — transpor os Alpes.

A 6 de maio, o Primeiro Cônsul deixava Paris, e a 15 um exército de reserva, forte de 40.000 homens, começou a ascensão dos Alpes, luta de um formigueiro humano contra três colossos de gelo; o Simplon, o São Gothardo, o São Bernardo.

A principal passagem atravessava um maciço do São Bernardo, indo de Martigny a Aosta. No estreito desfiladeiro, sobre a linha das neves eternas, pelos atalhos de gelo escorregando ao alto de precipícios vertiginosos, lá onde um homem mal poderia passar, a infantaria, a cavalaria, a artilharia marchavam em fila interminável. Os canhões, retirados das carretas, eram metidos em troncos de pinheiro despolpados, redondos na extremidade anterior e com a parte inferior-exterior aplainada de modo a permitir o deslize pela neve; os artilheiros atrelavam-se à carga e arrastavam-na com a ajuda de cordas, cem homens para cada canhão. As rajadas de neve feriam-nos no rosto; eles se esfalfavam, tombavam, reerguiam-se e recomeçavam a puxar.

Nos sítios mais difíceis, a música tocava, batia o tambor, e os soldados subiam ao assalto do escarpamento como ao ataque de fortalezas; subiam nos ombros uns dos outros, formando uma escada viva e trepando assim pelas rochas abruptas, agarrando-se às pedras pontudas, esfolando as mãos, quebrando as unhas, ensangüentando os braços. Tudo isto, eles o faziam alegremente, cantando estribilhos revolucionários, celebrando a marcha vitoriosa da humanidade: "Per áspera ad astra", "pelos asperezas rumo dos atros."

A descida foi ainda mais difícil que a subida: na vertente setentrional era o inverno, com sua neve endurecida; na do Sul, era já a primavera, com sua neve fendida, amolentada. Pousando imprudentemente o pé na crosta frágil, homens, cavalos, muares se afundavam nos traiçoeiros buracos cheios de neve e aí se afogavam; ou então, não podendo prender-se às rochas geladas ou em degelo, particularmente escorregadias, rolavam nos precipícios.

Foi assim que o próprio Bonaparte quase pereceu. Sua montaria deu um passo em falso à borda do abismo e, se o guia não a retivesse pela rédea, ela se teria precipitado com o cavalheiro.

A 27 de maio, o exército francês penetrava nos valados indefesos da Lombardia. Foi a manobra capital de toda a campanha, que deu do primeiro jato a Bonaparte a superioridade estratégica sobre o exército austríaco colocado assim nunca posição anormal, voltando as costas à França e fazendo face à Lombardia. Bonaparte forçara a porta da casa inimiga: tombara sobre a Itália como o raio. A 2 de junho fazia sua entrada em Milão, quando o general Mélas o acreditava ainda em Paris.

A primeira parte da empresa estava ultimada; restava a segunda: bater Mélas. Este franqueara o Pó, mas, julgando a posição desvantajosa e esperando reforços, recusava a batalha e se ia encolhendo. Bonaparte o perseguia e para atingi-lo distendera e enfraquecera sua linha de combate. Mélas excelente estrategista, compreendeu-o, e, por uma hábil manobra, reuniu todas as forças na vasta planura de San Giuliano e de Marengo, tendo por objetivo romper as fileiras centrais de Bonaparte.

Na madrugada de 14 de junho, começou a grande luta que devia decidir da sorte da Itália, da Áustria, da França, de toda a Europa.

As vantagens estavam ao lado de Mélas. Sua artilharia era superior: cem peças contra quinze; pressentindo a vitória, os austríacos se batiam como leões; repeliram quatro ataques gerais e doze cargas de cavalaria; na planura, tomavam aldeia após aldeia, estraçalhando os franceses sob um fogo de metralha ininterrupto. Por mais firmes que fossem de coragem, os franceses não mais puderam resistir, vergaram e, às duas da tarde, começaram a recuar em toda a linha.

Então Bonaparte atirou na peleja sua última reserva — os oitocentos granadeiros da guarda consular. Esses homens de granito formaram um quadrado, e ficaram assim tão imóveis, inderribáveis, sob os impulsos furiosos da infantaria, da cavalaria e da artilharia austríacas; mas eles não podiam fazer mais que proteger a retirada, quase a fuga, do exército; enfim, lentamente, se puseram também a recuar, passo a passo, numa proporção de quatro quilômetros por hora.

Era a derrota.

Mélas, confuso, mas louco de alegria, já expedira um correio a Viena, anunciando a vitória.

Bonaparte via bem que a vitória lhe escapara; jogara "tudo contra tudo", e tudo perdera: a Itália, a França, os ganhos de 18 Brumário; um momento antes era ainda César e eis que voltava a ser um "desertor", um "criminoso de Estado" "fora da lei", o "assassino da Revolução, sua mãe", "um louco ou um celerado."

— A batalha está perdida, disse ele aos oficiais do estado-maior, sentado à beira do caminho e mascando um fio de erva. Mas são apenas duas horas; temos ainda tempo de ganhar uma outra hoje, se o general Desaix chegar com as reservas.

Cuspiu o fio de erva, arrancou um outro e recomeçou a mascar. Estava calmo, mas quando, vinte e um anos depois, nos tormentos da agonia, ele recordara esse instante — a própria morte não lhe parecerá mais assustadora.

"General Bonaparte, general Bonaparte! Isto não é sério". Em outras palavras: "Vós tendes medo". Que aquele que disse isso o olhe neste momento: talvez compreenda que só um terror sobre-humano pode vencer quem havia vencido todos os terrores terrestres.

— Ah, eis o general Desaix! notou Bonaparte, sempre com a mesma calma, como se soubesse — recordasse que seria assim — que fora assim; suspirou profundamente, levantou-se, montou a cavalo e atirou-se no combate como um relâmpago: — Soldados tenho necessidade de vossa vida e vós ma deveis[207]!

A primeira vítima é Desaix, o irmão de armas querido de Napoleão: vinha de atirar-se na batalha e foi morto por uma bala que o atravessou de lado a lado; caindo, só teve tempo de proferir uma palavra: "Morto!"

Mas o espírito imortal do herói penetrara nos soldados. "Morrer, vingá-lo!" Foi com este pensamento que os seis mil homens da reserva de Desaix

207. Taine, p. 105.

se precipitaram no fogo e as cem peças calaram-se, os fugitivos retornaram à peleja, os perseguidos perseguiram por sua vez, os vencidos estão vitoriosos.

"O homem do Destino!" Murmura Mélas, tomado de um terror supersticioso, ao olhar o rosto de Napoleão, o Raio. E o exército austríaco capitula. Restituído o Piemonte; restituída a Lombardia e toda a Itália até o Míncio.

É Marengo, a vitória das vitórias, o meio-dia do sol napoleônico.

A França exulta, a vitória é a paz!

A paz de Luneville com a Áustria, em 9 de fevereiro de 1801, a paz de Amiens com a Inglaterra, em 25 de março de 1802. As guerras da Revolução, que duravam há dez anos, acabaram-se. Parece que é a paz do mundo.

Napoleão executa o pacto: tomou o poder e fez a paz.

Na paz, sua primeira obra é insuflar de novo em França a alma cristã que a Revolução lhe arrebatara. Incréu, ele sabe que os homens não podem viver sem crença.

A 15 de julho de 1801, assina a Concordata entre a França e a Santa-Sé; a Igreja galicana é restabelecida em todos os seus direitos, reunida à Igreja Romana, e o Papa é de novo reconhecido seu chefe; o Primeiro Cônsul nomeia os bispos, o Vaticano os ordena e os confirma; nenhuma Bula papal pode ser publicada em França e nenhum concílio aí reunir-se, sem autorização do governo.

"Querem vocês que eu arranje uma religião de fantasia, que não seja a de ninguém? dizia ele aos inimigos da Concordata. Não o entendo assim: preciso da antiga religião católica; só ela está no fundo dos corações, onde jamais a apagaram; só ela pode reconciliar-nos, pode destruir todos os obstáculos [208]." "Não é o fanatismo o inimigo a recear agora, mas o ateísmo"[209]. "Além das vistas políticas que deviam em breve dirigi-lo em tudo quanto se prendesse aos negócios eclesiásticos, seu espírito nutria secretos pensamentos, seu coração encerrava antigos sentimentos que lhe vinham provavelmente dos primeiros anos da infância, que reapareceram em muitas ocasiões importantes da sua carreira, e as últimas horas de vida puseram em destaque de maneira indubitável", diz o mesmo contemporâneo[210].

Não em vão foi Bonaparte consagrado pela mãe, antes mesmo de nascer, a Nossa Senhora, e não em vão nasceu a 15 de agosto, dia da Assunção da Virgem.

A 18 de abril de 1802, domingo de Páscoa, durante o ofício solene que era celebrado pela primeira vez depois da Revolução na igreja metropolitana de Notre-Dame, foram anunciadas a paz de Amiens e a Concordata, —

208. Pasquier, I, ps. 160-161.
209. J. Bertaut, p. 158.
210. Pasquier, I, p. 150.

a paz com os homens e a paz com Deus. Após nove anos de silêncio, resoou de novo acima de Paris o carrilhão da catedral, e os sinos de toda a França lhe responderam: "Cristo ressuscitou!"

"Os inimigos do Primeiro Cônsul e da Revolução rejubilaram, e seus amigos e o exército em massa ficaram consternados", depõe o general Thiébault [211]. Nas tropas todos os generais ateus de 80 indignaram-se.

"Belíssima cerimônia! Só falta o milhão de homens que se fizeram matar para destruir o que estamos restabelecendo", disse o general jacobino Augereau durante o ofício pascal de 18 de abril[212].

"Tive mais dificuldade em restabelecer o exercício do culto que em ganhar batalhas", confessava mais tarde Napoleão.

"Devemos lembrar-nos, dizia em 1813 o papa Pio VII, prisioneiro do Imperador em Fontainebleau — que depois de Deus é a ele principalmente que devemos a restauração do sentimento religioso... a Concordata foi um ato cristão e heroicamente salvador"[213].

A segunda obra de paz de Bonaparte é o código. "Minha verdadeira glória não foi ganhar quarenta batalhas. Waterloo apagará a lembrança de tantas vitórias. O que ninguém apaga, o que viverá eternamente, é meu código civil", dirá ele [214]. "Meu código é a âncora que salvará a França; meu título às bênçãos da posteridade"[215].

"Quanto estávamos longe de conhecê-lo do outro lado do oceano! Nós não podíamos recusar a evidência de suas vitórias e de suas invasões, é verdade. Mas Genserico, Àtila, Alarico, tinham feito outro tanto. Assim me deixava ele a impressão do terror bem mais que a da admiração, confessava um antigo ministro de Luiz XVI. — Mas depois que estou aqui, tive idéia de meter o nariz nas discussões do código civil e, desde esse instante, a coisa mudou-se em profunda veneração. Mas onde diabo aprendeu ele tudo isso? Ah, que homem vocês tinham! Verdadeiramente, não podia deixar de ser um prodígio[216]".

O código "é um dos mais belos trabalhos saídos da mão dos homens"; é nesses termos muito justos que o general Marmont exprime uma das principais impressões que lhe deixa o código. Sua "beleza" reside na simplicidade, na clareza, na precisão, no sentimento da medida, nessas qualidades de um gênio greco-romano, mediterrâneo, que vem de Pitágoras a Pascal — do gênio apolíneo, solar por excelência.

---

211. Thiébault, III, p. 274.
212. Lacour-Gayert, p. 114.
213. Lacour-Gayet, p. 455.
214. Id. p. 120.
215. Antommarchi, I, p. 290.
216. Lacour-Gayet, p. 119.

Esse sentimento da medida Napoleão não o sabe definir, senão por dois vocábulos da sua língua natal, vocábulos italianos, latinos, mediterrâneos: "mezzo termine", meio-termo.

Em tal sentido Napoleão é verdadeiramente, como o afirmou Nietzsche, "a última encarnação do deus Sol, de Apolo"; do mesmo modo que o deus Mitra, o Sol Invencível, ele é, no senso mais profundo, metafísico, o eterno Mediador, "Misotes". Aquele que concília, que une os contrários, o antigo e o novo mundo, a manhã e a tarde no meio-dia.

"A força de um governo se baseia numa média de satisfação"[217]; isso ele o compreende melhor que ninguém. "Tudo que é exagerado é insignificante", dizia Talleyrand; Bonaparte, criador do código, poderia dizer outro tanto; isto significa: "Nada de exagerado é divino; só a medida é divina".

"Para consolidar a República, é preciso que as leis sejam baseadas na moderação, disse ele logo depois do 18 Brumário, na proclamação redigida em nome dos três Consules. — A moderação é à base da moral, e a primeira virtude do homem: sem ela o homem não passa de um animal feroz; e sem ela, pode existir uma facão, mas nunca um governo estável[218]".

A "tenebrosa metafísica" é a ideologia dos revolucionários extremados; é a ela que ele opõe a "medida divina".

Do intelecto para a intuição, tal o caminho de Bonaparte, o caminho do código. Seu objetivo — "aquele que a Revolução não pode atingir" — é "estabelecer, consagrar enfim o império da razão e o pleno exercício, o inteiro gozo de toda as faculdades humanas". Não mais o império da razão abstrata, mecânica, mas o do "logos" vivente, orgânico.

Não obstante o código Napoleão redunda, "malgrado imperfeições e lacunas, na maior soma de equidade e de razão que os homens já localizaram nas leis. Consagrando a igualdade dos franceses diante da lei, a liberdade da terra, a liberdade civil, o pleno efeito jurídico da vontade humana, ele codifica nesse sentido a Revolução... Nesse, ardente matéria se concretiza em forma sólida, indestrutível; por ele, a Revolução se faz bronze e granito... Qualquer o assunto que verse, é um meio-termo, uma "obra de perfeito equilíbrio jurídico", como excelentemente o definiram. As classes e os interesses diversos encontram aí maior ou menor satisfação. Código essencialmente democrático, quando garante todo mundo contra a volta dos privilégios feudais, ele é em muitos pontos um código burguês, feito para essa classe média que começara a Revolução, e afinal recuperou as suas prerrogativas em tempo"[219].

217. Vandal, II, p. 505.
218. Vandal, I, p. 542.
219. Vandal, II, ps. 485-486.

Mais tarde, "os princípios da liberdade foram quase destruídos sob seu governo absoluto. Mas debaixo de Napoleão, que estava em guerra com metade do mundo, a igualdade diante da lei, a imparcialidade na administração da justiça e a reparação dos danos causados pelos indivíduos ou pelas autoridades foi mais real que mesmo nos períodos de paz dos governos subseqüentes"[220].

Tal qual a Revolução, o código é universal. "As nações o adotaram porque ele lhes levava a Revolução no que ela possuía de apreciável e de tangível para a maioria dos homens: o progresso sem subversão, o progresso desprendido dos rigores e dos exageros da teoria. O código venceu e precisamente perdura pelo que lhe falta de transcendente". O código é a adaptação do espírito do Império romano à Europa contemporânea. "Napoleão, como Roma, perdendo o império dos povos, deixou-lhes suas leis"[221].

"Eu sancionei a Revolução, infundindo-a nas leis", dizia ele seis meses antes de morrer; e mais tarde, nas vésperas da morte, já nas torturas da agônia, no delírio, repetia: "Sancionei todos os princípios; infundi-os nas minhas leis, nos meus atos; não há um só que não tenha prestigiado"[222]:

Os jacobinos podiam acusá-lo, mas não viam o essencial: o mistério divino na tragédia humana, aquilo que, através da perda de Edipo-Napoleão, foi, através de um código, a salvação dos homens: o fruto do incesto é o novo íon, o "século de ouro".

É impossível, quando não se estuda a França antes e depois de 18 Brumário, calcular até onde tinham ido as devastações da Revolução[223]".

Isto quer dizer: quem não o estudou não pode sequer formar idéia do que Bonaparte fez pela França.

O tesouro estava vazio, os soldados não eram pagos; mal nutridos, sem fardamento; todas as estradas se achavam destruídas e não se podia passar por uma ponte sem risco de vê-la desabar; as ribeiras e os canais haviam cessado de ser navegáveis; os edifícios públicos e os monumentos tombavam em ruínas; as igrejas permaneciam fechadas, os sinos mudos, os campos abandonados; por toda parte, o banditismo, a miséria, a fome[224]. Isto se passava antes de 18 Brumário; depois: "o Estado saiu do caos"[225]. "Tudo foi empreendido há um tempo, tudo marcha com igual rapidez"; a legislação, a administração, as finanças, o comércio, os meios de comunicação, o exército, a esquadra, a agricultura, a indústria, as ciências, as artes — tudo nasce, tudo prospera subitamente, como por magia[226].

---

220. Holland, p. 199.
221. Vandal, II, p. 486.
222. Antommarchi, I, p. 290, II, p. 107.
223. Pasquier, I, p. 162.
224. *Mémorial*, III, p. 6; Pasquier, I, p. 163.
225. Marmont, II, p. 106.
226. Pasquier, I, p. 163.

"Há mais saber nessa cabeça e maior número de grandes obras reunidas em dois anos desta vida que em toda uma dinastia de reis de França", diz de Bonaparte o conselheiro de Estado Roederer[227]. "Há quase um ano que governo, diz o próprio Bonaparte. — Fechei um antro de jacobinos, repulsei os inimigos, pus ordem nas finanças, restabeleci a ordem na administração e não derramei uma gota de sangue"[228]. E mais tarde, quando derramará sangue, ele se recordará sempre de que a glória da paz é maior do que a glória da guerra. "Dói-me a maneira de viver que, arrastando-me em expedições, afasta os meus olhares do primeiro objeto de meus cuidados: uma boa e sólida organização do que se prende aos bancos, às manufaturas e ao comércio", escreve ao ministro das finanças em 1805.[229]

Desde a campanha da Itália, ainda que, segundo a expressão de Talleyrand, esse "sublime Ossian parece destacar-se da terra", Bonaparte não ignora que a carne é paga aos fornecedores a dez soldos, quando apenas custa cinco nas Halles[230]. O mesmo Deus Demiurgo anima os sóis e os átomos.

Como por um milagre, todos os tecidos vivos dos pais se refazem, todas as feridas se fecham.

Um tépido bem-estar — uma impressão de renovamento, a doçura de reviver, a sensação da cura penetram a França convalescente[231], e o médico é Bonaparte.

"O efeito dessa Revolução (o 18 Brumário) foi imenso na opinião pública, daí resultando uma grande confiança no futuro, uma esperança sem limites...", diz um contemporâneo[232]. "A França saía disso com uma felicidade que sobrepujava tudo o que as imaginações mais dispostas a lisonjear-se tinham jamais podido conceber", diz um outro[233]. Era a ventura do "século de ouro". E Barbier, aludindo ao corso de cabelos lisos, bem podia dizer que a França "era bela ao grande sol de Messidor".

"Tudo estava tão mudado como se os acontecimentos revolucionários houvessem decorrido há mais de vinte anos; os vestígios se lhes apagavam todos os dias", nota em seu diário um prefeito. "Viam-se as almas regenerar, os corações abriam-se à esperança, aprendiam a amar de novo". — "O povo só lembra da Revolução duas datas: 14 de julho e 18 Brumário. As intermédias apagaram-se[234] — destruídas pelo "sol de Messidor".

Desde o século de Augusto, o século de Jesus Cristo, os homens talvez não tivessem acreditado tanto no advento da Idade de Ouro como nesses fugitivos anos do Consulado.

227. Roederer, p. 93.
228. Roederer, p. 22.
229. Arthur-Lévy, p. 482.
231. Vandal, II, p. 504.
232. Marmont, II, p. 100.
233. Pasquier, I, p. 161.
234. Vandal, II, p. 504.

II

O IMPERADOR

1804

Eu te peço, Bonaparte, não te faças rei. É esse perverso do Luciano que te aconselha; não o escutes", dizia Josefina animando Bonaparte[235].

Mas ele não poderia ceder a esse desejo, ainda mesmo que o quisesse: desde 18 Brumário que era rei; já do casulo cinzento emergia a borboleta dourada.

A 20 de janeiro de 1800, quando o Primeiro Cônsul deixava o palácio do Luxemburgo pela Tulherias, não houve carruagens oficiais que bastassem, tanto assim que foram obrigados a alugar outras. Tal era a santa miséria da República.

No conselho de Estado dirigiam-se a Bonaparte chamando-lhe em boa camaradagem "cidadão Cônsul"[236]. Ele se vestia com tanta simplicidade que certa vez um realista o tomou por um criado: só ao encontrar o olhar de Bonaparte é que ele compreendeu com quem tinha de avir-se[237].

Mas quando, antes do Te-Deum que devia ser celebrado na igreja metropolitana de Notre-Dame por ocasião da Concordata e da paz de Amiens, o clero perguntou ao Primeiro Cônsul se devia turibular seus dois colegas ao mesmo tempo que ele, respondeu que não. Diante de Deus, já era César.

Em dadas épocas, os inimigos fizeram mais por ele que os amigos; mais que as vitórias guerreiras os atentados contra a sua vida na paz conduziram-no ao trono.

A 7 Germinal 1800, pouco depois da partida do Primeiro Cônsul para a Itália, na véspera mesmo de Marengo, descobriu-se no país uma conspiração. Os conjurados expunham num manifesto suas queixas contra Bonaparte: as "manobras infames" que tinham preparado o 18 Brumário e

---

235. Bourrienne, III, p. 30.
236. Roederer, p. 88.
237. Vandal, II, p. 11.

o "objetivo criminoso" que se haviam proposto os autores dessa jornada; falava-se aí na necessidade "de salvar ainda uma vez a República". Os conjurados deviam agir no dia seguinte ao da partida do Primeiro Cônsul para o exército. À frente dos conspiradores se encontravam o general Bernadote, ministro da Guerra; Luciano Bonaparte, ministro do Interior; Fouché, ministro da Polícia, e o general Lefebvre, comandante de Paris. Acharam prudente abafar essa tentativa do partido jacobino, que foi pouco conhecida[238].

A 3 Nivose (24 de dezembro) de 1800, na rua Saint-Nicaise, uma máquina infernal explodiu debaixo da carruagem do Primeiro Cônsul, espatifando não só os vidros da viatura de Bonaparte, mas também os da viatura seguinte, onde se encontrava Josefina; sua filha Hortênsia, que lhe ia ao lado, foi atingida por um estilhaço na mão. Umas quinze casas na vizinhança foram danificadas, três passantes mortos, e muitos outros feridos. Foi por milagre que Bonaparte escapou. Seu cocheiro, ligeiramente bêbedo, soltou os cavalos a toda brida e passou sem maiores estragos.

O Primeiro Cônsul ia à Opera, onde davam essa noite a Oratória de Haydn: "A Criação do Mundo". Entrou no seu camarote e correspondia às aclamações e aos aplausos de dois mil espectadores, que ignoravam ainda tudo, com uma saudação tão calma que ninguém adivinhou nada. "Estes patifes quiseram fazer-me ir pelos ares", dizia ele aos que se encontravam no camarote e, voltando-se para um ajudante-de-ordens, acrescentou: "Mande-me trazer o libreto da Oratória"[239].

Ele acreditava que os "patifes" fossem jacobinos, mas enganava-se: eram "chouans", como chamavam então aos realistas bretões. De resto, os jacobinos estavam bem dispostos a unir-se aos realistas para matar o Primeiro Cônsul.

"A cidade está cheia de punhais", escrevia-lhe o ministro da Polícia, Fouché[240]. Bonaparte sabia que a esses punhais Fouché estava prestes a juntar os seus.

No mesmo ano, fundou-se uma "companhia de tiranicidas" de que saiu mais tarde, durante o Império, a "União dos Filadelfos". "O Imperador Napoleão, diziam estes, maculou a glória de Bonaparte, Primeiro Cônsul; ele salvara a nossa liberdade e no-la roubou em restabelecendo nobreza e a Concordata"[241].

238. Thibaudeau, ps. 22-23.
239. F. Masson, Napoléon et sa famille, I, p. 379.
240. Lacour-Gayet, p. 160.
241. Constant, III, p. 152.

Durante os anos do Consulado, de 1800 a 1804, tudo andava realmente "cheio de punhais". Mas os inimigos ajudam Napoleão e, se algumas dezenas de homens o odeiam, milhões de criaturas ainda mais o amam por isso. "Se Bonaparte perecer assassinado, que será de nós?" diziam eles. É "convicção geral que só sua existência se interpõe entre a França e o abismo vermelho"[242]:

Em outubro de 1800, Fouché apresenta ao Primeiro Cônsul uma brochura de seu irmão José: "Paralelo entre César, Cromwell e Bonaparte". É bem de ver que José tinha querido servir Napoleão; mas fazer em tal momento um tal paralelo é falar de corda na casa do enforcado. José foi honrosamente exilado como embaixador na Espanha. O casulo mal envolve a borboleta, mas ainda a envolve.

Todo mundo sabe aliás de que se trata quando, a 16 Termidor 1802, em seguida a um plebiscito de mais de três milhões de votos, um "senatus-consulto" proclama a vitaliciedade do Consulado. O presidente do Senado anuncia-o solenemente ao Primeiro Cônsul, nas Tulherias.

"Senadores, respondeu Bonaparte, a vida de um cidadão pertence à pátria. O povo francês quer que minha existência seja consagrada... Obedeço à sua vontade... Por meus esforços, pelo vosso concurso, cidadãos senadores, pela confiança e pela vontade deste imenso povo, a liberdade, a igualdade, a prosperidade dos franceses, estarão ao abrigo dos caprichos da sorte e das incertezas do futuro... O melhor dos povos será o mais feliz, como é o mais digno de o ser, e sua felicidade contribuirá para a da Europa inteira... Contente de haver sido chamado por ordem d'Aquele de que tudo emana para reconduzir à terra a justiça, a ordem e igualdade, ouvirei soar a última hora sem lamentações e sem inquietude quanto ao conceito das gerações futuras"[243].

"Chamado por ordem d'Aquele de que tudo emana", isso quer dizer: "Chamado por Deus, eleito de Deus, ungido".

"Eis o fim desta Revolução encetada por um impulso quase universal de patriotismo e de amor à liberdade!" gritavam com indignação, não só os jacobinos e extremistas, mas também os republicanos moderados! "Quê? Tanto sangue derramado nos campos de batalha, tantas fortunas destruídas, tantos sacrifícios do que o homem tem de mais caro, só serviram para fazer-nos mudar de senhores, para substituir uma família desconhecida há dez anos e que no começo da Revolução mal era francesa, à família que reinava desde oito séculos em França! Nossa condição é assim tão miserável que

242. Vandal, II, p. 509.
243. Lacour-Gayet, p. 153.

não podemos ter outro asilo senão o despotismo e somos obrigados, para afastar os males que nos ameaçam hoje, a tudo conceder aos Bonaparte, sem nada lhes pedir em troca"[244]?

E durante esse tempo os Bonaparte já discutem a sucessão do trono. Quando Luiz renuncia a ele em favor do filho menor, José, voltando do exílio, indigna-se de que pretendam afastá-lo e derrama-se em comentários inconvenientes: "Ele maldiçoou a ambição do Primeiro Cônsul e desejou-lhe a morte como uma felicidade para a família"[245].

Os irmãos só fazem atrapalhá-lo; mas em compensação os inimigos o favorecem.

No começo de 1804, detêm em Paris quarenta conjurados que tinham a intenção de atentar contra a vida do Primeiro Cônsul. A maior parte estava a soldo do governo inglês; encontravam-se entre eles George Cadoudal e dois generais, Pichegru e Moreau.

Supunha-se — sem razão, como ficou incontestavelmente provado depois — que o duque d'Enghien, Luiz de Bourbon-Condé, um dos últimos rebentos da velha casa de França, participara do plano homicida e estivera mesmo um instante em Paris; vivia ele então em Etenheim, cidadezinha de Baden, não longe do Reno e da fronteira francesa.

A 5 de março, um destacamento de gendarmes franceses passou secretamente a fronteira, penetrou em Etteheim, prendeu o duque e o conduziu a Paris, para o forte de Vincennes. Lá em 21 de março, às duas horas da manhã, foi ele fuzilado no fosso da fortaleza, de acordo com a sentença de uma comissão militar especialmente reunida para julgá-lo. O julgamento não fora senão uma vã comédia; a verdadeira sentença emanava de Bonaparte.

"Eis-nos voltando aos horrores de 93! A mão que deles nos afastou a eles nos leva de novo! diz o conde de Ségur. — Fiquei aniquilado: até então orgulhoso, e com bons motivos, do grande homem que eu servia, fizera dele um herói completo..."[246] Ele não tinha coragem de acrescentar: "E agora o herói é um criminoso".

Porque Bonaparte mandou matar o duque d'Enghien?

"Esses sujeitos queriam matar a Revolução na minha pessoa. Tive de defendê-la. Mostrei do que era capaz" — "Impus silêncio para sempre aos realistas e aos jacobinos[247]".

Não, não impôs coisa alguma; o Lobinho andaria melhor se não falasse da Loba-Revolução, estrangulada por ele.

244. Miot de Mélito, II, p. 163.
245. Miot de Mélito, II, p 170.
246. Ségur, II. p. 265.
247. Madame de Rémusat I, ps. 337-390.

"Sou um cão que podem liquidar assim na rua[248]?" — "Se não tivesse por mim as leis do país, restar-me-iam os direitos da lei natural, os da legítima defesa. Assaltavam-me de todos os lados e a cada instante: eram fuzis, máquinas infernais, conspirações, emboscadas de toda espécie. Acabei fatigando-me e aproveitei a ocasião para fazer o terror recuar até Londres... Guerra por guerra... O sangue chama sangue... Meu sangue, afinal, não era lama"[249]. Tudo isso seria talvez verdade se o duque d'Enghien não fosse inocente e se Bonaparte não estivesse seguro disso.

Três dias antes de morrer, já a estorcer-se nas dores da agonia, ele pediu o envoltório fechado de seu testamento, abriu-o, juntou qualquer coisa às ocultas, tornou a fechar o envelope e o restituiu. Eis o que ele acrescentara: "Fiz prender e julgar o duque d'Enghien porque isto era necessário à segurança, ao interesse e à honra do povo francês, quando o conde d'Artois mantinha confessamente sessenta assassinos em Paris; em circunstâncias idênticas, eu tornaria a agir da mesma forma"[250].

Ainda uma vez, tudo isso seria talvez verdadeiro, se ele não estivesse seguro de que o duque d'Enghien não figurava entre seus assassinos em perspectiva.

"A despeito dele mesmo, creio em seus remorsos. Eles o perseguiram até o túmulo, e foi uma recordação lacerante que ainda lhe ditou no testamento essa frase", diz o chanceler Pasquier, que conhecia bem Napoleão e seguira de perto esse caso[251]. É lord Holland, um verdadeiro amigo de Napoleão, quem fala disso nos termos mais adequados e mais simples: "Deve-se admitir que ele teve a culpa desse crime. Não é possível justificá-lo pelas conseqüências que dele resultaram. O sacrifício de um homem contra ao qual ele não podia alegar delito algum será sempre uma nódoa em sua memória"[252].

Os ingleses podiam ficar satisfeitos: o sangue manchara as vestes brancas do herói; as Euménides se lhe tinham introduzido em casa, e o punhal das megeras será sempre mais temível que todos os punhais de jacobinos.

Mas o que está feito está feito: o fosso de Vincennes onde foi fuzilado o herdeiro inocente dos Bourbons delimita a antiga e a nova ordem, corta o cordão umbilical que unia o César recém-nascido ao poder real. O cadáver do duque é para Bonaparte um degrau do trono imperial; seu sangue é para ele púrpura de rei.

248. Ségur, II, p. 252.
249. *Memorial*, IV, ps. 263-264.
250. *Mémorial*, IV, p. 641.
251. Pasquier, I, p. 196.
252. Holland, p. 169.

"Grande homem, acabe vossa obra, tornai-a imortal", dizia ao Primeiro Cônsul o Senado, em 28 de março apenas oito dias depois da execução do duque d'Enghien, suplicando-lhe que aceitasse o poder supremo[253]. Mas essas palavras afiguram-se ainda a Bonaparte insuficientemente explícitas ou muito reservadas.

"Diversas instituições vos parecem dever ser aperfeiçoadas para manter sem perigo o triunfo da igualdade e da liberdade... Convido-vos portanto a fazer-me conhecer vosso pensamento na íntegra", escreve ele ao Senado. "É do maior interesse do povo francês confiar o governo da República a Napoleão Bonaparte, imperador hereditário", responde o Senado[254].

A 18 de maio de 1804, uma longa fila de viaturas, escoltada pelos couraceiros a cavalo, penetrava em Saint-Cloud. Eram cinco da tarde, à mesma hora em que, no 18 Brumário as baionetas dos granadeiros comandados por Murat dispersavam o conselho dos Quinhentos. Os senadores entraram no mesmo gabinete onde, naquela data, o general Bonaparte, que os braços de seus soldados tinham vindo arrancar à fogueira jacobina, coçava até tirar sangue a testa afligida pela sarna de Toulon e balbuciava a Sieyès, o homúnculo que se aquecia diante da lareira: "General, eles querem pôr-me fora da lei!"

— Sire... Majestade... disse ao Primeiro Cônsul, falando em nome do Senado, seu colega da véspera, o segundo cônsul Cambacéres. Depois destas palavras que terminavam o discurso: "O Senado proclama neste instante Napoleão Bonaparte imperador dos franceses", elevou-se na assembléia um grito de "Viva o Imperador!" e alguns aplausos mas fracos, e pouco significativos, narra uma testemunha de presença. O Imperador respondeu em voz firme e alta.

"Entre os assistentes havia uma espécie de constrangimento ou de mal-estar visível, de que só ele não participava. Ele dirigiu a palavra a diversos conselheiros de Estado, dos quais alguns lhe responderam dentro da nova etiqueta... Outros se atrapalhavam nas antigas e novas fórmulas e, começando as frases por "Cidadão Primeiro Cônsul", corriam atrás dos vocábulos que lhes escapavam para substitui-los pelas palavras "Sire" e "Majestade". Toda a cerimônia não durou mais que um quarto de hora. Vi, ao voltar, muita gente no caminho. O estrondo do canhão, a afluência extraordinária de carruagens tinham atraído grande número de curiosos, mas não houve à noite nem festa nem iluminação: parecia-se ignorar o que se tinha passado ou, ao menos não tomar nisso grande interesse[255].

253. Ségur, II, p. 281.
254. Lacour-Gayet, p. 167.
255. Miot de Mélito, II, ps. 184-185.

Napoleão pensara a princípio fazer-se coroar em Aix-la-Chapelle, antiga capital da dinastia carolíngia. "Paris, dizia ele, fez sempre a desgraça da França; seus habitantes são ingratos e levianos, e disseram sempre coisas horríveis a meu respeito"[256]. Ei-lo, neste momento, prestes a renunciar ao coração da França. Já ele se sente um César, não mais francês, e sim universal.

O papa Pio VII consentiu em vir a Paris para coroar o Imperador: serviço por serviço — coroação em troca da Concordata.

"Desejo que isso se cumpra em vista do grande bem que trará à religião, ao Estado e à Igreja", escrevia de Paris ao Vaticano o legado Caprara"[257].

"A Divina Providência e as constituições do Império colocaram a dignidade imperial hereditária em nossa família..." declarava o manifesto; o que quer dizer que coroariam não só Bonaparte, mas sua esposa, contrariamente à tradição: desde duzentos anos que não havia mulheres coroadas [258].

À última hora, o Papa soube que Josefina não era a mulher, mas a "concubina" de Napoleão, porque não se tinham casado religiosamente. Coroar semelhante casal seria um sacrilégio e o Papa se recusou formalmente a fazê-lo. Napoleão só transigiu a contragosto, já pensava no divórcio, não querendo ligar a sorte da nova dinastia a uma mulher estéril. O cardeal Fesch, seu tio, casou-os secretamente, sem testemunhas, no gabinete do Imperador.

Napoleão devia comungar antes da coroação. Por sua vez recusou-se formalmente: comungar, sem crer no sacramento, parecia-lhe uma hipocrisia e um sacrilégio. "Não lhe sobrecarreguemos a consciência nem a nossa", diz o Papa, e escreveu com sua própria mão no cerimonial: "Non comunicarano" ("Não comungarão")[259]: — "Cedo ou tarde, vireis a nós, disse ele ao Imperador."

A 11 Frimário, uma cerimônia de desusada pompa, mas fria e tediosa, desenrolou-se na igreja metropolitana de Notre-Dame. Viram Napoleão muitas vezes esconder um bocejo; sua face indiferente e imóvel era a de um homem mergulhado em sono letárgico. Com esse dom de clarividência fatídica que nunca o abandonou nos momentos trágicos da vida, reconheceria ele — recordar-se-ia que estava sendo coroado como uma vítima?

"Vivat imperator in aeternum", proferiu o Papa, estendendo a mão para tomar a coroa. Mas Napoleão antecipou-se tomou-a por si mesmo e, tirando da cabeça a grinalda de folhas de ouro, aí pousou a corôa[260].

256. F. Masson, Le sacre de Napoléon, p. 83.
257. Id., p. 88.
258. Masson, Le sacre de Napoléon, p. 146.
259. Id., p. 183.
260. Duquesa de Abrantes, III, p. 48.

"Il cielo mi la diedo, guai a chi la tocchera"! "O céu me deu, e ai de quem a toque!" dirá ele mais tarde, coroando-se em Milão com a coroa de ferro da Lombardia[261].

"Acaso a liberdade foi revelada ao homem para que ele não pudesse jamais desfrutá-la?" dizia no Tribunal o velho e honesto jacobino Carnot, votando sozinho contra a proclamação de Napoleão Imperador.

"Vimos de fazer um Imperador, escrevia Paul-Louis Courier. Um homem como ele, Bonaparte, soldado, comandante de exército, o primeiro capitão do mundo, querer que o chamem de Majestade! Ser Bonaparte e fazerse Sire! Ele aspira a descer... Pobre homem! Suas idéias estão abaixo da sua fortuna"[262].

Pradt, bispo de Malines, não ocultava a Napoleão que, "nas várias partes da França, que suas viagens ou funções lhe tinham feito observar, não encontrara nenhum vestígio favorável deixado por esse ato". "Vós só fostes sagrado por vossa espada, dizia ele ao próprio Imperador e ajuntava "in petto": é isto uma ilusão, uma verdadeira criancice"[263].

Beethoven dedicava a Bonaparte sua Terceira Sinfonia, mas, quando soube que este se fizera Imperador, riscou a dedicatória e escreveu em substituição: "Sinfonia heróica para celebrar a lembrança de um grande homem". Ele pusera nessa sinfonia uma marcha fúnebre, como se Beethoven, também ele, soubesse — recordasse — que Napoleão se coroava como uma vítima.

O manto da sagração do Imperador era semeado de abelhas de ouro. No túmulo de Chilperico I, um dos mais antigos reis de França, reencontraram as mesmas abelhas. Que símbolo é este? "Descendo a Tina, Sansão viu: Eis que um leãozinho veio ao seu encontro rugindo. O espírito do Eterno se apoderou de Sansão que fez em postas o leãozinho, como se fosse um simples cabrito... Algum tempo depois foi ver o cadáver do leão e eis que em seu corpo havia um enxame de abelhas e mel... E ele propôs um enigma aos Filisteus: "Daquele que comia, saiu o que se come, e do forte saiu a doçura".

Se, em Santa-Helena, recordassem a Napoleão este enigma e as abelhas de seu manto imperial, talvez compreendesse ele então o que elas simbolizavam. Ele se dilacerava a si mesmo como Sansão ao leãozinho: "E eis que havia no corpo do leãozinho um enxame de abelhas e mel" — o mel do "século de ouro", o doce mel do sacrifício. Eis o que isto significa: "Daquele que comia, saiu o que se come, e do forte saiu a doçura".

261. Bourrienne, III, p. 448; Lacour-Gayet, p. 169
262. Lacour-Gayet, p. 168.
263. F. Masson, loc. cit., p. 273.

III

AS VITÓRIAS

(1805-1807)

Meu poder prende-se à minha glória, e minha glória aos triunfos que obtive, dizia Napoleão. — As conquistas fizeram-me o que sou; só as conquistas podem manter-me... Um governo recémnascido tem necessidade de deslumbrar e espantar. Desde que não mais brilhe, vem por terra"[264].

Ele sabe — recorda — que a suprema batalha, a maior de todas, o desfecho de todas as outras, é seu duelo com a Inglaterra pela dominação universal. Todas as guerras, de Toulon a Waterloo, não passam de uma guerra única, incessante contra a Inglaterra. Ele procura a Inglaterra por toda parte: primeiro atrás da Itália do Egito, da Síria; depois atrás, da Àustria, da Alemanha, da Espanha, da Rússia; procura o mar atrás da terra; abre, através da terra, um caminho para o mar. Eternamente luta, ele, insular, contra uma ilha. "Se eu tivesse sido o senhor do mar!" dirá ele em Santa-Helena. Ele sabe — recorda — que o império do mar é o império do mundo.

"Esmagarei a Inglaterra e a França ditará leis ao resto do mundo", diz ele depois de Marengo[265]. "Concentremos toda nossa atividade na frota, esmaguemos a Inglaterra, e a Europa toda estará a nossos pés".

A paz de Amiens, que supunham eterna, durou quatorze meses. A idéia de uma descida militar na Inglaterra, de uma derrota que feriria o inimigo no coração, não abandonara nem o Primeiro Cônsul, nem o Imperador.

A 19 de julho de 1805, partiu ele para o campo de Boulogne, às bordas da Mancha. Há dois anos, aí faziam, na perspectiva de uma expedição à Inglaterra, trabalhos terrestres e marítimos; melhorava-se o porto, construíam-se estaleiros, arsenais, diques, molhes, trincheiras, fortificações; reunia-se aí o Grande Exército, que foi assim chamado pela primeira vez nesse campo de Boulogne. Seis corpos estavam dispostos num anfiteatro de colinas coroando a enseada, tendo ao centro, o quartel imperial.

264. Lacour-Gayet, p. 218; Bourrienne, II, ps. 135-136.
265. Vandal, II, p. 510.

A frota nacional, composta de 2.365 unidades de diferentes tamanhos e de construções diversas, desde as chalupas-canhoneiras até os navios de grande porte, com uma equipagem de 12.000 marinheiros, podia transportar 160.000 homens, 10.000 cavalos e 650 peças de artilharia.

Oito horas deviam bastar para que essa operação complicada se ultimasse; era só transpor um estreito de trinta e dois quilômetros. "Oito horas noturnas que fossem favoráveis decidiriam da sorte do universo", escrevia o Primeiro Cônsul ao almirante Gantheaume; e mais tarde, quando Imperador, ele escreveu ao almirante Latouche-Tréville: "Sejamos senhores do Estreito seis horas, e seremos senhores do mundo"[266]!

Em Amiens haviam levantado um arco de triunfo com esta inscrição: "Caminho da Inglaterra". Em Boulogne, encontraram debaixo do quartel imperial uma acha de armas romana que parecia provir do campo de Júlio César, primeiro conquistador da Inglaterra: dir-se-ia que o campo de Boulogne era o remate de dois mil anos de história universal. A 15 de agosto, dia do nascimento de Napoleão, desenrolou-se no campo uma cerimônia solene: a distribuição das cruzes da Legião de Honra que vinha de ser instituída. O Imperador estava sentado no antigo trono de ferro do rei Dagoberto, ao cimo de um outeiro de onde dominava, tal um novo Xerxes, o campo, e o mar coberto das unidades da frota. Parecia que com um gesto da mão ele poderia esmagar a Inglaterra, apoderando-se do mundo.

Mas em Paris não acreditavam na incursão.

"Ela excitava uma risada geral, conta Bourrienne. Era difícil conceber uma operação assim dispendiosa, inútil e ridícula[267]". Caricaturistas representavam as naus de Boulogne sob o aspecto de cascas de noz numa bacia; um marinheiro inglês sentado na praia fumava num cachimbo cuja fumaça imitava uma tempestade e fazia fugir a esquadra francesa. Também riam na Inglaterra, mas com um riso amarelo.

"Discutiu-se muito para saber se Bonaparte teve seriamente a intenção de desembarcar na Inglaterra, disse o general Marmont. — Responderei com certeza, com segurança: Sim, essa expedição foi o desejo mais ardente de sua vida, e sua mais cara esperança durante longo tempo. A possibilidade da expedição parece demonstrada... Bonaparte queria investir a fogo contra o castelo de Douvres e forçá-lo a render-se num momento... Quando mais tarde seus projetos foram abandonados e ele levou a guerra para a Alemanha, disse-lhe, conversando com ele em Augsburgo, que fora melhor não se houvesse insistido naquela aventura num momento em que os aus-

266. Lacour-Gayet p. 224.
267. Bourrienne, III, p. 184.

tríacos entravam em campanha contra nós com forças tão consideráveis... Ele me respondeu nestas palavras: "Se tivéssemos desembarcado na Inglaterra e entrássemos em Londres, como aconteceria indiscutivelmente, as mulheres de Strasburgo bastariam para defender a fronteira..." Nada ele desejou tanto no mundo[268].

"Eu teria proclamado a república: era então Primeiro Cônsul; a abolição da Nobreza e da Câmara dos Pares, a distribuição dos bens daqueles que se opusessem a meus projetos, a liberdade, a igualdade e a soberania do povo, tudo isso me traria logo partidários... Numa cidade tão grande quanto Londres, onde há tamanha populaça, e descontentes, um partido formidável se teria declarado por mim. Eu excitaria ao mesmo tempo uma insurreição na Irlanda"[269]. — "Éramos chamados pelos desejos de uma grande parte de ingleses. Operado o desembarque, todos os cálculos correriam para uma única batalha decisiva: o desfecho não era duvidoso e a vitória nos meteria em Londres... O povo inglês gemia ao peso dos oligarcas; desde que lhe poupássemos o orgulho, estaria logo conosco; não seriamos para eles senão aliados vindos para libertá-los".

O êxito da investida dependia da manobra naval do almirante Villeneuve, enviado com a frota francesa às Antilhas para desviar a esquadra inglesa da Mancha. Villeneuve foi bem sucedido na primeira parte do plano: chegou a Martinica e a esquadra inglesa se pôs a persegui-lo. Mas, de volta, tendo encontrado o almirante Nelson perto de Ferrol, Villeneuve tomou o rumo do Sul e foi a Cadiz, em lugar de prosseguir na marcha em direção a Rochefort e Brest, como lhe prescreviam as instruções, para ali unir-se às esquadras francesa e espanhola e, surgindo, inopinadamente na Mancha, desembaraçá-la por alguns dias da frota inglesa: "o êxito da descida era quase certo"[270].

"Parti, sem perder um momento, e, com as minhas esquadras reunidas, entrai na Mancha! A Inglaterra pertence-nos!" escrevia Napoleão a Villeneuve em 22 de agosto. Mas a 23 vinham a saber que Villeneuve rumara para o Sul; a sorte da expedição estava decidida[271].

Como dantes, no Egito e na Síria, a quimera gigantesca desfizera-se como uma bola de sabão; a montanha parira um rato. Milhões são atirados na água, dispersados ao vento; a frota nacional não passa de "cascas de noz numa bacia". Todo o campo de Boulogne é um lamentável fracasso. Mas, como dantes, a quimera desfeita é logo substituída por outra nova: levantar a Europa inteira contra a Inglaterra, lançar todo o continente contra o mar.

268. Marmont, II, ps. 212-216.
269. O'Meara, I, p. 328.
270. Pasquier, I, p. 217; Marmont, II, p. 215.
271. Lacour-Gayet, p. 237.

No mesmo dia, 23 de agosto, Napoleão anuncia ao exército que "a Áustria, seduzida pelo ouro dos ingleses, vem de declarar guerra à França"[272]. Dá ele ordem de abandonar o campo de Boulogne e dita o plano da campanha da Áustria. Os menores movimentos do Grande-Exército, o número de marchas a localização de todos os corpos e seu destino são previstos, adivinhados, calculados, com uma precisão matemática. O conhecimento técnico se une à profecia, as cifras à clarividência. O campo de Boulogne despovoa-se e um exército de 180.000 homens se vê transportado, como por magia, das bordas da Mancha às bordas do Danúbio.

O império napoleônico repousa sobre oito colunas, — oito vitórias; quatro ao sul, Lodi, Arcole, Rivoli, Marengo, que subjugaram os países da bacia mediterrânea, de Gibraltar ao Adriático; e quatro ao norte: Em, Austerlitz, Iéna, Friedland, que subjugam a Europa central, do Reno ao Niemen.

As vitórias do sul são difíceis, as do norte fáceis; naquelas Napoleão é o Sol levante, nestas é o Sol imóvel no zênite; aquelas são diversas, matizadas, como os raios da auropa, estas são idênticas, brancas como a luz do meio-dia; aquelas nacionais, estas universais; aquelas pessoais, estas impessoais, de modo a nos ocultarem o rosto de Napoleão; assim o sol do meio-dia não é senão invisível deslumbramento; aquelas são heróicas, estas... mas não temos palavras para defini-las: se os gregos antigos as teriam chamado de "demoníacas", entre nós só Wolfgang Goethe compreenderia o sentido desse vocábulo. Aliás, o ser de Napoleão, tal qual o poeta o definiu, é "demoníaco", não por certo em nosso sentido cristão, e sim no sentido antigo, pagão, de "daimon" — deus terrestre. Aquele que ignora as leis do "demoníaco", isto parece "miraculoso", "sobrenatural"; mas talvez seja tão simples quanto o que nos parece "necessário", "natural".

Quem então deu a Bonaparte esse poder verdadeiramente miraculoso sobre homens e coisas? "Uma espécie de previsão magnética, dizia seu condiscípulo e secretário Bourienne"[273]. Napoleão presentira sempre o que o esperava: "Nada me aconteceu que eu não tivesse previsto", dizia ele próprio[274].

Se foi sempre assim, mais que nunca o foi durante esses dois anos, 1805-1806, de Ulm e Friedland.

Os homens são fracos, porque são cegos e não sabem o que acontecerá. Napoleão sabe — lembra-se do futuro como do passado. Saber é poder. Ele pode tudo, porque sabe tudo. Seu olhar atravessa as paredes como vidraças; suas vitórias são tão fáceis que ele parece nem mesmo ter o trabalho de

272. Id., p. 238.
273. Bourrienne, IV, p. 389.
274. *Mémorial*, IV, p. 160; Miot de Mélito, I, p. 289.

estender a mão para colhê-las; caem-lhe aos pés como frutos maduros. Não é mais guerra, é uma marcha triunfal. Se isso durasse, ele teria percorrido e conquistado o mundo. Mas, mesmo nesse dois anos, o triunfo perdurou um instante, uns quarenta dias, de Ulm a Austerlitz; em seguida tudo empalideceu, enfraqueceu-se; a última vitória fácil e luminosa é Fridland. O próprio Napoleão tem consciência disso: termina a guerra pela paz de Tilsitt, esperando talvez que essa paz seja definitiva, e que a Inglaterra será vencida pelo bloqueio continental, pela terra voltada contra o oceano.

As vitórias do sul, relâmpagos, são difíceis, mas ainda difíceis o são as vitórias do norte, à luz imóvel do meio-dia de deslumbrante brancura. Não há, de resto, nada a descrever; é sempre a mesma coisa, e seria forçoso ao historiador repetir-se constantemente; ele sabe — ele pode; ele prevê — ele vence.

Em Ulm, o plano de Napoleão consiste em lançar uma rede gigantesca do Reno ao Danúbio para aí prender o feld-marechal Mack. Este se precipita na armadilha. "Dir-se-ia ser eu o autor do plano de campanha de Mack", observa Napoleão passando pelo Reno a primeiro de outubro de 1805, e anuncia: "As Forças Caudinas estão em Ulm"[275]. Tudo foi como ele previu: todo o exército austríaco foi agarrado em Ulm como peixes na tarrafa.

Talvez Mack não fosse tão tolo e tão covarde quanto parecia, mas perdia a cabeça sob o olhar fascinador do "daimon" como um pássaro fascinado pela serpente. Poderia ter saído de Ulm ou fechar-se aí para esperar os aliados russos cujas tropas corriam a socorrê-lo em marchas batidas; ora, não saiu, nem se fechou, mas capitulou a 20 de outubro quase sem combate.

Depois de ter em menos de três semanas dispersado ou aniquilado 80.000 austríacos, Napoleão marchou sobre Viena e apoderou-se dela, igualmente quase sem combate, e transpôs o Danúbio perseguindo os austro-russos que se retiravam para a Moravia.

Na noite que precedeu Austerlitz, o primeiro de dezembro de 1805, enquanto o Imperador percorria as fileiras, os soldados, lembrando-se de que o dia seguinte era o primeiro aniversário da coroação, acenderam galhos de pinheiros e brandões de palha presos às baionetas, e o saudaram com sessenta mil archotes; celebraram assim as vésperas da meia-noite em honra ao deus Mitra, o Sol Invencível, o Imperador. Dir-se-ia que ele lhes tinha comunicado sua "previsão magnética": para eles o "sol de Austerlitz" do dia seguinte já se levantara dentro da noite.

A batalha começou de madrugada. Os austro-russos executaram tão facilmente quanto Mack o plano de Napoleão: correram à arapuca, os pântanos de Telnitz. O ataque de cavalaria de Murat repulsou-os para Austerlitz.

275. Lacour-Gayet, p. 242.

As tropas dos marechais Soult e Bernadote, ocultas pelo nevoeiro na ravina de Golbach, saíram de repente e atacaram as alturas de Pratzen. Neste momento, como se diz no boletim, "o sol de Austerlitz despontou radioso".

Não foi o Papa que colocou na cabeça do Imperador a coroa dos Césares; foi o Imperador que se coroou ele próprio com o Sol.

A 14 de outubro de 1806, temos Iena. Talvez o padre saxão que indicou aos franceses o pequeno atalho que lhes permitiu escalar as altitudes de Landgrafenberg não fosse o Judas Iscariotes que se pensa; talvez houvesse perdido o raciocínio como o infeliz Mack, sob o olhar fascinador do "daimon"; teria compreendido que era impossível lutar contra ele, e que ele venceria de qualquer forma.

De novo a neblina da manhã ajudou Napoleão e o sol de Iena — o sol de Austerlitz — despontou outra vez radioso, iluminando o exército francês que se precipitou bruscamente dos cimos de Landgrafenberg sobre as tropas russo-saxônias, colhidas de improviso.

Austerlitz dera a Napoleão a Àustria; Iena deu-lhe a Prússia. A 27 de outubro de 1806, ele entrou em Berlim triunfalmente, e mandou a Paris a espada de Frederico o Grande.

A primeira ameaça ao vencedor é Eylau, a 8 de fevereiro de 1807. Lá os russos se batem contra ele como nunca se haviam batido. "Depois da invenção da pólvora, nunca se lhe tinham visto efeitos tão destruidores[276]". Os soldados de Augereau são quase inteiramente liquidados pelo fogo de artilharia. Durante a batalha rebentou uma borrasca que atirou à face dos franceses uma neve tão espessa que impedia de ver a mais de quinze passos; os homens não mais sabiam onde estava o inimigo e atiravam lamentavelmente uns nos outros. O horror de 1812, o horror do Destino, parece mergulhar os olhos nos de Napoleão nessa noite glacial e sangrenta de Eyalu.

Enfim os russos se retiraram, não abandonando ao inimigo senão o campo de batalha com 30.000 mortos ou feridos.

"Terrível espetáculo! Repetia Napoleão percorrendo-o. Ele é feito para inspirar aos príncipes o amor da paz e o horror da guerra"[277]! Talvez se lembrasse de Jafa: jamais a guerra lhe pareceu tão horrenda.

Mas Eylau só é uma nuvem sobre o sol: passa e o sol novamente brilha, radioso.

A 14 de junho de 1807, data aniversária de Marengo, é Friedland. Sempre a mesma coisa. A "previsão magnética" da vitória já é a própria vitória, a luz do meio-dia deslumbradora e branca: "Para o meio-dia, quando Napoleão ditava o programa de tão decisiva jornada, pareceu satisfeito, radiante e como que seguro da vitória"[278].

276. Marbot, II, p. 20.
277. Ségur, III, p. 169.
278. Ségur, III, p. 183.

Almoça no próprio local, à vista dos inimigos, debaixo das balas que sibilam em torno dele, e quando o advertem, responde sorrindo: "Façam os russos o que fizerem, para atrapalhar-me o almoço; o almoço deles será ainda menos tranqüilo". Passando revista às tropas, não cessa de responder às aclamações dos soldados: "É hoje um dia feliz, o aniversário de Marengo!" E seu rosto é como o sol[279].

No começo da batalha os franceses tinham apenas 26.000 baionetas contra 75.000. Os generais propuseram a Napoleão adiar a batalha para o dia seguinte. "Não, não! Não se surpreende dois dias consecutivos um inimigo em semelhante erro!" Respondeu ele, tendo percebido que o general Benigsen, comandante em chefe do exército russo, podia ser contornado pela vanguarda, cercado e esmagado[280]. Como o predissera Napoleão, os russos recuaram para o "almoço" e Bennigsen retirava-se para além do Niemen.

O Niemen é a linha misteriosa que separa o Oriente do Ocidente. Chegando até lá, Napoleão se deteve, como se refletisse: devia passar ou não? Não passou, lembrando-se talvez de que sua hora não chegara ainda.

Em 25 de junho, ao meio-dia, que calor nos bancos de areia do Niemen! A água está morna. Pensa-se nos peixes, nos morangos dos bosques e nos cavacos resinosos da floresta de pinheiros. Todavia, o ar parece asfixiante. Um temporal anda a formar-se em tudo.

No meio do rio, em frente à cidadezinha de Tilsitt, uma jangada flutua. Na jangada, um casinholo de madeira, ostentando na frontaria duas letras entrelaçadas numa guirlanda de folhagem fresca: N e A: "Napoleão" e "Alexandre". A barca de Napoleão parte da margem esquerda, a de Alexandre da margem direita; reúnem-se os dois Imperadores saltam para a jangada, à vista dos dois exércitos e, enquanto estronda o "Hurrah" infinito dos russos e o "Viva o Imperador" dos franceses, abraçam-se e beijam-se os dois irmãos: o Oriente e o Ocidente, a Europa e a Ásia. É o zênite do verão, e o zênite de um dia lindíssimo, no meio-dia do sol napoleônico.

— Sire, detesto os ingleses tanto quanto vós, diz Alexandre.

— Nesse caso, a paz está feita, responde Napoleão.

"Nunca tive tanta prevenção contra alguém como contra ele, mas, depois de três quartos de hora de palestra, ela se dissipou como um sonho", declarava Napoleão[281]. "Não amei ninguém mais que esse grande homem" afirmará mais tarde Alexandre[282].

Esforçavam-se os dois em seduzir-se mutuamente. Napoleão chamava a Alexandre: "o sedutor". De resto, conhecia-o ou supunha conhecê-lo: "é

279. Marbot, II, p. 39.
280. Ségur, III, p. 183.
281. Vandal, *Napoléon et Alexandre*, Ier., I, ps. 58-61.
282. Duquesa de Abrantes, II, p. 25.

um verdadeiro grego do Baixo-Império... é fino, sutil, falso, jeitoso; pode ir longe" — "Lisonjêem-lhe a vaidade", aconselhava Alexandre a seus amigos prussianos[283].

A paz de Tilsitt é assinada em 8 de julho de 1807. "A obra de Tilsitt regulará os destinos do mundo", diz Napoleão[284]. A Europa inteira, de Petesburgo a Nápoles, volta-se contra a Grã-Bretanha: a terra se alonga pelo mar. A quimera gigantesca está quase realizada.

Sol a pino. O ponto culminante foi atingido e o declínio começa: "Essa decadência tornou-se visível em 1805 aos homens que lhe seguiam os negócios de perto[285]". Parece incrível: 1805-1807, Austerlitz-Tilsitt, meio-dia do sol napoleônico. Entanto, deve ser assim: não é uma verdade banal que a partir do meio-dia o sol se inclina para o poente?

"Infeliz, eu lamento! Ele será a admiração e a inveja dos seus semelhantes, e o mais miserável de todos". Isso, ele o sabe — recorda sempre; e agora, no fastígio do poder, mais claramente que nunca. Tudo obteve, tudo atingiu e, súbito, entendia-se, não quer nada. Força, grandeza, glória, — tudo o que parece aos homens o mais cobiçável, parece-lhe de repente vazio e inútil. Quer outra coisa: ele próprio ignora o quê e há de ignorá-lo até o fim. Mesmo em Santa-Helena, não acreditaria, não compreenderia, se lhe dissessem que desde Tilsitt, desde seu zênite, ele já aspirava à noite, já aspirava a ser uma vítima, a dilacerar-se com as próprias mãos, como Sansão dilacerara o leãozinho de Tina.

"Os homens de gênio são meteoros destinados a arder para iluminar seu século". Arder, morrer, ser uma vítima. "Daquele que comia saiu o que se come, e do forte saiu a doçura", eis o que zumbem as abelhas de ouro, semeadas na púrpura imperial.

A verdadeira alma, a alma sacrificada de Napoleão, é a estrela invisível do meio-dia: o sol de Napoleão, chegado ao alto do céu, inclina-se para o poente, e em seu meio-dia já se esboçam as sombras da tarde.

---

283. Vandal, loc. cit., I, p. 67; *Mémorial*, II, p. 29.
284. Id., I, p. 243.
285. Stendhal, p. 289.

A TARDE

I

O DUELO COM A INGLATERRA

(1808)

Inglaterra espera que cada um cumpra com o seu dever". Esse lema simples e grande, digno de um grande povo, fora içado ao mastro da fragata "Vitória" pelo almirante Nelson, no momento da batalha de Trafalgar, que se desenrolou em águas espanholas, perto de Cadiz, a 21 de outubro de 1805, no dia seguinte ao da capitulação de Ulm, a primeira das vitórias universais de Napoleão[286]. Nelson "cumpriu com o seu dever", e caiu em combate, mas, ao morrer, teve a felicidade de se ver vencedor; a frota franco-espanhola foi aniquilada pela inglesa e essa vitória atesta, definitivamente, em face do mais temível inimigo da Inglaterra, que à Inglaterra é que pertence o império do mundo.

"A tempestades fizeram-nos perder alguns navios depois de um combate imprudentemente travado", dirá Napoelão, fazendo boa cara contra a má fortuna[287]; mas não enganará ninguém: sua frota estava aniquilada, e todas as suas vitórias no continente, Marengo, Ulm, Austerlitz, Iena, Fridland, — são inúteis. Tal qual outrora no Egito, depois de Aboukir, está ele, depois de Trafalgar, preso na Europa como um rato na ratoeira.

Para que atravessar e conquistar toda a Europa e toda a Ásia até à Índia? O continente sem o mar é para ele um túmulo em que está enterrado vivo, ou uma prisão eterna,

"Santa-Helena, pequena ilha..."

O Bloqueio continental, enunciado pelo decreto de Berlim, a 21 de novembro de 1806, é a resposta a Trafalgar. Todos os portos europeus são

286. Lacour-Gayet, p. 239.
287. Lacour-Gayet, p. 240.

fechados à esquadra inglesa; todos os navios britânicos são aprisionados, todas as mercadorias confiscadas como despojo de guerra e os súditos ingleses detidos como suspeitos; as próprias relações postais interrompem-se. Asfixiar a Inglaterra pela superprodução de mercadorias que não encontrem desaguadouro nos mercados exteriores, fazê-la morrer de pletora, tal é o fim do Bloqueio. É preciso "pôr esses inimigos das nações fora do direito comum", diz o "Monitor". "É uma guerra de morte".

Pretendeu-se que se o Bloqueio vencesse não seria a Inglaterra, mas a Europa que pereceria asfixiada atrás dessa gigantesca muralha da China estendida de Arkangel a Constantinopla.

Para realizar esse plano monstruoso, Napoleão condenava-se à necessidade de conquistar ou anexar todos os Estados europeus, de apoderar-se deles, como um bandido, e foi bem assim que se apoderou de Portugal, da Espanha, dos Estados da Igreja; enfim, ele se condenava a romper com a Rússia, o que foi a causa principal de sua perda. E tudo isso inutilmente, porque as mercadorias inglesas podiam achar um desaguadouro fora da Europa, nas colônias[288].

"Era ridículo declarar as Ilhas Britânicas em estado de bloqueio, enquanto as frotas inglesas bloqueavam de fato todos os portos franceses, diz um contemporâneo. — O decreto insensato de Berlim devia prejudicar fortemente a fortuna do Imperador. Vinte reis derrubados de seus tronos atrairiam sobre ele menos ódio... Esse sistema só triunfaria no caso impossível de que todas as potências da Europa entrassem lealmente na combinação. Um único porto que ficasse livre inutilizaria tudo"[289]. Era, aliás, o próprio governo francês quem primeiro fazia brecha nessa medida continental, concedendo "licenças" para as mercadorias de que tinha necessidade. "Era uma loucura, porque a interdição de toda correspondência e de todo comércio com esses países feria os interesses de todos"[290]. Para matar a Inglaterra, a Europa devia matar-se a si mesma.

Todas essas objeções mostram somente as dificuldades e os perigos do Bloqueio. Mas o perigo e a dificuldade não equivaliam ao impossível, sobretudo para Napoleão. "O impossível é o fantasma dos tímidos e o refúgio dos pusilânimes"[291].

Não se deve esquecer que no duelo com a Inglaterra seu plano estratégico só foi executado em pequena escala, e culpa não lhe cabe se a parte principal do plano — a conquista da bacia mediterrânea como base de operações contra os ingleses, — permaneceu inexeqüível. Se o plano ven-

288. Lacour-Gayet, ps. 410-416.
289. Bourrienne, IV, ps. 166-171.
290. Bourrienne, IV, ps. 166-171.
290. Bourrienne, IV, p. 171; Marbot, III, p. 223.
291. Houssaye, 1815, I, p. 616.

cesse integralmente, a águia napoleônica teria coberto toda a Europa da sombra de suas asas, à esquerda em Gibraltar, à direita em Constantinopla. Todos os povos europeus haveriam marchado como outros tantos corpos de um mesmo exército ao assalto supremo contra a possança britânica[292]. E atrás da Europa, a Ásia; toda a terra firme se teria arremessado no mar.

Parece que ele comunicou esse plano, ao menos em parte, a Alexandre, quando durava ainda a lua de mel de Tilsitt. Uma carta de Napoleão, datada de 2 de fevereiro de 1808, deixa adivinhar aquilo que eles se confidenciavam então em voz baixa, como dois amorosos:

"Um exército de 50.000 homens, russo, francês, talvez mesmo um pouco austríaco, que se dirigisse através de Constantinopla para a Ásia, não teria chegado ao Eufrates e já a Inglaterra tremeria, forçada a ajoelhar-se no continente. Estou em boas condições na Dalmácia; Vossa Majestade o está no Danúbio. Um mês depois que o combinarmos, o exército poderá achar-se no Bósforo. O golpe repercutiria nas Índias e a Inglaterra ficaria submissa..." — "Nossa estreita amizade, dizia ele ainda, colocou o universo numa posição nova. Vossa Majestade e eu teríamos preferido a doçura da paz e passar nossa vida em meio aos nossos vastos impérios, ocupados em fiscalizá-los e torná-los felizes... Os inimigos do mundo (os ingleses) não o querem. Precisamos ser maiores, malgrado nós. É uma questão de sabedoria política obedecer ao que o destino ordena e seguir para onde nos conduz a marcha irresistível dos acontecimentos. Então essa nuvem de pigmeus, que não querem ver que para os acontecimentos atuais é forçoso procurar comparação na história e não nas gazetas do último século, há de curvar-se e seguir o movimento que Vossa Majestade e eu determinarmos... Nestas poucas linhas exprimo a Vossa Majestade tudo o que sinto. A obra de Tilsitt regulará os destinos do mundo"[293].

Não, mesmo aqui, ele não exprime tudo que sente; e, se o houvesse exprimido, talvez Alexandre se afastasse dele, tomado de susto.

Paralelamente à expedição das Índias, Napoleão projeta uma expedição ao Egito, a fim de levantar a um tempo os três continentes — Europa, Ásia e África. "Simultaneamente, diante dos nossos portos do mar do Norte e do Atlântico, frotas e flotilhas surgirão, executando uma série de demonstrações; a Irlanda, trabalhada por nossos agentes, fremirá, e ágeis cruzadores, ensinuando-se por todos os mares, irão levar o terror por todas as possessões inimigas. Então a Inglaterra, aturdida com tantos choques, não sabendo onde reagir, esgotando-se em esforços estéreis, cambaleará alucinada

---

292. Vandal, *Napoléon et Alexandre*, Ier, t. I, p. 260.
293. Vandal, I, ps. 242-243.

em meio desse "turbilhão do mundo"; sem mais forças e, sobretudo, sem coragem, deixará de opor-se aos destinos da França nova, reconhecerá seu vencedor e a paz definitiva sairá dessa imensa confusão"[294].

"O turbilhão do mundo" é a revolução universal executada por Napoleão, o "Robespierre a cavalo", e a "paz definitiva" é a paz do mundo, o reino de Deus, segundo o Evangelho ou a profecia messiânica de Virgílio.

"O Imperador está maluco, inteiramente maluco, e nos atirará a todos de pernas para o ar, acabando tudo isto numa espantosa catástrofe", diz o ministro da Marinha Decrès[295]. Talvez, em lendo essa carta, Alexandre experimentasse uma impressão análoga, juntando a esse temor europeu, político um temor eslavo, místico: "Napoleão é o Anti-Cristo".

"A aspiração ao domínio universal é o seu próprio temperamento; pode ser modificada, refreada, mas não conseguirão jamais afogá-la, diz Metternich. Meu modo de ver sobre a essência dos projetos e dos planos de Napoleão não variou nunca. Esse objetivo monstruoso, consistindo na sujeição do continente sob o domínio de um só, foi e é ainda o seu"[296].

Mas convém assinalar que da Revolução é que Bonaparte herdou o duelo da França com a Inglaterra pelo império do mundo e até o princípio do Bloqueio fora adotado, desde 1795, pelo Comitê de Salvação Pública[297].

Napoleão sabe perfeitamente com quem luta. Sua primeira ferida, no cerco de Toulon, foi-lhe feita por uma baioneta inglesa, e da última — Waterloo, Santa-Helena — é ainda a Inglaterra a causadora.

Mas isso não o impede de reconhecer a força e a grandeza dos inimigos: "Os ingleses são verdadeiramente de uma têmpera superior à nossa... Se eu tivesse um exército inglês, conquistaria o mundo... Fosse o homem predileto dos ingleses como o fui dos franceses e, em 1815, poderia ter perdido dez batalhas de Waterloo sem perder um único voto na Assembléia... Acabaria por ganhar a partida"[298].

Mas precisamente ele não podia ser o homem predileto da Inglaterra, homem nacional; só o poderia ser da França, homem universal. "A Inglaterra espera que cada um cumpra com o seu dever". A França está convencida de que cada um morrerá por sua honra. Qual é maior? Que vale mais para um povo — imolar o mundo ou imolar-se ao mundo, ficar em si mesmo ou sair de si? Essas perguntas os destinos históricos dos povos procuram sempre resolvê-las e ainda não conseguiram. Sob esse ponto de vista, o duelo

---

294. Vandal, I, p. 263.
295. Marmont, III, p. 337.
296. Taine, p. 124; Metternich, II, ps. 378-304.
297. Vandal, II, p. 440.
298. Gourgaud, I, p. 33, (Nota).

entre a Inglaterra e a França, entre a existência nacional e a existência universal, dura sempre.

A Inglaterra, uma ilha, limitada em si mesma, concentrada em si mesma, permanece fechada em si mesma; a França revolucionária, e em seguida a França imperial, não cessa de transpor seus limites, de sair de si mesma, de aspirar à universalidade. Ninguém ama a liberdade tanto quanto os ingleses, mas a liberdade só para eles. A Inglaterra é o mais liberal e o mais conservador, o menos revolucionário de todos os Estados europeus. Fez sua própria revolução nacional, bem cedo, mas ainda hoje a revolução universal é o menor dos seus cuidados. "Eu sou a Revolução"[299], diz Bonaparte, e o repetirá numa fórmula mais incisiva, mais revolucionária: "O Império é a Revolução"[300]. — "Sou a Reação; a Inglaterra é a Reação", poderia declarar, ante a Revolução Francesa, universal, cada inglês, desde o Primeiro Lord do Almirantado até o último caixeiro de Londres.

E eis que um imenso mal-entendido se produziu; a Inglaterra tornou-se o país da liberdade, seu último refúgio contra Napoleão o escravizador. "A felicidade dos povos encontra-se defendida por uma barreira que as armas de Napoleão não podem superar. Algumas léguas de oceano protegeram a civilização do mundo"[301]. Que acreditassem isso no salão de madame de Rémusat nada de surpreendente; o que é espantoso é que o mundo inteiro tenha acreditado ou parecido acreditar nisso.

Napoleão, o "déspota monstruoso", está atrás da França; mas quem está atrás da Inglaterra? Lord Pitt, o Parlamento, a Cidade, o comércio e talvez também a velhacaria, a plutocracia. Que é mais terrível, um único déspota, um "Robespierre a cavalo", ou um milhão de medíocres tratantes?

Tudo se achava embrulhado, como se o diabo em pessoa tivesse baralhado as cartas para jogadores desejosos de embrulhar o parceiro. A França, a Revolução, tornou-se a Reação; a Inglaterra, a Reação, tornou-se a Revolução; a liberdade parecia escravizar; a escravidão, libertar; o passado tornou-se futuro; o futuro, passado; dir-se-ia verdadeiramente que toda a terra se despenhara no mar e não mais havia nem mar nem terra, que chegara o dilúvio e era o caos, o caos nos espíritos somente, porque na realidade tudo ficou ou quer ficar como dantes. Mas isto não é possível: o caos dos espíritos engendrará o caos da matéria. Já vimos seu primeiro rebento — a guerra universal, e talvez vejamos ainda o segundo — a revolução universal. É contra esse caos iminente que luta Napoleão; é por ele que é vencido.

299. Madame de Rémusat, I, p. 338.
300. Houssaye, 1815, I, p. 512.
301. Madame de Rémusat, III, p. 221.

"O sentimento da medida, que Bonaparte, ser nacional, possui perfeitamente, Napoleão, ser universal, parece perdê-lo. Trata-se de uma espécie de geometria da quarta dimensão, ignorada de nós outros. Talvez ele parecesse "desmesurado" e "louco" por ter vindo antes do tempo[302].

Todavia, numa casa de doidos o mais ajuízado parece doido, e pode acabar tornando-se doido como os outros. Essa vizinhança da loucura Napoleão a sentiu. "Não se pode dormir na cama dos reis sem contrair a loucura. Também acabei doido", dizia ele[303].

De resto, a causa principal de sua perda não é a loucura; é, por estranho que pareça, a ingenuidade. Ele acreditou muito facilmente nas palavras proferidas por Alexandre na jangada de Tilsitt: "Sire, detesto os ingleses tanto quanto vós". O "grego do Baixo-Império, sutil, falso, jeitoso", foi mais astuto que o corso: prometeu tudo e não cumpriu nada. Foi, segundo a palavra do Profeta, o "caniço quebrado que penetra na mão do que se apóia nele e a atravessa". Ele é macio e traiçoeiro como o verde-musgo dos pântanos russos: pisar-lhe em cima é ir logo ao fundo. "Quis impelir amistosamente a Rússia para a Ásia; ofereci-lhe Constantinopla", mas sem os Estreitos — o castelo sem as chaves[304]. "É uma chave preciosa demais, valendo sozinha um império; aquele que a possuir pode governar o mundo[305]". Foi por causa dos Estreitos que Tilsitt falhou.

Uma nova entrevista dos dois Imperadores teve lugar no outono de 1808, em Erfurt. Quando Talma declarou em cena o verso do "Edipo", de Voltaire, que diz ser "a amizade de um grande homem um benefício dos deuses", Napoleão e Alexandre se beijam, mas não é mais o beijo fraternal da jangada de Tilsit; muita água correra depois, tanto no Sena como no Niemen.

A porcelana de Tilsitt fendera-se; em Erfurt procuram remendá-la, mas, mesmo após a reparação, basta tocar no vaso fendido para que um som falso e pressago responda: "Mil oitocentos e doze!"

302. Expressão de Dostoievsky, sobre Pouchkine.
303. Lacour-Gayet, p. 441.
304. Vandal, I, p. 272.
305. Lacour-Gayet, p. 459.

II

O LEVANTE DOS POVOS

1809

A Europa inteira se levantará contra ele! Mais encadeia os povos, e mais a explosão dos povos quebrando os ferros será terrível. Se resistirmos a isso, a França, esgotada por suas conquistas, acabará sucumbindo, não tenha dúvida!" Dizia em 1806, depois de Iena, o general prussiano Blücher, o futuro vencedor de Waterloo[306]. A explosão se produziu mais cedo do que ele poderia crer.

Para fechar o círculo do Bloqueio continental, Napoleão devia apoderar-se da Espanha. Ante a facilidade e a rapidez com que, em 1807, o general Junot ocupara Portugal, o Imperador pensava que viria a ocupar tão fácil e rapidamente a Península toda.

Talleyrand-Mefistófeles persuadira-o de que, tendo recolhido metade da herança da casa francesa dos Bourbons — a França, tinha ele igualmente direito à segunda metade — a Espanha.

Em março de 1808, as forças de Murat, a pretexto de sustentar o general Junot, entram na Espanha e ocupam o Escurial, perto de Madrid, onde a situação é tão confusa que o fruto parece maduro e digno de ser colhido pelos franceses. O príncipe das Astúrias, Fernando, herdeiro do trono, odeia o primeiro ministro Godoy, príncipe da Paz, obscuro aventureiro que, tornado favorito da rainha, governa por ela o velho rei Carlos IV, recaído na infância, arruína o país e desonra a família real. Godoy é causa de freqüentes contendas do filho com o pai e mãe, contendas que acabam suscitando uma verdadeira guerra civil. Um motim explode em Aranjuez a favor do príncipe herdeiro, que é declarado rei sob o nome de Fernando VII; o príncipe da Paz, metido na cadeia, escapa de ser massacrado, e o velho rei abdica em favor do filho.

A 15 de abril de 1808, Napoleão, a fim de vigiar de perto os negócios da Espanha, parte para o castelo de Marrac, junto a Boiona, e aí convida toda

---

306. Bourrienne, V, p. 148.

a família real, o filho o pai, a mãe e o amante. Todos correm para ele na esperança de um bom arranjo. Mas a 2 de maio um novo conflito estoura em Madrid, e desta feita contra o exército francês de ocupação. Murat afoga-o em sangue. Perto de quinhentos insurretos são massacrados pelos mamelucos. Ao mesmo tempo, Napoleão, em Baiona, arrebata a coroa a Fernando, sob pretexto de que a insurreição de Madrid era obra de seus partidários, e propõe restituí-la ao velho rei. Este a recusa. É o que procurava Napoleão. Fernando acaba internado em Valença, Carlos retira-se para Compiègne. O trono da Espanha está vago. O imperador confere-o ao irmão José e localiza o cunhado Joaquim no de Nápoles. "Ele tirou a coroa de Nápoles da cabeça do primeiro e colocou-a na do segundo; enterrou com um soco esses enfeites na cabeça dos novos reis, e cada um deles foi para seu lado, como dois conscritos que mudaram de chapéu", dizia Chateaubriand[307].

"Assim se consumou a espoliação mais iníqua de que a história moderna faça menção! Grita indignado o general Marbot. — Oferecer-se como mediador entre o pai e o filho para atraí-los a uma emboscada, despojá-los em seguida um e outro... Isso foi uma atrocidade, um ato odioso que a história zurziu e a Providência não tardou a punir"[308]. Essa indignação de Marbot mostra um coração nobre e um mau político; sim, a história moderna conhece atrocidades bem maiores que os homens recompensaram e a Providência não puniu, ao menos cá por baixo.

Talleyrand-Mefistófeles, "esterco em meias de seda[309]", como lhe dizia cara a cara Napoleão, triunfa. Conseguiu enfim passar a corda no pescoço, do Imperador: um homem infinitamente lúcido chafurdou numa história infinitamente estúpida; vai afundar-se até as orelhas na lama e no sangue. Napoleão será o dono do mundo, Talleyrand o dono de Napoleão.

De resto, Napoleão julga-se ele próprio severamente, confessando haver nisso aparência de imoralidade e cinismo, embora suas intenções fossem benéficas e até grandiosas. E reconhece que essa guerra o perdera, fora o cancro que o devorara[310].

Depois da "atrocidade de Bayona", a flama da insurreição que, nas ruas de Madrid, fora apagada em sangue, irrompeu com uma força nova, e desta vez por toda a Espanha, que se cobre de um rede de guerrilheiros meio-heróis e meio-bandidos. À bala e a faca espreitam o soldado francês em cada ângulo de rua. "Bater os espanhóis é fácil, mas submetê-los é impossí-

307. Lacour-Gayet, p. 424.
308. Marbot, II, ps. 75-84.
309. Lacour-Gayet, p. 72.
310. *Mémorial*, II, p. 423.

Fig. 15. Madame Récamier (*Quadro de Morin*)

vel, porque não se pode fazer contra eles uma guerra regular. O espírito do povo, eis o inimigo invisível, inatingível, onipresente. Uma luta dessa espécie, desde que demore, quebra o moral das tropas e retempera os insurretos"[311].

Noite e dia, cem mil monges fanáticos pregam a guerra santa a "alguns milhões de mendigos soberbos e roídos pela vermina"[312]. "Há em Napoleão duas naturezas, humana e diabólica. — De que deriva Napoleão? Do pecado. É pecado matar um francês? — Não, padre. Matando um desses cães heréticos é que se ganha o céu". Tal o catecismo patriótico dos monges espanhóis.[313]

Os espanhóis não querem nenhum dos "benefícios" de Napoleão; não aceitam o rei José, nem Jean-Jacques Rouseau, nem os "Direitos do homem e do cidadão", nem o código, nem mesmo "a idade de ouro" com o exército invasor; preferem viver à moda antiga, — soberbos e roídos pela vermina. Um atalho selvagem na Serra Morena, o vento e a neve, o tomilho e os detritos de cabra agradam-lhe mais que os Campos Elíseos e o Arco de Triunfo.

O pobre José, boneco real, chora de vergonha e de medo: "Não há um só espanhol que seja por nós. Tenho por inimigo uma nação de doze milhões de homens, bravos, exasperados até o extremo[314].

A 22 de julho de 1808, o bravo general Dupont, encarregado de ocupar a Espanha meridional, foi constrangido a capitular com um exército de 18.000 homens, cortado e cercado pelo inimigo perto de Cordova, no desfiladeiro de Baylen, ao pé da Serra Morena. "Nossos jovens soldados, exauridos por quinze horas de marcha e oito horas de combate, caíam de fadiga sob os raios abrasadores do sol da Andaluzia; a maior parte não podia nem marchar nem carregar armas, e deitavam-se em lugar de combater[315]". Como espigas ceifadas, estendem-se por terra, esperando o cativeiro ou a morte. O próprio deus da guerra, em situação semelhante, seria forçado a capitular. Não obstante, Baylen ressoa por toda a Espanha, França, Europa, como uma forte bofetada no Grande Exército, no Imperador. Baylen é o castigo de Baiona.

"A honra perdida eis o que não mais se reencontra; as chagas da honra são incuráveis!" murmura Napoleão ao saber dessa ingrata nova, tornando-se tão pálido que parecia prestes a desmaiar[316]. E, no Conselho de Estado, chorou ao falar de Baylen.

Quebrara-se o encanto da vitória: também Napoleão podia ser vencido.

Madrid é evacuada, e José vergonhosamente expulso. O exército inglês sob o comando do general Welleslry, futuro duque de Wellington, futuro

311. Thiébault, IV, p. 394.
312. L. Bloy, *L'âme de Napoléon*, p. 169.
313. Fournier, III, p. 8;
314. Lacour-Gayet, p. 297.
315. Marbot, II, p. 85.
316. Ségur, III, p. 254.

Fig. 16. Napoleão Recebendo em Tilsitt a Rainha da Prússia (*Quadro de F. L. N. Gosee*).

herói de Waterloo, desembarca em Lisboa, marcha para Salamanca e Valladolid e aprende a vencer os franceses.

No outono de 1808, Napoleão, à frente de um exército de 25.000 homens, atira-se sobre Burgos e Madrid, repõe José no trono e, em pouco mais de um mês, ocupa toda a parte setentrional da Península. Os espanhóis fogem, quase sem combater; mas se "batê-los é fácil, submetê-los é impossível". A cada passo, Napoleão se enterra mais e mais no pântano sagrento e sem fundo.

Em 18 de janeiro de 1809, bruscamente, sem terminar a campanha, ele parte a galope para Paris. Deixa na Península 300.000 homens. Mas que eram 300.000 baionetas contra "doze milhões de implacáveis e justíssimos ódios [317]? Reentra precipitadamente em Paris porque soube da trama urdida pelo ministro das Relações Exteriores Talleyrand e o ministro da Polícia Fouché, que já sacavam sobre a morte dele, Napoleão, durante a guerra da Espanha. Era a eles que Napoleão devia ter feito executar em lugar do inocente duque d'Enghien, era desses dois répteis que deveria ter livrado o mundo. Mas ele perdoa-lhes, como, em geral, perdoa facilmente aos piores inimigos, talvez por desprezo. O cunhado do Imperador, Murat, rei de Nápoles, e sua mulher, Carolina Bonaparte, "lady Macbeth" pertenciam à conspiração[318].

O imperador sabe ao mesmo tempo que a Áustria marcha contra a França. Está na situação de um homem que, um pé metido no charco, deve defender-se contra um adversário que o ataca; o charco é a Espanha e o adversário a Áustria, a Inglaterra, a Europa inteira.

A campanha da Áustria é curta e brilhante, mas já seu brilho sinistro se assemelha ao do sol da tarde cercado de nuvens ameaçadoras.

Essling, a 21 e 22 de maio de 1809, é quase uma derrota; Wagram, a 5 e 6 julho seguinte, não é bem uma vitória. "Ganha-se a batalha, o inimigo se retira e entanto, coisa bizarra! Não fizemos um único prisioneiro... nem uma bandeira", relata alguém que foi parte na luta[319]. Vitória bastante penosa, a última, conseguida com os maiores esforços. Napoleão nem sequer perseguiu o inimigo em retirada; o leão ferido repele ainda os cães que o assaltam, mas não tem mais forças para persegui-los e dilacerá-los. Talvez sentisse pela primeira vez, em Wagram, que deixara de fazer guerra aos reis, para fazê-la aos povos.

A 13 de outubro de 1809, no castelo de Schönbrunn, perto de Vienna, durante a revista das tropas francesas, detiveram um mocinho de dezoito

317. Ségur, III, p. 309
318. Pasquier, I, ps. 353-359.
319. Marmont, III, p. 243.

anos aproximadamente, quase uma criança, Friedrich Staps, filho de um ministro protestante de Naumbourg. Quisera ele, como confessou, assassinar Napoleão com uma faca de cozinha.

— Por que você me queria matar?

— Porque fazeis a desgraça de meu país...

— Concedo-lhe a vida, se me pedir perdão do crime que quis cometer.

— Não quero perdão, e lastimo bastante que a tentativa falhasse.

— Diabo, parece que um crime não é nada para você.

— Matar-vos não é um crime, é um dever.

— Mas enfim, se eu lhe perdoar, será você agradecido?

— Procurarei matar-vos da mesma forma.

"Napoleão ficou estupefato", narra uma testemunha. "Eis os resultados deste iluminismo que infesta a Alemanha... Mas não há nada a fazer contra o iluminismo; não se destrói uma seita a tiros de canhão, disse ele aos que o cercavam quando levaram Stapas. — Quero saber como ele morre".

Staps morreu como herói. Chegado ao lugar da execução, gritou: "Viva a liberdade! Viva a Alemanha!" E caiu.

Napoleão passou muito tempo sem poder esquecê-lo. "Esse desgraçado não me sai da cabeça[320]!"

Sim, ele sabe — recorda — que esse rapaz de dezoito anos "de rosto claro e traços efeminados", rosto de herói antigo ou de mártir cristão, esse querubim vingador da liberdade é o seu sósia, dele Bonaparte, o jacobino de 93 que dizia: "Se meu pai aspirasse à tirania, eu próprio o teria apunhalado".

Talvez Napoleão, ao interrogar Staps, compreendesse, ainda mais claramente que no campo de batalha de Wagram, estar fazendo a guerra não já ao rei, mas aos povos; logo depois do atentado, mandou apressar as negociações de paz com a Áustria. "Quero acabar com isto[321]! Mas não acabará nunca.

"Se Vossa Majestade experimentar um insucesso, pode estar certa de que, russos e alemães, todos se levantarão em massa para sacudir o jugo: será uma cruzada; todos os seus aliados o abandonarão... Só excetuo o rei de Saxe; talvez ele lhe reste fiel, mas os súditos o forçariam a fazer causa comum com os inimigos da França", dizia-lhe o general Rapp desde 1806, no dia seguinte a Iena. "Ele conhecia pouco os alemães; comparava-os a cães que ladram e não ousam morder. Mais tarde viu de quanto eram eles capazes[322]".

No mesmo ano, em seguida à execução de Palm, o livreiro de Nuremberg fuzilado pela divulgação da brochura intitulada "A Alemanha e sua profunda

---

320. Rapp, ps. 147-153; Bourrienne, IV, ps. 411-417; Constant, III, p. 115; Merejkosvsky, *Napoleão, o Homem, cap. O Homem de Atlântida.*
321. Bourrienne, IV, p. 419.
322. Rapp, ps. 166-167.

humilhação", um vendaval de revolta e de desespero sacudiu o país. O movimento nacional teve raízes na Prússia; entre 1807 e 1810 Fichte publicou aí seus "Discursos à Nação alemã"; Arndt — seu "Catecismo dos soldados alemães"; Kerner — "A lira e a espada".

"A fermentação chegou ao mais alto grau, — escreve a Napoleão seu irmão Jerônimo, rei da Westfália. — As mais loucas esperanças são atualmente acariciadas com entusiasmo; propõem-se a imitar o exemplo da Espanha e, se a guerra vier a romper, todas as regiões situadas entre o Reno e o Oder serão o campo de uma vasta e ativa insurreição"[323]. Como dizia Blücher: "Mais ele encadeará os povos, e mais a explosão dos povos quebrando os ferros será terrível".

Não somente os reis, mas também os povos se indignam de ver a Europa partilhada entre os Bonaparte: José em Madrid, Jerônimo na Westfália, Luiz na Holanda, Elisa na Toscana, Joaquim Murat, o marido de Carolina, em Nápoles.

Napoleão reparte a Europa como um bolo para distribuí-la em pedaços aos irmãos e irmã; a águia imperial alimenta os filhotes com a Europa, tal qual o faria com restos de carniça.

Aliás bem sabe que tudo acabará numa explosão. Sente que o terreno em que se move arde e estremece sob seus passos como um vulcão. Mas que fazer? Vencer os povos ou renunciar à universalidade? "Tinha o nó górdio diante de mim, e o cortei"[324]. O nó dos povos, nó de carne e sangue, ele quis cortá-lo com a espada da universalidade quimérica, mas não fez senão apertá-lo em torno ao próprio pescoço, como um nó corredio.

"Não queria fazer mal a ninguém; mas, quando o meu grande carro político disparava, era forçoso que passasse. Ai de quem lhe ficasse debaixo das rodas"[325].

Foi ele mesmo quem lhe ficou debaixo das rodas.

323. Lacour-Gayet, p. 464.
324. Lacour-Gayet, p. 423.
325. Lacour-Gayet, p. 424.

III

A DINASTIA

(1810-1811)

A filha do Imperador da Áustria, Maria Luiza, foi a presa do vencedor de Wagram.

Josefina é estéril; ora, Napoleão tem necessidade de um herdeiro para fundar a dinastia. "Se eu tivesse o infortúnio de perder Josefina, a razão de Estado poderia forçar-me a segundo matrimônio; mas então eu desposaria um ventre: só ela foi a companheira de minha vida", dizia ele[326]. Foi bem o ventre de Maria Luiza que ele desposou: sua mãe tivera treze filhos, sua avó — dezessete, sua bisavó — vinte e seis.

A 25 de dezembro de 1809, o divórcio e a abdicação "voluntária" da imperatriz Josefina são proclamados, não sem muitas crises de nervos, lágrimas e desmaios. Também ele chora; sempre chorou facilmente nas dores pequenas e meãs; nas grandes — nunca. Prende-se ele sinceramente a Josefina; por estranho que isso pareça, Napoleão é o homem dos velhos hábitos, dos "velhos chinelos"; e Josefina, para ele, é um "chinelo velho"; é maneirosa e quase não o aborrece.

O que o seduz em Maria Luiza, além da fecundidade dos Habsburgo, é o sangue dos Bourbons; desposando-a, ele poderá tratar Luiz XVI de "meu tio" e Maria Antonieta de "minha tia". O soldado revolucionário desceu primeiro até o imperador, depois ao "herdeiro dos Habsburgo". "Ah! É bem o lábio austríaco!" exclamou ele, admirativo, comparando o retrato da arquiduquesa com as medalhas dos Habsburgo[327]. Napoleão esqueceu Bonaparte: "Não tenho filhos; não sinto necessidade nem interesse em tê-los; não tenho espírito de família. O que mais receei durante a batalha de Marengo, foi que um dos meus irmãos me sucedesse, se me matassem". — "Meu herdeiro natural é o povo francês. É este o meu filho. Só trabalhei para ele"[328].

---

326. F. Masson, *Joséphine répudiée*, p. 46.
327. F. Masson, *Napoléon et les femmes*, p. 271.
328. Roederer, ps. 13-14.

Ele "desce", renuncia a si mesmo, à personalidade, pela raça; não quer mais ser o único, quer um segundo Napoleão num Habsburgo.

Em 1814, em Rambouillet, de onde Maria Luiza viera com seu filho, Francisco II ficou impressionado pela semelhança do pequeno rei de Roma com o rei José II: "Era um verdadeiro Habsburgo!"

O marido quadragenário faz-se novo para a esposa de dezoito anos. Encomenda uma roupa elegante e bem ajustada e sapatos apertados que o torturam; aprende a valsar, ainda que isso lhe dê tonteiras.

Espera a mulher com a impaciência de um garoto que espera o brinquedo prometido.

Vai a seu encontro em Compiégne, por estradas lamacentas. Atira-se na viatura onde ele a possui às pressas, com uma violência de tarimbeiro.

Tem ela a pele de uma brancura de porcelana, olhos de um azul de faiança, movimentos de uma rigidez de pau, a face corada e com ligeiras cicatrizes de bexiga, um peito de ama de leite e a ingenuidade de uma criança de dez anos. Quando ele a beija, limpa o rosto com o lenço. "Então, Luiza, tens nojo de mim? — Não, limpo-me assim por hábito e faço o mesmo com o rei de Roma".

O marido ama o calor, a mulher — o frio. "Luiza, deita-te comigo". "Faz muito calor aí[329]".

"Não tenho medo de Napoleão, diz Maria Luiza a Meternich três meses depois do casamento, mas começo a crer que ele tem medo de mim"[330].

Ele supõe que ela o ama. Em 1814, depois da abdicação, ela escreve-lhe que "nenhuma potência humana a separará dele". Napoleão crê ou finge crer. "Vocês não conhecem a Imperatriz; é uma princesa de nobre caráter, dizia aos íntimos[331]. Ela tem mais bom senso em política que todos os meus irmãos"[332].

Exilado, esperou-a na ilha de Elba, porque ela "amava nele menos o Imperador que o homem". É lá que manda um pintor representar no teto "dois pombos presos ao mesmo laço cujo nó se aperta ainda mais à proporção que eles se afastam"[333]. Em Santa-Helena, oito dias antes da morte, lega-lhe o coração: "Vós o conservareis em álcool, levá-lo-eis a Parma, à minha querida Maria Luiza, dir-lhe-eis que a amei ternamente, que nunca cessei de amá-la. Contar-lhe-eis tudo o que vistes, tudo o que se refere à minha situação e a minha morte". Nesse período já ela é a amante do diplomata austríaco Neipperg, um sombrio aventureiro, inimigo encarniçado de Napoleão, uma espião de velha data[334].

329. Constant, III, p. 295.
330. F. Masson, *Napoléon et les femmes*, ps. 295-299.
331. Macdonald, p. 284.
332. Roederer, p. 323.
333. F. Masson, *Napoléon et les femmes*, ps. 295-299.
334. Idem, p. 315; Antommarchi, II, p. 96.

"Sempre me felicitei de minha queridíssima esposa a imperatriz Maria Luiza... Peço-lhe que procure garantir meu filho das provações que ainda lhe cercam a infância", diz Napoleão no testamento[335]. Felizmente para ele, morreu sem ter sabido como a imperatriz se conduziu longe dele.

A 2 de abril de 1810, foram casados religiosamente pelo mesmo cardeal Fesch que unira Napoleão a Josefina. Em 20 de março seguinte, nasceu-lhes um filho que recebeu o título de rei de Roma. A dinastia ilusória está fundada. Parece, de resto, que ele não se engana: "Esse casamento me perdeu... Pus o pé num abismo coberto de flores"[336].

A Espanha foi a primeira pedra que ele prendeu ao pescoço; a dinastia é a segunda; o Papa será a terceira.

"O Papa reina nos espíritos e eu só reino na matéria. — Os padres guardam a alma e atiram-me o cadáver"[337]. Ele não quer isto, quer vivificar o cadáver, reunir espírito e matéria. Declara que não há no mundo dois vigários de Cristo, — o Papa e César, que há um só: César. "Deus tornou o Imperador o ministro de sua imagem na terra"[338].

"Não desesperava de acabar tendo a direção desse Papa; e então que influência! Que alavanca de opinião para o resto do mundo!" — "Governaria o mundo religioso com a mesma facilidade com que governava o político". "Levantaria o Papa bem alto, cercando-o de pompa e de homenagens, de modo a que não mais se lamentasse a perda do poder temporal; faria dele um ídolo; tê-lo-ia perto de mim e Paris seria a capital do mundo cristão. Sessões religiosas alternariam com as legislativas; meus concílios seriam bem a representação da cristandade... Abrindo e fechando essas assembléias, eu lhes aprovaria e publicaria as decisões, como haviam feito Constantino e Carlos Magno"[339].

Em maio de 1809, por um decreto lançado de Schönbrunn, na véspera da batalha de Essling, o Imperador priva o Papa dos Estados da Igreja, isto é, dos seus domínios temporais, escreve a Murat que não dê mais tréguas, que o Papa está maluco e é preciso enjaula-lo. Murat faz invadir o Quirinal pelas tropas; prendem o Papa e levam esse velho doente, que mal podia respirar, primeiro à Toscana, depois a Grenoble e enfim a Savona, na Riviera genovesa.

O Imperador ordena que enviem todos os cardeais e toda a chancelaria do Papa a Paris; é para lá também que ele tenciona transportar o Papa, afim de tê-lo à mão, em seu poder integral. Mais tarde, com efeito, fará trazê-lo

---

335. *Mémorial*, IV, p. 640.
336. *Mémorial*, II, p. 168.
337. L. Bloy. ps. 151-152.
338. Madame de Rémusat, II, p. 50; Lacour-Gayet, p. 447.
339. *Mémorial*, III, ps. 248, 254, 257.

a Fontainebleau, onde o fechará e obrigará a assinar a segunda Concordata, na qual o Papa renuncia aos bens temporais; o Papa, de resto, denunciará bem cedo esse convênio. Em Fontainebleau vive ele debaixo da vigilância de um oficial de gendarmeria. A partir de 1810, é privado de seus secretários, de todos os seus papéis, não dispõe sequer de tinta e papéis, não dispõe sequer de tinta e de penas. Mas permanece inflexível.

Foi assim que Napoleão cortou ele próprio o galho em que se havia sentado — a sagração; lutou com uma espada de ferro contra um fantasma[340].

"Até nos países protestantes foi geral a indignação ante a conduta de Bonaparte contra Pio VII[341]". E o próprio Napoleão sentiu, a certa altura, que fora longe demais, querendo "agir como a Providência"[342].

Desde os primeiros anos do Império, Napoleão, que Corvisart, seu primeiro médico, conseguira curar da sarna adquirida em Toulon, pôs-se subitamente a criar barriga. Ao mesmo tempo que perdia a magreza, perdia essa divina desenvoltura que lhe fazia dizer ao revocar a mocidade: "Vi o mundo fugir debaixo de mim como se eu tivesse sido arrebatado pelos ares". Lá pelos quarenta anos, avolumou-se-lhe a gordura um tanto pesadona. Mas, a despeito da natureza, a alma do herói conserva-se sã num corpo doente e doente num corpo são. A tez amarela tornou-se-lhe de um branco mate, frio como mármore. Seu rosto ligeiramente entumecido tomou uma espécie de langor feminino. Um lacaio provinciano, percebendo-o na carruagem ao lado da Imperatriz, tomou-o, com o chapéu de cerimônia, de grandes plumas brancas, pela "velha governanta" de Maria Luiza. A melancolia ossiânica de outrora cedera, em sua face, a um tédio pedregoso, ao "sono letárgico". Nada o divertia, e até os bailes lhe pareciam aborrecidos.

O senhor entediava-se, e também os súditos. As próprias vitórias não mais o alegram e parecem até aumentar-lhe o enfado, porque as guerras eram intermináveis. "Há um desencorajamento, um descontentamento geral... nenhuma admiração, nem mesmo surpresa, porque estamos fartos até de milagres"[343].

O ditador revolucionário transforma-se em déspota autocrático. Pelo decreto de 3 de março de 1810, restabelece as prisões para criminosos de Estado. "É ostentar um grande desprezo pela liberdade e pela opinião num país onde um dos primeiros atos revolucionários foi a destruição da Bastilha"[344]. As escolas e os liceus tornaram-se casernas onde as Musas, tal qual as damas

340. D. Merejkovsky, *Napoleão O Homem cap. O Senhor do mundo.*
341. Bourrienne, IV, p. 407.
342. Bloy, p. 168; Mémorial, II, p. 545.
343. Madame de Rémusat, III, p. 65, (nota).
344. Thibaudeau, p. 286.

nos bailes da corte, pareciam marchar ao som do tambor. A liberdade da imprensa é suprimida. De setenta e três jornais só restam quatro; os artigos são fornecidos por um departamento oficioso e os redatores nomeados pelo ministro da Polícia. "Os prelos são um arsenal que não deve ficar ao alcance de todos. Faço muita questão de que o direito de publicidade fique restrito aos que merecem confiança do governo"[345]. "Será bom interditar o "Tartugo"[346]. — A idéia é a inimiga capital dos soberanos"[347].

Madame de Stäel, essa liberal inofensiva, é perseguida. Bonaparte detesta os que ele chama de embrulhões. Quer a subordinação irrestrita, o respeito à autoridade, "porque ela vem de Deus"[348]. Por uma frase imprudente sobre Nero e Tácito, o Imperador ameaça Chateaubriand de fazê-lo "espaldeirar nos degraus das Tulherias"[349]. Todo mundo se aborrece, sufoca, vive numa opressão de pesadelo. Napoleão bem o sente; "Quando eu morrer, o Universo soltará um grande ufa"[350].

"Deus fez Bonaparte e descansou", disse-lhe rosto a rosto um prefeito. "Deus faria melhor em descansar um pouco antes", disse alguém em voz baixa[351].

A cidade de Paris imaginou colocar acima do trono do Imperador essas palavras do Evangelho: "Ego sum qui sum". "Sou quem sou". — "Eu os proíbo de me compararem a Deus", respondeu o Imperador, que as lisonjas desmedidas importunavam e nauseavam[352].

Ele é comparável a estátua de pedra: quando anda, treme a terra debaixo dele. "Desde o mais simples lacaio ao primeiro oficial da coroa, todos sentem uma espécie de terror à sua aproximação"[353].

Sabia ele o que fazia, ou esse homem de uma clarividência infinita se tornara cego, esse homem infinitamente inteligente perdera a razão? Ele sabia tudo; sabia mesmo que estava a perder-se, mas não podia deixar de perder-se, de — "arder", de morrer, de ser uma "vítima". — "Toda a vida sacrifiquei tudo, tranqüilidade, interesse, felicidade, a meu destino[354]". Não podia deixar de sacrificar-se, do mesmo modo que o sol da tarde não pode deixar de inclinar-se para o ocidente.

"A terrível clava que só ele podia erguer acabou caindo-lhe na cabeça"[355]. Ele sabia que ela viria a cair e, fato estranho, parece mesmo que o quis.

345. Lacour-Gayet, p. 387.
346. *Mémorial*, III, p. 629.
347. J. Bertaut, p. 95.
348. Bourrienne, IV, p. 338.
349. Lacour-Gayet, p. 392.
350. Madame de Rémusat, I, p. 125.
351. Bourrienne, III, p. 394.
352. Lacour-Gayet, p. 176.
353. Constant, I, p. 286.
354. F. Masson, *Le sacre de Napoléon*, p. 5.
355. Madame de Rémusat, I, p. 383.

"Ele próprio devia encarregar-se de se destruir e perecer por um suicídio político", diz um contemporâneo[356].

Em 1808, na véspera da partida para a guerra da Espanha, pendura ao pescoço um breve com veneno e não o tira mais. Mas não se há de envenenar; já está envenenado. A púrpura imperial é para ele como a túnica de Nessus; cola-se-lhe ao corpo e queima-o até os ossos; ele a conservará até à fogueira do sacrifício em que tiver de arder, como o sol no braseiro do poente.

"Contanto que isto dure, contanto que isto dure", murmurava, com o sotaque natal, mamã Letícia, sacudindo a cabeça como uma Parca fatídica. "Essa mulher viveu sempre segura de que todos os andaimes levantados pelo filho se desmoronariam"[357]. Mas talvez o filho o soubesse também, talvez ouvisse a voz do Destino e a seguisse docilmente, como o filho segue a voz materna.

Via ele aproximar-se sua hora: "Mil oitocentos e doze".

356. Marmont, V. p. 2.
357. Chuquet, I, p. 50; Stendhal, p. 5.

IV

MOSCOU

(1812)

Muitas vezes o viam meio atirado sobre um sofá, onde permanecia horas e horas mergulhado em meditação profunda, de que saía de modo brusco, como em sobressalto, convulsivamente, e por exclamações; cria ouvir seu nome e perguntava: "Quem me chamou?" Levantava-se e punha-se a andar com agitação. "Não, sem dúvida, reconhecia ele; nada está suficientemente preparado em derredor de mim, e até em mim próprio, para uma guerra tão distante! É preciso retardá-la por três anos"[358]! Mas, intimamente, sabia que não a poderia retardar, como sabia que era a Fatalidade que o chamava.

"Eu não tinha desejo de bater-me; Alexandre muito menos, mas, uma vez postos em presença um do outro, as circunstâncias nos levavam a engalfinhar-nos; a Fatalidade fez o resto"[359].

A campanha da Rússia é a conseqüência inevitável do Bloqueio continental, do duelo entre a França e a Inglaterra. Tendo destruído a Áustria e a Rússia, barreiras naturais do Ocidente europeu, Napoleão encontrou-se face a face com o Oriente russo.

No outono de 1810, o Bloqueio começou a produzir efeitos; na cidade de Londres as bancarrotas se multiplicavam; a situação interior da Inglaterra tornava-se insustentável; a crise econômica ameaçava-a de uma revolução social. Napoleão julgava chegar ao fim. A Inglaterra está em vésperas de perder-se; só é necessário desferir-lhe um último golpe, fechar o Báltico, tapar essa última fenda pela qual as mercadorias inglesas se infiltram na Europa. "A paz ou a guerra está entre as mãos da Rússia", diz Napoleão, e pede a Alexandre que ordene o confisco nas águas do Báltico, não só dos navios ingleses, mas de todos os navios neutros portadores de mercadorias ingle-

358. Ségur, IV, p. 87.
359. *Mémorial*, VI, p. 159

sas. "Jamais a Inglaterra se encontrou nas aperturas em que se encontra... Sabemos de fonte segura que a desolação é grande no comércio e que seus desejos são agora pela paz... Se a Rússia se unir à França, esses desejos serão um grito geral na Inglaterra e o governo de Londres será obrigado a negociar conosco[360]".

Mas Alexandre não deseja absolutamente a derrota da Inglaterra; ele vê na Grã-Bretanha a última garantia contra a definitiva "sujeição do Continente pelo domínio de um só". E Napoleão, tendo notícia de que duzentos navios neutros tinham desembaraçado produtos em portos moscovitas, compreendeu que a Rússia não aderiria nunca ao Bloqueio.

Em janeiro de 1811, Alexandre mobilizou em segredo 240.000 baionetas. Enganou Napoleão desavergonhadamente; preparava-se para agredi-lo e o teria feito se a Polônia o houvesse permitido.

Mas Napoleão antecipa-se a Alexandre: na primavera de 1811 forma na Alemanha um exército tal como os tempos modernos jamais haviam conhecido, um exército de 670.000 homens, reunindo os dois terços da Europa militar, disciplinados por mão de ferro, sabendo marchar às ordens de um só homem. Decide-se a atacar a Rússia em 1812.

"Soldados! Diz ele na proclamação ao Grande Exército, começou a segunda guerra da Polônia!... A Rússia é arrastada pela fatalidade; seus destinos devem cumprir-se... Passemos o Niemen"[361]!

A 22 de junho de 1812, ele chega diante desse rio.

Como a cinco anos, no ano de Tilsitt, cintilam os bancos de areia; a água morna, os morangos dos bosques e os gravetos resinosos da floresta de pinheiros, tudo parece inclinar à alegria, à paz, ao trabalho.

A outra margem está deserta. Onde se encontram os russos? Ao cair do dia, alguns sapadores atravessam o rio num barco. Um cavalariano, oficial russo, comandando uma patrulha de cossacos, sai da floresta, vem-lhes ao encontro e pergunta: "Quem sois vós? — Franceses! — Que desejais?" Um sapador responde-lhe bruscamente: "Fazer-vos a guerra! Tomar Vilna! Libertar a Polônia!" O cavalariano fez o cavalo voltar-se e desapareceu no bosque. Três tiros soaram atrás dele, o eco repetiu-os na floresta, e foi de novo um silêncio de morte[362].

O exército atravessou o Niemen em três colunas, dispostas em três sítios diferentes. Os russos não se lhes opuseram à passagem. Todo mundo rejubilava, exceto o Imperador. De pé na outra margem, ele fiscalizava o

360. Vandal, II, ps. 490-493.
361. Ségur, IV, p. 131.
362. Ségur, IV, p. 138.

movimento das tropas e olhava muitas vezes para longe como se esperasse alguém. Súbito, montou a cavalo e meteu-se sozinho, sem escolta, pela floresta. Galopou assim um quilometro, dois, três, — nem viva alma. Deteve-se, olhou em derredor, ouviu — sempre o mesmo silêncio, o vácuo infinito — mistério infinito — a Rússia. "Quem me chama?" Indaga ele, e retorna a galope em direção ao Niemen.

O exército avançava para a Rússia através da Lituânia — Lovno, Vilna, Vitebsk — sem encontrar nunca o inimigo, enterrando-se mais e mais no vácuo infinito. Dir-se-ia que afundava num precipício. O temor apoderou-se dos homens. Não era mais a guerra e sim qualquer coisa de ignorado: os homens combatem os homens ou a natureza, mas como combater o imaterial, o inatingível — o Espaço? Não era em vão que a tempestade amadurecia no calor. Rompeu ela em chuvas torrenciais e, bruscamente, ao calor tórrido sucedeu o frio — outubro em julho. Dez mil cavalos pereceram devido à má alimentação; seus cadáveres putrefatos jaziam na estrada, empestando o ar. Uma lamaceira intransponível impedia a chegada dos víveres. O exército era presa da fome, do tifo, e da disenteria. Os homens morriam como moscas, abandonando as bandeiras. E era apenas o começo — a Lituânia não fora ainda atravessada.

"O estado do exército é terrível, bem sei, dizia Napoleão; desde Vilna, ele não arrastava senão a metade das tropas e as baixas iam assim em crescendo assustador; não havia tempo a perder; urgia arrancar a paz, e ela estava em Moscou! De resto, esse exército não mais podia deter-se; dada a sua desorganização, só o movimento ainda o mantinha. Podia-se levá-lo para frente, mas não parar ou recuar. É um exército de ataque e não de posição"[363]. Mas, ainda que o exército pudesse deter-se, ele não o poderia, nunca: O espaço o atemoriza e o atrai como um abismo; tem de marchar para frente, sempre para frente, rolar no despenhadeiro, afundar-se nas profundidades, nos silêncio infinito — no mistério infinito — a Rússia.

A 28 de julho é Vitebk. O Imperador entra no aposento que lhe está preparado, tira a espada, coloca-a na mesa com o mapa da Rússia e diz: "Fico por aqui. Quero estudar bem a situação, fazer descansar o exército e organizar a Polônia. A campanha de 1812 findou. A de 1813 fará o resto." — "1812 nos verá em Moscou, 1814 em Petersburgo. A guerra da Rússia é uma guerra de três anos".

Ele diz isso para os outros, mas dentro de si mesmo sabe que não poderá parar, que irá até Moscou, que tocará o fundo da voragem.

363. Ségur, IV, p. 281.

A 17 de agosto é Smolensk. A cidade é tomada de assalto e incendiada. Os franceses contavam que os russos não abandonariam sem combate a porta santa de Moscou, com o antigo ícone da Virgem. Eles a abandonaram, todavia, levando somente a Imagem Sagrada.

"Abandonaram Smolensk, abandonarão Moscou da mesma forma! Grita Napoleão enfurecido. — São uns covardes, umas mulheres, não têm pátria. Nós os engoliremos." — "Engole-os", pareciam responder as carrancas dos oficiais taciturnos.

A batalha! Enfim a batalha! A 5 de setembro os franceses viram o exército russo. Para defender as vizinhanças de Moscou na estrada de Mojaisk, ocupava ele as alturas fortificadas de Borodino.

O Grande Exército sentiu um sobressalto; de novo teve fé na estrela do Chefe, e compreendeu ao mesmo tempo ser essa batalha a primeira e a última, o combate decisivo, onde era forçoso vencer ou perecer.

Na noite que precedeu a batalha Napoleão dormiu mal: resfriara-se, tinha febre, acompanhada de tosse e de arrepios. No começo do Equinócio de outono, quando o dia se inclina para a noite e o sol para o inverno, ele se sentia sempre indisposto, como se se enfraquecesse, se exaurisse como o sol.

Muitas vezes acordou pedindo a hora e mandando ver se os russos não tinham partido; sonhava constantemente que eles se iam.

Às cinco da manhã, vieram anunciar-lhe que o marechal Ney via ainda o inimigo e pedia permissão para atacá-lo. O Imperador pareceu reencontrar as forças, levantou-se e saiu gritando: "É o momento de agarrá-los! Marchemos! Vamos abrir as portas de Moscou[364]!"

Subiu ao reduto de Schevardine, ocupado na véspera, esperou que o sol se levantasse e, mostrando-o, exclamou: "Eis o sol de Austerlitz!" Mas com uma voz tão indiferente que fora melhor nada tivesse dito. Aliás esse sol viera contrário; subia do lado dos russos, ferindo os olhos dos franceses e descobrindo-os aos golpes do inimigo[365].

A batalha começou — "a mais sangrenta das minhas batalhas", dirá Napoleão. Talvez não somente os franceses e os russos, mas os homens em geral, não se bateram jamais com tamanho encarniçamento e igual bravura, porque eles se batiam em defesa de causas igualmente sagradas: os franceses pelo mundo e pelo Homem, os russos pela pátria e por qualquer coisa de maior ainda; não sabiam eles próprios por que; acreditavam que era "pelo Cristo contra o Anti-Cristo."

364. Ségur, IV, p. 373.
365. Ségur, IV, p. 374.

Pela primeira vez na vida Napoleão não tomou parte na batalha. O reduto de Schevardine, onde ele passara todo o dia, achava-se na retaguarda do exército francês; de lá via-se mal o campo de batalha, oculto pelos acidentes do terreno. O Imperador ora se sentava numa cadeira portátil, ora vagava pela plataforma do reduto. Notava-se-lhe no rosto um pesado tédio — o "sono letárgico". Ele desejara a batalha e, quando ela começou, mal a olhava, quase não ouvindo os mensageiros. Em sabendo da morte de tantos bravos, tem apenas um gesto de morna resignação, como se pensasse em outra coisa, estivesse preocupado por outras coisas. Por que? Estaria doente? "Fiz sempre de meu corpo o que quis"[366]. Mas agora não pode fazer nada. Venceu um mundo e não pode vencer um simples defluxo. Curvo, cabeça baixa, conserva-se sentado, tossindo, espirrando, assoando-se. Seu rosto branco e entumecido, rosto de mulher, fazia pensar na "velha governanta de Maria Luiza". Os homens e os deuses não perdoam; não carece de mais nada; não quer mais conquistar o mundo: compreendeu que o resultado do jogo não vale o preço do baralho. "Terrível espetáculo o de um campo de luta. Até os trinta anos a vitória pode deslumbrar e ornar de glória tais horrores, mas depois"[367]?

Poderia vencer e não venceu. Repeliu a Vitória como um amante saciado repele a amante, ela não lhe perdoará jamais.

O ataque de cavalaria de Murat desbaratou toda a esquerda de Koutouzov; a cavalaria de Latour-Maubourg apoderou-se das altitudes de Semenovsk; o caminho da vitória estava aberto. Mas os marechais Ney e Murat, esgotados, pedem reforços. O Imperador hesita: ora diz sim, ora não. Os russos aproveitam-se disso; Bagration refaz a linha rota. Não se trata mais de concluir a vitória e sim de conservá-la. De novo, os marechais pedem, imploram reforços. O Imperador ordena enfim à sua guarda que avance, mas logo se desdiz: "Não, quero ver melhor"[368]...

Para o meio-dia a ala direita francesa penetrara tão profundamente no exército russo que lhe punha a descoberto todo o interior e toda a vanguarda até a estrada de Mojaisk — os fugitivos, os feridos, as carretas; uma ravina e um pequeno bosque separavam apenas os franceses dos russos; bastaria o último arranco para chegar até eles e decidir da sorte da batalha — talvez da de toda a campanha. "A jovem guarda! Imploram, exigem os marechais. Que ela venha e tudo estará acabado! — Não, quero ver claro no meu tabuleiro de xadrez... E, se houver amanhã uma segunda batalha, com quem contarei"[369]?

366. Antommarchi, I, p. 216.
367. Ségur, III, p. 43.
368. Ségur, IV, p. 381.
369. Ségur, IV, ps. 384-387.

"Não o reconheço", diz Murat com um suspiro de tristeza. "Que faz o Imperador atrás do exército? Grita enraivecido; se ele não quer fazer a guerra por si mesmo, se não é mais general, se quer ser unicamente Imperador, que volte às Tulherias e nos deixe ser generais em lugar dele.[370]"

Quando Napoleão concedeu enfim a guarda, era tarde demais; os russos tinham-se retirado em boa ordem, só deixando aos franceses o campo de batalha, onde parecia haver mais vencedores mortos que vencedores vivos.

"Moscou! Moscou!" Gritaram os soldados e bateram as mãos de alegria quando, a 14 de setembro, duas horas depois do meio-dia, perceberam ao fim da planície de Mojaisk as cúpulas douradas. Logo esqueceram eles todos os sofrimentos da guerra: "A paz está em Moscou", prometera-lhes o Imperador.

Talvez se alegrassem eles de qualquer coisa de bem maior e que não sabiam exprimir: por Moscou passa o caminho do Oriente, onde o Senhor localizara para Adão o paraíso; e eis que um novo Adão, o Homem, os conduzia para um novo paraíso — para o reino da liberdade, da igualdade e da fraternidade. Do Thabor a Gibraltar, das Pirâmides a Moscou, tal é a cruz napoleônica na terra — o signo apocalíptico.

"Era tempo" gritou ele, contemplando, do alto do monte da Salvação, Moscou desenrolada a seus pés, e foi como se saísse de um sonho tormentoso.

Esperava uma deputação para iniciar logo as negociações da paz, quando soube de repente que Moscou estava deserta. Recusou-se a crer e continuou a esperar. Só à noite é que ele penetra em Moscou, como se reentrasse num sonho terrível: a tragédia de uma cidade populosa bruscamente abandonada, as ruas mortas, as casas mudas, tudo a exceder em horror o mais horroroso dos desertos. O vácuo, o silêncio infinito, o mistério infinito, a Rússia — o Destino. Na mesma noite verifica que Moscou está a arder. Arderá durante cinco dias. Os franceses tentam apagar o incêndio, mas em vão: labaredas sobem de todos os lados a um tempo: os ladrões e os assassinos que os russos libertaram de propósito espalham o fogo de extremo a extremo. Criaturas hediondas vagam entre as chamas. "Que homens! São verdadeiros Citas!" murmura Napoleão apavorado[371].

O tempo estava claro, seco; um ríspido vento de nordeste soprava; a cidade, construída quase totalmente de madeira, com exceção das igrejas e dos palácios, parecia um mar de chamas em fúria. "Era o espetáculo mais sublime e mais terrível que vi a vida toda", dirá mais tarde Napoleão[372].

Tal foi a resposta da Rússia — um auto-da-fé.

---

370. Ségur, IV, ps. 386-399.
371. Ségur, IV, ps. 45, 47.
372. O'Meara, I, p. 51.

Fig. 17. Juramento do Exército e a Distribuição das Águias (*Quadro de J. L. David*)

Contemplando horas inteiras o incêndio, pelas janelas do palácio do Kremlin, ele viu toda a sua existência — vitórias, glória, grandeza — desaparecer e desvanecer-se como fantasmas nos turbilhões de fogo e fumaça. Inveja ele a Rússia? Lembra-se de ter sido ele também tentado pelo fogo: "arder para iluminar seu século?"

O Kremlin está cercado pelas labaredas; o calor é tão forte que, quando o Imperador olha pelas janelas, os vidros lhe abrasam a fronte. Acaba fugindo do Kremlin e caminhando "sobre uma terra de fogo, sob um céu de fogo, entre duas muralhas de fogo", e só a custo escapa[373]. Depois de esperar em Petrowsk-Razoumovsk que Moscou acabasse de arder, volta por cima dos escombros. Não sabe o que vai fazer: ora decide marchar sobre Petersburgo, ora passar o inverno em Moscou; desmanda-se como uma fera engaiolada. Enfim, manda a Alexandre um emissário com estas palavras: "Quero a paz, preciso da paz, desejo-a de qualquer modo. Salvai unicamente a honra"[374].

Alexandre não responde: não se fará a paz.

A 13 de outubro, caem as primeiras neves, anunciando o rigoroso inverno russo — depois do inferno de fogo, o de gelo. A 19, o Grande Exército, que já não é grande, mas pequeno, porque reduzido a uma sexta parte — deixa Moscou pela estrada de Kalouga e começa a retirada.

A 28, gela, e a 6 de novembro, no caminho de Viazma, os franceses são colhidos numa tal tempestade de neve que os que não conhecem o inverno russo crêem na morte iminente. Um céu negro desce sobre a terra branca, tudo se confunde e turbilhona num caos branco. Os homens têm a respiração cortada pelo vento. Cega-os a neve e eles se retesam, tropeçam, caem e não mais se levantam.

A tormenta cobre-os de neve, como que formando lápides sobre túmulos. Toda a estrada do Grande Exército está semeada desses túmulos, como um infinito cemitério.

As noites de inverno são especialmente dramáticas. Nos bivaques das estepes, por um frio de vinte graus os homens não sabem onde abrigar-se do vento cortante e glacial. Cozinham sobre madeira que custa a arder pedaços de carne arrancados aos cavalos mortos; fazem fundir a neve para preparar a sopa com um punhado de farinha mofada e estendem-se no chão para dormir; na manhã seguinte o bivaque é assinalado por um círculo de cadáveres rígidos e por milhares de cavalos caídos pelos arredores.

373. Ségur, V, p. 51.
374. Ségur, V, p. 75.

Fig. 18. O Golpe de Estado de 18 de Brumário (*Quadro de F. Bouchot*)

Mas era preferível morrer de frio a cair nas mãos dos cossacos e dos camponios; estes não matavam logo os prisioneiros, mas os insultavam e torturavam longamente ou não os despojavam de tudo, deixando-os nus em cima da neve. Se os prisioneiros eram muito numerosos, impeliam-nos a ponta de chuço, como uma carneirada, talvez para novos e mais dolorosos suplícios.

Os franceses que deixaram Moscou eram 100.000 três semanas depois, só restavam 36.000 e não eram senão cadáveres vivos, espantalhos grotescos e assustadores, vestidos de farrapos piolhosos — fraques de funcionários, sotainas de padres, roupões e barretes de mulher. Não havia mais inferiores nem superiores. A miséria igualara tudo.

Cães famintos seguiam-nos passo a passo; nuvens de corvos revoluteavam por cima deles como por cima da carniça.

Certo, nem todos são assim: resta ainda a Guarda. Os velhos bigodudos, com as mãos enregeladas, apresentavam ainda as armas e com a voz enfraquecida gritavam, como nas paradas das Tulherias: "Viva o Imperador!" Faziam eles tais prodígios que os netos mal poderiam acreditar.

O marechal Ney, defendendo a retirada sobre Smolensk, combate vitoriosamente, durante dez dias, com dois mil homens contra setenta mil. A França e o mundo não esquecerão nunca esse santo heroísmo.

E Napoleão? Continua a ser "galinha molhada"? Não; dir-se-ia esperar ele essa queda suprema para elevar-se a uma glória maior que a de todas as vitórias.

Tem o rosto pálido, morto, como a neve pálida, morta; mas ao mesmo tempo maravilhoso e terrível como a face de Dionisos na descida ao inferno. E, olhando-o, os que estão no inferno esperam de novo que ele os salve, que os conduza ao paraíso.

"Tens frio? Pergunta ele a um velho granadeiro que marchava a seu lado por uma temperatura de vinte graus. — Eu, meu Imperador? Não diga isso! Quando eu o vejo, basta isso para aquecer-me"[375]! Era como se o próprio sol o aquecesse nesse inferno de gelo.

Os homens continuavam a ter fé nele; senão, não o teriam assassinado mil vezes, quando ele marchava na neve ao lado deles, a apoiar-se num bastão? Mas, longe de matá-lo, são eles, ao contrário, que morrer por ele e crêem, embora "sans-culotes" e ateus, que "hoje estarão com ele no paraíso".

O Berezina é o Styx desse inferno. É para ele que o apertam, o impelem, o acuam, como uma lebre, Koutouzov a leste, Wittgenstein ao norte, Tchitchagov ao sul, para liquidar, com a alegria de todos os ortodoxos, esse "cão de Anti-Cristo".

---

375. Lacour-Gayet, p. 207.

Ele sabe — recorda — que para ele o Berezina é o que Ulm foi para Mack — a emboscada, as Forcas Caudinas, o supremo opróbrio, a capitulação. Sabe-o e vai seguindo de qualquer forma, porque não percebe rumo melhor. E o pior é que tudo isso é culpa sua: marchando para Moscou, estava ele tão loucamente seguro da vitória, que fez queimar em Orcha todas as equipagens de pontes, de maneira a nada ter agora para atravessar a ribeira. E como de propósito sobrevem o degelo, desfazem-se os grandes blocos brancos, começa o desmoronamento.

A 25 de novembro, Napoleão atinge a Berezina; Tchitchagov já lá o esperava, perto de Borissov, enquanto Wittgenstein se preparava para reunir-se a Koutouzov: formavam-se assim as duas lâminas de uma tenaz gigantesca.

"Estávamos sitiados em todos os pontos; a posição era trágica. Nenhum francês, nem mesmo Napoleão, devia escapar", relata o general Rapp. — "Propus a Napoleão salvá-lo, fazendo-o passar a ribeira a algumas léguas daqui; disponho de uns poloneses que me responderão por ele e o conduzirão a Vilna, diz Murat, mas ele repele essa idéia e nem quer que lhe falem nisso. Quanto a mim, não penso que possamos escapar... Levaremos todos o diabo, já que a rendição é impossível"[376]. A véspera de Berezina foi um dia terrivelmente solene; o Imperador mandou trazer as águias de todos os corpos e as fez queimar para que não caíssem nas mãos do inimigo. "Espetáculo bem triste esse, de homens saindo das fileiras um a um atirando ali o que eles amavam mais que a vida; não vi nunca desespero tão profundo, humilhação tão duramente sentida; porque isso equivalia a uma degradação geral de todos os bravos de Moskova"[377].

Essas águias voaram por toda a terra, do Thabor a Gibraltar, das Pirâmides a Moscou, e ei-las que se consomem, se desfazem e sobem para o céu com as flamas.

A face do Imperador está pálida, morta, como a neve morta, mas também alegre, como se ele viesse de vencer o inimigo: ao auto-de-fé de Moscou responde o auto-de-fé das águias.

Se ele fez queimar as bandeiras, honra do exército, é que sabia não mais existir salvação, e não queria enganar os demais. Sabia-o como sabe que dois e dois fazem quatro e, sempre na vida do Homem, na vida de todos os homens, sempre que há fé, o milagre verificou-se.

Tchitchagov retirou-se de Borissov, a outra margem está deserta e a passagem livre. Os franceses não querem crer no que vêem. "Não é possível. Isto não é possível!" murmura Napoleão, e empalidece ainda mais. "Minha es-

---

376. Rapp. Mémoires, ps. 260-261. Ségur, V, p. 318.
377. Constant, III, p. 440.

trela brilha ainda", disse ele olhando o céu[378]. Sua Estrela não o abandonará mais até o fim, mas o conduzirá por estradas que ele não tinha previsto. O vão de Studianka, três léguas acima de Borissov, seria, se não estivesse guardado por Tchtchagov, o único ponto possível para a passagem do exército francês. O marechal Oudinot foi mandado ao vão de Oukolada, seis léguas acima de Borissov, a fim de fazer crer que aí construíam uma ponte, enganando assim Tchitchagov e afastando-o de Studianka. Napoleão não contava quase com o sucesso; seria necessário que Tchtichagov ficasse maluco para cair em plano tão grosseiro. Entanto deixou-se engodar, perdeu a cabeça sob o olhar fascinante do "daimon", como o pássaro sob o olhar da serpente. Ele executou com uma precisão matemática o plano de Napoleão. "Ambos haviam partido ao mesmo tempo de Borisov; Napoleão para Studianka, Tchitchagov para Szabaszawiczy."

Na manhã de 26, os franceses começaram a armar duas pontes em Studianka: uma, larga, para a artilharia; outra, mais estreita, para a infantaria. As traves e as tábuas arrancadas das casas dos campônios serviam para a construção de cavaletes, estacas e do piso da ponte; forjavam-se pregos e ganchos nas rodas dos canhões abandonados.

Para enterrar os cavaletes no leito lamacento da ribeira, os homens ficavam seis ou sete horas consecutivas mergulhados até o pescoço na água fria, afastando com as mãos os enormes blocos de gelo que a corrente e o vento impeliam para eles; os que não conseguiam afastá-los em tempo, eram arrastados e afogavam-se; esses faces azuladas eram horríveis de ver-se. E nem uma gota de álcool para dar um pouco de calor! Muitos pereceram submersos ou sufocados pelo frio, e a neve lhes foi um leito de repouso[379].

A 27 de novembro as pontes estavam acabadas. Napoleão atravessou-as com a Guarda e as tropas de Ney. O principal está feito: o Imperador — o Império — a honra do Grande Exército, conseguiu salvar-se.

A 28, Tchitchagov, voltando a si, precipita-se para Studianka. Wittgenstein e Koutouzov correm a ajudá-lo, em marcha batida. A cada instante podem eles aparecer. Convém apressar a passagem. Mas a ponte da artilharia construída ás pressas, não suporta um excessivo movimento de tropas e o peso das peças, e vem abaixo. Todos se bandeiam para a segunda ponte, a da infantaria, atravancada de carretas, de feridos, doentes, mulheres, crianças, anciãos, toda a horda inumerável que fugira de Moscou. A artilharia devia abrir caminho através de tudo isso.

Nesse momento tiros de canhão fizeram-se ouvir nas duas margens e uma notícia apavorante circulou na turba: "Tchitchagov! Wittgenstein!"

378. Ségur, V, ps. 320-321.
379. Ségur, V, ps. 315-316; Marbot, IV, p. 91; Constant, III, p. 444.

268

Os obuses sibilaram acima das cabeças e começaram a penetrar no bando atropelado. Os homens tomados de pânico, abalroavam-se, pisavam-se aos pés, precipitavam-se na água uns aos outros. Os soldados abriam passagem na multidão a golpes de sabre e de baioneta. E os cadáveres de homens liquidados nessa balbúrdia eram arrastados pelos sobreviventes, sem cair, como se ainda estivessem vivos.

Os homens transmudavam-se em feras. Mas houve também, irrompendo como estrelas na noite, devotamentos sublimes: homens cedendo o passo às mulheres, os adultos — às crianças; condenados eles próprios, salvavam a vida dos que iam perecer. Um artilheiro, de fisionomia feroz, que espaldeirava a turba para conseguir passar, percebeu de repente uma mãe que se afogava com o filho; curvou-se e, arriscando-se a ser esmagado, tomou da criança, levantou-a e apertou-a contra o peito com uma ternura maternal.

Os canhões rolavam sobre corpos humanos. Os blocos de gelo, chocando-se, estalavam na água, os ossos estalavam no sangue. Homens permaneciam suspensos acima da água, a mão agarrada ao rebordo da ponte, até que uma roda viesse esmagá-la: caíam então na ribeira[380]. Ouviam-se gritos inumanos, gemidos, súplicas e, ao longe, bem ao longe, alguns vivas ao Imperador, como um apelo subindo do inferno para aquele que libertará os réprobos.

Na primavera seguinte o governador de Minsk fez recolher e queimar em Studianka vinte e quatro mil cadáveres. Conta-se que dez anos depois os pescadores encontravam ainda na Berezina pequenas ilhas de montículos de ossos de franceses aglutinados pela vasa encobertos de miosótis[381].

Essas flores, azuis como o céu, pareciam dizer: "Homem, não esqueçais os que pereceram aqui, os que seguiram o Homem através do inferno, rumo do paraíso. Glória eterna aos Heróis!"

380. Ségur, V, ps. 335-343; Constant, III, ps. 448-449.
381. Fournier, III, p. 130.

O POENTE

I

LEIPZIG

(1813)

Quem é esse homem pálido que galopa noite e dia em mala-posta a toda velocidade? Envolto numa peliça, enterra o chapéu até os olhos e, dissimulando-se num canto do trenó ou da caleça, não ousa olhar para fora. É um correio inexperiente, portador de papéis comprometedores, um espião que tem medo de ser preso, ou então um desertor do Grande Exército, um mal soldado do Imperador? Não, é o próprio Imperador.

Ele partiu na noite de 6 de dezembro de Smorgony, além do Berezina. Atravessou Vilna, Varsóvia, Dresde, Meinz, toda a Europa, em doze dias e chegou às Tulherias na noite de 19. Subiu lentamente a escadaria do palácio e acreditou ver passar e repassar diante dos seus olhos uma fisionomia. Talvez a do granadeiro a quem perguntava lá em baixo, no Berezina, a uma temperatura de 20 graus: "Tens frio? — Eu, meu Imperador? Não diga isso! Quando eu o vejo basta isso para aquecer-me!" Mas o granadeiro morreu de frio, como estará morrendo, nesse momento, o exército todo. O Imperador o carregara nos braços, quase a arrancara a esse inferno de gelo, mas afinal deixara-o cair, fugira, abandonara-o; abandonar o exército ou a França: era preciso escolher como outrora no Egito; a escolha fora a mesma: abandonara o exército pela França; ouvira a voz do Destino e a seguira como uma criança segue a voz materna.

"A saúde de Sua Majestade nunca foi melhor", constava do 29º boletim do Grande Exército, o de Berezina, chegado a Paris, dois dias antes da volta do Imperador, boletim que fez fremir toda França. "Famílias, secai vossas lágrimas: Napoleão passa bem", zombeteava amargamente Chateaubriand[382]. De

---

382. Lacour-Gayet, p. 478.

que ri ele? "Eu vivo e passo bem"; era preciso que o Imperador o dissesse, porque à só notícia de sua morte um audacioso conspirador, o general Malet, quase jogara ao chão a dinastia. Isso se passara logo depois de Moscou; assim o que não poderiam esperar após Berezina?

"O Imperador estava bem contente, informa Constant, seu criado-de-quarto. Eu o encontrei tal qual o vira antes de entrar em campanha; a mesma serenidade na face; dir-se-ia que o passado não era mais nada para ele[383]".

O inverno decorreu como de costume: os beijos que a muito asseada Maria Luiza limpava com o lenço, os primeiros dentes do rei de Roma, as sessões do Conselho de Estado, as audiências dos embaixadores, as noites de trabalho, os cachos ardentes de lustres iluminando os bailes do pavilhão de Flora, as trompas de caça ressoando na floresta de Fontainebleau — nada mudara. Tivera ele um sonho horrendo — Moscou, o Berezina — acordara e logo esquecera o que sonhara. "Creio que a natureza me preparou para os grandes reveses; estes sempre me encontraram com uma alma de mármore, em que nem o raio podia morder e devia escorregar[384]". — "Estou firme num rochedo[385]".

Mas o rochedo treme debaixo dele. A "explosão", predita por Blücher, produziu-se na Inglaterra.

A 28 de fevereiro de 1813, o rei da Prússia, Frederico Guilherme, assinava com o imperador Alexandre o tratado de Kalich; a Prússia devia ser restabelecida em suas fronteiras de 1806; Alexandre comprometia-se a não depor as armas enquanto não houvesse libertado a Alemanha do jugo dos franceses.

A Prússia declarou guerra à França. A Suécia, impelida pelo herdeiro do trono, Bernadote, príncipe de Pontecorvo, antigo marechal da França, juntou-se a essa nova coligação.

Ao norte, a Rússia, a Prússia, a Suécia; ao sul — a Espanha, Portugal; a oeste — a Inglaterra; a leste — a Áustria já hesitante; a Europa inteira é um vulcão em erupção.

A 5 de abril, um novo agrupamento de 180.000 homens é anunciado em França. "Tudo marchou com uma tal rapidez que as tropas pareciam sair da terra[386]".

A 14, o Imperador, depois de ter confiado a regência a Maria Luiza, parte para Mogúncia. Um exército de 100.000 homens concentrou-se na margem esquerda do Saale, tomando o caminho de leste para atingir Leipzig.

383. Constant, III, p. 424.
384. *Mémorial*, IV, p. 243.
385. Roederer, p. 212.
386. Marmont, V, p. 5.

A 2 de maio, é a vitória fulminante ganha em Lutzen sobre os russos e os prussianos; a 20, é uma segunda vitória em Bautzen. Os Aliados se retiram em desordem para a Silésia. O Grande Exército, sepultado no Berezina, ressuscitou. A coligação sente-se apavorada.

A 4 de junho, é assinado o armistício de Pleswitz. Meternich propõe a Napoleão reunir em Praga um congresso das potências. Mas a 26, em Dresde, numa conversa de oito horas, ele ausculta, tal um médico hábil, o homem miraculosamente ressuscitado e diagnostica: "está perdido![387]" — "Bonaparte é um tratante e é preciso matá-lo; enquanto viver, será o flagelo do mundo", diz exprimindo a opinião dos coligados, "a opinião pública da Europa", aquele a quem o marechal Berthier chamava "esse canalha de Pontecorvo[388]". "É preciso matar o réptil, esmagar a cabeça da Serpente" declara Alexandre às voltas com o seu delírio místico.

"Meu grande erro, erro fundamental, foi acreditar sempre que meus adversários tivessem tanta consciência dos seus verdadeiros interesses quanto eu dos meus. Não podia supor que eles tivessem desejo de destruir-me em verdade, tanto me sentia necessário a todos eles", dirá Napoleão em Santa-Helena[389].

Os Aliados não viam no congresso de Praga senão um meio de ganhar tempo, para permitir à Áustria reunir-se à Coligação. Pedia-se à França retornasse às suas "fronteiras naturais": os Pirineus, os Alpes, o Reno. Mas, antes que Napoleão pudesse responder, o congresso é dissolvido e a Áustria, tirando a máscara, une-se aos Coligados.

Rompe-se o armistício e a guerra recomeça. A 26-27 de agosto, vitória de Napoleão em Dresde. "Era o último sorriso da fortuna. A partir desses instantes, por um encadeamento de fatalidades sem exemplo, Napoleão não contará senão desastres[390]". — "O que duplicava meus suplícios é que via claramente aproximar-se a hora decisiva. A estrela empalidecia, eu sentia que as rédeas me escapavam e não podia fazer nada"[391]. Ele vê tudo, sabe tudo, ouve tudo, e não pode acordar, como se estivesse mergulhado num "sono letárgico".

Depois da vitória de Dresde, Napoleão poderia destruir todo o exército prussiano; já ele se pusera a persegui-lo, quando subitamente adoeceu; só ficou de cama um dia, mas esse dia lhe fez perder o fruto de todas as vitórias. Bastou-lhe voltar um pouco a cabeça para que seus generais e marechais fossem batidos. Blücher derrota o exército francês na Silesia; Bernadote o vence na Prússia; o general Vandamme é batido em Kulm, na Bohemia. A

387. Lacour-Gayet, p. 484.
388. Lacour-Gayet, p. 488.
389. *Mémorial*, III, ops. 357-358.
390. *Mémorial*, III, p. 373.
391. *Mémorial*, III. p. 355.

Westfália, a Baviera, insurgem-se. O rei de Wurtemberg cientifica Napoleão de que toda a Confederação do Reno vai abandoná-lo e aconselha-o a retirar-se além de Mogúncia. A coligação o aperta num semicírculo temeroso. Ele se desdobra para Leipzig. Os Aliados alcançam-no e Napoleão é forçado a aceitar o combate.

A 16 de outubro, primeiro dia de batalha, o resultado permanece indeciso: após seis ataques pelidos, o inimigo só deixa aos franceses o campo de batalha.

A 17, o exército russo de Bennigsen opera sua junção com o exército austríaco de Schwarzenberg; o exército do norte, comandado por Bernadote, entra igualmente em linha. O temível semicírculo se comprime numa espécie de nó de morte. Napoleão propõe um armistício: fora melhor que nada pedisse; os Aliados nem sequer lhe respondem; no dia seguinte recomeçará a batalha.

O combate travou-se as 8 horas da manhã; para as três da tarde, depois do terceiro ataque da Velha Guarda, a linha austríaca sofrera uma inflexão; estava a ponto de recuar. Súbito, ao centro do exército francês, houve um movimento tão estranho que a princípio ninguém compreendeu o que se passava: o corpo inteiro da infantaria saxônia, composto de 12.000 homens, seguido da cavalaria wurtembergueza, atirou-se para a linha inimiga. Supunham que ia atacá-la. Mas não: os saxões pararam, voltaram-se contra os franceses e atiraram neles com as suas próprias peças. "Infames!" indignou-se Marbot, que tomava parte na batalha[392]. Em que são eles "infames"? por que não quiseram, segundo o desejo de Napoleão-Robespierre, tornar-se "universais", preferindo permanecer alemães?

Um vácuo aterrorizante abriu-se ao centro do exército, como se lhe houvessem arrancado o coração. Mas as fileiras tornaram a fechar-se logo e o combate continuou até a noite.

Ao cair da noite, os dois exércitos mantinham-se em suas posições. "Não perdemos uma polegada de terreno", diz Marbot[393]. Mas os franceses estavam quase completamente cercados e tinham quarenta mil mortos e feridos; de duzentos e vinte mil tiros de canhão, só lhes restavam dezesseis mil, isto é, o necessário para combater durante duas horas apenas. O Imperador ordenou a retirada.

Só havia, para retirar-se, uma ponte sobre o Elster, em Lindenau, um subúrbio de Leipizig. Tinham-na minado para poder fazê-la saltar depois da passagem das tropas que começou a 19 e durou toda a noite de 20. De manhã, Blücher com os prussianos fez irrupção em Leipzig, e investiu contra as tropas em retirada, que resistiam, defendendo sempre a ponte.

Súbito ouviu-se uma explosão ensurdecedora; a ponte acabava de saltar. O sub-oficial encarregado da mina acreditou, à vista de alguns cossacos,

392. Marbot, IV, p. 181.
393. Marbot, IV, p. 185.

que eles atacavam a ponte, e acendeu a mecha. Metade do exército ficou na outra margem. Um massacre bestial começou: russos, alemães, suecos, austríacos, mataram franceses todo o dia até a noite[394].

E o Imperador? "Durante a evacuação de Leipzig, pôde dormir tranqüilamente duas horas numa poltrona: a explosão da ponte veio despertá-lo", conta seu secretario. Acordou e compreendeu que o exército estava perdido, que o Império estava perdido. O Berezina — o Elster. Lá longe, o começo — aqui, o fim. E fora para isso que ele fugira, para salvar a França desse modo!

"Acaso este patife sabe o que faz? indagava Augereau do marechal Macdonald. Que covarde! Abandona-nos, sacrifica-nos a todos"[395]! Isto é: tendo passado, ele e sua Guarda, ordenou que fizessem saltar a ponte para retirar-se melhor.

"Não será tempo de acabar com isto, de impedir que o Imperador, depois de ter perdido o exército, perca a França?" perguntava-se o marechal Ney[396].

Dizia-se que ele estava de tal modo fatigado e gasto que nada podia tirá-lo de seu torpor. Mas, sete dias depois de Leipzig, em plena retirada sobre o Reno, Napoleão declarava: "Creio que, malgrado os desastres que tiveram lugar, sou ainda o monarca mais poderoso da Europa; talvez as coisas tomem ainda outro rumo[397]." Quem fala assim em tal instante não se sente de todo "fatigado". As coisas comportariam rumo diverso. Mas ele teria forças para querê-lo? E valeria a pena querer?

Para facilitar a retirada do exército, os generais se tinham proposto incendiar os subúrbios de Leipzig, exceto o de Lindeau, por onde a retirada em direção ao Elster prosseguiria sob a proteção do fogo. Ele teria assim salvo o exército, a França, e o próprio trono. Mas não o quis. Apiedou-se do povo e "essa magnanimidade exagerada custou-lhe a coroa", diz esse mesmo Marbot que o julga tão severamente pela "atrocidade" de Bayona, relativamente insignificante[398]. "Um homem como eu está se ninando para a vida de um milhão de homens." Mas aqui não chegou a ninar-se...

Já agora, o grande homem vivia de tédio e adormecia de tédio.

A sorte do exército salvo não era muito melhor que a do exército perdido. Miserável, faminto, esfarrapado, desencorajado, ele recuava, fugia no sentido do Reno. O tifo dizimava-o a tal ponto que não só os hospitais e as casas, mas os caminhos ficavam cheios de cadáveres. Os melhores soldados, os heróis das grandes guerras, viam-se reduzidos "a uma espécie de embrutecimento[399]"; arrastavam-se, sem outro pensamento que não fosse este: morrer em França.

Dir-se-ia que o espectro do Grande Exército saíra do túmulo dos gelos russos.

394. Marmont, V, p. 300.
395. Macdonald, p. 224.
396. Segur, VI, p. 187.
397. Lacour-Gayet, p. 287.
398. Marbot, IV, p. 191.
399. Lacour-Gayet, p. 497.

II

A ABDICAÇÃO

1814

A Prússia, a Áustria, a Suécia, a Rússia, a Espanha — toda a Europa está prestes a atirar-se sobre a França como uma matilha de cães sobre o animal acuado. Mas, antes de penetrar no antro do leão, procuram adormecê-lo.

Meternich, o mestre-cuca da cozinha aliada, prepara as notificações de Francfort; as costureiras diplomáticas confeccionam uma camisa de força para o gigante enraivado e os Aliados propõem novamente à França regressar aos seus "limites naturais".

Mas é uma comédia tão ridícula quanto a do congresso de Praga. Antes mesmo que Napoleão tivesse tempo de responder, um manifesto apareceu: as potências aliadas não fazem guerra à França, mas a esta preponderância que, para desgraça da Europa e da França, o Imperador Napoleão vem há tanto exercendo fora dos limites de seu Império. Ainda que falando em paz, as potências declaravam que "não descansariam as armas antes de ter preservado os povos das calamidades sem número que, desde vinte anos, pesavam sobre a Europa"[400].

Schwarzenberg invade a França pela Alsácia, Bernadote pela Bélgica, Wellington pelos Pirineus; Blücher marcha para Paris, seguido de Alexandre. Os Aliados possuem um exército ativo de 350.000 baionetas; dispõem de outras 65.000 em reserva; toda essa inumerável avalanche cai sobre a França quase desarmada.

Depois de vinte e cinco anos de guerras revolucionárias e imperiais, ela deseja ver tudo pacificado, como quem morre de sede quer água. Os mais velhos dormem nas areias das Pirâmides, os de outra geração nas neves da Rússia, os mais moços nos pântanos de Leipzig; só restam as crianças.

---

400. Lacour-Gayet, p. 498.

"O trabalho de enxada teve de suprir o da charrua, tornado impossível pela falta de cavalos", declara o ministro do Interior[401]. Os garotos lavravam esses campos enquanto a guerra não vinha arrebatá-los para a terrível ceifa humana.

A França aspira à paz; ora, ela sabe que Napoleão é a guerra, tendo deixado de ser a guerra vitoriosa, para ser o desastre. Mas não, é sempre a vitória. "A confiança no gênio do Imperador é sem limites!" — "O povo é pelo Imperador", dizem os relatórios da polícia[402].

"Vós me elegestes, sou um produto vosso, e deveis defender-me", diz o Imperador às legiões da guarda-nacional, em 29 de janeiro, na véspera da campanha da França[403].

"A primeira campanha da Itália e a última em França são suas mais belas campanhas", reconhece Chateaubriand, inimigo de Napoleão[404].

Os Aliados tinham-no cognominado o "Cem mil", o que queria dizer que o exército, quando ele o comandava, estava mais forte de cem mil homens. "Fomos verdadeiramente então os Briareus da fábula", diz ele, não sem ênfase [405].

Quem, "nós"? Os generais, os marechais? Não. "Meus tenentes tornavam-se moles, canhestros, desajeitados e, logo, improdutivos; não eram mais os homens do começo de nossa Revolução nem dos meus belos momentos... A verdade é que, na maioria, os generais não eram muito melhores; é que eu os entulhara de muitas honrarias e riquezas. Tinham bebido demais na taça dos prazeres e agora só queriam descansar, sendo capazes de tudo para obter esse descanso. O fogo sagrado extinguia-se... "[406] — "Enquanto os oficiais se batiam ainda pela vingança e a vitória, os Estados-Maiores só combatiam para a paz", diz um historiador da Campanha[407].

O que é, de resto, compreensível. Quantos entre eles, como Marmont, não passaram, durante dez anos, mais de três meses em Paris? A guerra parecia-lhes interminável. Onde se deteriam, afinal? — No Reno, no Niemen, no Eufrates, no Indus, ou então nunca, em parte alguma, como judeus errantes e Cains?

"Paz à França, guerra a Napoleão": os marechais crêem nessas promessas dos Aliados.

401. H. Houssaye, 1814, p. 4.
402. Houssaye, 1814, p. 7
403. Lacour-Gayet, p. 503; *Memorial*, IV, p. 163;
404. Lacour-Gayet, p. 504.
405. Lacour-Gayet, p. 504.
406. *Memorial*, 111, p. 356.
407. Houssaye, 1814, p. 252.

É assim no exército, e também em Paris. Já urdem uma trama para "interditar o Imperador como convencido de demência[408]". Talleyrand prepara-lhe a sorte de Paulo I, enquanto, no sul da França, o antigo ministro da Polícia, Fouché, murmura aos ouvidos da princesa Elisa, irmã de Napoleão: "Senhora, só há um meio de salvar-nos: é matar quanto antes o Imperador"[409].

Não, seus verdadeiros companheiros não são os generais e os marechais, mas os últimos veteranos da Velha Guarda e os jovens recrutas imberbes que têm o ar de mocinhas, os "Maria-Luiza", como lhes chamavam então.

Estes eram logo reconhecíveis pelo seu aspecto pouco militar, pelas vestes de campônio a emergirem do capote e, pela "coragem calma e sublime que parecia um dom da natureza[410]". "Meus jovens soldados, a coragem sai-lhes por todos os poros", diz o próprio Imperador com admiração[411]. "Oh! Que de heroísmo no sangue francês! Exclama o marechal Marmont falando de dois conscritos. — Vi um que, bem tranqüilo ao sibilar das balas, não fazia entretanto uso de seu fuzil. Disse-lhe: — Por que não atira? Ele me respondeu ingenuamente: — Atiraria tão bem quanto qualquer outro se tivesse alguém para carregar-me o fuzil. Esse pobre menino ignorava de todo o seu mister. Outro, mais avisado, percebendo que estava sendo imprestável, aproximou-se de seu tenente e declarou-lhe: — Meu oficial, o senhor tem mais prática disto que eu; assim, tome o meu fuzil e atire, enquanto eu lhe dou os cartuchos. O tenente aceitou a proposta e o galucho, exposto a um fogo mortífero, não mostrou nenhum medo durante todo o desenrolar da batalha"[412].

"Podia-se mesmo chamar de soldados esses milhares de adolescentes, esses efêmeros da bandeira, não aparecendo na véspera senão para ser sacrificados no dia seguinte"[413]?

"É o massacre dos Inocentes", resmunga o velho e rude general Drouot ao vê-los ceifados pelas balas do prussianos[414].

Mas, desde que eles aprendem a empunhar um fuzil, batem-se tão bem quanto os veteranos postos à prova em Berezina e em Leipzig.

Os homens insultam Napoleão, tratam-no de Anti-Cristo, mas as crianças lhe cantam Hosanas. E pela maneira por que o amam, pela qual crêem nele, sente-se que também ele tem qualquer coisa de infantil, de bom, e talvez de santo.

408. Houssaye, *1814*, p. 252.
409. Houssaye, *1814*, p. 443.
410. Marmont, VI, p. 8.
411. Lacour-Gayet, p. 481.
412. Marmont, VI, p. 51.
413. Ségur, VI, p. 470.
414. Lacour-Gayet, p. 479.

Mas, súbito, o Imperador quer a vitória; porque, se há uma guerra santa, é esta para a defesa da pátria. Ele se rejuvenesce ao contacto de um exército jovem. "Saibam eles que sou o mesmo homem de Wagram e de Austerlitz"[415]! O mesmo que em Marengo, em Arcole, na Favorita. "Reencontrei e tornei a calçar as minhas botas da campanha da Itália"[416].

Os primeiros avanços dos Aliados através da França indefesa são quase triunfais. Fácil triunfo: trezentos mil homens contra trinta mil, dez contra um.

A primeira batalha de La Rothière é uma vitória do inimigo: Napoleão, não tendo tempo para concentrar tropas, é obrigado a retrair-se diante do número.

"A partir desse dia Napoleão deixa de ser um inimigo perigoso, e o Czar pode dizer: "Estou dando a paz ao mundo". É nesses termos que o general russo Sacken felicita Alexandre[417].

Napoleão é vencido em França. O leão é acuado em seu antro. "A campanha está acabada", dizem os Aliados. "Ela não começou ainda", diz Napoleão.

A 9 de fevereiro, é Champaubert, a 11 Montmirail, a 12 Chateau-Thierry, a 13 Vauchamps, a 18 Montereau: vitória sobre vitória, relâmpago após relâmpago, como na campanha da Itália. O inimigo recua em desordem para além dos Vosges. "Os Aliados não sabem que estou agora mais perto de Munique e Viena que eles de Paris,"[418]. "Mas sim, eles o sabem. Eles oferecem a paz no congresso de Chatillon; é a mesma comédia que em Praga e em Francfort, para provar que a paz com Bonaparte é impossível; eles tentam adormecer o leão a fim de ganhar tempo e receber reservas; é a mesma camisa de força, mas a de Chatillon é ainda mais apertada que a de Francfort. Não mais propõem os "limites naturais" e sim os anteriores à Revolução. "Quê? Querem que eu assine semelhante tratado... Que pelo preço de tantos esforços, e tanto sangue, e de tantas vítimas, eu deixe a França menor do que a encontrei? Nunca. Seria isto possível sem traição ou sem covardia?" Responde Napoleão, e continua a perseguir Blücher; vai atingi-lo, batê-lo e terminar a guerra num arranco[419].

Blücher foge, mas para frente, e não para traz; com uma audácia desesperada, atravessa o Marne, faz saltar a ponte atrás de si e marcha direito sobre Paris indefesa. Os marechais franceses ajudam-no. Basta Napoleão afastar-se um pouco para que eles sejam derrotados. A 26 de fevereiro, Oudinot bate em retirada em Bar-sur-Aube. "Traição!" Gritam os soldados franceses, vendo-se na peleja sem artilharia.

415. Lacour-Gayet, p. 519; Houssaye, 1814, p. 254.
416. Lacour-Gayet, p. 512.
417. Houssaye, 1814, p. 160.
418. Lacour-Gayet, p. 513.
419. Lacour-Gayet, p. 511.

Para esmagar Blücher, Napoleão empurra-o para Soissons, ponto estratégico importantíssimo na estrada de Mons a Paris. E o teria esmagado, se Soissons resistisse umas trinta e seis horas mais. Todavia, o comandante da praça, o general de brigada Moreau, capitula "com as honras da guerra". "Que o fuzilem dentro de vinte e quatro horas!" Grita o Imperador quase chorando de raiva [420]. Mas, ainda que o fuzilassem, de que serviria isso? Blücher está salvo, entrou na praça e aí se fortifica.

A 7 de março, Craonne, a 11 Laon, a 21 Arcis-sur-Aube, inúteis vitórias-derrotas, barulhentas trovoadas no vácuo. Os franceses não cedem uma polegada de terreno, mas são cada vez menos numerosos; a morte faz a sangrenta colheita de crianças. "A Jovem-Guarda" funde como neve ao sol"; inversamente, o número de inimigos não cessa de aumentar. Legiões inumeráveis avançam sempre; a avalanche se precipita.

"Era o combate da águia contra uma nuvem de corvos"; essa frase de Bourrienne resume toda a campanha [421]. Ferida de morte, a águia defende-se tão bem que a cada arranhão de suas garras as penas dos corvos saltam; ela, porém, é uma só e os outros são uma nuvem, acabando, pela certa, por estraçalhá-la. A 24 de março, em Fère-Champenoise, os marechais Mortier e Marmont fazem-se bater deploravelmente. Tombara o último obstáculo do caminho dos Aliados, e Blücher, Alexandre, Schwarzenberg, reunidos já agora, marcham para Paris.

Napoleão o sabe a 27, em Saint-Dizier. Foi aqui que ele começou a campanha, é aqui que a termina; o círculo fatal fechou-se. O Imperador passa a noite sozinho, trancado, numa profunda meditação, curvo sobre os mapas. Que fazer? Defender ou abandonar Paris? Esses dois pensamentos se guerreiam em seu espírito desde o início da campanha. "Se o inimigo chega a Paris, não há mais Império." — "Paris não será ocupado enquanto eu for vivo." — "Antes ficar sepultado debaixo das ruínas de Paris que abandoná-lo". Mas então por que deu ele ordem para a partida da Imperatriz-Regente e do rei de Roma? Por que chamara as tropas de Mortier e de Marmont que defendiam Paris? "Ele não cessara de prever essa eventualidade, familiarizando-se com todas as resoluções que ela comportava", diz uma testemunha direta, o secretario do Imperador, Fain[422].

Mas à última hora ele hesitava de novo. Sabe que entregar Paris é responder ao 1812 russo por um 1812 francês, ao auto-da-fé de Moscou pelo

---

420. Houssaye, *1814*, p. 160.
421. Bourrienne, IV, p. 263; Constant, IV, p. 197.
422. Houssaye, *1814*, p. 410.

auto-da-fé de Paris; é retirar-se para o interior da França e levantá-la toda contra o inimigo numa guerra-revolução. Napoleão foi vencido pela Espanha revoltada, e a França não vencerá Blücher? É preciso apenas voltar a 93, atirar longe a púrpura imperial, matar Napoleão, ressuscitar Bonaparte, o "Robespierre a cavalo"; dizer: "Sou a Revolução", com uma voz tal que o universo trema em suas bases.

Pode ele fazê-lo? Sim. Quer fazê-lo? Valerá a pena? Ele se apiedou dos subúrbios de Leipzig e não os incendiou; incendiará agora a França — o Mundo? Ou então dirá da Revolução o que disse da guerra: "Nunca ela me pareceu tão horrenda".

No dia seguinte, 28, recebeu uma comunicação cifrada de Lavalete, diretor-geral dos Correios: "A presença do Imperador é necessária, se quer impedir que a Capital seja entregue ao inimigo. Não há um momento a perder[423]".

A 29, Napoleão com seu exército se põe em marcha para Paris, mas vai lentamente. A 30, depois de ter entregue o comando a Berthier e de lhe haver dado instruções para conduzir as tropas a Fontainebleau, ele parte sozinho, sem escolta, como partira pouco antes, no dia seguinte a Berezina.

Ao longo da estrada sucedem-se as notícias trágicas: o inimigo aproxima-se da capital, a Imperatriz com o rei de Roma retirou-se para o Loire; combate-se junto a Paris.

À noite, o Imperador detém-se, para mudar de cavalo, diante da estação de posta da corte de França, bem próxima de Paris. Na obscuridade ouve-se pelo caminho um rumor de cascos. O Imperador grita: "Alto!" O general Beliard, chefe da tropa de cavalaria, reconhecendo essa voz familiar, salta do cavalo. O Imperador condu-lo sozinho à estrada, criva-o de perguntas e vem a saber que a batalha de Paris estava perdida, que o comandante em chefe, o rei José, fugira e as tropas deviam, em virtude de uma convenção, evacuar a cidade.

— Então, é preciso ir a Paris. A minha carruagem!

— É tarde demais, Sire; a esta hora a capitulação deve estar assinada [424].

Mas o Imperador não quer saber de nada; quer ir a Paris, fazer soar os sinos, iluminar a cidade, armar todo mundo, bater-se nas ruas, incendiar a cidade, se necessário, como os russos incendiaram Moscou.

Sem esperar a carruagem, vai marchando rapidamente o caminho de Paris, como se aí quisesse entrar sem armas, sem a companhia de ninguém.

Que são, na terra, aqueles fogos vermelhos que correspondem às estrelas do céu? Bivaques prussianos localizados à margem esquerda do Sena, junto às próprias muralhas de Paris.

423. Houssaye, *1814*, p.413.
424. Houssaye, *1814*, ps. 541-542.

280

O Imperador detém-se, e, abaixando a cabeça, vai voltando devagarzinho. Não é tarde demais? Ou talvez a capitulação ainda não tenha sido assinada?

De volta à estação de posta manda Caulaincourt a Paris, dando-lhe todos os poderes "para negociar e concluir a paz".

Como em Saint-Dizier, passa a noite inclinado sobre os mapas. Ao raiar da alva chega um mensageiro: a capitulação está assinada; os Aliados entrarão em Paris pela manhã. Ele não defendeu nem libertou a cidade: foi o Destino quem tudo decidiu.

Volta para Fontainebleau e vaga pela extensa galeria Francisco I.

Espera a concentração de suas tropas para ir atacar o inimigo em frente a Paris. Tem ainda 60.000 homens que com ele, o "cem mil", fazem 160.000. Como em Leipzig, talvez seja ainda o "monarca mais poderoso da Europa", e quem sabe se as coisas não tomarão novos rumos?

A 1º de abril, sabe da entrada triunfal dos Aliados em Paris. A 3, Caulaincourt anuncia-lhe que Alexandre recusa seu oferecimento de paz.

No mesmo dia, depois de ter passado em revista no pátio do Cavalo Branco duas divisões, uma da Velha e outra da Jovem Guarda, o Imperador diz às tropas:

— O Inimigo entrou em Paris. Ofereci ao Imperador Alexandre uma paz comprada por grandes sacrifícios... Renunciando a nossas conquistas, perdendo tudo o que temos ganho depois da Revolução... Ele recusou... Dentro de poucos dias irei atacá-lo em Paris. Conto convosco...

— Viva o Imperador! A Paris! A Paris! Morramos sobre suas ruínas! Responderam as tropas num grito trovejante [425].

"Só a abdição pode tirar-nos deste aperto", diz Ney, num grupo de marechais, a dois passos do Imperador. Este não ouve ou finge não ouvir. Entra em seu apartamento, os marechais o seguem, Ney à frente dos outros. Impelem-no por trás, encorajam-no em voz baixa; ele deve falar por todos.

— Tende notícias de Paris, Sire?

— Não, e quais são elas?

— As que temos são bem ruins; o Senado faz-vos perder o trono e desligou o povo e as tropas do juramento ao Império.

— O Senado não tem poderes para isso, e só o povo os teria, replica o Imperador, calmamente. — Quanto aos Aliados, vou esmagá-los junto a Paris.

— A situação é das mais desesperadas, intervém Ney; é uma infelicidade não termos concluído a paz mais cedo. Só resta a abdição.

Macdonald entra e une-se ao coro geral:

— O exército não quer sujeitar Paris à sorte de Moscou... Já basta esta desgraça da guerra, e nada de acender a guerra civil... Quanto a mim, de

425. Houssaye, *1814*, ps. 591-592.

claro-vos que minha espada não será desembainhada nunca contra franceses nem tingida de sangue francês.

— Vós decidistes umas coisas, senhores, e eu uma outra: batalharei junto de Paris.

— O exército não marchará para Paris! Declara Ney.

— O exército me obedecerá, diz Napoleão, levantando a voz.

— Sire, responde Ney, no mesmo tom, o exército obedece a seus generais [426].

Napoleão não ignorava que bastaria uma ordem ao oficial de guarda para fazer prender todos os marechais. Mas agir assim em presença do inimigo não era muito fácil; e depois seriam melhores os outros? Ele despede os marechais, sempre com a mesma calma e, ficando só com Caulaincourt, redige uma abdicação condicional, reservando os direitos de seu filho ao trono e dando a regência à Imperatriz. Caulaincourt, Macdonald e Ney são encarregados de levar a Paris o ato de abdicação.

Durante esse tempo, o fiel e bravo marechal Marmont, o velho companheiro de Bonaparte desde a campanha do Egito, o atraiçoa e escreve a Schwarzenberg: "Estou disposto a concorrer para uma aproximação entre o povo e o exército que evite qualquer possibilidade de guerra civil e impeça o derrame de sangue francês. Por conseguinte, estou pronto a abandonar com minhas tropas o exército de Napoleão nas condições seguintes: 1º, as tropas se retirarão livremente para a Normandia com armas, bagagens e munição; 2º, se, em conseqüência desse movimento, Napoleão cair entre as mãos dos Aliados, a vida e a liberdade lhe serão garantidas num espaço de terreno e num país circunscrito, à escolha das potências aliadas e do governo provisório." — "Nada caracteriza melhor essa bela generosidade naturalmente francesa", responde Schwarzenberg, não sem alguma ironia, e, naturalmente, concordando com tudo[427].

As tropas de Marmont se encontravam em Essonne, entre Fontainebleau e Paris, defendendo Napoleão. Levando-as para longe, Marmont deixava Napoleão à mercê dos Aliados.

Alexandre, julgando que por essa traição a "Providência" se declarava a favor dos Bourbon, anuncia que não pode aceitar a abdicação condicional de Bonaparte e exige uma abdicação pura e simples.

O Imperador, em sabendo da defecção de Marmont, ficou longo tempo sem crer; mas, quando se convenceu, disse: "Que ingrato! Ele será mais infeliz que eu"[428]!

426. Houssaye, *1814*, ps. 604-607; Macdonald, ps. 264-266.
427. Houssaye, *1814*, ps. 600-601.
428. Houssaye, *1814*, p. 634.

"Perdôo-lhe e possa a posteridade francesa perdoar-lhe como eu", escreve ele em seu testamento, incluindo Marmont entre outros traidores, ao lado de Talleyrand[429].

A partida das tropas de Essonne tornava impossível a batalha próximo a Paris; Napoleão decidiu retirar-se para trás do Loire.

Na tarde de 5 de abril, Caulaincourt, Macdonald e Ney voltam de Paris a Fontainebleau e anunciam a Napoleão que o Senado ia proclamar o conde de Provença rei de França, sob o nome de Luiz XVIII; Alexandre recusara aceitar a abdicação condicional e exigira uma abdicação completa.

— Então é a guerra, diz Napoleão calmamente. A guerra não oferece agora nada de pior que a paz[430].

Pelo fim do dia, pressentindo a resposta de Alexandre, ele deu ordem para retirada atrás do Loire; no dia seguinte, ao romper da manhã, a guarda, na dianteira, se porá em caminho para Malesherbes; o resto das tropas irá seguindo aos poucos.

Na tarde de 5 de abril, os generais decidiram em conciliábulo secreto não executar nenhuma ordem do Imperador quanto ao movimento de tropas; às duas da manhã, o general Friant, comandante da primeira divisão da Velha Guarda, notifica essa resolução a todos os comandantes de corpos e, na manhã de 6, Ney, Macdonald de Caulaincout entendem-se a respeito com outras autoridades da tropa.

No mesmo dia, o Imperador reúne uma última vez seus marechais. Com a maior serenidade e com uma precisão matemática, exibindo-lhes as cartas militares e enumerando as forças que lhe restam, ele explica em detalhe seu plano de retirada. "Pode-se ainda salvar tudo"[431], conclui ele. Os marechais se calam, sem um músculo a tremer-lhes na face e parecem, não já de pedra, mas de argila, do barro vil de que foi feito Adão. Os marechais silenciam e, quando Napoleão exige uma resposta, expõem que não há senão destroços de exército e que, mesmo se conseguissem chegar ao sítio desejado, seus últimos esforços não redundariam senão numa guerra civil.

— Vós quereis descansar. Pois bem, descansai! Diz o Imperador e, sentando-se, escreve:

"As potências aliadas proclamaram que o Imperador Napoleão era o único obstáculo à restauração da paz na Europa, e o Imperador, fiel a seus juramentos, declara que renuncia por si e por seus herdeiros da França e da Itália, porque não há nenhum sacrifício pessoal, mesmo o de sua vida, que ele não esteja disposto a fazer no interesse da França"[432].

429. *Mémorial*, IV, p. 641.
430. Houssaye, *1814*, p. 637.
431. Houssaye, *1814*, p. 637.
432. Houssaye, *1814*, p. 641.

Logo o castelo se esvazia — todo o mundo foge. "Acreditar-se-ia que sua Majestade já fora enterrada"[433].

Se o castelo está mudo, as casernas rumorejam. Lá, não querem saber da abdicação, e indignam-se com a traição dos marechais. À noite, a Velha Guarda, em armas, bandeiras desfraldadas, à luz dos archotes, aos sons da Marselhesa e do hino napoleônico, percorre as ruas da cidade. Maravilhosas e terríveis fisionomias as desses soldados! Sente-se, ao vê-los, que, se o Imperador o quisesse, poderia ainda com tais homens percorrer e conquistar o mundo.

A 12 de abril, o marechal Macdonald vem de Paris para obter de Napoleão e levar ao Aliados as condições da abdicação assinadas ou, como dizem os diplomatas, "ratificadas" por ele. O Imperador ordena-lhes vir buscá-las no dia seguinte, às nove da manhã.

Nunca se soube ao certo o que se passou nessa noite. Luzes apareciam às janelas do castelo; houve gritos, correrias, pedidos de socorro. Conta-se que o Imperador quisera matar-se com o veneno de um breve que trazia no peito desde a campanha do Egito. Mas a tentativa falhara; o veneno evaporara-se e tudo acabou num vômito violento[434].

Ele próprio, em Santa-Helena, negou com indignação esse boato. Sempre teve desprezo pelo suicídio: "Só os tolos se matam[435]". Um homem que se suicida é um desertor: "Matar-se é abandonar um campo de batalha", disse ele numa das suas ordens do dia[436]. Ele sabia — recordava — que não havia para ele refugio algum.

Talvez, nessa noite, melhor que nunca, lembrasse ele que estava votado, desde a eternidade, aos suplícios, e ao pior de todos, à humilhação. "Morrer no campo de batalha, não é nada; mas no meio da lama, em momentos destes, nunca, nunca"[437]! Falando em Santa-Helena do tratado de Fontainebleau, ele reconheceu que, para um Napoleão, era grotesco isso de aceitar, em lugar do império do mundo, a ilha de Elba, o império de Sancho Pança e, o que é ainda pior, um soldo de dois milhões e a conservação irrisória do título de Imperador.

"Sou um homem que podem matar, mas não ultrajar", dizia ele, e eis o obrigavam a deixar-se ultrajar, sem que o matassem[438]. Sim, escarraram-lhe na face e ele "ratificou" o escarro.

433. Houssaye, *1814*, p. 642.
434. Constant, IV, ps. 256-270; Ségur, VII, ps. 196-199; Pasquier, II, 326; *Mémorial*, IV, p. 173.
435. Gourgaud, I, p. 558.
436. *Mémorial*, I, p. 45; Bertaut, p. 51.
437. Lacour-Gayet, p. 526.
438. Lacour-Gayet, p. 526.

Às nove horas da manhã, Macdonald veio ter com o Imperador. "Este, sentado junto à lareira, vestido de um simples roupão de fustão branco, as pernas nuas, sem chinelas, o peito nu, a cabeça entre as mãos, os cotovelos metidos nos joelhos, nem se mexeu quando entrei, ainda que eu fosse anunciado em voz alta, relata Macdonald; ele parecia profundamente absorvido", mergulhado num "sono letárgico", segundo a expressão de Bourrienne[439]. "Depois de alguns minutos de espera silenciosa, o duque de Vicence lhe disse: "Sire, o marechal duque de Tarente está às vossas ordens, é necessário que ele retorne a Paris". Sua Majestade pareceu sair de um sonho e, surpreso de ver-me, levantou-se e me estendeu a mão, a excursar-se de não me ter sentido entrar. Mal descobriu o rosto e fiquei impressionado com a alteração sofrida: sua tez estava amarela e azeitonada. "Vossa Majestade sente-se mal? Perguntei-lhe." "Sim, respondeu o Imperador; passei a noite muito indisposto". A estas palavras sentou-se de novo, retomou a primitiva atitude e pareceu mergulhar outra vez em seus sonhos. Os dois assistentes e eu olhamo-nos sem dizer palavra; enfim, depois de uma longa pausa, o duque de Vicence, repetiu: "Mas, Sire, o duque de Tarente espera; é preciso entregar-lhe os pápeis de que será portador, uma vez que dentro de vinte e quatro horas expira a dilação e as últimas providências devem ser tomadas em Paris". O Imperador então, saindo segunda vez de suas meditações, levantou-se com ar mais desenvolto, se bem que sua tez não tivesse mudado; sua firmeza era por assim dizer melancólica. "Sinto-me melhor, disse-nos ele"[440].

No mesmo dia, entregou a Macdonald a ratificação que este levaria a Paris.

Que Napoleão tenha suportado tudo isso sem morrer, eis talvez uma vitória maior que Arcole e Marengo. A 20 de abril, dia fixado pelos Aliados para a partida de Napoleão rumo da ilha de Elba as carruagens aproximaram-se as dez horas da manhã. Os granadeiros da Velha Guarda estavam alinhados, em armas, no pátio. Precisamente ao meio-dia, como outrora, nos dias felizes do Consulado e do Império, Napoleão, vestido do simples uniforme verde dos caçadores e de seu redingote cinzento, tricórnio à cabeça, apareceu no pátio. Os granadeiros apresentaram armas, os tambores bateram.

— Soldados de minha Velha Guarda, faço-vos os meus adeuses! Diz o Imperador colocando-se no meio deles. Há vinte anos que vos venho encontrando sempre no caminho da honra e da glória; nestes últimos tempos, como nos de nossos fastígio, não cessastes de ser modelos de bravura e de fidelidade. Com homens como vós, vossa causa não estava perdida, mas a guerra seria interminável. Seria a guerra civil e a França tornar-se-ia mais desgraçada... Eu parto. Vós, meus amigos, continuai a servir a França... Adeus, meus filhos, quisera apertar-vos todos de encontro ao meu coração. Que eu beije ao menos vossa bandeira!...

439. Bourrienne, V, p. 382.
440. Macdonald, ps. 300-301.

O general Petit, agarrando a águia, avançou. O Imperador beijou primeiro o general, depois a bandeira.

— Adeus ainda uma vez, meus velhos companheiros. Que este último beijo passe aos vossos corações. Sede sempre bravos e leais.

Os granadeiros choravam.

A 27 de abril, Napoleão chegou a Saint-Rafael-Fréjus, ao sítio mesmo onde, quinze anos antes, desembarcara ao voltar do Egito, na véspera do 18 Brumário. Aqui o seu sol se levantara; aqui vai deitar-se. Mas não tão depressa: antes do eterno crepúsculo brilhará ainda uma vez com o mais purpurino, o mais imperial dos seus raios.

III

ELBA — OS CEM DIAS

(1814-1815)

S erá a ilha do Repouso", dissera Napoleão desembarcando a 4 de maio da fragata inglesa, em Porto-Ferrajo, o principal porto da ilha de Elba[441].

"Quero agora viver como um juiz de paz... O Imperador morreu e não sou mais nada... Nada me preocupará a não ser minha pequena ilha... Nada me interessa fora de minha família, meu casinholo, meus animais"[442]. Parece que durante os primeiros dias, talvez mesmo os primeiros meses de sua estada, foi realmente assim. Talvez se lembrasse ele de seus sonhos de criança na primeira cabana da casa de Ajacio, seus sonhos de colegial em Brienne, no "eremitério", quando queria voltar, segundo o preceito de Jean-Jacques Rousseau, ao "estado natural", seus sonhos de estudante parisiense no quarto de cortinas cerradas e velas acesas durante o dia, seus sonhos de tenente, nas casernas de Auxonne, quando escrevia a história do viajante atirado pela tempestade na ilhota deserta da Gorgona. Tudo para ele seria uma ilha e, no instante, a posse do mundo não valeria esta ilha de Elba, este reino lilliputiano, este império de Sancho Pança.

— Então, granadeiro, tu te aborreces? perguntou ele certa vez a um soldado da sua "guarda de honra".

— Não, Sire, mas não me divirto muito.

— Fazes mal. É preciso tomar as coisas como são[443].

Era mais que uma regra de bom senso, era a humilde submissão a essas Forças Superiores que, ele o sente, ainda o conduzem. "Napoleo ubicumque feliz": fizera ele gravar essas palavras numa das colunas da sua casa de campo de San-Martino, na ilha de Elba. Com efeito, ele poderia ser feliz por toda parte, se tivesse procurado a felicidade.

441. Houssaye, *1815*, I. p. 151.
442. Id., I, p. 7.
443. Houssaye, *1815*, I, p. 179.

Elba não foi bem a "ilha do Repouso". Desde a chegada, Napoleão se atirou ao trabalho com o ardor devorante que desenvolvera sempre, onde quer que fosse. Organizou a ilhota como outrora organizara um grande império. Abriu estradas, construiu hospitais, escolas, um teatro; reparou as casernas, aumentou as fortificações, reorganizou a alfândega, diminuiu as tributações, interessou-se pela aclimação dos bichos da seda, plantou vinhedos, saneou e embelezou Porto-Ferrajo. "Elba tornara-se uma ilha bendita", relata um dos habitantes [444]. Parece que Napoleão quisera ultimar nesse recanto de terra o que não pudera espalhar pelo globo inteiro — "a idade de ouro", o "paraíso terrestre".

Isso durou seis meses, e duraria talvez mais, se os homens o deixassem tranqüilo. Mas, como outrora os colegiais de Brienne lhe faziam irrupção no eremitério de verdura, do mesmo modo os Aliados lhe invadiram a ilha afortunada.

Pelos jornais e pelos boatos, Napoleão sabe sempre o que se passa no mundo. A ratificação de Fontainebleau — o escarro na face — continua. Sua mulher é entregue a Neipperg, um rufião da corte, um espião. Seu filho lhe é arrebatado "como antigamente os filhos dos vencidos para ornar o triunfo dos vencedores"[445]. Luiz XVIII acha que a dotação imperial de dois milhões é muito polpuda, e a retém, menos talvez por avareza que pelo desejo de humilhar o inimigo. No congresso de Viena, Talleyrand e Castlereagh entram em acordo para fazer deportar Napoleão numa ilha do Oceano. Há quem insinue: "Se a prisão não é má, o túmulo seria melhor." Mais de um insinuava em França e alhures que "era um grande erro deixar vivo Bonaparte", e que não se estaria tranqüilo "enquanto esse homem não tivesse seis pés de terra sobre a cabeça"[446]. Os corsários de Alger ofereciam-se para raptá-lo e alguns fanáticos para apunhalá-lo.

"Querem assassinar-me... Sou um soldado. Para que me assassinem, abrirei o peito, mas não quero ser deportado", dizia ele ao comissário inglês Campbell[447], talvez depois de ter lido, nos jornais, mandado por lady Holland, que projetavam transferi-lo para Santa-Helena[448].

"Santa-Helena, pequena ilha..."

Vem ele a saber que os Aliados disputavam entre si, prestes a agarrarem-se uns aos outros pela garganta, e que a guerra estava a ponto de reacender-se, sem que ele agora estivesse em causa, que a França detestava o Bourbon,

444. Houssaye, *1815*, I, p. 176.
445. Lacour-Gayet, p. 531.
446. Houssaye, 1815, I, p. 174.
447. Id., p. 175.
448. Holland, p. 145.

mostrando-o os caricaturistas "a chegar na garupa de um cossaco, cujo cavalo galopava por cima de cadáveres de soldados franceses", e que a França o espera, o chama, a ele, Napoleão, "como ao Messias".

Tudo isso lhe é contado por um mensageiro de Maret, Fleury de Chaboulon, antigo auditor dos Conselhos de Estado, vindo às ocultas a Porto-Ferrajo numa falua, disfarçado em marinheiro.

Napoleão decide-se a "rasgar o sudário". Em 16 de fevereiro de 1815, dá ordem de fretar dois barcos, de consertar o velho brigue "Inconstant", fazendo-o pintar como navio inglês, rearmando-o e aprovisionando-o. A 26, embarca com seu pequeno exército: seiscentos granadeiros e caçadores da Velha Guarda, quatrocentos caçadores corsos e uma centena de cavalarianos poloneses. É com esse punhado de homens que vai reconquistar a França. A 1º de março, ancora no golfo Juan, entre Antibes e Cannes.

"Franceses, diz ele na proclamação ao povo, ouvi em meu exílio vossos desejos e vossos lamentos; reclamais o governo de vossa escolha que é o único legítimo. Atravessei os mares. Chego para retomar meus direitos, que são os vossos". — E em outra proclamação dirigida ao exército: "Soldados, vinde alinhar-vos debaixo da bandeira de vosso chefe. Sua existência só se compõe da vossa... A Águia, com as cores nacionais, voará de campanário em campanário até as torres de Notre-Dame"[449].

E foi assim mesmo. A centelha que se acendera outrora, no regresso da campanha do Egito, em Fréjus, acende-se no golfo Juan e percorre num momento toda a França. Então levanta-se o sol; ele se deita agora, mas lançando ainda, através das nuvens, o supremo, o mais purpúreo, o mais imperial de seus raios.

Quando, em Santa-Helena, perguntavam ao Imperador qual o tempo que ele considerava mais feliz de sua vida após a elevação ao trono, o exilado respondia: "A marcha de Cannes a Paris"[450]. Talvez não se tivesse sentido nunca tão imortal quanto nesses dias da "segunda vinda".

"A Águia voa" através dos Alpes Marítimos para o norte. A arrancada do pequeno exército através da Provença é de início quase furtiva. Os habitantes — na mór parte realistas — mostram-se indiferentes ou surdamente hostis ao Imperador. Mas, desde os confins do Delfinado, a população inteira se levanta: nesses dias ele está mais perto dela, como o sol no poente.

Os campônios acorrem-lhe a frente e depois de se assegurarem, olhando a efígie das moedas de cinco francos, que "é bem ele", aclamam-no com um "Viva o Imperador!" Inesgotável[451].

449. Houssaye, *1815*, I, p. 193.
450. O'Meara, p. 238.
451. Houssaye, *1815*, I, p. 135.

A 7 de março, aproximando-se de Grenoble, Napoleão encontra nos desfiladeiros de Laffrey o batalhão do 5º de linha, comandado por Delessart, mandado contra ele. Era impossível evitá-lo; a estrada passava entre lagos e uma cadeia de montanhas. A vanguarda dos lanceiros do Imperador aproxima-se do batalhão. Delessart, vendo o assombro pintar-se na face de seus soldados, compreende que é impossível combater e quer levá-los dali. Entretanto os lanceiros seguem os caçadores passo a passo e já os cavalos lhes respiram nas costas. Então Delessart manda cruzar baioneta. Os subordinados obedecem-lhe maquinalmente. Tendo ordem de não carregar em caso algum, os lanceiros voltam a rédea e se retraem. Ao mesmo tempo, o imperador faz baixar as armas e, sozinho, à vanguarda de seus velhos caçadores dirige-se para o batalhão.

— Ei-lo... Fogo! Grita, fora de si, o capitão Randon.

Os homens estão lívidos, as pernas tremem-lhes, como os fuzis lhes tremem nas mãos crispadas.

Ao alcance de um tiro de pistola, Napoleão detém-se:

— Soldados do 5º, diz ele em voz forte e calma, sou vosso Imperador, reconhecei-me.

Depois, avançando ainda dois ou três passos e entreabrindo o redingote:

— Se há entre vós um soldado que queira matar seu Imperador, aqui estou!

Um grande grito de "Viva o Imperador!" Irrompeu de todos os peitos. As linhas estão quebradas, os soldados precipitam-se para ele, ajoelham-se-lhe aos pés, abraçam-lhe as pernas, beijam-lhe as botas, a espada, as abas do redingote. Nesse instante é realmente para eles o "Messias ressuscitado"[452].

As portas de Grenoble são arrombadas, a guarnição rende-se. "Os soldados se arremessaram sobre o Imperador com todos os gestos da fúria e da raiva; fremiu-se um instante; poder-se-ia crer que ele ia ser feito em pedaços, mas era um delírio de amor e de alegria". Ele ia carregado de braço para braço, e será assim até Paris[453].

À noite, o exército imperial, acompanhado de 2.000 campônios armados de machadinhas, forcados, chuços e fuzis, iluminados a archotes, entra em Grenoble, aos acentos da "Marselhesa" e aos gritos de "Viva o Imperador! Abaixo os Bourbon! Viva a liberdade[454].

"Foi aqui que nasceu a Revolução, dizem, correndo a Napoleão, os habitantes de Vizille, pequeno burgo próximo de Grenoble. Fomos nós os primeiros que ousamos reclamar os direitos dos homens. É ainda aqui que ressuscita a liberdade e que a França recobra sua honra"[455].

452. Houssaye, *1815*, I, p. ps. 247-248.
453. Mémorial, III, p. 463.
454. Houssaye, *1815*, I, ps. 255, 260.
455. Houssaye, *1815*, I, p. 249.

"O incrível, escreve o encarregado de negócios da Russia, é que o povo deseje rever Bonaparte"[456]. Depois de Moscou, de Berezina, de Leipizig, depois de Paris, de tanto sangue derramado, é, como efeito, incrível esse milagre...

"Sire, vós fazeis sempre milagre, porque, quando souberam de vosso desembarque, acreditaram que estivésseis doido": é nesses termos que o adjunto do "maire" de Macon começou seu discurso de boas vindas, mas não o pôde continuar, interrompido pelos gritos delirantes de "Viva o Imperador"[457]! Não era só ao Imperador, mas a França inteira que poderiam encarar "como doida".

Em Villefranche, um departamento de Lyão, dois camponeses compram do albergueiro, para guardá-los como relíquia, os ossos do frango que o Imperador comera no almoço.

Em Lyão, vinte mil pessoas estacionam-lhe debaixo das janelas durante os três ou quatro dias em que ele aí permanece e gritam sem cessar: "Viva a Revolução"[458]!

E ele o sabe, que é a Revolução: de novo se inspira no espírito de 93, sente-se o "Robespierre a cavalo"; age com a decisão, o vigor e a rapidez de um convencional: proscreve a bandeira branca e trata de abolir a nobreza antiga e os títulos feudais, declara o rei decaído. "Reencontro, diz ele, o ódio dos padres e da nobreza tão universal e tão violento quanto no começo da Revolução"[459].

Sim, a Revolução ressuscitou e ele ressuscitou com ela, ele, o Homem, "a fera saída do abismo", para uns, "o Messias saído do túmulo", para outros.

"Sire, afirma o marechal Ney, filho da Revolução, beijando respeitosamente a mão do velho Bourbon, espero trazer Bonaparte numa gaiola de ferro"[460]. Essa expressão lhe parece tão feliz que ele a repete a todo mundo.

Ney, com as tropas reais, manobra entre Besançon e Macon, a fim de o aprisionar e destruir num só golpe "todo o bando de salteadores", quando, súbito, recebe um bilhete: "Meu primo, vinde encontrar-me em Chalons. Receber-vos-ei como no dia seguinte à batalha de Moskowa"[461]. E o Bravo dos bravos torna-se lívido como os soldados de Grenoble à hora se atirar. Parece tomado de imprevista loucura: "Estava na tempestade, confessa ele mais tarde. Perdi a cabeça." — "Ele se atirou no abismo como dantes se atirava às fauces dos canhões"[462]. Traiu os Bourbon, entregou-se a Bonaparte. De resto, quisesse combater e não o poderia. "Não posso deter a água do mar com as mãos!" — lamenta-se ele[463].

456. Id., p. 310.
457. Id. p. 303.
458. *Mémorial*, III, p. 467.
459. Houssaye, *1815*, I, p. 492.
460. Id., p. 275.
461. Houssaye, *1815*, I, p. 312.
462. Id., p. 313.
463. Id., p. 315.

De Lyão a Paris, a Águia voa cada vez mais alto, arrastando as turbas e as tropas revolucionárias, como esses "meteoros cuja passagem é assinalada por uma combustão imensa"[464].

Na noite de 20 de maio, o Rei foge das Tulherias e, na tarde seguinte, a carruagem do Imperador imobiliza-se a alguns passos do pavilhão de Flora; tão densa era a multidão que se tornava impossível atingir-lhe a escadaria. Cercam a viatura, abrem-lhe a porta; Napoleão, arrebatado, vai de braço em braço, no pátio, no vestíbulo, na escadaria — arrisca-se a ser asfixiado, esmagado, morto. Mas parece nada ver, nada ouvir; flutua ao alto das escuras vagas humanas como uma pálida flor; deixa-se levar, as mãos para frente, os olhos fechados, um sorriso indefinível nos lábios, como um lunático em estado de sonambulismo, ou o deus Dionisos em meio à turba de bacantes frenéticos. "Os que o tinham carregado pareciam malucos; mil outros gabavam-se de ter-lhe beijado as roupas..."

O Congresso de Viena apavora-se. A 13 de março, oito potências — a Inglaterra, a Áustria, a Rússia, a Suécia, a Prússia, a Holanda, a Espanha e Portugal — assinam uma declaração que termina assim: "Napoleão Bonaparte, reaparecendo em França, colocou-se fora das relações civis e sociais e, como inimigo e perturbador do repouso do mundo, abandonou-se à vindita pública"[465].

Forma-se uma sétima coligação. Os ministros da Inglaterra, da Áustria, da Prússia e da Rússia concluem um tratado de Aliança "tendo por fim a manutenção da paz" e, para assegurar essa paz, cada potência se compromete a manter constantemente em campanha 150.000 homens, "enquanto Bonaparte não deixar de ameaçar a segurança da Europa"[466].

O terror dos coligados reflete-se bem nesse furor. "Fizemos mal em poupar os franceses. Devíamos exterminá-los todos!" Clamam os jornalistas alemães. "Urge pôr fora da lei o povo francês!" — "Devemos matá-los como a cães danados[467]!"

O que temem no fugitivo da ilha de Elba é a Revolução. Alexandre compreendeu-o melhor que ninguém. É preciso separá-lo dos jacobinos!" Repete ele e nos clarões sangrentos de uma nova guerra percebe, visão gigantesca, o Cavaleiro apocalíptico. "Napoleão quer dizer Apolion, o Exterminador, o anjo do abismo", sussurra ele, abrindo ao acaso o Apocalipse.

Vão terror! O ouro puro mudar-se-á em chumbo vil, 1811 sucederá imediatamente a 1793. O "Robespierre a cavalo" desaparecerá e o imperador Napoleão reaparecerá.

464. Thiébault, V, p. 277.
465. Houssaye, *1815*, I, p. 300.
466. Id., p. 445.
467. Houssaye, *1815*, I, p. 459.

"Atravessei a França, fui levado até a capital pelo impulso dos cidadãos e em meio a aclamações universais; mas apenas cheguei a Paris e, por uma espécie de magia, sem nenhuma razão legítima, recuaram subitamente, tornaram-se frios em derredor de mim"[468].

Não, foi ele próprio que se tornou frio. Bruscamente, retorna-lhe o tédio, e ele não quer mais nada, como em Borodino; adormece de um "sono letárgico", como em Leipzig; vê tudo, ouve tudo, e não pode acordar, mexer com um dedo, enquanto o metem no esquife e o sepultam.

Luiz XVIII concedera à França uma carta constitucional. Bonaparte não deve deixar-se distanciar pelo Bourbon. É o que lhe cantam aos ouvidos os antigos jacobinos da Convenção e os novos liberais da Restauração. — "A França quer ser livre. Se não lhes derdes a liberdade, tereis amanhã rebeldes em lugar de súditos".

Benjamin Constant, o novo Sieyés-Homúnculo, pai de constituições nati-mortas, elabora uma carta liberal, o "Ato adicional às constituições do Império". É preciso verdadeiramente que Napoleão esteja mergulhado num sono letárgico para ousar, no momento em que milhões de inimigos invadem a França, descer do cavalo e montar na carriola parlamentar, e de ditador revolucionário mudar-se em monarca constitucional.

Ele próprio reconhecia estar a diminuir-se, que a França o procurava e não mais o encontrava, que os seus braços fraquejavam à hora de domar a Europa[469].

"O Imperador se faz liberal à força, e mutila-se, enfraquece-se, não é mais o mesmo", salienta um velho jacobino honesto[470].

A 1º de junho desenrola-se a festa da Nova Constituição, da "Benjamine", como a haviam batizado; os colégios eleitorais que tinham votado o Ato adicional reúnem-se uma solene e tediosa cerimônia no Campo de Maio, antigo Campo de Marte. Os cardeais dizem missa e o Imperador, entronizado ao centro da praça, presta juramento sobre o Evangelho à nova Constituição. Esperava-se vê-lo com a farda habitual de granadeiro ou de caçador da Velha Guarda como em Marengo ou em Austerlitz, mas ele traz uma túnica romana, um manto cor de nácar bordado de abelhas de ouro, calças de cetim branco e um chapéu de veludo negro ornado de penas brancas. Sim, mascarada sinistra, de que se exala um cheiro de decomposição, como o de um homem às voltas com o túmulo.

A 7 de junho, a nova Câmara realiza a primeira sessão em presença do Imperador. Este pronuncia um discurso, dizendo-se jubiloso com a confi-

---

468. *Mémorial*, IV, p. 161.
469. Houssaye, *1815*, I, ps. 558-559.
470. Thibaudeau, p. 459.

ança do povo e com a sua nova categoria de monarca constitucional, dizendo que "os homens são impotentes para fixar os destinos das nações, e só as instituições as podem garantir"[471].

"Malgrado todo o poder sobre si mesmo, o Imperador deixa perceber a amargura e a cólera que lhe causa essa confissão. Tem a face lívida, a voz estridente, os traços contraídos".

Era como se Beethoven, tornado subitamente surdo, tocasse errado uma de suas sinfonias, tendo consciência disso mas não podendo corrigir-se.

Os dois primeiros exércitos aliados — os anglo-holandeses — comandados por Wellington, e os prussianos, comandados por Blücher — marchavam para unir-se e penetrar em França pela fronteira belga. Só eram as tropas de primeira linha, estando as reservas prontas atrás delas: austríacos, suecos, russos — a mesma avalanche inumerável do ano precedente.

O marechal Davout, ministro da Guerra, consegue mobilizar em três meses 130.000 homens, compostos em pequena parte de despojos do Grande Exército e, no restante, de "Maria-Luizas". São as últimas gotas tiradas das veias da França. Ela é nesse momento como um cavalo esfalfado sob um cavaleiro demente: vai tombar e quebrar-lhe as costelas.

Mas talvez essas últimas gotas sejam as melhores. Um espião escreve de Paris a Wellington: "Para dar uma justa idéia do entusiasmo do exército, basta comparar a época de 92 e o ano corrente. Ainda a balança será em favor de Bonaparte". — "As tropas experimentam, não patriotismo, entusiasmo, mas uma verdadeira fúria pelo Imperador e contra seus inimigos", lê-se nas notas diárias do general Foy. E um desertor francês atesta: "Os soldados estão furiosos"[472].

"Jamais Napoleão dispusera de um instrumento de guerra tão temeroso e tão frágil", escreve o melhor historiador de 1815[473]. Instrumento temeroso e frágil, ao mesmo tempo, porque sua ponta muito aguçada corre a todo instante o risco de quebrar-se. Mas tudo depende do espírito do chefe.

Este chefe, quem é ele? Uma fera que rompeu a cadeia, um forçado evadido, como pensam os Aliados? Ou então, como crê a França, o iluminado que abre através do inferno o caminho do paraíso? A maior batalha dos tempos modernos o decidirá.

471. Houssaye, *1815*, I, p. 615.
472. Houssaye, *1815*, II, p. 82.
473. Houssaye, *1815*, II, p. 82.

IV

WATERLOO

(1815)

"Triunfo em Waterloo", diz Napoleão em Santa-Helena. Que Waterloo foi para Napoleão uma derrota, todo o mundo o sabe; só ele sabe que é uma vitória. "Triunfo em Waterloo e caio no mesmo instante no abismo"[474]. Mas, antes de cair, voara mais alto que nunca. Se toda a sua vida é um dos mais sublimes cimos da vontade humana, a parte que mais se destaca nesse cimo é Waterloo.

"Napoleão teve nessa última campanha a atividade de um general de trinta anos", afirma o historiador que melhor descreveu esse período[475]. Aos 30 anos, Napoleão, vencedor de Marengo, é o sol no zênite; em Waterloo, é ainda o mesmo sol. Se isso é verdade, é que saiu a tempo de sua "letargia"; estava morto e retornou à vida.

É esse um testemunho, mas há outro, o do marechal Wellesley; segundo ele, Napoleão, durante toda essa campanha, permaneceu "debaixo do véu da letargia"[476].

Em quem acreditar? Ou a contradição é só aparente?

"Não tinha mais em mim o sentimento do sucesso definitivo, declara Napoleão ao evocar Waterloo, não era mais a primitiva confiança; seja que a idade que de ordinário favorece a fortuna começasse a escapar-me, seja que a meus próprios olhos, como minha própria imaginação, o maravilhoso de minha carreira se encontrasse diminuído, o certo é que eu sentia em mim faltar-me qualquer coisa. Não era mais essa fortuna ligada a meus passos que se comprazia em cumular-me. Era o destino severo ao qual eu arrancava ainda, à força, alguns favores, mas que se vingava logo após; porque é notável não ter eu obtido então vantagem alguma que não fosse imediatamente seguida de um insucesso... E todos esses golpes, devo dizê-lo, feriram-me mais ainda do que me surpreenderam. Havia em mim o instinto de uma saída desventurosa, não que isso influísse em nada nas minhas determinações e minhas medidas, mas sem que eu pudesse arrancar o doloroso sentimento de dentro de mim"[477].

---

474. *Mémorial*, IV, p. 161.
475. Houssaye, *1815*, I, p. 488.
476. Houssaye, *1815*, I, p. 498.
477. *Mémorial*, IV, ps. 160-161.

Sentimento da queda.

O plano de Napoleão era bater, um após outro, antes que operassem a respectiva junção, os dois exércitos que ocupavam a Bélgica — o exército anglo-holandês de Wellington e o exército prussiano de Blücher. Para consegui-lo era preciso transportar-se ao centro mesmo dos acantonamentos inimigos, ao ponto presumido da concentração geral, na estrada de Bruxelas. Foi aí que Napoleão resolveu descer "com a rapidez do raio".

Em 15 de junho, ao nascer do dia, as vanguardas francesas ultrapassaram a fronteira belga, atravessaram o Sambre perto de Charleroi, depois de ter facilmente repelido os 32.000 homens da vanguarda do general prussiano Zeiten, e dirigiram-se logo para o norte. A manobra triunfou com a mesma precisão matemática, a mesma clarividência profética dos dias radiosos de Austerlitz e Friedland. O exército prussiano, vindo de leste, e o exército inglês, vindo do norte, deviam reunir-se pela estrada de Namur a Niveles; foi lá que Napoleão resolveu colocar-se à maneira de forcado, dispondo a ala direita à leste, perto de Sombreffe, na estrada de Namur, e a ala esquerda na estrada de Bruxelas, em Quatre-Bras, no sítio em que as duas estradas se cruzam. Ele próprio devia firmar-se em Fleurus, ao alto do triângulo formado por esses três pontos, para despenhar-se no dia seguinte sobre o exército inimigo que primeiro se aproximasse. Se ambos se furtassem, ele ocuparia Bruxelas sem dar um tiro de canhão.

— Bom dia, Ney. Estou bem contente de ver-vos, diz o Imperador ao marechal que acabava de chegar. Ide assumir o comando dos primeiro e segundo corpos de exército... Ide, repeli o inimigo na estrada de Bruxelas e tomai posição em Quatre-Bras[478].

Napoleão compreendia perfeitamente que essa posição era o eixo da próxima operação e talvez mesmo de toda a campanha. "O exército prussiano está perdido, se agirdes com vigor. A sorte da França repousa em vossas mãos", dirá ele no dia seguinte a Ney. E encarregando-o dessa missão, testemunho da mais alta confiança, mostra-lhe que esqueceu tudo, Fontainebleau e a "gaiola".

Ney, tendo recebido a ordem às três horas da tarde, poderia talvez estar em Quatre-Bras às cinco horas. Ter-se-ia facilmente apoderado de uma posição fracamente defendida, mas flanou em caminho e, quando enfim se aproximou lá para as sete horas com uma vanguarda, tendo deixado o grosso das tropas atrás, a posição já estava ocupada por 4.000 cavalarianos de Nassau. Talvez não fosse tarde ainda, se, tendo medo pela primeira vez na vida, o Bravo

---

478. Houssaye, *1815*, II, p. 165.

dos bravos não imaginasse encontrar à sua frente todo o exército inglês e não adiasse o negócio para o dia seguinte, a fim de receber as reservas. Na mesma noite, Wellington concentrou tropas em Quatre-Bras, de sorte que Ney nada mais podia fazer. O pior é que o Imperador, não recebendo notícias, acreditava que tudo ia bem. O eixo da roda já estava quebrado e Napoleão continuava sempre a rodar. Explica-se mal o que aconteceu a Ney durante essas horas fatais em que concentrava a sorte do Imperador e a da França entre as mãos. Como que a "letargia" de Napoleão o contagiara: um vinha de acordar e o outro adormecera por sua vez.

As duas pontas do forcado não se tinham aberto suficientemente: a da direita não atingira a estrada de Bruxelas, nem as da esquerda a estrada de Namur, onde apareceu subitamente a vanguarda prussiana de Blücher. Não obstante, o objetivo essencial da operação fora atingido: Wellington estava separado de Blücher.

A 16 de junho, Napoleão sabe que todo o exército prusiano marcha contra ele. "É provável que dentro de três horas a sorte da guerra esteja decidida, diz o Imperador. Se Ney executar bem minhas ordens, não escapará um canhão desse exército".

Soult envia a Ney uma segunda ordem: "Escrevi-vos há uma hora que o Imperador devia atacar o inimigo na posição que tomou entre as aldeias de Saint-Amand e Brye. Neste momento tudo se intensifica. Sua Majestade me encarrega de dizer-vos que deveis manobrar imediatamente de modo a envolver a direita do inimigo e a cair-lhe com toda a força sobre a retaguarda. Esse exército estará perdido se agirdes vigorosamente. Tendes a sorte da França em vossas mãos"[479].

As três da tarde a batalha estava travada nas aldeias de Saint-Amand e de Ligny. O Imperador espera Ney pelas seis horas; desde que oiça trovejar o canhão, o marechal na vanguarda dos prussianos lançará as reservas contra o centro inimigo, repelindo-o, cortando-lhe a retirada para Sambreff e empurrando-o à ponta de espada contra as baionetas de Ney. Dos 60.000 prussianos, nem um escapará.

Seis horas, sete horas e os canhões de Ney nada de trovejar. Súbito, na vanguarda dos franceses, perto de Fleurus, aparece uma coluna desconhecida, de uns 30.000 homens. De quem é? Dos ingleses, dos prussianos? Uma obscura lembrança-pressentimento aperta o coração do Imperador; onde e quanto foi isso, e como será agora? "Traição! Salve-se quem puder!" Gritam os soldados da vanguarda da coluna, e fogem. Para deter os fugitivos, foi necessário voltar contra eles os canhões franceses.

---

479. Houssaye, *1815*, II, p. 165.

Não, não é ainda aqui, não é ainda neste momento que isto será, como foi. A coluna desconhecida é de tropas do general d'Erlon que, tendo-se despren-dido do exército de Ney, haviam feito manobra errada. Ney não viera; não viria; a roda cujo eixo se partira não mais rolaria. Falhara a manobra principal; o exército prussiano não seria destruído; mas pode-se ainda vencê-lo e separá-lo do exército inglês. O Imperador dá ordem para que as reservas tentem um supremo assalto.

Toda as baterias abrem ao mesmo tempo fogo contra as alturas de Ligny. A Velha Guarda desdobra-se em colunas por divisão. O Imperador em pes-soa a conduz ao ataque.

No mesmo momento o temporal explode. Os canhões correspondem à trovoada, os fuzis aos relâmpagos, como se na terra e no céu fosse uma única batalha. Napoleão recorda-se de que, vinte anos antes, no cerco de Toulon, marchara debaixo da tempestade ao ataque do reduto inglês? Entre esses dois temporais, sua vida toda é um temporal de Deus.

Pelas oito horas, o centro dos prussianos é roto e começam eles a reti-rar-se. O vento impele as nuvens para leste; a parte de oeste aclara-se e Blücher vê, do alto de uma colina, todo o seu exército em fuga. Mas ele "não se dá nunca por vencido enquanto pode continuar o combate"[480]. Atira na batalha as últimas reservas e esse velho de setenta anos marcha para o fogo em com-panhia delas, com o ardor de um mocinho.

O combate dura até a noite. O cavalo de Blücher é ferido, cai debaixo dele, esmaga o cavaleiro. O ajudante de campo Nostiz atira-se para socorrê-lo. Um esquadrão de couraceiros franceses passa, numa investida, junto deles, quase sobre eles, e não os reconhece na obscuridade. Nostiz chama os dragões prussianos; desembaraçam Blücher, bastante magoado e meio fora de si, debaixo do cavalo, colocam-no num cavalo de sub-oficial, levam-no para longe do campo de batalha na torrente de fujões. Estes eram inumerá-veis. No dia seguinte oito mil foram detidos em Liége e em Aix-la-Chapelle.

"O velho Blücher levou uma boa tunda. Ei-lo recuando dezoito milhas, diz Wellington, com seu riso habitual que se assemelha ao ranger de um prego em vidro. — Devemos agüentar outro tanto. Dirão na Inglaterra que fomos sovados, mas não há outro remédio"[481].

Na manhã de 17, Napoleão é cientificado de que os prussianos se retra-em para Liége e de que Wellington resiste ainda em Quatre-Bras, Ney, toda-via, continua em estado letárgico.

480. Houssaye, *1815*, II, p. 148.
481. Id., p. 260.

"Enquanto vou marchar contra os ingleses, ide perseguir os prussianos", diz ele ao marechal Grouchy, sem ter consciência do peso fatal de suas palavras.

Grouchy talvez tenha mais consciência desse peso. Nunca ainda, no decurso de sua longa carreira, se vira a braços com tamanha responsabilidade; cabia-lhe combater todo o exército prussiano, derrotado, é verdade, mas ainda temível como um javardo ferido e furioso. Valente general de cavalaria, ele é constante, inteligente, pontual; mas é "o homem de uma só hora, de uma só manobra, de um só esforço"[482]; tático local e não estrategista de conjunto. O pior é que ele sente isso e, no momento da ação, será encadeado, paralisado por esse sentimento. Mas um marechal de França pode dizer: "Sire, dispensai-me, tenho medo?" A língua não lhe permitiria. De resto, é tarde demais; o Imperador põe à sua disposição um corpo de exército de 33.000 homens e dá-lhe por missão penetrar os intentos de Blücher, saber em que direção vai ele, se tem por objetivo reunir-se a Wellington e se pode consegui-lo.

Oh, se Napoleão soubesse o que fazia! Mas não sabia, não via nada; alguém o conduzia pela mão como a um cego.

Já ele acabou com Blücher; resta Wellington. Pelo meio-dia, o Imperador com a cavalaria ligeira que seguia de perto as outras tropas, atira-se na estrada de Namur para Quatre-Bras. Mas, em caminho, informam-no de que Wellington partiu ou está a ponto de partir, só ficando a cavalaria de Lord Uxbridge, encarregada de defender a retirada do exército. Ontem Blücher lhe escapou. Hoje será Wellington. "Não obtenho então uma vantagem sem que se siga imediatamente um insucesso?" Se alguém não lhe tivesse servido de obstáculo, se o Invisível não se tivesse posto de permeio, Napoleão não flanaria agora, como já o fizera Ney; começaria a mover-se seis horas antes e já haveria atingido, esmagado Wellington, acabando de uma assentada com toda a campanha. Mas talvez não seja ainda tarde demais.

Os couraceiros, os caçadores, os lanceiros e as baterias a cavalo, movem-se a trote largo. O Imperador os precede com os esquadrões de serviço.

Lord Uxbridge, logo que sabe da aproximação dos franceses, corre para a estrada de Namur. Encontra aí Wellington, pronto para a partida. Os franceses estão ainda muito longe e só se percebem cintilações de aço. "São as baionetas", diz Wellington; mas, olhando com o óculo, reconhece os couraceiros; passa o comando a lord Uxbridge, monta a cavalo e atira-se a galope atrás do seu exército em retirada pela estrada de Bruxelas, em direção ao norte — para Waterloo.

482. Houssaye, *1815*, II, p. 232.

Eram duas horas da tarde. Grossas nuvens, impelidas pelo vento, amonto-avam-se no céu. O temporal vinha de noroeste. Quatre-Bras estava já na pe-numbra, enquanto a estrada pela qual avançavam os franceses permanecia aclarada pelo sol.

Lord Uxbridge está a cavalo, perto de uma bateria ligeira cujos canhões se voltam para o lado dos franceses. De repente, percebe-se ao longe, no cume de uma colina, um cavaleiro, seguido de uma pequena escolta. Cavaleiro e cavalo, iluminados por trás, parecem negros, como esculpidos em bronze so-bre o céu claro.

"Fogo! Fogo! Grita lord Uxbridge, reconhecendo o Imperador. E boa pontaria!" Os canhões rugiram.

Napoleão fez avançar uma bateria a cavalo da Guarda. Mas Uxbridge não continua o duelo; tem medo de que os franceses estejam muito perto; dá ordem de retirar as peças e de partir logo.

No mesmo momento rebenta a tempestade. À luz dos relâmpagos e ao estrondo dos trovões, afrontando o furacão e a chuva que os fustiga, hussardos e artilheiros galopam em misturada, "como loucos". "Parecia uma caça à raposa", refere uma testemunha.

"Mais depressa, mais depressa, pelo amor de Deus!" Grita lord Uxbridge, tão apavorado quanto se fosse perseguido, em meio aos trovões e aos re-lâmpagos, pelo Cavaleiro do Apocalipse[483].

Os ingleses fogem pela estrada de Bruxelas, rumo do norte, na direção de Mont-Saint-Jean— Waterloo, onde todo o exército inglês se retirara desde manhã. Só depois de Genappe, tendo atravessado o Dyle e ajustado as baterias na outra margem, é que Uxbridge começa a replicar. Bem cedo os franceses, tendo-o feito cambalhotar, empurraram-no para longe, mas já a perseguição esmorecera: a chuva transformara a estrada em torrente e os cam-pos em pantanais onde os cavalos se enterravam até os jarretes.

Pela tarde atingiu-se a granja da Bela Aliança, erguida num platô, ao lado de uma colina. Em frente se encontrava uma outra elevação com um platô idêntico, o monte Saint-Jean, ocupado por Wellington. Todo esse trecho se chamava Waterloo, do nome de uma pequena aldeia situada na vanguarda dos ingleses. Um profundo vale separava as duas altitudes. Do cimo das colinas descobriam-se a perder de vista campos imensos, ondula-dos apenas, cobertos de searas rumorejantes, cortadas de onde em onde por pequenos bosques e aldeolas dominadas pelos campanários esguios — a velha e pacífica Flandres. Mas a chuva da tarde tudo envolvia num manto de chumbo.

---

483. Houssaye, *1815*, II, p. 269.

A cavalaria inglesa desceu ao vale e escalou com esforço a escorregadia encosta do monte Saint-Jean.

Napoleão parou, não sabendo se tinha diante de si todo o exército de Wellington ou unicamente uma força de vanguarda. Deu ordem para abrir o fogo de ensaio; à resposta das baterias inimigas compreendeu que todo o exército inglês estava ali.

Era tarde demais para começar o combate; aliás as principais forças dos franceses estavam ainda longe na retaguarda.

"Quisera ter o poder de Josué para retardar a marcha do sol!" Gritou o Imperador [484].

A batalha foi adiada para o dia seguinte, 18 de junho; Napoleão fixou acampamento em torno da Bela Aliança e ele próprio se instalou pela noite na granja do Caillou, lindo casinholo que viera de ser pilhado e emporcalhado pelos brunswiqueses. Mandou acender um grande fogo para secar-se; a chuvarada molhara-o até os ossos, "como se saísse do banho".

Às 9 da noite o Imperador soube pelo relato dos batedores que Blücher se dirigia não para Liège, mas para Wavre, isto é, procurava de novo reunir-se a Wellington. Mas esse relato não o alarmou: trinta e seis horas depois da tunda de Ligny, com trinta mil franceses no rastro, Blücher arriscaria uma marcha de flanco de Wavre ao monte Saint-Jean? E, mesmo se o ousasse, o exército prussiano, derrotado, desmoralizado, estaria em condições de aceitar o combate?

O Imperador mal dormiu; levantou-se a uma hora, fez a inspeção completa dos postos avançados, apenas acompanhado do general Bertrand e sempre debaixo da água. Tinha bastante receio de que Wellington caísse no mundo. Apurou ouvidos, mergulhou os olhos na obscuridade, tentou ver através da chuva; não havia fogos de bivaques e movimento no acampamento inglês? Não, tudo aí era sombra e silêncio; tudo dormia com um sono de morte.

Mal apontava o dia quando o Imperador reentrou no Caillou. Uma carta de Grouchy esperava-o; Blücher marchava em duas colunas, uma parecendo dirigir-se para Liège e outra para Wavre; se a marcha para Wavre fosse confirmada, ele, Grouchy, perseguiria Blücher, a fim de impedir que ele se juntasse a Wellington. Bravo Grouchy! Sua atividade difere da "letargia" de Ney! O Imperador sente-se tão tranqüilizado que nem sequer lhe envia novas instruções; tudo estava claro, como dois e dois fazem quatro. Mas que dois e dois possam fazer cinco, se o Destino assim o decide, era a cogitação que lhe escapava. Ah! Se ele tivesse ouvido na véspera o adoles-

---

484. Houssaye, *1815*, II, p. 295.

cente de setenta anos, o feld-marechal "Vorwaerts-Para frente", deitado na palha e gemendo de dor, resmungar: "Far-me-ei amarrar no cavalo de preferência a faltar à batalha!" Tal é Blücher, o filho; tal é a Prússia, a mãe; ela é toda: "Para frente!" Aos olhos da Prússia, nesse momento, dois e dois fazem cinco.

Na manhã seguinte, os espiões, e em seguida os oficiais mandados em reconhecimento e desertores belgas vieram informar Napoleão de que o exército inglês não se mexera durante a noite. A batalha terá lugar e será a vitória, tão segura, quanto dois e dois fazem quatro. O sol pálido que apontava através das nuvens — o sol ressuscitado de Austerlitz — "ia iluminar a perda do exército inglês[485]".

Uma única coisa inquietava o Imperador: não poder encetar a luta quando quisesse e julgasse necessário, porque, se a chuva cessara, a lama era tal que seria impossível manobrar as peças, antes que ela secasse; ora, cada minuto de atraso favorecia Blücher.

Napoleão, roído de impaciência, andava de cá para lá em seu quarto; às vezes parava perto da janela para olhar o céu.

Às cinco horas deu ordem de começar o ataque às nove; mas às nove horas as tropas não se encontravam ainda em posição de combate; limpavam as armas, preparavam a sopa.

— O exército inimigo é superior ao nosso mais de um quarto. Apesar disso, temos noventa probabilidades a nosso favor, diz Napoleão, almoçando na granja do Caillou com os generais.

Agora aparece Ney, que não estava mais em "letargia"; despertara na véspera, em Quatre-Bras, e compreendera o que fizera. Mas seu ar era tão lamentável que o Imperador não teve coragem de repreendê-lo como merecia.

— Sem dúvida, Sire, se Wellington fosse tão simplório que vos esperasse, diz ele ao ouvir as palavras do Imperador. Mas devo anunciar-vos que sua retirada se acentua e, se não vos apressardes e atacá-lo, o inimigo vos escapará.

Napoleão respondeu-lhe que ele vira mal, que não era mais tempo e Wellington se exporia a uma perda inevitável. O inglês atirara os dados e estes eram pelos franceses.

O marechal Soult aconselhara na tarde da véspera chamar metade das tropas comandadas por Grouchy; esses homens seriam bem mais úteis na grande batalha que iam ferir contra o exército inglês, tão firme, tão temível. De manhã repetiu ele seu aviso.

— Porque fostes batido por Wellington, vós o olhais como um grande general, replicou brutalmente o Imperador. E eu vos digo que Wellington é

---

485. Houssaye, *1815*, II, p. 285.

um mau general, que os ingleses são maus guerreiros e serão engolidos em três garfadas!

O general Reille entrou. Napoleão perguntou-lhe o que pensava do exército inglês.

— Bem localizada, como Wellington sabe fazê-lo, e atacada de frente, a infantaria inglesa parece inexpugnável, em razão da sua tenacidade calma e da superioridade de seu tiro... Mas, se não é possível vencê-la em ataque direto, pode-se fazê-lo mediante certas manobras[486].

Reille conhecia bem os ingleses por ter combatido contra eles na Espanha; Napoleão, ao contrário, conhecia-os mal. Deveria ouvir Reille, mas não o fez. Aquele que na véspera lhe fechara os olhos sobre Grouchy, fecha-lhe hoje os ouvidos às palavras de Reille.

O céu aclarava-se, o sol brilhava; um vento vivo secava os caminhos. Os oficiais de artilharia anunciaram que bem cedo as peças poderiam ser manobradas. Napoleão monta a cavalo e passa em revista as tropas. "Jamais, diz uma testemunha, gritaram "Viva o Imperador!" com maior entusiasmo; foi um delírio. E o que tornava a cena mais solene e emocionante era que, em frente a nós, a mil passos talvez, se via distintamente a linha vermelho-escuro do exército inglês".[487]

Nesse instante, os franceses compreenderam melhor que nunca que a sorte, não somente da França, mas também do Homem — da Humanidade — ia decidir-se ali.

Pelas onze horas, as tropas continuavam ainda a formar-se. Napoleão deu ordem de atacar à uma hora. A despeito do aviso de Reille, resolvera não manobrar e sim cair direito sobre o centro inglês para perfurá-lo e atirá-lo além do monte Saint-Jean, agindo em seguida de acordo com as circunstâncias, como quem já teria a vitória nas mãos. Tal qual aos trintas anos, no meio-dia da aventura, ele "joga tudo contra tudo".[488]

Às onze horas e um quarto, Napoleão ordena uma pequena operação preliminar contra um posto avançado inglês, o castelo de Hougoumont, situado ao fundo de uma ravina, em meio a um bosque.

O primeiro tiro de canhão estrondou; oficiais ingleses tiraram o relógio e olharam a hora: eram onze e meia.

Hougoumont é apenas o prelúdio do combate, mas é tão mortífero que se pode julgar por ele o que será a batalha em si mesma. Durante esse tempo, Napoleão preparava o grande ataque. Fez colocar à frente e à direita da Bela Aliança uma bateria de oitenta peças para canhonear o centro inimigo. Era perto de uma hora. Ney cientificou o Imperador de que tudo estava pronto e esperava ordem de atacar. Antes que a fumaça da

486. Houssaye, *1815*, II, ps. 318-319.
487. Houssaye, *1815*, II, p. 329.
488. *Mémorial*, I, p. 314.

bateria levantasse uma cortina entre os outeiros, Napoleão atirou um último olhar ao campo de batalha. Cerca de duas léguas, a noroeste, e a meio caminho de Wavre, percebeu uma espécie de nuvem carregada que parecia sair dos bosques de Chapelle-Saint-Lambert. Compreendeu imediatamente do que se tratava, mas, não obstante, pediu a opinião dos oficiais de seu estado-maior. Os comentários diferiam: uns afirmavam que era um matagal ou a sombra de uma nuvem; outros que era uma coluna em marcha, em uniformes franceses ou em uniformes prussianos. Soult assegurou distinguir claramente um corpo numeroso.

O coração do Imperador comprimiu-se numa sombria lembrança-presentimento: onde, quando fora isso, quando viria a ser? Já será Blücher? Não, ainda não. Um sub-oficial prussiano prisioneiro declara que é a vanguarda do general Bulow que se aproxima de Saint-Lambert. Napoleão espera ou quer esperar apenas um corpo destacado e não todo o exército prussiano, porque o prisioneiro tem a cautela de ocultar que o exército todo seguia Bulow.

"O general Bulow deve atacar-nos pelo flanco direito, escreve Napoleão a Grouchy. Nada de perder um instante para ligar-vos a nós e esmagar Bulow, que apanhareis em flagrante"[489].

"Tínhamos esta manhã noventa probabilidades em nosso favor. Temos ainda sessenta contra quarenta. Se Grouchy reparar a horrível falta que praticou divertindo-se em Gembloux e marchar com rapidez, a vitória tornar-se-á mais decisiva, porque as tropas de Bulow serão inteiramente destruídas", diz o Imperador a Soult[490]. Este conservava um triste silêncio, mas poderia recordar-lhe o sensato conselho de tirar a Grouchy a metade das tropas.

Pelas duas horas, o Imperador enviou ao marechal Ney ordem de atacar; perdeu-se metade do dia, numa situação em que cada hora, cada minuto favorecia Bulow.

Quatro divisões de infantaria descem a ravina; a mor parte fica em baixo, perto de Hougoumont, ainda não tomado, e da Haye-Sainte, outro posto avançado inglês, mas algumas colunas escalam a encosta escorregadia do monte Saint-Jean; já correm pelo platô; ainda alguns passos para fortificarem-se nas posições e darem tempo à cavalaria de reserva "de descarregar a marretada", e será a vitória[491]. No mesmo instante um contra-ataque da cavalaria inglesa atira-os na ravina.

Às três horas, a batalha acalma-se, como se ela repousasse, recolhesse as forças.

489. Houssaye, *1815*, II, p. 344.
490. Id., p. 345.
491. Houssaye, *1815*, II, p. 351.

O único objetivo de Wellington era resistir até a chegada de Blücher. Mas este tardava e no estado-maior inglês temia-se não poder fazer face a um segundo assalto.

Napoleão o ordena a Ney lá pelas três e meia, e o prepara por um fogo de artilharia tal que "nunca os mais velhos soldados haviam ouvido semelhante canhoneio"[492].

Esse segundo ataque falhou também; a vaga soergueu-se, esbarrou no rochedo e desfez-se em mil gotas. Reille tinha razão: não se pode vencer o exército inglês por um ataque de frente; é preciso manobrar, mas agora é muito tarde.

Desde o começo da ação, Ney imaginava um grande ataque de cavalaria sob seu comando pessoal, a fim de resgatar Quatre-Bras. Sem esperar a ordem do Imperador, apressou-se, formou em esquadrões, no côncavo do vale, cinco mil couraceiros, lanceiros vermelhos e caçadores a cavalo da guarda, e conduziu-os contra o monte Saint-Jean. Essa vaga, quebrando-se como a precedente, recaiu na ravina, mas levantou-se de novo e desta vez foi mais longe que nunca; já os couraceiros franceses galopavam no platô, apoderando-se dos canhões, rompendo as linhas inimigas.

O coronel de artilharia Goulde diz a Mercer:

— Creio que está tudo acabado[493].

— Vitória! Vitória! — Gritam os generais em torno do Imperador.

Mas este mostra-se surpreso e descontente de que sem sua ordem lançassem ao assalto a sua melhor cavalaria.

— Eis um movimento prematuro que poderá ter resultados funestos nesta jornada, diz ele circunvagando um longo olhar pelo campo de batalha. Depois, em seguida a um ligeiro silêncio, acrescentou: — Houve adiantamento de uma hora, mas é preciso agüentar o que está feito, e ordenou à cavalaria de Kellermann fosse em socorro de Ney.

É muito cedo ou muito tarde, talvez ele próprio não o sabia direito, porque a situação se torna cada minuto mais e mais perigosa; o Imperador dirige a um tempo duas batalhas: de frente contra os ingleses, e de flanco contra os prussianos.

Já Bulow se avizinha e ocupa a pequena localidade de Plancenoit, o flanco direito dos franceses, ameaçando tomá-los ao revés e cortar-lhes a retirada. A Jovem Guarda mal pode conter o ataque.

No monte Saint-Jean a situação é sempre a mesma; as vagas sucedem-se e despedaçam-se. Parece aos franceses que isso não acabará nunca, mas os ingle-

492. Id., p. 364.
493. Houssaye, *1815*, II, p. 374.

ses sabem que haverá um fim: "O centro da linha estava aberto, diz uma testemunha. Em nenhum momento o desfecho da batalha foi menos duvidoso".

Wellington começava a perder a imperturbabilidade. "É preciso que a noite ou os prussianos cheguem", murmura ele, mantendo-se ao pé de um grande olmo plantado na interseção da estrada de Bruxelas e do caminho de Ohain, onde ele permaneceu durante todo o combate. Oficiais chegavam de todos os lados para expor-lhe a situação desesperada em que se achavam e pedir-lhe novas ordens.

"Não há outras ordens senão resistir até o último homem", respondia Wellington[494].

Ney viu ou sentiu que a linha inglesa vergara; um punhado de tropas frescas bastaria talvez para dar-lhe o golpe de misericórdia. Manda um ajudante de campo pedir ao Imperador um pouco de infantaria. "Tropas! Grita este. Onde querem que eu as arranje? Querem que as fabrique"[495]?

Fora assim que ele já respondera no reduto de Schevardino, quando repelira a vitória como um amante saciado repulsa a amante, o que não havia feito nem em Marengo nem em Arcole. Um sinal de morte maculou subitamente de negro o corpo resplandecente do ressuscitado.

Havia ainda oito batalhões da Velha Guarda e seis batalhões da Guarda Média. Se no momento ele desse a metade ao marechal Ney, "esse reforço talvez fosse decisivo", confessa o melhor historiador inglês de Waterloo[496]. Mas Napoleão, sem reservas de cavalaria, julgava a Velha Guarda insuficiente para defender sua própria posição. O momento não era menos crítico para ele que para Wellington. A Jovem Guarda fraquejara debaixo do arranque de Bulow; os obuses prussianos escarnavam o terreno perto da Bela Aliança; o flanco dos franceses desbordava e estavam ameaçados pela retaguarda.

O Imperador mandou formar onze batalhões da Guarda em outros tantos quadrados e os colocou em frente a Plancenoit, ao longo da estrada de Bruxelas; enviou dois batalhões para retomar aos prussianos a pequena aldeia. Em vinte minutos eles a atacaram e a retomaram.

É mais de sete horas, mas o sol se deita num céu claro; será dia por duas horas ainda. Essas duas horas decidirão de tudo.

Súbito, ao longe, de nordeste, do lado de que viera Bulow, chega um rumor de canhoneio; este aumenta, aproxima-se, estronda para as bandas de Limale, a uns doze quilômetros. É ele, é enfim, ele, Grouchy! Bravo Grouchy! Não foi madraço e chega a tempo, atingiu Bulow e está em via de

---

494. Houssaye, *1815*, II, p. 393.
495. Id., p. 393.
496. Kennedy, *Notes on the Battle of Waterloo*, ps. 127-130.

Fig. 19. Bonaparte Visita os Pestosos de Jaffa (*Quadro de I. A. Gross*)

bater-se com ele; vencedor ou não, ele o reterá, o impedirá de juntar-se aos ingleses. A mão que, tantas vezes, salvou Napoleão à borda do abismo, salvá-lo-á ainda.

Os próprios franceses vêem agora que a linha inimiga cedeu. Wellington já atirara em combate as últimas reservas: o Imperador ao menos o crê, enquanto que ele possui ainda sua Velha Guarda, seus invencíveis. Manda avançar os nove batalhões que tinham sido dispostos em quadrados na estrada de Bruxelas; põe-se à frente do primeiro quadrado e o conduz para o supremo assalto, contra a Haye-Sainte à orla da ravina, em plena fornalha.

Esse ataque poderia ser decisivo meia hora antes, quando Ney pedia reforço. Mas agora é demasiado tarde. Wellington teve tempo de reforçar-se e de reanimar-se; já informado, percebendo na estrada de Ohain alguma coisa que as colinas ocultam ainda aos franceses da Bela Aliança.

Mas o Imperador ao fundo da ravina viu também: são as tropas de Blücher! Grouchy flanou e não chegou a tempo, não salvou nada. A mão que vinha de elevar Bonaparte acima do abismo atira-o de novo nele. Entretanto, seu rosto permanece tão calmo quanto em Arcole e em Marengo. Basta aos homens olhá-lo para ver a vitória.

Ele encarrega vários oficiais de percorrer a linha de batalha anunciando por toda parte a boa nova: "Chegou Grouchy, estamos salvos!" e os homens, vendo a verdade, crêem na mentira. "Viva o Imperador!" Gritam eles tão freneticamente que cobrem com as aclamações o barulho do canhoneio. Os feridos, os moribundos se levantam para gritar também. Um velho soldado de Marengo, sentado, as pernas esmigalhadas por um obus, repete aos que vão para o fogo, em voz alta e firme: "Não é nada, camaradas. Para frente! E viva o Imperador![497]".

Entre a Haye-Sainte e Hougoumont, na fornalha, os cinco batalhões da Guarda avançam sozinhos contra o exército inglês. Marcham de arma ao braço, alinhados como numa revista das Tulherias, soberbos e impassíveis.

Todos os generais estão à frente, ao lado de Ney e Friant, expondo-se em primeiro lugar aos golpes. Ney rola por terra com seu cavalo, o quinto morto debaixo dele. Desembaraça-se, levanta-se e vai seguindo a pé, a espada desembainhada. A artilharia inglesa atira em cargas furiosas de metralha, a partir de duzentos metros. A Guarda é batida de frente e obliquamente. Sucedem-se as brechas. Os granadeiros apertam as filas, estreitam o quadrado e continuam a subir no mesmo passo, gritando: "Viva o Imperador!" Os ingleses mantêm-se firmes, executando a ordem de Wellington: "Resistir até o último homem".

497. Houssaye, *1815*, II, p. 403.

Fig. 20. Batalha de Friedland (*Quadro de H. Vernet*)

"Vamos ver mais gente liquidada", diz um velho soldado, mordendo seu cartucho[498].

Dois batalhões franceses quase atingiram o cimo do monte Saint-Jean sem encontrar nenhum adversário. Súbito, a vinte passos, levanta-se uma parede vermelha. Esses homens esperavam deitados nos trigais. Ao comando "Up, guards, end at them" — Guardas, de pé e para cima deles! Levantaram-se como movidos por uma mola. Fazem pontaria e atiram; na primeira descarga ceifam trezentos homens, quase a metade dos dois batalhões já dizimados pela artilharia. Os franceses estacam, as fileiras desfalcadas pelos mortos e feridos. Em vez de comandar a investida a baioneta, os oficiais esforçam-se em refazer a linha e durante dez minutos os homens se imobilizam debaixo do duplo fogo das balas e da metralha; enfim, têm de vergar-se.

Wellington, vendo a Guarda ceder, ordenou a carga. Os ingleses correram de cabeça baixa sobre esse punhado de soldados, empurrando-os e arrastando-os, confundidos com os atacantes, em furioso corpo a corpo até o fundo da ravina. "Os combatentes estavam tão misturados que tivemos de interromper o fogo", diz um oficial inglês[499].

"A Guarda recua"! Esse grito ressoou em toda a linha francesa, como o dobre de finados do Grande Exército.

No mesmo instante as tropas de Blücher desembocam do caminho de Ohain e atacam os franceses. "Fomos traídos! Salve-se quem puder!" Gritam estes e fogem. Isso só podia ser uma traição: o próprio Imperador acabava de dizer: "Grouchy", e quem aparecia era "Blücher". Wellington quer liquidar esse exército ferido de morte. Impele o cavalo até a borda do platô, descobre-se e agita o chapéu no ar. As tropas compreendem esse sinal do comandante. Instantaneamente, os batalhões, as baterias, as diversas divisões se arremessam para frente, passando por cima dos mortos, esmagando os feridos sob as patas dos cavalos e as rodas dos canhões. Da direita para a esquerda, ingleses, hanovrianos, belgas, brunswiqueses, holandeses, prussianos desembocam em torrentes, ao som dos tambores, das cornetas e das gaitas escocesas, nas primeiras sombras do crepúsculo.

Os franceses fogem para a Bela Aliança. Os hussardos e os dragões ingleses perseguem-nos, a espaldeirá-los. "No quarter! No quarter!" Gritam eles furibundos.

O Imperador vê tudo — mas era como se não visse nada. Tem o rosto sonolento, imóvel, letárgico; dormia, acordou e agora tornou a adormecer; estava morto, ressuscitou e morre de novo.

498. Id., p. 409.
499. Houssaye, *1815*, II, p. 410.

Sua alma dorme, mas o corpo vela, desloca-se. Ele dispõe os três últimos batalhões em outros tantos quadrados, no fundo, da ravina, cem metros abaixo de Haye-Sainte; o quadrado da direita sobre a estrada de Bruxelas, para que ao abrigo desse dique o exército possa reunir-se e escoar. Ele próprio está a cavalo em meio ao quadrado. Em sua alma morta só vive um pensamento: "Devo morrer aqui! Devo morrer no campo de batalha"[500]! Mas os homens são fulminados ao lado dele, pela frente, por trás, por toda à parte, e nem um obus para ele! Alguém vela sobre ele. Por que?

Não longe da estrada, Ney, a pé, cabeça descoberta, irreconhecível, a face negra de pólvora, o uniforme em farrapos, uma dragona cortada a golpe de sabre, um pedaço de espada na mão, grita com raiva ao conde d´Erlon, que um redemoinho da derrota envolve:

— D'Erlon! Se escaparmos, eu e tu, seremos enforcados!

Detendo os fugitivos, atira-os de novo contra o inimigo:

— Vinde ver morrer um marechal de França[501]!

Todo mundo em torno dele está fora de combate, mas ele se agarra ainda a esse campo de batalha onde quer encontrar a morte.

Os três batalhões da Guarda permanecem sempre em quadrados, investidos por um granizo de metralha pela frente, por trás, pelos dois lados. Enfim, o Imperador dá ordem de abandonar a posição. Eles se retraem lentamente, passo a passo, não mais em quadrados — são muito poucos para isso — mas em triângulos, baionetas cruzadas, e furando a parede dos inimigos, totalmente cercados por eles, como javali acuado por uma matilha. O contato era tão estreito que, malgrado o barulho do canhoneio, ouviam-se as vozes de uma frente à outra.

— Rendei-vos! Rendei-vos! Gritam os ingleses.

O general Cambrone, exasperado por esses gritos, responde por uma injúria:

— M...!

E ferido por uma bala em plena fronte, cai para trás[502].

A palavra de Cambrone exprime o sentido de Waterloo. Que significa essa vitória de Wellington e de Blücher sobre Napoleão?

"Exceto a guerra, Wellington não tem duas idéias na cabeça"[503]. Blücher não as tem muito mais. Wellington sabe que é preciso resistir, mas resistir para quem — para a Inglaterra ou para o plutocracia inglesa, ele não sabe direito. Blücher sabe que é preciso ir "para a frente", mais ir aonde e por quem — pela Prússia ou pelas Baionetas prussianas, ele não o sabe muito melhor.

500. O'Meara, II, p. 242.
501. Houssaye, *1815*, II, p. 418.
503. Madame de Stäel, *Mémoires*, IV, p. 226.

Napoleão o Homem concebeu a mais sublime das idéias humanas: a paz do mundo, a união fraternal dos povos, o reino de Deus na terra; que ele não saiba como realizar essa idéia, que, procurando atingir o paraíso através do inferno, ele fique no inferno, nem por isso essa idéia é menos sublime, e a vitória de Wellington e de Blücher sobre Napoleão é a derrota da Razão pelo Absurdo. Waterloo decidiu dos destinos do mundo, e se essa decisão é definitiva, é que o mundo não é digno de Napoleão o Homem e não passa de esterco humano, — "M...!"

À noite, o Imperador aguardava as suas tropas em retirada em Quatre-Bras, numa clareira, perto de um fogo de bivaque aceso por alguns granadeiros da Velha Guarda. Conservava-se de pé, os braços cruzados, imóvel como uma estátua, os olhos fixos, voltados para Waterloo. Um oficial, que se encontrava a cavalo em meio dos fujões, aproximou-se dele e disse-lhe:

"Sire, retirai-vos, porque ninguém mais vos defende".

O Imperador continuava em silêncio, como se nada tivesse ouvido; o oficial olhou-o no rosto e viu que ele chorava[504].

Os mortos não choram; logo, ele está vivo, ressuscitou uma vez ainda. Os vivos também não choram uma desgraça muito grande: logo a desgraça não é tão grande assim.

De manhã, ele escreve de Philipperville a seu irmão José, em Paris: "Nem tudo está perdido; reunindo minhas tropas, as reservas, as guardas nacionais posso ter desde logo trezentos mil homens a opor ao inimigos. Mas é preciso que me ajudem em lugar de atordoar-me... Creio que os deputados sentirão que seu dever é reunir-se a mim para salvar a França"[505]. Em outras palavras: Waterloo não é uma grande desgraça. O raio não lhe mordeu a alma e deve ter escorregado.

Partindo de Philippeville para Paris, Napoleão desceu na tarde de 20 de junho no hotel da Posta de Laon. Pela grande porta aberta, viam-no da rua andar de um lado para outro, a cabeça inclinada, os braços cruzados no peito. Havia no pátio montões de estrume vindos das cavalariças próximas. Um dos espectadores disse em voz baixa:

— É Job na sua esterqueira[506].

"Nu saí do ventre de minha mãe e nu voltarei para ele. O Eterno mo deu, o Eterno mo tirou; bendito seja o nome do Eterno!" Napoleão não o dirá porque não sabe a quem dizê-lo. Mas há na sua alma uma paz e uma serenidade estranhas. "Dificilmente me acreditareis, mas não lamento de

504. Houssaye, *1815*, II, ps. 440-441.
505. Id. p. 448.
506. Houssaye, *1815*, II, p. 450.

modo algum as minhas grandezas; vós me vedes fracamente sensível ao que perdi", dirá ele em Santa-Helena[507], e, "Job em sua esterqueira", poderia dizê-lo no dia seguinte a Waterloo.

Ele compreendeu — recordou — que a vida não é senão um sonho que se repete na eternidade, a revolução de uma existência humana é semelhante à do sol: a alva, o levante, o meio-dia, a tarde, o poente, a noite.

507. *Mémorial*, III, p. 267.

A NOITE

I

SEGUNDA ABDICAÇÃO

(1815)

Q ue valeria a um homem ganhar o mundo inteiro, se perdesse sua alma? Ou o que daria o homem em troca de sua alma?" E essas palavras podiam servir de epígrafe à "noite" de Napoleão.

Durante seus últimos anos, como durante toda a sua vida, ele não pensou em absoluto na alma; poder-se-ia mesmo dizer que nem se lembrava de ter uma. Mas a alma do herói se recordava de si mesmo e se salvou a despeito de tudo, a despeito dele próprio.

Numa formosa alegoria, o poeta russo Lermontov comparava a alma de uma nobre criatura e uma estrela. Lermontov, tão próximo pelo espírito de Napoleão, parece ter encontrado essa alegoria para o vencido de Waterloo. A "estrela", o destino sobrenatural de Napoleão, é precisamente sua alma humana, destacada dele; é um deus que vive nele, acima dele.

"Quero por amigos quinhentos milhões de homens!" Assim sonhava ele no fastígio da grandeza e da força[508]. Defendia-se dos que o acusavam de não ter um coração sensível: "Sou um homem bom. Mas, desde a mais tenra infância, habituei-me a fazer silenciar essa corda e agora resta muda"[509].

Muda, mas não de todo; sua alma despertou, levantou-se acima dele e perdeu-o para salvar-se.

"Eu me ofereço em sacrifício." Estas palavras da segunda abdicação de Bonaparte, tão incríveis, tão estranhas em sua boca, poderiam também servir de epígrafe à sua "noite": parece que não era ele quem falava e sim o destino sobrenatural, sua alma, sua Estrela.

Três dias depois de Warteloo, em 21 de junho, às oito da manhã, Napoleão estava de volta ao Eliseu. Parecia estafado. Rosto de um palor de cera, olhos apagados.

508. Roederer, p. 252.
509. Fournier, III, p. 233.

"Não posso mais... Preciso de suas horas de descanso... Isto aqui me sufoca! Diz ele, levando a mão ao peito, a Caulaincourt, ministro dos Negócios Estrangeiros, que o acolhera à descida da carruagem. — Oh! O Destino! Três vezes vi a vitória escapar-me... Enfim, nem tudo está perdido... Reencontrarei homens e fuzis. Tudo pode ser reparado"[510].

Depois de tomar um banho quente, foi diretamente ao Conselho dos ministros.

"Nossas desgraças são grandes! Disse ele depois de um ligeiro resumo dos acontecimentos militares. — Vim para sugerir à nação um forte e nobre devotamento... Que a França se erga e o inimigo será esmagado. Tenho necessidade, para salvar a pátria, de ser revestido de um grande poder, de uma ditadura temporária. Dado o interesse público, poderia investir-me desse poder, mas será mais útil e mais nacional que as Câmaras nos concedam"[511].

Os ministros guardam um silêncio carrancudo. Napoleão interpela-os um a um, e eles respondem evasivamente.

— Falai com clareza. É a minha abdicação que eles querem? Pergunta o Imperador.

— Receio que sim, Sire, responde o deputado Regnaud, o "seide" do ministro da Polícia, Fouché.

— Se a Câmara não quer secundar o Imperador, ele passará sem ela! Grita Luciano, irmão de Napoleão.

— A presença do inimigo no solo da pátria dará, eu o espero, aos deputados, o sentimento dos seus deveres, insiste o Imperador. — A nação os nomeou, não para derrubar-me, mas para me sustentar. Eu não os temo em nada... Se dissesse uma palavra, eles seriam todos derrubados. Mas, não receando nada por mim, tudo receio pela França. Se desandarmos a discutir, tudo estará perdido. Ao passo que o patriotismo da nação, seu ódio pelo estrangeiro, seu devotamento à minha pessoa, nos oferecem ainda inúmeros recursos.

E logo entrou a expor o plano de uma nova campanha com tanto brilho que os ministros ficaram galvanizados, esquecendo Waterloo: Napoleão, "o deus da guerra, o deus da vitória", ressuscitava diante deles.

— Diabo de homem, diz algumas horas mais tarde Fouché a seus novos amigos os realistas, ele me fez medo esta manhã. Ouvindo-o, acreditei que ele ia recomeçar. Felizmente não recomeçará.

Enquanto discorriam no Eliseu, a Câmara agia. Aprovava-se esta moção: "A Câmara dos representantes declara-se em permanência. Toda tentativa para dissolvê-la é um crime de alta traição; quem quer que se torne culpado dessa tentativa será traidor à pátria".

510. Houssaye, *1815*, III, p. 14.
511. Houssaye, *1815*, III, ps. 16-22.

Napoleão compreendeu o que isso significava.

— Devia ter despedido essa gente antes de minha partida. Está acabado. Eles vão perder a França, diz ele no mesmo dia, na segunda sessão do Conselho dos ministros, e acrescenta baixinho, como se falasse a si mesmo: "Abdicarei se for necessário.

À tarde, acompanhado de seu irmão Luciano, saiu para o jardim, separado da rua por um fosso e um muro muito baixo, em parte desmoronado.

"Viva o Imperador! Armas! Armas" — não cessava de gritar a multidão na rua.

— Então! Diz Luciano. Aí está o pensamento do povo... Uma palavra e os inimigos do Imperador sucumbirão. E é assim em toda a França. Convém abandoná-lo aos faciosos?

O Imperador saudou com a mão a turba ululante e respondeu a Luciano:

— Sou eu um homem em condições de submeter uma Câmara transviada à união que poderá salvar-nos? Ou sou um miserável chefe de partido disposto a acender a guerra civil? Não! Nunca. Em Brumário, pudemos tirar a espada pelo bem da França. Pelo bem da França devemos hoje atirar essa espada longe de nós. Tentarei tudo em favor da França; nada que tentar em meu favor[512].

Depois da partida de Luciano, Benjamin Constant, o pai da "Benjamine", dessa constituição natimorta que estava prestes a derrubar Napoleão, aproximou-se dele. Ouvindo os clamores da turba, Benjamin perguntou-se com terror se Napoleão não ia, para salvar-se, desencadear uma segunda revolução, pior que a primeira.

O Imperador guardou longo silêncio, os olhos fixos na multidão que o aclamava.

— Estais vendo, disse ele enfim. Não foram eles que eu cumulei de honrarias e saciei de dinheiro. Que me devem eles? Eu os encontrei e os deixo pobres. Mas o instinto da necessidade os aclara, a voz do país fala por eles. Se eu o quiser, numa hora, a Câmara rebelde não existirá mais... Todavia, a existência de um homem não vale tanto. Não quero ser rei da Jacquerie. Não voltei da ilha de Elba para que Paris se inunde de sangue.

Isto não significa que a primeira revolução, a revolução política, terminou e a segunda, a revolução social, começa ou pode começar? A burguesia fez a primeira, a "populaça", a "canalha" como diziam então, o "proletariado" como dizemos hoje, fará a segunda. "A canalha não é nada, não pode nada, sozinha; mas comigo é diferente: ela pode tudo", dizia Napoleão[513].

---

512. Luciano Bonaparte, *La vérité sur les CentJours; Houssaye, 1815*, III, ps. 39-40.
513. Houssaye, *1815*. IIII, p. 41.

O fosso do Eliseu detrás do qual uiva a populaça é a linha de demarcação entre essas duas revoluções, — entre esses dois séculos-íons. Vai ele saltá-lo ou dirá da Revolução que disse outrora da guerra: "Nunca ela me pareceu tão horrenda"?

No dia seguinte, 22 de junho, no Conselho de ministros, Luciano exortou o irmão a refazer o 18 Brumário, a dissolver a Câmara pelas baionetas.

— Meu caro Luciano, replicou o Imperador, é verdade que a 18 Brumário só nos batíamos pela salvação do povo. Hoje temos outras razões, outros direitos, mas não devo utilizá-los.

Depois de um instante de silêncio, acrescentou:

— Príncipe Luciano, escrevei!

Depois voltou-se para Fouché e disse-lhe com um sorriso tal que o outro se estorceu como um réptil atravessado por uma flecha:

— Dizei a esses bons súditos que fiquem tranqüilos. Eles vão ser satisfeitos!

Luciano sentara-se em frente a uma mesa, mas, às primeiras palavras ditadas pelo Imperador, achatou a pena de encontro ao papel, levantou-se de um salto e empurrando a cadeira com rumor dirigiu-se para a porta.

— Ficai! Ordenou Napoleão com tanta autoridade que Luciano obedeceu malgrado tudo. Houve um profundo silêncio; só se ouviam os gritos distantes da turba para além do jardim do palácio: "Viva o Imperador!"

"Em começando a guerra para garantir a independência nacional, ditava o Imperador, contava com a união de todos os esforços, de todas as vontades e com o concurso de todas as autoridades nacionais. Tudo me levava a confiar no sucesso. As circunstâncias me parecem mudadas. Ofereço-me em sacrifício ao ódio dos inimigos da França. Possam eles ser sinceros em suas declarações e só se preocupar realmente com a minha pessoa. Uni-vos todos para a salvação pública e para permanecer uma nação independente."

Esquecera seu filho; observaram-lhe e ele fez acrescentar estas palavras:

"Proclamo meu filho, sob o nome de Napoleão II, imperador dos franceses... O interesse que tenho por ele leva-me a convidar a Câmara a organizar sem demora a regência por uma lei"[514].

Todo Paris refervia. Multidões de obreiros corriam as ruas cantando estribilhos revolucionários. A nova abdicação derrama óleo no fogo. O grito: "Armas! Armas!" tornava-se mais e mais ameaçador.

Em meio à turba encontravam-se também oficiais do Grande Exército.

"Iremos em massa, rugiam eles, perguntar por nosso Imperador à Câmara e, se ela não se explicar direito, poremos fogo nos quatro cantos de Paris!"

"Jamais o povo lhe mostrara tamanha devotamento", diz uma testemunha[515].

514. Houssaye, *1815*, III, ps. 60-62.
515. Id., p. 77.

O povo pressentia com um seguro instinto que a abdicação, decapitando a defesa, facilitaria tristemente a ocupação estrangeira, e quis salvar a França, "como em 93". Fouché não ignora que com Bonaparte "a populaça pode tudo". Tem tanto medo que se decide a afastá-lo de Paris.

A 24 de junho, a Câmara resolve "convidar o ex-imperador a retirar-se da capital".

Ele consente em seguir para Malmaison e, em 25 de junho, parte secretamente, furtando-se como um fugitivo aos grupos que lhe cercam o palácio.

Não podia ele permanecer em França. Seu primeiro pensamento foi de ir procurar asilo na Inglaterra: confiar-se à honra de seus piores inimigos. Achava nisso uma grandeza digna de seu imenso destino. Foram necessários muitos esforços de familiares do Imperador para persuadi-lo de abandonar essa idéia e refugiar-se na América.

Sabendo que havia na enseada de Rochefort duas fragatas, a "Saale" e a "Medusa", em estado de levantar ferro, pediu que as pusessem à sua disposição para a atravessia. Mas Fouché, que se preparava para vender a cabeça do Imperador aos aliados, não tinha pressa em vê-lo sair da França. O general Beker foi enviado a Malmaison, com a missão ostensiva de cuidar de Bonaparte e a missão secreta de vigiá-lo.

Esperando em vão pelas fragatas, o Imperador vivia na Malmaison os seus primeiros dias de ociosidade. Nesse castelo deserto em que passara os melhores anos, a doce ilusão das lembranças invadia-lhe a alma. Lembrava-se ele do sol-levante do Consulado, do meio-dia, da tarde e do poente do Império; recordou-se da defunta Josefina.

Em 29 de março de 1814, na véspera da capitulação de Paris, ela fugira dos cossacos, levando, cosidos num saiote algodoado, seus diamantes e pérolas. Mais tarde, porém, ela criou audácia, voltou a Malmaison e aí esperou os favores dos Bourbon e dos Aliados. Parecia ter esquecido Napoleão. Os russos, os austríacos, os ingleses, os prussianos, todos os vencedores da França, eram bem-vindos na Malmaison; sobretudo o Imperador Alexandre. Imaginando-se que ele não era indiferente a seus encantos, ela multiplicava-se em coquetismo ao recebê-lo, procurando rejuvenescer-se, ornando-se de vestes de musselina branca, como uma rapariga de dezessete anos, sem desconfiar de que já estava com um pé no túmulo.

A 22 de maio, ela resfriou-se ligeiramente e a garganta doía-lhe um pouco. Indiferente a isto, dançou no baile com o Imperador Alexandre e o rei da Prússia. Daí arrepios febris e, ao sair à noite, mal vestida, no parque úmido, sentiu o defluxo agravar-se-lhe e degenerar em febre violenta. A 28, a agonia começou e em 29, ao meio-dia, Josefina expirou sem ter voltado a si.

318

Não deixava nada no mundo, salvo três milhões de dívidas, resultantes da compra de perfumes, pomadas, tintas de toucador, luvas, coletes, rendas, chapéus, trapos elegantes.

Ninguém deu ciência a Napoleão dessa morte. Foi ao correr um velho jornal, caído por acaso debaixo de seus olhos, que ele veio a sabê-lo na ilha de Elba: "Ele pareceu profundamente contristado e fechou-se em seu quarto"[516].

Na sua volta a Paris, fez ele chamar o doutor Moreau, que assistira à morte de Josefina e interrogou-o:

— De que morreu ela?

— Sire, a inquietação... O desgosto...

— Desgosto?... Que desgosto?...

— Sire, do que se passava, da posição de Vossa Majestade....

— Boa mulher! Boa Josefina! Ela me estimava, verdadeiramente[517]!

Melhor que ninguém ele sabia encarar em cheio a verdade, e melhor que ninguém sabia iludir-se.

Ele mergulha, portanto, na doce ilusão das lembranças, enquanto a transparente noite de estio desce sobre os velhos olmos e as velhas faias das aléas da Malmaison, sobre os calmos tanques em que se refletiam as estrelas do céu e onde cisnes adormecidos empalideciam como fantasmas, sobre os maciços que exalavam a alma agonizante das rosas.

"Essa pobre Josefina! Dizia ele vagando no parque. Não posso acostumar-me a residir aqui sem ela. Parece-me sempre vê-la sair de uma aléa a colher uma dessas flores que amava tanto... Foi bem a mulher mais cheia de graça que jamais vi"[518].

Durante esse tempo, Fouché, chefe do governo provisório, manobra com a flexibilidade de um réptil entre os Aliados, os Bourbon, Bonaparte e Paris revolucionário.

A pretexto de pedir os salvo-condutos para Napoleão, mas na realidade a fim de permitir aos ingleses reforçassem a fiscalização da costa e o impedissem de deixar a França, ele faz informar Wellington de que o Imperador tem a intenção de partir para os Estados Unidos.

Três vezes em três dias este reiterara o pedido das fragatas. Enfim a resposta veio: as fragatas estão prontas, mas "não deixarão o porto sem que cheguem os salvo-condutos pedidos."

O Imperador compreendeu que era uma armadilha. "Não desejo mais ir a Rochefort, a menos que a partida não seja imediata", mandou ele responder a Fouché[519].

---

516. Masson, *Joséphine répudiée*, p. 388.
517. Id., p. 418.
518. Houssaye, *1815*, III, p. 199.
519. Id., p. 201.

Entre duas prisões, prefere a Malmaison; lá estava, de qualquer modo, perto de seu supremo refúgio, do exército.

Como se devia esperar, Wellington recusou os salvo-condutos. Os comissários dos Aliados declararam aos plenipotenciários franceses que "as Potências encaravam como condição essencial da paz e de uma verdadeira tranqüilidade fosse Napoleão Bonaparte posto fora do estado de turbar o repouso da França e da Europa e exigiam que sua pessoa lhes fosse confiada, sem condições[520]".

Os mais moderados dos diplomatas auspiciavam-lhe a prisão perpétua numa fortaleza continental ou o perpétuo exílio em qualquer ilha bem distante. Lord Liverpool propôs "entregar Bonaparte ao rei de França, que poderia tratá-lo como rebelde". Blücher, olhando-se como o "instrumento da Providência", queria mandá-lo fuzilar ou enforcar diante de colunas do exército prussiano, "para ser útil à humanidade"[521]. Quando a Fouché, continuava a mercadejar a cabeça do Imperador, oferecendo-a em troca de um armistício ora à Inglaterra, ora à Áustria, ao mesmo tempo em que procurava atrair Bonaparte da arapuca da Malmaison a outra, mais segura, em Rochefort.

A 28 de junho, o comandante da terceira legião da Guarda Nacional chegou a toda brida a Malmaison e anunciou que os prussianos se aproximavam.

Quase ao mesmo tempo, Beker recebeu do ministro da Guerra, Davout, a ordem insistente de queimar as pontes do Sena a fim de dificultar ao inimigo o acesso do castelo, porque Blücher já se dispunha a enviar um destacamento para apoderar-se do Imperador.

Houve um alarma no castelo.

"Se eu visse o Imperador no momento de cair entre as mãos dos prussianos, desfechar-lhe-ia um tiro de pistola! Diz um de seus íntimos, o general Gourgaud[522].

Mas Fouché e Davout estavam ainda alarmados. Blücher marchava sobre Paris, onde se encontrava um exército de 80.000 homens, inflamado de um espírito tão heróico que os generais não duvidavam de que os prussianos fossem rechassados. E se Napoleão se metesse à frente deles ou, o que era pior ainda, se o exército fosse ele próprio buscá-lo na Malmaison? Fouché teve tanto medo que se decidiu a deixar Napoleão abandonar a França.

Em 29, ao nascer do dia, notificaram o Imperador da decisão do governo provisório pondo à sua disposição as duas fragatas de Rochefort sem esperar os salvo-condutos ingleses.

520. Houssaye, *1815*, III, p. 208.
521. Id., p. 209.
522. Houssaye, *1815*, III, p. 217.

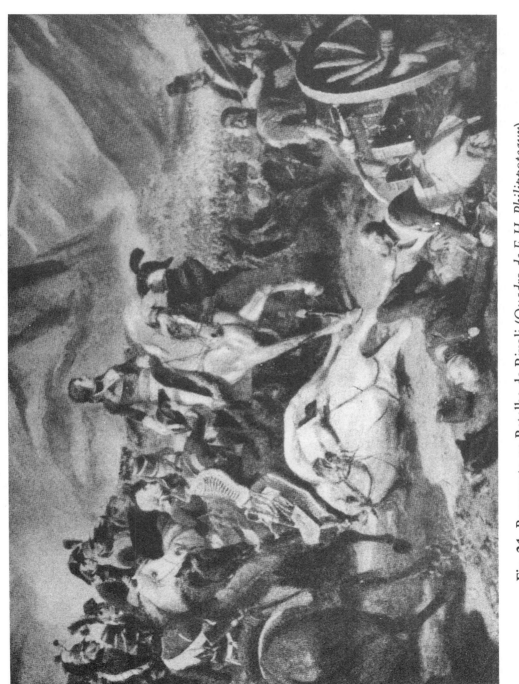

Fig. 21. Bonaparte na Batalha de Rivoli (*Quadro de F. H. Philippoteaux*)

A cavalaria prussiana aproximava-se de Malmaison. Forçoso era apressar a partida; o Imperador consentiu em partir durante o dia.

Enquanto eles confabulavam com o diretor geral dos Correios, Lavalete, a propósito do movimento de tropas inimigas, ouviram-se grande gritos na estrada. "Que é?" Perguntou Napoleão e, quando lhe responderam que era um destacamento da linha que, passando em frente à Malmaison para ir ocupar as alturas de Saint-Germain, o saudava, ele pareceu comovido. Refletiu um pouco, inclinou-se sobre o mapa onde a disposição dos exércitos francês e inimigo estava marcada por alfinetes espetados, mudou-os de lugar, levantou a cabeça e disse:

— A França não se deve submeter a um punhado de prussianos. Posso ainda deter o inimigo e dar ao governo o tempo de negociar com as potências.

Saiu rapidamente e voltou quase logo em uniforme de general dos caçadores da Velha Guarda, de botas e esporas, de espada à cinta e o tricórnio debaixo do braço. Parecia rejuvenescido; um momento antes era um prisioneiro taciturno e agora ei-lo de novo Imperador.

— General, diz ele a Beker, a situação da França, os desejos dos patriotas e os gritos dos soldados reclamam minha presença para salvar a pátria. Encarrego-vos de ir dizer à comissão do governo que solicito o comando, não como Imperador, mas como um general cujo nome e reputação podem ainda exercer grande influência na sorte do país. Prometo, fé de soldado, de cidadão, de francês, partir para a América, afim de aí cumprir meu destino, no mesmo dia em que tiver repelido o inimigo[523].

O general Beker possuía uma alma de soldado; as palavras de Napoleão reavivaram nele a esperança. Partiu logo para Paris, desejando sinceramente o êxito da missão.

— Quer ele divertir-se a nossa custa? gritou Fouché em furor, quando Beker lhe transmitiu o pedido de Napoleão.

— E não sabem como ele manteria as suas promessas, se lhe aceitássemos as propostas? É de grande urgência que ele parta para Rochefort, onde estará em maior segurança do que aqui.

Era o coice do burro no leão agonizante.

— Esses sujeitos não conhecem o estado dos espíritos, diz Napoleão calmamente, ao saber da recusa de Fouché. — Só me resta partir[524].

O Imperador vai ao quarto, retira o uniforme, veste o fraque marron, manda abrir o aposento em que Josefina morrera, aí fica fechado alguns minutos e, saindo de lá, recebe os oficiais da guarda do palácio.

523. Houssaye, *1815*, III, p. 233.
524. Houssaye, *1815*, III, p. 225.

Fig. 22. Napoleão Moribundo (*Escultura de V. Vela*)

— Vemos bem que não teremos a felicidade de morrer a vosso serviço, começou um deles, querendo falar em nome dos camaradas, mas as lágrimas o impediram de continuar.

O Imperador abraçou-o sem dizer palavra.

Avançaram a caleça. Napoleão aboletou-se no veículo e partiu para Rochefort.

II

O "BELEROFONTE"

(1815)

Uma velhinha, cujo papagaio fugira, gritava-lhe ingenuamente: "Pépé, Pépé, volta para à gaiola!" Mas a ave, empoleirada no mais alto galho de uma árvore, contentava-se em olhá-la com um ar malicioso e em responder: "Pépé é um imbecil!". Não era, todavia, um imbecil; não queria voltar à gaiola. Pensa-se nessa anedota quando se tenta compreender o que levou Napoleão a meter-se entre as mãos dos ingleses.

"Um colegial teria sido mais esperto que eu", dizia ele, já no exílio[525]. Sim, um colegial teria sido mais esperto que esse "político artificioso", um papagaio imbecil mais inteligente que esse homem inteligente. Mas é que a medida humana excede em grandeza a inteligência. Se Napoleão não se tivesse tornado insensato, não haveria dado sua medida integral, a medida do Homem.

O sacrifício é uma das suas tentações, a outra é a honra. "Napoleão possuía no mais alto grão o sentimento da honra militar; esse político artificioso era um soldado sem mácula", diz um dos seus melhores historiadores[526].

Melhor que ninguém, Napoleão conhecia os homens, penetrava-os a fundo, e não concluía propriamente em favor deles. Mas, como todo cavaleiro, possuía também a confiança, a ingenuidade infantil. Há em Napoleão, por estranho que pareça, um Dom Quixote, um eterno romântico. Seria impossível enganá-lo, se ele muitas vezes não procurasse enganar-se a si mesmo, talvez porque sabia muito bem o que valem os homens.

A idéia cavalheirescamente absurda de entregar-se aos Aliados, de confiar-se honradamente à hora do inimigo, tentava-o há muito, tentara-o sempre.

Aos dezessete anos, Bonaparte começou em seus cadernos colegiais uma novela, onde, a propósito de um aventureiro austríaco, havia palavras de louvor à magnanimidade dos ingleses[527].

525. Arthur-Lévy, p. 341.
526. Vandal, *Napoléon et Alexandre ler.*, t. III, p. 164.
527. Napoleão, *Manuscrits inédits*, ps. 33-34.

"Paguei muito caro a opinião romanesca e cavalheiresca que tinha sobre vós, srs. ingleses"; é assim que ele parece terminar em Santa-Helena aquela história inacabada.

Nestes mesmos cadernos escolares, escreveu estas quatro palavras:

"Santa-Helena, pequena ilha..."

Em todo o trajeto da Malmaison a Rochefort, a turba corria-lhe atrás, gritando sem cessar: "Viva o Imperador!" Como outrora, à volta da ilha de Elba. Mas desta vez, sabendo que ele ia deixar a França, suplicavam-lhe em pranto: "Ficai aqui! Ficai conosco"[528]!.

Em Niort o 2º de hussardos esteve a revoltar-se, exigindo que ele os encabeçasse para conduzi-los contra Paris.

O milagre de Elba poderia reproduzir-se se Napoleão o quisesse, mas ele não queria mais nada: sua alma queria para ele outro milagre, bem maior.

Em 3 de julho, chegou a Rochefort, onde, segundo o relato de um espião realista, foi "acolhido como um deus"[529]. As duas fragatas, a "Saale" e a "Medusa", estavam prontas para navegar, mas não podiam sair, porque o navio inglês "Belerofonte" cruzava diante do porto.

Um conselho de oficiais superiores da marinha reuniu-se e um plano de fuga foi proposto. Achavam-se na embocadura do Gironda duas corvetas francesas comandadas pelo capitão Baudim.

— Conheço Baudim, diz o velho vice-almirante Martin, devotado a Napoleão. É o único homem capaz de conduzir o Imperador são e salvo à América.

Napoleão aceitou esse plano e, se ele o executasse imediatamente, estaria salvo; mas contemporizou, dois ou três dias decorreram. Pensando que o projeto desagradava ao Imperador, propuseram-lhe outro: uma goleta dinamarquesa de cinqüenta toneladas, a "Madalena", que se achava na enseada de Rochefort, receberia carregamento de aguardente e tomaria a bordo o Imperador com quatro pessoas do seu séqüito; no caso de visita no mar, ocultá-lo-iam numa barrica vazia. Napoleão consentiu igualmente nesse projeto; deu mesmo ordem de comprar o carregamento de aguardente, como se não pensasse um instante no que diria a história se os ingleses, depois de uma guerra de vinte anos, o descobrissem num tonel.

Talvez consentisse em tudo porque não desejava nada, exceto uma única coisa que o atraía mais e mais, como um precipício atrai o homem que se lhe debruça em cima.

528. Houssaye, *1815*, III, p. 356.
529. Id., p. 364.

Napoleão retarda e Fouché se apressa. A 4 de julho, depois da capitulação de Paris, ele teve mais receio que nunca de ver o Imperador apoderar-se do comando do exército. "Napoleão deve embarcar sem demora", escreve ele ao general Beker. "Embarcar" e não "partir": Fouché quer guardar Napoleão como refém numa fragata, para a possibilidade de um bom arranjo de diplomacia.

Na manhã de 8 de julho, Beker viu o Imperador e suplicou-lhe tomasse um partido, porque sua situação em Rochefort se tornava perigosa. Ele, Beker, daria a vida para proteger a partida de Napoleão, mas, se as autoridades civis e militares recebessem outras ordens do governo, tudo se tornaria inviável.

Daí a resposta do Imperador: "Está bem; dai ordem de preparar as embarcações para a ilha de Aix".

Os marinheiros esperavam que um vento forte, soprando da praia, permitiria às fragatas deixar a enseada não sem algum perigo. No mesmo dia, Napoleão partiu para Fouras, pequeno porto de pescadores, e meteu-se numa chalupa. Uma turba de velho marujos olhava em silêncio. Mas, quando os remedores levantaram os remos, um grande grito desesperado de "Viva o Imperador!" Cobriu o mugido das vagas. "Chorávamos como mulheres", contava mais tarde um dos assistentes.

Em vez de ancorar na ilha de Aix, como havia primitivamente resolvido, o Imperador ordenou abordassem a fragata "Saale". De lá, percebia-se distintamente o "Belerofonte". A tentação tornou-se mais forte. Ele lutou contra ela durante os dois dias que passou na "Saale"; enfim, no terceiro, enviou parlamentares a bordo do cruzador com a missão aparente de informar-se se podiam obter os salvo-condutos e, em caso contrário, se o "Belerofonte" se oporia à sua partida. Na realidade, eles tentariam conhecer as intenções do governo inglês quanto ao ex-soberano e saber que acolhimento lhes dispensariam se fosse até ao cruzador.

O comandante do "Belorofonte", o capitão Maitland, recebeu cortesmente os parlamentares, mas respondeu-lhes evasivamente às perguntas, dizendo que não tinha nenhuma notícia dos salvo-condutos pedidos por Napoleão e nem conhecia quais as disposições do seu governo a respeito; ajuntou que atacaria as fragatas se elas saíssem da enseada; enfim que visitaria os navios de comércio francês e os navios neutros e que, se encontrasse Napoleão, o reteria prisioneiro até a decisão do almirante Hotham, seu chefe.

Las Cases e Rovigo procuravam persuadir o capitão Maitland de que Napoleão, renunciando voluntariamente à política, queria retirar-se para a América para aí acabar tranqüilamente os dias.

— Se é assim, por que não pediram asilo na Inglaterra? obtemperou Maitland.

Era o que esperavam os franceses. Nada, porém, deixaram transparecer. Para saber o que Maitland entendia pela palavra "asilo", fingiram ficar surpresos e objetaram que o clima úmido e frio da Inglaterra não convinha ao Imperador, que ele aí ficaria muito perto do continente para que não o suspeitassem de querer voltar à França, e, enfim, que ele se habituara a ver nos ingleses inimigos permanentes e os ingleses, de seu lado, o olhavam como "uma espécie de monstro desprovido de qualquer sentimento humano". A simples polidez exigia que Maitland lhes assegurasse que seus compatriotas não formavam tão má opinião do Imperador. A esta altura, a conversação terminou[530].

Os enviados, de volta à "Saale", tiveram de confessar a Napoleão que, malgrado a amabilidade de Maitland, nada de bom se podia esperar daquela gente.

O rumor de que Napoleão seria forçado a entregar-se aos ingleses indignara a equipagem e o comando das fragatas. O capitão Ponée, comandante da "Medusa", expôs um novo projeto.

— Esta noite a "Medusa", marchando à frente da "Saale", surpreenderá, graças à obscuridade, o "Belerofonte"... Travarei o combate de perto, impedindo-o de mexer-se. Poderei lutar bem umas duas horas; pois, minha fragata estará em péssimo estado. Mas, durante esse tempo, a "Saale" terá passado aproveitando-se da brisa que cada tarde se eleva da terra.

Napoleão sabia perfeitamente que não era tão só a fragata que ele se propunha a sacrificar, mas talvez toda a equipagem, inclusive ele próprio comandante. O Imperador emocionou-se até o fundo da alma.

O projeto de Ponée não podia ser executado sem consentimento do chefe da divisão de que dependiam as duas fragatas. Este, depois de ter dado a aquiescência, retirou-a com medo de Fouché.

Napoleão, nada mais podendo esperar das fragatas, resolveu deixar a "Saale" pela ilha de Aix.

A equipagem estava desesperada. Os homens esmurravam-se na própria face, atirando os chapéus no convés e pisando-os com raiva.

— Queria salvá-lo ou morrer! — Dizia Ponée. — Ele não conhece os ingleses. Em que mãos vai meter-se! Pobre Napoleão. Está perdido[531].

Seis oficiais do 14° regimento de marinha, destacados na ilha de Aix, seis rapazes, apresentam ainda um novo plano; duas espécies de chalupas pontudas, munidas de dois mastros, que se encontravam no ancoradouro de Rochefort, tomariam a bordo o Imperador e três ou quatro pessoas do seu

530. Houssaye, *1815*, III, ps. 372-377.
531. Houssaye, *1815*, ps. 378-381.

séquito; aproveitar-se-iam da obscuridade para passar despercebidas junto ao "Belerofonte", alongando a costa até à altura de la Rochelle; de lá, se afastariam para o mar alto e comprariam ou se apoderariam do primeiro navio mercante que encontrassem, para conduzir os fugitivos à América.

Napoleão não quis entristecer esses mocinhos; consentiu ou fingiu consentir. Mas sua decisão estava já tomada. Via em derredor de si tanto sacrifício que ele próprio começava enfim a compreender o valor de um "sacrifício".

Na tarde de 13, num quarto mesquinho do casinholo de Aix onde Napoleão descera, discorria ele com o general Gourgaud, homem nada tolo mas grosseiro, sobre o projeto dos seis jovens oficiais.

— Sua majestade andará melhor entregando-se à Inglaterra; essa nobre resolução é a que melhor lhe convém. Napoleão não pode desempenhar o papel de um aventureiro e a história viria censurar-lhe o ter abdicado por medo, tanto assim que não foi ao extremo de sacrificar-se de todo.

O labrego dava uma lição ao herói, e este silenciou, porque nada tinha a responder.

— Seria a decisão mais sensata, reconheceu enfim o Imperador, vendo pela janela aberta o velame do "Belerofonte" desenhar-se em negro sobre o fundo vermelho do poente. Ontem, quis fazer-me conduzir ao cruzador. Não pude decidir-me. Custa-me a suportar a idéia viver em meio aos meus inimigos.

Neste momento um passarinho entrou pela janela e debateu-se num ângulo do quarto. Gourgaud tomou-o na mão.

— Já há muitos desgraçados: restituamo-lhe a liberdade! Diz o Imperador. Gourgaud obedece, e o Imperador continua: — Vejamos os augúrios.

— Sire, exclama Gourgaud triunfalmente, ele se dirige para o cruzador inglês[532]!

Napoleão não respondeu nada, mas seu rosto se ensoberbou. De novo ouviu o chamado: "Pépé, entra na tua gaiola!"

Na mesma noite, fez transportar as babagens em duas chalupas e na goleta dinamarquesa, porque tinham decidido combinar os dois planos.

Às onze horas, o general Beker veio prevenir o Imperador de que tudo estava pronto. Este não respondeu nada. Beker saiu e, depois de ter esperado muito tempo, pediu ao general Bertrand prevenisse de novo o Imperador. Mas, desde as primeiras palavras que Bertrand pronunciou em chegando, Napoleão o interrompeu:

— Dizei-lhe que renunciei a embarcar e passarei a noite aqui.

Alguns instantes mais tarde, o Imperador mandou informar Las Cases e o general Lallamand que eles deveriam ir de madrugada a bordo do

---

532. Houssaye, *1815*, III, ps. 386-388.

"Belerofonte". Mesmo sabendo que o governo inglês não faria nenhuma promessa, queria ao menos receber de Maitland a certeza de que não seria detido como prisioneiro de guerra.

— Não estou autorizado, respondeu este, a entrar em nenhuma combinação, mas posso tomar a responsabilidade de receber o Imperador a bordo para conduzi-lo à Inglaterra. Todavia, não posso fazer nenhuma promessa sobre as disposições de meu governo para com ele... Mas, ainda que os ministros manifestassem outra vontade, a opinião pública, mais poderosa nesse país que a própria soberania, os forçaria a agir segundo os sentimentos generosos da nação inglesa[533].

Na linguagem dos homens de honra, isso quer dizer: "Napoleão achará um asilo na Inglaterra; se, suplicante, ele vier sentar-se à lareira do povo inglês, este não o abandonará".

Foi com esta resposta que Las Cases voltou ao Imperador. Napoleão reuniu logo os seus íntimos num último conselho. As opiniões divergiram. Uns diziam: "Convém ir para bordo do "Belerofonte"; outros: "Não convém".

O general Montholon propôs voltar ao primeiro projeto: ir à embocadura do Gironda, sítio em que a "Bayadera" espera sempre. O general Lallemand concita o Imperador a fugir a bordo da goleta dinamarquesa — ainda o tonel vazio! — ou a juntar-se ao exército que se retirara para trás do Loire. Podia-se contar com o 14º regimento de marinha, com os regimentos de linha de Rochefort e de La Rochelle, os federados das duas cidades a guarnição de Bordéus, o 2º de hussardos de Niort e numerosos destacamentos que adeririam ao longo do percurso. Enfim, no próprio exército ele seria recebido com entusiasmo.

— Todos os soldados estão dispostos a combater pelo Imperador até à morte, concluiu o general Lallemand.

Napoleão sacudiu a cabeça.

— Se se tratasse de um império, disse ele, poderia tentar uma segunda volta da ilha de Elba. Mas não quero ser causa de um único tiro de canhão por meu interesse pessoal. Embarcaremos amanhã bem cedo.

Ficando sozinho com Gourgaud, mostrou-lhe o rascunho da carta ao Principe-Regente:

— "Alteza Resal, exposto às facções que dividem meu país e a inimizade das maiores potências da Europa, terminei minha carreira política e venho como Temístocles sentar-me à lareira do povo britânico. Ponho-me sob a proteção de suas leis, que reclamo de Vossa Alteza Real como do mais poderoso, do mais constante e do mais generoso de meus inimigos"[534].

533. Houssaye, *1815*, III, p. 390.
534. *Mémorial*, I, p. 20.

O Imperador queria mandar Gourgaud com esta carta à Inglaterra, para que ele a entregasse em pessoa ao Príncipie Regente; pôs-se logo a sonhar a vida que levaria na Inglaterra, numa casa de campo isolada, a dez ou doze léguas de Londres, em meio aos amigos, sob o nome de Coronel Muiron, daquele mesmo que, protegendo-o na ponte de Arcole contra a metralha austríaca, morrera sobre seu peito e cujo sangue lhe salpicara o rosto. "Ofereço-me em sacrifício"; Muiron não se contentara em dizê-lo: fizera-o. Eis o momento que sua alma escolhera para lembrar a Napoleão-Homem a lição esquecida.

"Acabar os dias numa casa de campo e numa vida idílica". E os ministros ingleses, Wellington, Blücher, Fouché, Talleyrand, acreditariam, consentiriam nisso? "Um colegial teria sido mais esperto que eu". Napoleão aos quarenta e seis anos é como um menino de seis.

Em 25 de julho, ao nascer do sol, o Imperador vai para bordo do brigue "l'Épervier".

Vai de tricórnio e de redingote cinzento, como em Austerlitz e Waterloo.

Quando os marinheiros o saudaram com o habitual "Viva o Imperador!", esse grito estava cheio de soluços.

— Sire, Vossa Majestade quer que o acompanhe até ao cruzador, segundo me prescrevem as instruções do governo? Perguntou o general Beker.

— Não, general Beker, respondeu Napoleão. Voltai à ilha d'Aix. Não quero que digam que a França me entregou aos ingleses[535].

Desatracou a barca de Caronte, para a qual não há viagem de volta. Sabia ele — lembrava ele — que deixava a França, o mundo, para sempre?

A 26 de julho, o "Belerofonte" ancorava em Plymouth, e, a 31 lord Keith informava o general Bonaparte que a decisão dos ministros ingleses era esta: o exílio perpétuo na ilha de Santa-Helena.

Napoleão indignou-se, mas seus protestos não foram nem muito violentos, nem muito longos.

— Não irei a Santa-Helena, dizia ele aos companheiros. Seria terminar minha carreira de um modo ignóbil... Antes meu sangue avermelhe o "Belerofonte!"

— Sim, Sire, bem ignóbil, confirmavam os amigos. Melhor é nos deixarmos matar em nos defendendo ou ateando fogo à pólvora[536]!

No mesmo dia, Napoleão veio, como de costume, ao convés para ver a multidão de barcos carregados de curiosos. Seu rosto, a crer numa testemunha, era sempre o mesmo[537]. Já ele se resignara.

---

534. *Mémorial*, I, p. 20.
535. Houssaye, *1815*, III, p. 402.
536. Gourgaud, I, p. 46.
537. *Mémorial*, I, p. 39.

O "Belerofonte" era velho demais para uma longa viagem. Aparelhavam em portsmouth uma grande fragata de guerra, a "Nourthumberland", sob o comando do almirante Cockbnurn. Mas a fragata não estava pronta. Só a 4 de agosto é que o "Belerofonte" saiu de Plymouth para ir ao encontro da "Northumberland".

Napoleão permaneceu todo esse dia fechado na cabine. Seu séqüito alarmava-se; sabiam que ele trazia, oculto debaixo das roupas, que vidro com veneno e temiam que ele se suicidasse.

À tarde, Montholon veio vê; tinha um ar tão assustado que o Imperador logo lhe adivinhou a causa[538].

— Os ingleses ficariam bem contentes se eu me matasse, disse ele rindo[539].

Entanto, pensava no suicídio.

Las Cases falou, como convém em tais ocasiões, de paciência, de coragem, da possibilidade de mudarem as circunstâncias. Mas Napoleão, voltando ao fato político, achou necessário redigir ou assinar um "protesto" composto por Las Cases.

"Protesto solenemente aqui, à face do céu e dos homens, contra a violência que me é feita... Não sou prisioneiro, sou hóspede da Inglaterra... Logo que me sentei a bordo do "Belerofonte", sentei-me à lareira do povo britânico. Se o governo, dando ordens ao capitão do "Belerofonte" de receber-me e a meu séqüito, só quis preparar meu ma emboscada, atraiçoou a honra e maculou seu pavilhão... Apelo para a História; ela dirá que um inimigo que vinte anos guerreou o povo inglês veio livremente, em seu infortúnio, procurar asilo sob suas leis... Mas como corresponderam na Inglaterra a uma tal magnanimidade? Fingiram estender a mão hospitaleira a esse inimigo e, quando ele se entregou de boa fé, imolaram-no"[540].

Mas a Inglaterra poderia acolher um tal hóspede? É a lei mosaica. A Inglaterra não agiu pior com Bonaparte que Bonaparte com o rei da Espanha; Plymouth por Bayonna. A Inglaterra teria o direito de responder-lhe com suas próprias palavras: "Quando meu grande carro político é lançado, forçoso é que passe. Ai dos que lhe ficarem debaixo das rodas!"

A 7 de agosto, o "Northumberland" recebeu a bordo o Imperador e logo se pôs a navegar, levando, vivo no féretro, o maior dos guerreiros.

538. Id., p. 504.
539. Gougaud, I, p. 48.
540. *Memorial*, I, p. 47.

III

SANTA-HELENA

(1815-1821)

A ilha de Santa-Helena é "um rochedo de flancos abruptos, quase verticais, a emergirem das águas. Com sua forma alongada, com sua coloração uniformemente sombria, parece antes um imenso féretro flutuando no Atlântico, que uma terra criada para acolher e nutrir seres vivos"[541].

O platô de Rupert's Hill, situado a 1.600 pés acima do nível do mar, onde se encontra a granja abandonada Longwood, um antigo estábulo, escolhida para residência do Imperador, é o sítio mais infernal dessa ilha infernal. As rochas negras são as paredes dessa prisão, as nuvens baixas as abóbadas; por toda parte em redor abismos profundos e o imenso oceano. Dir-se-ia o "outro mundo", a "terra de que não se volta"[542], a entrada do inferno de Dante com a inscrição fatídica. A própria natureza é aí uma prisioneira maldita, votada a perpétuo suplício. Sempre os mesmos ventos alíseos de sudeste, sempre o sol devorante dos trópicos. O Imperador, voltando a falar italiano, queixa-se muitas vezes dos sopros furiosos que lhe cortam a alma, da luz implacável que lhe requeima o cérebro[543]. Sempre a mesma estação que não é nem inverno, nem estio, nem primavera, nem outono, mas participa de todas — uma estação imutável, eterna. Durante oito meses a chuva, o vento e o sol; no resto do ano, — o sol, o vento e a chuva; um tédio que não é deste mundo, a monotonia da eternidade.

O solo é o do Lethes — uma argila que, diluída pelas chuvas, adere aos pés tão pesadamente que a ninguém permite andar.

A vegetação é também a do Lethes: árvores resinosas, ressequidas, que o vento curva sempre para o mesmo lado, landes marinhas calcinadas, cactus gordos e estranhas plantas que distilam uma espécie de baba venenosa.

---

541. Abell (Betzy Balcombe), *Napoléon à Saint-Helene*, p. 2.
542. *Mémorial*, I, p. 333.
543. O'Meara, I, p. 69.

Nuvens fantasmas rastejam de encontro à terra; desde que se entra numa dessas nuvens, tudo se esvai no nevoeiro; cada qual desaparece e torna-se seu próprio fantasma.

Nada de tempestade nessa ilha, onde o pico montanhoso de Diana serve de pára-raios, mas uma sufocação, uma langor infinito. Até o diabo não saberia escolher lugar melhor.

Os diplomatas ingleses, quando Bonaparte lhes caiu entre as mãos, bem queriam que alguém lhes prestasse o serviço de enforcá-lo ou fuzilá-lo. Mas, diz lord Rosebery, não se encontrou ninguém para isso; decidiram então trancafiá-lo como um batedor de carteiras.

Las Cases, seu companheiro de exílio, assegura que os ingleses teriam agido mais generosamente liquidando-o de um só golpe. Pensando em Lowe, o carcereiro, Napoleão declarou a certa altura: "Prometi a mim mesmo esgotar a taça até às fezes; mas me alegraria se mandassem ordem para fazer-me morrer"[544].

Sabendo do fim de Murat, gritou: "O calabreses mostraram-se menos bárbaros, mais generosos que a gente de Plymouth"[545]!.

A 15 de outubro de 1816, depois de setenta dias de navegação, o "Northumberland" ancorou no porto de James Town. Longwood não estava ainda pronta e o cativo foi instalado provisoriamente em Briars, numa casa de campo pertencente a um negociante da ilha, Balcombe; e foi somente a 19 de dezembro que o transferiram para Longwood. Três prisões, três túmulos, um no outro; primeiro o oceano: Santa-Helena se encontra a perto de dois mil quilômetros do cabo da Boa Esperança; depois, a própria ilha: quarenta e quatro quilômetros de circunferência enfim, o círculo interior de doze milhas, guardado por um cordão de sentinelas e onde o prisioneiro é autorizado a passear a pé e a cavalo. Em Longwood, o campo inglês fica a uma centena de passos da casa, de modo que não se pode avançar um pouco sem esbarrar numa baioneta. Às nove da noite as sentinelas cercam a vivenda de tão perto que ninguém aí entra ou sai sem ser visto. Toda a noite as patrulhas fazem ronda. Os sítios nos quais uma canoa poderia abordar são guarnecidos de piquetes; sentinelas avultam em cada caminho que conduz ao mar, mesmo em atalhos tão escarpados que o Imperador, por causa da sua corpulência, não os desceria nunca sem esfrangalhar-se.

Nas longas campanhas, ele se habituara de tal forma ao movimento que freqüentes e longas caminhadas eram indispensáveis não já à sua saúde, mas a sua vida. Entanto, desde o começo da estada em Longwood, renun-

544. O'Meara, I, ps. 50, 121.
545. *Mémorial*, IV, p. 317.

ciou a mover-se: "Não sei girar assim sobre mim mesmo, diz ele. Quando monto a cavalo, vem-me a vontade de correr, e agora não posso satisfazê-la; é um tormento que me devo poupar[546]. O médico ameaça-o com uma doença séria se ele não fizer exercício. "Tanto meglio, piu presto si finirá"; "tanto melhor, isto acabará mais cedo", responde ele com indiferença[547].

Toda a vida Napoleão se agitara, trabalhara, executara, e bruscamente, é a parada, a inação, a imobilidade, o repouso — a morte. "Esta passagem da vida ativa à imobilidade completa destruiu tudo em mim". A destruição começa pelo espírito, no que ele tem de mais profundo, na vontade. Esta vontade devorante, essa força ilimitada do espírito, dantes voltada para o mundo, volta-se agora para dentro dele, tortura-o, devora-o. É o "suplício do repouso", segundo a admirável definição de Pouchkine.

O horror de tal suplício é que ele é prolongado, fracionado até o infinito. "Matam-me a alfinetadas[548]; essa queixa monótona ele a repete continuamente. Matam a alfinetadas o que desafiou toda as espadas da Europa[549]!

O horror desse suplício é também infame. "A Europa tem suas lunetas assestadas para nós", diz Napoleão. Os Fouché os Talleyrand, os Wellington e os Blücher, todos malandros dos tempos presentes e futuros, olham e esperam que o homem nu se estorça enfim às mordeduras dos insetos. Miséria das misérias para um ser vivo, eternamente jovem!

"Enganaram-se dizendo-me que Napoleão estava bastante velho; mas não é nada disso; o patife ainda tem fôlego para umas sessentas campanhas!" grita um soldado inglês ao vê-lo em Santa-Helena[550].

"Sinto-me mais forte que nunca; não me sinto nem murcho, nem gasto no que quer que seja, declara o Imperador ao início do cativeiro. Espanto-me eu próprio o pequeno efeito sobre mim dos grandes acontecimentos de que fui objeto; foi chumbo escorregando no mármore; o peso pôde comprimir a mola, mas não a quebrou a ela voltou a funcionar com toda a elasticidade"[551].

Quando Napoleão brinca com as pequenas Betsy e Genny Balcombe, filhas do proprietário de Briars, vê-se que nesse homem de quarenta e seis anos há sempre uma criança de seis. Ele faz mil garotadas, corre, gargalha, brinca de cabra-cega, não só para divertir as pequenas, mas também para divertir-se.

Eterna juventude — esperança eterna.

546. O'Meara, I, p. 138.
547. O'Meara, I, p. 220.
548. O'Mera, I, p. 341.
549. Gourgaud, II, p. 539.
550. *Mémorial*, II, p. 140.
551. *Mémorial*, I, p. 504.

"Cedo ou tarde iremos aos Estados Unidos ou à Inglaterra"[552]. — "Penso que, logo que estiverem regulados os negócios da França, e tudo ficar tranqüilo, o governo inglês me permitirá voltar à Europa... Só os mortos não voltam "[553]! Mas, lá por dentro de si, ele sabe que também se pode fazer o raciocínio contrário: os que não voltam estão mortos.

Diz ele ao general Gourgaud: "Pisarei talvez em França antes de vós... Tudo se acha em fermentação e é preciso esperar a crise com paciência. Tenho ainda um grande número de anos a viver, a minha carreira não está acabada"[554].

Ele espera que Santa-Helena seja uma segunda ilha de Elba; o partido inglês dos "Amotinadores", querendo tê-lo à frente para defender os direitos do povo, apoderar-se-á de alguns portos na Inglaterra, mandará uns navios buscá-lo e o levará à França para expulsar os Bourbon[555].

Um coronel francês que se propunha a vir a Santa-Helena, com uma lancha a vapor para libertá-lo, foi detido no Rio de Janeiro. Lá onde uma falhara, outro poderia vencer[556].

Um jovem aspirante da fragata inglesa "Conqueror", ancorada em James Town, dá a entender que até os ingleses pensam que o Imperador não tardará a voltar ao trono[557]. E todos, em Longwood, rejubilam.

— Se estivesse agora na Inglaterra e uma deputação de França viesse oferecer-me o trono, não quereria aceitá-lo, diz Napoleão, mas logo acrescenta:
— A menos que não estivesse certo de ser esse o desejo unânime da nação[558].

Faltando-lhe a França, ainda existe a América:
— Quem sabe se Vossa Majestade não fundará um dia um vasto Império na América?
— Ah, estou bem velho[559]!

Entanto, não crê muito em sua velhice:
— Tenho ainda quinze anos de vida, diz ele em julho de 1817, e em outubro, ao começo da sua doença mortal, repete:
— Não tenho cinqüenta anos; passarei ainda bem; restam-me no mínimo uns trinta anos de vida.[560]

Era nos bons momentos que ele falava assim; mas havia outros:
— Como estais mudado, disse ele ao general Gourgaud melancólico e prestes a traí-lo. Quereis que vos diga o que tendes?.... Isto: falta de cora-

552. O'Meara, I, p. 231.
553. O´Meara, I, p. 74.
554. Gourgaud, II, p. 129.
555. Id., p. 124.
556. Id., p. 459.
557. Id., p. 259.
558. O'Meara, I, p. 117.
559. Gourgaud, I, p. 522.
560. Id., II, ps. 207, 346

gem!... Está-se aqui num campo de batalha e quem quer que, num combate, se ausenta porque não tem bastante fortuna, é um medroso.[561]

Demora-se em planos de evasão, a estudar o mapa da ilha:

— Pela cidade e em pleno dia, seria melhor. Pela costa e com os nossos fuzis de caça, derrubaríamos logo um posto de dez homens!

— Sim, de vinte.[562]

Esses planos são mais absurdos uns que os outros: disfarçar-se em criado ou esconder-se na cesta da roupa suja. A bem dizer, não há sentinela no mundo que possa vigiar um homem perfeitamente intrépido, firmemente resolvido a evadir-se, e que não está aferrolhado, mas se move por uma circunferência de doze milhas. Napoleão poderia, portanto, evadir-se; todavia não o faz; alguma coisa o retém. Que será?

Sir Hudson Lowe, governador da ilha, é o abutre que devora o fígado de Titã.

"O deus da guerra, o deus da vitória" deve combater, vencer até o fim. Mas vencer o quê? Os ratos, as pulgas, os percevejos, os mosquitos de Longwood? Sim, eles, mas também o inimigo secular — a Inglaterra; a Inglaterra é Hudson Lowe. O leão na jaula deve roer a grade; a grade é Hudson. O enterrado vivo deve esmurrar a tampa do esquife; o esquife é Hudson Lowe.

Lowe não é tão "celerado" quanto o imagina o prisioneiro. Alto, magro, seco, musculoso, o rosto coberto de sardas, os cabelos de um vermelho ardente, esse arrivista que, outrora meio agente, meio espião do governo inglês na Córsega, se elevou até o grau de general, não é senão o instrumento cego dos ministros britânicos.

"Dizei ao general Bonaparte que é feliz por terem nomeado para governador da ilha um homem tão bom quanto eu"[563]. — "Bom" talvez seja demais, mas podia ser pior. E parece que de uma feita ele chegou a escrever aos ministros ingleses intercedendo em favor de Napoleão.

Nem falta espírito ao carcereiro a propósito dos banhos quentes em que o "general Bonaparte" se fazia cozinhar todos os dias, com um cerimonial meio solene.

"Era o maior inimigo da Inglaterra, e o meu também, mas perdôo-lhe tudo", dirá ele diante do leito de morte de Napoleão[564]. É esta a odiosa hipocrisia de um "carrasco"? Quem o sabe? Em todo caso, não é fácil a um carrasco perdoar sua vítima.

561. Id., II, p. 209-210.
562. Id. II, p. 207.
563. O'Meara, I, p. 251.
564. Gourgaud, II, p. 343.

Aliás cada um deles é a um tempo carrasco e vítima. Eles se torturam, se suplicam, se matam reciprocamente; tornam-se mutuamente doidos e é bem difícil decidir qual dos dois atormentou mais o outro.

O pavor contínuo de ver Napoleão evadir-se acabou realmente por fazer perder a razão a Lowe; ele sabe que o Imperador pode fugir; mas não sabe por que não foge.

O prisioneiro exige de seu guarda o impossível — a liberdade de passeio e de relações com os habitantes da ilha; seria abrir a gaiola à aguia. Exige que o carcereiro não lhe apareça nunca diante dos olhos; seria o fim de toda vigilância.

Em seu quarto Napoleão tem sempre quatro ou cinco pares de pistolas e várias espadas, e muitas vezes ameaçou receber Hudson Lowe a tiros.

Cada manhã um oficial inglês vem a Longwood para certificar-se da presença do prisioneiro e, como o Imperador se oculta, olha pelo buraco da fechadura. Um dia, tomando banho, Napoleão percebeu o oficial que o vigiava; saiu bruscamente da banheira e caminhou para ele, nu, apavorante. O oficial, que ele ameaçava de morte, fugiu.

Durante os cinco últimos anos, Napoleão e Hudson Lowe não se viram, mas uma surda e interminável disputa se desenrolava entre eles, não já por graves motivos, mas por uma ninharia — o título de Imperador.

— Preferiria morrer a consentir que me chamassem de general Bonaparte. Seria concordar que não sou Imperador.

Todavia, não abdicara ele duas vezes, e não abdica ainda? "Fiz bastante barulho no mundo, envelheci, e preciso de descanso. Eis os motivos que me levaram a abdicar a última vez"[565]. Não, ele nem chegou a abdicar; renega o tratado de Fontainebleau: "Envergonho-me disto... Minha decisão foi uma fraqueza de caráter..."

Mas em certos momentos é superior a tudo.

"Que ele expulse os meus amigos e encha de guardas as portas e as janelas... para mim é o mesmo. Sinto-me tão livre como quando ditava leis à Europa"[566]. — "Meu destino é o oposto do dos outros; a queda ordinariamente os abaixa, a minha me eleva infinitamente"[567]. — "A adversidade faltava à minha carreira... se eu morresse no trono, nas nuvens da minha onipotência, permaneceria um problema para muita gente; hoje, graças ao infortúnio, podem julgar-me a nu"[568]. Las Cases costumava dizer-lhe: "Sois certamente maior aqui que nas Tulherias: vossos carcereiros estão a vossos pés..." E concluía ser ele "o verdadeiro senhor de seus vencedores.[569]

565. O'Meara, I, p. 117.
556. O'Meara, I, p. 131.
567. *Mémorial*, IV, p. 82.
568. Id., I, p. 310.
569. Id., III, p. 267.

O jardineiro de Briars era um velho escravo malaio, Tobias. Um laço maravilhoso e terrível unia o pobre Tobias ao pobre "Bony", diminutivo inglês de Bonaparte. Os marinheiros britânicos haviam agido com Tobias como os ministros britânicos com Bony: tinham-no enganado, arrebatado e vendido como escravo.

O Imperador tomou-se de amizade por Tobias e quis resgatá-lo para restituir-lhe a liberdade. Tobias também amava Napoleão e só o chamava "the good gentleman", ou mais simplesmente de "good man"[570].

"Quando íamos ao jardim, o Imperador detinha-se a maior parte do tempo perto de Tobias e, por meu intermédio, crivou-o de perguntas sobre seu país, sua juventude, sua família, sua situação atual", refere Las Cases[571]. Procurava ligar o seu infortúnio ao do pobre escravo, mas às vezes não deixava de infundir uma nota mais eloqüente às suas lamentações: "O Universo nos contempla!... Os mártires de uma causa imortal!... Lutamos aqui contra a opressão dos deuses, e os votos das nações são por nós...[572]".

O papa Pio VII tratara Napoleão de "comediante". Talvez a sua vida toda, até no seu contacto com o infeliz Tobias, seja uma comédia, não humana, e sim divina.

"Serás a inveja de teus semelhantes e o mais miserável de todos", predissera ele ao início da sua carreira; no fim a predição se realizou; Napoleão é mais miserável que Tobias. "Bem-aventurados os pobres de espírito". Isto é dito para os que são como Tobias, não para os que são como Bonaparte.

"Ninguém na terra tem direito de roubar-me os títulos que são meus". Ele se agarra sempre a seu título de Imperador como o homem que se afoga a um pedaço de madeira; "comediante", representa sempre. Na casa de Longwood, o antigo estábulo, cujas telhas partidas deixam passar a água da chuva, onde as tapeçarias de Nankim pendem em farrapos sobre as paredes úmidas, onde o soalho de tábuas podres balança, e uma multidão de ratos corre por toda parte — um deles saiu um dia correndo do chapéu do Imperador — a etiqueta é observada tão rigorosamente quanto nas Tulherias. Os criados trazem libré, o jantar é servido em baixela; ao lado do Imperador há sempre o lugar vazio da Imperatriz; os cortesão se mantêm rígidos.

Alguém diz um dia diante dele que na China o soberano é adorado como um deus.

"É assim que deve ser", observa ele [573].

Durante um passeio, a fivela de seu sapato desprendeu-se; todos se precipitam para apanhá-la. "O Imperador, que não consentiria nisso nas Tulherias,

---

570. Abell, p. 64; O'Meara, I, p. 17.
571. *Mémorial*, I, p. 305.
572. *Mémorial*, I, ps. 308-310.
573. Gourgaud, II, p. 61.

consente agora com uma espécie de satisfação; deixou-nos fazer e nós lhes agradecíamos o não nos ter privado de um ato que nos honrava a nossos próprios olhos", relata Las Cases[574].

"Sei bem que estou decaído; mas não quero sabê-lo por um dos meus! Ah!..." Começou um dia o Imperador, a queixar-se de alguém do séqüito, e não acabava mais. "Suas palavras, seus gestos, seu timbre de voz, feriram-me, a alma, narra o mesmo Las Cases. — Eu me teria precipitado aos seus joelhos, têr-lo-ia beijado, se pudesse".

Quantas provações a diminuí-lo! Mas é preciso ser frusto como Gourgaud e os quarenta mil historiadores de Napoleão, para alegrar-se: "Ele é pequeno, é abjeto como nós!"

Prometeu encadeado na eternidade e, na época um homem sentado perto do fogo, o rosto inflamado pelo defluxo e resmungando como um velhote: "Maldito vento! É ele que me põe doente. Tremo como se tivesse medo..."

Minutos, horas, dias, meses, anos; sempre o mesmo suplício; um tédio devorador como o ardente sol dos trópicos.

Ele não sabe como matar o tempo. De manhã, fica na cama, ou então passa horas inteiras no banho. No meio do dia, não barbeado, vestindo um roupão branco e largas calças da mesma cor, o peito da camisa aberto, um turbante de quadradinhos vermelhos em torno da cabeça, deitado no sofá, lê até embotar-se; a mesa está coberta de livros; a seus pés espalham-se pelo soalho aqueles que já leu.

Às vezes dita durante dias, noites inteiras, depois manda que enterrem os manuscritos. Para substituir os passeios a cavalo, faz instalar dentro de casa um longo barrote colocado sobre uma estaca e aí se balança como num cavalo de pau.

À tarde, os cortesãos reúnem-se no salão de Sua Majestade; jogos de cartas, partidas de dominó ou de xadrez; evocação do passado, desfile das "sombras dos Campos Elíseos".

— Breve estarei esquecido, diz o Imperador. Se uma bala de canhão, lançada do Kremlin, me tivesse morto, eu seria tão grande quanto Alexandre e César, ao passo que, depois disso, não serei quase nada[575]...

Conservou-se muito tempo em silêncio, a cabeça entre as mãos. Enfim levantou-se e disse:

— Mas que romance a minha vida[576]!

574. *Mémorial*, III, p. 48.
575. Gourgaud, II, ps. 13, 163.
576. *Mémorial*, II, p. 649.

Não gosta de que o deixem sozinho depois do jantar como se tivesse medo. Para impedir as damas de retirar-se, fica horas e horas à mesa, sustentando uma conversação mortiça, ou então passando ao salão, onde lê em voz alta tragédias francesas, a maior parte do tempo. "Zaire" é uma das suas leituras favoritas; todo o grupo está de tal forma fatigado dessa tragédia de Voltaire que o general Gourgaud e madame de Montholon conspiram para roubá-la à biblioteca imperial. Os ouvintes cochilam, mas Napoleão os vigia:

— Madame de Montholon, estais dormindo!

— Gourgaud, acordai!

Para puni-los, obriga-os a ler e, os braços cruzados, ouve, mas, cinco minutos depois, adormece por sua vez[577].

— Que aborrecimento, meu Deus! murmura ele ao partirem todos.

Vai caracolar no seu brinquedo de madeira, ou convida o general Gourgaud a resolver um problema sobre as seções cônicas ou sobre a maneira de mandar farinha a uma cidade sitiada com o auxílio de bombas; ou discorre, entre bocejos:

— Para mim, o homem formou-se com o calor do sol na lama, e Heródoto conta que em seu tempo o limo do Nilo se mudava em ratos e que a gente os via formarem-se[578]...

Também às vezes graceja com o "carola" Gourgaud, assegurando-lhe que a religião de Maomé é superior ao cristianismo, porque ele conquistou metade do globo em dez anos, enquanto três séculos foram necessários ao cristianismo[579].

— Dizei-me, Gourgaud, Deus pode fazer um bastão sem duas pontas?

— Sim, Sire, um arco é um bastão infinito e sem duas pontas[580].

Todo mundo silencia; o Imperador enfarrusca-se, depois recomeça:

— Muitas vezes o cardeal Cazello abalou-me a incredulidade; mas, meu caro Gourgaud, quando morremos, estamos bem mortos. Que é a alma? Quando, na caça, mandava abrir os veados diante de mim, o que eu via era o mesmo que há dentro de um homem... Que é a eletricidade, o galvanismo, o magnetismo? Jaz aí o grande segredo da natureza.... Creio que o homem é o produto desses fluidos e da atmosfera, que o cérebro suga esses fluidos e transmuda-os em vida, que a alma é composta desses fluidos e após a morte eles retornam ao éter[581].

Novo silêncio.

— Então, Gourgaud, estais triste como uma roupa de luto! E vós, madame Bertrand, porque ontem eu vos disse que tendes o ar de uma lavadeira[582]?

A pobre mulher corou, toda atrapalhada, e o silêncio tornou-se ainda mais penoso.

577. Holland, p. 225.
578. Gourgaud, II, p. 271.
579. Id., p. 78.
580. Id., I, p. 441.
581. Gourgaud, II, ps. 437, 211; I. ps. 440, 486.
582. Id., II, ps. 456-464.

O vento uiva na chaminé; a chuva tamborila nas telhas; as nuvens que rastejam parecem olhar através das vidraças como fantasmas.

— Com mil bombas, senhores, estais pouco amáveis, grita o Imperador, levantando-se da mesa e passando ao salão. — Ah! Esse pobre Las Cases, onde se encontra? Ao menos ele me contava boas histórias. Vós todos estais com ares de missa fúnebre[583]!

Os prisioneiros detestam-se como só se podem detestar as criaturas deitadas na mesma palha, no mesmo cubículo. Não cessam de altercar por questões de nonada, e é bom que assim seja, porque senão acabariam loucos de tédio.

Certo dia, uma vaca que traziam a Longwood rompeu a corda e fugiu; isso foi causa de disputas que tornaram a vida insuportável. O principal responsável era o escudeiro-mor Gourgaud, por isso que o estábulo da vaca se encontrava perto da cavalariça.

"O Imperador está furibundo, falando sempre da vaca. Mandou dizer a Archambault que se a vaca não fosse resposta em seu lugar, ele a descontaria em seu soldo e mataria as galinhas, cabras e cabritos que vagassem por lá. Não me meto com esse negócio de vacas; para mim é de todo indiferente que haja em Longwood uma vaca a mais ou a menos. Suportarei isso como o resto", anota Gourgaud no seu diário[584].

Gourgaud vive a ferro e fogo com Montholon, que é o encarregado das minúcias da vida doméstica. Não se sabe bem o que houve entre os dois; mas a zanga foi envenenada pelo fato de que madame de Montholon, a amante do Imperador, entrou na balbúrdia; em Longwood, ela teve um filho dele, e parece que todos o souberam exceto o marido; ou, se este o soube, fechou os olhos.

Enfim, a contenda chegou a tal ponto que Gourgaud quis mandar um cartel de desafio a Montholon.

— Se vós ameaçais Montholon, sois um bandido, um assassino! Proíbovos de ameaçar Montholon, ou me baterei por ele, grita o Imperador, sem ousar encará-lo em cheio.

Diga-se a verdade; esta ação é uma das piores de Bonaparte. Para enganar assim seu último e único amigo, fiel até o fim, para seduzir-lhe a mulher, não por amor, nem por desejo, — não faltariam mulheres para Napoleão, mesmo em Santa-Helena — mas unicamente por desfastio, entre "Zaire" e o cavalo de pau, é que ele, de fato, estava bem mudado. "Sei que sou um decaído". A medida do declínio dá a medida do suplício.

O suplício durou seis anos; seis anos a águia cativa esperou pela liberdade...

583. Id., II, ps. 26-27.
584. Gourgaud, I, ps. 454-463.

IV

A MORTE

1821

Afinal, enfermou. A doença veio insensivelmente. Os primeiros sintomas do mal — inchação das pernas, escorbuto, dor do lado direito — manifestaram-se desde a primavera de 1817. O doutor O'Meara, médico medíocre, mas honesto e de bom senso, advertiu Hudson Lowe de que a moléstia do Imperador podia ameaçar-lhe a vida, se não se tomassem medidas radicais; a causa principal era a vida sedentária, a recusa persistente do Imperador em passear a cavalo, em conseqüência da aversão que experimentava de mover-se em limites obrigatórios.

Lowe teve medo, não, certamente, de suas responsabilidade ante os ministros ingleses — a morte rápida de Bonaparte ser-lhes-ia útil, — mas de algo diferente; talvez não quisesse ser o assassino de Bonaparte; deu-lhe até a entender que estava pronto a todas as concessões. Mas o Imperador mandou responder-lhe que não queria aceitar nenhum benefício oriundo de seus "carrascos", e tudo ficou como no passado.

Durante os dezoito primeiros meses o estado do enfermo melhorou e piorou alternativamente; enfim, pelo outono de 1819, o mal se agravou tanto que Napoleão teve de acamar-se.

Sofria ele de um peso contínuo e de uma dor no lado direito. Os médicos acreditavam que fosse uma doença de fígado, mas ele suspeitou logo tratar-se do mesmo mal do pai — um cirro no piloro. Entretanto, não o disse a ninguém; talvez não tivesse certeza absoluta.

A coragem, que o abandonara na saúde, voltou-lhe na moléstia. Não queria morrer, "desertar o campo de batalha". "Sempre fiz de meu corpo o que quis". Pensava que ainda seria assim.

Não tendo confiança nos médicos, recusava-se a tomar remédios e tratava-se a seu modo.

Logo que, depois de uma crise, ele se sentia um pouco melhor, ocupava-se de trabalhos de jardinagem; tendo às suas ordens um bando de chineses, passava dias inteiros a plantar árvores, a ajustar canteiros, gramados, aléas, pequenos bosques. Fazia construir canais, pontes, cascatas. Entusiasmava-se

343

por essa labuta como se de novo esperasse realizar o sonho de toda a sua vida — transformar o inferno terrestre em paraíso.

O tratamento pareceu ajudá-lo, mas teve de interrompê-lo: o sol feroz queimava as flores, a chuva desfazia os aterros, o vento quebrava ou desenraizava as árvores. O inferno permanecia o inferno e esse trabalho de Sísifo acabou por aborrecer de tal forma a Napoleão que ele se trancou novamente em seu quarto.

Teve uma recaída. Nos momentos em que se sentia pior, evocava sua infância, sua mãe:

— Ah, mamã Letícia, mamã Letícia! Murmurava cobrindo a cabeça[585].

No começo da vida, conhecera um apoio sólido, uma pedra santa, "Pietra Santa", como se chamava uma de suas avós. Agora, no fim da vida, era a mesma pedra, a mesma rocha, Santa-Helena; tudo o que houvera entre esses dois rochedos fora só uma nuvem fugitiva, um fantasma.

Levantou-se ainda uma vez e pôs-se a vagar através dos aposentos, mas enfraquecia-se de dia para dia.

— Há alguma coisa mais deplorável que minha existência de hoje? Não é viver, é vegetar... Doutor, que doce coisa o repouso! O leito tornou-se para mim um lugar de delícias e eu não o trocaria por todos os tronos do mundo. Que mudança! Como estou decadente! Eu, cuja atividade era sem limites, cuja cabeça não fraquejava nunca! Vivo mergulhado num sopor letárgico e devo esforçar-me para levantar as pálpebras. Às vezes ditava, sobre assuntos diferentes, a quatro, cinco secretários, que iam tão depressa quanto a minha palavra; mas então eu era Bonaparte e hoje não sou mais nada [586].

Mas sim, é ainda o mesmo. Um dia em que o doutor lhe toma o pulso, o doente olha-o sorrindo e diz: "É como se um general apurasse o ouvido para saber como seu exército manobra[587]". O ouvido escutava, mas o olho não via: toda a clarividência de Napoleão está nessas palavras.

Uma vez ainda o espírito vence o corpo; ele se restabelece pela "força da vontade".

— Para o diabo a vossa medicina! Diz ao doutor Antommarchi, homem grosseiro, ignorante e presunçoso. — Há em mim qualquer coisa que me eletriza e me faz crer que minha máquina seguiria ainda o império de minhas sensações e de minhas vontades... Pois bem, que pensais agora, "dottoraccio di cape Corso?" — Acrescenta ele rindo e puxando-lhe as orelhas [588].

585. Antommarchi, I, p. 269.
586. Antommarchi, I, ps. 295, 308.
587. Id., p. 327.
588. Id., ps. 324, 326.

Dá um grande passeio a cavalo, correndo a galope cinco ou seis milhas. Mas esse tratamento não mais o favorece, o exercício não mais lhe excita a transpiração e ele se sente pior. "O Imperador vive mergulhado em profunda tristeza", registra Antommarchi a 23 de janeiro de 182[589].

— Doutor, sei morrer, diz-lhe o doente no dia seguinte. Se minha hora chegou, e está escrito lá em cima que devo perecer, nem vós nem todos os médicos do mundo mudariam essa sentença[590].

Compreendendo que lutava não mais contra a doença e sim contra a morte, olhou-a face a face, com tamanha serenidade quanto outrora nos campos de batalha; mas aqui, descer vivo ao túmulo, era mais difícil.

— Ah, por que, se eu devia perdê-la de um modo tão deplorável, os obuses me pouparam a vida? exclamava ele às vezes indignado[591]. — Quando eu era Napoleão, disse um dia, fazendo a toilette, eu a fazia com rapidez e prazer; mas hoje que me importa estar bem posto ou mal posto? Isso me dá mais fadiga que dantes a elaboração de um plano de campanha[592].

Quase não comia; cada bocado lhe dava náuseas e o fazia vomitar. As dores do lado e no baixo ventre tornavam-se intoleráveis.

— É, gemia ele, uma navalha que me corta em deslizamento[593].

Cada dia o oficial de guarda ia fazer um relato ao governador, atestando que vira o "general Bonaparte". Mas há quinze dias que não podia fazê-lo, porque Napoleão não saía de casa e nem se aproximava mesmo das janelas. Enfim, o próprio Hudson Lowe veio a Longwood, deu a volta à habitação, olhou pela vidraça, tentando perceber o Imperador, não o viu e foi-se, ameaçando o oficial de castigá-lo se não chegasse a ver Bonaparte vivo ou morto. O oficial acabou conseguindo-o; postado fora da janela, olhou pelas cortinas entreabertas o interior do quarto, no momento em que o doente estava sentado na poltrona. Mas o governador não ficou satisfeito e exigiu que lhe deixassem entrar o agente nos aposentos declarando que, em caso de recusa, mandaria arrombar a porta da casa. Imagina-se a custo como tudo isso acabaria se o Imperador não consentisse em receber o médico militar Arnott, de quem ouvira louvar o espírito e a nobreza de caráter.

Arnott aconselhou-o a instalar-se na nova morada que acabavam de construir para ele também em Longwood e onde os aposentos eram espaçosos e melhor arejados.

— Para que, se vou morrer? Respondeu-lhe Napoleão com tanta serenidade e firmeza que Arnott não teve coragem de insistir[594].

---

589. Id., p. 327.
590. Antommarchi, I, ps. 328-333.
591. Id., II, p. 58.
592. Id., III, p. 19.
593. F. Masson, *Napoléon à Saint-Helene*, p. 471.
594. Masson, p. 455.

A 2 de abril, sabendo que um cometa aparecera no horizonte, disse baixo, como se falasse a si mesmo: "Foi o sinal precursor da morte de César... Tudo me anuncia que vou acabar"[595].

Súbito, sentiu-se melhor. A dor acalmara-se. Pôde comer sem vomitar. Trocou o leito por uma poltrona; lia os jornais, ouvia a história de Aníbal, os versos de Homero. Mandou colher uma flor no jardim e a respirou longamente. Todo mundo se alegrava.

— Então, doutor, não é ainda desta vez, diz o Imperador jovialmente, vendo entrar Antommarchi; depois olhou a todos e recomeçou: — Não estais enganados, meus amigos, hoje passo melhor, mas nem por isso deixo de sentir que meu fim se aproxima. Quando estiver morto, cada um de vós terá a doce consolação de retornar à Europa. Tornareis a ver os parentes, outros os amigos, e eu tornarei a ver meu valentes nos Campos Eliseos. Sim, continuou ele levantando a voz, Kleber, Desaix, Bessières, Duroc, Ney, Murat, Masséna, Berthier, todos virão ao meu encontro; falar-me-ão do que fizemos juntos. Vendo-me, eles ficarão doidos de entusiasmo e de glória. Conversaremos de nossas guerras com os Cipião, os Anibal, os César, os Frederico. Que prazer nisso!... A menos, acrescentou ele rindo, que lá em baixo não tenham medo de ver tantos guerreiros juntos[596].

Arnott chega. Napoleão diz-lhe também que se sente melhor. Depois, tomando um tom mais animado, mais solene: "É o fim, doutor, o golpe atingiu-me em cheio, vou entregar meu cadáver à terra. Aproximai-vos, Bertrand, e traduzi a este senhor o que ides ouvir; repeti tudo, sem omitir palavra".

Depois de haver enumerado todas as perfídias, violências e traições da Inglaterra, ele termina por estas palavras:

— Vós me assassinastes longamente, com todas as minúcias, com premeditação... E eu, morrendo neste sinistro rochedo, privado dos meus e carecendo de tudo, lego o opróbrio e o horror de minha morte à família reinante da Inglaterra[597]!

Para a tarde, o mal recrudesceu e ele caiu numa espécie de prostração, perdendo quase os sentidos.

Alguns dias antes, Napoleão começara a escrever o testamento; continua a redigi-lo. Desde que lhe retornavam algumas forças, fazia vir Montholon e Marchand, fechava-se com eles a chave, sentava-se na cama e, tendo numa das mãos um papelão que sustinha a folha de papel, escrevia com a outra. Quando, às náuseas e aos vômitos, ele era sacudido pelos calafrios, Marchand envolvia-lhe os pés em toalhas quentes.

— Não há pressa, Sire, dizia Montholon.

595. Antommarchi, II, p. 54.
596. Antommarchi, II, ps. 61, 83.
597. Antommarchi, II, p. 85.

— Não, meu filho, é tempo de acabar, eu o sinto[598].

Quando se sentia fraco demais, bebia um copo de vinho de Constança — "óleo no fogo", segundo a expressão do doutor Arnott, e continuava a escrever[599].

O testamento continha um grande número de codicilos detalhados, com a enumeração de centenas de objetos, de quantias e de pessoas. Napoleão lembrava-se de todos os que lhe tinham feito bem na vida, agradecia-lhes e recompensava não só os vivos, mas também os mortos, na pessoa de filhos e netos; juntava sempre novos nomes, não se decidindo a acabar, receoso de esquecer alguém.

Depois de uma noite terrível de febre e delírio, mandou que lhe trouxessem o cofre de jóias, tirou e espalhou na cama as tabaqueiras de ouro, as caixas de bombons, os medalhões, os camafeus, os relógios, as condecorações, as cruzes da Legião de Honra. Escolhe o que vai legar a cada um como lembrança. Ao doutor Arnott, uma caixinha de ouro; no escudo da tampa ele traça, entre dois vômitos, com a mão fraca, inábil, mas cuidadosamente, o N imperial.

Depois de ter tudo separado e feito as inscrições, repõe as jóias nos escrínios, amarra-os com fitinhas verdes, sela-os com suas armas e entrega as chaves a Marchand.

— Depois da minha morte, quero que me abram o cadáver. Recomendo-vos especialmente examinar bem meu estômago, fazendo um relatório minucioso, preciso, que entregareis a meu filho, repete ele diversas vezes ao doutor Antommarchi. Os médicos de Montpellier anunciaram que o cirro do piloro seria hereditário em minha família... que eu salve ao menos meu filho dessa cruel doença. Vós o vereis, doutor, e lhe indicareis o que é conveniente fazer... é um último serviço que espero de vós [600]...

Pensa na volta de seus companheiros, e quer que eles não tenham fome ao regressar à França, como quando viajam de lá para cá; organiza uma lista de todas as provisões existentes em Longwood e na qual não são esquecidos nem mesmo os carneiros criados na cavalariça.

"Não sou bom, dizia ele, nunca o fui, mas quero ser correto"[601].

É preciso verdadeiramente ser "correto" para pensar na fome dos outros quando se sentem náuseas e vômitos.

À noite, sacudido pelos calafrios, ele dita dois "sonhos"; do primeiro ignora-se o tema; talvez não passasse de delírio da febre; o segundo prende-se a "uma organização das guardas nacionais no interesse da defesa do território.[602]

598. Masson, p. 461.
599. Masson, p. 462.
600. Antommarchi, II, ps. 96,97, 49, 103.
601. Holland, p. 198.
602. Masson, p. 473.

— E meus pobres chineses! — recorda-se ele de repente. Que eles não sejam esquecidos e lhes dêem alguns punhados de napoleões; devo também fazer-lhes meus adeuses[603].

Pede para ser enterrado nas margens do Sena, "em meio a esse povo francês que tanto amou"[604], ou então perto de seus avós, na catedral de Ajacio.

— E se renegarem meu cadáver, como renegaram minha pessoa, que me sepultem ali, onde corre essa água tão doce e tão pura[605].

Todos os dias iam buscar-lhe essa água no vale do Gerânio, perto de Longwood, onde, debaixo de três salgueiros, cantava uma fonte pura e fresca; durante a doença essa água lhe foi particularmente agradável.

Depois de saboreá-la, dizia a cada instante:

— É bom, muito bom[606]!

Pedindo para ser inhumado perto dessa fonte, ele parecia oferecer em agradecimento à Terra-Mãe a última coisa que lhe restava: suas cinzas.

"Morro na religião apostólica e romana, no seio da qual nasci", diz ele no testamento [607].

E era realmente assim?

Logo no começo da doença, pedira ele a seu tio, o cardeal Fesch, um padre "para não morrer como um cão"[608]. O parente mandou-lhe dois padres corsos, os abades Buonavita e Vignali.

A 21 de abril, quando o doente compreendeu que ia morrer, chamou o abade Vignali e perguntou-lhe:

— Sabeis, reverendo, o que é uma câmara ardente?

— Sim, Sire.

— Já oficiastes em alguma?

— Sim, Sire.

— Pois bem, oficiareis na minha. Quando eu estiver em agonia, mandareis levantar um altar no aposento próximo, e exporeis o santo sacramento e recitareis as preces dos agonizantes. Nasci na religião católica, quero desobrigar-me dos deveres que ela impõe e receber os socorros que ela administra...

Nesse momento o doutor Antomarchi, que estava ao pé do leito, teve um sorriso.

— Vossas tolices me enfadam, senhor, disse o enfermo. Posso perdoar-vos as leviandades e a falta de polidez, mas a falta de sentimento, nunca! Retirai-vos.

O outro saiu.

603. Antommarchi, II, p. 105.
604. *Mémorial*, IV, p. 604.
605. Antommarchi, II, p. 100.
606. Masson, p. 476.
607. *Mémorial*, IV, p. 640.
608. Masson, p. 434.

— Quando eu estiver morto, continua Napoleão, dirigindo-se de novo ao abade, colocar-me-ão numa câmara e vós celebrareis a missa, só a interrompendo quando me levarem para o túmulo.

Calou-se, depois falou da região natal do abade Vignali, na Córsega, da casa que este devia construir ali, da vida agradável que ali poderia levar[609].

O abade, pondo-se de joelhos, beijou piedosamente a mão do Imperador, que pendia para fora do leito e, os olhos cheios de lágrimas, ficou em silêncio; talvez compreendesse não dever falar do céu aquele que falava tão bem da terra.

Quinze dias decorreram — quinze dias de dores mortais. O Imperador parecia ter esquecido o abade Vignali; em todo caso, adiava sempre a hora de recebê-lo. Enfim, a 3 de maio, mandou procurá-lo, mas recomendando-lhe que "viesse em traje burguês" e não mostrasse a ninguém "o objeto que trazia", isto é, o Santo Sacramento. Esta recomendação ele a repetiu diversas vezes.[610]

"Parece que desejava receber todas as garantias que pode dar a Igreja e tinha vergonha de confessá-lo. Sabia que muita gente em Santa-Helena e ainda mais na França olhava esse apelo às consolações da religião como uma fraqueza; talvez ele próprio o julgasse assim", diz lord Holland, transmitindo esses detalhes recebidos de Montholon[611].

O abade entrou no quarto do moribundo e ficou sozinho com ele. Marchand montava guarda no aposento próximo para não deixar entrar ninguém. Cerca de meia hora depois, o abade Vignali saiu e, violando em sua simplicidade de coração os desígnios do Imperador, anunciou que o Imperador acabava de receber a extrema-unção, uma vez que o estado do seu estômago não permitia lhe aplicassem outro sacramento.

Depois disso, nada mudou na atitude do agonizante. Permaneceu simples e bom para com todos, esquecendo-se de si mesmo pelos outros, sem pensar mais no céu — até o fim não pensou senão na terra, e só amou a terra.

Uma hora após a saída do abade Vignali, reuniu os seus íntimos e disse-lhes:

— Vou morrer. Vós partilhastes de meu exílio e sereis fiéis à minha memória, nada fareis que possa feri-la. Sancionei todos os princípios; infundi-os nas minhas leis, nos meus atos... infelizmente as circunstâncias eram duras. Fui obrigado a castigar, a protelar; os revezes chegaram, não pude afrouxar o arco e a França foi privada das instituições liberais que eu lhe

---

609. Masson, p. 478; Antommarchi, II, p. 87.
610. Id., p. 479.
611. Holland, p. 234.

destinava. Ela me julga com indulgência, levando em conta as minhas intenções, ela quer bem ao meu nome, às minhas vitórias; imitai-a, sede fiéis à glória que adquirimos, porque fora disso só há vergonha e confusão[612].

Quem fala assim não se arrependeu de nada.

Nos dois últimos dias sofreu bastante; estava angustiado, agitado, ardendo em febre; estancavam-lhe a sede com a água do vale do Gerânio e ele repetia a cada instante como se agradecesse a alguém:

— É bom, muito bom!

No delírio, falava das batalhas:

— Steingel, Desaix, Masséna! Ah! A vitória se decide; vá, correio, apressai a investida; vamos dominá-los[613]!...

Na noite de 4 para 5 de maio, esperavam-lhe o fim de um minuto para outro. Fora a tempestade ululava. Montholon estava sozinho com o Imperador. Este falava no delírio, mas tão indistintamente que ninguém lhe compreenderia as palavras; num dado instante gritou:

— França!... Exército!...

E tendo-se levantado, precipitou-se para fora do leito. Montholon quis retê-lo, mas o Imperador lutou contra ele e os dois rolaram pelo chão. O moribundo apertava-lhe a garganta com tanta força que o outro quase se viu sufocado e nem podia chamar por socorro. Enfim, do aposento vizinho ouviram o barulho, correram, levantaram-nos e, separando-os, repuseram Napoleão na cama. Ele não se mexeu mais. Fora o último sobressalto dessa força que subvertera o mundo.

Todo o dia ele permaneceu deitado, imóvel, como sem vida; só seu rosto deixava ver que o Grande Soldado lutava ainda contra a suprema inimiga — a Morte.

Pela tarde, a tempestade acalmou-se. Às cinco horas e quarenta e cinco minutos, o tiro de canhão regulamentar ressoou nos bastiões de James Town. O sol se deitara, Napoleão estava morto. Depositaram-lhe o corpo num esguio leito de campanha e cobriram-no com o manto azul que o Imperador usara na batalha do Marengo; puseram-lhe a espada ao lado esquerdo e um crucifixo no peito.

Seu rosto, rejuvenescido pela morte, assemelhava-se ao rosto de Bonaparte Primeiro Consul.

Quando os sub-oficiais da guarnição inglesa vieram saudar os despojos mortais do Imperador, um deles disse a seu filhinho:

— Olhe bem Napoleão, é o maior homem do mundo[614].

612. Antommarchi, II, p. 107.
613. Antomarchi, II, p. 107.
613. Antommarchi, II, p. 102.
614. Masson, p. 487.

Enterraram-no no vale do Gerânio, perto da fonte, ao pé dos três salgueiros.

Hudson Lowe discutiu com os franceses a propósito da inscrição funerária: "Napoleão" ou "Bonaparte"; não chegaram a entender-se e a tumba ficou sem nome. Talvez fosse melhor assim; aquele que deitavam ali era mais que Bonaparte e que Napoleão — era o Homem.

"Desejo que minha cinzas repousem às margens do Sena" — esse desejo foi igualmente realizado. Mas talvez Lermontov tenha razão: a sombra do Imperador deve lembrar com saudade "a ilha ardente onde, sob o céu de longínquas paragens, tinha por guarda o Oceano, grande como ele e como ele invencível", ilha onde, ao alto de uma tumba sem nome, resplandecia a "constelação do Cruzeiro". Morto, ele compreendeu talvez o que, vivo, não compreendera: a significação da Cruz.

Nunca Napoleão rezou por si mesmo e, entanto, é por uma oração que convém terminar a história de sua vida:

"Recebe, Senhor, a alma de teu servo, Napoleão, e acolhe-a na Cidade dos justos".

A presente edição de NAPOLEÃO de Dmitri Merejkovsky é o Volume de número 4 da Coleção Autores Célebres da Literatura Estrangeira. Impresso na Sografe Editora e Gráfica Ltda., à rua Alcobaça, 745 - Belo Horizonte, para a Editora Garnier, à Rua São Geraldo, 53 - Belo Horizonte - MG. No catálogo geral leva o número 03141/1B. ISBN 85-7175-101-3.